BASTEI
LÜBBE
TASCHENBUCH

NATALIE SPEER

FROST SEELEN

ROMAN

BASTEI LÜBBE
TASCHENBUCH

BASTEI LÜBBE TASCHENBUCH
Band 20804

MIX
Papier aus verantwortungsvollen Quellen
FSC® C083411

Dieser Titel ist auch als E-Book erschienen

Originalausgabe

Dieses Werk wurde vermittelt durch die
Literaturagentur Schmidt & Abrahams

Lektorat: Anne Rudolph
Titelillustration: Guter Punkt unter Verwendung von Motiven
von © Thinkstock/jakubcejpek; Thinkstock/panaramka;
Thinkstock/YouraPechkin; Thinkstock/Goodshoot
Umschlaggestaltung: Guter Punkt, München
Satz: two-up, Düsseldorf
Gesetzt aus der Garamond
Druck und Verarbeitung: CPI books GmbH, Leck – Germany
Printed in Germany
ISBN 978-3-404-20804-3

1 3 5 7 6 4 2

N
W
O
S
NØRLANDE
Eisfeste
NARVIKTAL
GLETSCHER STEPPE
Kentagel
Einsamer Bergfall
Stenborg
Klagende Klamm
Othon
ATHOSIA
NEBEL MOOR
DUNMARK
Aisos
JAGOSCH
Athos
See Hogaisos
Berg Kalaos
DEAMHAIN
IRELIN
Aisos
MERIMAR
WÜSTE SARI

Figuren- und Namensübersicht

Adepten an der Akademie der Gilden
Thea Namenlos, Brennerin
Eleni Orestis, Heilerin
Marius Orestis, der Jüngere, Brenner, Elenis Cousin

Prüfer
Marius Orestis, der Ältere, Vorsitzender der Brennergilde, Marius' Vater
Ismene Agadei, Brennerin, ehemalige Rektorin der Akademie der Gilden in Athos
Amphion, Lehrer in Leibesertüchtigung
Antonis, Lehrer in Triebkontrolle

Rekruten
Zoe, Brenner-Rekrutin
Agata, Brenner-Rekrutin
Toni, Brenner-Rekrut
Myk, Brenner-Rekrut, ehemaliger Minen-Arbeiter
Dyk, Brenner-Rekrut, ehemaliger Minen-Arbeiter

Athosianische Soldaten
Zenon Castor, Kommandant der Ersten Division, Brenner
Liroi, Zweiter Kommandant der Ersten Division, Heiler
Louk, Hauptmann der Ersten Division, Brenner
Malefi, Hauptmann der Ersten Division, Brennerin
Aris, Hauptmann der Ersten Division, Heiler
Kostas Orestis, Kommandant der Achten Division, Elenis Vater
Ian, Hauptmann der Achten Division, Theas Verlobter
Olaf, Fährtensucher und Kopfgeldjäger in Diensten der athosianischen Armee

Nørlaender

Anders Eriksson, Vereiser
Kazimir Borgersson, Anders' Ziehvater, Seher
Jönnika Fredriksdotter, auch Ma Fredrik genannt, Wirtin vom *Einsamen Bergfall,* Anders' Tante, Seherin
Trondur, Waffenhändler
Geir Borgersson, Bruder von Kazimir, Gelehrter
Gurli Vinnandotter, Wirtschafterin von Geir Borgersson
Askil Frodursson, Clanführer aus dem Grenzland
Fenris, Oberster Njard-Priester
Zoya, Priesterin des Njard

Die vier Hohen Geschlechter von Athosia

Agadei
Castor
Leontes
Orestis

Die acht Divisionen der athosianischen Armee

Erste Division, Sondereinheit aus Brennern und Heilern, in der Hauptstadt stationiert. Im Kriegsfall verstärkt die Erste Division die anderen Divisionen im Feld.
Zweite bis Fünfte Divisionen, ländliche Truppen in den vier Provinzen
Sechste Division, die Marine
Siebte Division, Grenzeinheit im Süden
Achte Division, Grenzeinheit im Norden

Götter der Nørlaender

Svarog, der Spieler, Gott des Frühlings und der Liebe
Synnøve, die Lebenspendende, Göttin des Sommers und der Magie
Tyr, der Weise, Gott des Herbstes und der Erkenntnis
Njard, der Verzehrer, Gott des Winters und des Todes

Sie kommen.

Ich kann sie spüren, so wie ich den kalten Wind auf meiner Haut spüre.

Bloße Füße knirschen auf Eis. Schemen schälen sich aus dem Schneetreiben. Tastende Hände. Bleiche Gesichter, überzogen von Flechten aus Frost.

Der Vereiser steht neben mir. Seine Miene ist ruhig. Über seiner Hand rotiert ein Eiszapfen, ein gläserner, todbringender Stachel.

Das ganze Töten, will ich flüstern. *Wann hört es endlich auf?* Doch ich sage es nicht.

In seinen Rabenaugen lese ich die Antwort, und ich muss sie ihm glauben, weil ich es sonst nicht ertrage.

Sie sind schon tot. Wir bringen sie nur nach Hause.

Kapitel 1

Das Feuer prickelt auf meiner Haut wie ein warmer Frühlingsregen. Ich hebe die Hand und lasse die Flamme höher lodern.

»Jetzt!«

Ich balle die Finger zur Faust. Ein Feuerball schießt über den Hof. Noch ehe er die Zielscheibe erreicht, wirbele ich herum und lasse den nächsten aus meiner Faust schnellen, dann noch einen. *Eins, zwei, drei, vier.* Es knallt in rascher Folge. Während ich mich in der Luft drehe, erglühen die getroffenen Metallmänner dunkelrot. *Fünf, sechs.* Meine Füße tanzen über die heißen Pflastersteine. *Sieben.*

Funken stieben auf, als der letzte Feuerball über das Ziel hinausschießt und in eine Wand prallt. Eine Gruppe Adepten flattert kreischend auseinander wie ein Schwarm grauer Tauben.

»Mist.« Ich lasse die Faust sinken. Ich habe sie erneut verfehlt. Die siebte Zielfigur scheint mich höhnisch anzugrinsen.

Eleni, die geduckt zu meinen Füßen ausgeharrt hat, springt auf die Beine. »Alles in Ordnung?«, ruft sie besorgt zu den Adepten hinüber. Die vier halbwüchsigen Jungen und Mädchen ziehen aufgebrachte Grimassen und klopfen sich die Glut aus den Tuniken. Mich schauen sie dabei lieber nicht an. Dafür wirft Eleni mir einen missbilligenden Blick zu. »Du hättest warten können, bis sie vorbei sind.«

»Ich hatte ja nicht vor, sie zu treffen.« Ich senke den Kopf und massiere meine linke Hand. Mein Feuer ist erloschen, aber das Prickeln ist noch da und gleicht jetzt mehr einem nervösen Stechen.

»Thea, du bist verrückt«, erklärt meine Freundin mit der Ernsthaftigkeit, mit der sie all ihre unumstößlichen Wahrheiten verkündet.

»Ach ja?« Ich kneife die Augen zusammen. »Einmal noch.«

Ich fixiere nacheinander die sieben Ziele. Es sind menschliche Silhouetten aus Metall, die mich umzingeln wie ein Ring finsterer Feinde. Ihre rußige Schwärze stammt von den Flammen, die tagtäglich bei den Übungsstunden dagegen donnern. Feuerbälle von offensichtlich fähigeren Brennern als mir. Doch ich gebe nicht auf. *Bereit für einen weiteren Kampf, Metallmänner?* Ich stelle mich in Position.

Eleni verdreht die Augen, dann kauert sie sich mit einem Seufzen zurück auf den Boden. Sie wird meine Zeit messen und außerdem beobachten, ob ich die seit Jahrhunderten festgelegte Schrittfolge einhalte. Darüber mache ich mir allerdings am wenigsten Sorgen.

Ein Flüstern lässt mich stocken. Meine Patzer haben Aufmerksamkeit geweckt. In den Schatten der Säulengänge rund um den Übungshof sammeln sich Adepten, und ihre Blicke piken wie Lanzenstiche auf meiner Haut. Unwillkürlich ziehe ich die Schultern ein. Aufgerichtet überrage ich die meisten von ihnen, doch ich hasse es aufzufallen.

Erneut balle ich die Hand zur Faust. Tief in meinem Bauch züngelt das Feuer wie eine schwarze Kobra. Ein verführerisches, tödliches Reptil, das darauf lauert zuzustoßen.

Meister Antonis würde über diesen Vergleich die Nase rümpfen. *Der Feuertrieb ist nichts als ein komplexes Werkzeug, das es mit Geist und Disziplin zu beherrschen gilt.* Seine nasale Stimme tönt in meinem Ohr. *Wenn du das nicht lernst, wirst du den Meistertitel nie erringen.*

Wenn er wüsste, wie hart ich Tag und Nacht daran arbeite, würde er vielleicht nachsichtiger sein. Doch ich will kein Bedauern. Entschlossen rufe ich meine Gedanken zur Ordnung, forme sie zu einem einzigen, stählernen Impuls.

»Jetzt!« Eleni dreht die Sanduhr um.

Flammen schießen aus meiner Faust. Ihre lodernde Wildheit will mich mitreißen, doch ich packe sie mit aller Kraft, die ich habe. Sie sind von mir geschaffen, um zu gehorchen. Ich zeichne mit den Augen eine Linie in die Luft, die Flugbahn zum Ziel.

Der erste Feuerball schnellt von meiner Hand, dann der zweite. Ich fege über das Pflaster in Sprüngen, die ich inzwischen selbst im Traum beherrsche. Ich liebe den Tanz, doch dem Feuertrieb traue ich nicht. Zwei Mal stocke ich, um die Flammen weiterhin unter meiner Kontrolle zu halten. Immerhin finden dieses Mal alle sieben Bälle ihr Ziel.

Aufatmend löse ich meine Faust. »Und?«

Eleni liest die Ziffern an der Sanduhr ab, dann strahlt sie mich an. »Na endlich! Du hast es geschafft.«

Ich bin also innerhalb der vorgegebenen Zeit geblieben – allerdings habe ich sicherlich keinen neuen Rekord aufgestellt. Wird es für morgen reichen?

»Jetzt ist es aber genug.« Eleni wischt sich über die schweißbedeckte Stirn. Sie ist keine Brennerin wie ich. Die Sonne macht ihr zu schaffen, obwohl sie ihr Haar und ihre Schultern mit einem weißen Tuch bedeckt hat.

Ich packe ihre Hand und ziehe sie hoch. Wir eilen über die flirrenden Pflastersteine zu den schattigen Säulengängen hinüber. Ich überrage Eleni um fast zwei Köpfe. Doch während sie so aufrecht geht wie eine Königin, ziehe ich die Schultern ein und glaube, immer noch kritische Blicke auf mir zu spüren. Trotz meiner Entschlossenheit, alles zu geben, bin ich empfindlicher als sonst, fühle mich so durchscheinend, als hätte jemand meine Haut abgezogen und mich schutzlos in der Sonne zurückgelassen.

Unter dem kühlen Marmor herrscht allerdings Leere. Meine Zuschauer haben sich zerstreut.

Eleni löst das Tuch von ihrem dunkelblonden Haar und streicht den Staub von ihrem Gewand. Letzte Woche hat sie ihre graue Adeptentunika gegen das weiße Kleid einer Heilerin ausgetauscht.

Sie legt den Kopf in den Nacken. »Das ist schon der zweihundertvierzigste Sonnentag in diesem Jahr«, tadelt sie den blauen Himmel über den Säulen. »Und diese Hitze verfälscht sämtliche Messwerte meiner Laborpflanzen.«

Ein Moment lang betrachte ich sie. In dem kunstvoll drapierten Kleid wirkt sie so zart wie eine Porzellanpuppe. Eleni hält sich jedoch für alles andere als zerbrechlich, und tatsächlich kann sie so zäh wie Leder sein. Die Abschlussprüfung der Heiler hat sie als die beste ihres Jahrgangs bestanden. Auf andere wirkt sie allerdings oft merkwürdig, denn sie denkt in ihren ganz eigenen Kategorien, die kaum etwas mit den gesellschaftlichen Auffassungen von Richtig und Falsch zu tun haben, geschweige denn mit Höflichkeit. Ich halte sie schlicht für zu klug für unsere Welt. Das macht sie oft zum Ziel von Bösartigkeit – doch dann bin ich da, um sie zu beschützen.

»Wollen wir etwas essen gehen?«, fragt sie und stemmt die Hände in die Hüften. »Oder sollen wir erst in dein Zimmer? Du hast ein Loch am Saum.«

Ich blicke an mir herab. Ich trage immer noch die graue Tunika der Adepten. Sie besteht aus feuerfesten Enai-Palmfasern, aber vermutlich bin ich irgendwo hängen geblieben. Sie ist mir inzwischen ohnehin zu kurz und zeigt meine knochigen Knie. Ich wollte meine Mutter nicht um das Geld für eine neue bitten, obwohl ich bis vor Kurzem glaubte, sie noch ein Jahr tragen zu müssen. Doch der Krieg hat alles geändert.

»Das brauche ich wohl nicht mehr flicken.« Ich blicke hinauf zu den Fahnen, die über den Mauern der Akademie flattern. Die gekreuzten Schlangen der Heilergilde, grün auf weißem Grund. Die rot-schwarzen Zacken der Brennergilde. Und darüber, seit zehn Tagen gehisst, die leuchtende Sonnenflagge von Athosia, unserer stolzen Republik, die dem Norden den Krieg erklärt hat. In der ganzen Stadt weht sie gelb auf Dächern und Zinnen, eine öffentliche Bekundung der Bürger, dass sie hinter dem Kanzler und seiner schweren Entscheidung stehen.

Jemand applaudiert hinter mir, langsam und peitschend. »Das war eine der leichteren Übungen.«

Die spöttische Stimme lässt mich herumfahren. Ich habe mich geirrt, nicht alle meine Zuschauer sind gegangen. Marius Orestis schlendert den Säulengang entlang. Marius, Elenis Vetter, mit dem sie außer dem gemeinsamen Hohen Blut nichts verbindet. Ihm folgen zwei Kerle und ein Mädchen seiner Anhängerschaft. Obwohl sie ebenfalls Adepten sind, tragen sie selbstbewusst keine feuerfesten Tuniken mehr, sondern maßgeschneiderte graue Gewänder aus feinstem Linnen. Um Marius' Hals baumelt zudem eine Kette aus gelbglänzendem Chrysos. Nur dass es kein Chrysos ist, sondern ein Imitat, denn schon seit Jahrzehnten darf niemand in Athosia mehr solchen Schmuck tragen.

Marius klatscht immer noch. Seine Hände sind gepflegt, doch die Nägel sind abgekaut. Marius gilt unter den anspruchsvollen Bewohnern unserer Hauptstadt Athos als gutaussehend. Mir sind seine Lippen zu wulstig, seine Züge zu glatt, und seine Muskeln wirken künstlich, als würde er Polster tragen. Er trägt die gelockten Haare zu einer affektierten Frisur nach vorne getürmt, die allerdings die Verbrennung auf seiner Schläfe nicht verbergen kann. Ich habe ihn dort vorhin in der Stunde der Körperlichen Ertüchtigung mit einem glühenden Fußtritt getroffen. So kurz vor den Prüfungen muss ich beim Kampf alles geben. Dass mein Körper zu glühen anfing, war jedoch keine Absicht. Mein Feuertrieb ist relativ schwach, und noch dazu habe ihn nicht gut im Griff, vor allem nicht, wenn ich in Wut gerate – deshalb bin ich als Brennerin höchstens Durchschnitt. Im Nahkampf bleibe ich allerdings ungeschlagen.

»Wie geht es dir, Marius?«, fragt Eleni und legt den Kopf schief, während sie ihren Vetter so interessiert betrachtet, als wäre er eines ihrer Studienobjekte. Wer Eleni kennt, weiß, dass sie niemals ironisch ist. »Soll ich deine Wunde heilen?«

»Bleib mir vom Leib«, zischt er. »Ich rede mit Theferia.«

Marius gehört wie Eleni zum Abschlussjahrgang. Andere wären geschmeichelt, wenn er ihren Namen kennen würde, doch ich nicht. Ich weiß, dass er mir nicht mit Freundlichkeit begegnet. Ich passe weder in seine elitäre Welt, noch füge ich mich in die Herde seiner Bewunderer ein. Seit sechs Jahren bin ich hier, in dieser Bildungsstätte der Auserlesenen. Wenn ich mit hochgeborenen Brennern wie Marius zu tun habe, fühle ich mich jedoch immer noch wie ein Fremdkörper. Denn ich gehöre keinem der vier Hohen Geschlechter an, den vier edlen Familien, aus denen ausnahmslos alle Adepten stammen. Alle außer mir.

Ab morgen wird das jedoch zweitrangig sein. Morgen ist der Tag der Feuerprüfung. Marius wird die Akademie der Gilden gewiss mit Auszeichnung verlassen, und das Geschlecht der Orestis wird ihm eine glänzende Zukunft bereiten. Ich werde wahrscheinlich mehr schlecht als recht durch die Feuerprüfung stolpern und nur aufgrund meiner anderen Fähigkeiten bestehen. Trotz meiner Unzulänglichkeit werde ich jedoch ihm und den anderen Zöglingen endlich gleichgestellt sein. Uns allen wird der Meistertitel gebühren. Und gemeinsam mit Eleni werde ich weit weg von hier neu anfangen, dort, wo es nicht um Herkunft, sondern um Kameradschaft und Tapferkeit geht: in der Armee.

Deshalb gehe ich Marius heute nicht aus dem Weg, sondern bleibe stehen und blicke ihm direkt in die Augen.

»Was willst du?«

»Was ich will?« Er hebt die linke Augenbraue, die zu meiner Schadenfreude leicht angesengt aussieht. »Die Frage ist eher, was *du* willst. Du willst dem Aufruf des Rektors folgen und morgen freiwillig antreten, um dich danach als Soldatin zu verpflichten? Ich wusste gar nicht, dass du so eine Patriotin bist.«

Natürlich weiß er das nicht. Er weiß gar nichts über mich.

»Oder treibt dich etwas anderes?«, fährt er fort. Er lächelt plötzlich. »Ist es vielleicht *Liebe*?« Das Wort gleitet über seine lüstern geschürzten Lippen wie Honigmilch. Mir dagegen steigt es bitter in der Kehle auf.

»Dein Verlobter soll Soldat im Grenzgebirge sein, stimmt das? Wie romantisch, dass du in der Stunde des Krieges bei ihm sein willst.« Die beiden Jungen hinter ihm stoßen sich an, das Mädchen kichert.

Ich beiße mir auf die Zunge. Woher weiß er von Ian? Ich habe ihn nur wenigen gegenüber erwähnt, und einzig Eleni weiß alles über uns. Eleni, die sich genauso um mich kümmert wie ich mich um sie.

»Marius, das geht dich gar nichts an«, rügt sie ihn.

»Stimmt«, krächze ich.

Marius' Lächeln wird breiter. »Vernunft, Disziplin, Gemeinschaft.« Er zitiert die Grundsätze, die über dem Eingang der Akademie eingemeißelt sind. Dem Torbogen, unter dem ich morgen ein letztes Mal hindurchgehen werde – im schwarzen Umhang der Brenner. Ich atme tief durch und versuche, das Feuer in meiner Brust zu besänftigen.

»Worauf willst du hinaus?«, frage ich. Wahrscheinlich ist es falsch, mich überhaupt auf ein Gespräch einzulassen. Doch die Fähigkeit zum Taktieren, die den meisten Adepten in die Wiege gelegt zu sein scheint, geht Eleni und mir leider ab. Allerdings ist es Eleni im Vergleich zu mir auch gänzlich gleichgültig, was die anderen von ihr halten. Nun ist es jedenfalls zu spät, Marius zu stoppen.

»Eine Gemeinschaft sollen wir sein, und als Teil dieser mache ich mir Sorgen um dich«, sagt er. Sein Lächeln ist so falsch, dass ich es ihm aus dem Gesicht schlagen will. »Zuerst deine mangelnde Bereitschaft, dich einzufügen. Du lässt dich mit einem Gemeinen ein? Du scheinst vergessen zu haben, was deine Pflicht ist.«

Ich balle die Fäuste hinter dem Rücken. Marius scheint vergessen zu haben, dass ich selbst eine Gemeine bin. Doch wenn ich einmal den Meistertitel der Brenner errungen habe, werde ich eine Bürgerin sein wie er. Und dann gibt es kein Gesetz mehr, das mich zwingt, mich in der Partnerwahl auf meine Berufsgilde zu beschränken. Nur eine Konvention, und auf die pfeife ich.

»Und jetzt das«, fährt er fort, ohne zu ahnen, was mir durch den Kopf geht. »Du fällst die schwerwiegende Entscheidung, zur Prüfung anzutreten, nicht vernünftig und mit dem Verstand, sondern aufgrund von Gefühlen. Hast du nichts gelernt?«

Ich balle Fäuste so fest, dass meine Finger heiß werden. Marius redet einfach weiter. »Ich will nur verhindern, dass du dich blamierst, Theferia. Ich sehe schon vor mir, wie du Brandlöcher in die Gewänder der Prüfer sengst.« Seine Freunde lachen nun offen. »Dabei mache ich mir nicht nur Sorgen um dich …«, er hebt theatralisch einen mahnenden Finger, »… sondern auch um meinen Vater.«

Der als Vorsitzender der Brennergilde einer der Prüfer ist. Als ob mir das entgangen wäre.

»Wahrscheinlich verstehst du das nicht«, fügt Marius hinzu. »Wie solltest du auch. Wo du doch keinen Vater hast. Und noch dazu missgebildet bist. Ein Finger zu viel, ein Name zu wenig. Kein Wunder, dass du dich mit dem erstbesten Grenzschläger einlässt.«

Ein Finger zu viel, ein Name zu wenig. Der Spottruf, der mir seit sechs Jahren immer wieder begegnet. Er brennt hinter meiner Stirn, als hätte ihn jemand dort eingemeißelt. Eigentlich sollte ich daran gewöhnt sein, doch das bin ich nicht.

Marius' Fehler ist es, sich beifallheischend zu seiner Gefolgschaft umzuwenden. Im nächsten Augenblick liegt er auf dem Boden, und ich presse sein Gesicht auf die Marmorsteine. Ehe ihm einer seiner Begleiter zu Hilfe eilen kann, habe ich ihn jedoch schon wieder losgelassen und springe mit einem federnden Satz zurück auf die Füße. In jedem meiner Muskeln pulsiert Feuer, und mein verdammter sechster Finger an der linken Hand juckt, als hielte ich ihn in ein Ameisennest. Dieses nutzlose hässliche Anhängsel, das mich auch noch äußerlich vor allen anderen als Sonderling brandmarkt. Laut Eleni stammt der zusätzliche Finger wahrscheinlich aus der Erblinie meines Vaters. Allerdings habe ich außer mir noch nie jemanden mit sechs Fingern getroffen.

Marius' Freunde helfen ihm auf. Eleni streckt die Hand aus, und streicht über seinen Arm. Als Heilerin reicht ihr eine kurze Berührung, um zu erfahren, ob er verletzt ist.

»Ihm geht es gut«, teilt sie uns mit.

Er schiebt sie beiseite und starrt mich wütend an. Ich lauere wachsam auf jede seiner Bewegungen. Gleichzeitig bin ich wütend auf mich selbst. Habe ich den Verstand verloren? Sie werden mich in Grund und Boden rammen!

Marius winkt jedoch nur mit der Hand, um seine Anhänger von mir zurückzuhalten. *Keine Aggression*, ein weiterer Grundsatz der Akademie. Er ist zu schlau, um ihn zu brechen, schlauer als ich. Er spuckt mir verächtlich vor die Füße, dann wendet er sich ab.

»Du tust mir leid, Theferia«, sagt er noch im Gehen über die Schulter. »Selbst an der Disziplin scheiterst du, gefühlsduseliges Weib. Du hast es nicht verdient, für unsere Republik zu kämpfen.«

Eleni neben mir schnauft entrüstet, doch ich höre sie kaum. Marius' Worte machen meine Brust eng und lassen Tränen in meine Augen steigen.

Marius' Anschuldigungen sind falsch. Ich möchte in den Krieg ziehen, um meinem Land zu dienen. Doch er hat auch ins Schwarze getroffen. Ich lasse mich tatsächlich von meinen Gefühlen beherrschen. Seit Tagen habe ich kaum mehr geschlafen, sondern so verbissen geübt, dass mein ganzer Körper wund ist. Ich habe meine Stunden mit Arbeit gefüllt, um nicht daran denken zu müssen, dass Ian in eine Schlacht ziehen wird, deren Ausgang keiner vorhersehen kann. Ich will meinem Land dienen, ja, aber ich will auch bei ihm sein. Er weiß noch gar nicht, dass ich mich der Armee anschließen will, um ihn beschützen zu können, soweit meine kümmerlichen Brennerfähigkeiten reichen. In meinem Kopf höre ich sein helles Lachen. *Du willst mich beschützen, Wildkatze? Dein Schutz ist doch meine Aufgabe.* Ian lacht gern und viel. Und ich will ihn wieder lachen hören, bald. Deshalb bleibt mir keine Wahl: Ich muss die Prüfung morgen bestehen.

Kapitel 2

»Verehrte Meister der Brennergilde, verehrtes Prüfungskomitee. Liebe Eltern und Freunde, liebe Adepten. Wir schreiben das Jahr 499 seit Gründung der Republik, und das 494. Jahr der Abschlussprüfungen in diesen ehrwürdigen Hallen.«

Der Rektor spricht von der Kanzel auf über vierhundert Versammelte herab. Da wir, die Prüflinge, leicht erhöht an der Vorderseite der Säulenhalle sitzen, kann ich den Raum gut überblicken. Das Publikum füllt ihn bis in die hinterste Ecke, ein wogendes Meer aus schwarzen und weißen Gewändern, darüber helles Haar, das im Glanz der hereinfallenden Sonne zu leuchten scheint. Die meisten Mitglieder der Hohen Geschlechter von Athosia sind blond, und die Mode schreibt seit einigen Jahren beiden Geschlechtern vor, das Haar wie in alten Zeiten offen und lang zu tragen. Einige haben es zu Löckchen gedreht, die sich um ihre Häupter bauschen wie Lämmerwolle. Sie ähneln damit beinahe gespenstisch den Figuren an den Wänden, die auf ewig erstarrt sind in Mosaiken aus der glorreichen Vergangenheit unseres Landes. So gut wie alle Brenner und Heiler unseres Landes entstammen den vier Hohen Geschlechtern: den Orestis, den Leontes, den Castors und den Agadeis. Diese sind mehr als Sippen oder hochgeborene Familien, sie sind die regierenden Parteien unserer Republik. Die Hohen blieben immer schon unter sich – selbst die Bastarde werden in die Familie adoptiert. Normalerweise. Nur ich bin ein unerwünschter Ausrutscher von einem aus ihren Reihen, der sich entgegen den Gepflogenheiten niemals zu erkennen gab. Und mich dadurch zu einem namenlosen Bastard gemacht hat. Mein sechster Finger fängt an zu jucken, sein Erbe. Ich reibe ihn hektisch. Seit ich ein Kind war, halte ich nach einem Mann mit sechs Fingern Ausschau, doch ich bezweifle inzwischen, ihn je zu finden.

»Dies ist ein wahrhaft außerordentlicher Tag für alle von uns – doch für einige in besonderem Maße«, fährt der Rektor fort. Schweiß rinnt ihm über die Schläfe und tropft auf den Kragen seiner weißen Robe. Als Heiler kann er mit der Hitze nicht so gut umgehen wie wir.

Einst gab es mehr als ein Dutzend Lehrakademien für Brenner und ebenso viele für Heiler, die über die ganze Republik verteilt waren. Wegen der abnehmenden Adeptenzahlen wurden nach und nach immer mehr von ihnen geschlossen, bis es nur noch eine Handvoll waren. Vor einem Jahrhundert schließlich beschlossen die Gilden, Brenner und Heiler zusammen auszubilden, um die Organisation der Lehreinheiten effizienter zu gestalten. Heute gibt es landesweit noch vier gemeinsame Akademien. Unsere hier in Athos ist nicht nur die älteste, sondern auch die renommierteste unter ihnen. Sie wird wie die anderen nun im dreijährigen Wechsel von einem Heiler oder einem Brenner geleitet.

Wie viele Heiler neigt unser Rektor zu gestelzten Sätzen, die klug klingen und wenig aussagen. Ich habe den Verdacht, dass sie das tun, um ihre Patienten zu verwirren – oder zu beruhigen.

Heute funktioniert es nicht, zumindest nicht bei mir. Meine Hände schwitzen, obwohl mir die Hitze eigentlich nicht so viel ausmachen sollte wie ihm.

Der Rektor wischt sich über die Stirn. »Die dreißig Adepten des Abschlussjahrgangs der Brenner treten heute an, um vor den prüfenden Augen des Komitees ihre Fähigkeiten unter Beweis zu stellen. Sieben Jahre haben sie dafür gelernt. Heute wird sich zeigen, ob ihr Können genügt.« Sein Blick gleitet über die Adepten, die auf der Bank vor mir sitzen. Ich sehe nur Hinterköpfe in den Schattierungen von hellblond bis dunkelblond. Manche scheinen zu Boden zu blicken, andere haben den Kopf stolz erhoben. Auch Marius gehört zu ihnen. Ich beneide ihn um seine Selbstsicherheit. Nur einen kenne ich, der ironischerweise ebenso selbstsicher ist: Ian.

»Vernunft, Disziplin, Gemeinschaft«, sagt der Rektor. »So lauten die Leitsätze der Akademie der Gilden. Die Hinwendung zum Denken, das Schärfen des Verstands zu einer Klinge, die Wirklichkeit und Aberglaube voneinander scheidet, das ist das höchste Ziel von Erziehung. Denn Vernunft und Verstand sind die Grundpfeiler unserer Gesellschaft. Sie erheben uns zu fortschrittlichen Menschen, sie brachten unsere Gründungsväter hervor, die einst das Chaos der Dunklen Zeit besiegten und das Fundament unserer Republik legten.«

Ich bin abgelenkt, meine Blicke flattern wie gefangene Schmetterlinge hierhin und dorthin. Es ist nicht schwer, meine Mutter in der Menge zu finden. Ich wusste, dass sie sich einen Platz in der letzten Reihe suchen würde. Und dort erblicke ich ihr braunes Haar und ihr schmuckloses blaues Gewand, ihr sanftes Gesicht, das heute ein wenig verschreckt wirkt. Sie muss sich inmitten der Menschenmenge aus Hochgeborenen verloren fühlen. Wenn nicht Eleni versprochen hätte, sie heute morgen an den Stadttoren in Empfang zu nehmen, sie bei sich zu Hause wohnen zu lassen und sich auch sonst um sie zu kümmern, hätte ich ihr verboten, überhaupt zu kommen. Sie gehört nicht hierher in unsere arrogante Hauptstadt Athos, die sich am Ufer des Sees Hogaisos räkelt wie eine verwöhnte Tigerin. Sie gehört in die weiten Hügel der Provinz Irelin im Westen, wo mehr Schafe als Menschen leben und nur die *Ipallin*, die als oberste Beamtin unseren kleinen Distrikt regiert, und ihre beiden Töchter blond sind – und ich.

Ich fange Mutters Blick auf und lächele ihr etwas gezwungen zu. Ich bin froh, dass sie hier ist, auch wenn mich bei ihrem Anblick wie immer eine Mischung aus Liebe und Frust durchzuckt. Inzwischen juckt nicht nur mein Finger, sondern mein ganzer Arm. In meiner Nervosität habe ich ihn bereits mit Kratzern übersät, die teilweise bluten. Rasch fasse ich in die Seitentasche meiner Tunika und krame nach dem kleinen Pastillendöschen. Morgens habe ich bereits eine Dosis genommen, doch eine zweite kann heute nicht schaden. Laut Eleni leide ich an einer Stoffwechselstörung, die das Jucken verursacht. Sie hat mir ein Mittel dagegen gemischt, das außerdem die Wundheilung der Kratzer beschleunigt und ein leichtes Betäubungsmittel gegen die Schmerzen enthält. Dass das Jucken stets am Finger anfängt, nennt sie *psychosomatisch*, was im Kauderwelsch ihrer Gilde sicherlich besser klingt als *gestört.*

»Wir haben euch auch Disziplin gelehrt«, spricht der Rektor weiter. »Denn Gehorsam und Selbstbeherrschung sind unabdingbar, um die Triebe zu unterwerfen, die euer hochgeborenes Blut mit sich bringt. Und ihr habt es erreicht, sonst wärt ihr heute nicht hier. Ihr habt den Feuertrieb mit eurem Willen gezähmt und ihn zu einem Werkzeug geformt. Einem Werkzeug, das euch zu kostbaren Mitgliedern der Gesellschaft erheben wird, zu würdigen Dienern der Republik und zu Führern des Volkes, je nachdem welchen Beruf die Gilde euch bewilligen wird.«

Der Blick des Rektors wandert eine Reihe nach hinten, zu uns, die wir leicht abgerückt von den anderen auf einer zusätzlichen Bank sitzen. Meine Sitznachbarn beginnen wie auf ein geheimes Signal auf ihren Hintern herumzurutschen. Ich kann ihre Nervosität beinah körperlich spüren. Ich umfasse meine beiden Arme, um mich nicht mehr zu kratzen – und so sitze ich zwischen den Zappelnden reglos aufgerichtet wie eine Steinstatue, die ein wenig zu lang und zu dünn geraten ist. Erst als der Direktor wieder wegschaut, werfe ich mir die Pastille in den Mund. Sie ist bitter und macht meinen Mund taub, doch wenigstens hört der Finger auf, mich zu drangsalieren.

»Wir befinden uns in einer denkwürdigen Situation«, fährt der Rektor fort. Er hebt die Hand zu einer mahnenden Geste und seine Bewegungen wirken plötzlich fahrig, als sei er genauso nervös wie wir. »Krieg herrscht im Norden. Krieg gegen die Barbaren jenseits der Grenze, die all das bedrohen, was wir uns in den letzten Jahrhunderten mühsam aufgebaut haben. Um unsere Republik zu beschützen, brauchen wir unerschrockene Soldaten an den Grenzen. Auf den Appell unseres verehrten Kanzlers haben sich bereits im ganzen Land tapfere Männer und Frauen gemeldet, um unsere Truppen zu verstärken. Auch die Brennergilde hat sich diesem Appell angeschlossen. Denn wer ist mehr zum Soldatentum berufen als die Brenner, deren Feuer jeden Feind das Fürchten lehrt? Vor drei Wochen haben wir nicht nur die Absolventen, sondern Adepten aller Jahrgänge aufgerufen, sich freiwillig für die Armee zu melden. Zwanzig Adepten aus den jüngeren Klassen sitzen nun hier. Zwanzig mutige junge Männer und Frauen, die das achtzehnte Lebensjahr erreicht haben. Sie sind bereit, sich vorzeitig der Prüfung zu stellen. Wenn sie als geeignet eingestuft werden, wird ihnen für die nächsten zehn Jahre der Beruf des Soldaten zugeteilt. Denn sie wollen unsere Republik gegen unseren Feind verteidigen – wenn es nötig ist, mit ihrem Leben.«

Bin ich bereit, mein Leben zu geben? Der Gedanke lässt mich einen Moment stocken. Ich bin stolz auf das Land, in dem ich lebe. Ich bin stolz darauf, dass bei uns Frieden und Ordnung herrscht, dass bei uns nicht ein ungebildeter Despot regiert, sondern der Gemeinwille, der das Beste in uns allen hervorbringen soll. Außerdem weiß ich, dass ich begünstigt bin. Die Republik hat mir die Möglichkeit gegeben, diese Ausbildung zu absolvieren. An jedem Tag, an dem ich hart an mir arbeite, bin ich mir dessen bewusst. Und ich bin bereit, dafür etwas zurückzugeben. Ja. Ich nicke unwillkürlich. Das ist ein Leben wert.

❄

Während sich die Gäste mit Häppchen im Atrium erfreuen, brüte ich mit den anderen Kandidaten über den Pergamenten der schriftlichen Prüfung. Ich kann es mir nicht leisten, sie auf die leichte Schulter zu nehmen, und bin froh, dass ich mit Eleni ordentlich gepaukt habe. Wir werden nicht nur in der mathematischen Disziplin geprüft, sondern auch in Geschichte und politischer Philosophie. Das Interesse für Philosophie hat Eleni und mich damals zusammengebracht. Sie machte großen Eindruck auf mich, als sie sich mit wippendem Zopf von ihrem Schreibpult erhob und Meisterin Anna aufforderte, das Gesetzeswerk doch bitte richtig zu zitieren. Danach intonierte sie selbst den Text so exakt, als würde sie ihn ablesen. Es war mein erster Tag an der Akademie der Gilden, und sie hatten mich versehentlich dem höheren Jahrgang zugewiesen. Ich hielt Eleni Orestis für eine hochrangige Respektsperson unter den Adepten, mindestens die Wortführerin ihres Jahrgangs. Es kostete mich allen Mut, sie nach der Stunde zu bitten, mir den Text noch einmal zu erklären. Erst später fand ich heraus, dass die Leute sie genauso als Sonderling betrachteten wie mich.

Ich schiebe die Erinnerung beiseite. Die erste Prüfungsaufgabe lautet: *Beschreibe die Grundsätze des Gemeinwillens in drei Sätzen.*

Fünf Zeilen habe ich Platz für die Antwort. Ich kaue kurz auf meiner Feder, dann schreibe ich:

Der Gemeinwille dient dem Besten aller. Der Wille des Einzelnen strebt dagegen nur nach dem Besten für sich selbst. Erst durch Wissen und Gesetz kann sich der Mensch von der Eigensucht lösen und wird zum Bürger, der mit Verstand und Gemeinsinn dem Volk dienen kann – und damit schlussendlich auch am besten sich selbst.

Ich lese meine Antwort durch und bin zufrieden damit.

In den nächsten Fragen geht es um die Geschichte und Funktionsweise unseres Regierungssystems. Vor fünf Jahrhunderten war unser Land von Chaos regiert. Tyrannen, die oft auch noch Brenner waren, ließen ihre Untertanen im Namen roher Götter niedermetzeln und behandelten Frauen nicht besser als Vieh. Doch vier Familien beschlossen, sich dagegen zu wehren und eine neue Ordnung zu erschaffen. Für die Brenner und Heiler unter ihnen gründeten sie die Gilden, sie setzten die Herrschaft des Verstandes anstelle religiösen Wahns und schrieben ein Gesetzeswerk, das für alle Menschen gleichermaßen galt. Damit legten sie den Grundstein unserer Republik.

Die Hohen Geschlechter sind die Nachkommen dieser vier Gründerfamilien und jener, die sich ihnen damals anschlossen. Wer zu ihnen gehört, ist nicht nur hoch angesehen, sondern oft auch vermögend. Der Rat der Ältesten Bürger, der unseren Kanzler wählt, setzt sich zusammen aus Mitgliedern dieser vier Hohen Familien – die von den einfachen Bürgern gewählt werden. Den Status eines Bürgers erlangt allerdings bei Weitem nicht jeder. Früher dachte ich, allein die Angehörigen der vier Geschlechter seien Bürger, doch das stimmt nicht. Man muss nur ein eigenes Stück Land und mindestens einen Sklaven besitzen und im Wahlamt von Athos registriert sein. Da es jedoch eine ordentliche Anzahl Denare kostet, die Urkunden zusammenzubekommen und sich persönlich in Athos registrieren zu lassen, gibt es in den Provinzen wenige Bürger und viele Gemeine. Ich werde mal wieder eine Ausnahme sein. Wenn ich die Prüfung heute bestehe, wird mir als Brennmeisterin der Status einer Bürgerin zuerkannt, obwohl ich weder Land besitze noch zu einem Hohen Geschlecht gehöre.

Die wissenschaftliche Basis der Vererbung, auf die wir die beiden Triebe zurückführen, ist der Kern des nächsten Frageblocks. Ich vervollständige Schaubilder, die aufzeigen sollen, wie sich unsere Population innerhalb der riesigen Bevölkerung von Athosia entwickelt. Unglücklicherweise werden wir seit Generationen immer weniger und die Triebe immer schwächer. Warum das so ist, fragt uns der Prüfungsbogen nicht, denn darüber zerbrechen sich unsere Gelehrten bisher ergebnislos die Köpfe.

Ich überfliege die nächsten Fragen, die sich um unsere Rechtsprechung drehen und bleibe an einer der letzten hängen.

Beschreibe die drei Wege der Chrysosförderung der Gilden und erläutere die jeweiligen Vor- und Nachteile.

Eine ganze Seite habe ich mit Text zu füllen. Dabei hat mich das Thema nie interessiert. Frauen wird selten der harte Beruf der Metallgewinnung zugewiesen, außerdem bin ich eindeutig die Falsche für den Bergbau: Dunkle, enge Gänge beklemmen mich. Als Sucherin für das gelbglänzende Chrysos eigne ich mich auch nicht, denn meine Sinne für das Metall sind nicht fein genug. Wir alle wurden letztes Jahr darauf getestet. Fähige Sucher sind rar, und es herrschen Gerüchte, dass unsere Vorräte an Chrysos beständig schrumpfen, weil die Adern in den Minen versiegen und keine neuen gefunden werden. Ich möchte mir nicht ausmalen, wie sich das auf den Krieg auswirken könnte. Chrysos ist unsere kostbarste Waffe und unser wertvollster Besitz, und es wird von den Schatzmeistern der Gilden streng rationiert. Mit ihm kann der schwächste Adept den fähigsten Meister übertrumpfen. Eine Fingerspitze Chrysoskörner auf der Zunge genügt, um einen Saal voller Kranker zu heilen oder einen Brenner für eine Stunde in einen Flammenwerfer zu verwandeln.

Ich beantworte die Frage oberflächlich und hoffe, dass den Prüfern die Antwort genügt.

Nachdem ich die Schriftbögen abgegeben habe, sind wir angehalten, auf unseren Plätzen zu warten, bis wir einzeln aufgerufen werden. Also verharre ich stumm und tausche hilflose Blicke mit den anderen Kandidaten. Eine Ewigkeit vergeht. Wir werden immer weniger, am Schluss sind wir nur noch eine Handvoll. Ich werde als Vorletzte vor das Komitee gerufen. Sie warten im Übungshof auf mich – dort, wo ich am Vortag noch trainiert habe. Vor der Tür kontrolliert Meisterin Anna, unsere Philosophielehrerin, meine Kleidung und sogar meinen Mund. Sie nimmt mir mit einem strengen Blick meine Pastillendose ab. Es gibt immer wieder Versuche, Chrysoskörner in die Prüfung zu schmuggeln. Ich kann die Versuchung verstehen, denn inzwischen zittern meine Hände so sehr, dass ich überzeugt davon bin, keinen einzigen Feuerball mehr formen zu können. Doch ich habe weder die Beziehungen noch das Geld, um mir illegal etwas von dem Metall zu beschaffen.

Mit so staksigen Schritten wie ein Storch trete ich vor das Komitee. Ein blank polierter Tisch trennt mich von ihnen, der mir so lang und breit erscheint wie eine Bühne. Die Gesichter der Meister liegen im Schatten eines aufgespannten Segels, und ich muss gegen die Sonne blinzeln, um etwas zu erkennen.

Ich identifiziere Meister Marius Orestis den Älteren, Elenis Onkel und der Vorsitzende der Brennergilde. Er ist von muskulöser Statur wie sein Sohn, doch damit enden die Ähnlichkeiten schon. Er hat eine gerunzelte Stirn und graue Augen, deren strenger Blick mich ganz zu durchdringen scheint. Neben ihm sitzt die alte Meisterin Ismene Agadei, die bis vor zwei Jahren Rektorin der Akademie war. Ihre zerfurchte Miene macht einen erschöpften Eindruck, und ihr schwarzes Kleid wirkt verstaubt. Meister Antonis sitzt auf ihrer anderen Seite. Ich ignoriere ihn und blicke lieber Meister Amphion an. Er blinzelt mir zu. Er ist der Lehrer in Leibesertüchtigung und hat mich dieses Jahr dem höheren Kurs zugeteilt, der eigentlich für die Adepten des Abschlussjahrgangs gedacht ist.

Als ich zuletzt den Mann neben ihm anschaue, stockt mir der Atem. Meister Zenon Castor. Er ist der Kommandant der Brennersoldaten – der Ersten Division in der Armee von Athosia. Außerdem ist er angeblich ein enger Vertrauter des Kanzlers. Sein hellblondes Haar ist streng zurückgekämmt und verleiht seinem schmalen Gesicht ein asketisches Aussehen. Er trägt keine schwarze Robe, sondern Soldatenkleidung: Stiefel, Hosen, eine Lederweste über einer kurzen Tunika, und auf den

Schultern einen schwarzen Umhang, der mit einer kunstvollen Fibel verschlossen ist. Obwohl er bestimmt an die vierzig ist, gibt es viele Adeptinnen, die für ihn schwärmen. Einst habe ich heimlich davon geträumt, dass er mein Vater sein könnte. Sein Blick gleitet gelangweilt über mich hinweg, und ich schäme mich für die kindlichen Fantasien.

Meister Marius räuspert sich. Er blättert in den Akten, die vor ihm liegen.

»Theferia …«, sagt er. Erst jetzt bemerkt er offensichtlich, dass kein Nachname in den Unterlagen steht. Er mustert mich mit gerunzelter Stirn. Etwas in seinem Blick, eine abschätzende, wissbegierige Kälte lässt mich frösteln. Er ist nicht nur der Gildenvorsitzende, sondern auch ein hochrangiger Gelehrter an der Universität. Er leitet dort die Fakultät der Abstammungslehre, die sich mit der Geschichte der Hohen Geschlechter und der Vererbung der Triebe beschäftigt. Wahrscheinlich ärgert er sich, meine Herkunft nicht zu kennen. »Den Unterlagen entnehme ich, dass du trotz deines Alters noch nicht zum Abschlussjahrgang gehörst«, knurrt er. »Warum das?«

Ich krümme mich unter seinem kritischen Blick. »Der Feuertrieb hat sich bei mir erst mit dreizehn gezeigt«, murmele ich. »Unsere Ipallin hat dann einen Meister in der Stadt verständigt. Bis dieser in unseren Distrikt kam, um mich zu testen, dauerte es mehrere Wochen …«

»Gut, gut.« Er winkt ab. »Bringen wir es hinter uns.«

Ich sinke noch ein Stück in mich zusammen. Wie konnte ich so dumm sein zu glauben, dass ich eine Meisterin sein könnte? Ich bin niemand, nur eine unbegabte Hochstaplerin im Vergleich zu diesen hochgeborenen Brennern.

Jäh spüre ich Meister Amphions missbilligenden Blick. Mit dem Kinn macht er eine auffordernde Geste. *Steh nicht da wie ein buckliger Krüppel*, schimpfte er mich oft genug. Er hat recht. Obwohl mir kaum danach ist, straffe ich die Schultern und richte ich mich zu meiner vollen Größe auf.

»Welche zwei Übungen in der Kampfkunst möchtest du zeigen?«, fragt Meisterin Ismene freundlich.

»*Die Abwehr der Rekruten* und *Der Angriff der Nomaden.*« Ich stakse zu dem Ring an Zielscheiben hinüber. Meister Amphion hat mir zu diesen Bewegungsfolgen geraten. Sie sind körperlich anspruchsvoll, aber die Abfolge der Feuerbälle und Flammenstöße ist nicht allzu schwierig.

Ich schließe die Augen. Es dauert einige Augenblicke, bis ich meinen Puls so weit beruhigt habe, dass ich fähig bin, mich zu konzentrieren. *Gehorche mir*, beschwöre ich den Trieb in meinem Inneren. *Wenigstens heute.* Ich brauche alle Kraft, um das Feuer aus mir hervorzulocken, das sich tief in mir versteckt hat. Endlich schwebt ein kümmerlicher Feuerball über meiner Hand. Ich setze mich in Bewegung. Die Zeit zerbricht in Einzelteile: Sprung, Schritt, Drehung, Wurf …

Als ich zum Ende komme, atme ich auf. Zwei Feuerbälle haben geflackert, doch alle haben ihr Ziel erreicht. Auch die zweite Übung bringe ich ohne gröberen Schnitzer hinter mich.

Sie gönnen mir keine Pause.

Schon knurrt Meister Marius: »Feuerschild.«

Ich schließe erneut die Augen und ziehe in Gedanken einen Kreis um mich. Feuer gießt sich aus meiner Hand auf den Boden und flammt entlang der Linie in die Höhe, umgibt mich wie eine Rüstung, die mich vor Angriffen schützt. Meine Haut prickelt unter den Flammen, doch sie verbrennt nicht. Ich zähle stumm. Immerhin zehn Sekunden kann ich den Schild aufrecht halten, dann bricht er zusammen und erlischt auf den Pflastersteinen.

»Glühende Hand«, befiehlt Meister Antonis. Er deutet auf eine Reihe von hüfthohen Holzstecken, die auf der Seite des Hofs in die Erde gesteckt sind.

So rasch eile ich hinüber, dass ich fast über meine eigenen Füße stolpere. Irgendeiner der Prüfer stößt ein Seufzen aus. Ich strecke die Hand nach dem ersten Stecken aus. Der

Seufzer hat mich so aus dem Konzept gebracht, dass ich erst einmal tief durchatmen muss. Dann spüre ich der Wärme in meinem Inneren nach, dem Trieb, der in meiner Vorstellung direkt unter meinem Herzen in einer dunklen Höhle pulsiert. Mühsam dirigiere ich ihn in meine Hand, die warm wird und schließlich zu glühen beginnt. Ich schließe die rot leuchtenden Finger um den ersten Stock. Er beginnt zu zischen und zu knacken, und schließlich schlagen Funken aus dem Holz. Als er sicher brennt, wende ich mich dem nächsten Stock zu. Nach dem vierten Stock merke ich, wie meine Kräfte allmählich erlahmen. Zwar gerate ich nicht außer Atem, sondern pulsiere weiter im Rhythmus des Feuers, doch meine Hand wird schwer und das Prickeln auf meiner Haut weicht einem unangenehmen Stechen. Ich hätte noch eine Pastille schlucken sollen. *Zwei noch!* Sechs sind die Mindestanforderung. Früher waren es einmal zehn. Ich kratze alle meine Entschlossenheit zusammen.

Als der sechste Stock endlich brennt, kann ich die Hand kaum mehr halten. Ich lasse sie fallen und das Glühen erlischt beinahe sofort. Unauffällig massiere ich das Handgelenk, um das Stechen zu vertreiben. Meister Antonis kräuselt geringschätzig die Lippen.

Meisterin Ismene fordert mich als Nächstes auf, einen armlangen Metallstab zu einer Schleife zu verbiegen. Dies erfordert nicht nur große Hitze, sondern auch Geschicklichkeit. Ich setze an, doch ich bin zu hastig. Der Stab zerbricht.

Ich bin verloren. Enttäuschung über mich selbst erstarrt in meiner Kehle zu einem schwarzen Ascheklumpen, während ich darauf warte, dass ihr Urteil mich vernichtet.

Meister Zenon ergreift das Wort. Er hat eine helle Stimme, die die Luft durchdringt wie ein Dolchstoß.

»Flammengestalt.«

Ich reiße ungläubig die Augen auf. Auch die anderen Prüfer scheinen überrascht.

»Kommandant, bist du dir sicher, dass …«, setzt Meister Amphion an.

»Sie will Soldatin werden, um ihr Land zu verteidigen?«, unterbricht ihn Meister Zenon rüde. »An den Grenzen, wo ein einziger Augenblick entscheidet über Tod oder Leben, Sieg oder Niederlage? Bisher habe ich nichts gesehen, was mich von ihrer Eignung überzeugt. Sie kann das noch ändern. Flammengestalt.«

Er schaut mich aus zusammengekniffenen Augen an, bevor er den Blick abwendet, als hätte er schon entschieden, dass ich versage. Würde ich ihn nicht bewundern, würde ich ihn jetzt mit Inbrunst hassen.

Flammengestalt bedeutet, sich selbst und seinen gesamten Körper in eine lebende Fackel zu verwandeln. Das schaffen kaum die besten Adepten, und auch Meister scheuen den Einsatz dieser gefährlichen Waffe, wenn sie nicht gerade die Hilfe von Chrysos dazunehmen.

Ich senke den Blick. Ein altes Bild steigt wie Galle in mir hoch. Die verkohlten Balken eines Stalls. Rauch, der wie ein Leichentuch darüberliegt. Der Gestank von verbranntem Fleisch.

Die Lehrjahre haben zwar gezeigt, dass mein Trieb recht schwach ausgeprägt ist, doch ich traue ihm nicht. Mehr noch, ich fürchte mich vor ihm, und deshalb habe ich mehr als alle anderen geübt, ihn unter Kontrolle zu halten. Jetzt bleibt mir allerdings keine Wahl mehr. Ich strecke meine Arme in die Höhe, spanne die Muskeln in meinem Körper an wie einen schussbereiten Bogen. Wenn Ian jeden Tag an der Grenze im Norden kämpfen kann, dann kann ich es hier und jetzt ebenfalls! Laut schreie ich meine Furcht heraus. Dann lasse ich all die mühsam aufgerichteten, inneren Schranken fallen.

Hitze schießt in mir empor, umhüllt erst meine Hände, dann meine Arme, meinen Nacken, zischt mein Rückgrat hinunter, über meine Hüften. Feuer tobt durch meinen Körper mit einem wütenden Lodern. Ich keuche vor Grauen. Im Bruchteil einer Sekunde habe ich jede Kontrolle verloren. Die Hitze verzehrt mich, verglüht all meine Gedanken, mein Sein.

»Halt!« Jemand wirft etwas über mich. Ich schreie auf vor Schmerz. Es zischt wie verdampfendes Wasser. Doch kein Wasser kann das Feuer eines Brenners löschen. Ich falle auf die Knie und ringe nach Atem. Ein fein geschmiedetes Netz überzieht mich. Argyr. Das Metall fühlt sich unerträglich kalt auf meiner Haut an. Kalt und taub, als würde es mir das Leben aussaugen. Obwohl mir jede Bewegung wehtut, springe ich auf und schüttle es ab. Ich wanke, so schwach fühle ich mich. So wie das gelbe Chrysos unseren Trieb stärkt, lähmt das fahlgraue Argyr ihn. Doch ich wusste bisher nicht, dass seine Berührung einer Folter gleichkommt. Auf meiner Haut hat das Netz weiße Abdrücke hinterlassen, wie der zu feste Griff einer grausamen Hand.

Strenge Furchen durchpflügen Meister Marius' Stirn. Meisterin Ismene hat die Hand vor den Mund geschlagen, und Meister Antonis blickt schockiert drein.

Meister Amphion steht aufrecht hinter dem Tisch. Seine Schultern beben. Ich glaube, dass er das Netz geworfen hat. Doch er schaut nicht mich an, sondern Meister Zenon.

»Das war knapp«, stößt er hervor. »Und unnötig.«

Zenon zuckt mit den Schultern. »Dafür haben wir die Sicherheitsvorkehrungen.« Seltsamerweise schaut er zufrieden drein. »Selbstverständlich hat sie die Kontrolle verloren. Etwas anderes habe ich nicht erwartet. Doch immerhin war sie beherzt genug, es zu riskieren.«

Ich senke den Kopf. Habe ich mich nun gut oder schlecht geschlagen? Doch das spielt wahrscheinlich keine Rolle mehr. Ich fühle mich leer und ausgehöhlt.

Die Prüfung ist allerdings noch nicht vorbei. Die letzte Aufgabe ist zugleich die größte Herausforderung, denn auf ihr habe ich von Anfang an meine Hoffnung gegründet. Jeder

Prüfling darf sich auf ein Gebiet spezialisieren. Mit flirrenden Leuchtkugeln jonglieren, Feuer spucken, zierliche Eisenelemente schmieden, chemische Experimente durchführen oder eine flammende Rede halten, uns sind kaum Grenzen gesetzt, um zu zeigen, wo unsere Stärken liegen und wo wir unsere Zukunft innerhalb der Brennergilde sehen.

»Thea«, sagt Meister Amphion sanft. Er schiebt ein Glas Wasser über den Tisch. Gierig stürze ich es hinunter. Allmählich kehrt die Kraft in meine Glieder zurück. Mein Lehrmeister greift hinter sich und zieht einen langen Eisenstab hervor. Mein Atem stockt. Das ist nicht der zerkratzte Speer aus Eisenerz, mit dem ich geübt habe. Es ist Meister Amphions Waffe, eine filigrane Lanze aus gefälteltem Stahl, die er nie aus der Hand gibt.

»Du hast einen Schattenkampf mit dem Speer vorbereitet«, sagt er so sachlich, als sehe er mein Erstaunen nicht. »Du hast fünf Minuten Zeit.«

Ich packe die Lanze, die wunderbar ausbalanciert in meiner Hand liegt. Jetzt geht es um alles oder nichts, das weiß ich genau, als ich in die skeptischen Gesichter des Komitees blicke. Und ich bin bereit, alles zu geben.

Die Meister mögen das, was nun folgt, Kampf nennen, doch ich nenne es Tanz. Ich schließe die Augen. In meinem Inneren ertönt eine Melodie. Drängelnd, beharrlich, schwungvoll. Jedes Mal höre ich sie, wenn ich tanze, und ich habe längst aufgehört, mich drüber zu wundern. Die Töne sind wie Sonnenstrahlen, die mich durchdringen und wärmen. Es kommt mir vor, als würden sie mich zu einer anderen machen, wild und fröhlich und hell, und gleichzeitig so unfehlbar und stark wie die Sonne selbst.

Die Lanze zittert in meiner Hand, als spüre auch sie den Sog des Liedes. Ich atme ein letztes Mal tief ein, meine Augen sind immer noch geschlossen. Dann gebe ich dem Drängen in mir nach. Mit einem Satz katapultiere ich mich durch die Luft.

Die Lanze wird unter meinem Griff lebendig, sie glüht und zischt und bewegt sich unablässig. Ich wirbele herum, dann springe ich erneut, so weit und so hoch, wie ich kann. Ich bin nur ein Mensch, doch im Tanz fühle ich mich wie ein anderes Wesen. Meine Füße, Arme und die Lanze in meinen Händen zeichnen verschlungene Muster, folgen dem Klang der Töne, die tief in mir aufsteigen.

Zuletzt drehe ich mich so schnell, dass die Welt verschwimmt. Die Lanze schraubt sich in meinen Händen empor, als wolle sie die Sonne aufspießen. Ich gebe ihr nach und lasse sie fliegen, stoße mich selbst ab, als wolle ich die Erde von meinen Füßen streifen. Doch statt der Lanze in die blauen Weiten zu folgen, schlage ich einen Salto und lande im Handstand. Lachend sehe ich die Lanze einen funkensprühenden Bogen beschreiben. Auch sie kommt zurück zu mir. Ich schnelle empor und fange sie, ehe sie den Boden berührt.

Ich höre überraschte Rufe, die das Komitee ausgestoßen haben mag oder auch der Wind. Alle Laute verblassen hinter den Klängen des Lieds.

Und dann folge ich einem plötzlichen Impuls. Die Lanze wirbelt ein weiteres Mal durch die Luft. Ich springe in die Höhe und packe die Waffe im letzten Augenblick. Der letzte Ton verklingt.

Ich knie auf dem Tisch. Direkt vor Meister Zenons Gesicht verharrt die Lanzenspitze.

»Was …«, brüllt Meister Marius auf. Ich schaue nicht ihn an, sondern Zenon. Der Befehlshaber unserer Streitkräfte ist nicht zurückgewichen, hat nicht einmal gezuckt. Doch in seinen hellblauen Augen blinkt zum ersten Mal ein Gefühl. Verblüffung.

Langsam atme ich aus. Ich senke den Blick und lege die Lanze nieder, dann gleite ich vom Tisch hinab, verbeuge mich und verlasse den Hof.

Kapitel 3

In Athos wird es im Spätsommer bereits früh dunkel. Ich lehne an einem der offenen Bögen des Säulengangs und beobachte, wie die ersten Sterne aufleuchten, während wir auf die Verkündung der Prüfungsergebnisse warten. Die meisten Absolventen stehen in Grüppchen beisammen und flüstern beklommen. Ich habe weder Lust noch Kraft, mich unter sie zu mischen.

Dann ist es so weit. Die Türen öffnen sich. Zwei Lehrer geleiten uns in die von Menschen gefüllte Halle. Mit gesenktem Kopf vermeide ich jeden Blickkontakt, während ich mir meinen Platz auf der Bank suche.

Die Abschlussrede des Rektors höre ich kaum. Als Meister Marius die Namen derer vorliest, die die Prüfung bestanden haben, halte ich es kaum noch aus. Und dann fällt mein Name. Ich kann es nicht glauben. Ich sitze da wie betäubt, sicher, dass ich mich verhört habe. Um mich herum ertönt nervöses Fußtrommeln, Aufatmen, Stöhnen, Freudenseufzer. Irgendwann wird geklatscht, die frisch gekürten Meister um mich herum springen auf, Menschen jubeln, diskutieren, wuseln durch den Raum wie eine Horde Affen. Ich bleibe einfach sitzen.

Dann spüre ich Elenis Hand auf der Schulter. Sie beugt sich zu mir herunter, umarmt mich. Ihre blauen Augen strahlen.

»Ich wusste, dass du es schaffen würdest!«

Es ist so unglaublich, dass ich es erst jetzt wirklich begreife, als sie es ausspricht. Sie haben mich tatsächlich bestehen lassen. Ich erwidere die Umarmung, vergrabe mein Gesicht in ihrer Schulter. Als ich aufblicke, sehe ich Mutter vor mir stehen. Sie lächelt und fährt sich zugleich mit der Hand über die tränenfeuchten Augen. Über ihrem Arm liegt ein schwarzes Stück Stoff.

Ich springe auf und lasse mich auch von ihr umarmen. Es ist eine ungewohnte Berührung. Ihre Hände sind leicht wie Federn an meinem Rücken, und ihr seidiges braunes Haar kitzelt mich am Kinn. Sie ist noch kleiner als Eleni.

»Herzlichen Glückwunsch«, wispert sie. Selten spricht sie laut, und ihre Bewegungen sind so sachte, als fürchte sie stets, etwas zu zerbrechen. Wie ihrer Großmutter und ihrer Mutter vor ihr wurde ihr mit achtzehn der Beruf der Weberin zugewiesen, und bei all ihrer Behutsamkeit ist sie so unermüdlich wie das Schiffchen, das zu Hause jeden Tag die Webstuhlreihen entlangtanzt. Fast jede Frau aus unserem Dorf trägt im Winter eines ihrer feinen Wolltücher, gewebt in einem Reigen aus Pastelltönen.

»Ich habe dir etwas mitgebracht.« Sie nimmt den Stoff von ihrem Arm und schüttelt ihn, sodass er sich zu seiner ganzen schwarzen Pracht entfaltet. Ein Umhang. Aus dicker, fest versponnener Wolle ist er, und er riecht nach Heimat, nach den Schafen von Irelin.

»Magda hat die Wolle selbst ausgesucht und gesponnen, Alma und Irma haben sie gefärbt. Ich habe den Stoff gewebt und genäht.«

Ich schlucke. Magda ist Ians Mutter, Alma und Irma zwei seiner Schwestern. Ihre Familie züchtet die prächtigsten Schafe in ganz Irelin. Zuletzt habe ich sie in den verregneten Wintermonaten besucht, die ich jedes Jahr zu Hause verbringe, weil die Akademie geschlossen ist. Die Frauen in Irelin arbeiten alle hart, doch die Frauen aus Ians Familie sind wie Wirbelwinde, die über die Weidegründe fegen. Wenn sie ihre knappe Ruhezeit in die Arbeit an diesem Umhang investiert haben, muss ich ihnen tatsächlich etwas bedeuten.

»Los, nimm ihn«, fordert Mutter mich auf. Und ich nehme ihn aus ihrer Hand, lege ihn um meine Schultern und schließe die metallene Fibel an meiner Kehle. Der Umhang reicht mir bis zu den Waden, hat Ärmel und sogar eine Kapuze. Und die

Wolle ist von so perfekter Qualität, dass sie überhaupt nicht kratzt, sondern weich wie Daunen auf meiner Haut liegt. Noch nie habe ich so etwas Wertvolles besessen.

»Mit ihm werde ich mich im Norden fühlen wie auf einem Sommerausflug«, scherze ich.

»Hoffentlich.« Mutters feuchte Augen glänzten eben noch vor Stolz, jetzt sehe ich Trauer darin.

»Ich habe auch etwas für dich«, sagt Eleni etwas forsch und lenkt meinen Blick so auf sie. Sie zieht ein kleines Päckchen aus ihrer Umhängetasche, gehüllt in zartes Pergament, und drückt es mir in die Hand.

Überrascht packe ich es aus. Eleni ist vermögend, doch sie schätzt Besitz so gering ein, dass sie eher selten auf die Idee kommt, andere könnten sich über Geschenke freuen. Außerdem weiß sie, dass ich niemals etwas Wertvolles von ihr annehmen würde. Doch was ist das? Ratlos drehe ich ihr Geschenk zwischen den Fingern. Ein Behältnis, groß wie ein halber Handteller, dunkelbraun und nachgiebig wie Leder, doch viel glatter und zäher. Es riecht leicht verbrannt.

»Das ist *Plasté*«, erklärt Eleni. »Ein neues Brennverfahren der Universität, das erlaubt, aus Baumharz einen halbfesten Stoff herzustellen. Ich habe daraus eine Pastillendose für dich anfertigen lassen. Wasserfest und belastbar. Schau.« Sie nimmt mir das Behältnis aus der Hand und öffnet den Verschluss. Darin glänzen fahl Hunderte von meinen Pastillen. »Es ist äußerst praktisch. Der Vorrat sollte für zwei Monate reichen.«

»Danke, Eleni.« Ich freue mich darüber, wenn auch nicht so wie über den Umhang. Doch jetzt hält mich nichts mehr in den Mauern der Akademie. »Raus hier«, rufe ich und packe Mutter und Eleni an den Armen. »Lasst uns feiern.«

❄

Davon habe ich in den letzten Wochen so oft geträumt, dass mir der Moment wie ein Traum erscheint: Mit dem schwarzen Umhang einer Meisterin um die Schultern trete ich unter dem Torbogen der Akademie hindurch. Statt der grauen Tunika trage ich ein dünnes, gefälteltes Kleid, dessen Farbe zwischen Grau und Anthrazit changiert. Es ist das einzige Gewand im Stil unserer Hauptstadt, das ich mein Eigen nenne. Mein glattes hellblondes Haar habe ich zu einem Knoten gedreht und mit einer Spange befestigt, die die gelbe Farbe unserer Republik trägt.

Die Nacht ist warm und von Lichtern erfüllt. Sie nimmt mich so freundlich auf wie eine lang vermisste Gefährtin. Es fühlt sich an, als wäre ich eine Ewigkeit nicht mehr draußen gewesen. Am liebsten will ich vorwärtsstürmen und tanzen. Doch ich bremse meine Schritte, um Mutter die Gelegenheit zu geben, sich umzuschauen. Obwohl sie einige der Straßen schon von heute Morgen kennen muss, als Eleni sie vom Stadttor zu ihrem Haus und dann in die Akademie gebracht hat, betrachtet sie ihre Umgebung mit großen Augen.

Wir spazieren die breiten Alleen unserer Hauptstadt entlang. Alles an Athos ist großzügig: Die weiß verputzten drei- und vierstöckigen Gebäude mit Dachgärten, Innenhöfen und getönten Fenstern, die Gehsteige, die von hohen Platanen gesäumt sind, die glatten Steinplatten, auf denen unsere Sandalen bei jedem Schritt klappern, und die luftigen Säulengänge mit Sitzbänken und kleinen Wasserbecken, die tagsüber Schatten und Erholung bieten. Im Sommer leuchtet Athos so gleißend hell, dass die Menschen tagsüber die Straßen meiden. Abends erwacht die Stadt allerdings zum Leben. Auch jetzt herrscht Geschäftigkeit. Reiter auf Pferden oder Kamelen zockeln vorbei. Leute kommen uns entgegen oder passieren uns, die meisten scheinen es eilig zu haben. Sie sind so zahlreich, dass sie von den Gehsteigen auf die Straße ausweichen. Viele sind hellhaarig, und fast alle tragen gelbe Schals oder Haarbänder, um wie ich ihren Patriotismus zu bekunden.

Ich habe es geschafft, möchte ich ihnen zurufen, und für einen Augenblick glaube ich es fast selbst. *Ich gehöre zu euch, ihr stolzen und kaltblütigen Bürger von Athos.*

Eine ältere Frau, deren schweres blondgraues Haar zu einer komplizierten Frisur aufgetürmt ist, straft mein Lächeln mit einem Stirnrunzeln. Mit gesenkten Schultern hastet sie an mir vorüber, und hinter ihr sehe ich plötzlich all die anderen nervösen Gestalten, die gebeugten Köpfe und verschlossenen Mienen, die meinen Blicken ausweichen. Ihr Anblick reißt den brüchigen Schleier meines Glücks nieder. Was zählt mein kleiner Triumph? Es herrscht Krieg. Er muss im Norden noch schlimmer wüten, als ich angenommen hatte.

Die einzigen, die ausgelassen scheinen, sind ein paar kleine Jungen, die mit Wasser aus einem der gefliesten Zierbrunnen nach den Passanten spritzen. Gerade als wir einen Bogen um sie schlagen und auf die Mitte der Straße zusteuern, tauchen vier Ordner auf und zücken ihre Knüppel. Wie Wassertropfen stieben die Jungen auseinander, doch sie sind nicht schnell genug. Während wir rasch weitergehen, verwandeln sich ihre Rufe in Schmerzensschreie.

»Achtung!«, ruft ein paar Minuten später jemand hinter uns. Sofort weichen die Passanten um uns herum auf die Gehsteige zurück. Meine Mutter dreht sich um und reißt die Augen auf. Sie verharrt so gebannt, dass ich sie aus dem Weg ziehen muss.

»Elefanten«, flüstert sie und starrt die beiden großen Tiere an, die mit schlenkernden Rüsseln die Straße hinabstapfen, geführt von Bediensteten, die den Passanten Warnungen zurufen. Zwei Reiter sitzen auf hölzernen Podesten, die von Sonnenschirmen überspannt sind. Sie tragen die gelben Roben der Ältesten Bürger, und ihre herrische Haltung zeugt von ihrer Wichtigkeit. Mich irritiert, dass sie sich beide ein Tuch vor Mund und Nase gebunden haben – als ob sie unerkannt bleiben wollten.

»Warum verhüllen sie sich?«, fragt da auch Eleni.

»Vielleicht wegen der Seuche«, antwortet Mutter.

Ich fahre zu ihr herum. »Welche Seuche?«

»Hast du nicht davon gehört?«, fragt sie verwirrt. »Auf dem Pferdewagen von Irelin hierher haben sie von nichts anderem geredet. Von den Männern, die zwangsrekrutiert werden, und von der unheilbaren Krankheit, die an der Nordgrenze ausgebrochen ist. Die Barbaren bringen sie unter unsere Soldaten, damit diese nicht mehr kämpfen können.« Sie legt sich einen Ärmel über den Mund. Ihre braunen Augen huschen hin und her wie die eines beunruhigten Tieres. »Vielleicht hat sich die Seuche schon bis hierher ausgebreitet.«

Habe ich die letzten Tage so abgeschieden verbracht, dass mir solche Neuigkeiten tatsächlich entgangen sind? Ich öffne den Mund zu einer neuen Frage, doch Eleni kommt mir zuvor.

»Es gibt keine unheilbaren Krankheiten. Zumindest nicht für die Heilergilde«, sagt sie entschieden. »Ich habe meinen Gildenmeister danach gefragt. Er sagt, dass unter den Barbaren tatsächlich eine Krankheit wütet, doch sie wird bereits von tapferen Heilersoldaten katalogisiert und gebannt. Und sie wird niemals zu uns gelangen, denn die Grenze ist streng bewacht. Die Gerüchte über Zwangsrekrutierungen sind indes nichts als Versuche der Aufrührer aus Irelin und Dunmark, die Moral der Truppen zu untergraben.«

Mutter nickt und verfolgt das Thema nicht weiter, nimmt den Ärmel jedoch nicht von ihrem Mund. Ich blicke den vermummten Ältesten hinterher. Ein dunkles Gefühl steigt in mir auf, wie eine Vorahnung. Zum ersten Mal bange ich davor, was mich an der Grenze erwarten wird.

Hinter den Elefanten drängen die Menschen wieder auf die Straße. Jemand stößt seinen Ellenbogen in meine Rippen, ein anderer tritt mir auf den Fuß. Als hätte mir Mutters Erzählung die Augen geöffnet, sehe ich immer mehr Menschen, die sich

Tücher vor die Münder gebunden haben. Ihre Augen blitzen argwöhnisch darüber hervor.

»Hier entlang!« Eleni winkt. Ich packe Mutter am Arm und ziehe sie hinter mir her. Eleni bahnt sich so zielstrebig ihren Weg, dass die Leute ihr tatsächlich ausweichen. Um sie nicht zu verlieren, drängle und schubse ich mir meinen Weg frei. Die Vermummten schrecken vor Berührungen zurück, als wären sie Bisse.

Zu Beginn unserer Freundschaft weihte mich Eleni in ein System ein, mit dem sie schon als Kind die Straßenzüge von Athos in ihrem Kopf sortierte. Ich habe es nicht einmal in Grundzügen begriffen. Wir folgen ihr durch eine der ruhigeren Seitenstraßen. Beklommen schaue ich mich um. Düstere Gesichter schwimmen in den Schatten und werden nur dann und wann von den Lichtern der Öllaternen erhellt. Keiner sieht uns an, jeder sucht nur rasch seinen Weg. Einige von ihnen tragen so schwer an Einkäufen, als erwarteten sie eine Hungersnot.

Erst als wir an die breiten Treppen gelangen, die hinunter zum Seeufer führen, atme ich etwas auf. Laternen beleuchten die marmornen Terrassen, die den See säumen, und dahinter schimmern die Wellen wie tausend Perlen.

Als wir die Uferpromenade erreichen, kramt Mutter in ihrer Tasche, dann wirft sie eine Münze in den See.

»Für Frieden«, flüstert sie. Ein paar Passanten blicken auf. Elenis Augen weiten sich ungläubig.

»Nicht!«, zische ich und ziehe Mutter schnell weiter. Ihre abergläubische Geste entlarvt sie nicht nur als Provinzlerin, sie ist auch gefährlich: Hier in Athos wird das Religionsverbot wesentlich strenger gehandhabt als in Irelin.

Erst fünfzig Schritte weiter beachtet uns niemand mehr, und ich lasse sie los. Jenseits der Lichter der Stadt verschwindet der See Hogaisos im Dunst der Nacht. An seinem anderen Ende fließt der Fluss Aisos in den See und auch wieder hinaus, aber so weit kann man im Dunkeln nicht mehr sehen. Sterne sprenkeln den Himmel wie Glühwürmchen, nur im Westen, wo sich der Berg Kalaos erhebt, ist der Himmel schwarz.

Vor hunderten Jahren pilgerten die Menschen auf seinen Gipfel und brachten Opfer für die Götter dar. Sie beteten vor allem, dass der Hogaisos nie austrocknet, der die Stadt mit lebenswichtigem Wasser versorgt. Mutters Münzwurf mag ein Relikt dieser dunklen Zeit sein. Dass der See auch ohne diese Opfer nicht versiegt, ist für mich ein Beweis, dass keiner dieser Götter jemals existiert hat – ebenso wenig wie die mächtigen *Alvae*, an die Mutters Ahnen in Irelin einst glaubten. Ich verschränke die Arme und wende mich ab von der gleichgültig ruhenden Wasserfläche. Nicht irgendwelche Fabelwesen, sondern wir selbst müssen für Frieden sorgen.

Wir folgen der Uferpromenade und kommen an den monumentalen Stahlstatuen der vier Gründer vorbei. Hoch aufgerichtet und streng blicken ihre makellosen Gesichter über den See, und ihre gefältelten Roben glänzen wie poliert im Licht der vier ewigen Feuer, die zu ihren Füßen brennen. Die besten Kunstschmiede der Brenner haben die Standbilder einst geschaffen, ebenso die Flammen, die wahre Meister mit so viel Feuertrieb gespeist haben, dass sie nie erlöschen. Sie sollen uns immer an die Macht und Weisheit der vier Hohen Familien gemahnen.

Hinter ihnen erheben sich die Regierungsgebäude, deren Türen für Bürger stets offen stehen. Die Versammlungshalle der Ältesten Bürgerschaft, die Bibliothek der Wissenschaften mit der Universität, an der die größten Gelehrten unserer Republik forschen, das Amt der Rechtspflege und schließlich der Palast des Kanzlers selbst. Meine Augen folgen ehrfürchtig den klaren Linien der Säulen, die einer strengen Ordnung folgen und gleichzeitig so leicht wirken, als würden sie schweben.

»Zügig gehen! Stehen bleiben ist nicht gestattet!« Eine Patrouille scheucht uns weiter. Diese Männer sind keine Ordner, die mit Knüppeln bewaffnet sind, sondern tragen Helme und Schwerter und die gebleichten Ledertuniken von Soldaten.

»Warum sollen wir nicht stehen bleiben?«, fragt Eleni laut. »Das ergibt doch keinen Sinn.«

»Sei still«, flüstere ich und zerre sie weiter. Ich verstehe zwar auch nicht, was das soll – schließlich sehen wir nicht gerade wie Spione aus dem Norden aus –, aber ich will keinen Ärger. Ich scheine heute keine andere Aufgabe zu haben, als meine Begleiterinnen vor Schaden zu bewahren. Eleni folgt mir, wenn auch leise murrend. Wenn sie etwas unvernünftig findet, kann sie bockig sein wie ein Kind. Erst kurz vor unserem Ziel beruhigt sie sich wieder. Ihr Zuhause befindet sich direkt am Seeufer, dort wo die obersten Bürger von Athos wohnen.

Eleni ist nicht nur eine Orestis und die Nichte meines Gildenvorsitzenden, sondern ihr Großvater ist ein Ältester Bürger und das Oberhaupt dieser mächtigen, weit verzweigten Familie. Anders als die Regierungsgebäude ist Elenis Heim von einer hohen Mauer umgeben. Dahinter verbirgt sich eine fremde Welt, die mir in ihrer Dekadenz nicht besonders behagt.

Ein Dutzend stummer Sklaven heißt uns mit Verbeugungen willkommen. Sie reichen uns feuchte Tücher, mit denen wir uns Gesicht und Hände reinigen. Anschließend eskortieren uns drei von ihnen auf verschlungenen Wegen durch die riesige Parkanlage, vorbei an Palmenhainen und Vogelvolieren, versteckten Weinlauben und einem Amphitheater. In den Bäumen turnen halbzahme Affen und keckern frech. Unterwegs treffen wir dreimal weitere Orestis, ebenfalls begleitet von stillen Eskorten. Eleni ignoriert ihre Verwandten allerdings.

Endlich erblicke ich die kleine Villa, in der sie gemeinsam mit ihrem Vater lebt – zumindest an den wenigen Tagen im Jahr, an denen er zu Hause ist. Er ist Kommandant in der Armee und, seit ich Eleni kenne, an der Grenze stationiert.

Die Eskortsklaven verabschieden sich mit einer Verbeugung von uns. Sie haben tatsächlich keine andere Aufgabe, als die

Mitglieder der Hohen Familie durch den Garten zu ihren jeweiligen Häusern zu geleiten – oder, wie Eleni einmal ohne jede Ironie meinte, auf Wunsch auch auf Händen zu tragen. Wenn die Orestis das ummauerte Areal verlassen, bleiben ihre Sklaven jedoch zurück. Der Anblick ihrer geschorenen Köpfe ist in der Öffentlichkeit von Athos nicht erwünscht. Ich hörte einmal, sie nutzen für ihre Dienstgänge ein Netz aus verborgenen Gassen und geheimen Pfaden, das sie über Dächer und durch Keller führt, durch ein Gewirr von Hinterhöfen, das nicht einmal ihren Herren vertraut ist. Weiß überhaupt jemand, wie viele von ihnen unter uns leben, verborgen hinter den Türen von privaten Anwesen und Ämtern, Thermen, Theatern und Lyzeen? Ich denke, es sind mindestens doppelt so viele, wie es Bürger gibt, und ihre Ahnenreihen reichen wohl ebenso weit zurück wie die der Hohen Geschlechter.

Eleni betrachtet ihre Sklaven so indifferent wie ihr Mobiliar, und ich versuche erfolglos, es ihr gleich zu tun. Mutter beobachtet argwöhnisch, wie die drei stummen Männer sich entfernen. In Irelin verfügt nur die Ipallin, unsere ranghöchste Beamtin, über Sklaven.

Ein Haussklave bringt uns zu einer gedeckten Tafel im Innenhof. Eleni hat bei der Speisenwahl auf ihr bemerkenswertes Gedächtnis zurückgegriffen: Ich erkenne all die Gerichte wieder, von denen ich in den letzten Jahren sagte, dass sie mir schmecken.

Wir betten uns auf gepolsterte Liegen rund um die niedrige Tafel, dann greifen wir zu. Die Kombinationen wirken abenteuerlich, doch das stört Eleni und mich nicht – und Mutter verliert zumindest kein Wort darüber. Zu gegrilltem Fisch essen wir überbackenen Käse und Kümmelkringel, wir tunken Walnussbrot in eine schwarze Pilzpaste und knabbern dazu an gesottenen Raupen, Eidechsenschenkeln und handtellergroßen Feuerbohnen, die mit Olivenreis gefüllt sind. Dazu schwelgen wir in einer Auswahl bunter Salate aus Lotusblüten, Palmherzen und Zitronengras, wie ich sie erst in Athos kennengelernt habe. Wenn die Hauptstädter überhaupt ein Laster haben, dann ist es Essen. Alkohol ist dagegen verboten, genauso wie alle anderen Rauschmittel, die unseren Verstand in dunkle Zeiten zurückwerfen würden.

Ich erkläre Mutter jede einzelne der exotischen Früchte, die sie aufmerksam mustert, ehe sie sie probiert. Als mich Eleni bittet, flambiere ich sogar die Desserts. Unter meinen Fingern tanzt eine Flammenkugel über das Tablett mit den Glasschüsseln und schmilzt die Zuckerkronen zu knusprigen Krusten. Die Sklaven stimmen in den Applaus von Eleni und Mutter ein.

»Das ist unglaublich«, flüstert Mutter, und mir wird bewusst, wie selten sie bisher meinen Feuertrieb sah. Sie kostet das Dessert, dann legt sie den Löffel behutsam auf dem Tisch ab. »Ich hoffe, dein Feuerzauber wird dich im Norden beschützen.«

Ich schlucke ernüchtert. »Das ist kein Zauber.« Das Essen ballt sich wie ein Lehmbrocken in meinem Magen zusammen.

Eleni setzt sich auf ihrer Liege auf. »Ich werde auf sie aufpassen«, sagt sie ernst zu meiner Mutter. »Versprochen.«

Ich kann nicht anders, ich muss lachen. Sogar Mutter lacht, obwohl sie höflich versucht, es zu verbergen.

»Das habe ich ernst gemeint!«, ruft Eleni empört, und ich beiße mir auf die Zunge, um mein Lachen zu unterdrücken. Ich will sie nicht beleidigen, denn ich weiß, dass ihr Versprechen keineswegs aus der Luft gegriffen ist. Ich mag größer und stärker sein als sie, doch sie ist die Heilerin. Eine Schramme zu entfernen, indem sie ihre Hand darauf legt, ist für sie nur eine Fingerübung.

Meine Heiterkeit verfliegt. So sehr ich mich freue, dass Eleni sich auch als Rekrutin gemeldet hat – schließlich stehen ihr mit ihren Fähigkeiten und ihrer Herkunft viele beruflichen Möglichkeiten offen –, so sehr bange ich um sie, auch wenn ich versuche, diese Gedanken zu verdrängen. Sie wird an der

Front genauso gebraucht wie jeder Brenner, vielleicht sogar dringender. Außerdem liegt ihr der Militärdienst durch ihren Vater vermutlich im Blut. Doch selbst wenn sie ein Lazarett schwer verwundeter Soldaten zu heilen vermag, wenn dieses Lazarett von Feinden überrannt wird, ist sie hilflos. Erst recht, wenn sie dann den Kopf verliert. Sie kann zwar ein perfektes System ersinnen, um Heilkräuter zu klassifizieren, doch das Chaos des Krieges wird sie nicht bezwingen können. Dabei bringt nichts sie so sehr aus der Fassung wie Unordnung.

Sie sagt allerdings, sie weiß, worauf sie sich einlässt. Ich hoffe, das stimmt.

Um die Wogen zu glätten, stellt meine Mutter Eleni eine Frage, und sie beginnt voller Eifer von ihren Forschungen zu erzählen, die sie in einem eigens eingerichteten Laboratorium hinter dem Haus betreibt. Stets sucht sie dort nach neuen Heilmitteln, und ihr Verstand rastet nie. Ich bin mir sicher, dass es nicht mehr lange dauern wird, bis sie als die klügste Gelehrte ihrer Gilde gilt. *Wenn sie den Krieg überlebt.*

»Ich mache einen letzten Rundgang, um mich zu verabschieden«, sagt Eleni plötzlich, springt auf und gibt meiner Mutter etwas steif die Hand, mir nickt sie zu. »Wir sehen uns morgen früh.«

Schon im Morgengrauen werden wir in der Kaserne erwartet. Die Formalitäten der Einschreibung haben wir bereits vor ein paar Tagen hinter uns gebracht, und unter der Voraussetzung, dass wir unsere Prüfungen bestehen, nannte man uns den morgigen Tag als Beginn unseres Militärdienstes. Ich habe mich so sehr auf die Abschlussprüfung konzentriert, dass ich das beinahe vergessen habe. Nun kann ich kaum glauben, dass es so schnell geht, und ich weiß nicht, ob ich mich deshalb fürchte oder es nicht mehr erwarten kann.

»Elenis Vater ist Hauptmann im Norden, oder?« Mutters Frage durchbricht meine Gedanken.

»Kommandant«, antworte ich. Ich nippe an meinem Saft,

doch der schmeckt inzwischen schal. »Er befehligt die Achte Division, Ians Einheit an der Grenze.«

Mutter verweilt in Gedanken immer noch bei Eleni. »Sind ihre beiden Eltern Heiler?«

»Ihr Vater weist nur geringe Spuren des Triebs auf«, antworte ich. »Ihre Mutter war eine bekannte Heilermeisterin, ist jedoch schon lange tot.«

Eigentlich müsste ich ihr das bereits erzählt haben, doch vielleicht erinnert sie sich nicht daran. Ihre Gedanken sind für mich eine verschlossene Welt.

»Von wem verabschiedet sie sich dann?«, fragt sie weiter.

Ich hebe die Schultern. Ich vermute, Eleni gibt dem Sklaven, der ihr in den Laboratorien zur Hand geht, letzte Instruktionen. Zwar sind ihre Verwandten so zahlreich wie eine eigene Stadtbevölkerung, doch außer ihrem Vater steht sie keinem von ihnen nahe. Familie bedeutet in den Hohen Geschlechtern von Athos nicht das Gleiche wie in Irelin. Das kann ich meiner Mutter jedoch unmöglich sagen. Die Tatsache, dass wir beide auch nicht unbedingt eine typische irelinische Familie sind, hing schon immer wie ein Schatten über unserer Beziehung.

Wir blicken auf die Reste unseres Festgelages und hängen unseren Gedanken nach. In der Disziplin des Schweigens war meine Mutter immer schon Meisterin, und auch ich bin nicht mehr in gesprächiger Stimmung.

»Begleitest du mich auf mein Zimmer?«, unterbricht sie irgendwann die Stille. »Ich möchte dir noch etwas geben.«

Ich nicke und frage mich, was das sein könnte. Mit dem Mantel hat sie mir bereits ein viel wertvolleres Geschenk gemacht, als ich je erwartet hätte.

Wir erheben uns, was den Sklaven als Signal dient, aus den Schatten zu treten, in denen sie bewegungslos verharrt haben. Sie räumen den Tisch ab und weichen uns dabei so geschmeidig aus, als wären sie Wasser, das um uns herum fließt. Dabei heben sie in keinem Moment ihren Blick. Nur die beiden Papageien, die in einem Käfig neben der Tür des Gästetrakts wohnen, reißen bei unserem Herankommen die Schnäbel auf und starren mich an, als wäre ich eine Erscheinung.

»Hier entlang«, wispert Mutter, und ich folge ihr zur Treppe und zu einem Zimmer im dritten Stock.

Dort angekommen setze ich mich auf das verschwenderisch breite Bett, das nichts mit meiner Pritsche in der Akademie gemein hat. Mutter bleibt stehen. Sie mustert mich mit einem seltsamen Blick, wehmütig und distanziert zugleich, als wäre ich eine Fremde, die sie an jemand anderen erinnert. Plötzlich ist mir beklommen zumute.

»Du hast etwas für mich?«, frage ich lauter als beabsichtigt.

Sie fährt so abrupt herum, als hätte ich sie bei etwas Verbotenem erwischt. »Natürlich.«

Sie öffnet einen Schrank und wühlt hektisch in ihrem Gepäck, das nur eines der vielen Fächer füllt. Schließlich bringt sie einen Lederbeutel zum Vorschein. Jäh werden ihre Bewegungen wieder so vorsichtig, wie ich es gewohnt bin. Mit spitzen Fingern reicht sie ihn mir.

Nervös betaste ich ihn, dann ziehe ich die Schnur auf. Glatt und schwer gleitet etwas gelblich Glänzendes auf meine Handfläche.

Eine Münze. Ich starre sie an, atemlos und zunehmend fassungslos. Das Feuer in meinem Inneren züngelt gierig, meine Haut beginnt zu glühen. Erst einmal habe ich so etwas berührt, doch ich weiß sofort, was es ist.

»Chrysos«, flüstere ich. »Mutter, das ist illegal.«

»Ich weiß«, sagt sie. Ihre Miene ist so blass, als hätte sie das Essen nicht vertragen. »Er sagte, ich soll sie dir geben, wenn du so weit bist.«

»Wer?«, flüstere ich. Doch ich weiß bereits, von wem sie spricht. Von ihm, dessen Namen sie niemals verriet, obwohl wir immer und immer wieder darüber stritten, obwohl ich deshalb mehrmals von zu Hause wegrannte und ein anderes Mal einen ganzen Monat nicht mit ihr sprach. Sie verriet ihn auch nicht, als ich das erste Mal brannte und die Ipallin sie mit Gewalt dazu zwingen wollte.

Auch jetzt nennt sie keinen Namen. »Er gab mir die Münze vor vielen Jahren. Er sagte, ich solle sie im Geheimen verwahren und dir in Zeiten äußerster Not geben. Ich glaube …«, sie stockt. »Ich glaube, im Krieg kannst du sie brauchen.«

Jäh werde ich wütend. Ich will die Münze auf den Boden werfen und sie zu Staub zertreten, ich will meine Mutter anschreien, was ihr einfällt, nach all den Jahren des Schweigens mit so einem vergifteten Geschenk zu kommen.

»Bist du wahnsinnig?«, zische ich. »Sie könnten mich dafür hängen!«

Mutter wird noch bleicher. »Das habe ich nicht gewusst«, flüstert sie. »Dann gibst du sie wohl besser deiner Gilde zurück.«

»Schlechte Idee«, fauche ich. »Wenn ich sie dem Schatzmeister aushändige, wird er fragen, woher ich sie habe. Und dann werden sie dich hängen.«

Sie schweigt, die Augen weit aufgerissen. Ich kann den Anblick nicht ertragen. Ich wende mich ab und starre die Münze an, drehe sie zwischen meinen Fingern, obwohl ich sie am liebsten fallen lassen würde. Sie fühlt sich heiß und irgendwie unangenehm an, als sauge sie meine Wärme in sich auf. Sie ist klein, etwa zweifingerbreit, und ihre Farbe ist matt und nachgedunkelt. Wie alt mag sie sein? Seltsame Ornamente bedecken beide Seiten, ein verschlungenes Muster, das mir fremd ist und doch etwas in mir anrührt, als hörte ich eine leise Melodie, als tanzte ich einen traurigen Tanz.

Ich werfe sie abrupt auf das Bett.

»Nimm sie wieder mit, Mutter«, flüstere ich. »Ich will sie nicht.«

Sie schweigt immer noch. Schatten überziehen ihr Gesicht.

»Ja natürlich«, sagt sie schließlich und greift danach, steckt sie wieder in den Lederbeutel und in ihre Reisetasche. Dann kommt sie zu mir und nimmt mein Gesicht in beide Hände. Ihre Finger sind kalt.

»Es tut mir leid.« Sie küsst meine Stirn, und als sie mich wieder anschaut, glänzen Tränen in ihren Augen. »Es tut mir leid, dass ich dich damit behelligt habe.« Sie zögert einen Moment, bevor sie weiterspricht. »Ich möchte mich nicht im Streit von dir verabschieden, Thea. Du bist doch meine einzige Tochter.«

Ich schlinge die Arme um sie, wie ich es seit meiner Kindheit nicht mehr getan habe, vergrabe mein Gesicht an ihrem Hals und rieche ihren Duft nach Honig und Wolle und Holz.

»Ich weiß«, murmele ich.

»Komm wieder«, sagt sie so erstickt, dass ich ihre Stimme kaum verstehe. »Komm wieder mit Ian. Dann richten wir eine Hochzeit aus und feiern den Frieden.«

Ich wünschte, ich könnte etwas Fröhliches erwidern, wünschte, ich könnte in die Zukunft sehen in eine Zeit nach dem Krieg. Doch ich drücke sie noch ein bisschen fester und schweige. Wir wissen beide, dass jedes Versprechen heute Abend eine Lüge wäre.

Kapitel 4

In dieser Nacht träume ich zum ersten Mal seit Langem wieder von früher.

Ich bin dreizehn und treibe mich mit Ian und ein paar anderen auf der Wiese hinter dem Gutshof von Conors Eltern herum. Conor ist Ians bester Freund, doch mich mag er nicht besonders. Ich glaube, er ist eifersüchtig, weil Ian und ich seit letztem Sommer so viel Zeit miteinander verbringen. Außer Conor sind heute noch zwei Jungen aus der Nachbarschaft bei uns, außerdem die Schwestern Maeve und Cianna, die hochgeborenen Töchter der Ipallin unseres Bezirks. Sie sind wunderschön mit ihren leuchtenden Locken, und je fröhlicher sie über Ians Witze kichern, desto gezwungener wird mein eigenes Lachen.

Eigentlich reicht mir Ians Gegenwart, ich brauche seine Freunde nicht, die versuchen, mich mit ihren dummen Sprüchen zu reizen und hinter meinem Rücken über mich spotten.

Ian merkt nichts von den Spannungen. Er lümmelt auf der Wiese, einen Grashalm zwischen den Zähnen und reißt einen Witz nach den anderen.

»Was habt ihr mit diesem Ungetüm vor?«, neckt er die Schwestern und tippt mit dem Fuß gegen einen großen Papierdrachen, der die zähnebleckende Fratze eines Widders zeigt. Dieser Widder ist das alte Wahrzeichen von Irelin, das man nur noch selten sieht, denn die gelbe Sonnenflagge der Republik gilt als das einzige offizielle Staatensymbol. »Den kriegt ihr niemals in die Luft.«

Cianna, die jüngere der Schwestern, streicht mit einer gezierten Bewegung über ihren Rock, der wie ein Fächer um sie im Gras ausgebreitet ist.

»Wir haben den Drachen im Keller gefunden«, zwitschert sie mit ihrer leisen, mädchenhaften Stimme.

Maeve nickt schelmisch. »Wir dachten, einer von euch will vielleicht versuchen, ihn steigen zu lassen«, verkündet sie. »Oder fühlt ihr euch ihm nicht gewachsen?«

Die Jungen blicken sich an. Ich weiß genau, was in ihnen vorgeht.

»Oh doch.« Conor springt auf. »Ich werde euch zeigen, wie hoch der Widder fliegen kann!«

Er packt die Drachenschnur und rennt den Hang hinab. Der Papierwidder rutscht auf der Wiese hinter ihm her. Hartnäckig versucht Conor, ihn in die Luft zu bekommen, doch er schafft es nicht. Er ist zu langsam, außerdem weht nicht ein einziges Lüftchen.

Bald fängt Ian an zu lachen, und die anderen stimmen mit ein. Ich lache auch, doch heimlich wende ich meinen Blick ab von Conor und beobachte Ian mit seinem wuscheligen honigbraunen Haar, den blaubraun gesprenkelten Augen und dem Grübchen im Kinn. Ich mag es, wenn er lacht. Seit einigen Wochen schon spüre ich ein warmes Kribbeln, wenn ich ihn ansehe, ein Glühen tief in meinem Bauch, das sich über Hände und Wangen ausbreitet, wenn ich nicht aufpasse. Ich bin süchtig nach diesem Gefühl, auch wenn es mich beunruhigt. Mich beunruhigen auch die Rußflecken auf meinen Kleidern, die jeden Tag wiederkehren und der leise Brandgeruch, den ich immer in der Nase habe, obwohl ich nirgends ein Feuer sehe. Ich schiebe es auf die Sommerhitze, die offenbar allen mehr zu schaffen macht als mir.

Plötzlich steht Conor vor mir. Er schnauft und ist ganz rot im Gesicht vom Herumlaufen mit dem Drachen.

»Lach nicht so blöd«, fährt er mich an, als hätten die anderen nicht ebenfalls gelacht. »Du kannst es auch nicht besser.«

Ich zucke mit den Schultern. Ich habe keine Lust, mich mit ihm zu streiten.

»Und ob sie es kann«, behauptet Ian plötzlich und springt auf. »Sie rennt schneller als du.«

Conor schnaubt. »Sie ist nur ein Mädchen.«

Maeve stößt einen Laut aus, der gar nicht mädchenhaft klingt, doch keiner der Jungen beachtet sie.

»Wollen wir wetten?«, ruft Ian. »Ich sage, sie schafft es.« Er grinst mich siegesgewiss an.

»Pah!« Conor verschränkt die Arme. »Ich setze zwei Denar, dass sie's verbockt.«

»Ich halte dagegen.«

Ich verfolge das Gespräch mit einem Stirnrunzeln. Ich freue mich über Ians Vertrauen in meine Fähigkeiten, doch eigentlich möchte ich Conor nicht noch mehr verärgern. Ian lässt mir allerdings keine Wahl.

»Los, Thea!« Er packt mich an der Hand und zieht mich in die Höhe. »Zeig es ihm.«

»Ja, zeig es ihm«, ruft auch Maeve hinter mir, als wären wir Freundinnen.

Ich streife meine Sandalen ab und ergreife die Drachenschnur. Meine nackten Füße trommeln auf dem trockenen Gras, als ich losflitze, die abschüssige Wiese hinab und auf den Wald zu, dessen dunkle Tannenhaine mein zweites Zuhause sind. An der Grenze unseres Distrikts beginnt der Deamhain, so wird dieser riesige, uralte Wald seit jeher genannt. Seine Dickichte und Moore gelten als gefährlich, und man raunt von riesigen Untieren in seinen Tiefen, sodass sich die wenigsten Ireliner weiter als einen Steinwurf hineintrauen. Doch ich glaube die Geschichten nicht. Ich mag seine kleinen Lichtungen, auf denen es einsam ist, aber niemals still.

Hinter mir höre ich, wie Ian und Maeve mich anfeuern und beschleunige noch, renne so schnell ich kann. Ian stößt einen Jubelschrei aus, als der Drache hinter mir wie ein Vogel in den blauen Himmel steigt.

Als ich irgendwann zum Stehen komme, habe ich den Waldrand schon fast erreicht. Die Tannen winken mir zu, doch heute beachte ich sie nicht. Die anderen sind nur noch kleine Spielfiguren weit oben am Hang. Ian wirft mir einen frechen Handkuss zu, der mich erröten lässt, dann wendet er sich ab und geht in

Richtung Gutshof. Maeve und Cianna folgen ihm. Weil sie alle am höchsten Punkt der Wiese stehen und das Land zum Haus wieder abfällt, verschwinden sie rasch aus meinem Blick. Bis ich den Drachen eingesammelt und den Hügel wieder hinaufgestapft bin, sind die drei nirgends mehr zu sehen.

Nur Conor und die beiden anderen Jungen warten auf mich. Conor reißt mir den Drachen aus der Hand.

»Da war Wind«, behauptet er mürrisch.

»Von wegen.« Ich habe auch meinen Stolz. »Wo sind die zwei Denar?« Wo ist Ian, will ich eigentlich fragen, doch ich traue mich nicht.

»Vergiss es.« Er stemmt die Hände in die Hüften und grinst plötzlich. »Ich habe nicht mit dir gewettet. Ich wette nämlich nicht mit Gören. Und mit Bastardgören schon gar nicht.«

Seine Freunde lachen. Wut brodelt in mir hoch wie kochendes Wasser. Ich springe nach vorne und schlage ihm die Faust in den Bauch. Mit einem Ächzen taumelt er zurück, stolpert über einen Stein und fällt auf den Hintern.

»Das Geld«, verlange ich. »Gib es mir!«

Er stößt einen Wutschrei aus und stürzt sich auf mich. Ich weiche seinem plumpen Angriff aus. Notgedrungen habe ich ein paar Erfahrungen mit Prügeleien. Bevor Ian letztes Jahr aus irgendeinem Grund beschloss, sich mit mir anzufreunden, musste ich mich oft gegen die Häme der anderen Kinder zur Wehr setzen. Eigentich weiß ich, dass ich vorsichtig sein sollte, wenn die anderen in der Überzahl sind, doch heute habe ich das außer Acht gelassen. Und sofort muss ich dafür büßen. Arme schlingen sich von hinten um mich, ein Faustschlag in die Nieren lässt mich keuchen.

»Lasst mich los«, schreie ich, doch gegen drei Jungen, die alle ein Jahr älter sind als ich, komme ich nicht an.

»Du dummes Luder!«, brüllt Conor.

Sie zerren mich über die Wiese zu den Pferdeställen. Conor öffnet die Tür zu einem leeren Verschlag und schubst mich hinein. Ich falle auf die Knie. Nur einzelne Sonnenstrahlen dringen zwischen den Holzbohlen hindurch. Es ist stickig und stinkt nach trockenem Mist. Pferde wiehern ganz in der Nähe. Als ich mich aufrapple, drängen sich alle drei Jungen in den engen Verschlag.

Conor packt meine Arme und drückt mich gegen die Wand. »Du denkst, du kannst mich ungestraft schlagen?«, keucht er. Seine Augen glitzern im Dämmerlicht. »Nur weil du Ian um deinen sechsten Hexenfinger gewickelt hast?« Seine Fingernägel bohren sich in meine Haut. Ich zische und versuche, nach ihm zu treten, doch er presst mich so fest gegen die Wand, dass ich mich kaum rühren kann. Er riecht nach Schweiß. Auch die anderen Jungen rücken näher.

Das ist nicht mehr nur eine Prügelei, irgendetwas ist anders als sonst. Unter meine Wut mischt sich Angst.

»Lasst mich gehen«, rufe ich.

»Magst du uns etwa nicht?«, fragt Conor. Die anderen Jungen kichern. Ihre Stimmen klingen heiser. Auf Conors Zeichen packen sie mich von beiden Seiten an den Armen, sodass er mich loslassen kann.

»Was tust du denn für zwei Denar?« Sein Gesicht ist nun ganz nah. »Wie die Mutter so die Tochter, nicht wahr?« Ich spüre seine Finger. Sie krabbeln wie Ameisen über meinen Bauch, dann schieben sie sich unter den Stoff meines Kittels. Ich erstarre.

»Nein!«, keuche ich und beginne verzweifelt mich zu wehren, doch die Jungen lassen mich nicht los.

Conors Finger sind unerbittlich, seine Berührungen brennen auf meiner Haut wie Schnitte mit einem Messer. Und dann – nein, da darf er mich nicht berühren. Ich kann nicht verstehen, was er da tut, ich kann nicht mehr denken, da ist nur noch Panik. Und Schmerz, als er seine Finger in mich zwingt. In diesem Moment zerbirst etwas in mir. Hitze rast durch meinen Körper wie ein Flammenstoß. Die Welt vor meinen Augen erglüht in einem gleißenden Licht. Ich reiße den Kopf in den Nacken und schreie, kreische so schrill und durchdringend, dass mein Kopf klirrt wie zerbrochenes Glas. Andere Stimmen mischen sich darunter, die ebenfalls schreien, jemand schlägt mir ins Gesicht, und ich falle nach hinten, wo plötzlich keine Wand mehr ist, nur Hitze und Licht, das mich verzehrt.

Ich schrecke mit einem Keuchen aus dem Schlaf. Meine Tunika klebt an meinem verschwitzten Körper, und ich fröstele, obwohl mich die Hitze aus meinem Traum durchpulst.

Immer noch ist es Nacht. Ich bin allein in der Kammer in der Akademie. Die drei leeren Pritschen neben mir wirken im Dunkeln wie Särge. Rasch stehe ich auf und eile in den Baderaum, wasche meinen Körper an einem der Wasserbecken, die jeden Abend von Sklaven befüllt werden. Mondlicht zeichnet geisterhaft mein Gesicht und meine Schultern im Spiegel nach. Ich bin bleich, wirke fast so hell wie meine Haare, meine Lippen sind blutig gebissen, und meine Augen wirken noch größer als sonst.

Conor und einer der anderen Jungen haben es damals nicht mehr aus dem Stall geschafft, ebenso die Mehrzahl der Pferde. Wahrscheinlich wäre auch ich in dem Feuer gestorben – nicht an den Flammen, sondern am Rauch –, wenn Ian mich nicht gerettet hätte. Ian, der mit den Schwestern fortgegangen war, um von Conors zwei Denar, die er bereits erhalten hatte, Limonade für uns zu kaufen. Er hat mich aus dem brennenden Stall gezogen, ohne zu wissen, dass ich das Feuer verursacht hatte. Zuerst hielten es alle für ein Wunder, dass ich zwar schwach, aber nahezu unverletzt war. Nachdem der überlebende Junge zu sich kam und erzählte, was passiert war, standen allerdings rasch die Ordner vor Mutters Tür.

Auch Dreizehnjährige können in Athosia für Mord gehängt werden. Ich habe es nur Maeves und Ciannas Mutter, der Ipallin, zu verdanken, dass ich noch lebe. Ihre Familie gehört zum Hohen Geschlecht der Agadeis und in ihrem Stammbaum gibt es sowohl Heiler- als auch Brennerblut, deshalb wusste sie gleich, womit sie es zu tun hatte.

Heiler waren früher schon ab und zu in unseren Distrikt gekommen und hatten gegen Geld ihre Dienste geboten. Doch Brenner hatten die wenigsten Dorfbewohner bisher getroffen, obwohl jeder zahlreiche Geschichten und Berichte über sie kennt. Es macht die Leute stolz, dass jetzt eine von diesen beinahe mystisch verehrten Bürgern aus ihren Reihen kommt. Gleichzeitig fürchten sie mich für das, was ich getan habe, genauso wie ich mich selbst fürchte. In diesem Zwiespalt lebe ich, und auch meine Verlobung mit Ian letzten Winter hat nicht viel daran geändert.

Sie werden dich mögen, wenn sie dich erst besser kennenlernen, hat Ian zu mir gesagt. *Wenn wir uns nach meiner Armeezeit auf dem Hof meiner Eltern niederlassen.*

Ich bin mir nicht sicher, ob er recht hat. Ich bin mir nicht einmal sicher, ob ich wirklich mit ihm dorthin zurückkehren will. Doch das habe ich ihm noch nicht verraten, und jetzt ist ohnehin alles anders.

❄

Ein paar Stunden später streiche ich ein letztes Mal das Laken über meiner Pritsche glatt. Ich schließe ein letztes Mal meine Kleidertruhe und gebe den Schlüssel kurz darauf an der Pforte ab. Meine wenigen Habseligkeiten trage ich in einem Beutel über meiner Schulter.

Als ich die Akademie verlasse, kündigt sich der Morgen mit einem grauen Schleier an. Meine Sandalen klappern laut auf den leer gefegten Straßen. Auf den Dächern sehe ich schattenhafte Gestalten huschen, Sklaven, die das Tagwerk ihrer Herren vorbereiten. Ein paar Papageien flattern eine Zeit lang hinter mir her und verspotten mich keckernd. Ich bin zu müde, um sie zu verscheuchen, und irgendwann geben sie die Verfolgung auf, versammeln sich stattdessen keifend und raufend auf den Balustraden der Säulengänge, von wo die Ordner sie später sicher wieder verjagen werden.

Nach einem zügigen Fußmarsch sehe ich schließlich die Mauern der Kaserne, die sich wie dunkle Gewitterwolken auftürmen. Vier Wachtürme säumen den quadratischen Bau, und von den Zinnen weht wie ein einsamer Leuchtpunkt im Dämmergrau die gelbe Flagge.

Als ich das eiserne Haupttor erblicke, beschleunigen sich meine Schritte, dann bleibe ich so abrupt stehen, dass sich der schwarze Umhang um meine Waden bauscht.

Halb verborgen in einer Seitengasse stehen Marius und sein Vater. Marius trägt einen nagelneuen, schwarz glänzenden Umhang und sein so perfekt proportioniertes Gesicht ist blasser als ein Lammfell. Die beiden sind so vertieft in ihr Gespräch, dass sie mich nicht zu bemerken scheinen. Ihre Stimmen sind gedämpft, doch als ich vorsichtig näher komme, höre ich Zorn darin schwingen. Sie streiten.

Fünfzehn Schritte bin ich noch entfernt, als Marius' Vater herumfährt und mich entdeckt. Er schließt den Mund und blickt mich so grimmig an, als wäre ich ein Eindringling in seinem Haus. Marius streift mich nur mit einem kurzen Blick und wendet sich ab.

Ich grüße sie mit einem höflichen Nicken, das keiner von ihnen erwidert, dann gehe ich eilig weiter. Mein Herz schlägt hart wie ein Schmiedehammer. Das letzte Wort, das Marius' Vater benutzte, bevor er mich entdeckte, war *Seuche*.

Meine Gedanken überschlagen sich, und ich bemerke erst, dass ich das eiserne Tor erreicht habe, als mich ein Soldat rüde am Arm packt. Ich nenne ihm meinen Namen, den er mit einer Liste abgleicht, bevor er mich passieren lässt. Immer noch schlägt mein Herz viel zu laut.

Ich gehe unter dem Torbogen hindurch, dann bleibe ich stehen. Mit einem tiefen Atemzug versuche ich, mich zu beruhigen. Doch das reicht nicht. Ich fingere Elenis *Plasté* aus meiner Tasche und schlucke eine der taub machenden Pastillen.

Hinter mir betritt Marius die Kaserne. Er hat den schwarzen

Umhang fest um seine Schultern geschlungen und wirkt, als würde er frieren. Er geht an mir vorbei, als wäre ich nicht da. Will er sich etwa auch verpflichten? Der Gedanke ruft Schauder bei mir hervor, aber auch widerwilligen Respekt. Das Leben in der Armee gilt als noch härter als das in den Minen, und jeder fängt – egal wie erhaben seine Herkunft ist – als einfacher Rekrut an. Deshalb wird die Soldatenlaufbahn meist von weniger begüterten Brennern eingeschlagen, oft Provinzler aus Nebenzweigen der Hohen Geschlechter, die die Meisterprüfung zum Teil gar nicht abgelegt haben. Keiner erwartet von einem so Hochgeborenen wie Marius, dass er in die Armee eintritt. Jetzt glaube ich zu wissen, warum er mit seinem Vater gestritten hat. Der Gildenvorsitzende wollte seinen Sohn daran hindern, in den Krieg zu ziehen. Aber warum hat er über die Seuche gesprochen? Gibt es da nicht bessere Argumente? Oder ist diese Krankheit doch nicht so harmlos, wie Eleni glaubt?

Langsam setze ich mich wieder in Bewegung. Ich kann das mulmige Gefühl, das diese Gedanken in mir auslösen, nicht abschütteln. Jeder Schritt über den gekiesten Kasernenhof kostet mich Überwindung. Doch ich kann nicht mehr zurück. Mit jedem Atemzug sage ich mir, dass ich für mein Land jeder Gefahr ins Auge blicken kann, und als ich den Hof endlich überquert habe, geht es mir wieder besser. Entschieden nenne ich dem zuständigen Hauptmann meinen Namen.

Es gibt nichts, das besser organisiert ist als das Ämterwesen von Athos. Der Hauptmann verfügt bereits über alle offiziellen Belege. Die Urkunde der Akademie, die meinen Meistertitel bestätigt. Ein Dokument der Stadt Athos, das meine Bürgerschaft ausweist, mitsamt Namen, Beschreibung und Geburtsdatum. Er lässt mich ein weiteres Dokument unterschreiben, das meine Ankunft bestätigt, dann drückt er mir einen Zettel in die Hand, und ich muss mich in die Schlange der anderen Rekruten einreihen, die sich durch den tristen Flur eines fensterlosen Gebäudes zieht. Ich zähle mehr als zwanzig Personen vor mir. Marius befindet sich bereits weiter vorne in der Reihe, Eleni ist nirgends zu sehen.

Wir werden nacheinander durch eine Reihe von Kammern geschleust, während draußen noch weitere Rekruten eintreffen, aber ich habe keine Gelegenheit mehr, mich umzuschauen. In der ersten Kammer legt mir eine Heilersoldatin die Hand auf und prüft mich auf diese Weise auf versteckte Krankheiten und Verletzungen, dann versieht sie meinen Zettel mit einem Stempel, der meine körperliche Eignung bestätigt. In der nächsten Kammer werden meine Körpergröße und Fußlänge vermessen und in eine Spalte auf meinem Zettel eingetragen. Im nächsten Raum wartet ein Hauptmann, der mir ein paar einfache Fragen stellt, wohl um meine geistige Gesundheit zu prüfen. Danach fragt er, welche Angehörigen im Falle meines Todes benachrichtigt werden sollen. Ich nenne meine Mutter und ihren Distrikt, und er trägt die Angaben in eine Tabelle ein.

Im Ausstattungsraum soll ich schließlich Stiefel und eine Garnitur schwarzer feuerfester Soldatenkleidung erhalten, aber die Zeugmeisterin runzelt die Stirn, als sie meine Maße vom Zettel abliest. Ich weiß, dass ich groß bin, doch sie erläutert es mir noch einmal in genauen Zahlen: Ich messe sechs Fuß und bin damit fast einen ganzen Fuß größer als die durchschnittliche Soldatin und eine Handbreit größer als die meisten Soldaten. Ich ahne schon, worauf ihre Litanei hinausläuft, ehe sie mir mit einer gemurmelten Entschuldigung einen Stapel mit Männerkleidung reicht. Die langärmlige Tunika bauscht sich weit um meine Schultern, die schwarze Lederweste hängt wie ein Sack, und nur der Gürtel verhindert, dass mir die Hosen über die Hüften rutschen. Auf den Umhang verzichte ich, da ich meinen eigenen mitgebracht habe.

Am Schluss werde ich noch nach meiner bevorzugten Waffe gefragt. Bereits in der Akademie hatten wir Unterricht in einer Waffengattung, die wir selbst auswählen durften. Ich entschied mich für den Speer. Daher bekomme ich jetzt einen ausgehändigt, dessen stählerne Spitze mit einer Lederscheide geschützt ist, sowie einen schweren Rucksack, der meine neue Ausrüstung enthält. Ich habe keine Zeit hineinzusehen, ehe wir nach draußen beordert werden, daher stopfe ich nur meinen Beutel hinein.

Hinter den anderen trabe ich zurück auf den Kasernenhof. Inzwischen ist die Sonne aufgegangen. Wir stellen uns in drei Reihen auf. Nicht alle Adepten scheinen die Prüfung bestanden zu haben – oder sie haben im letzten Moment gekniffen. Fünfundzwanzig Rekruten zähle ich, achtzehn schwarz und sieben weiß Gekleidete. Unter Letzteren erblicke ich endlich Eleni, die mir unauffällig mit den Fingerspitzen zuwinkt. An ihrer Miene sehe ich, dass ihr ebenso zumute ist wie mir: beklommen und feierlich zugleich.

»Steht gerade!«, bellt ein Hauptmann, und ich richte mich hastig auf.

Aus der Tür des Hauptgebäudes treten Meister Zenon und Meister Liroi, die Kommandanten der Brenner- und Heilereinheit. Unter ihren Umhängen tragen sie schwere Kettenhemden und Schwerter um die Hüften gegürtet. In Weiß und Schwarz wirken sie wie zwei Figuren eines Schachbretts – die doch keine Gegner sind, sondern gemeinsam die Erste Division unserer Republik führen.

Wir stehen stramm und salutieren mit der Ehrenbezeugung von Athosia: Wir heben die rechte Hand vor das Gesicht, sodass der Daumen die Stirn berührt, und führen sie dann nach oben, Richtung Sonne. In alten Zeiten berührten die Soldaten ihr Herz, bevor sie die Hand Richtung Sonne erhoben, doch die Gründer der Republik beschlossen, dass wir uns nicht mehr länger von Gefühlen, sondern vom Verstand lenken lassen sollen.

Die beiden Kommandanten erwidern den Gruß, dann vereidigen sie uns. Unsere Stimmen hallen von den Wänden des Kasernenhofs wider, als wären wir nicht nur ein kleiner Haufen Rekruten, sondern eine ganze Phalanx. Während ich den Eid spreche, glaube ich, dass ich niemals Worte ernster gemeint habe als diese, nicht einmal mein Verlobungsversprechen gegenüber Ian.

Ich gelobe im Namen der Republik, Gesetz und Befehl gehorsam zu befolgen.

Ich gelobe, die Ordnung und den Gemeinwillen unseres Volkes zu verteidigen.

Ich gelobe, heute und für alle Zeit mein Leben der Vernunft, dem Verstand und dem Wohle Athosias zu widmen.

Bis dass der Tod mich niederstreckt …

Kapitel 5

Am Nachmittag desselben Tages stehe ich an der Reling eines Flussschiffes und stütze mich mit einer Hand an dem spröden schwarzen Holz ab. Balken knarren, Segel knattern im Wind. Unter mir schwankt der Boden gemächlich hin und her. Mein Magen schlägt bei jeder der ungewohnten Bewegungen Kapriolen, doch ich presse die Lippen zusammen, um mir nichts anmerken zu lassen. Die Sonne streichelt meine Haut durch den schwarzen Umhang hindurch. Rund um mich schwitzen die Männer und Frauen der Schiffsmannschaft. Sie ziehen an Tauen, rollen Fässer vorbei, brüllen Anweisungen in unverständlichen Kürzeln und setzen hoch oben in den Masten weitere Segel. Jeder von ihnen folgt eingespielten Routinen. Sie tragen gebleichte Lederwesten und darunter die hellbraunen Tuniken und Hosen der Soldaten, und an ihren Kappen prangt das gelbe Emblem unserer Republik.

Ich beneide sie darum, etwas Sinnvolles zu tun zu haben, während wir Brenner an Bord unnütze Passagiere sind. Nur ein Viertel von uns sind Rekruten, die anderen sind altgediente Brennersoldaten, die in Athos stationiert waren und nun ebenfalls in die Grenzgebiete beordert wurden. Sie sind wie wir in Neunertrupps aufmarschiert, jeweils geführt von einem Hauptmann. Außerdem gingen mit Kommandant Zenon auch zwei Offiziere an Bord. Sie sind sofort unter Deck verschwunden. Die Soldatentrupps sitzen dagegen im hinteren Teil des Schiffes und streiten sich um Karten oder dösen vor sich hin. Uns Rekruten haben sie weggeschickt. *Grillfleisch,* rufen sie uns, während ihre Hauptmänner wegschauen. *Schneefutter. Verpisst euch.*

Ihre schwarzen Mäntel haben graue Flecken. Manchen von

ihnen fehlen Zähne, andere haben Gesichter wie der Mond, wüst, blass und verkratert von Narben. Mir ist übel. Sind das die stolzen Soldaten der Ersten Division? Wo sind die Helden, die triumphierend in den Krieg ziehen?

Würde ich einen von diesen Veteranen so bezeichnen, würden sie mich ohnehin auslachen. Die Brenner im Militärdienst nennen sich selbst *Senger* nach einer alten Liedzeile. *Wir brennen und sengen durch das feindliche Land / und bringen den Tod mit glühender Hand.*

Ich flüstere das Lied vor mich hin, doch die Melodie, die ich in meinem Kopf dazu höre, ist nicht mehr siegesgewiss, sondern verzerrt und schrill wie Spottgesang.

Nach unserem Eid schoben sich Wolken vor die Sonne, und die vage Freundlichkeit der Kasernensoldaten verflog in der grauen Leere des Himmels. Noch auf dem Kieshof teilten sie uns in drei Gruppen auf, in eine Heiler- und zwei Brennereinheiten. *Packt eure Rucksäcke und dann los, ihr Frischlinge!* Eine Ausbildung wie in der Akademie der Gilden würde es nicht geben, das hatte ich vorher gewusst. Aber dass es so unvermittelt losging, überraschte mich doch.

Im Gleichschritt marschieren wir zum Hafen, Soldaten vor und hinter uns, als wären wir Gefangene. *Kein Blickkontakt zu Bürgern!* Doch kurz vor der Uferpromenade scherte ein unbedarfter Rekrut aus der Reihe aus, weil er einen Angehörigen auf dem Gehsteig erspähte. Einer der Soldaten knüppelte ihn so zusammen, dass er nicht wieder aufstand. Zwei von uns mussten ihn tragen. Seine Brennereinheit befindet sich jetzt auf dem anderen Schiff, das fünf Pfeillängen vor uns durch den Fluss pflügt. Leider befinden sich auch die Heilersoldaten und somit Eleni dort. Ich hoffe, sie kommt zurecht.

Ich bin nach vorne geflüchtet, zu dem Schiffsteil, den die Mannschaft Bug nennt. Als ob es einen stummen Befehl gegeben hätte, sind nach und nach auch die anderen acht Rekruten meiner Gruppe hier eingetrudelt.

Seit drei Stunden sind wir jetzt unterwegs. Der Hauptmann, dem wir zugeteilt wurden, scheint verschwunden zu sein. Er hat uns an Bord marschieren und in Formation aufstellen lassen: Drei Reihen mit jeweils drei Mann, ein dicht geschlossenes Quadrat von Anfängern. Wir salutierten, während er achtlos durch unsere Akten blätterte, dann entließ er uns, ohne uns auch nur einmal anzusehen.

Wir sind Athosianer: Tief in uns ist der Grundsatz verwurzelt, dass alles einer vorgegebenen Ordnung folgen muss. Die Republik weist jedem seinen Platz zu. Gemeine sind keine Bürger, Bürger dienen nicht ihren Sklaven, und Soldaten streifen nicht führungslos herum. Aber genau das tun wir hier.

Nicht nur ich bin deshalb beunruhigt. Wenn ich die anderen Rekruten mustere, blicke ich in beklommene Gesichter. Fünf sind wie ich Freiwillige aus der Akademie. Marius hat sich zu ihrem Wortführer aufgeschwungen. Ich kenne außer ihm nur zwei mit Namen: Agata und Toni, die sich schon früher an seine Fersen hängten. Die anderen beiden Adepten sind ein verschüchtert blickender Rothaariger und ein dünner Kerl mit Augengläsern, der vergeistigt wirkt wie ein Gelehrter.

Die letzten drei Rekruten sind bereits älter. Zwei sind kräftige Kerle, Zwillingsbrüder mit stumpfsinnigen Gesichtern, die ich auf Mitte zwanzig schätze. Sie heißen Myk und Dyk, sind ehemalige Minenbrenner und puhlen sich fortwährend in den Ohren, als ob immer noch Bergschlamm darin klebt. Die dritte Rekrutin ist die Älteste von uns, bereits um die dreißig. Sie nennt sich Meisterin Zoe, ist eigentlich Kunstschmiedin und hat traurige Augen, üppige weibliche Formen und so perfekte, feingliedrige Hände, dass ich mir keine Waffe in ihnen vorstellen kann.

Seltsamerweise sucht sie meine Nähe. Anfangs hat sie viel geredet, doch meine Wortkargheit hat sie zunehmend verstummen lassen. Ich kann mir vorstellen, wie ich ihr erscheinen muss: groß. Eckig und dünn im Vergleich zu ihr. Hart und abweisend, als könne mich keine ihrer Sorgen betreffen. Das stimmt nicht, ich mache mir die gleichen Gedanken. Doch ich kenne sie zu wenig, um sie daran teilhaben zu lassen.

Wenn ich mir den Krieg vorzustellen versuche, sehe ich vor allem Farben. Blut und Schlamm. Rot und braun. Schnee und Feuer. Weiß und rot. Immer wieder rot. Doch bald wird der Krieg nicht mehr nur eine Vorstellung sein, sondern tödliche Wirklichkeit.

Wie wird es sein, gegen Barbaren zu kämpfen? In der Akademie hielten unsere Meister den Norden als Unterrichtsstoff für ungeeignet. Wild und unberechenbar sollen sie sein, zäher als Affen und um einen Kopf größer als wir. Doch das sind nichts als Gerüchte. Ich atme tief durch und sage mir, dass sie Menschen sind und besiegbar. Ian erzählte einmal, dass sie kaum über Waffentechnik verfügen. Sie hängen archaischen Religionen an und benutzen Rauschmittel, um Geister zu beschwören und Magie zu üben. Das ist ihre Schwäche. Denn Magie gibt es nicht – die Welt ist wissenschaftlich erklärbar, auch unsere Triebe.

»Weg da, Rekrut!«, bellt jemand hinter mir und reißt mich damit so abrupt aus meinen Gedanken, als hätte er mich mit einem Kübel Eiswasser übergossen. Ich mache einen erschrockenen Satz zur Seite und stolpere über Zoes Fuß, stürze polternd zu Boden.

Um mich herum ertönt Gelächter. Ich kämpfe gegen den Wunsch, in den Planken zu versinken, und federe mit einem Satz zurück auf die Beine.

»Vorsicht!«, ruft Marius spöttisch. »Sie verteilt böse Fußtritte.«

Hitze schießt wie Lava in mir hoch. Ich balle die Fäuste.

»Ach ja?« Der Mann, der mich aufgescheucht hat, studiert mich so wachsam wie ein Raubtier seine Beute. Seine borstigen grauen Haare, die er entgegen der Mode kurz trägt und sein sehniger, magerer Körperbau erinnern mich an einen Jagdhund. Er ist der Hauptmann, der für uns Rekruten zuständig ist. Meine Wut weicht wachsamer Ehrfurcht.

»Hauptmann Louk.« Ich stehe stramm und salutiere. Die anderen Rekruten tun es mir nach.

Gleichgültig lässt er uns stehen und tritt an die Reling. Zwei weitere Hauptmänner schieben Zoe und mich beiseite wie unerwünschte Möbelstücke, dann lehnen sie sich neben ihn und blicken Richtung Land.

»Es tut mir leid«, flüstert Zoe zu mir, doch ich ignoriere sie.

Ein Olivenbaumhain säumt das Ufer. Eine gepflasterte Straße zieht sich bis zu einem Eisentor in einem Bollwerk aus Ziegelsteinen. Klein wie Ameisen patrouillieren Wachen auf den Zinnen. Über ihnen wehen drei Fahnen: die gelbe Flagge unserer Republik, eine Kerkerflagge mit vier gekreuzten Stäben, und ein ockerfarbenes Epsilon, das für die Fünfte Division steht.

Als die Schiffe das klotzige Bauwerk passieren, heben die Wachen auf den Mauern grüßend die Hand an die Stirn. Die drei Senger salutieren, wir machen es hinter ihren Rücken eilig nach.

Acht Divisionen gibt es in Athosia. Die Erste Division, der wir angehören, besteht nur aus Sengern und Heilern. Sie ist eine in der Hauptstadt stationierte, elitäre Sondereinheit, deren Phalangen Aufgaben in der ganzen Republik ausführen. Stets tauchen sie auf, wenn die anderen Divisionen Unterstützung und Führung brauchen: bei der Grenzverstärkung, der Abwehr von Aufrührern, dem Schutz und der Eskorte wichtiger Politiker und Frachten. Im Kriegsfall verstärkt die Erste Division maßgeblich die anderen Divisionen im Feld.

Die Besatzung unseres Schiffes gehört der Sechsten Division an, unserer Marine. In früheren Zeiten befuhren sie die Ozeane, um unsere Händler vor Piraten zu schützen. Doch seit vier Jahrzehnten wüten die *Ephodosoi*, die schlimmen Meeresstürme vor unseren Küsten. Sie schneiden unsere Welt ab von allen exotischen Ländern jenseits der Ozeane, die uns einst Rohstoffe und Chrysos im Überfluss lieferten. Unsere Marine hat seither deutlich an Ansehen verloren. Gerüchte besagen jedoch, dass immer wieder Kapitäne Segel setzen auf die offene See, nur um niemals wiederzukehren.

Die Divisionen Zwei bis Fünf stellen die ländlichen Truppen. Sie dienen in den vier Athosianischen Provinzen: Irelin und Dunmark im Westen, Jagosch und Merimar im Osten.

Die Siebte Division gilt als Sammlungsort für Querköpfe und Abenteurer. Sie ist an der Grenze im Süden stationiert, am Rande der Wüste Sari, wo die Beduinenräuber ihr Unwesen treiben. Die Achte Division schließlich dient am Grenzgebirge zum Nordland. Ihre Soldaten gelten als ehrenhafte, treue Männer, die Schulter an Schulter in einer kargen Welt von Kälte, Felsen und Feinden kämpfen.

Die Kerkerflagge der Bastion, die wir gerade passieren, zeichnet das Gebäude als Gefängnis aus – weniger für Kriegsgefangene, die meist unverzüglich versklavt werden, als für Gesetzesbrecher und Aufrührer. Gerade in Irelin gab es in den letzten Jahren immer wieder kleinere Aufstände dieser Partisanen, wie sie sich selbst nennen.

Hinter der nächsten Flussbiegung erblicke ich etwa fünfzig Gefangene. Männer, die nichts tragen als Holzsandalen, ausgewaschene, knielange Tuniken und einen Strick um ihre Hüften, der auch Henkersknoten genannt wird, weil sich viele daran in ihren Zellen erhängen. Sie marschieren in einer langen Zweierreihe flussaufwärts und tragen schweres Gepäck auf ihren Rücken. Soldaten reiten vor und hinter ihnen.

»Sie haben sie zwangsrekrutiert!«, stößt einer der Hauptmänner vor mir aus. »Da muss es aber schlimm um die Grenze stehen, wenn sie schon dieses Lumpenpack hinschicken.«

Marius hinter mir schnaubt. »Wir könnten sie auch gleich umbringen.«

»Und was hätten wir damit gewonnen?«, fragt Zoe und dreht sich zu ihm herum.

»Zumindest hätte keiner Ärger mit ihnen«, sagt Marius mit verächtlich geschürzten Lippen. »Davon gibt es genug in der Armee, seit Frauen als Soldatinnen zugelassen sind.«

»Das meinst du nicht ernst.« Zoe stemmt die Hände in die Hüften, doch er grinst nur.

Ich mahle mit den Zähnen. Ich möchte ihm meine neuen Armeestiefel in die Rippen rammen und ihn danach über Bord werfen. Doch Hauptmann Louk hat sich uns mit einer beiläufigen Bewegung zugewandt. Er scheint die Segel über unseren Köpfen zu betrachten, doch ich bin mir sicher, dass er in Wirklichkeit uns beobachtet. Ich beiße die Zähne zusammen, drehe ich mich um und starre Marius über Zoes Schulter hinweg an. All meine Abneigung lege ich in den Blick und eine stumme Drohung. Marius hat wässrige Augen, deren Blau wie ausgelaugt wirkt. Er wendet sich ab. *Feigling*.

Ich drehe mich wieder um. Hauptmann Louk beobachtet mich jetzt unverhohlen. Ich deute seinen Blick als Interesse, und das lässt mich einen bösen Fehler begehen.

»Hauptmann Louk.« Ich trete einen Schritt auf ihn zu und räuspere mich, weil meine Stimme rau klingt. »Wann wirst du uns unterrichten?«

Er runzelt zuerst die Stirn, dann schiebt er den Unterkiefer vor. Ich kann beinahe sehen, wie sich ein Gewitter in seiner Miene zusammenballt.

Die beiden Senger an seiner Seite beginnen zu grinsen. »Da kann jemand seine erste Lektion kaum erwarten«, sagt der eine.

Jäh ist der Hauptmann bei mir. Seine sehnige Hand schnellt hinter dem Rücken hervor und packt mich am Arm. »Willst du frech werden?«, bellt er mich an.

Ich schüttle erschrocken den Kopf.

»Kommt her!« Mit einer harschen Handbewegung ordert er

die anderen Rekruten herbei. Sein Griff an meinem Arm ist so hart, dass ich einen Schmerzenslaut unterdrücken muss. »Los, los!«

Zoe, die einen Schritt nach hinten gemacht hat, tritt wieder vor. Marius und die anderen ehemaligen Adepten eilen herbei, sogar die Zwillingsbrüder kommen mit hastigen Schritten näher. Hauptmann Louks kieselgraue Augen betrachten uns, als wolle er uns ausweiden und dann den Möwen zum Fraß hinwerfen.

»Steht gerade«, blafft er. »Ihr seid hier nicht in eurer verdammten Akademie. Ich werde weder auf einer Tafel herumkritzeln noch Fleißnoten verteilen. Spart euch also eure Fragen. Und stolziert nicht herum, als wärt ihr Helden.« Er schnaubt. »Dass ihr hier seid, ist kein Zeichen von Mut, sondern von Dummheit. Das gilt auch für euch«, fährt er Myk und Dyk an, die sofort aufhören, beifällig zu seinen Worten zu nicken. Zoe ignoriert er gänzlich.

»Ihr habt alle keine Ahnung vom Krieg.« Plötzlich ist seine zerfurchte Miene ganz nah bei mir. Ich versuche, seinem Blick standzuhalten. »Du hältst dich für besonders unerschrocken? Wenn dich ein Dutzend Barbaren umringt, wenn ein Vereiser deine Feuerwand durchbricht oder dich eine Schneelawine im Gebirge begräbt, wirst du dir wie alle anderen auch in die Hosen pissen, bevor du stirbst.«

Seine Finger sind heiß und umspannen meinen Arm so fest wie eine Zange. Er ist einen ganzen Kopf kleiner als ich, doch er ist stark. Selbst wenn ich es wollte, ich könnte mich nicht losreißen. Doch ich will es gar nicht. Seine barschen Worte imponieren mir. Er hat recht. Natürlich sind wir Anfänger, natürlich sind die meisten von uns dumm.

Als Erstes lernst du Demut, erwiderte Ian, als ich ihn nach seiner Soldatenausbildung fragte. Ich lächelte damals ungläubig, denn das sah ihm so gar nicht ähnlich. Jetzt beginne ich, ihn zu verstehen.

»Dann bring uns bei zu überleben«, sage ich zu Hauptmann Louk.

»Überleben.« Er lässt sich das Wort auf der Zunge zergehen. Nach wie vor tobt ein Gewitter in seinen Zügen. »Gehört dazu auch, unseren Kommandanten mit einer Lanze zu bedrohen?«

Ich zucke zusammen. Steht das in meiner Akte? Die anderen Rekruten schauen ratlos. Hauptmann Louk stößt ein heiseres Bellen aus. Erst nach einem Augenblick erkenne ich, dass er lacht.

»Überleben ist ein Anfang«, sagt er. »Und das wird schwieriger sein, als ihr glaubt.« Er lässt mich abrupt los. »Lungert nicht weiter hier herum, sondern meldet euch beim Maat. Der wird euren weichen Händen was zu tun geben.«

❄

Den restlichen Nachmittag rutschen wir auf den Knien über den Boden und schrubben Planken. Irgendwann zischt ein Horganfalke wie ein grauer Pfeil über den Fluss heran und landet auf dem Deck, nur eine Mannslänge von mir entfernt. Ein winziges Pergament ist um sein Fußgelenk gebunden. Mit seinen dunklen Raubtieraugen starrt er mich für einen Augenblick an, ehe er mit einem heiseren Schrei im offenen Fenster der Kajüte verschwindet. Welche Nachrichten bringt er wohl?

Als die Sonne untergeht, lässt Kommandant Zenon alle Brenner am Heck des Schiffs zusammenrufen. Wir stellen uns in Formation, jeder Neunertrupp lässt eine Mannslänge Abstand zu den anderen. Glutrot färbt sich der Horizont hinter uns, rot wie Blut. Mir tun die Knie weh, und meine Hände sind aufgescheuert von den groben Bürsten. Doch vor allem gehen mir Hauptmann Louks Worte nicht aus dem Kopf. *Ihr habt keine Ahnung vom Krieg.* Er offensichtlich schon. Ich habe Kampfnarben wie ein Gewirr von weißen Strichen auf seinen Armen gesehen.

Er hat außerdem von Vereisern gesprochen, als gäbe es sie wirklich. Oder wollte er uns nur Angst machen? Ich hielt sie bisher für eine Gespenstergeschichte aus der Vergangenheit, mit der wir die Kinder erschrecken.

Schlaf, Kind, schlaf leiser, sonst kommt der Vereiser.

Packt dich mit kalten Händen, wirst wie ein Tier verenden.

So wie Eis und Feuer nicht nebeneinander existieren können, waren die Vereiser einst unser tödliches Gegenstück. Argyr, das fahle Metall, das uns lähmt, ist ihre Stärke, während unser Chrysos sie schwächt. Vor langer Zeit haben sie angeblich den Barbaren ihre Kräfte angedient, um uns zu vernichten. Doch sie sind gescheitert und seitdem verschwunden – das habe ich zumindest geglaubt.

Unter all den schwarzen Umhängen um mich herum halte ich nach Hauptmann Louk Ausschau. Ich entdecke ihn schließlich zwischen den anderen Hauptmännern. Er ignoriert uns Rekruten geflissentlich.

Gerade, als sich Zoe hinüberbeugt, um mir etwas zuzuflüstern, öffnen sich die Türflügel der Kapitänskajüte. Meister Zenon tritt heraus. Der Kommandant gehört zu den wenigen Brennern, die größer sind als ich. Sein schmales Gesicht wirkt angespannt, und die hellblonden Haare sind zerwühlt. Dass er persönlich den Weg in die Grenzgebiete auf sich nimmt, um uns in den Krieg zu führen, beeindruckt mich. Kommandant Liroi, der Kommandant der Heiler, hat es dagegen vorgezogen, in der Hauptstadt zurückzubleiben.

Wir heben die Hand zum Salut, und er erwidert ihn mit einem militärisch knappen Nicken. »Willkommen an Bord, Soldaten und Rekruten.«

Bei meiner Prüfung zeigte er schon, dass er nichts von überflüssigen Worten hält. Auch jetzt redet er ohne Umschweife. »Vorhin erreichte mich ein Horganfalke, abgerichtet von der Achten Division, mit Neuigkeiten aus dem Norden. Ich denke, es dient uns allen, wenn ihr sie sofort und aus meinem Mund erfahrt.« Er hebt ein winziges Pergament hoch, ohne einen einzigen Blick darauf zu werfen. »Die Kämpfe gegen die Barbaren haben eine neue Stufe erreicht. Im Tal von Tanais stoßen sie mit aller Macht gegen die Grenzmauern vor. Einen ersten Vorposten haben sie bereits überrannt. Gefangenenbefragungen ergaben, dass sich die Seuche im Norden weiter ausbreitet. Die Grenze wird lückenlos überbewacht, sodass sie noch nicht in die Republik gelangt ist. Doch die Barbaren versuchten vorgestern das erste Mal, Othon zu stürmen, und manche von ihnen waren angeblich bereits erkrankt.«

Mein Herz zieht sich zusammen. Othon ist der Hauptstützpunkt der Achten Division und die größte Grenzbastion unter den Befestigungen, die das Nordgebirge durchziehen wie die Stahlglieder einer Ankerkette. Ian und Elenis Vater sind in Othon stationiert.

»Unser Ziel, Othon rasch zu erreichen, ist dringlicher denn je«, sagt Zenon. »Die Phalangen dort brauchen nicht nur Heiler, sondern vor allem auch Senger, um ihre Reihen zu verstärken. Denn die Lage ist noch ernster als wir bisher dachten. Die Gerüchte haben sich bestätigt. In den Reihen der Barbaren wurden tatsächlich Vereiser gesichtet.«

Ich halte den Atem an. Es stimmt also wirklich. Ein paar Rekruten keuchen vor Schreck auf, Zoe stößt einen hohen Schrei aus. Selbst einige der jüngeren Soldaten reißen entsetzt die Augen auf. Im Gegensatz dazu wirken die altgedienteren Senger kaum überrascht.

Einer der Hauptmänner hebt die Hand. Zenon gestattet ihm mit einem schroffen Nicken zu sprechen. »Verfügen sie über Argyr?«, fragt er. »Und über ihre viehischen Reittiere?«

»Über beides.« Zenon nickt knapp. »Wir können ihre Zahl noch nicht abschätzen. Ich vermute, dass noch weitere von ihnen an der Grenze eintreffen werden.«

Ein weiterer Hauptmann meldet sich. »Was wissen wir inzwischen über die Seuche?«, fragt er. »Wie überträgt sie sich?«

Zenon runzelt die Stirn. »Die Heiler versuchen, das zu ergründen.«

»Wie sieht es um unsere Vorräte an Chrysos aus?«, fragt ein weiterer Hauptmann.

»Sobald wir anlegen, werden die Rationen zugeteilt«, erwidert Zenon. »Pro Offizier vierhundert Granos, Hauptmänner zweihundert Granos, einfache Soldaten hundert Granos und Rekruten fünfzig Granos.«

Haben die Brenner um mich herum bisher diszipliniert geschwiegen, beginnen sie jetzt zu murren. »Das ist verdammt wenig«, sagt der Hauptmann, der die Frage gestellt hat.

Ich muss ihm recht geben. Ein Grano entspricht dem Gewicht eines Gerstenkorns – doch Chrysos ist ungleich schwerer. Fünfzig Granos des edlen Metalls ergeben wahrscheinlich kaum mehr als zwanzig oder dreißig sandgroße Körnchen, ein mageres Häufchen, das ich auf meiner Fingerspitze balancieren kann.

»Dann geht sparsam damit um«, ruft Zenon barsch. Er hebt das Kinn, und seine Augen blitzen eisblau. »Die beiden Offiziere kommen zu einer Einsatzbesprechung zu mir. Wir werden unsere Geschwindigkeit erhöhen, um schneller am Ziel zu sein, und brauchen dafür jeden Soldaten. Meister Ehud wird die Schichten einteilen. Bis dahin bewegt euch frei.«

Er dreht sich um und eilt in seine Kajüte zurück. Die Senger verlassen wie erlaubt ihre Formationen und mischen sich zu kleineren Gruppen, die leise debattierend in den Deckluken verschwinden.

Ich lasse meine eigene Formation stehen und gehe auf Hauptmann Louk zu. *Keine dummen Fragen*, hat er gesagt. Doch ich muss es noch einmal tun.

»Hauptmann.« Ich flüstere. »Kannst du uns über die Lage an der Grenze aufklären? Es hört sich so an, als stünde es viel schlimmer, als man in Athos berichtet hat.«

»*Uns?*«, knurrt er. »Wo sind die anderen?«

Ich blicke mich um und sehe, wie sich meine Gruppe entfernt, ohne einen Blick zurückzuwerfen. Alle außer Zoe, die stehen geblieben ist und mich und den Hauptmann beobachtet.

»Sie meine ich nicht.« Louks harte Augen starren mich an. »Ein einzelnes Streichholz brennt in der Kälte nicht lang. Du wirst im Norden nicht überleben, wenn du dich nicht einfügst.«

»Aber …«, fange ich an.

»Ein paar von ihnen hänseln dich? Sie wollen nicht mit dir spielen?« Verächtlich wendet er sich ab. »Das hier ist kein Spiel, dummes Gör. Morgen bei Sonnenaufgang trefft ihr mich am Bug.«

Wütend blicke ich ihm hinterher. *Dummes Gör?* Er kann froh sein, dass ich Einsatz zeige! Offensichtlich ist ihm das aber eher lästig. Er sieht in uns wohl doch nur Schneefutter für die Front.

Ein paar Brenner schieben sich an mir vorbei. Ich weiche einen Schritt zurück und remple gegen Zoe, die sich an mich herangeschlichen hat. Sie hält sich an meinem Umhang fest, sodass wir beinahe beide zu Boden gehen.

»He!«, blaffe ich. »Pass doch auf!«

Sie reagiert mir zu langsam. Ich reiße ihr meinen Umhang aus den Händen und stoße sie von mir weg. Dieses Mal fällt sie tatsächlich zu Boden. Die Soldaten um uns beginnen zu lachen. Manche gaffen ihr ungeniert auf den üppigen Hintern, als sie sich wieder aufrappelt. Sofort tut sie mir leid. Nur weil ich schlechte Laune habe, muss ich mich nicht gleich so aufführen wie Marius.

Ich packe ihre Hand und ziehe sie weg von den Soldaten. Ihre Augen schwimmen in Tränen, und ich unterdrücke ein Seufzen. Sie ist kein junges Mädchen mehr, sie sollte gelernt haben, sich zusammenzunehmen. Wahrscheinlich erwartet sie eine Entschuldigung, erwartet, dass ich mich auf sie einlasse und mir endlich die sicherlich unglückliche Geschichte anhöre, die sie hierhergeführt hat, wo sie so fehl am Platz ist wie eine Henne im Fuchsbau. Doch das werde ich nicht tun. Schweigend wende ich mich ab, und sie verschwindet nach kurzem Zögern endlich unter Deck.

Seltsam beschämt und niedergeschlagen lehne ich mich an einen der Masten.

»Meisterin«, ruft jemand. Einer der Männer der Schiffsmannschaft winkt. Er bückt sich und hebt etwas auf, dann kommt er auf mich zu. Respektvoll hält er den Blick gesenkt, denn obwohl ich nur eine Rekrutin bin und er ein erfahrener Seemann, bin ich als Brennerin ranghöher als er.

»Das hast du gerade verloren«, meint er. »Als die andere Meisterin dich festgehalten hat, ist es aus deiner Tasche gefallen.« Er hält mir einen kleinen Beutel hin. Mit einer hölzernen Bewegung reiße ich ihn aus seiner Hand, zu überrumpelt, um zu nicken oder irgendwas zu sagen. Mit einem Schulterzucken wendet sich der Matrose ab und schlendert pfeifend davon.

Ich verstecke meine Hände hinter dem Rücken. Meine Finger betasten den Beutel. Mein Herz schlägt bis zum Hals. Ich kenne ihn. Ich spüre Leder, darin ein hartes Rund, das mich das Leben kosten könnte.

Die Chrysosmünze meines Vaters.

Kapitel 6

In dieser Nacht schlafe ich kaum. Die Münze glüht wie ein Stück Kohle in meiner Tasche. Ich kann nicht fassen, dass meine Mutter sie mir heimlich zugesteckt hat, denn anders kann ich mir ihre Anwesenheit nicht erklären. Ich überlege, an Deck zu schleichen und die Münze über die Reling zu werfen, doch ich bringe es nicht übers Herz. Sie ist wertvoll, nicht nur weil sie ein altes Artefakt ist, sondern weil sie sicherlich dreihundert Granos wiegt. Im Krieg kann so viel Chrysos die Leben einer ganzen Phalanx retten.

Ich sollte sie heimlich vor Meister Zenons Kajüte legen, oder bei Hauptmann Louk vorsprechen und so tun, als hätte ich sie an Bord gefunden. Doch Meister Zenons Kajüte wird bewacht, und Hauptmann Louk ist kein Freund, sondern ein misstrauischer Kriegsmann, der eine Lüge sofort durchschauen wird. Also beschließe ich, vorerst gar nichts zu tun. Sobald wir an Land gehen, finde ich hoffentlich einen Ausweg.

Doch nicht nur die Münze hält mich wach. Tief unten im Schiffsbauch stampfen die Schaufelräder. Sie werden von Hitze und Feuer angetrieben, von Brennern, die mit Chrysoskörnern unter der Zunge die Luft dort unten zum Glühen bringen. Wir Rekruten wurden weder zu einer der Schichten eingeteilt, noch dürfen wir dort in die eiserne Kammer hinunter, um den geheimen Mechanismus mit eigenen Augen zu sehen. Marius, Agata und Toni, mit denen ich die Kabine teile, haben sich vorhin flüsternd darüber unterhalten. Auch sie können nicht schlafen. Wir alle haben Angst, und das nicht nur wegen der Schimpftirade unseres Hauptmanns. Angesichts dessen, was uns erwartet, ist es vermutlich sogar vernünftig, Angst zu haben. Doch im Gegensatz zu ihnen versuche ich, mich zusammenzureißen.

Ich habe Hauptmann Louks Mahnung befolgt und beim Abendessen die Nähe der anderen ehemaligen Adepten gesucht. Zoe war nirgends zu sehen gewesen, und die Minenbrennerbrüder hatten sich in eine Ecke verzogen, von wo aus sie uns abschätzige Blicke zuwarfen. Marius versuchte herauszufinden, was bei meiner Prüfung geschehen war – erst mit Fragen, dann mit Spott. Als ich darauf nicht einging, verfiel er in säuerliches Schweigen. Die anderen redeten allerdings genug; sie beschwerten sich ohne Unterlass über unseren Hauptmann, das Essen, den Seegang, die Enge der Kojen und natürlich den Putzdienst. Früher habe ich mir oft gewünscht, zu sein wie sie: hochgeboren und mit selbstsicheren Umgangsformen, ohne Sorgen um die Zukunft. Doch jetzt sehe ich, wie selbstbezogen sie sind. Sie sind es gewohnt, Instruktionen zu folgen, doch nicht, ihren Lebensstil einzuschränken. Wenn ich ehrlich bin, verachte ich sie. Und ich zweifle an Hauptmann Louks Meinung, dass ich auf sie angewiesen sein werde. Mir hat es schon immer widerstrebt, mich auf andere verlassen zu müssen. Vielleicht bin ich doch nicht so gut als Soldatin geeignet, wie ich dachte.

Im Morgengrauen schlurfen wir an Deck. Hauptmann Louk erwartet uns schon am Bugspriet. Er blickt hinaus auf den Fluss und stemmt sich dabei mit gereckter Brust gegen den Wind. Seine Haltung erinnert mich mehr denn je an einen Jagdhund.

Wir stellen uns in Formation auf und salutieren.

»Habt ihr eure Waffen dabei?«, bellt er, ohne sich zu uns umzudrehen.

»Wir wussten nicht, dass wir …«, beginnt Marius.

Hauptmann Louk lässt ihn nicht ausreden. »Ein Soldat lässt seine Waffe niemals allein. Geht und holt sie.«

Als wir wenig später zurückkommen, trommelt er bereits ungeduldig mit den Fingern auf der Reling. Die meisten von uns haben Schwerter umgegürtet. Nur einer der Minenbrüder und ich haben Speere, und Agata trägt einen Langbogen.

Wir stellen uns erneut vor Hauptmann Louk auf.

»Die Regeln«, knurrt er. »Erstens: Ihr schweigt, bis ich euch zum Reden auffordere. Zweitens: Wenn ich oder ein anderer Hauptmann euch etwas befiehlt, gehorcht ihr. Sofort und ohne Widerrede. Drittens: Pflegt eure Waffe und eure Kleidung. Wenn ich einen von euch mit rostigem Schwert oder Löchern im Umhang sehe, wird er mit Stockhieben bestraft.«

Seine Worte gehen wie ein Hagelschauer auf unsere Köpfe nieder. »Viertens: Steht niemals der Besatzung des Schiffes im Weg herum. Oberste Priorität für uns alle ist, dass wir rasch im Norden ankommen. Deshalb auch Fünftens: Kein Feuer an Bord eines Schiffes. Dies gilt für alle Senger, doch für euch Rekruten ganz besonders. Solange ich nicht weiß, wie gut ihr euren Trieb beherrscht, gehe ich davon aus, dass ihr unfähig seid. Und tendenziell gefährlich.«

Ich vermisse das Feuer nicht, das in meinem Inneren einen unruhigen Schlaf hält. Myk und Dyk schnauben allerdings entrüstet. Hauptmann Louk bringt sie mit einem finsteren Blick zum Schweigen.

»Sechstens: Keine Feiern, kein Stehlen, keine Prügeleien, kein Unfug. Ihr seid Soldaten unserer Republik, keine Barbaren. Jede Zuwiderhandlung wird ebenfalls mit Stockhieben bestraft. Siebte und letzte Regel: Euer Eid ist mehr wert als jeder eurer erbärmlichen Ärsche. Desertieren wird deshalb mit dem Tode bestraft. Und jetzt schnallt euch eure Waffen um!«, ruft er. »Dann dreht zwanzig Runden auf dem Schiff. Nie mehr als eine Mannslänge Abstand zur Reling. Wenn etwas den Weg versperrt, seht ihr es als Hindernislauf. Überholen ist gestattet, aber immer nur einzeln. Ich will sehen, was ihr könnt, das hat später Einfluss auf eure Beurteilung. Hopp, hopp!«

Wir setzen uns in Bewegung. Unsere Stiefel trommeln auf den Planken. Ich habe mir den Speer auf den Rücken geschnallt, laufe mit weit ausgreifenden Schritten und genieße die Bewegung. Schnell habe ich die ersten überholt, nur Marius,

Toni und die Minenbrüder können noch mit mir mithalten. Meine ganze Aufmerksamkeit gilt den Hindernissen und den Rekruten vor und hinter mir, die es zu überrunden gilt. Über aufgerollte Taue und kleinere Fässer setze ich einfach hinweg. Dyk rempelt beim Rennen einen Matrosen an und wird vom Hauptmann disqualifiziert. Nach der zehnten Runde sehe ich die Sonne links vom Bug am Horizont aufgehen. Immer noch hat mich keiner der anderen überholen können.

Am häufigsten ziehe ich an Zoe vorbei. Sie ist einfach zu langsam, und sie schafft es nicht, die Fässer zu überspringen, sondern muss mühsam darüberklettern.

Nach der vierzehnten Runde fällt Toni zurück. Doch auch ich spüre allmählich einen ziehenden Schmerz in den Beinen. Schweiß läuft mir über die Stirn und tropft mir in die Augen. Die ersten Senger haben sich an Deck eingefunden. Sie sammeln sich am Heck wie eine schwarze Schar Krähen und beobachten uns. Einige feuern uns sogar an, besonders Zoe, deren Brüste bei jedem Schritt wippen. Hauptmann Louk lässt die Männer einfach gewähren. Als ich mich in der nächsten Runde Zoe von hinten nähere, sehe ich, wie einer der Kerle ihr in den Hintern kneift. Zoe wendet sich ab, und ich sehe ihre gedemütigte Miene.

»Habt ihr nichts Besseres zu tun?«, schreie ich die Soldaten an. »Lasst sie in Ruhe!«

Keiner scheint sich davon beeindrucken zu lassen, nur Zoe wirft mir einen dankbaren Blick zu. Ich sprinte an ihr vorbei, umrunde das Deck und nähere mich wieder der gleichen Stelle. Drei Soldaten lümmeln jetzt an der Reling. Sie blicken mir feixend entgegen. Ich zögere. Wenn ich einen Bogen um sie schlage, werde ich disqualifiziert. Ich laufe weiter mit weit ausgreifenden Schritten und tue so, als würde ich sie nicht beachten. Mein Herz hämmert allerdings genauso laut wie der Schiffsantrieb.

»He, Grillfleisch!« Der erste Senger bewegt sich von der

Reling fort und will sich mir in den Weg stellen. Ich spanne meinen Körper an und stoße mich für einen weiten Sprung vom Boden ab. Ehe er mich packen kann, trägt mich mein Schwung an ihm vorbei, dann ziehe ich die Schultern ein und schlage einen Purzelbaum über den Boden. Die Hände des zweiten grapschen ins Leere.

Der dritte erwischt mich. Sein Griff reißt mich von den Beinen, als ich gerade wieder in die Aufrechte schnellen will. Ich pralle mit dem Kopf gegen die Reling. Schmerz rast durch meine Stirn, und die Welt ist plötzlich unscharf.

»Glaubst du, du kannst uns Befehle geben?« Ein Gesicht wackelt über mir auf und ab, aber ich sehe nur einen verschwommenen Schemen.

Er reißt mich herum. Die anderen johlen, als er mich gegen die Reling presst. Ich bin auf den Knien, und die Holzkante drückt gegen mein Schlüsselbein. Tief unter mir brodelt das Wasser gegen die Bordwand.

»Wird Zeit, dass wir dir Manieren beibringen, Frischling!« Er zieht mich hoch, eine Hand in den Stoff an meiner Schulter gekrallt, die andere klatscht mir auf den Hintern. Dann drückt er mich mit dem Kopf nach unten, zwingt mich mit den Schultern über die Reling. Ich winde mich unter seinem Griff, spüre, dass mir etwas aus der Umhangtasche rutscht und dumpf auf die Planken prallt. Die Münze? Mein Herz bleibt stehen. Nein, aus meiner anderen Tasche. Der Mann scheint nichts bemerkt zu haben.

»Zeit für ein Bad«, kichert er in mein Ohr.

Das vertreibt meine Benommenheit. Es gibt Echsen im Fluss, die Menschen für Leckerbissen halten. Außerdem kann ich nicht schwimmen.

Ich stemme Hände und Knie gegen die Reling und drücke mich mit einem Ruck weg von ihr, gleichzeitig stoße ich den Kopf nach hinten. Ich treffe ihn am Kinn. Er zischt wütend, doch er lässt mich nicht los. Ich haue ihm meinen Ellbogen in die Rippen, dann trete ich mit den Stiefeln nach hinten aus wie ein wütendes Pferd. Erneut zischt er, schmerzerfüllt dieses Mal. Sein Griff an meiner Schulter wird schwächer, und das nutze ich aus. Ich drehe den Kopf so weit herum, wie ich kann und ramme meine Zähne in seine Hand. Brüllend reißt er sich los.

»Du Luder!«, schreit er, das Gesicht zu einer ungläubigen Grimasse verzogen. »Du hast mich gebissen!«

Ich schiebe mich eilig die Reling entlang, weg von ihm und den anderen. Gleich werden sie mich erneut packen.

»Stillgestanden, Rekrutin!« Hauptmann Louk baut sich vor mir auf. Seine Augen blitzen wütend, doch ich bin froh über sein Erscheinen. Ich stoße mich von der Reling ab und strecke das Kreuz durch. Meine Knie sind immer noch so zittrig, dass ich schwanke wie bei hohem Seegang.

»Du bist disqualifiziert«, knurrt er. »Außerdem hast du einen Soldaten angegriffen. Zehn Stockhiebe!«

Der Schock fegt mich fast von den Beinen. »Ich habe ihn nicht …«

»Fünfzehn Stockhiebe!«, donnert er. »Nach dem Rennen.«

Jetzt erst sehe ich, dass die anderen Rekruten immer noch laufen. Myk zieht mit erschrockenem Gesicht an mir vorbei. Zoe mit aufgerissenen Augen, Marius mit einem Kopfschütteln. Die anderen halten die Blicke gesenkt.

Hauptmann Louk wendet sich ab.

»Was ist das?«, knurrt er und bückt sich. Er hebt einen Gegenstand auf, und ich erkenne das Geschenk von Eleni, das *Plasté* mit den Pastillen. Das ist mir also aus der Tasche gerutscht. Ich brauche es, doch ich wage nicht, etwas zu sagen. Der Hauptmann kneift die Augen zu, mustert die Männer, die uns umrunden. Sein Blick trifft mich und stockt für einen Augenblick, dann wirft er das Plasté einfach über Bord. Ich keuche auf, und starre den Fleck an, wo das Gefäß in den Fluten des Aisos versunken ist. Ich fasse es nicht! Der Hauptmann sieht mich an und zieht auffordernd die Augenbrauen hoch. Als ich nichts sage, stapft er zum Bug zurück. Ich folge ihm wankend und mit eingezogenen Schultern.

Hinter mir reden die Senger. »So eine Verrückte, glaubte die wirklich, wir werfen sie ins Wasser?«

»Reißen die Bälger heute auf der Akademie keine Scherze mehr?«

»Habt ihr gesehen, die hat sechs Finger.«

»Eine Namenlose ist das, die verstehen keinen Spaß.«

Ich kauere mich abseits der Reling auf eine Kiste, umfasse meinen schmerzenden Kopf mit beiden Händen und starre ins Leere.

»Hast dich gut verteidigt«, brummt jemand neben mir. Überrascht blicke ich auf. Es ist Dyk. Er klopft mir auf die Schulter. »Als Kind hab ich ständig Stockhiebe gekriegt. Ist nicht so schlimm.«

Ich nicke, kann mir ein Grimassenschneiden aber nicht verkneifen. Ich bin kein Kind mehr.

Myk gewinnt das Rennen mit einigem Vorsprung vor Marius. Dann kommen Toni, die beiden Jungen, deren Namen ich immer noch nicht gelernt habe, und Agata. Wir warten lange, bis auch Zoe mit hochrotem Gesicht ihre zwanzigste Runde beendet hat. Hauptmann Louk straft sie mit einem abschätzigen Schnauben.

»Erhebt euch!«, kläfft er uns an. Wir rappeln uns eilig auf. »Das werden wir jetzt jeden Morgen wiederholen, bis wir im Norden anlegen.«

Mehrere Rekruten ächzen.

»Ruhe!« Seine Augen blitzen die Reihe entlang, bis sie bei mir ankommen. »Du. Umhang und Lederweste ablegen und an die Reling. Ihr zwei haltet sie fest!«

Ich bin froh, dass meine Hände nicht zittern, als ich mich bis auf die Tunika ausziehe. Ich stütze die Hände auf der Reling ab, und Myk und Dyk umfassen meine Oberarme. Tief unter mir schäumt unbeeindruckt das grüne Wasser des Aisos gegen die Schiffswand. Ich beiße die Zähne fest zusammen. Der Hauptmann zieht eine dünne Weidenrute unter seinem Umhang hervor, dann tritt er hinter mich. Und beginnt.

Die Stockhiebe auf meinem Rücken brennen so unerträglich, wie andere Menschen wohl Feuer empfinden. Doch das ist nicht das Schlimmste. Nach dem achten Stockhieb entringt sich mir ein erster Schluchzer. Danach kann ich die Schmerzenslaute nicht mehr unterdrücken. Weil es zu wehtut. Weil ich mich gegen diese Ungerechtigkeit nicht wehren kann. Weil ich so dumm war. Und weil meine Pastillen weg sind.

Nach dem zehnten Stockhieb hält der Hauptmann inne.

»Weg da, undiszipliniertes Pack«, blafft er jemanden an. »Ihr hattet heute schon euer Vergnügen mit den Frischlingen.«

Die Senger. Ich bin froh, dass der Hauptmann sie bei meiner Bestrafung nicht zusehen lässt. Dieses Gefühl verfliegt, als er weiterschlägt. Nach dem fünfzehnten Stockhieb müssen mich die Zwillinge aufrechthalten. Tränen laufen mir über die Wangen. Der Hauptmann steckt die Rute weg.

»Legt eure Waffen und Mäntel zur Seite«, weist er die anderen Rekruten an. »Ihr werdet zum Ringen antreten, damit ich sehe, wer von euch überhaupt was taugt im Kampf. Wer zuerst auf dem Boden liegt, verliert. Unnötige Grobheiten dulde ich genauso wenig wie falsche Scham oder Feigheit.«

Mein Rücken schmerzt so, dass ich kaum gerade stehen kann. Die Tunika klebt an meiner Haut. Wahrscheinlich blute ich. Doch ich stelle mich wieder zu den anderen in die Reihe. Der Hauptmann teilt die Kampfpaare ein. Als er zu mir kommt, hebt er die Augenbrauen, dann deutet er auf Dyk. Ich atme auf. In meinem jetzigen Zustand würde ich wahrscheinlich gegen jeden verlieren. Ein starker Gegner bedeutet, dass ich mich weniger schämen muss. Einzig Zoe bleibt übrig.

»Du kämpfst heute nicht«, bescheidet er ihr. Sie nickt und scheint sogar dankbar zu sein.

Zuerst treten Marius und Myk an. Wie zwei junge Bullen stürzen sie sich aufeinander und verkeilen sich mit Armen und Schultern, schieben sich hin und her, die Stiefel fest in den Boden gestemmt. Der Kampf dauert lange, so lange, dass ich fast meine, nicht mehr stehen zu können. Doch dann weicht der Minenbrenner plötzlich zurück und bringt Marius damit ins Wanken. Marius muss einen Ausfallschritt machen, um das Gleichgewicht zu halten, stolpert dabei über das ausgestreckte Bein des anderen und kracht auf die Planken.

Nach ihnen folgen die zwei anderen Kampfpaare. Toni bringt seinen rothaarigen Kontrahenten mit ein paar gezielten Faustschlägen zu Fall, Agata tänzelt um den Jungen mit den Augengläsern herum, bis er so außer Atem ist, dass er fast schwächelt. Doch dann wird sie einen Augenblick durch Rufe von der anderen Seite des Schiffs abgelenkt, und er nutzt die Gelegenheit und schubst sie einfach um. Zuletzt sind Dyk und ich dran.

Ich kann kaum noch atmen. Wahrscheinlich kann ich niemandem etwas vormachen. Ich richte mich zu meiner vollen Größe auf, obwohl das Brennen im Rücken dadurch noch schlimmer wird.

Dyk nickt aufmunternd, dann senkt er den Kopf und stürmt auf mich zu. Mit einer halben Drehung weiche ich ihm aus und stöhne zugleich vor Schmerz. Sofort dreht er sich wieder um, und wieder weiche ich aus. Und wieder. Die Planken zittern unter meinen Füßen. Oder bin ich es, die zittert? Die Welt tritt hinter einen Schleier zurück, das Blut rauscht in meinen Ohren wie Gesang. Ein dumpfer Schlag trifft mich an der Schulter, ein weiterer am Kinn. Ich fliege herum, aber meine Füße wissen, was sie zu tun haben, und lassen mich in einstudierten Bewegungen tanzen. In meinem Inneren ertönt eine vertraute Melodie, die von Leuchtfeuern erzählt, von Mondlicht und Tanzen und Sterben.

»Genug.« Die Stimme des Hauptmanns zerreißt den Schleier. Ich taumele, und Dyk fängt mich auf.

Die kieselgrauen Augen von Hauptmann Louk bohren sich in die meinen. »Stolz und störrisch wie ein Maultier«, knurrt er. »Aber manchmal erfordert es mehr Würde aufzugeben, als in den Schnee zu beißen. Geh zum Schiffsheiler. Die anderen melden sich wieder beim Maat.«

Stumm wanke ich die Stufen hinunter unter Deck. Der Schiffsheiler wartet in der kleinen Krankenkabine bereits auf mich. Er ist ein hagerer Kerl, dessen Schweiß große gelbe Flecken auf seine weiße Kleidung gemalt hat.

»Bisswunden sind ekelhaft«, teilt er mir vorwurfsvoll mit, während er meine Tunika hochzieht und seine Hände über meinen Rücken gleiten. »Sie entzünden sich, und dann stinken sie. Und mich kostet ihre Reinigung die gleiche Kraft wie sonst zwei Messerstiche. Außerdem hätte der Senger dich nicht von Bord geworfen. Sie haben einfach ihren Spaß mit den Rekruten. Jeder Jahrgang muss das erdulden, und keiner beißt.« Seine Finger sind warm und feucht, doch seine Berührungen verbreiten eine solch wohlige Taubheit, dass mir sein Gerede vollkommen egal ist. »Ich werde die Heilung der Striemen auf deinem Rücken so weit beschleunigen, dass keine Narben zurückbleiben«, sagt er. »Außerdem trage ich eine Salbe auf. Doch ich nehme dir weder die Blutergüsse, die sich bilden werden, noch deren Schmerzen. Strafe muss sein.«

Nach seiner Behandlung weist er mich an, zwei Stunden auf dem Bauch liegen zu bleiben, damit die Salbe einwirken kann. Als ich ihn frage, ob er mir Pastillen gegen Stoffwechselstörungen geben kann, schüttelt er nur verständnislos den Kopf. Ich krieche in meine Koje und schlummere sofort ein.

Es ist Mittag, als ich wieder an Deck komme. Mein Rücken schmerzt bei jeder Berührung und jeder größeren Bewegung. Trotzdem schließe ich mich den anderen Rekruten an, die neben der Schiffsküche hocken, Gemüse und Zwiebeln schälen und schneiden. Zweimal stolpern Senger scheinbar ausversehen über meinen Gemüseeimer und werfen ihn um. Uns ist es verboten zu reden, doch ich spüre ständig Zoes mitleidige Blicke auf mir.

Als die Sonne sich am frühen Abend hinter Wolken zurückzieht, bin ich so erschöpft wie noch nie in meinem Leben. Während die anderen davoneilen, richte ich mich langsam und vorsichtig auf wie eine alte Frau.

»Hier!« Zoe bringt mir meinen Umhang. Etwas fällt mit einem Klappern zu Boden. Oh nein! Nicht schon wieder.

»Was …?«, ruft sie irritiert, als ich vor ihr auf die Knie falle und hektisch den Beutel an mich reiße. »Was ist denn das?«

Ich stöhne vor Schmerz wegen der zu schnellen Bewegung, und sie hilft mir auf. »Nur … nur ein Glücksbringer«, stottere ich. Hitze färbt meine Wangen. Die Münze unter meinen Fingern scheint zu kribbeln. Hätte Zoe den Beutel angefasst, wäre ich erledigt gewesen. Jeder Brenner kann Chrysos in so unmittelbarer Nähe erspüren.

Zoe interpretiert meinen Schreck jedoch als Verlegenheit. Unsere rationale Welt hat Glücksbringer schon lange verbannt.

»Keine Sorge, Thea«, flüstert sie und lächelt verschwörerisch. »Ich werde dich nicht verraten. Ehrlich gesagt«, sie blinzelt, »ich habe auch einen.« Sie hält immer noch meinen Arm. Ich lasse mich von ihr ein Stück zur Seite ziehen, denn meine Gedanken drehen sich nach wie vor um die Katastrophe, der ich nur knapp entgangen bin.

»Schau her«, wispert sie und schiebt den Kragen ihres Umhangs herunter. Ich sehe eine metallene Brosche, an den Kragen ihrer Tunika geheftet, nur etwas größer als mein Daumennagel. Vor allem um Zoe einen Gefallen zu tun, beuge ich mich näher. Die Brosche ist über und über mit einer so filigranen Miniatur bedeckt, dass mein Atem stockt. Ich kann eine zerklüftete Küstenlandschaft ausmachen, ein Meer, das von stürmischen Wellen überzogen ist, ein Fischerboot und darüber die Sonne. Es ist die vollendetste Kunstschmiedearbeit, die ich je gesehen habe.

»Es ist wunderschön«, murmele ich ehrfürchtig. »Hast du das gemacht?«

Sie nickt. »Das ist meine Heimat«, sagt sie leise. »Die Provinz Dunmark. Das Boot steht für meinen Großvater, der mich aufgezogen hat. Er war Fischer, bevor die schlimmen Stürme anfingen.«

Sie schaut auf den Fluss und die Schaumkronen, die auf den Wellen tanzen. Sehnsucht umschattet ihre Züge. Erst jetzt fällt mir auf, wie hübsch sie ist, mit ihrer zarten Haut und dem Grübchen im Kinn.

»Ich bin aus Irelin«, sage ich. »Meine Mutter ist Weberin.«

»Kommt dein Glücksbringer auch von dort?«

»Ja.« Ich kann ihn ihr nicht zeigen. Abrupt wende ich mich ab.

»Die Brosche schenkte ich einst meinem Mann.« Zoes Stimme zittert. Beschämt drehe ich mich wieder zu ihr.

»Ich bin verlobt«, sage ich.

»Du?« Sie starrt mich an. »Du bist so jung.«

Ich hebe die Schultern. »Alt genug für den Krieg bin ich offensichtlich.«

Sie zieht die Brauen zusammen. »Finde ich nicht. Keiner von euch …« Sie bricht ab.

»Was willst du von mir?« Meine Stimme klingt schroffer als beabsichtigt. »Meine Mutter spielen?«

»Natürlich nicht.« Sie hebt abwehrend die Hand. Ihre Worte klingen brüchig. »Als ich dich das erste Mal am Bug stehen sah, hast du mich beeindruckt. So allein und aufrecht, wie eine Statue aus unzerstörbarem Stahl. Ich bin Schmiedin. Manches in dieser Welt sehe ich wie in Eisen gegossen. Und bei dir stimmt es. Du bist stark. Was du heute für mich getan hast …« Sie blickt mich nachdenklich an. »Du hast sechs Finger. Sechs gilt bei uns als Glückszahl. Du bist anders als die anderen.«

Anders. Das Wort bringt in meinem Inneren etwas Eigentümliches zum klingen, eine kleine, sprunghafte Melodie.

»Du kennst mich doch gar nicht«, sage ich. »Ich bin müde. Wir sehen uns morgen.«

Ich verbringe den restlichen Abend unter Deck. Eingerollt in meiner engen Koje schlafe ich, bis es dunkel ist. Ich wache auf, als die anderen zu Bett gehen. Ich spüre den Schmerzen in meinem Rücken nach, die inzwischen zu einem dumpfen Pochen abgeklungen sind, und ärgere mich erneut über die Ungerechtigkeit der Bestrafung und den Verlust meiner Pastillen. Aber daran kann ich nichts ändern. Viel wichtiger ist, dass ich mir überlege, wie ich die Münze loswerde. Und zwar sofort!

Als ich mir sicher bin, dass die anderen in ihren Kojen schlafen, schleiche ich mich hinaus. An Deck ist es ruhig. Der Mond taucht die Planken des Schiffs in fahles Licht. Schnell wie ein Kormoran pflügen wir durch das Wasser. Ich kann das Wummern des Feuerantriebs unter mir spüren wie dunkle Trommelschläge.

Ich will bis zum Schichtwechsel der Wachen warten, und dann die Münze vor Meister Zenons Kajüte ablegen. Geduckt husche ich die Reling entlang zum hinteren Teil des Schiffs. Meister Zenon ist in der Kapitänskajüte untergebracht, die sich in einem Aufbau auf dem Achterdeck befindet. Ich bin vorsichtig, damit ich in der Dunkelheit nicht stolpere, ducke mich unter Seilwinden hindurch und drücke mich am Steuermann vorbei, dessen Gestalt sich schwarz wie ein Scherenschnitt gegen den Nachthimmel abhebt. Vorsichtig nähere ich mich Zenons Kajüte. Die Wachleute sind nirgends zu sehen.

Das Licht einer Öllaterne fällt aus den geöffneten Fenstern der Kajüte und flackert über die Planken. Ich presse mich in den Schatten der Holzwand und schiebe mich an die Tür heran. Gerade als ich in meinen Umhang greifen will, um den Beutel mit der Münze herauszuziehen, höre ich Stimmen in der Kabine.

Hauptmanns Louks Stimme klingt rau wie ein Reibeisen. »Mindestens die Hälfte von ihnen taugt nichts«, brummt er.

»Sie hätten niemals als Freiwillige angenommen werden sollen.«

»Hauptmann, Geduld ist nicht deine Stärke«, erwidert der Kommandant. Seine Stimme schneidet klar durch die Nacht. »Hast du ihre Ausbildung nicht heute erst begonnen?«

Hauptmann Louk schnaubt. »Grünschnäbel, die sich für Kriegshelden halten. Strohdumme Raufbolde und trauernde Witwen. Um sie kleinzukriegen, brauch ich keinen Tag, nicht mal eine Stunde.«

Galle steigt mir in der Kehle auf. Ich tat recht daran, ihm nicht zu trauen.

»*Kleinkriegen* ist wohl die falsche Strategie«, rügt Kommandant Zenon. »Verschleiße die Rekruten nicht mit übertriebenen Forderungen. Ein Messer zu sehr zu schärfen, macht es nur stumpf.«

»Soll ich sie streicheln und liebkosen? In weniger als einer Woche werden sie an der Front sein. Dort wird auch niemand ihre Händchen halten.«

»Das habe ich nicht gesagt«, erwidert Meister Zenon ruhig. »Selbstverständlich handelt es sich bei ihnen noch nicht um ausgeformte Soldaten. Das ist deine Aufgabe, und ich wäre dir sehr verbunden, wenn du ihr nachkommst, statt sie auf dem Deck herumzuscheuchen und die Besatzung zu stören.« Die Freundlichkeit in seiner Stimme spricht seinen Worten Hohn. »Unterrichte sie in Waffenkunde und Formationsstellungen, bringe ihnen bei zu marschieren und Befehle auszuführen.«

»Marschieren und salutieren wird ihnen aber nichts nützen«, knurrt der Hauptmann, »wenn sie wie eine Herde Schafe in die Wolfsmäuler der Vereiser getrieben werden. Und wenn nicht die Vereiser sie kaltmachen, dann früher oder später die Seuche. Im Normalfall habe ich mehrere Monate, um Rekruten auszubilden. Für diese Bande bräuchte ich sieben Monate statt sieben Tage, um aus ihnen halbwegs fähige Senger zu machen, und könnte trotzdem für nichts garantieren.«

»Wir haben keine sieben Monate, Hauptmann Louk.« Der Kommandant seufzt. »Und gegen die Ausbreitung der Seuche über die Grenzgebiete hinweg können wir nur vorgehen, wenn wir dort genügend Brenner haben.«

»Genug Brenner, ja.« Der Hauptmann schnaubt. »Es gibt einige Männer auf diesem Schiff, deren gute Zeiten so weit zurückliegen, dass sie sich kaum mehr daran erinnern. Kratzt die Gilde jetzt die Reste der Division zusammen? Die nur noch dazu taugen, befallene Barbaren abzufackeln, damit sie nicht zu uns gelangen?« Er klingt genauso ungläubig, wie ich mich bei seinen Worten fühle. »Das ist nicht nur gefährlich, das ist widerlich.«

»Ihre Aufgabe ist es, unsere Republik zu schützen, so gut sie es können. Da ist nicht widerlich, sondern heroisch.«

»Dann bitte ich um Erlaubnis, ihnen reinen Wein einschenken zu dürfen«, poltert Hauptmann Louk. »Alle Brenner sollten Bescheid wissen über das, was sie dort erwartet.«

»Und woher weißt du das? Hat *er* dir davon erzählt?«, zischt der Kommandant. »Weil er wieder einmal überall Verschwörungen wittert? Die Cathedra Genéa hätte dir längst einen anderen Verbindungsmann zuweisen sollen. Ach was, sie sollten dich gar nicht mehr für Missionen einsetzen. Du bist weich und zögerlich geworden.«

»Und du solltet ihren Namen nicht leichtfertig in den Mund nehmen. *Sie* sind weder weich noch zögerlich in ihren Strafen.«

Meine Gedanken wirbeln im Kreis. Hat der Hauptmann gerade unserem Kommandanten gedroht? Wer ist die Cathedra Geneá?

»Wag es nicht, mir mit ihnen zu drohen«, zischt Zenon. »Als Soldat bist du an meine Befehle gebunden. Und was auch immer du über die Seuche erfahren hast, es fällt unter die militärische Geheimhaltung. Ich werde nicht riskieren, dass eine Meuterei in der Division ausbricht, bevor wir in Othon sind. Wenn ich dich dabei ertappe, Gerüchte zu verbreiten, wirst du sofort deiner Stellung enthoben, gleichgültig, was die Cathedra davon hält.«

Mich schaudert es. Was ist dort oben an der Grenze los, das so furchtbar ist, dass es Soldaten zur Desertion bringen würde?

Als Hauptmann Louk wieder das Wort ergreift, erwarte ich einen weiteren Wutausbruch. Stattdessen höre ich in seiner Stimme resignierte Besorgnis, und das erschreckt mich mehr als alles andere. »Lass mich wenigstens die Witwe zurückschicken, die Kunstschmiedin«, bittet er. »Und zwei von den Adepten, die fast noch Bälger sind. Sie werden nicht einmal eine Stunde überleben.«

»Nein.« Meister Zenons Stimme schneidet scharf wie eine Sense. »Wir brauchen sie alle.«

Schwere Tritte sind zu hören, und als der Hauptmann die Tür aufreißt, bin ich bereits tief in die Schatten zurückgewichen. Obwohl mein Herz lauter dröhnt als die Schaufelräder tief unter uns, bemerkt er mich nicht, sondern wirft die Tür polternd zu und stapft davon.

Leise mache ich mich auf den Rückweg. Das Gespräch hat mir jede Menge Stoff zum Nachdenken gegeben, doch das kann ich nicht hier draußen, wo ich Gefahr laufe, jederzeit entdeckt zu werden. Gerade als ich mich wieder unter den Seilwinden hindurchducke, sehe ich einen weiteren Schatten durch die Dunkelheit huschen – parallel zu mir auf der anderen Seite des Decks. Ich verharre mit angehaltenem Atem. Eine breitschultrige Gestalt, etwas kleiner als ich, ein Umhang, der wie schwarzer Samt glänzt. Marius! Was macht er hier? Ist er mir gefolgt? Mit geballten Fäusten beobachte ich, wie er durch die offene Luke unter Deck verschwindet.

Wenig später komme ich in die Kabine zurück. Es ist so dunkel, dass ich kaum die Hand vor Augen sehen kann. Marius ist nicht mehr als ein vager Schemen in seiner Koje. Er tut so, als schlafe er, doch sein Atem ist zu kontrolliert, um natürlich zu sein. Ich schlüpfe in meine eigene Koje. Ich kann niemandem trauen, das weiß ich jetzt. Weder dem Hauptmann, der uns für Schneefutter hält wie die übrigen Soldaten, noch dem Kommandant, dem unser Überleben gleichgültig ist. Und den anderen Rekruten erst recht nicht. Ich bin auf mich selbst angewiesen.

Vorsichtig taste ich nach meinem Messer und kürze die Schnürbänder meiner Stiefel, so weit es geht. Die gewonnene Schnur ist gerade lang genug, dass ich mir den Lederbeutel damit um den Oberkörper binden kann. Er ruht jetzt unter meiner Achsel, wo er sich unter der Tunika nicht abzeichnet. Ich werde die Münze behalten, die mein Vater mir zugedacht hat.

Ich glaube, ich werde sie brauchen.

Kapitel 7

Die nächsten vier Tage vergehen im zähen Gleichklang. Nach wie vor scheint die Sonne am wolkenlosen Himmel, und das Uferland leuchtet grün. Obstbaumhaine wechseln sich ab mit Feldern. Bananenstauden säumen Holzhäuser, die mit Tonschindeln gedeckt sind. Elefanten und Kamele treiben Schöpfräder an, um Kanäle zu bewässern, und über ihnen kreisen Schwärme von Wasservögeln. Ab und zu driften Fischerkähne an uns vorüber, und zweimal sehe ich große Echsen, die sich geräuschlos durch die Fluten schlängeln.

Nur die Feuerstöße, die tief unter unseren Füßen wummern, erinnern mich daran, dass das Schiff beständig nach Norden strebt.

Ich weiß nicht, wer dafür gesorgt hat, aber die anderen Senger halten sich fern von uns. Jene, die von ihrer Feuerschicht zurückkehren, sind bleich und wirken ausgelaugt. Doch ihre verächtlichen Blicke folgen uns, wenn wir das Deck schrubben, Taue schleppen und andere Handlangerdienste verrichten.

Ich vermisse meine Pastillen. Meine Hände jucken so stark, als würde mich ständig eine Horde Affen beißen. Morgens sind meine Arme von roten Striemen übersät, weil ich mich im Schlaf gekratzt habe. Manchmal ist mir schwindelig, und die Melodien in meinem Kopf werden jeden Tag lauter.

Bei den morgendlichen Läufen kämpfe ich verbissen gegen Myk, und am dritten Tag, als mein Rücken nahezu verheilt ist, schlage ich ihn endlich. Hauptmann Louk lässt uns exerzieren, außerdem müssen wir ihm zeigen, wie gut wir unsere Waffen beherrschen. Wir ehemalige Adepten schlagen uns mehr oder minder ordentlich in den Unterrichtsstunden in Waffenkunde. Zoe schwenkt ihr Schwert dagegen so linkisch und kraftlos in der Luft herum wie einen nassen Pinsel. Myk und Dyk wüten zwar auf dem Deck, als wollten sie eine ganze Phalanx aufspießen, doch ihre Technik ist bemitleidenswert. Hauptmann Louk kritisiert uns dessen ungeachtet alle gleichermaßen erbarmungslos.

In weiteren Zweikämpfen lässt er mich gegen Marius und die Minenbrüder antreten. Ich bleibe unbesiegt, was mir Respekt bei Myk und Dyk einbringt, bei Marius hingegen gehen die alten Lästereien wieder los. Ich bemühe mich, ihm aus dem Weg zu gehen. Wichtiger, als mich gegen ihn zu wehren, ist es mir herauszufinden, warum er mich bespitzelt. Zur Rede stellen kann ich ihn in der überfüllten Enge des Schiffes allerdings nicht. Also warte ich ab und verbringe die wenige freie Zeit vor allem mit Zoe, die weiterhin taub gegen jede Abweisung zu sein scheint. Auf ihr Bitten hin zeige ich ihr ein paar Kampftricks, und als sie es schließlich schafft, Agata zu Fall zu bringen, freue ich mich für sie.

Als ich am vierten Morgen das Deck betrete, hat sich die Welt verändert. Der Himmel ist grau wie ein schmutziges Laken und spuckt dicke Regentropfen aus. Auch der Fluss ist grau und zerfasert an den Rändern in tausend gewundene Bäche und Wasserläufe, sodass ich kaum sagen kann, wo das Wasser aufhört und das Land beginnt. Ich ziehe mir die Kapuze über die Stirn und beuge mich über die Reling. Auf den grauen Wellen tanzen Schaumkronen, die vom Regen aufgelöst werden, sich neu bilden und wieder vergehen.

»Das Nebelmoor.« Dyk und Myk treten neben mich. »Erinnerst du dich? Zu den Minen sind wir auch hier langgefahren«, fährt Dyk an seinen Bruder gewandt fort. »Jetzt ist es nicht mehr weit.«

Sie starren nach Norden, und ich tue es ihnen nach. Hinter der weiten Fläche, dort am dunstigen Horizont, meine ich spitze dunkelgraue Schemen zu erahnen. Das Grenzgebirge? Oder nur ein paar Gewitterwolken?

Hauptmann Louk stürmt an Deck und scheucht uns auf wie eine Kaninchenschar. »Schluss mit der Trödelei! Macht euch bereit für den Morgenlauf.«

Doch auch sein Verhalten ist anders als sonst. Nach dem Lauf und den üblichen Kampfübungen bequemt er sich tatsächlich, uns Einblick in sein Kriegswissen zu gewähren.

»Die Soldaten der Achten Division kämpfen in Phalangen von 64 Mann«, bellt er, während wir in einer Reihe vor ihm stehen. Bäche aus Regenwasser zeichnen die Falten in seinem Gesicht nach. »Der Auftrag eines jeden Soldaten in einer Phalanx ist es, Schulter an Schulter mit seinen Kameraden vorzurücken, sodass der Feind kein Durchkommen hat.« Er mustert uns der Reihe nach. »Jeder Phalanx sind ein bis zwei Senger zugeteilt. Sie marschieren in der Mitte der Formation. Vier Mann vor und hinter sich, ebenso rechts und links. Wenn euch diese Mittelposition zugewiesen wird, haltet ihr eure Waffe fest am Körper und den Kopf aufrecht. Ihr setzt in dieser Position niemals Feuer ein! Kein Soldat eurer Phalanx wird euch verzeihen, wenn ihr aus Eitelkeit oder Angst einen Flammenball abfeuert, ohne dass ihr freies Schussfeld habt.«

Er beginnt, vor uns auf und ab zu gehen. Sein Umhang flattert im Fahrtwind wie ein Krähenflügel.

»Ihr seid direkt dem Hauptmann der Phalanx unterstellt und nach ihm der zweite Mann der Formation. Eure Sonderrolle erlaubt euch allerdings nicht, den einfachen Soldaten Befehle zu erteilen, es sei denn, der Hauptmann gewährt es euch! Jenseits der Grenze tragt ihr den Helm, der sich in eurem Gepäck befindet. Die Barbaren schießen auf alles, was sich bewegt, und sie sind nicht wählerisch bei ihren Geschossen: Pfeile, Steine, Eisenkugeln, Eiszapfen, tote Ratten. Ich habe auch schon Soldatenköpfe fliegen sehen.«

Zoe links von mir erzittert. »Wie schrecklich«, wispert sie.

Hauptmann Louk bleibt vor ihr stehen. »Wenn dir das zu

viel ist, Weib, warum bist du dann nicht bei deiner Kunst geblieben?«

Zoe hält sich gerade, doch sie zittert jetzt so heftig, dass ihr die Schwertscheide gegen das Bein schlägt. Mich erzürnt vor allem das Wort *Weib*.

Der Hauptmann bemerkt meinen finsteren Blick. »Was auch geschieht in der Schlacht«, brüllt er mir ins Gesicht, »ihr gehorcht eurem Vorgesetzten. Keine Eigenmächtigkeiten, keine Ausflüge außerhalb der Reihe. Wenn die Phalanx sich auffächert und der Hauptmann euch an die Spitze schickt, um Feuerstürme über den Bastarden zu entfachen, werdet ihr nicht zögern, vorzupreschen. Wenn die Phalanx sich zurückzieht und er euch in die letzte Reihe befiehlt, um den Rückzug zu sichern, haltet ihr den Schädel hin. Ihr werdet genauso hart kämpfen wie der geringste Soldat im Glied.«

Er wandert einen Rekrut weiter, zu Marius, der rechts neben mir steht. »Und tragt die Nasen nicht zu hoch. Die Soldaten merken es, wenn ihr sie verachtet. So manch hochgeborener Brenner ist da draußen krepiert, weil er sie wie Vieh behandelte und sich dann wunderte, dass sie sich nicht schützend vor ihn warfen.«

Seine Stimme wird plötzlich leiser. »Ihr werdet jede Unterstützung brauchen.«

Zoe zittert immer noch. Als Hauptmann Louk die Hand hebt, fährt sie zusammen, als ob er sie schlagen wolle.

»Jetzt«, bellt er, »dürft ihr Fragen stellen. Jeder eine. Ihr fangt an.«

Er deutet auf die Minenbrüder, die am anderen Ende der Reihe stehen. Dyk verzieht sein Gesicht zu einer angestrengten Grimasse des Nachdenkens.

»Wie sollen wir's mit dem Vorrat an Chrysos halten? Fünfzig Granos sind ziemlich wenig«, sagt er schließlich. Das ist ein Gebiet, in dem er sich als ehemaliger Minenbrenner offensichtlich auskennt.

Hauptmann Louk verschränkt die Arme. »Gegenfrage«, bellt er. »Wer von euch hat schon einmal Chrysos angewendet?«

Die Hände von Myk, Dyk, Agata, Marius und Zoe gehen in die Luft.

»Ein paar haben also noch keine Ahnung«, konstatiert Hauptmann Louk grimmig. »Ihr erhaltet das Chrysos in einer Kapsel, die ihr euch ans Handgelenk bindet. Ihr legt sie niemals ab! Und seid sparsam damit, ein paar Körner unter der Zunge genügen für das meiste, was ihr vorhabt. Ihr setzt das Chrysos nur ein, wenn euer Leben oder das der Phalanx direkt bedroht ist oder wenn euer Hauptmann es euch befiehlt.«

Myk verschwendet seine Frage für einen lächerlichen Punkt. »Und wie kriegen wir mehr Chrysos?«

Hauptmann Louk zieht die Augenbrauen hoch. »Wenn der Kommandant die Order erteilt, eine neue Dosis an alle zu verteilen. Wenn eure Vorräte vorher aufgebraucht sind, müsst ihr es eben ohne schaffen.«

Das war doch offensichtlich! Ich muss mich zusammenreißen, um nicht mit den Augen zu rollen.

»Wie viele Männer bewachen die Grenze?«, fragt der nächste Rekrut.

»Die zwei Grenzdivisionen verfügen in Friedenszeiten jeweils über etwa fünfzig Phalangen, das entspricht 6400 Mann«, sagt der Hauptmann. »Dazu kommen noch Zeugmeister, Sekretäre, Verwalter, Köche und Handwerker, die notfalls auch ein Schwert schwingen können. Sicherlich gibt's zweitausend Waffenknechte für die gröberen Arbeiten und nicht zu vergessen etwa dreihundert Senger und Heiler, die fest dort stationiert sind und in den Lazaretten oder Phalangen dienen oder als Hauptmänner eigene kleine Einsatztrupps anführen. Inzwischen sind die Grenzbesatzungen wahrscheinlich von Freiwilligen und von anderen Divisionen noch deutlich aufgestockt worden.« Er zuckt die Schultern. »Für genauere Zahlen sind die Zeugmeister zuständig.«

Danach ist Agata an der Reihe. Ihr scheint ein Thema ganz besonders am Herzen zu liegen. »Sind die Vereiser wirklich unsterblich?« Ihre Stimme bebt vor Sorge.

Hauptmann Louk schnaubt. »Kindermärchen. Die Vereiser sind Bastarde, aber Menschen wie wir. Sie sterben, wenn wir sie aufschlitzen, erschießen, hängen oder vergiften, genau wie alle anderen auch. Verbrennen wird allerdings schwierig. Wenn sie Argyr dabei haben oder stärker sind als ihr, können sie euer Feuer mit ihrem Eistrieb ausgleichen.«

»Und wie erkennen wir sie?«, fragt Toni.

»Daran, dass sie Eiszapfen schleudern.« Hauptmann Louks Mundwinkel zucken. Findet er das allen Ernstes lustig? »Dass sie Lawinen auslösen und Schneestürme entfachen, dass sie über Wasser laufen können, das unter ihren Füßen gefriert.« Seine Augen funkeln. »Und daran, dass sie sich kleiden wie unsere Heiler: in Weiß. Außerdem verfügen sie über Reittiere, so wie die Anführer der Barbaren. Die Viecher ähneln eher Wölfen als Pferden. Sie sind hässlich und bissig und ihren Besitzern so heilig, dass die sich manchmal sogar für sie opfern.«

Ich würde gerne mehr darüber erfahren, wie wir die Vereiser bekämpfen können, doch ich will mir meine Frage für etwas anderes aufsparen.

»Wie schützen wir uns gegen die Kälte?«, fragt Zoe, die als Nächste an der Reihe ist.

Louk nickt. »Eine entscheidende Frage.« Zoe wird rot vor Freude über das Lob. »Die Kälte kann ein schlimmerer Feind sein als die Barbaren. Auch deshalb sind Brenner den Phalangen zugeteilt, die das Gebiet nördlich der Grenze erkunden: Sie müssen dafür sorgen, dass die Feuer nachts nie ausgehen.«

Mich schaudert es. So unempfindlich wir Brenner gegen Hitze sind, so sehr macht uns Kälte zu schaffen. Einmal habe ich einen Winter in Irelin erlebt, in dem es schneite. Die Flocken schmolzen, kaum dass sie den Boden berührten, doch mir war so kalt, dass ich mich in alle Wolltücher wickelte, die ich fand – und davon gibt es in einem Weberinnenhaushalt viele.

»Packt euch in so viele Schichten wie möglich«, sagt auch der Hauptmann. Er beginnt wieder, vor uns auf und ab zu gehen. »Schützt eure Gesichter mit Talg gegen den Eiswind. Wenn ihr ein Reittier der Barbaren erwischt, zieht ihm das Fell ab und bringt es zu den Gerbern in den Grenzdörfern. Pelze werden dort oben höher gehandelt als Edelsteine.«

Ich sehe Myk und Dyk nicken und beschließe, sie später nach ihren Erfahrungen mit dem Norden zu fragen. Jetzt sind nur noch Marius und ich übrig.

»Was weißt du über die Seuche, Hauptmann?«, frage ich. »Wie gefährlich ist sie wirklich für uns?«

Louk bleibt abrupt stehen. Seine Miene wird undurchdringlich wie Stein. »Dazu kann ich nichts sagen.«

Ich bin kaum überrascht. »Wirklich nicht?«, hake ich nach.

Er starrt mich so durchdringend an, dass ich den Mund wieder schließe, dann wendet er sich ab. »Letzte Frage«, blafft er Marius an.

Marius verzieht das Gesicht zu seiner mürrischen Grimasse, die ich inzwischen für eine Maske halte. »Ich habe keine«, murmelt er zu meiner Verwunderung.

»Gut«, bellt Louk. »Dann verschwindet. Und zieht euch um, bevor ihr zum Abendessen geht, ihr tropft wie nasse Affen.«

Ich will schon gehen, da packt mich Zoe am Arm. »Ich hoffe, wir kommen in die gleiche Phalanx. Du bringst mir Glück, weißt du?« In ihrer Miene streiten sich Hoffnung und Angst. Sie drückt noch einmal meinen Arm und geht dann den anderen hinterher.

Ich erschauere unwillkürlich, während ich ihr hinterhersehe. Der Herbstwind nagt an meinen wunden Händen und zerrt an meinem Umhang. Er führt den Geruch von Winter mit sich, von toten Blättern und kalten, auf wenige helle Stunden zusammengeschrumpften Tagen. Noch nie habe ich seinen hämischen Gesang so deutlich gehört. Er faucht Hauptmann Louks Worte, die niemals für mich bestimmt waren.

Sie werden nicht einmal eine Stunde überleben.

Kapitel 8

Nach sieben Tagen auf dem Schiff betrete ich endlich wieder Land. Ich bin froh, festen Boden zu spüren, auch wenn die ersten Schritte ungewohnt sind, als vermisse mein Körper die schwankenden Planken und das stete Stampfen der Schaufelräder.

Ein dichter Vorhang aus Regen verschleiert uns die Sicht, doch ich kann eine gepflasterte Straße und mehrere Gebäude ausmachen, die sich im Schatten einer Felswand ducken. Die Brennersoldaten marschieren in geordneten Formationen in den Ort, nachdem sie mit Ruderbooten am Pier abgesetzt wurden. Bereits nach einem Dutzend Schritten verschwinden sie im Dunst. Hauptmann Louk befiehlt uns, unter dem Vordach eines Schuppens zu warten, dann eilt er hinter den anderen her. Ich setze Rucksack und Speer ab und ziehe meinen Umhang enger um mich, denn die Luft ist unangenehm kühl. Ich blicke mich um und sehe in bleiche Gesichter. Die Rekruten sind in den letzten Tagen immer stiller geworden. Wir alle sind nicht so sehr erschöpft vom Drill als vielmehr von der Verachtung der anderen Senger, der Enge des Schiffs und von der Angst vor dem Krieg, die wie ein Geier an unseren Knochen pickt. Als ich letzte Nacht meinen Rücken ein letztes Mal mit Salbe bestrich, hörte ich Agata in ihrer Koje schluchzen.

Vom Ort sieht man im Regen kaum etwas, aber wir haben einen guten Blick auf die Reihe von befestigten Piers, die Platz für Fischkutter, Flöße und die zum Transport eingesetzten Ruderboote bieten. Soldaten der Schiffsbesatzung laden Fässer, Säcke und Holzkisten aus, dann zwei Truhen, die von vier Sengern bewacht werden.

»Da ist Chrysos drin«, behauptet Dyk neben mir. »Ich kann

es riechen.« Obwohl das sicherlich nur ein Spruch ist, rücke ich ein Stück von ihm ab. Der Lederbeutel mit der Münze ruht warm unter meiner rechten Achsel.

Die Soldaten verladen die beiden Truhen auf einen Wagen, der von zottigen, zäh aussehenden Pferden gezogen wird. Die vier Senger schwingen sich auf die Ladefläche, einer ergreift die Zügel. Rasch verschluckt der Regen das Klappern der Hufe.

»Und wo bleibt unsere Ration?«, murrt Myk. Beim Abendessen gestern haben er und sein Bruder ihrer Unzufriedenheit Luft gemacht. *Mit fünfzig Granos kriegen wir gerade so die Sprengung von 'nem mittleren Schacht hin. Das reicht niemals für 'nen ganzen Krieg.*

Mir macht es Sorgen, dass ich vom Umgang mit Chrysos nach wie vor keine Ahnung habe. Zoe hat mir zwar ebenfalls bereitwillig erzählt, wie sie ihre Rationen bei der Kunstschmiedearbeit eingesetzt hat, doch bei jedem von uns wirkt das gelbe Metall anders.

Nach über einer Stunde taucht Hauptmann Louk wieder auf. Als er die Kapuze zurückschiebt, sehe ich Zornfurchen so tief wie Schützengräben auf seiner Stirn.

»Keine Pferde«, schimpft er. »Die Faulenzer von Heiler haben sich unsere unter die Nägel gerissen und sind schon unterwegs.«

Ich nage enttäuscht an meiner Unterlippe, weniger wegen der Pferde, sondern wegen Eleni. Da wir vor zwei Tagen einen Stopp einlegten, um weitere Brenner an Bord zu nehmen, ist ihr Schiff bereits vor einem halben Tag hier angelandet. Trotzdem hatte ich gehofft, sie hier zu treffen.

Hinter Hauptmann Louk verharren zwei Soldaten. Auf sein Kommando stellen sie eine Kiste vor uns ab, ehe sie wieder im Regen verschwinden.

»Proviant für den dreitägigen Fußmarsch bis Othon«, bellt der Hauptmann. »Zoe, Thea, teilt ihn in Portionen auf. In einer Stunde erwarte ich euch marschbereit am Ortsausgang.«

Er deutet die Straße hinunter, dann zieht er sich wieder seine Kapuze über die Stirn und eilt davon.

Wortlos ziehe ich meine Sanduhr aus der Umhangtasche und drehe sie um. Dann öffne ich die Kiste. Ich blicke auf rechteckige, rötlich glänzende Fladen herab, wie Miniaturziegel aufeinandergestapelt. Daneben runde gelbliche Scheiben, die mich an Safrankekse erinnern, das patriotische Gebäck, das an Feiertagen vor den Oberverwaltungsämtern an die Kinder verteilt wird. Die roten Fladen riechen leicht nach Fleisch, die gelben fruchtig. Beide fühlen sich an wie zähes Leder. Sie wurden an der Universität in Athos für den täglichen Nahrungsbedarf von Soldaten entwickelt, und ihr Geschmack soll gar nicht so schlecht sein. Ich verzichte darauf, sie zu kosten. Zoe und ich machen uns stumm ans Rationieren. Unter den Fladen finden wir noch kleine Kräuterpäckchen mit Meerträubel, die wir ebenfalls verteilen. Mit heißem Wasser aufgegossen wirkt Meerträubeltee aufputschend.

»Wir sollten aufbrechen«, sage ich, als die Stunde zu drei Vierteln verronnen ist. »Wir wissen nicht, wie weit es zum Ausgang des Dorfes ist.«

»Hast du jetzt das Kommando?« Marius starrt mich aus schmalen Augen an.

Ich stehe auf und packe meine Sachen zusammen, stecke den Speer in die Halterung aus Lederriemen, die ich am Rucksack angebracht habe. »Ich will nur den Befehl meines Hauptmanns erfüllen.«

»Streberin.« Marius schürzt verächtlich die Lippen.

Ich beiße die Zähne zusammen und beachte ihn nicht weiter. Gemeinsam mit Zoe und den Minenbrüdern mache ich mich auf den Weg, und die anderen folgen uns in einigem Abstand.

Tatsächlich ist der Ort größer, als es zuerst den Anschein hatte. Die Häuser sind niedrig und aus Ziegeln gemauert, Palisadenzäune schützen die weitläufigen Grundstücke und Ställe.

Viele der Häuser sind als Herbergen ausgewiesen, außerdem gibt es einen größeren Gebäudekomplex, der die Flagge der Achten Division trägt. Davor warten drei Formationen von Schwarzmänteln, in denen ich die Senger von unserem Schiff wiedererkenne. Ihnen wird offensichtlich ebenfalls Proviant zugeteilt – und Pferde, wie Zoe in frustriertem Tonfall feststellt.

»Was erwartest du?«, sage ich, während ich die Formationen umrunde. »Wenn Reittiere knapp sind, ist es nur vernünftig, dass wir Rekruten keine Priorität haben.« So hätte es auch Eleni gesehen. Bei dem Gedanken an sie muss ich lächeln.

»Du hast ja recht.« Zoe seufzt. »Wenn nur der Regen endlich aufhören würde. Es ist ja noch nicht mal Winter.«

Ich lächle immer noch. »In Athosia gibt es eben nur zwei Jahreszeiten: Sommer und Regen.«

»Wart nur, bis du ins Gebirge kommst«, ruft Dyk. Er meckert beim Lachen wie eine Ziege. »Da wird's nicht mehr regnen, sondern schneien.«

Der Hauptmann erwartet uns bereits, als wir das letzte Gebäude des Ortes erreichen. Ich überreiche ihm seinen Anteil am Proviant. Er hat ebenfalls einen schweren Rucksack geschultert, und an seinem Gürtel hängt nicht nur ein Schwert, sondern auch eine Axt.

Wir folgen der gepflasterten Straße aus dem Ort hinaus. Felsen und ein dunkles Dickicht aus Nadelbäumen säumen den Weg, der sich so schnurgerade wie eine Feuerschneise bergauf zieht. Ich habe eine Schwäche für Wälder. Als Kind zogen mich die Schatten unter dem Blätterdach des Deamhain an, als gäbe es dort Geheimnisse zu entdecken und Schätze zu finden. Je nach Jahreszeit brachte ich Vogeleier, Steinpilze oder einen beerenverschmierten Mund nach Hause – und schwindelte stets über den Fundort meiner kleinen Kostbarkeiten, denn Mutter hatte mir streng verboten, im Wald herumzustreifen.

Hauptmann Louk weist uns an, in Reihenformation zu gehen. Er gibt ein strenges Marschtempo vor. Sein Rücken ist gerade, und seine Schritte sind genau kalkuliert, nicht zu ausgreifend, nicht zu kurz. Und er scheint seine Augen und Ohren überall zu haben.

»Zusammenbleiben«, brüllt er, wenn sich unsere Reihe hinter ihm zu sehr auseinanderzieht. »Spart euren Atem!«, ruft er, wenn er welche von uns flüstern hört.

Einmal überholt uns ein Reitertrupp von dreißig Sengern. Sie reiten in raschem Trab, und ihre Umhänge flattern im Wind. Von ihren Gesichtern sehe ich nur Augenschlitze, der Rest ist mit Kapuze und Halstuch vor dem Regen geschützt. Während sie im Dunst bergauf verschwinden, stöhnen die anderen Rekruten neidisch. Ich bleibe still. Ich würde es zwar nicht zugeben, doch ich ziehe meine Füße jedem Pferd vor. Die Tiere scheinen mich nicht zu mögen, als wüssten sie, dass ich am Tod von einem Dutzend ihrer Artgenossen schuld bin.

Es dämmert bereits, als wir auf einer schmalen Brücke einen reißenden Gebirgsfluss überqueren, der über Felsen und Kiesel bergab schäumt.

»Das ist der Aisos«, knurrt der Hauptmann.

Ich reiße erstaunt die Augen auf. Ich wäre niemals auf die Idee gekommen, dass dieses Wildwasser derselbe Fluss wie der breite Strom ist, auf dem wir hergekommen sind.

Kurz hinter der Brücke finden wir, in eine Felskuhle gepresst, eine von den Notunterkünften, die wir unterwegs schon mehrmals passiert haben. Alle atmen auf, als uns Hauptmann Louk befiehlt, dort ein Nachtlager einzurichten.

Zwei von uns setzen in der Feuerstelle der Hütte ein paar Scheite in Brand, speisen sie zusätzlich mit ihrem Trieb, um die Temperatur des Feuers zu erhöhen. Myk und Dyk gehen Wasser vom Flussufer holen, wir anderen packen Wolldecken und Proviant aus. Ich reibe mir Gesicht und Nacken trocken und schlüpfe in eine frische Tunika – vom Marschieren bin ich verschwitzt, doch schon wenige Schritte vom Feuer entfernt ist die Luft kalt. Zoe bettet erschöpft ihren Kopf auf ihren Rucksack und scheint direkt einzuschlummern.

Ich wecke sie später, damit sie etwas isst – schließlich braucht sie auch morgen ihre Kraft. Nach einem kurzen Mahl kehren ihre Lebensgeister so weit zurück, dass sie aus den Wasserschläuchen einen großen Becher füllt, ein paar Kräuter hineinwirft und ihn mit ihren Händen erwärmt, bis würzig riechende Schwaden aufsteigen.

»Hier, Thea.« Sie schenkt einen Teil des Getränks in mein Trinkgefäß. »Für dich.«

Als ich danach greife, nutzt sie die Gelegenheit, meine Hände zu begutachten. »Dein Ausschlag ist besser geworden«, sagt sie. Sie hat recht. Ich habe mich heute kaum gekratzt. Obwohl ich mich ohne die Pastillen seltsam schutzlos fühle. Als wäre ohne sie meine Schale dünner geworden, die Welt um mich lauter und intensiver.

»Vielleicht tut deiner Haut die kalte Luft gut«, meint Zoe. Sie versenkt ihr Gesicht im heißen Dampf ihres Bechers. Im flackernden Licht des Feuers wirkt sie alt.

»Ich wünschte, der Krieg wäre schon vorbei«, flüstert sie und zieht sogleich eine Grimasse. »Darf ich das sagen? Oder ist das ein Verstoß gegen die Vorschriften?«

»Das glaube ich nicht«, erwidere ich ebenso leise. »Auch wenn wir Soldaten sind, sollten wir uns Frieden wünschen, finde ich. Der Frieden war schließlich die größte Errungenschaft unserer Republik.«

»Ja, aber ich will nur keinen Krieg, weil ich Angst vor der Schlacht habe«, flüstert sie. »Ich bin kein guter Soldat.«

Ich weiß nicht, was ich darauf sagen soll. Ich habe auch Angst, trotzdem bin ich bereit zu kämpfen. Stumm starre ich in den Dampf, der aus meinem Becher aufsteigt. Zoe legt sich schließlich hin und zieht sich ihre Decke bis an die Nasenspitze.

»Gute Nacht«, flüstert sie. An ihrem Atem höre ich jedoch, dass sie lange braucht, um einzuschlafen.

❄

»Antreten zum Appell!«

Hauptmann Louk weckt uns in der Morgendämmerung. Wir kriechen schwerfällig aus der Hütte. Der Regen ist einem feinen Nieseln gewichen. Nebel taucht die Welt in ein unwirkliches Licht. Obwohl das Feuer die ganze Nacht brannte, ist unsere Kleidung klamm, und die Hälfte von uns niest und wischt sich mit den Ärmeln über die Nasen. Wir stellen uns in einer Reihe vor unserem Hauptmann auf.

Als ich mich schlafen legte, harrte er immer noch draußen unter dem Vordach der Hütte aus und starrte ins Dunkel, als sehe er etwas, das uns verborgen blieb. Trotzdem wirkt er jetzt frischer und ausgeruhter als wir alle zusammen.

»Heute ist euer erster Sold fällig«, sagt er. »Außerdem wird es Zeit, dass ihr euer Chrysos selber tragt.«

Jeder von uns erhält einen Wochensold von dreihundert Denaren. Die Adepten aus den Hohen Familien mögen das als gering erachten, doch ich nicht. Und auch Myk und Dyk, die dem Geschlecht der Castors angehören, doch offenbar keinem der vermögenden Familienzweige, freuen sich sichtlich. Ihre Mienen leuchten jedoch wirklich auf, als Hauptmann Louk einen Beutel aus seinem Rucksack zieht und uns dessen wertvollen Inhalt offenbart: neun metallene Kapseln. Sie sind etwa so groß wie mein kleiner Finger und auf Armbänder aus Metallgliedern geschmiedet. Ehrfürchtig befestige ich mein Armband am linken Handgelenk. Hauptmann Louk schiebt seinen Umhang zurück und zeigt uns seine Kapsel, die etwas größer als unsere ist und das Hauptmannszeichen eingraviert hat.

»Die Kapseln sind feuer- und wasserfest«, teilt er uns mit. »Ihr öffnet den Verschluss mit der rechten Hand.«

Vorsichtig öffne ich den zierlichen Deckel und luge hinein. Chrysoskörner schimmern wie gelber Sand, bilden ein so kleines Häufchen, dass es auf meinen Daumennagel passt.

»In der Innenseite des Deckels ist eure persönliche sechsstellige Ziffernfolge eingraviert«, sagt Hauptmann Louk. »Die Schatzmeister werden euren Verbrauch regelmäßig in den Akten vermerken. Außerdem können eure Leichen anhand der Kapseln identifiziert werden. Noch Fragen?« Er wartet nicht auf eine Antwort. »Wir marschieren bis heute Nachmittag. Dann werde ich eure Brennerfähigkeiten genau unter die Lupe nehmen. Ich werde euch zeigen, welche Flammenstöße gegen Vereiser einzusetzen sind, welche ihr nutzt, um Gebäude zu stürmen, und wie ihr einen Flammenwall errichtet, um Verwundete bergen zu können.«

Niedergeschlagen lasse ich die Schultern hängen. Falls ich es durch die Kampfübungen geschafft habe, dass mich der Hauptmann für nicht ganz unfähig hält, wird sich sein Bild heute Abend ändern. Er wird erkennen, wie lausig mein Trieb ist, und mich heimschicken wollen, genauso wie Zoe.

Nachdem wir die Wasserschläuche gefüllt und Holz für die nächsten Reisenden in der Feuerstelle aufgeschichtet haben, brechen wir auf. Wieder gehen wir in einer Reihe hintereinander.

Der Nebel hüllt alles in seinen grauen Schein. Wir passieren eine Handvoll Bauernhöfe, die auf mich einen verlassenen Eindruck machen. Die bewaldeten Steilhänge um uns scheinen beständig enger zusammenzurücken, schwarze Baumwipfel neigen sich über unseren Köpfen zueinander. Noch nie habe ich so hohe Bäume gesehen, nicht einmal im Deamhain. Ihr Wispern und Knarzen klingt, als würden sie über uns flüstern.

Seit wir den Fluss hinter uns gelassen haben, schlängelt sich der Weg in engen Kurven bergauf. Als die Mittagsstunden anbrechen, haben wir immer noch keine Sonne gesehen. Hinter mir keucht Zoe, und auch ich spüre den Marsch inzwischen als dumpfes Ziehen in den Beinen.

»Halt!«, ruft Hauptmann Louk und bleibt mit erhobener Hand stehen. Ich verharre so abrupt, dass Zoe in mich hineinstolpert.

»Ruhe«, zischt der Hauptmann. Er starrt nach vorne.

Ich verenge die Augen, doch ich kann nichts erkennen. Dann höre ich Schritte. Stiefeltritte. Langsam, ungleichmäßig, gedämpft durch den Nebel. Es müssen mehrere Personen sein.

»Wer ist da?«, ruft der Hauptmann. Die Schritte verharren nicht, im Gegenteil, ich meine zu hören, dass sie beschleunigen.

»Rekruten, schließt auf zur Formation!«, bellt Hauptmann Louk.

Wie er es uns beigebracht hat, stellen wir uns dreireihig hinter ihm auf und halten unsere Waffen eng an unsere Körper gepresst. Nervosität lässt mein Herz poltern. Zoe steht neben mir und atmet so rasch wie ein gejagtes Tier.

Schemen schälen sich aus der dunstigen Masse heraus. Sechs Männer, noch einen Steinwurf entfernt. Ich atme auf, als ich sehe, dass sie die hellbraunen Uniformen unserer Soldaten tragen.

»Stehen bleiben«, bellt Hauptmann Louk sie an. »Gebt euch zu erkennen!«

Doch die Männer bleiben nicht stehen. Sie marschieren auch nicht in Formation, sondern kommen in einem losen Haufen auf uns zu, ihre Arme schwingen bei jedem Schritt. Sie sind schnell. Meine Nackenhaare stellen sich auf. Etwas stimmt nicht mit ihnen.

Der Hauptmann zieht sein Schwert. Ich packe den Schaft meines Speers fester.

Die Soldaten fallen in einen eiligen Trab. Ihre Gesichter schälen sich aus dem Nebel. Ich schreie auf und höre auch die anderen schreien. Die Männer … sie haben keine Augen! Da ist nichts, nur weiße Leere, wo ihre Pupillen sein sollten.

»Zurück!«, brüllt der Hauptmann uns zu, doch schon sind die Soldaten heran. Der erste stürzt sich direkt auf ihn, die anderen setzen mit weit ausholenden Sprüngen an ihm vorbei.

Einer reißt Zoe mit so viel Wucht zu sich, dass sie schier durch die Luft katapultiert wird. Seine Hände krallen sich in ihre Locken, seine Stirn klatscht an die ihre. Er presst seine Lippen auf ihren Mund.

Ich erstarre für eine ungläubige Sekunde, dann durchbricht Zoes ersticktes Kreischen den Bann. Sie hat ihr Schwert fallen lassen und schlägt mit den Händen nach dem Mann, während ihre Füße hilflos über den Boden scharren.

Ich werfe meinen Speer zur Seite und packe ihn an den Schultern. »Lass sie los!«, schreie ich.

Sein Umhang reißt unter meinen Fingern. Ich zerre mit aller Kraft an ihm, doch er schüttelt mich ab, als wäre ich ein lästiges Insekt. Zoe gibt nur noch ein Wimmern von sich. Immer noch verschmelzen ihre Münder in einem monströsen Kuss. Ich packe seine Hand, versuche, seinen Griff von ihrem Haar zu lösen. Seine Haut fühlt sich eiskalt an, feucht und glitschig wie bei einem Fisch.

Ich habe mich geirrt. Er hat Pupillen. Sie sind milchweiß wie der Nebel um uns herum, und die Augen rollen wild in ihren Höhlen. Ich stöhne auf vor Angst. Doch ich muss Zoe helfen.

Mein Speer. Ich fahre herum.

Um mich herrscht Chaos. Agata liegt verzweifelt zappelnd auf dem Boden, über ihr kniet ein Soldat und presst seinen Mund auf ihren. Auch Dyk befindet sich in den Fängen eines Gegners. Myk schlägt mit den Fäusten auf den Mann ein. Der Hauptmann und Marius werfen Feuerkugeln nach zwei weiteren, die mit gefletschten Zähnen nach ihnen schnappen. Der Junge mit den Augengläsern kauert wimmernd am Wegrand. Der letzte Soldat springt mit weit ausgreifenden Schritten den Weg bergab, hinter dem flüchtenden Rothaarigen her. Toni kann ich nicht entdecken.

Mein Speer liegt auf den Pflastersteinen. Ich trete auf das Ende des Schafts, und er springt in meine Hand.

Gerade als ich mich wieder herumdrehe, lässt der Soldat Zoe los. Sie sackt wie eine Puppe zu seinen Füßen zusammen. Er wendet sein blickloses Gesicht zu mir. Ich sehe etwas in seinem Mund verschwinden, dunkel und flink wie eine Schlange. Als würde er ein Stück Dunkelheit einatmen. Bevor ich darüber nachdenken kann, setzt er schon auf mich zu. Sein Sprung führt ihn direkt in meinen Speer hinein. Der Ruck, als die stählerne Spitze in seinen Bauch dringt, lässt mich taumeln. Auch der Soldat wankt. Blut quillt aus der Wunde. Es ist schwarz. Schwarz und zäh wie Schlamm.

Ich halte den Speer umklammert. Der Soldat wird sterben. Er muss sterben, mein Speer hat ihn aufgespießt. Doch stattdessen streckt er die Hände nach mir aus und macht einen Schritt auf mich zu, sein Gesicht eine weiße ausdruckslose Fratze. Es knirscht, als der Speer auf seine Wirbelsäule trifft. Er macht einen weiteren Schritt. Ich schreie auf, als der Speer auf seinem Rücken aus dem Körper austritt und ich nach vorn stolpere.

»Weg da!«, brüllt der Hauptmann. Ein Feuerstoß trifft den Soldaten von der Seite und reißt ihn von den Füßen. Der Speer wird aus meinen Händen gerissen, und ich verliere das Gleichgewicht, falle auf die Knie.

Vor mir umhüllen Flammen den Soldaten. Obwohl er brennt wie eine Fackel, richtet er sich auf und streckt die Hand nach mir aus. Ich weiche panisch zurück, immer noch auf dem Boden. Weiter als ein paar Fuß kommt er zum Glück nicht, dann kippt er wieder nach hinten. Er öffnet den Mund zu einem schwarzen Krater. Kein Laut dringt heraus. Es riecht nach brennendem Fleisch, nach schmorendem, altem Fett.

»Rekrut!« Der Hauptmann taucht neben mir auf. »Steh auf!« Sein Gesicht ist eine Grimasse der Wut.

Neben mir liegt Zoe auf dem Boden. Ich krieche zu ihr,

streiche die Haare aus ihrem Gesicht. Sie ist eiskalt, ihre Augen sind geschlossen und ihre Miene ist in einer Maske des Grauens erstarrt.

»Verdammtes Gör!« Jemand zerrt mich in die Höhe. Der Hauptmann. Er ohrfeigt mich. »Sie ist tot, und du bist es auch gleich, wenn du dich nicht bewegst.«

Jetzt erst sehe ich Toni den Weg entlang rennen, den Berg hinauf. Schreiend verschwindet er im Nebel. Ich sehe Myk, der am Wegrand kauert. Dyk, Agata und der Augengläserjunge liegen am Boden. Auch vier der sechs Soldaten. Drei brennen, der dritte schiebt sich über die Pflastersteine auf Myk zu. Er kommt nur sehr langsam vorwärts, denn er hat keine Beine mehr. Der fünfte Soldat wird von Marius mit Feuerbällen in Schach gehalten, die allerdings nicht stark genug sind, ihn in Brand zu setzen.

»Was sind das für Wesen?«, keuche ich.

Doch der Hauptmann dreht mir den Rücken zu. Von unten nähert sich der letzte Soldat wieder. Seine Wangen zeigen Kratzspuren von Fingernägeln, und ich weiß, der Rothaarige hat es nicht geschafft.

»Setz dein verdammtes Feuer ein«, brüllt Hauptmann Louk und zieht sein Schwert. »Hilf den anderen, dann flieht nach Othon.«

Feuer. Er weiß nicht, wie unfähig ich bin. Meine Füße setzen sich in Bewegung. Schon bin ich bei dem kriechenden Soldaten. Seine blutigen Stümpfe ziehen eine schleimige Spur. Er fletscht die Zähne und versucht, meine Füße zu packen. Mein Kopf fühlt sich taub an, als hätte mir jemand mit Fäusten auf beide Ohren geschlagen. Ich nehme Dyks Schwert und stoße es dem Kriecher mit aller Kraft in die Rippen, nagle ihn am Boden fest.

»Myk!« Ich zerre ihn in die Höhe, so wie es Hauptmann Louk vorhin mit mir gemacht hat. »Los, renn Toni hinterher!«

Ich schubse ihn hangaufwärts, und er torkelt ein paar

Schritte, bis er wieder stehen bleibt. Seine Miene ist blank vor Schock.

Jemand schreit meinen Namen. Es ist Marius. Er schüttelt seine Handgelenke und weicht gleichzeitig zurück. »Hilf mir!«, ruft er.

Der Soldat wankt immer noch auf ihn zu. Flammen züngeln aus seiner Uniform, verschlingen das Abzeichen der Achten Division. Er scheint zähnebleckend zu grinsen, denn seine Lippen sind zu schwarzen Strichen verglüht. Aber das Feuer reicht nicht, ihn zu vernichten.

Feuer. Ich bekomme keine Luft. In meinem Kopf schreien Pferde, schreit Conor, während er brennt. Ich finde nicht die geringste Flamme in meinem Inneren. Ich brauche Chrysos. Ich nestle an meiner Kapsel herum.

»Mach schon!«, schreit Marius.

Endlich kriege ich den Verschluss auf. Ich kippe mir den Inhalt in den Mund. Die Körner schmecken im ersten Augenblick nach Sand, dann reißen sie eine brennende Spur durch meinen Gaumen. Meine Adern schmelzen in flüssiger Hitze. Ich reiße den Arm in die Höhe.

Flammen schießen aus meiner Handfläche, ein brausender Feuersturm. Das Licht zerreißt den Nebel, Glut wabert über das Pflaster. Der Soldat wirbelt durch die Luft wie trockenes Laub und geht in Flammen auf. Der Rückstoß der Hitze fegt mich von den Beinen. Auch Marius wird davon umgeworfen.

Als ich mich aufrapple, tosen Flammen durch die Bäume am Wegrand. Stämme und Äste biegen sich im Todestanz über der schwarzen Leiche des Soldaten.

Marius sitzt noch auf dem Boden. Er hält sich stöhnend den Kopf und ist weiß wie ein Laken. Ich rufe ihn, doch er schaut an mir vorbei. Von böser Ahnung gepackt drehe ich mich um.

Der Hauptmann liegt auf dem Rücken. Seine Füße zucken auf den Steinen auf und ab. Der Soldat sitzt rittlings auf ihm, hält seinen Kopf zwischen den Händen und küsst ihn.

Es ist ein solch perverses Zerrbild von Sinnlichkeit, eine Verhöhnung all dessen, was unseren Hauptmann ausmacht, dass meine Wut explodiert wie ein Sprengsatz. Mit drei Sätzen bin ich bei ihnen. Als ich das Monstrum von Hauptmann Louk herunterreiße, glühen meine Hände leuchtend rot.

Der Soldat schnappt mit aufgerissenem Maul nach mir. Seine Augen glimmen weiß, doch seine Mundhöhle ist schwarz. Er hat eine violett leuchtende Zunge, die unnatürlich lang und mit Widerhaken gespickt ist. Voller Abscheu versetze ich ihm einen Fußtritt, der ihn nach hinten schleudert. Ehe er sich wieder erheben kann, strecke ich die Hand aus und schieße einen Feuerstrahl auf ihn ab, der sich in seine Kehle frisst und ihm den Kopf vom Nacken trennt. Unter meiner Achsel pulsiert die Münze wie ein zweites Herz.

»Hauptmann!« Neben Hauptmann Louk falle ich auf die Knie. Er stöhnt. Aus seinen Mundwinkeln rinnt Blut. Ich muss keine Heilerin sein, um zu erkennen, dass er stirbt.

»Lass ihn.«

Marius. Er hält sich nur schwankend auf den Beinen. »Wir müssen hier weg, bevor …« Seine Stimme verebbt, als ich nicht reagiere.

Ich streiche über Hauptmann Louks zerfurchte Stirn, aus der nach und nach alle Gewitterwolken verschwinden. Sein Stöhnen verstummt zuerst, sein Atem wird flacher, bis er kaum noch zu hören ist. Und dann senkt sich seine Brust ein letztes Mal.

Ich weiß nicht, woher ich überhaupt noch Kraft nehme. Mein Kopf ist leer, und ich fühle nichts als Kälte. Doch ich packe mechanisch Schwert und Axt meines Hauptmanns in meinen Rucksack und wanke los, den Weg bergauf. Myk und Marius stolpern neben mir her. Als ich mich ein letztes Mal umwende, ist die Welt hinter uns von einer grauen Nebelwand verschluckt.

Kapitel 9

Flieht nach Othon. Hauptmann Louks letzte Worte klingen hohl in meinen Ohren. Ich weiß nicht, wie lange wir bereits unterwegs sind.

Ich sehe die Gesichter der Soldaten vor mir. Ihre blicklosen weißen Augen. Ich sehe Zoe, Dyk, Agata und den Hauptmann, die kalt und tot auf dem Pflaster liegen. Ich will mich zu ihnen legen. Und dann blicke ich zu Myk, sehe den fassungslosen Schmerz und Schock auf seinem breiten, gutmütigen Gesicht, und ich packe ihn am Arm und ziehe ihn weiter.

Irgendwann scheint es oberhalb der grauen Nebelwand zu dämmern. Bevor es ganz dunkel wird, schälen sich die schwarzen Umrisse einer Unterkunft aus dem Dunst, und ich halte an.

»Weiter«, verlangt Marius, doch ich schüttle den Kopf.

Die wenigen Stufen ins Innere der Hütte kosten mich meine letzte Kraft. Drinnen ist es noch dunkler als draußen, aber hell genug, um die Gestalt zu erkennen, die auf einer Bank kauert. Toni.

Er starrt uns aus geweiteten Augen an. »Ihr seid am Leben!«

Marius kommt hinter mir in den Raum und wirft ihm einen finsteren Blick zu. »Nicht durch deine Hilfe.«

Ich sinke auf die Bodendielen und berge das Gesicht zwischen den Knien. Neben mir poltert Myk wie ein gefällter Baum zu Boden.

»Wir können nicht hierbleiben«, sagt Marius. Er ist der Einzige, der immer noch steht. »Was, wenn sie hinter uns herkommen?«

Zuerst antwortet keiner.

Dann stößt Myk hervor: »Wer? Alle sind tot. Dyk ist tot.« Es ist das erste Mal, dass er spricht. Seine Stimme klingt rau.

»Was waren das für Bestien?«, flüstert Toni. »Verkleidete Barbaren?«

»Blödsinn«, braust Marius auf. »Das waren unsere Männer. Sie waren von der Seuche befallen.«

Ich blicke auf. »Der Seuche? Aber wir sind doch noch diesseits der Grenze.«

»Bist du zu dumm, um das zu kapieren?«, fährt er mich an. »Die Seuche ist bereits hier. Das waren Männer einer Grenzpatrouille der Achten Division. Sie haben sich angesteckt.«

Ich schüttle den Kopf. »Die waren nicht nur krank. Toni hat recht: Das waren Bestien.«

Marius schnaubt. »Ihr habt keine Ahnung.«

»Aber du?« Ich richte mich auf, obwohl mir alle Glieder wehtun. »Was weißt du, was wir nicht wissen?«

Plötzlich fällt mir der Streit zwischen ihm und seinem Vater wieder ein, den ich am Morgen unserer Vereidigung beobachtet habe. Vor einer Ewigkeit. »Was hat dir dein Vater über die Seuche verraten?«

Er verengt die Augen zu Schlitzen. »Was weißt du von meinem Vater, Bastard?«

Ich möchte ihn am Kragen packen und gegen die Wand werfen. »Mir ist es völlig egal, wer dein Vater ist«, fauche ich ihn an. »Ich habe gerade Freunde sterben sehen. Ich habe unseren Vorgesetzten sterben sehen.«

»Ja, unseren stolzen Hauptmann«, höhnt Marius. »Wieso hat der eigentlich deine Fragen zur Seuche nicht beantwortet? Weil es dich nichts angeht. Weil du unwichtig bist. Ein Bauernopfer.«

»Genauso wie du«, zische ich. »Sonst wärst du nicht hier.«

Er ballt die Fäuste und wendet sich ab.

»Marius«, flüstert Toni. »Weißt du wirklich mehr als wir? Du musst es uns sagen.«

»Ich weiß gar nichts.« Mit flammenden Augen fährt er zu uns herum. »Ich habe es mir nicht ausgesucht, hier zu sein.«

Sein Streit mit seinem Vater geht mir nicht aus dem Sinn. Ich sehe ihre angespannten Gesichter vor mir, Marius' fröstelnde Körperhaltung, als er hinter mir die Kaserne betrat. Ich habe mich geirrt, das wird mir jetzt klar. Sein Vater wollte ihn gar nicht daran hindern, in die Schlacht zu ziehen.

»Du hättest dich niemals freiwillig als Rekrut gemeldet«, flüstere ich. »Dein Vater hat dich dazu gezwungen.«

»Natürlich.« Er schnaubt. »Wer ist schon so dumm, sich freiwillig abschlachten zu lassen?«

»Wir.« Myk erhebt sich, den Kopf gesenkt wie ein wütender Stier. »Mein Bruder.«

Marius' Blick flackert, als er vor Myk zurückweicht. Ich habe große Lust, zuzuschauen, wie er verprügelt wird. Doch ich sehe, wie Myks Fäuste zittern. Er ist völlig fertig, so wie wir alle.

»Myk«, sage ich. »Lass ihn. Wir müssen uns ausruhen.«

Myk zögert, doch dann setzt er sich brummelnd wieder hin. Schon blinzelt er vergebens gegen die Erschöpfung an.

Ich möchte auch schlafen, aber ich weiß, dass ich es nicht kann. Bei jedem Knacken im Gebüsch vor der Hütte zucke ich zusammen.

»Ich übernehme die erste Wache«, erkläre ich und stelle meine Sanduhr vor mich. Keiner antwortet.

Myk schnarcht bald. Toni redet und schluchzt im Schlaf vor sich hin. Marius hat sich in eine Ecke verkrochen und ist unnatürlich still. Ich bin sicher, dass er ebenfalls wach ist. Wie besessen reibe ich Schwert und Axt von Hauptmann Louk mit meinem Ärmel sauber. Der Hauptmann. Dyk. Zoe. Ich konnte sie nicht retten. Ich bin keine Soldatin, nur ein dummes Gör. Ich schlinge die Arme um mich. Mir ist kalt, doch ich bin zu zittrig, um ein Feuer zu machen.

Vielleicht bin ich doch kurz eingenickt, denn ich schrecke auf, als Marius vor mir steht. Die Feuerkugel in seiner Hand blendet in der Dunkelheit. Er deutet auf die Sanduhr.

»Zwei Stunden«, stößt er hervor. »Wir haben zwei Stunden ausgeruht, das ist genug.«

Myk und Toni schrecken von seiner Stimme hoch. Ich habe nicht genug Kraft, einen von ihnen anzusehen.

»Wir bleiben bis morgen früh hier, außer du redest mit uns«, murmele ich. Es ist mir fast gleichgültig, ob er es tut. Zwei Stunden Rast haben für keinen von uns gereicht.

Die Feuerkugel tanzt in Marius' Hand auf und ab. Mit zusammengekniffenen Augen starre ich ins Licht, während die Zeit wortlos verrinnt.

Dann beginnt er plötzlich zu reden, hastig und leise, ein in die Ecke getriebenes Tier. »Am Abend der Prüfung habe ich ein Gespräch belauscht«, gesteht er. »Zwischen Vater und Hauptmann Louk. Sie waren Freunde seit Akademiezeiten. Vater sagte, er wisse Neues von der Seuche. Er hatte einen Brief von Kommandant Kostas von der Achten Division, Vaters Schwager.«

Elenis Vater. Ich starre weiter ins Licht der Feuerkugel, halte mich daran fest, um nicht zu fallen.

»Die Krankheit kommt aus dem Norden. Die Barbaren tragen sie an die Grenze, Vater glaubt, absichtlich. Er glaubt, dass ihnen jedes Mittel recht ist, um uns zu überrennen. Die Befallenen stürzen sich auf die Gesunden und saugen ihnen den Atem aus. Und das ist nicht alles. Nach einiger Zeit stehen die Toten wieder auf und suchen sich ebenfalls Opfer. Deshalb müssen wir weiter, so schnell wie möglich.«

Toni springt auf. »Das heißt, die anderen sind gar nicht tot? Sondern sind jetzt hinter uns her?« Panik verzerrt seine Miene. Er sieht zur Tür. »Vielleicht sind sie schon da«, flüstert er.

Seine Angst ist so ansteckend, dass sie endlich meine Taubheit durchdringt. Ich balle die Hände so fest zusammen, dass sich die Fingernägel in meine Handflächen graben. Der Schmerz gibt mir Kraft.

Ich wende meinen Blick von der Feuerkugel ab und schaue

Marius in die Augen. »Was hat dein Vater noch gesagt?«, frage ich. »Hat er darüber gesprochen, wie wir sie bekämpfen können?« *Und kennt er eine Cathedra Geneá?* Denn von dieser schienen Hauptmann Louk und Kommandant Zenon ihre Informationen zu beziehen. Doch die letzte Frage spare ich mir auf.

»Am besten bekämpft man sie mit Feuer«, sagt Marius. »Deshalb wollen sie so viele Brenner wie möglich an der Grenze stationieren. Wir sollen sie aufhalten, auch wenn es uns umbringt.« Er lacht zynisch auf. »Für das Aufhalten ist es offensichtlich zu spät. Aber immerhin sterben wir nicht wirklich.«

»Dyk lebt«, murmelt Myk. Offensichtlich sind unsere Worte jetzt erst zu ihm durchgedrungen. »Er ist allein, mitten in der Nacht!« Er springt auf. »Ich muss ihn suchen.«

»Nein«, schreie ich, als er zur Tür hastet. »Warte, Myk! Wenn er noch da draußen ist, dann ist er wie sie!« Doch die Tür fällt schon hinter ihm zu.

Ich springe auf und schubse Marius aus dem Weg, dann reiße ich die Tür auf. Wie Scherenschnitte zeichnen sich die Baumwipfel vor dem dunkelblauen Himmel ab. Sterne blinken, der Nebel hat sich offensichtlich verzogen. Der Weg ist eine dunkelgraue Schlange, die sich durchs Schwarz des Waldes windet. Bergab höre ich polternde Schritte.

»Myk«, rufe ich, »bleib stehen! Myk!«

Doch seine Schritte stocken nicht einmal. Ich will seinen Namen erneut rufen, dann zögere ich. Was, wenn die finsteren Kreaturen in der Nähe sind und ich sie mit meinen Schreien anlocke? Sechs von uns sind vorhin gestorben, sechs, die jetzt zurückkommen könnten.

Ich kehre um, ergreife meinen Rucksack und Hauptmann Louks Waffen. »Wir müssen ihm hinterher.«

Das Schwert stecke ich in den Rucksack, da es mich beim Laufen behindert, die Axt wandert an meinen Gürtel. Ich bin schon bei der Tür, als ich merke, dass die anderen mir nicht folgen.

»Kommt schon, wir müssen ihn aufhalten«, rufe ich.

Doch Toni drückt sich gegen die Wand, und Marius schüttelt den Kopf. »Selbst schuld, wenn er so ein Idiot ist«, murmelt er. »Wir sollten weiter nach Othon, wo wir sicher sind.«

Ungläubig mustere ich die beiden Feiglinge.

»Und wenn er die Kreaturen in unsere Richtung führt?«, rufe ich, doch sie antworten nicht.

Feige Affen! Aber mein Zorn hat etwas Gutes: Er vertreibt die Angst. Alleine trete ich nach draußen. Sobald sich meine Augen ans Dunkel draußen gewöhnt haben, laufe ich los. Bei den Wettrennen an Bord habe ich Myk geschlagen, ich hoffe, das reicht.

Nur mit den Fußballen berühre ich die Pflastersteine, fliege in langen Schritten der Berg hinab. Das Schwarz zu beiden Seiten des Weges ist undurchdringlich. Äste knacken, ein Nachtvogel schreit. Myks Schritte trommeln auf dem Weg unter mir. Ich glaube, ich komme ihm näher.

»Myk«, zische ich. »Bleib stehen!«

Was tue ich, wenn er nicht auf mich hört? Wie weit soll ich ihm folgen? Selbst wenn er ein begriffsstutziger Esel ist, ich will ihn nicht auch noch verlieren.

Plötzlich ertönt vor mir ein heiserer Schrei. Ich erkenne Myks Stimme. Etwas poltert. Dann ist es still.

Ich bleibe so abrupt stehen, dass mich mein Schwung beinahe umreißt. Furcht krallt sich mit eisigen Fingern in meine Brust. Ich traue mich nicht zu atmen, geschweige denn, nach ihm zu rufen. Hauptmann Louks Axt schabt über das Leder, als ich sie aus meinem Gürtel ziehe.

Meine Schritte kommen mir unnatürlich laut vor, als ich mich der nächsten Wegbiegung nähere. Noch verstellen Bäume und Felsen meine Sicht. Etwas schleift über den Boden. Dann flucht jemand. Können die Kreaturen fluchen?

Ich hebe die Axt höher. In dem Moment, als ich die Felsen umrunde, flammt ein Licht auf. Ich sehe blondes Haar, ein scharf geschnittenes Gesicht. Das Licht flackert und erlischt.

»Verdammt!«, flucht der Fremde.

Ich trete einen weiteren Schritt vor. Ein Ast knackt unter meinem Stiefel.

»Ist da jemand?«, ruft der Mann. »Zeig dich! Gehörst du zu Dyk, Myk, oder wie auch immer?«

Die Nennung der Namen bewirkt, dass ich die Axt ein Stück senke.

»Wer bist du?«, rufe ich. »Woher kennst du Myk? Und wo ist er?«

»Myk also.« Der Fremde seufzt. »Ich konnte sie noch nie auseinanderhalten. Er ist direkt in mich hineingelaufen. Hier rennt allerlei Gesindel herum, deshalb hab ich ihm eins übergezogen, bevor ich ihn erkannt habe.« Er scheint zu spüren, dass ich meine Waffe wieder fester packe. »Keine Sorge, er lebt. Bist du eine Brennerin? Kannst du Licht machen?«

»Warum machst du das nicht selbst?«

»Meisterin, mein Trieb reicht gerade aus, um eine Kerze anzuzünden.« Er klingt, als ob er das zutiefst bedauere. Ich hebe zögernd die Hand. Eine Feuerkugel entsteht auf meiner Handfläche, groß wie ein Lampion. Ich schleudere sie sogleich in die Höhe, damit ich nicht die Einzige bin, die erleuchtet wird. Sie trudelt zuerst, dann fängt sie sich. Gewöhnlich kann ich den Weg einer solchen Kugel kaum unter Kontrolle halten, wenn sie meine Hand erst mal verlassen hat. Doch diese ist ungewöhnlich folgsam, zischt behände wie eine Libelle von mir fort, bis sie über dem Kopf des Fremden stehen bleibt. Er ist etwa fünfzehn Schritte von mir entfernt.

Der Mann blinzelt ins Licht. Er mag ein paar Jahre älter sein als ich, vielleicht Anfang bis Mitte zwanzig. Er ist schlank und sehr groß. Sein langes hellblondes Haar ist zu einem Knoten in seinem Nacken geschlungen, genauso wie meines. Er ist allerdings offensichtlich weder Brenner noch Soldat. Sein Umhang besteht aus abgeschabtem, bunt zusammengesetztem Pelz, seine blau karierten Hosen stecken in hellen Fellstiefeln, und an seinem riesigen Rucksack baumeln zahlreiche Beutel, Flaschen, Seile und Utensilien, deren Zweck mir völlig fremd ist.

Myk liegt bewegungslos zu seinen Füßen. Nicht unbedingt die beste Art, einen alten Bekannten wiederzutreffen. Wenn der Fremde die Wahrheit sagt.

»Ich habe keine feindlichen Absichten.« Er schnallt seinen Gürtel ab und lässt ihn fallen. Eine Schwertscheide und zwei Dolche klappern zu Boden, dann hebt er die Arme und späht in meine Richtung. Der Lichtkreis der Feuerkugel reicht nicht ganz bis zu mir. Ich lasse mich von seiner angeblichen Entwaffnung nicht täuschen. Man braucht kein Messer, um einen Gegner zu bezwingen.

Andererseits will ich nicht weiter im Dunkeln ausharren. Wer weiß, wer sich alles an uns heranschleicht, während wir palavern. Ich fühle mich in diesem Wald alles andere als sicher.

Argwöhnisch nähere ich mich. Als ich aus dem Dunkel trete, erhellt ein Lächeln seine Züge. Er beginnt sofort zu reden.

»Meisterin, deine Stimme klingt viel älter, als du aussiehst«, sagt er. »Was hat Myk und dich in diesen Wald verschlagen?«

Ich ignoriere seine Frage, und besehe mir stattdessen meinen Kameraden genauer. Auf Myks Stirn schwillt eine dunkelrote Beule. Seine Brust hebt und senkt sich, doch ansonsten bewegt er sich nicht.

»Kannst du ihn tragen?«, frage ich. »Wir müssen hier weg.«

»Da hast du recht.« Er packt Myk ohne Zögern und legt ihn sich über die Schulter, als wäre er leicht wie ein Bündel Heu. Dann zwinkert er mir zu. »Kannst du meinen Gürtel nehmen?«

Ich stecke meine Axt ein, bücke mich und hebe den Gürtel auf. Er ist aus schwerem, dickem Leder und fühlt sich warm an.

»Geh voraus«, bestimme ich. »Dort vorne ist eine Hütte.«

Er nickt. »Ich weiß.« Mit schwingenden Schritten eilt er voran und sieht sich dabei nicht um.

Es fällt mir schwer, mit ihm mitzuhalten. Ich sehne mich nach Ruhe und Schlaf. Meine Achsel brennt, dort wo die Münze auf meiner Haut liegt, und mein Kopf fühlt sich wund an. Geräusche lassen mich zusammenzucken, als hacke eine Krähe jedes Mal ein Stück Fleisch aus meiner Stirn. Doch ich will mir keine Blöße geben und bleibe dicht an seinen Fersen.

Als die Hütte endlich als Schatten vor uns auftaucht, pfeift der Fremde durch die Zähne. »Dein Trieb ist stark, Meisterin«, sagt er.

Erst verstehe ich nicht, was er meint. Dann fällt mir auf, dass die Leuchtkugel immer noch fünf Fuß über uns schwebt und uns den Weg erhellt. Mein Erstaunen bewirkt, dass sie zischend in sich zusammenfällt und wir im Dunkeln stehen. Ich schiebe mir die Hand unter die rechte Achsel. Die Münze scheint in ihrem Beutel wie ein Stück Kohle zu glühen.

»Wir sind es«, rufe ich Richtung Hütte. Dort bleibt es still. »Wir kommen jetzt rein.«

Die letzten Schritte legen wir im Dunkeln zurück. Als ich vorsichtig die Tür aufschiebe, sehe ich Marius und Toni, die auf den Bohlen kauern. Sie springen auf, als sie den Fremden hinter mir erblicken.

»Hier sind ja noch mehr von euch«, sagt der Mann und lädt Myk neben der Tür ab. »Kann ich meine Waffen wieder haben?«

Ich gebe ihm wortlos seinen Gürtel, schnalle dann meinen Wasserschlauch vom Rucksack, knie mich neben Myk und spritze ihm kalte Tropfen ins Gesicht.

»Wer bist du?«, zischt Marius den Fremden an. »Was hast du mit ihm gemacht?«

»Ganz ruhig, Myk ist in Ordnung«, sagt der Mann. Er tritt

einen Schritt zurück, doch statt hinauszugehen, schließt er die Tür hinter sich. »Er ist nur …«

Myks Augenlider flattern. »Olaf«, grunzt er.

Der Fremde grinst. »Seht ihr, er kennt mich.«

»Was ist passiert?«, fragt Myk mit verschleiertem Blick und trinkt einen Schluck aus dem Schlauch, den ich ihm an die Lippen halte. Für einen Augenblick beneide ich ihn darum, die Ereignisse wenigstens kurz vergessen zu haben. Doch dann sackt er zusammen, als hätte ich ihn geschlagen.

»Dyk«, flüstert er, presst sich die Hand gegen die Stirn und verstummt.

Ich drücke Myk die Schulter, dann erhebe ich mich und nehme diesen Mann namens Olaf noch einmal genauer in Augenschein. Er ist wirklich groß, er überragt sogar mich um mehr als eine Handbreit. Auch seine Hände sind groß, und seine Finger langgliedrig. Wie immer zähle ich sie. Er hat an jeder Hand fünf. Er sieht außerdem gut aus, überraschend gut sogar, mit einem Gesicht voller klarer Linien, von seiner schmalen Nase bis zu den schräg geschwungenen Augenbrauen, die ihm etwas Katzenhaftes geben. Katzenhaft verschlagen ist auch die Art, wie er seinen Kopf hält und jede unserer Bewegungen beobachtet. Die Bürger von Athos schätzen attraktive Menschen. Doch seit ich Marius kenne, glaube ich, dass ein schönes Gesicht die perfekte Tarnung für ein finsteres Herz sein kann. Ich mag Olaf nicht. Er ist viel zu unbekümmert für die Situation, selbst wenn er nichts von den Bestien weiß. Es herrscht Krieg in dieser Region, und er hat gerade einen Unschuldigen niedergeschlagen. Aber zumindest glaube ich nicht, dass ich Angst vor ihm haben muss.

Er scheint selbst völlig furchtlos zu sein. Er macht tatsächlich Anstalten, sich neben Myk zu setzen.

»Stehen bleiben«, zischt Marius. »Sag uns, warum wir dich nicht sofort wieder rauswerfen sollen.«

Olaf zieht die Katzenbrauen zusammen und mustert unsere

Waffen und Rucksäcke, dann unsere Gesichter. Seine Augen leuchten in einem dunklen Blau, hypnotisch und tief wie Lapislazuli. »Weil ihr mich offensichtlich braucht.«

Ich schnappe nach Luft. Marius und Toni starren ihn entgeistert an.

»Vor drei Stunden kam ich an einem Ort vorbei, an dem offensichtlich ein Feuer gewütet hatte«, fährt Olaf fort. »Ich fand ein paar schwelende Knochen, außerdem einige Schwerter, zwei Speere und einen Bogen. Ich versteckte die Waffen im Gebüsch. Ein Stück weiter begegnete ich einem Mann im schwarzen Umhang der Senger. Er fiel mich an wie ein wütender Jagdhund und gab erst Ruhe, als ich ihm den Kopf von den Schultern trennte. Er trug das hier bei sich.« Er zieht eine Kapsel aus der Tasche und wirft sie Marius hin.

Statt sie zu fangen, zieht Marius seine Hände zurück. Die Kapsel prallt scheppernd auf dem Boden auf und rollt auf meine Füße zu. Ich brauche sie nicht aufzuheben, um sie zu erkennen. Ich weiche zurück und lehne mich gegen die Wand, weil mir übel wird. Toni beginnt zu schluchzen, Myk ballt die Fäuste.

»Das war unser Hauptmann«, flüstert Marius.

»Das habe ich mir gedacht«, erwidert Olaf offensichtlich ungerührt. »Ihr seid Rekruten der Ersten Division? Wahrscheinlich wart ihr ein Neunertrupp? Dann sind noch mehr von euch da draußen, vermute ich.«

»Dyk«, flüstert Myk erneut, als bestehe sein Wortschatz nur noch aus dem Namen seines Bruders.

Olaf wirft ihm einen Blick zu, aber die Nachricht von Dyks Tod scheint ihn nicht zu überraschen. »Ich bin auf dem Weg nach Othon«, fährt er fort. »Der Kommandant hat meine Dienste angefordert. Wenn ihr auch dorthin wollt, sollten wir uns zusammentun. Ich kenne einen Weg abseits der Hauptstraße. Er ist etwas länger, doch höchstwahrscheinlich sicherer.«

Ich nehme all meine Kraft zusammen, um mich zu konzentrieren. Wir müssen entscheiden, ob wir diesem Olaf vertrauen können. »Du willst gar nicht wissen, was passiert ist?«, frage ich.

Olaf zuckt mit den Schultern. »Ich weiß es bereits. Vor zwei Wochen habe ich den ersten Befallenen gesehen. Allerdings noch jenseits der Grenze.«

Es dauert einen kurzen Moment, bis die Bedeutung seiner Worte zu mir durchdringt. »Jenseits der Grenze«, wiederhole ich ungläubig. »Wer bist du?«

Er zuckt wieder mit den Schultern, als wäre das eine Antwort. »Ich gehe diversen Arbeiten nach«, sagt er. »Als Bergführer und Pelzjäger.«

»Er meint Kopfgeldjäger«, sagt Myk tonlos. »Die Minenarbeiter sagen zu ihm Olaf, der Fährtenleser.«

Olaf nickt. »So nennen mich viele im Grenzgebiet.«

»Und wen jagst du?«, fragt Marius.

Olaf starrt ihn an. »Wen interessiert das?«

Marius senkt den Blick, was mich überrascht. Seit wann ist er so leicht einzuschüchtern? Ich hole tief Luft. Kommt es mir nur so vor, oder ist es hier drin stickig? Es fällt mir schwer, mich zu konzentrieren.

»Ich kenne dich nicht«, sage ich zu Olaf. »Ich glaube nicht an Wunder und an hübsch anzusehende Fremde, die einfach so auftauchen und ihre Hilfe anbieten.«

»Hübsch anzusehend«, wiederholt er und grinst.

Ich übergehe seinen Einwurf. »Ich bin dagegen, ihm ins Gebirge zu folgen«, sage ich zu den anderen. »Er könnte uns sonst wohin führen, uns die Kehlen durchschneiden und unser Chrysos plündern. Die Straße ist unser Weg. Sie wird uns direkt nach Othon bringen.«

Schweigen verdickt die Luft noch mehr. Myk runzelt die Stirn, Toni reißt die Augen auf. Und Olaf fängt unsere Blicke ein mit seinen leuchtenden Augen, die mich faszinieren und abschrecken zugleich. Ich blinzle und wende mich ab. Die anderen starren ihn weiterhin an wie Kaninchen eine Schlange.

»Ich sage, wir gehen mit ihm«, sagt Marius plötzlich. »Myk kennt ihn.«

Myk nickt.

»Wie gut kennst du ihn denn?«, bohre ich nach. »Wir sollten …«

»Willst du erneut bestimmen, was wir tun sollen?«, fährt mir Marius über den Mund. »Du hast doch gar kein Chrysos mehr, das er dir wegnehmen kann. Du hast heute schon alles auf den Kopf gehauen.«

Um dich zu retten, du undankbarer Kerl. Es liegt mir auf der Zunge, ihm das zu sagen, doch ich beherrsche mich.

»Thea, ich kenne Olaf, und ich glaub' ihm«, sagt Myk.

»Dann glaube ich ihm auch«, sagt Toni. »Er kann uns schützen. Er hat Hauptmann Louk töten können.«

Bitterkeit steigt in mir hoch wie Galle. Eben *weil* Olaf den Hauptmann tötete, will ich nichts mit ihm zu tun haben. Ich weiß, dass er keine andere Wahl hatte, als es zu tun. Doch ich sehe keinen Funken Reue in seinen Augen, und das widert mich an. Mir bleibt jedoch nichts anderes übrig, als die Zähne zusammenzubeißen. Der *Gemeinwille dient dem Besten aller.* Ich werde mich nicht gegen die anderen stellen.

Ich nicke widerwillig, und Olaf grinst mir daraufhin selbstgefällig zu. Am liebsten würde ich ihm diesen Ausdruck aus dem Gesicht schlagen. Als wir unsere Rucksäcke aufschnallen, die Tür aufstoßen und ins Dunkel hinaustreten, bleibe ich dicht hinter ihm. Ich werde stets ein Auge offen und eine Hand an Hauptmann Louks Axt haben, denn ich traue weder Olaf noch der Nacht.

Kapitel 10

Wir marschieren schweigend durch die Dunkelheit. Olaf führt uns fort von der Straße und tief in den Wald hinein. Ich lasse zwei Feuerkugeln vor und über uns schweben, damit wir wenigstens ein paar Schritte weit sehen. Die Münze glüht angenehm warm unter meiner Achsel. Hoffentlich verbrauche ich nicht all ihre Kraft! Falls sich Marius oder Toni, die mich als einzige von früher kennen, über die Stärke meines Triebs wundern, so sagen sie nichts.

Erst als der Morgen graut, rasten wir unter einem überhängenden Felsen. Obwohl ich mir vorgenommen habe, auf der Hut zu sein, ist meine Erschöpfung stärker als ich. Die Sonne steht bereits im Zenit, als Myk mich an der Schulter rüttelt und aus einem so tiefen Schlaf reißt, dass ich zuerst gar nicht weiß, wo ich bin.

Ich blinzle gegen die Helligkeit des klaren Himmels. Gebirgszacken ziehen sich über den Horizont wie der Rücken eines riesigen Reptils. Wenn ich die Hand ausstrecke, meine ich fast, die schneebestäubten Spitzen berühren zu können. Doch mir graut vor ihrer Schroffheit, so wie mir vor meinen Erinnerungen graut und vor dem Schrecken, den ich in den Gesichtern der anderen mit grober Hand eingemeißelt sehe.

Wir brechen auf, und mir bereitet es Mühe, einen Fuß vor den anderen zu setzen. Den anderen geht es nicht anders. Marius ist bleich und grüblerisch. Toni ist so fahrig, dass er Gefahr läuft, den nächsten Abhang hinunterzustolpern. Myk hat sich in ein düsteres Schweigen zurückgezogen, aus dem er nur manchmal auftaucht, um über den Weg zu fluchen. Einzig Olaf wirkt unbekümmert. Er treibt uns einen Pfad entlang, der uns durch Nadeldickicht und dunkle Schluchten führt, an eisigen Wasserfällen und Abgründen vorbei, an deren Kante er so leichtfüßig entlangeilt, als könne er niemals abstürzen. Die Gegenstände an seinem Rucksack scheppern so laut, dass ich ständig zusammenzucke. Seine Schritte sind jedoch lautlos, und sein fröhliches Pfeifen steht im Widerspruch zu seinem wachsamen Blick.

Wir treffen auf keine weiteren Kreaturen, trotzdem teilen wir nachts eine Wache ein. Toni schreit allerdings im Schlaf so laut, dass er uns alle wach hält.

Am nächsten Morgen sind die Berge wieder hinter einer Wolkenschicht verschwunden. Wir rasten mittags vor dem Eingang einer alten Mine. Der Stollen ist mit Balken vernagelt, die von Wind und Regen morsch sind. Myk erwacht für kurze Zeit aus seinem Trübsinn und reißt eines der Hölzer aus der Verankerung. Dahinter ist es dunkel. Modriger Gestank steigt aus der Öffnung. Ich schaudere. Niemand wird mich je überreden können, ins Innere eines Bergs zu steigen.

Myk fährt mit dem Finger die Zahlen entlang, die an einem der Balken eingeritzt sind. »Die Mine ist alt. Hier steht 464. Sie haben sie also vor fünfunddreißig Jahren geschlossen. Und das«, er deutet auf einen Kreis, von dem aus ein Pfeil und mehrere geschwungenen Linien nach rechts oben zeigen, »ist ein uraltes Symbol. Eigentlich ist es sogar verboten, weil es von den Barbaren stammt.« Er runzelt die Stirn. »Es bedeutet, hier haben sie nach Chrysos gegraben.«

»Ein verbotenes Symbol für Chrysos?«, frage ich neugierig und betrachte das Zeichen genauer. Ich habe es noch nie vorher gesehen. »Was bedeutet es?«

Myk zuckt mit den Schultern und fällt in sein Schweigen zurück.

»Es stellt die Sonne dar«, sagt Olaf hinter mir. »Das vollendete Feuer, das niemals vergeht. Chrysos ist das Reinste aller Metalle und so wertvoll wie das Licht selbst.«

»Wertvoller als Menschenleben?«, frage ich.

»Sicherlich«, sagt Olaf und lacht. »Was denkst du, warum das Symbol an dieser Mine angebracht ist? Dieser Landstrich gehörte einst zu den Nørlanden. Vor fünfzig Jahren hat die Republik ihn sich einverleibt und diese Mine geplündert. Jetzt sind die Chrysoskisten der Schatzmeister wieder fast leer. Was für ein Zufall, dass wir gerade jetzt den nächsten Krieg führen.«

Ich will empört widersprechen, doch Marius kommt mir zuvor.

»So zu reden ist Verrat«, zischt er.

Olaf klopft ihm begütigend auf die Schulter, als hätte er nur einen Witz gemacht, und ich kann sehen, wie Marius' Zorn in der kalten Herbstluft verraucht. Was finden die Kerle nur an Olaf, dass sie hinter ihm hertapsen wie junge Hunde?

»Wir müssen weiter«, sagt er und geht voran, gefolgt von meinen drei Kameraden.

Ich werfe einen letzten Blick in das Schwarz des Stollens, das unergründlich tief zu sein scheint, dann wende ich mich ab. Auf einem überwachsenen Weg, auf dem nur noch hier und da Steinplatten der ehemaligen Pflasterung aus dem Boden ragen, schreiten wir stetig nach Norden, verbringen eine weitere Nacht im Schutze einer wuchtigen Tanne, und dann, am dritten Tag, erblicken wir in der Ferne endlich Othon, die Felsenfestung.

Olaf macht uns auf sie aufmerksam, sonst hätte ich sie übersehen, so unauffällig fügt sie sich in die Gebirgswand ein. Grau und zerklüftet wirken ihre hohen Mauern, die vor Jahrhunderten mühsam aus dem Fels herausgehauen wurden. Ian hat mir erzählt, dass die Festung einen der wichtigsten Pässe verschließt, eine Klamm, die von Athosia ins Barbarenland führt. Wer hier hindurch möchte, muss sich erst den Soldaten der Achten Division stellen.

Unser verfallener Weg mündet am Nachmittag in die Passstraße, und wenige Minuten später schon entdeckt uns eine

Patrouille. Sie nimmt uns in die Mitte ihrer Formation und eskortiert uns zur Festung. Die Soldaten wirken angespannt, und ihre Blicke gelten weniger uns als den Schatten unter den Bäumen und Felsen, dem Knistern von Ästen im Wind und den Krähen, die keckernd über den Wipfeln aufsteigen. Ihr Führer teilt uns wortkarg mit, dass sie bereits seit gestern von ersten Seuchenopfern diesseits der Grenze wissen. Zwei Patrouillen seien verschollen.

»Wir durchkämmen die Wälder und riegeln alle Gebirgsdurchgänge zu den Dörfern im Süden ab«, sagt er. »Ihr hattet einfach Pech, unserem engen Netz entwischt zu sein.«

Wir erklimmen die steile Straße zum Festungstor hinauf. Rasselnd wird eine Eisenkette emporgezogen, dann öffnet sich das Gitter. Als wir die trutzige Festung von Othon betreten, hole ich tief Luft und merke erst jetzt, wie flach ich in den letzten Stunden geatmet habe.

Die Festung hat Ähnlichkeit mit einem Bienenstock. Zahlreiche Gebäude säumen die inneren Mauern, darüber durchlöchern schmale Fenster den Fels. Massive Metalltore verschließen die Durchgänge zu weiteren Höfen, in denen sich Wachtürme erheben, sodass ich zumindest erahnen kann, wie groß die Festung ist, die immerhin einen Großteil der Achten Division beherbergen muss.

Und überall sind Menschen. Das Tor wird von einem Dutzend Männer und Frauen bewacht. Auf den Zinnen und Türmen gehen Wachen auf und ab. Soldaten satteln Pferde, eilen mit Kisten voller Ausrüstung über den Hof und stehen in Gruppen zusammen und lauschen den Instruktionen von Hauptmännern. Ein Stück weiter exerziert eine ganze Phalanx, Kommandos tönen zu uns herüber. Niemand lungert herum, alle Tätigkeiten folgen einer strengen Ordnung. Die Uniformen wirken gepflegt, Helme und Schwerter glänzen, die Männer sind rasiert. Von Panik ist hier nichts zu spüren.

Mit knappen Worten informiert der Patrouillenführer den

Hauptmann der Torwache über uns. Erst dann spricht dieser uns an.

»Stillgestanden, Rekruten der Ersten Division.« Er mustert uns mit einer Mischung aus Mitleid und Missfallen. »Darf ich um eure Ziffern bitten?«

Wir müssen furchtbar aussehen, verdreckt und verängstigt, mit hohlwangigen Gesichtern. Doch wir stellen uns in einer kümmerlichen Reihe auf und salutieren, dann nennen wir nacheinander die Zahlen, die in unsere Kapseln eingraviert sind. Toni wird kreidebleich, als er seine Ziffern nennt, dann fällt er einfach um. Ich rechne es den Wachmännern hoch an, dass keiner auch nur den Mund verzieht.

»Bringt ihn ins Lazarett!«, kommandiert der Hauptmann zwei Männer ab. »Der Rest von euch kommt mit mir.«

Jetzt erst fällt mir auf, dass Olaf nicht mehr bei uns ist. Ich sehe mich um, kann ihn aber nirgends entdecken. Jemand anderen sehe ich jedoch über die Weite des Hofs auf mich zueilen, mit bauschendem Pelzumhang wie das Federkleid einer kleinen weißen Taube.

»Thea!«, ruft Eleni. »Thea!« Schon steht sie vor mir. Sie packt mich am Handgelenk und verengt für einen Augenblick die Augen, mustert mich wie ein fremdes Insekt. Dann reißt sie die Augen wieder auf und lächelt.

»Wo warst du nur so lange?« Sie wartet allerdings weder meine Begrüßung noch meine Antwort ab. »Sie kommt mit mir«, teilt sie dem Hauptmann mit, der sie nur anstarrt und sich an der Stirn kratzt. »Mein Vater wartet bereits auf sie.«

Offensichtlich ist Eleni ihm bekannt, denn er widerspricht nicht. Sie zieht mich hinter sich her. Ich brauche ein paar Schritte, ehe ich mich gegen ihren Griff stemme.

»Das geht nicht«, protestiere ich und blicke zu Myk und Marius zurück, die hinter dem Hauptmann her über den Hof trotten. »Ich kann nicht einfach verschwinden. Wir müssen uns beim für uns zuständigen Brennermeister melden und

Bericht erstatten. Wir haben wichtige Informationen zur Seuche.«

»Du verschwindest nicht«, stellt Eleni fest. »Du wirst nur drei Glieder der Befehlskette überspringen, um dir unnötige Wiederholungen deines Berichts zu ersparen.«

Sie führt mich zielstrebig durch schmale Felsengänge und mehrere Treppen hinauf, bis ich völlig die Orientierung verloren habe. Soldaten und Bedienstete, die uns entgegenkommen, weichen uns ehrerbietig aus.

Doch statt des Kommandanten erwartet mich erst einmal die Waschschüssel in Elenis Kammer.

»Den nehme ich, bevor du alles verschmutzt.« Eleni nimmt mir den Rucksack von den Schultern und heißt mich, meine verschlammten Stiefel vor der Tür auszuziehen. Dann schiebt sie mich in das Zimmer und hilft mir, mich zu entkleiden und mir den Dreck und den Schweiß der letzten Tage vom Körper zu waschen. Mit dem Schmutz fällt jede Kraft von mir ab. Ich gehe in die Hocke, denn meine Beine können mich nicht mehr tragen. Mein Körper zittert wie eine losgelassene Bogensehne, und meine Waden verkrampfen sich.

Eleni kniet sich neben mich. Sie sagt nicht: *Alles wird gut.* Sie legt nur eine Hand auf meine Schulter und wartet, bis es mir besser geht. Ungeschickt kleide ich mich danach wieder in meine alte Hose und meine zerknitterte Ersatztunika, während sie meinen Umhang ausbürstet.

»Du hast sie gesehen, nicht wahr?«, sagt sie plötzlich so sachlich, als rede sie über das Wetter. »Die Befallenen.«

»Ja.« Ich starre sie an. »Sie haben uns angegriffen.«

Sie nickt. »Ich war sehr froh, als ich deinen Puls feststellte«, sagt sie. Ich erinnere mich an ihren prüfenden Blick unten am Hof, ihren festen Griff an meinem Handgelenk. Dachte sie, ich wäre erkrankt? Erneut beginne ich zu zittern. Doch ehe ich nachhaken kann, steht sie auf.

»Hier, dein Umhang«, sagt sie. »Vater wartet schon auf uns.«

»Eleni«, sage ich zögernd. Wenn wir schon über meine Gesundheit sprechen, sollte ich das wohl besser erwähnen: »Ich habe dein Geschenk verloren, das Plasté. Mit den Pastillen.«

»Du hast sie nicht mehr eingenommen?« Besorgt reißt sie die Augen auf. »Seit wann?«

»Seit ein paar Tagen«, sage ich vage. Ich weiß es tatsächlich nicht mehr genau. Irgendwann kurz nach der Ankunft im Norden ist das Jucken verstummt. »Ich brauche sie nicht mehr.«

»Oh doch«, sagt Eleni entschieden und fasst nach meiner Hand. »Ich werde dir so schnell wie möglich neue anfertigen, spätestens übermorgen sind sie fertig. Die Heiler in Othon verfügen über ein mustergültiges Laboratorium.«

Erneut folge ich ihr durch die engen Gänge der Festung, die sie durcheilt, als wäre sie hier aufgewachsen. Bald stehen wir wieder im Eingangshof. Abendlicht verwäscht die wenigen Farben der Festung in dunstiges Grau, und ein scharfer Wind lässt die Fahnen über der Mauer knattern. Eleni bringt mich zu einem einstöckigen Flachbau direkt gegenüber vom Eingangstor. Es ist das einzige Gebäude, das große, verglaste Fenster aufweist. Neben der Tür prangt ein geschnitztes Schild mit dem Zeichen der Kommandantur.

Vor drei Wachsoldaten bleibt Eleni stehen. »Benachrichtigt den Hauptmann der Sechzehnten Phalanx der Achten Division«, sagt sie. »Er soll sich beim Kommandanten melden.«

Die Männer salutieren. Ehe ich Eleni nach dem Grund ihrer Anweisung fragen kann, eilt sie schon ins Gebäude hinein. Wir kommen durch einen Gang, dessen offene Türen Blicke auf Schreibstuben freigeben.

»Hier ist die Verwaltung der Division tätig«, sagt Eleni. »Vater selbst zieht es meistens vor, in einem der Wachtürme zu arbeiten, doch hier empfängt er Gäste. Heute Abend speist er mit dem Kommandanten der Ersten Division.«

»Jetzt?« Ich bleibe stehen.

»Aber nicht doch.« Sie schüttelt den Kopf. »Dafür ist es

noch zu früh. Ich kenne Vaters Terminkalender bereits besser als er«, fügt sie mit einem gewissen Stolz hinzu.

Sie stößt eine breite Holztür auf. Ich sehe ein geräumiges Zimmer mit großen Fenstern. An einem großen Mahagonitisch sitzen drei Männer: Marius, der immer noch staubig und dreckig ist, Meister Zenon und ein kleinerer grauhaariger Mann mit buschigen Augenbrauen, in dem ich Elenis Vater erkenne. Der Kommandant trägt einfache hellbraune Soldatenkleidung, nur ein Abzeichen an der Brust weist ihn als Befehlshaber der Festung aus.

»Eleni.« Seine Stimme klingt nicht so, als ob er über unser Eindringen irritiert ist. Im Gegenteil, er betrachtet seine Tochter mit einem solch liebevollen Lächeln, dass ich einen Kloß im Hals spüre. Nur, weil ich ihr weit über die Schulter rage, bemerkt er mich. »Du bist sicherlich Meisterin Theferia.«

Ich salutiere verlegen. »Ja, Kommandant Kostas. Sei gegrüßt, Kommandant Zenon.«

Meister Zenon mustert mich so ungerührt, dass ich nicht glaube, dass er sich an mich erinnert. Meine Kehle wird eng.

»Setz dich, Rekrutin«, sagt er. »Soeben erfuhren wir von Meister Marius, was sich auf eurem Weg ereignet hat. Wir erwarten deinen Bericht.«

Beklommen lasse ich mich nieder. Ausgerechnet Marius ist mir zuvorgekommen. Jäh bereue ich es, Eleni gefolgt zu sein statt dem Hauptmann. Doch wer weiß, wenn meine Freundin mich nicht hierhergebracht hätte, würden mich die Kommandanten vielleicht gar nicht anhören. Myk und Toni, die keine wichtigen Väter haben, sehe ich nirgends.

Eleni setzt sich an meine Seite und faltet ihre Hände auf dem Tisch, dann sieht sie mich erwartungsvoll an.

Mich durchzuckt der Wunsch, Kommandant Zenon zu beeindrucken. Ich will, dass er sich an mich erinnert, wenn er mich das nächste Mal sieht. *Die Tochter, die er nie hatte.* Im nächsten Moment schäme ich mich für dieses kindliche, unreife Gefühl. Mit einem tiefen Atemzug verdränge ich den Gedanken. Ich bemühe mich um einen sachlichen und prägnanten Tonfall und eine wertfreie Schilderung, aus der ich nur meine Münze herauslasse. Marius hat sich zurückgelehnt und die Arme verschränkt, Meister Zenon lauscht mit halb geschlossenen Augen, und in Kommandant Kostas' Gesicht sehe ich Besorgnis, die sich mit jedem meiner Worte noch vertieft.

»Es war ein Unglück, dass wir nicht mehr über die Seuche wussten«, schließe ich meinen Bericht. »Auch wenn noch nicht bekannt war, dass die Seuche bereits die Grenze überquert hat, hätte man uns auf sie vorbereiten können. Dann hätte vielleicht nicht unser halber Trupp sterben müssen.« Deutlicher will ich meinen Vorwurf nicht formulieren.

»Danke, Meisterin Theferia«, sagt Kommandant Kostas. Auf meine letzten Worte geht er nicht ein. »Dein Bericht bestätigt Meister Marius' Schilderung. Wir brauchen noch deine genaue Beschreibung der Befallenen, um sie zu identifizieren«, fügt er hinzu. »Ein Schreiber wird deine Worte notieren und eine Skizze anfertigen. Doch das reicht auch morgen.«

Meister Zenon nickt und erhebt sich. Sofort stehen auch Marius und ich auf. Die große, dünne Gestalt unseres Kommandanten ragt im Dämmerlicht vor uns auf wie ein scharfkantiger Schatten.

»Ich befreie euch für morgen vom Dienst, Rekruten«, sagt er. »Am Tag darauf werdet ihr einem neuen Hauptmann zugewiesen.«

Ich schließe für einen Augenblick die Augen. Kein Wort der Ermutigung an uns, kein Wort der Trauer über Meister Louks Verlust. Mit einer einfachen Anweisung ist dessen Rolle in unserem Leben ausgelöscht.

Ohne sich umzudrehen, verlässt Meister Zenon den Raum. Auch Marius macht sich zum Aufbruch bereit.

»Bleibt noch hier, wenn ihr wollt, Brenner«, sagt Kommandant Kostas. »Ich lasse euch Essen bringen, dann könnt ihr euch stärken, bevor ihr euch der Neugier der ganzen Division stellt.« Er nickt Eleni zu. »Außerdem wird meine Tochter sicherlich noch einige Fragen an euch haben.«

»Das ist sehr freundlich, Kommandant Kostas«, erwidert Marius mit saurer Miene. »Doch ich hatte noch keine Gelegenheit, mich umzukleiden. Ich bitte um die Erlaubnis, Elenis Fragen später zu beantworten.«

»Natürlich«, sagt der Kommandant und erhebt sich ebenfalls. »Du bist entlassen, Meister Marius. Wenn es dir recht ist, werde ich in der nächsten Nachricht an deinen Vater vermerken lassen, dass du wohlbehalten angekommen bist. Er wird sicherlich erleichtert sein.« Sein Lächeln ist so warm und verständnisvoll, dass ich ihn in mein Herz schließe – gleichzeitig fürchte ich, dass er uns noch für Kinder hält.

»Danke, aber das bezweifle ich«, murmelt Marius so leise, dass nur ich ihn verstehe.

Es klopft an der Tür. Ein Mann öffnet mit solchem Nachdruck die Tür, dass Marius zurückweichen muss, und stürmt in den Raum. Ich sehe breite Schultern in einer hellbraunen Uniform, hellbraunes Haar, das wie frisch gebürstet glänzt, und eine diensteifrige Miene, die sich sofort dem Kommandanten zuwendet. Es dauert einen ganzen Herzschlag, bis ich Ian erkenne. Und auch er sieht mich nicht gleich. Erst als sein Blick über die übrigen Anwesenden wandert, bleibt er an mir hängen. Seine Augen weiten sich.

»Was gibt es, Hauptmann?«, fragt der Kommandant.

Ian fehlen offensichtlich die Worte. Mir auch.

»Ich habe ihn rufen lassen«, sagt Eleni.

Im nächsten Augenblick geht auf Ians Gesicht ein Lächeln auf wie die Sommersonne, die ich in den letzten Tagen so schmerzlich vermisste.

»Gestatte, Kommandant, dass ich meine Verlobte begrüße?«

»Deine Verlobte?« Ich höre das Erstaunen in Kostas' Stimme, doch ich schaue ihn nicht an. Ich blicke auch nicht zu Marius, der hörbar nach Luft schnappt. Ich sehe nur Ian, und er sieht mich. Am liebsten würde ich auf ihn zustürmen, doch er steht still, wartet als stolzer Soldat auf die Worte seines Kommandanten.

»Erlaubnis erteilt«, ruft der Kommandant.

Im nächsten Moment ist Ian bei mir und ergreift meine Hand. Er ist fast genauso groß wie ich. Funken sprühen in seinen Augen, und über seine Miene stürmen die unterschiedlichsten Gefühle. Ich sehe Freude darin, Verblüffung, Fassungslosigkeit.

»Thea«, murmelt er. »Thea. Du trägst ja den Brennerumhang! Was tust du hier?«

»Meinen Glückwunsch zur Beförderung, Hauptmann«, wispere ich. »Jetzt muss ich wohl vor dir salutieren. Ich bin Rekrutin.« Er reißt die Augen auf, und ich lache. Normalerweise ist es genau umgekehrt, und er überfällt mich mit seinen Aktionen. »Überraschung!«

»Du …«, flüstert er. Seine Finger rutschen aus meiner Hand. Eindeutig überwiegt nun Fassungslosigkeit. Und sogar Wut? Seine plötzlich steife Körperhaltung lässt sich kaum anders interpretieren. Hätte ich ihm doch besser von meinen Plänen schreiben sollen? Doch Ian neigt selbst nicht zum Briefeschreiben, und ich wollte sein verblüfftes Gesicht sehen, seine ungeschminkte Freude.

»Wir sollten das Wiedertreffen des jungen Paares vielleicht nicht länger stören«, lässt sich der Kommandant hinter uns vernehmen. »Eleni, begleitest du mich hinaus?«

Eleni reagiert nicht sofort, sodass ich zu ihr hinüberschaue. Ihre Augen hängen wie gebannt an Ian und mir. Sie hat uns noch nie zusammen gesehen, fällt mir ein. Für sie existierte meine Beziehung bisher nur in meinen Erzählungen. Marius sehe ich nicht mehr, er ist offensichtlich schon gegangen.

»Kommandant.« Ian salutiert. »Ich möchte dir danken für die Möglichkeit, meine Verlobte zu begrüßen. Doch meine

Männer haben Wachdienst und warten auf mich.« Er schaut mich bei seinen Worten nicht an. »Wenn du gestattest, begleite ich dich hinaus und werde Thea in einer Stunde im Kasino zu einem gemeinsamen Imbiss treffen.«

Der Kommandant zwinkert. »Na, so viel Diensteifer lob ich mir. Gehen wir, Hauptmann.«

Ich kann beinahe spüren, wie mir die Kinnlade auf die Brust fällt. Er geht? Obwohl er bei mir bleiben dürfte? Gerade noch rechtzeitig denke ich daran, die Hand zum Salut an die Stirn und dann nach oben zu strecken, als die beiden Männer den Raum verlassen. Es kostet mich all meine Beherrschung, ihnen nicht hinterherzurennen und Ian zur Rede zu stellen.

»Warum ist er so unfreundlich?« Eleni schaut ihm mit einem Stirnrunzeln hinterher.

»Weil er …« Ich schnaube. »Weil ich …« Mir fehlen die Worte, um die Empörung und die Enttäuschung zu beschreiben, die in mir toben.

»Nur weil du ihm nicht gesagt hast, dass du kommst?« Eleni schüttelt den Kopf. »Es ist unklug, dich wütend zu machen, das sollte er wissen.«

Trotz meiner verletzten Gefühle muss ich lachen. Sie kennt ihn nicht. Es sieht Ian nämlich sehr ähnlich, mich wütend zu machen und dann stehen zu lassen, während er sich keiner Schuld bewusst ist. Dieses Mal ist es jedoch anders – ich habe ihn wütend gemacht. Das ist bisher noch nie vorgekommen.

Es wäre schön, wenn Eleni jetzt sagen würde: *Er wird sich schon beruhigen, du wirst sehen. Kerle mögen einfach keine Überraschungen.* Doch das tut sie nicht.

»Ich treffe ihn in einer Stunde«, sage ich. »Dann wird er mir Rede und Antwort stehen.«

»Das ist gut.« Sie nickt. »Und wir haben Zeit, um in den Keller zu gehen. Ich möchte dir etwas zeigen.« Sie lächelt. »Vater hat mir ein Studienobjekt organisiert.«

Ich bin immer noch so durcheinander, dass ich nicht weiterbohre, sondern ein weiteres Mal hinter ihr hergehe, über den halb dunklen Hof, auf dem soeben Fackeln entzündet werden, durch die innere Wehrmauer und in ein düsteres Treppenhaus. Es geht hinab, so tief, dass es mir mulmig wird, dann folgen wir einem leeren Korridor mit grauen Felswänden. Unsere Stiefelabsätze klackern auf dem Steinboden.

Während wir unterwegs sind, grübele ich über das Wiedersehen zwischen Ian und mir nach. Obwohl er bei seinen Winterurlauben eher wenig erzählte, hat es mir immer imponiert, wie wichtig Ian seinen Soldatenberuf nimmt. Ich finde es sogar gut, dass er als Hauptmann seine Männer nicht alleine lassen will, noch dazu, wenn ihn nur Privatangelegenheiten von seiner Pflicht abhalten. Er kann nicht wissen, was ich in den letzten Tagen durchgemacht habe. Aber er hätte es mir ansehen können. Und er hätte gehen können, ohne mir das Gefühl zu geben, ich sei ihm nicht wichtig. Ja, genau! Ich balle die Fäuste, denn Wut ertrage ich leichter als Schmerz.

»Verrätst du mir endlich, wo du mich hinbringst?«, raunze ich.

Eleni runzelt die Stirn, beschließt jedoch offensichtlich, meine miese Laune zu ignorieren. »Ins Laboratorium der Heiler«, sagt sie. »Wir arbeiten dort schon seit unserer Ankunft vor zwei Tagen.«

»Woran?«, will ich wissen.

»An einem Heilmittel natürlich.«

Sie stößt eine Tür auf. Wir blicken in einen riesigen Raum, eher eine Halle, mit geschwungener Decke, die von großen Petroleumlampen beleuchtet wird. Heiler in weißen Mänteln eilen um Tische herum, auf denen seltsame Apparate aus Glaskolben und Holz errichtet sind. Andere lesen in Schriftrollen oder rühren in Wasserbecken, die mit trüber, dampfender Flüssigkeit gefüllt sind. In einem Ofen brennt ein Feuer, das von einem Brenner in Gang gehalten wird. Die Luft ist dunstig und riecht nach Kräutern, nach Kohle und Schwefel, und irgendeine Chemikalie beißt mir in die Augen, sodass ich sie zusammenkneifen muss. Fast hätte ich die Reihe von riesigen Käfigen am Ende der Halle übersehen, doch Eleni packt mich am Arm und zieht mich genau dorthin.

»Komm«, ruft sie ungeduldig.

Nur ein Käfig ist belegt. Ich sehe armdicke Metallstreben, die sich bis zur Decke der Halle erstrecken, und eine Luke mit einer schweren Kette davor. Ich sehe jemanden, der mit dem Rücken zu uns auf dem Boden kauert, einen wirren Blondschopf zwischen die Knie geklemmt.

»Eleni, das musst du dir ansehen!«, ruft jemand neben uns, ein dürrer Mann mit Augengläsern, der einen Glaskolben in die Höhe hält. Eleni bleibt stehen und sagt etwas, doch ich höre ihre Worte nicht mehr.

Die Stimmen haben den Gefangenen aufgeschreckt. Er fährt in die Höhe und wirbelt mit einem Knurren zu uns herum. Nein, nicht er. Sie!

Es ist Zoe.

Kapitel 11

»Zoe.«

Ich flüstere ihren Namen.

Sofort richten sich ihre milchigen Pupillen auf mich. Sie bleckt die Zähne und springt mit voller Wucht gegen die Gitterstäbe. Ich taumele zurück, und sie streckt die Arme durch das Gitter und grapscht nach mir.

In mir zieht sich alles zusammen, als quetsche eine eisige Faust das Leben aus mir heraus. Vergebens schnappe ich nach Luft, vergebens versuche ich, gegen das Entsetzen anzukommen. Vage nehme ich wahr, dass Eleni neben mich tritt. Ich greife blindlings nach ihr, um mich festzuhalten, und erwische ihren Arm.

»Ich kenne sie«, flüstere ich. »Das ist Zoe.«

Eleni schaut mich aus ihren kühlen, klugen Augen an, dann legt sie ihre Hand auf meine, dort, wo ich noch immer ihren Arm umklammere. »Thea«, sagt sie leise. »Du *kanntest* sie. Diese Zoe ist tot.«

Ich schüttle den Kopf. »Nein«, stoße ich hervor. »Nein.«

Ich kann den Blick nicht von Zoes Händen abwenden, ihren zarten Künstlerfingern, die sich in die Luft krallen wie Vogelklauen. Jäh zieht sie die Arme zurück und versucht, ihren Kopf zwischen die Gitterstäbe zu zwängen. Klackernd stoßen ihre Zähne aufeinander. Ihr Zahnfleisch ist schwarz. Das ist zu viel für mich. Ich muss mich wegdrehen, stütze die Hände auf die Oberschenkel und atme schwer.

»Du weißt, dass ich recht habe«, sagt Eleni hinter mir und drückt meine Schulter.

»Wenn das nicht Zoe ist«, stoße ich hervor, »wer ist es dann?«

»Nichts als ein befallener Körper.«

Mir ist schlecht. Doch ich muss sie noch einmal anschauen. Ich drehe mich zurück, hebe den Blick und sehe der Kreatur ins Gesicht. Die weichen Wangen, die kleine Nase, das ist eindeutig Zoe. Die Schläfe ist aufgeschürft, wie von einem Sturz. Ob ihr das wehtut?

»Zoe.« Ich schüttle Elenis Hand ab und trete einen Schritt auf sie zu. Ihre Lippen sind blutleer und ihre Haut totenbleich, und die Locken kleben verfilzt und dreckig an ihrem Kopf. »Weißt du, wer ich bin?«, beschwöre ich sie. »Erinnerst du dich, was passiert ist?«

Zähneklappern. Ihr Kiefer zuckt ruckartig auf mich zu. Sie schnappt nach mir. Es scheint sie nicht zu stören, dass sie sich dabei den Kopf am Gitter anstößt. Doch am Schlimmsten ist das Starren ihrer leblosen weißen Augen – und das völlige Fehlen von Gefühlen in ihrer Miene.

»Thea, sie erkennt dich nicht«, sagt Eleni so geduldig, als wäre ich ein Kind. »Das, was von ihrem Gehirn übrig ist, wird nur noch von einem Impuls gesteuert: die Krankheit weiterzugeben.«

»Indem sie mir den Atem aussaugt.« Ich beiße mir auf die Lippen, um nicht laut zu schluchzen. Ich denke daran, wie Zoe war, sanft und traurig und heillos tollpatschig. Mein Blick ist von Tränen verschwommen, als ich mich erneut von der Kreatur abwende, mit der sie nicht mehr das Geringste gemeinsam hat.

»Wir wissen noch nicht, ob sie ihre Opfer ersticken«, erklärt Eleni. »Sie könnten auch giftiges Gas aussondern, das tödlich wirkt.«

»Für Ersticken dauerte es nicht lange genug«, murmele ich. Dann fahre ich zu Eleni herum. Es ist so viel einfacher, wütend zu werden, als die Trauer zu ertragen. »Hättest du mich nicht vorwarnen können, wer dein *Studienobjekt* ist?« Ich spucke ihr das Wort vor die Füße.

Sie senkt den Blick. »Wir konnten sie bisher nicht identifizieren. Um ihr die Kapsel vom Arm zu nehmen, hätten wir sie töten müssen.«

»Ich dachte, sie wäre schon tot«, sage ich erstickt.

»Natürlich.« Eleni nickt, wie immer taub für Zwischentöne. »Wir müssen die Sprache an die neuen Gegebenheiten anpassen. Eliminieren wäre wohl das richtige Wort.«

Ich zucke zusammen, und offensichtlich merkt Eleni endlich, wie mir diese Situation zusetzt. Sie bleibt einen Moment unschlüssig vor mir stehen, dann nimmt sie ein Brett von einem Ständer, auf dem ein Pergament befestigt ist. Mit einem Schieferstift notiert sie etwas darauf. »Es tut mir leid um Zoe«, sagt sie schließlich, schaut mich allerdings nicht an dabei. »War sie deine Freundin?«

Ich hebe die Schultern. Wenn ja, dann war ich eine schlechte Freundin. Ich habe Zoe kein einziges Mal nach ihrer Vergangenheit gefragt. Ich habe gewusst, dass sie nicht als Soldatin geeignet war, doch ich habe sie nicht davon abgehalten. Ich habe sie nicht beschützt.

Ich atme tief durch. Solche Gedanken helfen weder Zoe noch mir. »Was schreibst du?«, frage ich Eleni und trete zu ihr, bemühe mich, keinen Blick zu der Kreatur zu werfen, die zähneklappernd jede unserer Bewegungen verfolgt.

»Ich mache mir Notizen zu den Vitalfunktionen der Befallenen – vor allem über ihr Fehlen«, sagt Eleni.

Wie kann sie nur so gelassen bleiben? Sie bemerkt meinen Blick nicht und spricht ungerührt weiter. »Wir halten sie seit gestern in diesem Käfig. Sie scheint keine Nahrung zu brauchen und keinen Schlaf. Soweit ich es erkennen kann, gibt es auch keine Atmung. Ein Bewusstsein ist ebenfalls nicht vorhanden. Als wir sie noch in Ketten hielten, ergab ein kurzer Test keinen Puls und keine Körpertemperatur.«

»Warum habt ihr die Ketten gelöst?«

»Um ihre Reaktion auf diverse Stimulationen zu beobachten.« Eleni legt den Stift weg und mustert mich aufmerksam, als ob sie auch meine Reaktion erfassen will. »Du musst nicht hierbleiben. Es fällt dir schwer, sie so zu sehen.«

»Natürlich fällt es mir schwer.« Ich flüstere, um nicht zu schreien. »Ich habe gesehen, wie sie angefallen wurde. Wie sie … starb.«

Elenis Augen blitzen auf. »Du musst mir alles davon berichten.«

»Das ist keine Geschichte, die man sich bei einem Becher Kräutertee erzählt!«, zische ich. »Hast du denn überhaupt keine menschlichen Gefühle?«

Eleni zuckt zusammen. Doch mein Mitleid wird aufgezehrt vom klappernden Stakkato der Zähne von Zoe, das sich wie ein Styxwurm in meinen Kopf bohrt.

»Ich bin durchaus menschlich«, sagt Eleni und sieht dabei stark und gleichzeitig unglaublich zerbrechlich aus. »Ich möchte deinen Bericht nicht zu meiner Unterhaltung hören, sondern weil er wertvolle Beobachtungen enthalten könnte, die mir weiterhelfen, die Ursache für diese Seuche zu erforschen.«

Ich nicke niedergeschlagen. »Das weiß ich doch«, gebe ich zu. »Es tut mir leid. Ich bin nur unglaublich wütend und traurig.«

Eleni seufzt. »Lass nicht zu, dass deine Gefühle dich bestimmen«, erklärt sie. »Bemühe dich, die Begebenheiten objektiv zu sehen, dann wirst du sie in einen größeren Zusammenhang einordnen und besser verstehen können.«

Meine Gefühle, so verstörend sie manchmal auch sein mögen, gehören zu mir wie meine hellblonden Haare und meine Körpergröße, deshalb teile ich Elenis Ansichten in diesem Punkt nicht. Doch ich will ihr nicht widersprechen. Ich trete weg von dem Käfig, widerstehe dem Impuls, mir die Hände auf die Ohren zu pressen. *Das ist nicht Zoe*, sage ich mir vor, ohne es zu glauben. *Nicht mehr.*

»Was habt ihr noch über die Kreaturen herausgefunden?«

»Wir nennen sie Befallene«, sagt sie. »Ihre motorischen Fähigkeiten scheinen die gleichen zu sein wie vor ihrem Tod. Allerdings müssen sie ihre Kräfte nicht sparen, ihre Ausdauer scheint beinahe unerschöpflich. Die milchige Verfärbung ihrer Pupillen bewirkt vermutlich, dass sie nicht mehr allzu gut sehen können. Vielleicht interessieren sie sich aber auch einfach nicht für unbewegte Bilder und Farben. Auf Bewegungen und Geräusche reagieren sie ohne Verzögerung. Sie scheinen keine Schmerzen zu empfinden. Ihr Blut ist dunkel und fließt so langsam wie bei einem Toten. Kälte macht ihnen offensichtlich nichts aus, auch wenn ihre Haut längere Zeit nach ihrem Tod angeblich schwarze Flecken ausbildet, wie bei Erfrierungen. Vor Feuer und direkter Sonneneinstrahlung scheuen sie allerdings zurück.«

»Habt ihr ihre Zungen gesehen?«, frage ich.

Eleni nickt. »Interessant, nicht wahr?« Mein finsterer Blick lässt sie schnell weitersprechen. »Die Zungen sind neben der Verfärbung der Pupillen und der Schwärzung der Schleimhäute die größte Veränderung, die mutmaßlich in der halben Stunde nach der Infektion auftritt, die die toten Körper laut Augenzeugen brauchen, um sich umzuwandeln. Die Zunge wächst um etwa ein Drittel in die Länge und bildet mehrere Dutzend Widerhaken aus.«

»Und sie leuchtet violett«, füge ich hinzu.

»Sie leuchtet?«, wiederholt Eleni mit einem Stirnrunzeln und notiert das auf ihrem Pergament. »Das haben wir noch nicht feststellen können. Wir vermuten jedenfalls, dass die modifizierte Zunge dem Befallenen dazu dient, sich in der Mundhöhle seines Opfers zu verhaken. So kann es sich nicht einfach von ihm losreißen.«

»Das kann ich bestätigen.« Ich balle die Fäuste. »Wie können wir sie aufhalten?«

»Offensichtlich werden ihre Bewegungen nach wie vor von

ihrem Gehirn gesteuert. Wenn es zu stark geschädigt oder vom Körper getrennt wird, ist das ihr endgültiges Ende.«

Ich nicke. Hinter uns klappern Zoes Zähne immer noch. Verdammt, wann hört sie damit endlich auf?

»Und das Heilmittel?«, stoße ich hervor.

»Bisher keine Resultate.« Eleni blickt betreten drein. »Wenn ich die Befallene berühre, spüre ich nichts«, sagt sie. »Nichts!« Sie kneift ihre Augen zusammen. »Als wäre mein Heiltrieb erloschen – oder als würde ich einen Leichnam berühren.«

»Wir brauchen also ein Heilmittel gegen den Tod?« Ich lache tonlos auf, obwohl mir eher nach Schreien zumute ist. »Das ist hoffnungslos.«

»Nichts ist hoffnungslos.« Sie stemmt die Hände in die Hüften. »Bisher hat meine Gilde zu jeder Krankheit eine Heilung gefunden. Ich lasse nicht zu, dass wir dieses Mal versagen.«

Ich atme tief durch. »Danke«, sage ich. Dafür, dass sie niemals aufgibt. Ich umarme sie kurz und fest – auch wenn ich weiß, dass sie das nicht sonderlich mag. Sie riecht nach Kräutern und alten Büchern. »Wenn ich dir bei deiner Forschung helfen kann, sag es mir.«

»Das kannst du.« Ihre Augen funkeln wie zwei fremde Sterne. »Begleite mich sobald wie möglich nach Norden, um die Ursache der Seuche zu finden.«

Kapitel 12

Ich stehe mir vor dem Kasino der Festung die Beine in den Bauch. Grauschwarze Wolken jagen über den Nachthimmel. Der Wind pfeift und heult durch den Hof wie ein freigelassener Köter, und die Hauptmänner, die mich stetig auf dem Weg zu ihrem Abendessen passieren, haben sich die Kapuzen ihrer Armeejacken tief ins Gesicht gezogen. Das hält sie jedoch nicht davon ab, mich neugierig zu mustern. Ich verharre mit gesenktem Kopf, die Schultern gegen den Wind gestemmt.

Endlich sehe ich eine vertraute Gestalt heraneilen.

»Thea!« Ian fasst mich an beiden Armen, lehnt für einen Moment seine Stirn an meine. Statt mich zu küssen, blickt er sich um. Sein Atem verwandelt sich in hauchfeine Wölkchen. »Du Arme bist ja ganz kalt. Du hättest reingehen können.«

»Ich wollte lieber warten«, murmele ich. In der Nacht fühlte ich mich Zoe ein bisschen näher. Der kalten, nicht mehr existenten Zoe.

»Dort hinein.« Er öffnet die Tür, durch die einladendes Licht in die Nacht fällt, dann schiebt er mich auch schon hindurch. »Suchen wir uns einen Platz zum Essen. Kaum zu glauben, aber die meisten Gerichte hier sind lecker.«

Gegen meinen Willen muss ich schmunzeln. Ich habe noch nie erlebt, dass Ian etwas nicht schmeckt.

Vorhin bin ich am Speiseraum der Soldaten vorbeigekommen. Es ist eine riesige Halle, die mit groben Tischen und einfachen Bänken möbliert ist. Die Hauptleute verfügen dagegen über einen wesentlich lauschigeren Ort mit holzvertäfelten Wänden, Liegen und niedrigen Tischen. Rauch aus Kohlebecken schwängert die Luft. Während wir uns einen Weg zu einem freien Tisch bahnen, wird Ian freudig begrüßt.

»He, Ian!«, ruft einer. »Wer ist die Schöne an deiner Seite?«

Ian umfasst mit festem Griff meine Schulter. »Meine Verlobte.« Er grinst so breit, dass seine Zähne blitzen. Die Männer und Frauen klatschen uns Beifall. Ich bemühe mich um ein Lächeln, das wahrscheinlich reichlich verkrampft wirkt.

Ich bin froh, als wir endlich unseren Tisch erreicht haben und ich mich auf der Liege niederlassen kann. Ian ordert für uns das Essen, das so rasch aus der Armeeküche gebracht wird, als hätte es dort bereits auf uns gewartet. Als ich den lauwarmen Eintopf probiere, verziehe ich das Gesicht. Er hat vermutlich wirklich auf uns gewartet, wahrscheinlich sogar mehrere Wochen. Ich kaue auf ein paar zähen Fleischbrocken herum, während Ian seine doppelte Portion verschlingt. Bald lehne ich mich zurück, schaue ihm zu – und finde dabei endlich wieder zu mir.

Ian entspricht nicht unbedingt dem Schönheitsideal der Hauptstädter; dafür ist seine Nase zu knubbelig und seine Wangenknochen zu breit. Doch ich finde ihn wunderschön. Sein halb langes Haar, das vorhin frisch gebürstet wirkte, steht nun widerspenstig in alle Richtungen ab. Auf seiner Stirn, seiner Nase und seinen Wangen tummeln sich Sommersprossen, und unter seinen Augen entdecke ich kleine Fältchen, die mir neu sind. Doch das unerschütterlich fröhliche Zucken der Mundwinkel und seine großen, kräftigen Hände sind immer noch dieselben wie letzten Winter, als er meine Finger zwischen die seinen nahm und mir im Kreis seiner Familie den Heiratsantrag machte. Ohne Zögern sagte ich Ja – obwohl wir uns damals noch gar nicht sicher sein konnten, dass die Republik unsere Eheschließung bewilligen würde. Den Gemeinen wird offiziell nur eine Heirat innerhalb ihrer Berufsgilde gestattet, und wenn sie mit fünfundzwanzig noch ledig sind, wird ihnen ein Ehepartner zugewiesen. Doch wie immer gibt es Ausnahmen. Ians Vater verfügt als Landbesitzer über einiges Geld und Einfluss in unserem Distrikt, deshalb hatten wir allen Grund zur Zuversicht. Nun hat sich noch einmal alles verändert: Ich bin jetzt eine Bürgerin, und als solche darf ich meinen Ehepartner frei wählen. Doch auch heute würde ich wieder Ja zu Ian sagen, denn ich fühle mich mit jeder Faser zu ihm hingezogen, so heftig und verrückt wie ein Frühjahrssturm.

»Thea, du starrst mich an, als wollest du mich fressen«, sagt er lachend, dann deutet er auf meinen Teller. »Isst du das noch?«

Erst als er auch meine Portion vertilgt hat, lehnt er sich zurück. Plötzlich kehrt Ernst in seine Miene ein, und er sieht älter aus als seine zwanzig Jahre, als wäre seine Jungenhaftigkeit nur eine Tarnung für den Mann, den die Armee aus ihm gemacht hat.

»Ich habe gehört, was auf deinem Weg hierher passiert ist«, sagt er. »Ich musste es von einem Wachmann auf den Zinnen erfahren. *Pag ma thain*«, flucht er in *Gaeloc*, der alten Sprache unserer Provinz. »Was hat dich nur geritten, dich mit Befallenen anzulegen?«

»Ich kann nichts dafür, dass sie uns angegriffen haben«, stoße ich entrüstet hervor, und dann stocke ich und wische mir über die Augen. »Es war schrecklich, Ian. Sie haben meine Freunde umgebracht, meinen Hauptmann. Sie …«

Ich will ihm von Zoe erzählen, doch Ian verzieht bei meinen Worten das Gesicht, als würden sie ihm Schmerzen zufügen. Er lässt mich nicht weiterreden.

»Entschuldige, dass ich dich so angefahren habe.« Er greift über den Tisch zu mir herüber, nimmt meine Hand. Seine Finger sind warm und fest, und ich spüre Schwielen, die ein Schwertgriff hinterlassen hat. »Ich flippe schon aus vor Sorge, nur weil ich dich hier sitzen sehe, Thea«, stößt er hervor. »Wenn ich mir vorstelle … In den letzten Tagen sind mehrere Patrouillen diesseits der Grenze verschollen. Und eine Phalanx im Barbarenland. Befallene kommen aus den Bergen herab. Die Barbaren kämpfen wie Wahnsinnige, und wir wissen nicht warum.«

»Genau deshalb bin ich hier«, sage ich. »Weil die Republik Freiwillige braucht, um diesen Krieg zu gewinnen.«

»Ach, Wildkatze.« Er seufzt, und seine Finger streicheln meinen Handrücken. »Du hast keine Ahnung, worauf du dich eingelassen hast. Doch ich habe einen Weg gefunden, wie wir dich von hier wegbringen können.«

Wie meint er das? Ich kneife die Augen zusammen.

»Ich habe mit einer der Heilerinnen aus dem Lazarett gesprochen«, sagt er. »Einer der Rekruten aus deinem Trupp ist dort.«

»Toni«, murmele ich.

»Kann sein. Er ist körperlich gesund, aber sein Verstand hat offensichtlich Schaden genommen. Das können sie nicht mit Handauflegen heilen, sagt die Heilerin. Er ist nicht mehr geeignet für den Dienst als Soldat. In wenigen Tagen werden sie ihn zurück nach Athos senden.«

»Der Arme«, sage ich leise. »Ich muss ihn vorher noch besuchen.«

»Das brauchst du nicht«, sagt Ian und drückt meine Hand. Das Lächeln kehrt wie ein Sonnenstrahl in seine Miene zurück. »Die Heilerin hat zugestimmt, dich ebenfalls zu untersuchen. Ich sagte ihr schon, dass du verängstigt und verloren wirkst. Die Frau mag mich. Du musst nichts anderes tun, als diesen Eindruck zu bestätigen und sie wird dich ebenfalls nach Hause beordern.«

»Was?« Ich reiße mich mit einem Ruck von ihm los. »Du kannst mich doch nicht heimschicken wie ein kleines Kind«, stoße ich zwischen zusammengepressten Zähnen hervor. »Ich bin hier, um zu kämpfen, um unsere Republik zu verteidigen. Und du willst mich einfach loswerden?«

Ians Miene verdunkelt sich. »Nur, weil ich dich beschützen will.«

»Ich kann auf mich selbst aufpassen«, fauche ich. »Ich habe die Abschlussprüfung der Brenner bestanden, und ich war die Beste im Nahkampf.«

»In euer Akademie vielleicht. Aber ein Kampf gegen Barbaren und Befallene sieht anders aus.«

»Das weiß ich.« Ich würde am liebsten aufspringen und die Teller vom Tisch fegen, so wütend bin ich. »Gegen Letztere habe ich bereits gekämpft, schon vergessen?«

»Nein.« Er hat die Hände zu Fäusten geballt und starrt mich an. Gefühle stürmen über seine Miene wie Gewitterwolken. Er hat es nie verstanden, sie zu verbergen. Ich sehe Wut, Fürsorge, aber auch Verblüffung – als würde er mich zum ersten Mal sehen. Kennt er mich wirklich so wenig? Hat er in all der Zeit, in denen wir uns nur wenige Wochen im Jahr gesehen haben, vergessen, wer ich bin und was ich vom Leben will? Oder hat er es nie gewusst?

Ich beiße die Zähne zusammen. Mit niemandem will ich weniger streiten als mit ihm, denn jeder Zwist zwischen uns tut mir körperlich weh. Doch heute kann ich nicht nachgeben.

»Du hast kein Recht, meine Entscheidung in Zweifel zu ziehen«, sage ich leise, doch bestimmt. »Weißt du noch, als du dich freiwillig für zehn Jahre zum Armeedienst verpflichtet hast? Wie es der jüngste Sohn in deiner Familie immer schon tat? Keiner hat damit gerechnet. Du warst bereits von der Berufszuteilung ausgenommen, denn deine Familie besitzt Land, und dein Vater hatte dich als seinen Nachfolger ausgewählt. Du bist der einzige Sohn neben sechs Töchtern, und sie vermissen dich jeden Tag. Trotzdem haben sie dich unterstützt. Du hattest deine Wahl getroffen. Und das habe ich auch.«

Er runzelt die Stirn. »Du bist hier, weil ich hier bin?«

Ich schlinge die Arme um mich. »Auch, ja.«

»Ach, Thea.« Seine blaubraun gesprenkelten Augen glänzen wie Wasser und Erde, wie Athos und Irelin, meine beiden Heimaten. Offensichtlich fehlen ihm die Worte. Er streckt mir die Hand entgegen. »Lass uns nicht mehr streiten. Wir reden später darüber.«

Er zieht mich hinaus, ohne auf die Grüße der anderen

Hauptleute mit mehr als einem Nicken einzugehen. Wir durchmessen den Hof in eiligem Schritt und halten erst im Schatten eines Durchgangs an. Hier küsst er mich endlich, ungestüm und besorgt wie der vierzehnjährige Junge, der mich aus dem Feuer zog. Ich drücke mich an ihn und spüre seine Wärme durch unsere Wollmäntel hindurch, schlinge die Arme um seine Hüften und schließe die Augen. Unsere Gesichter sind genau auf gleicher Höhe, wenn ich die Schultern ein bisschen einziehe, doch er ist sicherlich doppelt so breit wie ich.

»Thea, *ma nigheon bhon*«, murmelt er in mein Haar. »An jedem Tag habe ich dich vermisst. Ich liebe dich maßlos, hörst du?«

»Ich dich auch«, flüstere ich. »Wirklich.«

»Wirklich?« Er lacht leise an meinem Ohr. »Du verrücktes Kätzchen. Oder soll ich jetzt Meisterin sagen?«

Der Stolz in seiner Stimme lässt mein Herz aufglühen wie eine Fackel. »Jawohl, Herr Hauptmann!«, sage ich kichernd. »Wann wurdest du denn befördert?«

»Vor sechs Wochen«, murmelt er. »Nachdem die dritte Späherphalanx im Norden aufgerieben wurde, wurden ihnen die Hauptmänner knapp. Nicht, dass ich es nicht verdient habe.« Er schnaubt. »Das war längst überfällig.«

»Natürlich«, kichere ich und merke erst, dass er es ernst meint, als sich seine Muskeln unter meinen Händen anspannen.

»Ich drille meine vierundsechzig Männer so hart wie kein anderer«, sagt er gepresst. »Wir üben uns täglich im Schwertkampf, im Rennen und im Felsenklettern. Wenn andere schlafen, unternehmen wir oft lange Erkundungsmärsche, und danach exerzieren wir bis zum Morgengrauen. Ich unterziehe mich dem gleichen harten Leben wie sie, damit sie sehen, dass ich einer von ihnen bin. Ich dulde keine Schwäche, bei ihnen ebenso wenig wie bei mir.« Er streicht mir übers Haar, doch seine Miene zeigt, dass er in Gedanken woanders ist. »Ich will befolgen, was der Kommandant bei meiner Ernennung gesagt hat: Der Tapfere mag fallen, aber er weicht nicht zurück.«

Ich wiederhole den Spruch still, und mich fröstelt es. Ich muss an das denken, was Hauptmann Louk gesagt hat: *Manchmal erfordert es mehr Würde aufzugeben, als in den Schnee zu beißen.* Doch ich wiederhole seine Worte vor Ian lieber nicht.

»Hast du Gerüchte gehört, dass sie eine größere Mission der Ersten Division nach Norden planen?«, frage ich leise. »Um nach der Ursache der Seuche zu suchen?«

Eleni hat sich keine weiteren Informationen entlocken lassen.

Ian runzelt die Stirn. »Es gibt diese Gerüchte, ja. Sie haben vor einiger Zeit ein paar Barbaren gefangen genommen. Männer, die behaupten, Seher zu sein, was auch immer das heißt. Sie wollten mit unserem Kommandanten sprechen. Seitdem treffen immer mehr Senger und Heiler der Ersten Division hier ein. Und viele von ihnen bleiben hier in der Festung, statt die Phalangen der Achten entlang der Grenze zu unterstützen, die sie so dringend brauchen.«

Sein Gesicht nimmt einen entschlossenen Ausdruck an. »Das wäre genau der Auftrag, auf den meine Männer und ich warten, um unser Können zu beweisen. Eine Mission in den Norden.«

»Ich könnte deiner Phalanx als Sengerin beistehen«, sage ich.

Er nimmt seine Hand von meinem Haar. Sein Mund verhärtet sich zu einem dünnen Strich. »Auf keinen Fall! Du wirst niemals …« Offensichtlich sieht er meinen Gesichtsausdruck und ist klug genug, diesen Satz nicht weiterzuführen. »Du bist meine Verlobte. Schon allein deshalb kannst du nicht in meiner Einheit dienen«, schließt er.

»Dürfen sich Hauptmänner überhaupt mit Rekrutinnen einlassen?«, frage ich leise.

»Nein«, antwortet er, doch seine Finger durchkämmen wieder zärtlich meine Haarsträhnen. »Doch Kommandant Kostas hat wohlwollend auf unsere Verlobung reagiert. Ich denke, dass unsere Beziehung vorerst geduldet wird. Du wirst allerdings keine Sonderrechte bekommen, im Gegenteil. Sie werden uns im Auge behalten. Wenn auch nur der geringste Zweifel an unserer Ehrenhaftigkeit aufkommt, musst du gehen.«

»Aber …«

»Kein Aber.« Seine Hand verharrt auf meiner Wange. »Es herrscht Krieg. Und ich habe eine wichtige Aufgabe in diesem Krieg. Du wirst nichts tun, was das gefährdet. Oder was dein Leben in Gefahr bringt. Wenn dieser Krieg vorbei ist, werden wir heiraten, und dafür brauche ich dich munter und unversehrt.«

Ich seufze. Seine Worte klingen so zärtlich, und doch mag ich ihren Beigeschmack nicht. Ich gehöre ihm, doch er gehört mir auch. Er wuschelt durch meine Haare, drückt mich noch enger an sich. »Ich möchte dich nie wieder loslassen«, murmelt er. »Doch wir sollten vor meinen Männern auf Distanz bleiben.« Er lacht. »Uns ordentlich benehmen.«

Ich nicke und vergrabe mein Gesicht so tief an seinem Hals, dass ich das riechen kann, was ich so lange vermisst habe: Sonne und Mann und einen Hauch Koriander aus Irelin.

❄

Ich weiß nicht, ob das unter ordentliches Benehmen fällt, doch in dieser Nacht schleiche ich mich aus dem überfüllten Rekrutenquartier der Brenner und besuche Ian in seiner Hauptmannskammer, die er alleine bewohnt. Ich brauche die Gewissheit seiner Umarmung heute mehr als alles andere.

Ian sagt nichts, und ich kann seine Miene im Dunkel nicht sehen, doch er keucht auf, als ich neben ihm ins Bett schlüpfe. Hastig schälen wir uns aus unserer Kleidung, und dann fühle ich seine Haut an meiner, seinen raschen Herzschlag, und ich höre endlich wieder jene durchdringende, liebliche Melodie,

die alle Bewegung in Tanz verwandelt. Ich kenne Ians Körper auswendig, seine atemlose Gier und die Begeisterung, mit der er mich an sich reißt und herumwirbelt, bis ich schließlich sein Gewicht auf mir spüre.

Erschöpft und verschwitzt liege ich danach in seiner Armbeuge und höre seinem Atem zu, während er schläft. Ich fühle mich nirgends so sicher wie bei ihm, doch das Gefühl erlischt viel zu schnell, als ich mich wieder in die kalte Nacht hinausschleichen muss.

Kapitel 13

Am nächsten Morgen erhebe ich mich mit dem beklemmenden Gefühl, dass die Welt nicht mehr so ist, wie sie sein sollte. Mein Körper tut weh, der Himmel ist grau wie schimmelige Schafswolle, und die Stimmen der anderen kommen mir gedämpft vor. Kommandant Zenon hat uns Neuankömmlinge für heute frei gestellt, doch ich weiß mit meiner Freiheit nichts anzufangen. Der Betrieb der Festung läuft um mich herum weiter wie das Mahlwerk einer Mühle, und wo auch immer ich mich zwischen den Mühlrädern bewege, scheine ich im Weg zu sein.

Ich frage am Eingang der Kommandantur nach dem Aufenthaltsort der sechzehnten Phalanx und bekomme zu hören, dass Hauptmann Ian mit ihr einen Erkundungsmarsch vor den Mauern unternimmt. Ich besuche Toni, doch er scheint seine Stimme verloren zu haben; er redet weder mit mir, noch mit anderen Menschen. Danach finde ich Myk und berichte ihm von Zoe. Er begleitet mich zu ihr ins Laboratorium, doch ihr Anblick regt ihn so auf, dass die Heiler ihn auf ihre höfliche Art hinauskomplimentieren müssen. Anschließend lungert er antriebslos vor unserem Quartier herum. Ich kann verstehen, dass er lieber allein ist, denn uns verbinden vor allem Erinnerungen, die er verdrängen will. Trotzdem macht mich sein Verhalten traurig. Ich lasse ihn, wo er ist, und verbringe die restlichen Stunden des Vormittags vor Zoes Käfig, vergebens hoffend, doch noch einen Rest an Menschlichkeit bei ihr zu finden. Eleni arbeitet und reagiert auf Unterbrechungen gereizt, sodass ich sie in Ruhe lasse. Nur manchmal höre ich ihre Stimme zwischen denen der anderen Heiler, und so wie sie schweigen, während sie redet, müssen sie viel von ihrer Meinung halten.

Zoe tigert mit gekrümmten Schultern durch den Käfig, ohne auch nur einmal innezuhalten. Ihr Fingerklauen öffnen und schließen sich wie Krebszangen, und manchmal schnappt sie in die Luft, als fange sie Fliegen. Wenn ich mich nicht bewege, sieht sie mich nicht. Zoe ist nicht mehr Zoe. Meine Trauer verwandelt sich in lodernden Hass, während etwas anderes in mir gefriert, als ich das endgültig akzeptiere.

Ich bitte Eleni darum, Zoes Körper zu eliminieren. Bevor die Heiler meiner Bitte nachkommen, verlasse ich den Keller. Ich will ihn niemals wieder betreten.

Ich lasse das Mittagessen ausfallen, schnappe mir meine Lanze und Meister Louks Axt und stehle mich aus der Festung. Der Durchgang zum Pass nach Norden ist streng bewacht, doch dorthin zieht es mich nicht. Am Südeingang nehmen es die Wachen bei den Abreisenden nicht ganz so genau. Ich hänge mich an vier Senger an, die schwerbepackte Pferde am Zügel führen. Offensichtlich wurden sie einer der anderen Grenzbastionen zugeteilt. Sie sind so in ihr besorgtes Gespräch vertieft, dass sie sich nicht für mich interessieren. Sobald sie sich auf ihre Tiere schwingen, tauche ich ab ins Unterholz neben dem Weg. Für Angst vor Befallenen ist in meinem Herzen kein Platz mehr, nicht heute. Wut und Hass treiben meine Füße vorwärts – auf den Krieg, auf die Seuche, auf meine Unfähigkeit. Es gibt nur eines, das ich heute tun kann. Ich kann mich vorbereiten auf den nächsten Kampf.

Je weiter ich komme, desto mehr weicht meine Wut ruhiger Entschlossenheit. Riesige Baumstämme durchstoßen das Dickicht um mich herum, Wurzeln und Flechten schlängeln sich durch das Erdreich zu meinen Füßen. Wolken aus roten und braunen Blättern rauschen im Wind. Es riecht nach Herbst; nach feuchter Rinde und modrigem Laub, nach überreifen Beeren und erstem Frost. Die Luft ist klamm, sodass ich mich fester in meinen Umhang wickle. Einmal raschelt es vor mir im Dickicht, und ich verharre mit angehaltenem Atem – doch es ist nur ein Fuchs, ein huschendes braunrotes Pelzbündel, das vor mir das Weite sucht. Am Mooswuchs der Baumstämme sehe ich, dass ich stetig nach Westen gehe. Etwas zieht mich dorthin, und ich lasse es geschehen. So sehr ich an Vernunft und Verstand glaube, eines weiß ich schon, seit ich ein Kind war: Der Wald hat seine eigene Stimme.

Bevor ich an die Akademie kam, rannte ich oft durch den Wald namens Deamhain, der an meinen Heimatdistrikt in Irelin grenzt. Der Deamhain ist so groß, dass man angeblich fünf Tage braucht, ihn zu durchqueren. Ich kenne allerdings niemand, der das gewagt hat. Ich selbst drang nie mehr als ein paar Meilen in seine Tiefen ein und fühlte mich dabei ganz allein auf der Welt. Wenn ich meinen Körper so sehr antrieb, dass ich das Gefühl hatte, den Boden unter den Füßen abzustreifen und zwischen die Wipfel zu schweben, wenn mein Puls rauschte und in meinen Ohren Melodien ertönten, war ich glücklich.

Ich erinnere mich an eine Lichtung, einen kleinen, sonnenbeschienenen Fleck, an dem moosbewachsene Ruinen von einem Gemäuer zeugten, das die Zeit längst verschlungen hatte. Immer wieder zog mich etwas an diesen Ort, und ich schlief oft unter einem verfallenen Torbogen ein, unter dem die Luft irgendwie dünner zu sein schien und die Melodien in meinem Kopf so rein erklangen wie ein Glockenspiel. Heute höre ich diese Töne nur noch beim Tanz, im Traum und beim Liebesspiel, und ich bezweifle, dass sie mehr als ein Hirngespinst sind.

Ich bin etwa eine halbe Stunde unterwegs, als ich hier, in der Fremde, einen Ort finde, der ein ähnliches Gefühl in mir auslöst wie die Ruinen in Irelin.

Bis zur Hüfte stehe ich zwischen Farnwedeln. Ein Bach sucht gluckernd seinen Weg über flachgeschliffene Felsplatten hinweg, strömt in ein kleines Becken aus Stein, dessen Ränder von Pilzen überwuchert sind.

Der Ort wirkt verlassen, als wäre er einmal mehr gewesen als nur ein heller Fleck im Zwielicht des Waldes. Es kommt mir vor, als hätte mich die Stimme der Bäume hierhergeführt.

Ich bahne mir zwischen den Farnwedeln einen Pfad an den Bach. Vögel zwitschern über mir, ein heller, glucksender Gesang wie ein Kichern. Das Wasser in dem Steinbecken ist ein Spiegel, der die Bäume und den wolkenverhangenen Himmel zeigt. Ich beuge mich vor. Grüne Augen starren mich aus den Tiefen heraus an. Sie sind zu Schlitzen verengt und taxieren mich so feindselig, dass ich zurückzucken will. Es ist mein eigenes Gesicht.

Ich greife in die Innentasche meines Umhangs. Bevor ich gestern zu Ian gegangen bin, habe ich den Lederbeutel mit der Münze abgeschnallt und unter meiner Matratze versteckt. Heute morgen habe ich ihn nur rasch in den Umhang geschoben. Nun hole ich ihn hervor. Der Lederbeutel fühlt sich warm in meiner Handfläche an. Das Chrysos glänzt wie eingefangenes Sonnenlicht, als ich die Münze herausnehme. Obwohl sie meinen Trieb mit Kraft für die Feuerkugeln gespeist hat, scheint die Münze nicht an Gewicht verloren zu haben. Zögernd wiege ich sie in der Hand. Ein Bachufer ist ein recht sicherer Ort, um herauszufinden, wie stark mein Feuertrieb mit dem Metall reagiert. Ich balle die Faust um die Münze und hebe die Hand.

»Das würde ich nicht tun«, sagt eine melodiöse Stimme hinter mir.

Mit einem Aufschrei fahre ich herum.

Olaf lehnt hinter dem kleinen Farnfeld an einer Blutbuche, die Arme verschränkt und mit einem breiten Lächeln im weißen Gesicht.

Während sich meine Faust fest um die Münze ballt, wandert meine andere Hand zur Axt an meinem Gürtel. »Verschwinde!«

»Wer wird denn gleich so abweisend sein?« Er hebt in einer beschwichtigenden Geste die Hände und geht zugleich einen Schritt in das Farnfeld hinein.

Ich hebe die Axt. »Bleib stehen!«, rufe ich. Meine Gedanken rasen. Hat er die Münze gesehen? »Was machst du hier? Bist du mir gefolgt?«

Er bleibt tatsächlich stehen. »Nein, ich bin dir nicht gefolgt. Ich kenne diesen Ort schon seit vielen Jahren. Es stellt sich eher die Frage, was machst *du* hier? Wenn du hier Chrysos einsetzt, wirst du den ganzen Wald abfackeln.«

Er hat die Münze also gesehen. Angst und Wut vermischen sich in mir zu einer explosiven Mixtur. Ich reiße die Faust mit der Münze in die Luft. »Ich glaube dir kein Wort«, blaffe ich. »Du wirst sie nicht bekommen.«

Er runzelt die Stirn. »Hältst du mich für einen Dieb?«

»Für Schlimmeres.« Seit unserer ersten Begegnung glaubt etwas in mir, dass er gefährlich ist. Meine Faust zuckt nach vorne.

Er weicht tatsächlich an den Baumstamm zurück. Ich sehe allerdings keine Furcht in seiner Miene. »Du hast keine Ahnung, was du da in der Hand hältst, oder? Zumindest weißt du nicht, wie du es benutzt.«

»Willst du es darauf ankommen lassen?«

»Ehrlich gesagt, ja.« Wieder blitzt sein unverschämtes Lächeln auf. »Du wirst mich nicht angreifen. Weil das deiner Natur zuwider ist.«

»Meiner Natur?« Ich schnaube. Dann öffne ich die Hand. Eine Feuerkugel schießt aus meiner Haut. Olaf springt geschmeidig wie eine Katze auf mich zu. Das Feuer schlägt zischend in den Baum ein, an dem er soeben noch stand.

Fast im selben Moment ist er bei mir. Er greift nach meinem Arm, aber ich weiche aus, und wir wirbeln herum. Farnwedel scheinen sich um meine Beine zu schlingen. Ich taumele nach hinten, und er fällt auf mich drauf. Ich bäume mich auf, aber sein Gewicht macht mich beinahe bewegungsunfähig, und schneller als ich reagieren kann, hat er ein Handgelenk gepackt.

Farnstängel und feuchtkalte Erdkrumen drücken sich in meinen Rücken. Olafs Gesicht ist nur eine Handbreit von meinem entfernt. Den Arm, mit dem ich ihn am Hals wegschieben will, zieht er über meinen Kopf und hält ihn zusammen mit dem anderen mühelos am Boden fest. Jetzt hält ihn nichts mehr davon ab … ja, von was eigentlich? Mich zu küssen? Ich bezweifle es. Dunkelblaue Augen studieren mein Gesicht so intensiv, als wäre ich kein Mensch, sondern ein völlig fremdes Wesen. Er hat elfenbeinfarbene Wimpern, fast so hell wie sein Haar.

Ich stemme mich noch mal gegen ihn, versuche ihn von mir herunterzuschieben. Doch so schlank er wirkt, er ist überraschend schwer, und er ist stark, stärker als ich.

»Lass mich los!«, keuche ich.

»Es heißt, du seist ungeschlagen im Nahkampf.« In seiner Stimme klingt Spott. »Zumindest bis heute.«

Ich versuche, ihm mein Knie zwischen die Beine zu rammen, doch er drückt mich so fest zu Boden, dass ich mich kaum bewegen kann.

»Zeig mir, ob du auch ohne dein Chrysos kämpfen kannst, Thea.«

Wut steigt wie Galle in meiner Kehle hoch. Ich schließe die Augen und konzentriere mich, und dann werde ich ganz schlaff. Olaf hält überrascht inne, seine Muskeln verlieren die Spannung. Im gleichen Augenblick werfe ich mich mit aller Kraft gegen ihn, stoße ihn zur Seite und springe in die Höhe.

Er packt mich am Arm und wirbelt mich herum, noch bevor ich stehe. »Das war schlau.«

Wie kam er nur so schnell heran? Ich ramme ihm meinen Ellbogen in die Brust und ducke mich unter seinem Griff hindurch, sodass er mich loslassen muss. Doch jetzt ist er hinter mir, und das ist mein Fehler. Noch ehe ich herumfahren kann, schlingt sich sein Arm um meinen Hals. Ein dumpfer Schmerz fährt mir durch die Kehle. Er drückt zu.

»Ganz ruhig«, sagt er. Seine Stimme klingt plötzlich anders, hell und klangvoll wie ein Gesang, der in meinem Kopf eine Erwiderung findet, eine alte, längst vertraute Melodie. Vergebens schnappe ich nach Luft. Ich schlage aus, doch ich treffe ihn nicht. Meine Füße klopfen verzweifelt auf den Boden, schlagen ebenfalls eine Melodie, einen Totentanz. Die Welt wird erst heller, dann schrumpft sie zu einem dunklen Fleck zusammen.

Als er mich loslässt, sacke ich auf die Knie und ringe hektisch nach Luft.

»Steh auf«, sagt er in sanftem Ton, in dem dennoch unmissverständlich ein Befehl mitschwingt. »Steh auf.«

Drei keuchende Atemzüge brauche ich, bis die Welt ihre Farben wieder hat und ich taumelnd auf die Füße komme. Ich wanke ein paar Schritte vorwärts, weg vom Bach und Richtung Unterholz, das mir Deckung bieten kann. Dann lässt mich eine böse Ahnung zurücksehen.

Er hält etwas in der Hand, das selbst im Zwielicht des Waldes noch leuchtet. Ich stöhne auf und öffne zugleich meine leere Faust.

Olaf betrachtet die Münze mit einem nachdenklichen Blick. Seine Wangen, die sonst so bleich sind, wirken erhitzt, und seine halb geöffneten Lippen glänzen rot wie angemalt.

»Das habe ich lange nicht mehr gesehen«, murmelt er.

Ich sollte vermutlich fliehen. Meine Kehle ist wund und meine Hände schlottern. Doch ich nähere mich ihm vorsichtig, wie ein lauerndes Tier. Meine Hand wandert an den Axtgriff. In diesem Moment sieht er auf. Sein Blick durchdringt mich wie ein Dolchstoß.

»So ein wertvolles Amulett solltest du nicht einfach verlieren«, sagt er spöttisch, und dann wirft er mir die Münze zu. Ich bin so überrascht, dass ich kaum merke, wie meine Hand in die Höhe schnellt und sie auffängt.

»Du gibst es mir zurück?«, krächze ich.

»Es gehört dir doch, oder?«, sagt er. »Auch wenn du offensichtlich die Falsche dafür bist.«

»Die Falsche?« Ich balle die Faust um die Münze. Ich will mich abwenden und davonrennen, doch ich stehe still. Was weiß er?

Seine Augenbrauen zucken nach oben. »Du hast keine Ahnung, was es ist, nicht wahr? Ich frage mich, woher du es hast.«

»Ich …« Ich stocke. »Das geht dich nichts an.«

»Hast du es denn schon einmal eingesetzt?«, will er wissen. Seine hochgezogene Augenbraue zeigt mir deutlich, dass er meint, die Antwort bereits zu kennen.

Was für ein arroganter Mistkerl! Ich hebe die Faust und rufe: »Pass auf, was du sagst!«

»So?« Er lacht. Er lacht tatsächlich. Und ich spüre immer noch den Abdruck seines Arms an meiner Kehle. Ich hätte große Lust, ihm ein Feuerchen zu schüren!

»Wenn du es einfach nur in der Hand hältst, wirst du nicht mal einen Funken damit erzeugen können«, spottet er.

Ich kneife die Augen zusammen. »Wie soll es deiner Meinung nach denn funktionieren?«, frage ich misstrauisch.

»Funktionieren?« Er seufzt. »Das ist kein Gebrauchsgegenstand wie ein Dolch oder ein Kamm. Offensichtlich solltest du besser gar nichts darüber wissen.«

Damit schürt er meine Neugier. »Du bist mir was schuldig.« Ich erwarte, dass er mich wieder auslacht. Wenn überhaupt, dann schulde ich ihm mein Leben. Aber mir fällt nichts Besseres ein.

Überraschenderweise wird sein Blick bei meinen Worten nachdenklich. »Vielleicht.«

In ihm stecken mehr Rätsel als in einem Bildnis der abstrakten Staatskunst. Aber ich versuche meinen Vorteil zu nutzen. »Was weißt du über das Amulett?«

»Ich kenne es nur aus Geschichten. Geschichten, die heute keiner mehr kennt, weil sie nicht in die *Philosophie* passen.«

Philosophie hört sich bei ihm wie ein Schimpfwort an. Aber nicht das lässt mich die Stirn runzeln. Er ist doch nicht so undurchschaubar, wie ich dachte. Er lügt. So wie er die Münze vorhin ansah, kennt er sie besser als jemand, der nur ein paar alte Geschichten gehört hat. »Erzähl mehr«, fordere ich.

»Ich sollte dich bei deiner Division anzeigen.«

»Wenn du das tun wolltest, würdest du mir nicht davon erzählen«, erwidere ich, obwohl mir seine Drohung Unbehagen verursacht. Der Kommandant hat mir zwar einen freien Tag genehmigt, doch sicherlich verstößt mein geheimer Ausflug gegen mindestens ein Militärgesetz. Ich hoffe, Olaf sieht nicht, dass ich mich sorge.

Doch natürlich sieht er es. Er grinst. »Zumindest vorerst kann ich den Mund halten.«

Ich unterdrücke ein Ausatmen. »Wie setze ich das Amulett deiner Meinung nach richtig ein?«, bohre ich weiter.

»Zuerst musst du es auf dich prägen. Mit deinem Blut.«

»Meinem Blut?« Ich schnappe nach Luft. »Ist das irgendein abscheulicher religiöser Ritus? Da kann ich ja gleich zu den Barbaren gehen!«

Er zuckt die Achseln. »Dann wird er dir nichts nutzen.«

»Ich habe es doch bereits eingesetzt.«

Er verengt die Augen. »Hast du deine Begleiter getötet? Hat die Welt um dich gebrannt? Hat es dein Inneres in Stücke gerissen? Dieses Amulett ist stärker als du, Mädchen. Glaub mir, du wüsstest es, wenn du seine Kraft eingesetzt hättest.« Er seufzt. »Das glaube ich zumindest.«

»Aber …« Ich beiße mir auf die Lippen und verstumme. Wenn nicht das Amulett meine Feuerkugeln auf unserer Wanderung verstärkt hat, was war es dann?

»Bringen sie euch auf eurer Schule nicht einmal bei, eure Kräfte einzuschätzen?«, schnaubt Olaf. »Wenn du weder weißt, was du kannst, noch dich traust, ein Risiko einzugehen, dann gib mir das Amulett – ich kann besseres damit anfangen.«

»Ich weiß sehr wohl, was ich kann«, fauche ich, obwohl ich mir alles andere als sicher bin. »Und dieser Blutritus, den du vorschlägst, ist kein Risiko, sondern einfach nur dummes Zeug.«

Er zuckt mit den Schultern und grinst mich an.

Dieser arrogante Maulheld! Ich muss es ihm wohl beweisen. Ich reiße die Axt aus meinem Gürtel und drücke die scharf geschliffene Schneide an die Fingerkuppe meines überflüssigen sechsten Fingers. Der Schnitt brennt kurz, dann quellen Blutstropfen hervor, laufen als helles Rinnsal am Finger hinunter, auf die Handfläche zu, in der ich immer noch das Amulett halte. Der Schnitt ist tiefer, als ich beabsichtigt habe, doch das ändert nichts an meinem Vorhaben.

»Schau!«, rufe ich und strecke ihm die offene Hand hin.

Das Blut erreicht das Amulett. Ich keuche auf. Der rote Strom umfließt das Metall nicht, er verschwindet einfach. Als sauge das Amulett ihn auf. Ein beißender Schmerz durchfährt meine Handfläche, Feuer und Kälte zugleich. Es kostet mich all meine Beherrschung, das Amulett nicht von mir zu werfen. Vor meinen Augen beginnt es zu flirren. Sein gelbes Leuchten scheint dunkler zu werden, satter. Und mir scheint es, als fließe mein Blut schneller, als sauge das Amulett es aus mir heraus.

»Das ist unglaublich«, flüstert Olaf direkt vor mir. Ich habe gar nicht gemerkt, dass er so nah an mich herangekommen ist. Ich reiße die Hand zurück und lasse das Amulett in meine andere, unversehrte Handfläche fallen. Der Schmerz verstummt sofort, doch die Farbe des Metalls bleibt dunkel, fast bronzefarben.

»Was war das?«, flüstere ich.

»Du hast es auf dich geprägt«, sagt Olaf. Sein Blick gleitet über meinen Kopf zu den Baumwipfeln, als er in einen leisen Singsang fällt.

»Dein Blut ist sein Blut, dein Leben ihm unantastbar. Seine Kraft wird gehorchen der Kraft der Sechs, dich schützen, sich nie-

mals umkehren, bis es sich dereinst verbindet in Zweiheit des kristallenen Lichts.«

»Was heißt das?«

»Das weiß ich nicht«, sagt er. »Ich habe nur ein gutes Gedächtnis für alte Sprüche.«

Argwöhnisch mustere ich sein Gesicht, das auf den ersten Blick so offen erscheint und doch überhaupt nichts verrät. Vielleicht erfindet er das alles nur, um sich wichtig zu machen. Vielleicht weiß er auch viel mehr, als er zugibt. Das Amulett vibriert in meiner Hand.

Ich streiche ein letztes Mal darüber, dann schiebe ich es mir unter die Zunge. Es fühlt sich warm an und schmeckt nach Kupfer. Nach Blut.

»Bist du irrsinnig?«, ruft Olaf.

»Offnsichlich«, nuschele ich. Ich hebe die Faust über meinen Kopf.

Macht durchströmt mich, ein alles verschlingender Strudel. *Flammengestalt*, denke ich. Feuer schießt aus meiner Hand, aus meinen Schultern, meinem Bauch. Es umhüllt mich ganz und gar. Doch es schmerzt mich nicht, es streichelt meine Haut wie ein warmer, sonniger Umhang. Gleißend rot ist meine Welt, Flammen tosen durch meine Gebeine, verschlingen mich. Ich lache auf. Ich *bin* Feuer, und ich brenne wie Zunder und lebe.

»Thea!«

Durch den roten Schein sehe ich eine Gestalt. Sie scheint zu wanken und an Farbe zu verlieren, sich aufzulösen im rot schwelenden Dunst meiner Macht.

»Thea!« Die Stimme klingt wütend und furchtsam zugleich.

Das bringt mich wieder zu Bewusstsein. Ich spucke die Münze auf meine Hand. Das Feuer erlischt, nur ein Brausen hallt in meinen Ohren nach, ein Echo dessen, was ich zu tun vermag. Das Rot vor meinen Augen verliert sich, und die Welt färbt sich Aschegrau.

Erschrocken sehe ich mich um. Von den Farnen existieren

nur noch verbrannte Stängel. Blätter segeln von der Blutbuche herab, lösen sich noch in der Luft zu Ascheflocken auf. Das Bachwasser ist trüb, und die Luft riecht trocken und leblos wie nach einer langen Dürre. Kein Vogel singt mehr.

»Pack das Ding weg«, zischt Olaf. Er steht ein paar Schritte von mir entfernt, dort wo das Aschegrau langsam wieder in Grün übergeht. »Und tu das nie wieder.« Ich lese Furcht in seinem Blick. Furcht vor mir? Ich kann es kaum glauben. Er ist noch blasser als sonst, beinahe strahlend weiß. Und er wankt tatsächlich, hat die Arme um sich geschlungen, als sei ihm kalt.

Ich folge seiner Forderung nur widerwillig. Ich will das Amulett weiter betrachten, weiter seine Wärme auf meiner Haut fühlen. Doch er hat recht. Ich muss es verborgen halten. Sein Glühen verschwindet im Lederbeutel.

»Erzähl niemandem davon«, sage ich schroff.

Er schüttelt den Kopf und sieht so erschöpft aus, als hätte er jahrelang nicht geschlafen. »Dann würden sie uns nur beide hängen.«

Nebeneinander und doch mit zwei Mannslängen Abstand zwischen uns traben wir zwischen den Bäumen nach Osten zurück. Der Wald erscheint mir genauso trüb wie der Bach, als hätte er nunmehr alle seine Geheimnisse vor mir versteckt. Die Insekten sind verschwunden. Einmal sehe ich im Gebüsch den verwaschenen roten Pelz eines toten Fuchses. Olaf befördert ihn mit einem Fußtritt beiseite.

Bald kann ich die Straße zur Festung vor uns sehen, ein dunkler Strich im lichter werdenden Gehölz.

»In weniger als einer halben Stunde sollte die zehnte Phalanx hier durchmarschieren«, sagt Olaf plötzlich dicht neben mir. »Sie kommen von einem Erkundungsmarsch zurück. Schließ dich ihnen unauffällig an, damit du zurück in die Festung kommst, ohne wegen Befehlsverweigerung aus der Armee geworfen zu werden.« Er grinst, als er mein erschrockenes Gesicht sieht. »Hast du nicht darüber nachgedacht, dass dein kleiner Ausflug vielleicht gegen die Befehle des Kommandanten verstößt? Soldaten mögen keine Streuner.«

Ich brumme etwas Unverständliches. »Und wohin gehst du?«, frage ich dann.

Er zuckt mit den Schultern. »Ich habe noch etwas zu erledigen.« Sein Lächeln verfliegt. Er wirft einen Blick über die Schulter. »Zeig das Amulett keinem anderen«, sagt er. »Du kannst niemandem trauen.«

»Aber dir schon?«

»Nein.« Er grinst sein unverschämtes Grinsen. »Aber du hast keine andere Wahl. Im Norden wirst du mehr als das Amulett brauchen, um zu überleben.«

»Im Norden?«, frage ich.

Doch Olaf ist schon im Unterholz verschwunden.

Kapitel 14

Dicht an dicht reihen sich sicherlich hundert Senger und Heiler im Versammlungsraum der Ersten Division. Der Kommandant persönlich hat uns zusammengerufen, und ich bin gerade noch rechtzeitig eingetroffen.

Ich drücke mich an die Wand, als Eleni neben mir auftaucht.

»Wo warst du?«, fragt sie und starrt mich an. »Ich habe dich gesucht.«

Kommandant Zenon erlöst mich vorerst von einer Antwort. Allein sein Erscheinen bewirkt ein respektvolles Schweigen.

»Die Lage ist schlimmer, als wir angenommen haben«, beginnt er. Sein Blick, der über die Reihen der Senger und Heiler gleitet, ist scharf wie eine Rasierklinge. »Inzwischen ist die Seuche ein schlimmerer Feind als die Barbaren, die sie auf uns gehetzt haben. Wir können nicht zulassen, dass die Krankheit unsere stolze Republik überrennt. Mehr als fünfzig Brenner habe ich ausgeschickt, um die Grenzbastionen zu verstärken. Doch das ist nicht genug. Wir müssen das Übel an seinen Wurzeln packen.« Seine Miene ist nüchtern, und er steht so steif da wie eine Lanze. Doch mich beeindruckt sein kühler Geist mehr als jeder charismatische Schwadroneur. »Ich stelle einen Trupp für eine Mission in den Norden zusammen. Das Ziel ist das Narviktal, im Norden jenseits der Gletschersteppe. Wir haben Informationen, dass sich die Seuche von dort ausgebreitet hat. Unsere Heiler werden dort nach einem Heilmittel suchen. Ich selbst werde den Trupp anführen. Wir werden herausfinden, was die Seuche ausgelöst hat.«

»Das werden wir!«, murmelt Eleni und reckt ihr Kinn.

»Sechzig Brenner und zwanzig Heiler nehmen an der Mission teil«, fährt der Kommandant fort. »Ihre Namen werden im Anschluss verlesen. Die Aufgabe der Brenner ist vorrangig der Schutz der Heiler. Begleitet werden wir von zwei Phalangen der Achten Division, die uns Kommandant Kostas als Schutz zur Verfügung stellt. Es wird kein Feldzug sein, sondern eine Erkundungsmission, die rasch und unauffällig vonstatten gehen soll. Wir werden auf uns gestellt sein im Feindesland.«

Er verlässt den Raum mit eiligen Schritten, jede Bewegung genauso kontrolliert und effizient wie die Rede, die er gehalten hat.

Eleni nimmt meine Finger und drückt sie. Zuerst bin ich überrascht, weil ich denke, dass sie bei mir Halt sucht, doch dann merke ich, dass sie meine Finger umdreht, um mir etwas auf die Handfläche zu legen. Kühles Metall. Ich blicke hinunter. Es ist Zoes Brosche. Mir läuft ein trauriger Schauer den Rücken hinunter.

»Willst du das behalten?«, flüstert Eleni. Ihre Augen ruhen nachdenklich auf meinem Gesicht, als versuche sie, meine Gefühle wie eine fremde Sprache zu entziffern. Ich nicke und balle die Faust um den Glücksbringer, der seiner Trägerin kein Glück gebracht hat.

Ein Sekretär beginnt die Namen der ausgewählten Soldaten zu verlesen. Ich bin nicht überrascht, als ich meinen Namen höre. Auch Eleni, Marius und Myk werden genannt. Zwei Hauptmänner rufen anschließend uns Rekruten zusammen: Heilerhauptmann Aris und Brennerhauptmann Malefi. Ich zähle die Rekruten, die sich bei ihnen einfinden. Zwölf Brenner und sechs Heiler – alle Freiwilligen, die von meiner Vereidigung aus Athos übrig geblieben sind. *Wir brauchen sie alle.* Kommandant Zenons Worte vom Schiff dröhnen in meinem Kopf. Doch wie können wir Anfänger ihm bei einer solch schwierigen Mission nutzen?

»Rekrutin!«, ermahnt mich Malefi, und mein Blick zuckt zu ihm. Nein, zu ihr. Der Hauptmann ist eine Frau, wie ich jetzt erst sehe. Sie hat kantige Gesichtszüge und kurz geschnittenes, hellrotes Haar, das auf ihrer weißen Kopfhaut fast rosa wirkt. »Augen zu mir!«, schnauzt sie mich zu Recht an. »Du scheinst Schwierigkeiten mit der Disziplin zu haben.«

»Ach wirklich«, murmelt Marius hinter mir.

Ich schweige, und offensichtlich erwartet Malefi auch keine Antwort. Ihr Blick misst mich abschätzend. »Ich habe von dir gehört, Rekrutin«, sagt sie. Sie redet schnell und nicht besonders laut. Sie wird sicherlich niemals herumbrüllen wie Hauptmann Louk, um sich Respekt zu verschaffen. Und wahrscheinlich braucht sie das auch nicht. »Wir mögen hier keine Hauptmannsliebchen«, fährt sie fort. »Erwarte keine Vorzugsbehandlung. Im Gegenteil. Übe dich in Disziplin und Zurückhaltung, bis du bewiesen hast, dass du ein wertvolles Mitglied in meiner Truppe bist, und nicht nur das hübsche Anhängsel eines Mannes.«

»Ja, Frau Hauptmann.« Ich balle die linke Hand zur Faust, während ich mit der Rechten salutiere. Ich werde es ihr beweisen.

Heilerhauptmann Aris ergreift das Wort. »Die Aufgabe der Heilerrekruten wird es sein, die erfahrenen Heilersoldaten zu unterstützen – bei der Untersuchung eliminierter Befallener und der Suche nach einem Heilmittel, sobald wir im Narviktal sind.« Er spricht bedächtig und zwirbelt dabei seinen Schnurrbart. In seinem weißen Kittel, der sich über einem mächtigen Bauch spannt, sieht er mehr wie ein Gelehrter aus als ein Soldat. Auch wenn ich bei Malefi einen schwereren Stand habe, ich werde mich bei Gefahr eher an sie halten. »Dafür benötigen die Heiler Schutz«, fährt er fort. »Wir werden die Brennerrekruten in Zweiergruppen aufteilen und ihnen jeweils einen Heiler zuweisen. Ihr …«

»Ihr werdet euren Schützling niemals aus den Augen verlieren«, fällt ihm Malefi ins Wort. »Selbst wenn er schläft, wird mindestens einer von euch an seiner Seite sein. Habt ihr verstanden?« Ihr Blick bleibt skeptisch, obwohl wir nicken. Sie spricht weiterhin in ihrem raschen, abgehackten Tonfall, als würde sie einen Pfeil nach dem anderen auf uns abfeuern. »Für alle gilt: Ihr seid Hauptmann Aris und mir gleichermaßen unterstellt. Bleibt dicht zusammen, achtet auf eure Vor- und Hintermänner. Niemand unternimmt auch nur einen Schritt abseits der Formation. Das Nordland ist kalt und unzugänglich, und zusätzlich können überall Befallene lauern. Ich verlasse mich darauf, dass ihr euch bei dieser Mission auszeichnen werdet, Rekruten. Handelt präzise, beobachtet und lernt.«

Wir alle salutieren gehorsam. Myk wirkt, als wolle er sofort losstürmen. Eleni hat so eifrig zu jedem von Malefis Worten genickt, dass ich sicher bin, dass sie die Rede des Hauptmanns auswendig wiederholen kann. Nur Marius mustert Malefi kritisch, als frage er sich genauso wie ich, ob sie uns besser durch Gefahren führen kann als unser letzter Hauptmann. Aris hat er offensichtlich bereits abgeschrieben.

In geordneter Formation traben wir hinter den beiden Hauptmännern her zum Gebäude des Versorgungsdienstes, wo uns unsere Ausrüstung für die Mission ausgehändigt wird. Fellstiefel, ein dicker Fellkragen, mehrere Paar Handschuhe, eine Mütze mit Ohrenklappen, um den Helm auszufüttern, zwei aus feuerfesten Enai-Palmfasern gewebte Tuniken, eine langärmlige Lederweste und Hosen aus Leder, die mit schwer brennbarer Paste imprägniert wurden, undurchlässig sein sollen für Wind und Schnee und so fest sind, dass sie bei jeder Bewegung knacken. Dazu Proviant, Packsattel, gewachstes Zelttuch, ein Schlafsack aus Wollfilz und diverse andere Utensilien. Einen neuen Umhang verschmähe ich auch dieses Mal, denn die ausgehändigten sind nicht besser, als meiner es ist. Ich lasse mir einen neuen Speer geben, den ich an den Packsattel schnallen will, und in meinen Gürtel stecke ich Hauptmann Louks Axt. Zoes Brosche befestige ich unter dem Kragen meines Umhangs, so wie sie sie trug. *Geschenke von Toten.* Hoffentlich sammle ich nicht noch mehr davon.

Den restlichen Abend verbringen wir damit, den Ausführungen unserer neuen Hauptmänner zu lauschen, die uns den Weg, die Marschroutinen und unsere Pflichten im Detail erläutern. Es ist bereits dunkel, als wir zur Ostmauer gerufen werden. Die gesamte Besatzung der Festung soll einer Hinrichtung beiwohnen. Die Sonnenflagge der Republik ist überall gehisst, und an den Toren flattern gelbe Stoffbänder. Manche Soldaten berühren sie beim Vorbeigehen ehrerbietig mit den Lippen.

Fackeln beleuchten die Zinnen – und die drei Galgen, die oben auf der Mauer steil in die Nacht ragen. Tausende Soldaten stehen in enger Formation. Es ist still. Gar nicht weit weg erblicke ich Ian, in erster Reihe vor seinen Männern. Sein Gesicht sieht härter aus als früher, sein Kinn ist entschlossen vorgereckt. Ich kann an seinem Ausdruck nicht erkennen, ob er bereits von unserer Mission weiß, aber ich nehme es an. Informationen verbreiten sich in der Festung sicher genauso schnell wie in der Akademie.

Ian bemerkt mich nicht. Ich folge seinem Blick hinauf zu den Wachleuten, die drei Gefangene den Wehrgang entlang treiben. Es sind die ersten Barbaren, die ich in meinem Leben sehe, und sie sehen so aus, wie ich sie mir vorgestellt habe: Zerrissen und dreckig, mit wilden Mienen und langen, verfilzten Bärten. Allerdings sind sie alles andere als bedrohlich, denn es sind alte Männer, und ihre Körper sind ausgemergelt wie die von Verhungerten.

»Sie sind vorgestern in der Klamm hinter dem Nordtor aufgetaucht und wurden sofort gefangen genommen«, wispert Eleni neben mir. »Mein Vater hat sie selbst verhört. Sie haben zugegeben, dass ein mächtiger Vereiser nördlich des Narviktals die Seuche ausgelöst hat.«

Ich runzle die Stirn. »Warum ein Vereiser? Und wie kann ein einzelner Mensch eine Seuche hervorrufen?«

»Es gibt sicher Mittel und Wege.« Sie zupft nachdenklich

an ihrer Lippe. »Obwohl wir noch nicht wissen, wie und warum.«

Sie schaut nach vorne, und ich tue es ihr nach. Seher wollten die Männer sein, wie Ian erzählt hat. Aber wenn sie tatsächlich die Zukunft sehen könnten, wären sie wohl nicht hier, um sich hängen zu lassen. Mühsam erklimmen die alten Männer das hölzerne Podest.

Es ist nicht die erste Hinrichtung, die ich mitanschaue. Die Ipallin meines kleinen Heimatdistrikts ist eine harte Frau, und wenn sie einmal im Jahr am Festtag der Republiksgründung die verurteilten Rebellen köpfen lässt, muss stets das ganze Dorf anwesend sein.

Trotzdem muss ich schlucken, als die Wärter den Greisen Stricke um die Kehlen legen, und wende den Blick ab. Stattdessen mustere ich die Menge um mich herum. Die meisten Soldaten stehen schweigend in Formation. Nur auf wenigen Gesichtern sehe ich ein höhnisches Grinsen. Dann verändert sich etwas, ein unhörbares Raunen, eine unsichtbare Bewegung geht durch die Menge. Als ich aufblicke, baumeln die drei Greise wie Strohpuppen über den Zinnen. Sobald die Sonne aufgeht, werden sie selbst aus der Ferne gut zu sehen sein – und das war sicherlich Kommandant Kostas' Absicht.

Zwei Senger schießen Feuerfontänen von der Mauer in den Nachthimmel. Wir alle salutieren, dann werden wir entlassen.

Nachdenklich gehe ich neben Eleni zurück zu den Quartieren. »Was sagt dein Vater dazu, dass du an der Mission teilnimmst?«, frage ich sie, als sie sich verabschiedet.

»Da er nicht mein Vorgesetzter ist, kann er mir keine Weisungen geben.« Sie wirkt etwas bleich um die Nase, als sie das sagt. »Wenn er es könnte, hätte er mir die Teilnahme verboten. Er ist wütend auf mich.«

Auch ich habe jemanden, der mir die Reise verbieten will, und vermutlich wütend ist, weil er es nicht kann. Sobald im Rekrutenquartier Nachtruhe eingekehrt ist, schleiche ich zu

Ian, um mich von ihm zu verabschieden. Doch sein Bett ist leer. Erst kurz vor dem Morgengrauen taucht er auf, mit Stoppeln am Kinn und übernächtigten Augen.

Er flüstert meinen Namen, doch er berührt mich nicht. »Ich werde die Mission begleiten«, eröffnet er mir dann. »Ich habe Kommandant Kostas überzeugt, meine Phalanx als eine der beiden Eskorten auszuwählen.«

»Das ist toll!«, wispere ich. Ich weiß, wie sehr er sich eine solche Gelegenheit, sich zu beweisen, gewünscht hat. Und obendrein können wir so zusammenbleiben. In seinem Blick ist allerdings keine Freude. Ich ahne, was jetzt kommt.

»Ich hatte dich gebeten, dich nicht in Gefahr zu bringen«, sagt er düster. »Ist meine Bitte so wenig wert?«

Meine Stimme wird spröde, ohne dass ich etwas dagegen tun kann. »Ich bin an den Befehl meines Kommandanten gebunden.«

»Du bist an *mich* gebunden«, sagt er. »Du hättest gehen können, wenn du mit der Heilerin gesprochen hättest. Ich habe dich heute Nachmittag gesucht.« Er grollt. »Jetzt ist es zu spät. Du bist für diese Mission ausgewählt worden, und ich hätte keine Ruhe, wenn du allein in den Norden ziehst. Das ist der Grund, warum ich mich für die Mission gemeldet habe.«

»Ian«, flüstere ich und nehme seine Hand. »Ich bin ein Soldat wie du. Du darfst nicht wütend auf mich sein.«

»Bin ich aber«, knurrt er. »Du tust einfach, was du willst. Dabei weißt du nichts.« Sein Gesicht kommt dem meinen ganz nah. »Du gehörst mir. Mein ungezähmtes Pferd, das ordentlich zugeritten werden muss.«

Er erstickt meine wütende Widerrede mit seinen Lippen. Ich stoße ihn zurück, doch er packt mich einfach und wirft mich aufs Bett. Ich will wieder in die Höhe schnellen, doch schon ist er über mir. Er erwischt meine Handgelenke und drückt sie zurück auf die Matratze. Er weiß, dass ich es hasse, wenn er mich so festhält, dass er damit finstere Erinnerungen weckt. Und ich weiß, dass er es genau deshalb tut. Wir ringen miteinander, stumm und mit dem Willen, einander wehzutun. Aber es gibt eine Grenze, die wir beide nicht überschreiten. Die Hand an meinem Hals, die mich nicht würgt, meine Finger, die sich in Ians Haaren festkrallen, ohne sie auszureißen. Als ich seine festen Stöße in mir spüre, frage ich mich jedoch, ob es diese Grenze wirklich gibt, oder ob ich sie mir nur einbilde. Ob die Wut, die in mir brennt und die mich seine Grobheit mit gleicher Härte erwidern lässt, nur ein Schutzschild ist. Weil ich das, was darunter lauert, nicht ertragen könnte.

Danach bin ich wund und ausgelaugt. Ich schiebe Ian von mir herunter. Draußen ertönt das Hornsignal der Ersten Division. Die Aufforderung, uns zum Aufbruch zu sammeln.

»Ich liebe dich«, flüstert Ian. Die Morgendämmerung fällt zur Fensterluke herein und zeichnet Schatten in seine Miene.

Ich antworte instinktiv. »Ich liebe dich auch.« Und ich weiß, dass es stimmt. Ich liebe ihn. Aber heute Nacht hat sich etwas verändert. Etwas, das nie wieder so sein wird wie früher. Ich wende mich ab. Ich will nicht, dass er mein Gesicht sieht, das jetzt, da meine Wut verglüht ist, schutzlos und nackt ist.

Ich richte meine Uniform notdürftig her und eile hinaus, ohne mich umzudrehen.

Kapitel 15

Ich stehe im engen Nordhof der Festung. Die Klamm des Nordpasses jenseits der offenen Torflügel sieht aus wie ein schwarzes, vielzahniges Maul. Einer nach dem anderen verschwinden die Reiter vor mir im Zwielicht des Felsenschlunds, der sie ins Barbarenland führen wird. Ich denke an Zoes schwarze Mundhöhle und schaudere.

Das Pony schnaubt unter mir unruhig. Ein letzter Blick über die Schulter zeigt mir ein letztes Mal den Festungshof. Oben auf der Mauer kreisen Krähen um die Gehängten, deren Leiber im Wind schwingen. Ich spüre die tastenden Blicke der wachhabenden Soldaten. In ihrem Schweigen lese ich die Frage, wer von uns nicht wiederkommt.

Ich salutiere vor der gelben Flagge, dann gebe ich dem Tier einen leichten Schenkeldruck, und es trägt mich zum Tor hinaus. Die Felsen zu beiden Seiten der Schlucht recken sich steil in die Höhe. Je tiefer wir in die Klamm reiten, desto dunkler wird es, als würden die Wände alles Licht gierig verschlingen. Uns bleibt nichts anderes übrig, als uns auf die Trittsicherheit unserer Ponys zu verlassen. Der Atem von Mensch und Tier dampft in der kalten Luft. Ein Horn hinter mir bläst ein dreifaches Signal, als der letzte Reiter die Mauern passiert hat und das Tor hinter ihm geschlossen wird. Jetzt sind wir auf uns gestellt.

Vor mir reitet Eleni. Heilerhauptmann Aris hat mich zu ihrem Schutz eingeteilt – wahrscheinlich hat sie ihn dazu aufgefordert, und er wollte sich der Tochter eines Kommandanten nicht widersetzen. Ihr zweiter Beschützer ist ausgerechnet Marius. Immerhin reitet er vor ihr, sodass ich seine direkte Nähe nicht ertragen muss.

Nach etwa einer Viertelstunde rücken die Felsen der Klamm zu einem Tal auseinander. Baumschösslinge und Farne säumen den Pfad, hüfthohe Nadelgehölze, zwischen denen morsche Baumstümpfe uralter Baumriesen herauslugen wie kleine Podeste.

»Othon benötigt im Winter mehr Brennholz als eine ganze Stadt«, sagt Eleni und dreht sich zu mir um. Ihr Gesicht wirkt mit dem buschigen weißen Pelzkragen klein und rotwangig wie das eines Kindes.

»Und wenn Feinde heranrücken, haben sie keine Deckung«, ergänze ich. Wachsam gleitet mein Blick über die abgeholzte Fläche. *Feindesland.* Ich werde dieses Mal auf alles vorbereitet sein.

Je weiter wir reiten, desto weniger Bäume sind Othons Gier nach Holz zum Opfer gefallen. Als die Sonne irgendwann durch den wolkenverhangenen Himmel blitzt, sind wir von einem Wald umgeben, der sich in nichts von dem im Süden der Festung unterscheidet. Ich bin mir allerdings sicher, dass sich die Welt bald ändern wird. Denn es geht stetig bergauf, und der Wind ist kälter geworden; ein eisiger, toter Atem, der mir unangenehm ins Gesicht haucht. Nur meine rechte Seite fühlt sich warm an, als wäre das Amulett, das ich wieder unter meine Achsel gebunden habe, ein kleiner Ofen. Ich schiebe den Gedanken daran lieber beiseite – als könnten mir die anderen mein Geheimnis ansehen, wenn ich zu viel darüber grüble.

Mittags rasten wir auf einer Lichtung, damit die Ponys fressen können. Ich bin froh, aus dem Sattel zu steigen. Mein Tier, dessen Fell so dicht ist, dass es in struppigen Büscheln absteht, senkt den Kopf und beginnt zwischen dem Farn zu grasen. Ich schlinge die Zügel um einen Ast. Das Pony hat zwar ein ruhiges Temperament, doch ich stehe nach wie vor lieber auf meinen eigenen Beinen, als mich auf die eines eigenwilligen Tieres mit Fluchtinstinkt verlassen zu müssen.

Eleni reicht mir ein Stück von den roten Fladen, an deren Geschmack ich mich inzwischen gewöhnt habe. »Hast du deine Pastille schon genommen?«, fragt sie. Sie hat mir vor dem Aufbruch ein neues Päckchen davon zugesteckt.

Ich nicke, obwohl es nicht stimmt. Welchen Sinn hat es, die Medizin zu nehmen, wenn mein Körper sie offensichtlich nicht mehr braucht? Ich will es ohne sie schaffen. Doch ich habe keine Lust, mit Eleni darüber zu diskutieren.

Wir setzen uns ein paar Schritte abseits von den anderen Rekruten. Mit einer gewissen Schadenfreude bemerke ich Marius' Konflikt, der sich nicht zu uns gesellen will, aber laut Weisung unserer Hauptmänner Eleni immer im Auge behalten soll. Schließlich lässt er sich zwischen uns und den anderen auf einem Baumstumpf nieder. Früher habe ich ihn nie allein gesehen. Offensichtlich hat er nicht das Bedürfnis, sich nach Toni und Agata neue Anhänger zu suchen.

Soldaten patrouillieren den Waldrand entlang, ein Dutzend von ihnen habe ich vorhin zu einem Erkundungsritt aufbrechen sehen. Ian steht bei Kommandant Zenon, gemeinsam mit dem Hauptmann der anderen Phalanx. Sie scheinen in ein ernstes Gespräch vertieft.

»Er ist inadäquat«, bemerkt Eleni.

Ich drehe mich zu ihr um. »Wie meinst du das?«

Sie fixiert mich mit ihren wachen blauen Augen. »Das weißt du.«

»Ich will es von dir hören.«

»Er hat keinen Trieb, ist nicht einmal ein Bürger«, zählt sie ohne zu zögern auf. »Die Republik sagt, wir Bürger sollen in unserer Partnerwahl einen adäquaten Gegenpart finden. Es ist unsere Aufgabe, durch die richtige Paarung unsere Triebe weiterzuvererben. Du bist zwar nicht außergewöhnlich talentiert, doch kräftig und attraktiv, und dein unbekannter Vater verleiht dir einen geheimnisvollen Anstrich. Du könntest in ein Hohes Geschlecht einheiraten.«

»Ich will aber nicht«, fauche ich.

Eleni blinzelt langsam und verständnislos, sieht dabei aus wie eine Eule. Marius stößt hinter vorgehaltener Hand ein ersticktes Krächzen aus. Er amüsiert sich offensichtlich prächtig.

»Ich nenne dir nur deine Optionen«, belehrt sie mich, ohne ihn zu beachten. »Als Patriotin bist du es deiner Republik schuldig, die bestmögliche Wahl zu treffen.«

»Ian ist die bestmögliche Wahl.« Ich ignoriere das leise Stechen in meinem Inneren, das mich bei diesen Worten durchfährt. »Er ist ein begabter Hauptmann, vielleicht wird er eines Tages Offizier einer eigenen Garnison in Irelin.«

»Eine ernst zu nehmende Karriere.« Sie faltet die Hände. Ich kenne sie, sonst würde ich ihr Sarkasmus unterstellen. »Willst du denn nach Irelin zurück?«

Ich öffne den Mund – und schließe ihn wieder, als mir klar wird, dass ich die Antwort auf diese Frage nicht weiß. Doch anstatt nachzubohren, blickt Eleni an mir vorbei. »Wer ist das?«, fragt sie.

Olaf schlendert auf uns zu. Zwischen all den Uniformierten wirkt er mit seinen langen Beinen und der buntscheckigen Kleidung wie ein Regenbogenreiher. Ehe ich ihn vorstellen kann, ist er schon heran und tut es selbst.

»Olaf, Bergführer und Fährtenleser.« Er verbeugt sich vor Eleni, eine äußerst ironische Geste. Mir zwinkert er zu. »Der Kommandant hat mich für die Mission unter Sold genommen, weil ich mich hier in der Gegend auskenne.«

»Aha«, sagt Eleni und mustert ihn mit großen Augen von oben bis unten. Offensichtlich hat sie keine Ahnung, wie sie ihn einordnen soll. Dabei kann ich ihr helfen.

»Verschwinde«, sage ich zu ihm. »Such dir jemand anderen für deine Geschichten.«

»Sei nicht so unhöflich«, rügt mich Eleni. Ich seufze. Dieser Schuss ist wohl nach hinten losgegangen, denn als Nächstes lädt sie ihn mit einer Geste ein, sich zu uns zu setzen. »Woher stammst du, Fährtenleser?«

Olaf wirft mir einen vorsichtigen Blick zu. Sein Lächeln ist verschwunden, und er scheint auf meine Erlaubnis zu warten, was mir eine gewisse Genugtuung verschafft. Seine Nähe ärgert und verunsichert mich gleichermaßen. Doch ich werde mich von ihm nicht einschüchtern lassen. Wenn er mich verrät, ist er ebenso erledigt wie ich.

Ich zucke also mit den Schultern, und er lässt sich uns gegenüber auf den Boden nieder – mit einer formvollendeten Bewegung, die Meister Amphion sicher gefallen hätte.

»Mal wohne ich hier, mal dort. Ich bin seit Jahren in den Grenzlanden unterwegs«, sagt er zu Eleni. Nicht nur mir fällt auf, dass er ausweicht.

Vielleicht war Elenis Frage nur ihrem Verständnis von Höflichkeit geschuldet, doch jetzt hat er ihre Neugier geweckt.

»Ich meinte deinen Geburtsort«, hakt sie nach. »Und welchem Geschlecht du entstammst.«

Er hebt die Augenbrauen. »Du bist aber ein neugieriges Vögelchen.«

»Ich bin Eleni Orestis, gebürtig in Athos, und das ist keine geziemende Antwort auf meine Frage.«

»Das Dorf Dirdinka in der Provinz Jagosch. Und eine unbedeutende Bauernfamilie.« Seine Antwort klingt mürrisch.

»Du gehörst nicht zu einer der Hohen Familien? Bei deinem Aussehen?« Elenis Blick wandert über seine Hände, die die üblichen zehn Finger aufweisen, und dann zu mir. Mir schwant Übles.

»Das geht uns nichts an«, sage ich und lege ihr eine Hand auf den Arm. »Du kannst nicht einfach Wildfremde …«

Doch Olaf unterbricht mich. »Auf der Suche nach weiteren Bastarden, Eleni Vögelchen?«, fragt er und seine Augen blitzen. »Ein bisschen Abstammungslehre, wie sie die Orestis so gerne betreiben?«

Er weiß über mich Bescheid. Die Erkenntnis durchzuckt mich wie ein Flammenstoß, während Olaf weiterredet.

»Da muss ich dich enttäuschen«, sagt er zu Eleni. »Meine Mutter war eine junge Hochgeborene, deren Brennerfähigkeiten allerdings für keine Ausbildung ausreichten. Mein Vater war ein unfähiger Bauer, dessen größtes Talent sein hübsches Gesicht war. Die Heirat mit ihm hat meine Mutter ihren Ruf und ihren Namen gekostet, und meine Geburt ihr Leben. Mein Vater hat sich vor ein paar Jahren zu Tode gesoffen.«

»Schade.« Eleni seufzt, und ich zucke bei ihrem Tonfall zusammen. »Ihr zwei seht euch ähnlich. Ihr hättet Geschwister sein können. Thea, du tust mir weh!«

Ruckartig lasse ich ihren Arm wieder los.

»Wir sind keine Geschwister«, sagt Olaf ungerührt und blickt mich dabei an. Seine rätselhaft blauen Augen schimmern tief wie Brunnenwasser. »Glaub mir.«

Eleni starrt ihn immer noch an. Ein ungemütliches Schweigen entsteht, und ich bin unruhig genug, es als Erste zu brechen. Ich habe genug von Ehen und Abstammung. Außerdem gibt es Wichtigeres, das vor uns liegt.

»Wie lange wird unsere Reise bis zu diesem Narviktal dauern?«, frage ich.

»Zwanzig Tage«, antwortet Olaf. »Vorausgesetzt, wir werden beim Ritt durch die Gletschersteppe nicht aufgehalten. Und vorausgesetzt, der Winter wird nicht zu hart.«

»Es ist doch fast noch Sommer.«

»Nur in Athos. Hier kann täglich der erste Schnee fallen. Ich tippe auf morgen.«

»Warum?«, fragt Eleni.

Er lächelt. »Weil ich ihn riechen kann.«

Eleni rümpft die Nase. »Schnee besteht aus Wasser. Er hat keinen Geruch.«

»Oh doch. Er riecht nach den Winden, die ihn heranbringen. Er riecht nach Winter und Sternenlicht, nach erfrorenen

Rosen und der Erinnerung an etwas, das niemals wiederkehrt. Er riecht nach Sterben.«

Ich kann nichts erwidern. Etwas in seinen Worten rührt mich an und lässt mich gleichzeitig frösteln. Der kalte Atem des Windes kommt mir plötzlich noch kälter vor.

»Humbug«, sagt Eleni, allerdings in bewunderndem Tonfall. »Bist du ein Dichter?«

Er beginnt zu lachen, und sie fällt mit ein.

»Ich habe noch nie Schnee gesehen«, sagt sie. »Ich bin gespannt auf morgen.« Und wieder lacht sie, als wären seine Worte ein Scherz gewesen. Doch ich weiß, dass sie keiner waren.

»Woher wissen wir, dass die Seuche wirklich aus dem Norden kommt?«, frage ich. Ihrer beider Lachen verstummt.

»Augenzeugenberichte«, sagt Eleni in ihrem sachlichen Tonfall. »Die ersten Befallenen wiesen schwarze Erfrierungen auf. Sie müssen in wesentlich kälteren Gebieten gewesen sein als dem Grenzgebirge. Sie trugen außerdem die Kleidung von Elchjägern.« Auf meine fragend gehobenen Augenbrauen erklärt sie: »Elche sind eine große Hirschart, die in der Gletschersteppe lebt. Dass die Befallenen vor Wärme und Feuer zurückscheuen, lässt ebenfalls darauf schließen, dass der Norden ihr natürliches Habitat ist.«

»Und trotzdem kommen sie nach Süden«, sagt Olaf.

»Das ist leicht zu erklären«, erwidert Eleni. »Im Süden leben die meisten Menschen.«

»Und was ist mit den Aussagen der Barbaren, die gestern gehängt wurden?«, bohre ich nach.

»Du meinst die Seher«, wirft Olaf ein.

Eleni runzelt die Stirn. »Was soll mit ihnen sein?«

»Wenn ich es richtig verstanden habe, dann haben sie sich freiwillig in unsere Hände begeben. Warum sollten sie das tun?«, sage ich. »Wir sind ihre Feinde. Vielleicht haben sie gelogen, als sie im Verhör gesagt haben, dass ein Vereiser für die Seuche verantwortlich ist. Vielleicht wollen sie uns in eine Falle locken.«

»Das glaube ich nicht«, sagt Olaf. »Unter der Folter lügt keiner. Doch ich frage mich was ganz anderes.« Er streckt sich genüsslich in der Sonne aus. »Warum sollte ein Vereiser im Narviktal sein eigenes Volk mit einer Seuche infizieren? So weit von der Südgrenze entfernt? Das ergibt wenig Sinn. Allerdings wissen Seher selten Tatsachen. Sie *sehen*.«

Ich hebe die Augenbrauen. »Mithilfe von Rauschmitteln und Ritualen?«

»Vielleicht auch mithilfe einer angeborenen Fähigkeit«, erwidert er ruhig. »Wenn es in Athosia einen Brennertrieb und einen Heiltrieb gibt, warum sollte es in den Nørlanden nicht neben einem Vereisertrieb auch einen Sehertrieb geben?«

»Warum sollte es nicht«, wiederholt Eleni nachdenklich. Sie starrt Olaf wieder nachdenklich an.

»Du glaubst ihm doch nicht etwa?«, rufe ich.

»Ich glaube gar nichts«, murmelt sie. »Ich erschließe mir die Wirklichkeit anhand von Fakten. Wenn ich einen Seher treffe, werde ich ihn untersuchen.«

»Wenn er dich lässt, Vögelchen.« Olaf springt lachend auf die Beine. Während er davonspaziert, packen wir die Reste unserer Mahlzeit zurück in die Satteltaschen. Auch die anderen machen sich aufbruchsbereit.

Eleni wirkt in sich gekehrt. »Vögelchen«, murmelt sie. »Warum nennt er mich so?«

»Er will dich ärgern«, mutmaße ich. »Er ist ein Lügner und Strolch.«

»Im Gegensatz zu uns kennt er sich hier aus«, sagt Marius hinter mir. Seine Gegenwart habe ich völlig vergessen. »Du solltest ihn nicht ständig reizen. Aber offensichtlich kannst du nicht anders.«

»Du hast keine Ahnung«, murmele ich und schwinge mich auf mein Pony. »Los, reihen wir uns in die Formation ein.«

Schweigend geht unsere Reise weiter. Die Luft scheint in den Stunden des Nachmittags kälter zu werden, und auch der Wald wandelt sich. Blutbuchen werden von Dornentannen abgelöst, Farne durch Flechten und Moose. Der Weg wird felsiger und windet sich in steilen Serpentinen nach oben. Wir kommen nur langsam vorwärts, und obwohl wir uns bemühen, eng zusammenzubleiben, wird die Kolonne immer wieder auseinandergezogen. Am späten Nachmittag ertönt vor uns ein Hornsignal und der gesamte Trupp gerät plötzlich ins Stocken.

»Befallene!«, schreit jemand.

»Absitzen, Rekruten«, ruft Hauptmann Malefi. Wir folgen ihren Instruktionen und führen unsere Ponys eilig vom Weg herunter. »Nehmt die Heiler in die Mitte!«, befiehlt sie. Schon steht sie vor uns, ihren schwarzen Umhang über die Schulter geworfen und ihr Schwert mit beiden Händen kampfbereit vor dem Körper. Sie ist bestimmt eine gute Kämpferin. Aris neben ihr wirkt weit weniger entschlossen.

Marius und ich stellen uns vor Eleni. Ich reiße die Axt aus meinem Gürtel.

Atemlos lauschen wir. Von weiter oben ertönen Schreie und Waffengeklirr. Ich kann Feuer riechen. Doch niemand kommt den Berghang herunter.

»Aufsitzen, es geht weiter«, erschallt stattdessen nach einer Weile der Ruf von vorn. Malefi seufzt, beinahe wirkt sie enttäuscht. Ich bin auch enttäuscht. Ich hätte ihr zu gerne gezeigt, dass ich kein Feigling bin.

Wenig später passieren wir den Kampfplatz. Fünf schwelende Körper liegen verdreht auf dem Boden. Sie tragen graue Pelzkleidung. Ihre nackten Füße und Hände weisen – dort wo sie nicht verbrannt sind – schwarze Beulen von Erfrierungen auf. Obwohl ihre Köpfe fehlen, sehe ich, dass einer von ihnen eine Frau gewesen ist.

An diesem Tag treffen wir keine weiteren Befallenen mehr.

Wir schlagen das Nachtlager im Schatten verkrüppelter Zirbelkiefern auf, und während über uns der Wind pfeift, höre ich die schweren Stiefeltritte von Ians Soldaten, die die ganze Nacht patrouillieren. Malefi beobachtet mich, und ich beobachte Ian, doch keiner von uns redet mit dem anderen, als hätte uns der Norden aller Worte beraubt.

Kapitel 16

Am nächsten Tag segeln weiße Kristalle vom grauen Mittagshimmel herab und legen sich wie eine kalte Decke auf unsere Umhänge. »Schnee.« Eleni dreht sich zu mir um und lacht. »Der Fährtensucher hatte recht!«

Sie kräuselt die Nase und schnuppert in die Luft, als könne sie den Duft riechen, den er beschrieben hat.

»Achte auf den Weg!«, mahne ich.

Ein schmaler Pfad führt uns sachte, aber stetig hinauf, immer höher ins Nordgebirge. Wir haben den Wald hinter uns gelassen. Um uns herum türmen sich zwischen niedrigen Nadelgewächsen Felsbrocken wie die liegen gelassenen Spielzeuge eines riesigen Kindes. Ich sehe kaum ein paar Meter weit, denn alles ist in Dunst gehüllt. Ein dunkles, tristes Grau, das die Männer vor mir verschluckt und mir einen Schauer über den Rücken treibt. Vorsichtig setzen die Ponys ihre Hufe auf den buckligen Weg, der sich in irrwitzigen Kurven um die Felsen schlängelt. Bald wirbeln sie mit ihren Hufen eine Schicht des frisch fallenden Schnees auf.

Wir passieren einen Felsblock, unter seiner weißen Schneehaube grau und groß wie ein Elefant. Hinter ihm reißt der Dunst auf. Ich halte den Atem an. Wir reiten geradewegs in ein Tal hinein. Rechts und links stürzen weiße Abhänge hinab, treffen sich in einem schmalen Bergeinschnitt – der vor einem grauen Nichts endet. Nein, kein Nichts. Eine massive Felswand, nur durchbrochen von einer schwarzen Zackenlinie. Eine wahrscheinlich kaum wegbreite Schlucht, die durch den Fels führt, so wie jene hinter Othon, die mir jetzt schon tausend Meilen weit weg erscheint.

»Die Klagende Klamm«, sagt Eleni vor mir. »So heißt sie

wegen der pfeifenden Winde.« Sie hat die Karten ihres Vaters offensichtlich aufmerksam studiert. »Dahinter beginnen die höchsten Gipfelzüge des Nordgebirges.«

Mein Blick schweift an den anderen Reitern vorbei, deren Ponys sich vor uns den Pfad entlangtasten. Mein Atem stockt, als ich die Gebäude entdecke.

Die Barbaren scheinen ihre Klamm ebenfalls zu bewachen. Allerdings hält ihr Stützpunkt keinem Vergleich mit Othon stand. Zwei Handvoll Steingebäude ducken sich vor der Felswand zusammen, als würden sie beieinander Schutz suchen. Unsere Soldaten haben die Siedlung bereits umstellt. Wahrscheinlich Ians Phalanx, die heute als Vorhut ausgeritten ist. Einige von ihnen gehen von Tür zu Tür, verschwinden in den Gebäuden und kommen wieder heraus.

»Offensichtlich ist die Siedlung verlassen«, spricht Eleni meine Gedanken aus. »Bis auf den Turm.«

Sie deutet auf das größte Gebäude, dass sich direkt neben dem Eingang der Klamm befindet: ein grob gemauertes, mehrstöckiges Rund, das die Farbe des Felsen hat, sodass ich es erst jetzt erkenne. Schneeflocken scheinen das Gebäude zu umwirbeln wie ein riesiger Schwarm weißer Schmetterlinge. Drei Reihen unserer Soldaten haben davor mit erhobenen Schilden Stellung bezogen, doch keiner nähert sich dem Turm weiter.

Mein Herz beginnt in einem schnellen Takt zu schlagen. Wenn mein Pony fliegen könnte, würde ich ihm die Fersen in die Flanken rammen, damit es den Talpfad zu meinen Kameraden mit einem Sprung überwindet. Doch ich muss meine Ungeduld bezähmen, während wir mühsam der Reihe unserer Vorreiter zwischen den Felsen hindurch folgen. Und dann fängt uns Hauptmann Malefi bereits beim ersten Steingemäuer ab.

»Heilerrekruten, ihr sucht hier Zuflucht«, sagt sie knapp. »Nutzt die Zeit, um eine kurze Rast einzulegen. Es wird ein langer Tag, denn unser Kommandant will heute noch die

Klamm durchqueren. Brenner, ihr lasst eure Pferde dort hinten im Pferch und kommt mit mir. Es ist Zeit für euch, etwas über das Ausräuchern von Barbaren zu lernen.«

Eleni nimmt mir die Zügel meines Ponys ab. »Du musst mir nachher alles erzählen«, sagt sie.

»Das wird sie nicht können.« Malefi bleibt neben uns stehen. »Die Soldaten haben das Tal bereits durchkämmt und bis auf die Barbaren im Turm verlassen vorgefunden, aber ich gehe kein Risiko ein. Du bleibst hier und bewachst das Gebäude.«

Das darf doch nicht wahr sein! Ich will widersprechen, doch an ihrer abfälligen Miene sehe ich, dass sie nur darauf wartet. Deshalb beiße ich die Zähne so fest zusammen, dass sie knirschen und senke den Kopf. »Ja, Hauptmann«, stoße ich hervor.

Statt zu gehen, mustert sie mich. Sie hat ihren gefütterten Helm abgesetzt und streicht sich über die Stoppeln ihres roten Haares. Glaubt sie etwa, ich bin der Aufgabe nicht gewachsen?

»Marius.« Sie winkt ihm. »Du bleibst ebenfalls hier.«

»Wir sind hier doch nicht im Kinderheim«, murrt er. »Die können doch auf sich selber …«

»Noch ein Wort, und ich verordne dir zehn Rutenschläge«, zischt Malefi und stülpt sich wieder den Helm über. »Der Schutz der Heiler hat oberste Priorität. Wenn sich Feinde dem Haus nähern, sorgst du dafür, dass die Tür geschlossen bleibt und bläst mit dem Horn nach Verstärkung.« Sie drückt ihm ein Widderhorn in die Hand. »Und noch etwas.« Sie deutet auf mich. »Wenn ich zurückkomme und das Liebchen ist weg, weil es sich bei Hauptmann Ian herumtreibt, werde ich dich persönlich zur Rechenschaft ziehen.«

Bevor ich meinen Mund zum wütenden Protest öffnen kann, ist der Hauptmann schon davongeeilt. Die Brennerrekruten folgen ihr hastig. Nur Myk dreht sich noch einmal um und wirft mir einen letzten Blick zu, in dem ich Mitleid zu lesen meine. Ich balle die Fäuste und wende mich ab.

»Los, rein da.« Marius scheucht die Heilerrekruten wie eine

Herde Gänse durch die Tür in das verfallene Barbarenhaus. Eleni und ich bleiben stehen.

»Worauf wartet ihr?«, mault er uns an.

Ich verschränke die Arme. »Versuche es doch«, sage ich und funkle ihn finster an. »Du kriegst mich da nicht rein.«

Eleni beachtet weder ihn noch mich. Sie hat ihre Hände erhoben und fängt Schneeflocken, um sie dann auf ihrer Handfläche schmelzen zu lassen. »Sie sind makellos«, murmelt sie ehrfürchtig. »Und jede Kristallstruktur ist anders.«

Marius kneift die Augen zusammen. Ich warte darauf, dass er uns anbrüllt, doch stattdessen wendet er sich ab und murmelt: »Tut doch, was ihr wollt.«

Er schließt die Tür der Hütte, dann setzt er sich davor und bettet den Kopf auf die Knie. Er sieht müde aus. Seine Figur ist schmaler, sehniger geworden, er wirkt nicht mehr wie jemand, der seine Muskeln täglich mit dem Stemmen von Hanteln drillt.

»Der Schneefall wird stärker«, ruft Eleni. »Schau!«

Ich blicke ihrem Zeigefinger hinterher nach oben. Die Flocken taumeln so dicht auf uns herab, als schüttle jemand einen Sack mit frisch geschorener Schafswolle über uns aus. Sie legen sich auf mein Gesicht, frostig und weich zugleich. Ich stülpe mir meine Kapuze über den Kopf und tappe von einem Fuß auf den anderen, wünsche mich zu den anderen Soldaten.

Es ist still, die Häuser verschwinden hinter einem weißen Vorhang. Der Schnee verschlingt die Welt um uns herum, selbst die Zeit. Irgendwann schält sich ein langer schmaler Schatten aus dem Schneedunst. Olaf stapft auf uns zu.

»Was geht da vorne vor?«, will ich wissen.

»Sie beraten, ob sie die Barbaren in dem Turm ausräuchern sollen oder ihnen eine Frist setzen, um sich zu ergeben«, sagt er.

»Gibt es keinen anderen Weg in den Norden als durch diese Klamm?«, frage ich.

Gleichzeitig sagt Eleni: »Du hattest recht mit dem Schnee.«

Er legt den Kopf in den Nacken und schaut in den dämmrigen Himmel. »Diesen Schnee meinte ich nicht«, sagt er.

»Gibt es denn mehrere Arten?«, fragt Eleni stirnrunzelnd.

Er blinzelt, während sich die Flocken auf sein bleiches Gesicht legen. »Es gibt natürlichen Schnee, und dann gibt es solchen, wie den hier. Mindestens ein Vereiser ist in dem Turm – und Kommandant Zenon will ihn lebend.«

»Ein Vereiser?«, ruft Eleni mit unangemessener Begeisterung.

Marius nimmt das zum Anlass, auf die Beine zu springen und zu uns zu stapfen. »Geh ins Haus, Eleni«, sagt er schroff.

»Warum?« Sie stemmt die Hände in die Hüften.

Doch ausnahmsweise bin ich mit Marius einer Meinung. »Eleni, bitte«, sage ich. »Wir sind für deinen Schutz verantwortlich.«

»Ihr könnt mich hier draußen viel besser im Auge be…«

»Seid still!« Olaf ist mit einem Satz bei ihr und packt sie an der Schulter. Sie verstummt und starrt ihn großäugig an. Doch er schaut über sie hinweg ins Schneetreiben. »Da ist jemand«, murmelt er.

Ich trete an Elenis andere Seite und folge seinem Blick. Und dann sehe ich sie, als hätten seine Worte den Vorhang aus Schnee gelüftet. Zwei geduckte, graue Schatten, die sich einen Steinwurf entfernt lautlos den Abhang hinaufbewegen.

»Befallene?«, flüstert Marius hinter mir.

»Dann würden sie nicht fliehen«, wispert Eleni.

»Nørlaender.« Olafs Augen funkeln vor Jagdfieber. »Wir sollten sie uns schnappen.«

Richtig, Myk hatte erwähnt, dass er auch Kopfgeldjäger ist.

Marius schüttelt den Kopf. »Unser Befehl lautet hierzubleiben.«

»Und unsere Feinde entkommen zu lassen?«, stoße ich aus. Olafs Jagdfieber ist ansteckend. Meine Entscheidung ist allerdings nicht vollkommen uneigennützig. Ich muss Hauptmann Malefi zeigen, dass ich nicht nur Ians Liebchen bin.

»Marius, tu, was du willst!«, wiederhole ich seine Worte von eben. »Eleni, du gehst ins Haus!« Dann nicke ich Olaf zu. »Folgen wir ihnen.«

Olaf grinst mich an. »Fangen wir sie«, ruft er. »Aber denk an eines: Wenn wir sie lebend abliefern, bekommen wir eine sattere Prämie, als wenn wir nur ihre Köpfe bringen.«

Er ist schon drei Schritte vorausgeeilt, ehe ich meinen ersten tun kann. Ich ignoriere Marius' Flüche hinter mir. Eilig folge ich Olaf am nächsten Gemäuer vorbei, dann folgen wir dem Zaun des Pferchs, in dem sich unsere Pferde zusammendrängen. Als ich den Hang betrete, versinken meine Stiefel knöcheltief im Schnee. Nicht nur das, die weiße Masse bleibt an meinen Sohlen kleben wie zäher Teig. Trotzdem kämpfe ich mich im Laufschritt die steile Böschung hinauf. Olaf scheint vor mir leichtfüßig über den Schnee zu gleiten. Schon ist er mir mehr als zwanzig Schritt voraus.

Immerhin wird mir seit Tagen endlich wieder warm. Mein Herz schlägt hart und schnell. Nach einer Weile bleibe ich stehen, um nach Luft zu schnappen. Die beiden Fliehenden sind nirgends zu sehen, nur ihre Fußstapfen haben eine Spur hinterlassen, die sich bereits wieder mit Schnee füllt. Ich will zur Siedlung zurückschauen, da erklingt Olafs Stimme vor mir.

»Komm schon, Mädchen!« Höre ich ein Lachen in seinem Tonfall? Verdammt noch mal, warum ist er nicht auch außer Atem? Ich stapfe weiter, so schnell ich kann. Ich weiß nicht, wie lange ich weiter den Berg hinaufklettere, den schroffen Felsen ausweichend, die dunkel aus dem Weiß herausragen. Wenn es nicht stetig bergauf ginge, hätte ich längst die Orientierung verloren. Meine Laune sinkt mit jeder weiteren Kurve, die ich schlagen muss. Inzwischen bin ich überzeugt, dass die Nørlaender schneller sind als wir, sonst hätten wir sie längst erwischt. Es war ein Fehler, Olaf nachzurennen wie ein dummes

Schaf. Ich sehe Malefis selbstgerechte Miene schon vor mir. Es wird ihr ein Vergnügen sein, mich zu bestrafen. Schweiß rinnt mir den Rücken hinunter. Ich höre nichts außer meinem keuchenden Atem und dem Rieseln des Schnees. Bis Olaf vor mir aus dem Schneegestöber auftaucht. Er ist stehen geblieben.

»Dort.« Er deutet nach rechts. »Sie sind soeben hinter dem Fels verschwunden.« Er dreht sich um und späht den Hang hinunter. »Uns folgt jemand.«

»Bestimmt Marius.« Der uns nur aufhalten wird. »Holen wir sie uns!«, keuche ich. Ich kämpfe mich um den nächsten zweimannshohen Fels herum, der schräg steht und fast so etwas wie eine Höhle bildet. Darunter bin ich für einen Moment vom tosenden Schneefall erlöst, doch der erste Schritt unter dem Fels heraus und hinein in das weiße Nichts bringt mich direkt vor einen Abgrund. Wo kommt der plötzlich her? Für einen Augenblick schwanke ich und glaube zu fallen. Mein Mund öffnet sich zu einem Schrei. Doch dann reißt mich eine Hand zurück.

»Vorsicht, Dummerchen«, wispert Olaf dicht an meinem Ohr, ein warmer Lufthauch zwischen den eisigen Bissen der Schneeflocken. »Du solltest umkehren.«

»Willst du mich veralbern?«, keuche ich verärgert.

»Nein.« Er legt den Kopf zur Seite. »Es war erfrischend, nicht alleine zu jagen. Aber hörst du das Vögelchen rufen?«

Welches Vögelchen? Ich reiße mich aus seinem Griff. Mein ganzer Körper pulsiert vor Anstrengung. Vor mir ist kein Abgrund. Eher eine Senke, die sich mehrere Mannslängen tief durch den Abhang zieht, bevor der Berg genauso steil wieder ansteigt wie bisher. Und dort, direkt unter mir, sehe ich zwei Schemen. Graues Fell. Taumelnder Gang. Einer scheint den anderen zu stützen. Gleich haben wir sie.

»Thea!« Elenis Stimme dringt an mein Ohr. »Warte auf mich.«

Das darf doch nicht wahr sein! Ich fahre herum, gleichzeitig weiche ich Olafs Hand aus, die mich erneut packen will. Der Schwung zwingt mich zu einem Schritt nach hinten. Ich trete ins Leere. Über die Kante hinaus.

Ich falle. Jetzt schreie ich wirklich. Meine Füße kommen wieder auf dem Boden auf, doch mein Körper hat bereits so viel Geschwindigkeit aufgenommen, dass ich einfach hintenüber kippe. Mit Kopf und Schultern pralle ich auf dem Boden auf. Der Schnee ist weich, doch er reißt mich mit, und ich rutsche auf dem Rücken nach unten, rudernd mit Händen und Beinen, bis ich auf Widerstand pralle.

Warm. Ich spüre nassen Pelz auf meiner Wange. Jemand brüllt. Ich rutsche mit dem Pelz weiter, doch langsamer, komme zum Stillstand. Gerade, als ich die Handschuhe in den Schnee stemme, um mich aufzurichten, trifft mich etwas an der Hüfte. Ich krümme mich zusammen und rolle zur Seite, lande auf den Knien. Schmerz durchzuckt mich. Ich hebe den Kopf gerade rechtzeitig genug, um zu sehen, wie etwas auf mich zurast. Ein Stock. Ich hechte zur Seite. In derselben Bewegung reiße ich die Axt aus meinem Gürtel und will aufspringen, allerdings bremst mich der Schnee. Bis zu den Knien sinke ich ein. Rund um mich steigen die Hänge an. Ich bin offensichtlich hinabgerutscht bis zur tiefsten Stelle der Senke. Wo ist Olaf? Doch ich habe keine Zeit, mich umzusehen. Der Barbar hat seinen Stock schon wieder erhoben. Er ist riesig, größer als ich, und mehr als doppelt so breit, mit blitzenden schwarzen Augen. Mein Herz will stehen bleiben, doch ich zögere nicht.

Allerdings gerät mein Sprung im Schnee schwerfälliger als der eines Elefanten. Der Kerl stoppt meinen Axthieb mit seinem Stock. Der Ruck reißt mir fast den Arm aus. Sofort weiche ich einen Schritt zurück, stolpere, sinke erneut bis zum Knie ein.

Ich muss mich auf meine Stärke besinnen. Schnelligkeit. Aufgrund seiner Masse wird der Schnee den Barbaren mehr behindern als mich. Ich kann das zu meinem Vorteil nutzen. Ich muss.

Schon will ich einen zweiten Angriff starten, da weiten sich seine schwarzen Augen. Er blickt über mich hinweg, auf den Abhang, der aus der Senke hinaus und weiter den Berg hinauf führt. »Hinter dir!«, ruft er.

Er spricht meine Sprache? Auf den ältesten Kampftrick der Welt falle ich trotzdem nicht herein. Ich reiße die Axt in die Höhe. Doch dann krallt sich etwas in meine Schulter und reißt mich herum, hüllt mich in einen frostigen Hauch von Moder und Tod. Ich stürze gegen einen kalten Körper und schaue in Augen, die bleicher sind als der Schnee.

Kapitel 17

Die Haut des Befallenen ist bläulich verfärbt, fast schwarz, und das lässt die weißen Augen nur noch gespenstischer leuchten. Seine Haare sind ein dunkelgrauer Filz, in dem sich die Schneeflocken verfangen, ohne zu schmelzen. Seine Finger bohren sich in meine Schulter.

Mein Herz hört auf zu schlagen, als ich in seine trübweißen Augen blicke. Ich sehe den Tod darin. Schlimmer. Ich sehe Zoe. Wut schießt wie Lava in mir empor. Niemals werde ich zulassen, dass mir das Gleiche zustößt wie ihr! Ich stoße den Kopf nach vorne. Ein scharfer Schmerz schießt durch meine Stirn. Doch sein Kiefer knirscht, gibt nach wie morsches Holz. Er wankt, und das gibt mir Zeit, meine Waffe einzusetzen. Ich schwinge die Axt auf dem engen Raum mit aller Kraft. Das scharf geschliffene Axtblatt schneidet durch Wollstoff und kracht dann in seine Schulter. Knochen brechen wie splitternder Stein. Jetzt müsste er mich loslassen, doch er tut es nicht. Ich zerre an der Axt, doch sie verhakt sich im Knochen.

Dort, wo mein Schädel auf seinen geprallt ist, ist sein Kiefer zu einem grotesken Überbiss verschoben wie die Mäuler der überzüchteten Schoßäffchen in Athos. Doch seine Zunge schiebt sich unbeirrbar aus dem deformierten Maul auf mich zu.

Ich schreie. Hitze rast durch meinen Körper, von meinem Bauch über meine Brust. Meine Handschuhe beginnen zu glühen.

»Thea, duck dich!« Glockenhell klingt Olafs Stimme.

Und ich gehorche ihr, lasse mich auf die Knie fallen und ziehe den Kopf ein.

Metall blitzt auf. Eine Schwertspitze zischt wie ein silberner Vogel über mir vorbei. Sogleich lockert sich der Griff um meine Schultern. Ein kalter Körper sackt auf mir zusammen, begräbt mich zwischen sich und dem Schnee.

Ist er tot? Richtig tot? Panisch stoße ich ihn von mir herunter. Ja, ist er. Sein Kopf rollt davon und zieht dabei schwarze Schlieren durch den Schnee.

»Stehen bleiben!«, zischt Olaf die Barbaren an.

Seine Schwertspitze schimmert wie in Tinte getaucht. Hinter ihm steht Eleni. Ihr kleines, spitzes Gesicht ist erhitzt und ihr Atem geht schnell, doch ihr Blick ist triumphierend. Kennt sie gar keine Angst? Ich springe auf die Beine. Meine Hände zittern, mein ganzer Körper bebt. Die Spannung des Kampfes durchpulst mich immer noch. Sie hält mich aufrecht, obwohl meine Welt an den Rändern dunkel und verschwommen ist, unwirklich wie ein Albtraum. Ich ziehe schaudernd meine Axt aus der Leiche und stelle mich vor Eleni.

»Bleib hinter mir!«, zische ich.

Der Riese umklammert mit beiden Händen seinen Stock. Erst jetzt sehe ich, dass auch der andere Barbar hier ist. Er kauert hinter dem Riesen. Beide tragen unförmige Umhänge aus schneeverklumpten grauweißen Fellzotteln, mit denen sie wie Büffel aus den athosianischen Flachlanden aussehen. Kapuzen fallen ihnen tief in die Stirn, und ihre Münder sind von Schals verdeckt. Nur ihre Augen sehe ich, deren Blicke zwischen uns hin und her huschen.

»Wirf den Stock weg«, fordert Olaf den Riesen auf.

»Nein.« Dumpf klingt seine Stimme, wie der Laut eines großen Tiers. Das Schneegestöber wird stärker, Flocken wirbeln mir ins Gesicht. Ich blinzle gegen sie an und packe den Griff meiner Axt fester, spüre das kalte Holz durch die Löcher in den verschmorten Handschuhen hindurch. Mein Blick hat sich geklärt. Ich bin wieder bereit zu kämpfen.

Da richtet sich der zweite Barbar mühsam auf, spricht Worte, die ich nicht verstehe. Seine Stimme klingt zittrig und alt. Jetzt sehe ich, dass er klein ist, trotz des monströsen Fellumhangs. Er legt seine Hand auf dem Arm des Riesen, sein Blick ruht allerdings auf Olaf. Nach einer Weile senkt der Riese den Kopf. Sein Stock fällt herab und versinkt lautlos im Schnee. In unserer Sprache sagt der Alte: »Wir ergeben uns, Bleichhaar.«

Olaf gleitet über den Schnee hinweg auf sie zu. Statt seines Schwerts hält er plötzlich eine gelb glänzende Kette. Chrysos! Er versetzt dem Riesen einen Stoß, der ihn auf die Knie fallen lässt. »Hände in den Rücken!« Der Barbar keucht, als ihn die Kette berührt, doch Olaf bindet sie ungerührt um seine Hände.

»Du auch!« Als Nächstes ist der Alte dran. Olaf fesselt ihm ebenfalls die Hände, allerdings mit einem einfachen Strick.

Jetzt erst schaut er mich an. Sein bleiches Gesicht ist hart wie Eis. »Bring Eleni und den Alten zurück zur Siedlung. Ich kümmere mich um den Vereiser.«

»Vereiser?« Eleni reißt die Augen auf.

Auch durch meinen Kopf surren Fragen wie wütende Bienen, doch jetzt ist der falsche Zeitpunkt dafür. Ich packe den älteren Gefangenen an der Schulter. Auch er hat fremdartig dunkle Augen. Von Nahem sehen sie müde aus, die Haut darum ist faltig und dünn wie Pergament. Er wehrt sich nicht gegen meinen Griff.

Mit der anderen Hand packe ich Eleni. »Wir müssen zurück«, keuche ich. Nicht nur wegen Malefi und unserem Trupp. Ich habe Angst. Wir müssen raus aus dieser Senke, die mir wie eine Falle erscheint. Ich schaue mich ein letztes Mal um, vermeide den Anblick der kopflosen Leiche, die bereits von einer dünnen weißen Schicht bedeckt ist. »Wo ein Befallener ist, sind bestimmt noch mehr.«

Dann blicke ich nach oben. Wie weit sich die Hänge über uns erstrecken, kann ich nur erahnen. Obwohl der Schneefall jäh nachgelassen hat – ich bin mir sicher, das hat mit der Kette aus Chrysos zu tun, mit der Olaf den Vereiser gefesselt hat –, ist die Sicht nicht besser geworden. Nebelschwaden wabern dort oben zwischen den Silhouetten der Felsen. Ich meine darin jedoch eine Bewegung zu sehen, blitzschnell und verstohlen.

Olaf nickt mir zu. Er hat die Bewegung auch gesehen. Mit einem Ruck zwingt er den Riesen in die Höhe. »Los jetzt!«

Während er den Riesen mühelos die Senke in Richtung der Siedlung hinauftreibt, muss ich meinen Gefangenen stützen. Er atmet schwer, doch er sagt kein Wort. Eleni eilt an seine andere Seite und versucht mir zu helfen, allerdings behindert sie mich eher.

Wir haben fast die Kuppe erreicht, hinter der es wieder bergab geht, als eine Gestalt dort hinter dem schräg stehenden Felsen hervortritt. Ein schwarzer Umhang flattert. Ich stoße den Atem in einer dichten Wolke aus, als ich ihn erkenne. Marius. Sicherlich ist er uns gefolgt, um uns jetzt eine Standpauke zu halten. Doch seine Miene passt nicht dazu. Sie ist grau wie der verhangene Himmel, und seine Stimme ist ein eisiger Hauch. »Befallene.«

Eleni keucht auf. Der Gefangene zwischen uns taumelt. Olaf dreht den Kopf ruckartig wie ein Raubtier, das die Umgebung kontrolliert.

»Zum Felsen«, zischt er und reißt seinen Gefangenen an den Handfesseln hinter sich her. Ich packe den meinen unter den Achseln. Eleni keucht hinter mir. Halb trage, halb stütze ich den Alten den Rest des Hangs hinauf, schiebe ihn über die Kuppe, bis er unter dem Felsen niedersinkt. Der Riese kauert dort schon. Im Halbdunkel der niedrigen Höhle wirkt er noch massiger.

Olaf packt Marius am Arm. »Wie viele und wo?«

Marius deutet wortlos auf die Hänge um uns. Jetzt, da nur noch vereinzelte Flocken durch die Luft taumeln, sehe ich sie. Schemen bewegen sich dort durch den Nebel. Es sind Dutzende, die rechts und links von der Senke den Abhang entlangwandern. Ich halte den Atem an. Angst krallt sich in mein Herz. Das könnten Barbarenkrieger sein, die sich ins Tal schleichen.

Doch ihre Bewegungen sind ungeordnet und ohne Ziel, das Herumirren von Ameisen, die ihre Duftspur verloren haben. Obwohl manche von ihnen gefährlich in unsere Richtung schwenken.

Meine Finger wandern zur Axt, doch Olaf packt mein Handgelenk. »Noch haben sie uns nicht gesehen«, wispert er. Mit der anderen Hand zieht er Eleni hinter sich, die wie erstarrt den Hang hinunterschaut. Ins Tal, das sich unter uns erstrecken müsste, doch ich sehe es nicht. Wie weit bin ich im Jagdeifer hinaufgestiegen? Weißer Dunst verbirgt die Welt unter uns, als wären wir über den Wolken.

»Kauert euch unter den Felsen«, flüstert Olaf.

Eleni und Marius gehorchen sofort, nur ich reiße mich aus seinem Griff und bleibe stehen. Meine Angst verwandelt sich in Wut. Das Amulett unter meiner Achsel glüht. Wie viele Befallene kann ich erledigen, bevor sie mich oder Eleni erwischen? Bevor sie das Tal erreichen und unsere Leute überfallen?

»Nein«, murmelt Olaf. »Es sind zu viele.«

»Was schlägst du dann vor?«, zische ich. »Warten, bis sie uns entdecken?«

»Schnee«, krächzt der Alte hinter uns. »Er wird uns verbergen.«

Ich runzle verständnislos die Stirn. Olaf dreht sich um. Trotz des dämmrigen Dunsts funkeln seine Augen wie Wassertropfen in der Sonne. Er duckt sich unter den Felsen und zerrt im nächsten Augenblick den sich sträubenden Vereiser am Fellkragen heraus, reißt ihn in die Höhe und drückt ihn mit dem Rücken gegen den Fels.

»Wenn du uns hintergehst, töte ich dich nicht«, zischt er ihm zu. »Ich werfe dich den Befallenen zum Fraß vor.«

Dann löst er ihm tatsächlich die Fesseln aus Chrysos! Ich reiße meine Axt in die Höhe, doch der Barbar reibt sich nur die Handgelenke und atmet mit einem Stöhnen aus. Er hat tief liegende Augen, die so dunkel sind, als bestünden sie einzig aus Pupille. Sein Blick flackert. Vor Schmerz? Vor Wut?

»Mach schon«, zischt Olaf.

Der Vereiser schließt die Augen. Plötzlich erstarrt die Luft und wird so kalt, dass meine Wangen taub werden. Der Nebel zieht sich vor mir zu einem Wölkchen zusammen, verdichtet sich zu feinen Kristallen, die taumelnd davonwehen. Zwei Wölkchen entstehen, drei, und dann beschleunigt sich das Phänomen so rasch, als zischten tausend kleine weiße Blitze vor mir durch die Luft. Schnee. Der Vereiser erzeugt Schnee. Ich erschauere vor Staunen und Furcht. Schon sind wir eingehüllt in einen lautlosen weißen Sturm, der uns kaum eine Armlänge weit blicken lässt.

Im nächsten Augenblick spüre ich etwas Glattes zwischen meinen Fingern. Ein heißes Kribbeln jagt über meine Haut. Die Kette aus Chrysos! »Damit kannst du ihn in Schach halten«, wispert Olaf in mein Ohr. »Sorg dafür, dass die anderen ruhig bleiben. Ich mache mir ein Bild von der Lage.«

»Warte«, sage ich, doch er ist bereits im Schneesturm verschwunden. Überrumpelt lasse ich die Kette beinahe durch die Finger gleiten, erst im letzten Moment fange ich sie auf. Sie ist schwerer als ich dachte. Stahl, mit einer dicken Schicht Chrysos überzogen. Verdammter Kerl! Woher hat er so etwas Wertvolles? Er wird mir immer rätselhafter.

Ich schüttle die Gedanken ab, und konzentriere mich auf meine Aufgabe. Der Vereiser hält die Augen geschlossen, als ob er schliefe. Sein Schal ist ein Stück heruntergerutscht und zeigt hohe Wangenknochen und eine geschwungene Nase, darunter den Ansatz eines Bartflaums. Er ist jung, vielleicht sogar jünger als ich. Doch davon lasse ich mich nicht täuschen.

»Thea«, flüstert Eleni. Sie hat sich an den Rand der Höhle geschoben, dorthin wo ich stehe. Marius sitzt ein Stück von ihr abgerückt. Er umklammert sein Schwert und starrt abwechselnd das weiße Treiben und den alten Gefangenen an, der ganz hinten an der Felswand kniet, die gefesselten Hände immer noch auf dem Rücken. Der Alte hat die Augen halb geschlossen und atmet leise stöhnend.

»Was ist mit ihm?«, murmele ich.

»Er ist nicht verletzt«, erwidert Eleni. »Nur sehr alt und schwach. Wohin ist Olaf gegangen?«

Ich beiße mir auf die Lippen. »Hoffentlich ins Tal, unsere Männer warnen.«

»Wenn er das schafft«, brummt Marius.

»Natürlich schafft er das«, sagt Eleni sofort.

»Glaubst du wirklich?« Marius zieht die Brauen zusammen. »Wir sind erledigt, dank euch beiden.«

»Du hättest uns nicht folgen müssen.«

»Nein?« Er schnaubt. »Malefi hat mir doch befohlen, euch nicht aus den Augen zu lassen.«

»Seid ruhig.« Ich wende mich ab.

Der Vereiser ist neben mir in die Knie gegangen, jetzt verharrt er wie festgefroren auf dem Boden. Ich lasse mich ebenfalls nieder, rutsche ein Stück nach hinten unter den Fels, um mein Gesicht vor dem eisigen Gestöber zu schützen. Jetzt, da ich mich nicht mehr bewege, kriecht mir die Kälte durch alle Knochen, kneift mir in Finger und Wangen wie ein gieriger Aasfresser, der seine Mahlzeit nicht mehr erwarten kann. Die Welt ist verborgen hinter einer wirbelnden Wand aus Schnee. Es bleibt nichts als die absolute Stille eines Grabes. Wie lange können wir hier ausharren, ehe wir erfrieren?

Ein Schemen schält sich aus der weißen Wand. Grauen steigt in meiner Kehle auf wie Übelkeit, und der Gedanke zu erfrieren verliert seinen Schrecken. Dann wären wir wenigstens wirklich tot.

Es ist ein Kind. Es kann nicht älter als neun oder zehn Jahre sein. Ich kann nicht einmal sagen, ob es einst Junge oder Mädchen war. Blaue und schwarze Flecken überwuchern seine

Haut wie schwärende Wunden. Magere Arme schlenkern wie zwei gebrochene Flügel, und seine Finger sind unförmige schwarze Stümpfe. Nur zwei Armlängen von uns entfernt flattern sie durch die Luft, als es die Kuppe entlangstapft und den Felsen umrundet.

Ich halte die Luft an, höre nur das Dröhnen meines Herzens, das Knistern des Schnees unter den Füßen des toten Kindes. Für einen Augenblick glaube ich, dass es uns entdeckt hat. Sein Gesicht verharrt in der Luft, weiße Augen starren zum Felsen. Es reckt seine Nase, als wittere es.

Ich muss ein Würgen unterdrücken. *Es ist tot! Es ist kein Kind mehr, nur noch ein toter, unersättlicher Körper.* Wie eine Litanei sage ich diese Worte in meinem Kopf auf. Ich balle meine linke Hand um die Chrysoskette, die rechte Hand um den Axtgriff. *Geh weiter!*

Ein dunkler Ton ertönt in der Ferne, tief und lang gezogen, ein einsamer Ruf aus dem weißen Nichts. Das Widderhorn.

Das Kind wendet seinen Kopf in die Richtung des Tons, und dann stapft es durch den Schnee davon, plötzlich zielstrebig, von einer finsteren Kraft getrieben.

»Frostseelen«, flüstert der Vereiser. »So nennen wir sie.«

Mein Kopf ruckt zu ihm herum.

Seine Augen sind tief liegende Schlitze. Er hat eine Hand ausgestreckt. Ein Eiszapfen von vollendeter Schönheit ist auf seiner Handfläche gewachsen, spitzer als jedes Messer und mindestens ebenso tödlich. Als ich warnend die Chrysoskette hebe, zerspringt der Zapfen und stiebt als tausend Schneeflocken davon. Der Vereiser schließt die Augen wieder.

Ich drehe mich um. Eleni und Marius starren mit aufgerissenen Augen in die Richtung, in die das Kind verschwunden ist. Ich versuche, die Übelkeit herunterzuschlucken, doch es gelingt mir nicht.

»Wo ist das Widderhorn?«, frage ich Marius. »Das Hauptmann Malefi dir gegeben hat?«

Er greift an seinen Gürtel, tastet mit hektischen Bewegungen über seine Hüfte. »Es ist weg. Ich …«

»Olaf«, flüstere ich. »Er warnt die Soldaten.«

In mir streiten Erleichterung und Scham. Erleichterung, dass meine Kameraden nicht von den Befallenen überrascht werden. Und Scham, weil ich mich auf Olaf verlassen habe, anstatt selber etwas zu unternehmen. Ich starre zum Tal hinunter, bis ich meine, hinter den wirbelnden Schemen etwas zu sehen. Licht. Feuerblitze? Kämpfen sie dort unten? Kämpft Ian um sein Leben? Ich sollte dort sein, bei ihm, bei den anderen Brennern.

»Hier bist du nützlicher«, sagt Eleni.

Habe ich meine Gedanken laut ausgesprochen? Oder kennt sie mich doch so gut?

»Du bewachst die Gefangenen«, fährt sie in sachlichem Ton fort. »Vielleicht haben sie Informationen für uns. Nichts ist wichtiger als Wissen, erst recht im Krieg.«

Ich nicke. Nicht, weil sie recht hat – obwohl das vielleicht sogar der Fall ist –, sondern weil ich mit Schuld daran bin, dass wir allein hier oben mit zwei Barbaren sitzen, anstatt an der Seite unserer Kameraden zu kämpfen. Ich werde Eleni kein zweites Mal zurücklassen, ich werde sie heil hier rausbringen. Und dazu brauche ich tatsächlich Informationen.

»Vereiser«, flüstere ich. »Reduzier den Schnee. Ich will etwas sehen.«

Er schüttelt den Kopf. Ich hebe drohend die Kette, als er nach vorne deutet. Dann sehe ich sie auch. Zwei, nein, drei Schatten, die durch den Schnee wanken. Hinter mir höre ich, wie Elenis Atem stockt. Stumm beobachten wir, wie die Befallenen wenige Mannslängen von uns entfernt vorbeischlurfen.

Wie kann der Vereiser sie wahrnehmen? Seine Augen sind immer noch geschlossen. Er ist unheimlich. Ich lasse die Kette durch die Finger gleiten, lasse mich von ihrem Gewicht beruhigen.

Mir wird immer kälter, meine Hände spüre ich kaum noch. Zwei Mal rufe ich das Glühen aus meinem Inneren, um sie zu erhitzen. Doch mein Trieb hat sich vor der Kälte verkrochen. Ihn zu rufen, entkräftet mich mehr, als mich zu wärmen. Dem Vereiser steht dagegen Schweiß auf der Stirn. Seine Miene wirkt gequält, als wäre er in einem Albtraum gefangen. Doch immer wenn ich ihn anweise, den Schnee zu verringern, schüttelt er den Kopf. Und jedes Mal sehen wir bald darauf weitere Befallene.

Vielleicht verstellen sich die beiden Barbaren auch nur, spielen uns Schwäche vor, um uns in Sicherheit zu wiegen, bis die Befallenen vorbeigezogen sind. Der Eiszapfen, den der Vereiser vorhin erzeugt hat, ist eine tödliche Waffe. Ich muss vorbereitet sein. Ich brauche meinen Feuertrieb. Doch zuerst muss ich etwas gegen die Kälte tun, die mir die Kraft aus dem Körper saugt wie ein Blutegel. Meine Hand zuckt unter meinen Umhang, unter die Achsel. Olaf sagte, ich soll das Amulett keinesfalls einsetzen. Aber das kann kaum für eine Situation wie diese gelten.

Ich wende mich ab, damit weder Eleni noch Marius sehen können, was ich tue, ziehe das Amulett aus dem Lederbeutel und stecke es mir unter die Zunge.

Es ist aus Metall, und doch schmiegt es sich in meinen Mund, als wäre es lebendig, pulsiert dabei im Rhythmus meines Herzens. Nicht nur mein Mund, sondern mein ganzes Gesicht wird warm, als streichelten von innen Sonnenstrahlen meine Haut. Es fühlt sich wunderbar an.

Ich greife nach Elenis Hand, um ihr etwas von der Wärme abzugeben, dann atme ich tief ein und wecke die Glut meines Triebes. Liebkosend lecken die Flammen durch mein Inneres, durch Brust und Arme, bis in die Fingerspitzen, die schmerzhaft zu kribbeln anfangen, als mein Blut endlich wieder in ihnen zirkuliert. Selbst die dunkle Höhle scheint mir jetzt in warmes Licht getaucht, wie von schimmernden Kerzen.

»Thea, hör auf«, keucht Eleni. Sie windet sich, will mir ihre Hand entreißen. Überrascht lasse ich sie los, und sofort schlüpft sie aus ihrem Handschuh, reibt sich die Finger. »Hör auf zu glühen«, keucht sie. Sie starrt mich mit aufgerissenen Augen an. »Du wirst sie anlocken.«

Glühen? Ich starre auf meine Hand, die in einem warmen Orange flimmert, als züngelten Flammen unter der Haut. Was?

Aufhören, rufe ich die Flammen zur Ordnung. Doch sie gehorchen mir nicht. Panik durchzuckt mich, aber nur kurz, denn im selben Moment, in dem ich das Amulett in meine Hand spucke, verlöscht das Feuer in mir. Hastig schiebe ich das Amulett in meine Umhangtasche. Obwohl ich seine Kraft benutzt habe, hat es weder an Größe noch an Gewicht verloren. Ein Gedanke, der mich erzittern lässt.

Der Vereiser starrt mich an, die Augen zusammengekniffen. Marius studiert mich ebenso misstrauisch. Was haben sie gesehen?

Eleni schaufelt Schnee auf ihre Hand. »Du hast mich verbrannt!«, flüstert sie aufgebracht. »Woher hast du plötzlich so einen starken Trieb?«

»Es tut mir leid«, murmele ich und strecke die Hand nach ihr aus. »Zeig her.«

Sie schüttelt den Kopf. »Das willst du nicht sehen.«

Aber es ist so schlimm, dass ich ihre Verletzung riechen kann, den Geruch von verbrannter Haut. »Es tut mir leid«, flüstere ich erneut.

Eleni senkt den Kopf auf die Brust, versinkt in jenen konzentrierten Zustand, in dem sie ihren Trieb ruft. Als Heilerin verfügt sie über ein geringeres Schmerzempfinden und über eine deutlich bessere Selbstheilungskraft als gewöhnliche Menschen, worüber ich gerade jetzt wirklich froh bin.

»Was ist hier los?«

Olaf. Ich zucke zusammen. Plötzlich kauert er neben mir. »Wir müssen gehen, leise und schnell. Jetzt«, flüstert er.

Er packt den Vereiser am Arm, der mich immer noch anstarrt, und zieht ihn hoch. »Du gehst mit mir. Und lass es gefälligst wieder stärker schneien. Eleni bleibt hinter uns. Thea, Marius, ihr nehmt den Alten in die Mitte.«

»Der Alte ist tot«, sagt Marius. Wir fahren zu ihm herum.

Tatsächlich liegt der Barbar gekrümmt auf der Seite. Sein Schal ist verrutscht, ein dünner grauer Bart wie Ziegenhaar wuchert hervor. Der Vereiser stößt einen erstickten Schrei aus und fällt auf die Knie.

Eleni schreckt aus ihrer Konzentration und greift den Alten an der Schulter. Auf ihrem Handrücken zeichnen sich die dunkelroten Striemen meiner Finger ab. »Nicht tot«, flüstert sie. »Aber er atmet nicht.«

Sie beugt sich über ihn. Ich sehe nicht, was sie macht, denn Olaf packt mich am Arm und zieht mich zu sich herum. Zornig funkelt er mich an.

»Was hast du getan?«

»Was willst du von mir?«, fauche ich. »Ich habe nichts …«

»Er atmet wieder«, sagt Eleni. »Aber ich weiß nicht, ob er transportbereit ist.«

»Das muss er«, zischt Olaf und lässt mich los. »Wir haben keine Zeit mehr. Tragt ihn oder lasst ihn zurück.«

Kapitel 18

Der Abstieg ist mühsam und dauert lange. Wie eiskalte Federn umwehen uns die Schneeflocken des Vereisers. Immer wieder suchen wir Deckung und verharren, und auch wenn ich selbst keine Befallenen sehe, scheinen Olaf und sein Gefangener irgendwie zu wissen, wo sie sind. Marius und ich tragen den Alten abwechselnd, wobei ich die längeren Strecken übernehme.

Als wir endlich die ersten Gebäude auf dem Talgrund erreichen, dämmert die Nacht herauf. Es ist gespenstisch still. Mir fällt auf, dass der Schneefall nachgelassen hat. Als ich mich zum Vereiser umdrehe, sackt er gerade in die Knie.

Olaf fängt ihn im letzten Augenblick auf. »Reiß dich zusammen«, zischt er. Als der Vereiser nicht reagiert, schlingt er ihm die Chrysoskette um die Kehle, die er mir vorhin abgenommen hat. Der Barbar stöhnt vor Schmerz, aber er kommt tatsächlich taumelnd wieder auf die Beine. Als ich Zorn in seinen schwarzen Augen aufflackern sehe, verfliegt mein Mitleid sofort.

Wir kommen an mehr als einem Dutzend geköpfter und verbrannter Leichen von Befallenen vorbei, bis wir das erste Gebäude erreichen. Das Haus, in dem wir die Heilerrekruten zurückgelassen haben. Die Tür hängt schief in den Angeln. Marius reißt sie auf. Keine Heiler, das Haus ist leer.

»Wo sind sie?«, keucht er. »Haben sie uns zurückgelassen?« Er tritt gegen die Tür, doch sie verhöhnt ihn nur mit einem müden Quietschen. »Das ist deine Schuld«, fährt er mich an. »Ich hätte dir niemals hinterherkommen dürfen!«

Warum hast du es dann getan? Doch ich sage nichts. Ich mache mir genauso Sorgen wie er.

Mit den letzten Schneeflocken senkt sich auch der Dunst, der uns bisher in seinen nasskalten Atem hüllte. Hinter den Häusern sehe ich plötzlich ein Licht aufflackern, dort wo sich die Felswand wie ein schwarzes Mahnmal aus der Dämmerung schält. *Der Turm.*

Auch Olaf sieht es. »Idioten«, schimpft er. »Wollen sie noch mehr Befallene anlocken?«

Wir hetzen los. Obwohl ich den bewusstlosen Alten auf dem Rücken trage und inzwischen jeden Muskel spüre, laufe ich mit weit ausholenden Schritten. Marius trabt stumm und mit verbissener Miene an meiner Seite, die anderen fallen zurück.

Keuchend erreichen wir den Turm, die anderen nur ein paar Meter hinter uns. Am Eingang der Klamm satteln vielleicht fünfzehn Soldaten ihre Pferde. Über ihnen steigt dichter Qualm aus den Mauerluken des Turms, vereinzelt schlagen Flammen heraus. Davor brennt ebenfalls ein Feuer. Erst als der Geruch von verbranntem Fleisch an meine Nase dringt, erkenne ich, dass dort Leichen brennen.

Hauptmann Malefi starrt uns an, als wären wir eine Erscheinung – und neben ihr steht Ian. Unversehrt. Er ist der Erste, der bei mir ist, der mir den Gefangenen von den Schultern nimmt.

»Du lebst.« Seine Stimme ist ein heiserer Hauch, zitternd vor Erleichterung, doch auch vor Zorn. Ich möchte mich an ihn lehnen und die Augen schließen, nur für einen raschen Atemzug, doch schon ist er wieder fort.

Marius salutiert. »Wir melden uns zurück, Hauptmann.« Er räuspert sich rau. »Wir bringen zwei Gefangene, die aus der Siedlung zu fliehen versucht haben.«

Olaf übergibt den Vereiser an die Soldaten, Eleni eilt an Ians Seite, um den bewusstlosen Alten zu untersuchen. Während auf Olafs Direktive mehrere Soldaten das Totenfeuer mit Schnee bedecken, lasse ich Malefis aufgebrachte Fragen wortlos über mich ergehen und höre Marius' steifen Antworten zu. Es kostet mich all meine Kraft, aufrecht stehen zu bleiben, während der Hauptmann nach ihrem Verhör in knappen Worten berichtet, was passiert ist.

Lose Gruppen von insgesamt etwa zwei Dutzend Befallenen griffen in unserer Abwesenheit die Siedlung an. In der ersten Verwirrung ließen acht Soldaten ihr Leben, doch dann formierten sich die Brenner und wehrten die Befallenen mit Feuerstößen ab. Sie jagten außerdem Flammenkugeln in die Turmluken, bis sich die Barbaren dort ergaben – zumindest die, die nicht direkt dem Feuer zum Opfer fielen. Erst danach wurde unser Verschwinden bemerkt. Ein Suchtrupp, der die nähere Umgebung nach uns durchkämmte, brachte kein Ergebnis. Deshalb zog der Hauptteil der Expedition mit fünf Gefangenen weiter durch die Klamm, um das letzte Tageslicht auszunutzen. Hauptmann Malefi und eine Viertel Phalanx unter Ians Führung blieben zurück, um zumindest noch eine Zeitlang auf uns zu warten und die Leichen der gefallenen Soldaten zu verbrennen, damit sie nicht wieder aufstehen. Wir haben sie beim Aufbruch erwischt.

Ich blicke auf. Ian steht im Kreis seiner Männer, die sich in Habachtstellung um uns formiert haben, ihre Pferde immer noch an den Zügeln haltend. Er schaut fort von mir. Als wolle er mich bestrafen. Oder sich vor meinen Gefühlen schützen. Wäre er wirklich weitergezogen ohne mich?

Als hätte er meinen Gedanken gehört, tritt er vor und unterbricht Malefi. »Wir müssen weiterziehen«, drängt er. »Nach dem, was die Rekruten und der Fährtensucher berichten, streifen immer noch Befallene über die Berghänge.«

Die Soldaten nicken. Ihre Blicke gleiten aufmerksam über die Abhänge um uns herum, die langsam von der einbrechenden Dämmerung verschluckt werden. Die letzte Glut des Totenfeuers färbt ihre Mienen unter den Helmen grau.

Malefi funkelt Ian wütend an, und er starrt zurück. Endlich nickt sie.

»Wir nehmen die drei Rekruten in die Mitte«, bestimmt sie. »Ebenso die Gefangenen. Sobald wir die Klagende Klamm hinter uns haben, werden sie alle dem Kommandanten vorgeführt. Er wird entscheiden, ob …«

»Wir können nicht gehen«, sagt da Eleni so bestimmt, als würde sie nicht gleich zwei Vorgesetzten widersprechen. »Der Alte braucht Wärme und den Einsatz meines Heiltriebs, sonst überlebt er die nächste Stunde nicht.«

»Wegen eines Barbaren setze ich nicht das Leben meiner Männer aufs Spiel«, schnaubt Ian.

»Und ich nicht das meiner Rekruten«, sagt Malefi. Sie verschränkt die Arme. »Ich nehme den Gefangenen mit auf mein Pferd. Wenn er stirbt, lassen wir ihn zurück.«

»Darüber würde ich vielleicht noch mal nachdenken.« Olafs Stimme ist leise und spöttisch. »Das ist Kazimir, der Gildenführer der Seher.« Malefi fährt zu ihm herum, während der Vereiser, der von zwei Soldaten festgehalten wird, bei seinen Worten ein dumpfes Stöhnen ausstößt.

Ian verschränkt die Arme. »Und wenn er der Barbarenkanzler ist, jeder meiner Leute ist mehr wert als er.«

Doch Malefi schüttelt den Kopf. »Nicht so hastig.« Sie kneift die Augen zusammen. »Wir dürfen unsere Gegner nicht unterschätzen. Wenn der Barbar in seiner Welt so bedeutend ist, verfügt er über Informationen, die den Krieg entscheiden könnten. Das wird auch Kommandant Zenon so sehen.«

Und dir winkt bei einer solch wertvollen Beute eine Beförderung. Ich erkenne den Ehrgeiz in ihrer Miene, und er schmeckt mir nicht – denn er ähnelt allzu sehr meinem eigenen.

Mit verkniffener Miene beugt sich Ian ihren Worten – weil sie als Brennerhauptmann in der Hierarchie über ihm steht. Hektische Betriebsamkeit bricht aus, um die letzten Minuten des Tages zu nutzen. Mein Verlobter schickt einen Dreiertrupp durch die Klamm, um den Kommandanten über die neuen Entwicklungen zu informieren. Dann steht die Entscheidung über unser Nachtlager an. Sie dauert nicht lange; der Turm ist durch das Feuer unbenutzbar geworden, und nur zwei Steingebäude am anderen Ende der Siedlung verfügen überhaupt noch über intakte Türen und Fensterläden, um sich gegen Eindringlinge zu wappnen. Malefi erklärt sie zu unseren Quartieren – eines für uns, das andere für die Gefangenen. Dann teilt Ian eine Wache ein und schickt Patrouillen durch die Siedlung, die jeden auftauchenden Befallenen sofort und vor allem leise eliminieren sollen. Die Pferde werden in einen Pferch am Westhang getrieben. Während einige Männer auch noch den Schwelbrand im Turm mit Schnee löschen, bringen andere die Gefangenen ins Quartier.

»Rekruten, ihr verbarrikadiert euch vorerst mit ihnen.« Malefi weist auf die Gefangenen. »Eleni kümmert sich um den Alten. Sobald er das Bewusstsein wiedererlangt, holt ihr mich. Drei Wachen postieren wir vor eurer Tür, damit ihr nicht wieder auf Ideen kommt.« Ihr Tonfall ist schneidend. Sie winkt Olaf zu uns. »Fährtenleser, du bleibst. Ich habe noch ein paar Fragen.«

Mir fallen spontan ebenfalls ein Dutzend Fragen an ihn ein, und kaum eine davon ist angenehm. Als ob er das wüsste, zwinkert er mir zu, bevor ich hinter Marius und Eleni durch den Schnee davonstapfe. Ich kann noch hören, wie Malefi beginnt, ihn mit knappen Fragen zu bombardieren, und er in einschmeichelndem Singsang antwortet. Bevor ich das Gebäude betrete, hörte ich sie lachen. Woher nimmt er nur die Fähigkeit, jeden außer mir für sich einzunehmen?

Mürrisch sehe ich mich in dem dunklen Quartier um, das die Soldaten, die die Gefangenen hereingebracht haben, gerade wieder verlassen. Draußen klappert es, als sie die Fensterluken mit Holzläden verriegeln, ebenso die Tür. Dann ist es still. Haben sie uns eingesperrt? Ich verzichte darauf, es herauszufinden. Genauso wie Marius lasse ich einen Feuerball aufsteigen, damit wir nicht im Stockdunkel sitzen.

Eleni kniet bereits neben dem Bewusstlosen, den die Soldaten gefesselt auf einen Strohsack gelegt haben. Sie schiebt seinen weißgrauen Pelz zur Seite und legt ihm eine Hand auf die Brust.

Ein Bohlentisch ist zur Seite gerückt, ein paar Hocker umgeworfen. Holzregale hängen an den Wänden, darauf stapelt sich einfaches Tongeschirr. Direkt über der Eingangstür ist ein seltsames Gebilde angebracht, ebenfalls aus Ton. Eine runde Scheibe, auf der sich vier Vertiefungen befinden, kleine Becken, kreisförmig angeordnet und bedeckt von fremdartigen Ornamenten, die sicherlich eine abergläubische Bedeutung haben. Die Barbaren hausen offensichtlich armselig – und um das zu vergessen, suchen sie die Flucht in irgendeiner erbärmlichen Religion. Aber ich habe nichts anderes erwartet.

Der Vereiser kauert im Schatten wie ein angepflocktes Tier. Sie haben seine Handgelenke mit der Chrysoskette gefesselt, seine Füße mit Stricken zusammengebunden und den Strick durch eine Öse in der Wand über der einfachen Feuerstelle gezogen, an der sonst Töpfe aufgehängt werden. Er starrt uns an. Nein, nicht uns. Eleni und ihren Patienten.

»Marius, schür ein Feuer«, sagt Eleni über die Schulter. »Außerdem brauche ich warmes Wasser, Thea. Aber nicht zu heiß.« Vor ein paar Stunden noch hätte sie sich diese Mahnung gespart. Doch jetzt trägt sie die Spuren einer frisch verheilten Verbrennung auf ihrer Hand.

Zischend erlischt Marius' Feuerkugel über mir, sodass der Raum nur noch von meinem Licht erhellt wird. Während Marius nach Brennbarem sucht, schnalle ich meinen Wasserschlauch vom Rucksack und fülle einen der Tonbecher, den ich vorsichtig mit den Händen anwärme. Das Amulett ruht wieder in dem Lederbeutel unter meiner Achsel, und seine Wärme ist mir plötzlich eine Last.

Marius ist dabei, die Holzhocker zu zerkleinern, während ich mich an der Wand auf den Boden gesetzt habe, als der

Türriegel klappert. Olaf tritt aus der Nacht herein. Er streift seine Kapuze von den hellblonden Haaren, und es rieselt weiß auf den Boden.

»Dieses Mal ist es richtiger Schnee. Wie ich gesagt habe«, sagt er. »Hört ihr den Wind? Er bringt mehr heran. Außerdem haben die Patrouillen bereits ein halbes Dutzend Befallene geköpft. Das wird eine lange Nacht.«

Ich sehe, wie Eleni schaudert. Wie Marius die Schultern einzieht. Sie haben Angst, genauso wie ich. Doch ich will meine Furcht nicht ertragen, sondern dagegen ankämpfen.

»Was wollte Malefi von dir?«, frage ich.

Olaf verzieht den Mund. »Die leidet gleich an zwei typischen Hauptmannsseuchen: Diensteifer und Selbstüberschätzung. Beides soll übrigens ansteckend sein.«

Er lässt sich so dicht neben mir nieder, dass ich zur Seite rücken muss, um ihn nicht zu berühren. Er will mich nur ablenken, mit seiner Aufdringlichkeit genauso wie mit seinen Sprüchen.

»Woher weißt du, wer der Alte ist?«, frage ich.

»Ich weiß es eigentlich nicht«, antwortet er. »Es war eine gut begründete Vermutung.«

Ich keuche fassungslos. »Eine Vermutung?«

»Er ist wichtig. Er trägt kostbarste Kleidung unter dem Mantel und einen Kragen aus Polarfuchspelz, wie es in seinem Land nur den ältesten Sehern zusteht. Und der Junge«, er deutet zu dem Vereiser hinüber, »flüsterte vorhin den Namen Kazimir. Übrigens kennen die Nørlaender keine Gilden. Sie organisieren sich gänzlich anders als die Hohen Geschlechter in Athosia. Ich wollte jedoch, dass Malefi ohne lange Erklärungen kapiert, wie wichtig er ist.«

»Also hast du ihn einfach so zum Gildenführer gemacht?«, rufe ich. »So wie du mich zur Barbarenjagd verleitet und uns vorhin in der Felshöhle zurückgelassen hast? So wie du Marius das Widderhorn geklaut hast?«

»Immerhin hat er damit die Soldaten im Tal gewarnt«, wirft Eleni ein.

Olaf schüttelt den Kopf. »Die brauchten keine Warnung mehr. Nein, Vögelchen.« Er gluckst. »Ich hab das Horn benutzt, um die Befallenen von euch wegzulocken.«

Ich kann das nicht glauben. Ich glaube ihm gar nichts mehr.

Er mustert mich, und sein Lachen verfliegt. »Ich habe dich zu nichts verleitet. Du warst selbst Feuer und Flamme bei dem Gedanken, die Regeln zu brechen und ein paar Nørlaender zu fangen. Wirf mir nicht vor, dass du zur Soldatin ungeeignet bist.«

»Ich bin was?« Ich fahre herum, die Faust zum Schlag erhoben. Doch schon ist er auf die Beine gesprungen und außer Reichweite.

»Er hat doch recht«, murrt Marius. Er kniet vor der Feuerstelle und starrt mich über die Schulter an, und das erste Mal weicht er meinem Blick nicht aus. Im Gegenteil, seine Augen bohren sich hasserfüllt in meine. »Du fügst dich in keine Gruppe, gehorchst keinem Befehl«, zischt er. »Du bist misstrauisch wie eine Äffin und genauso aufbrausend. Für Eleni oder deinen primitiven Hauptmann würdest du töten, aber allen anderen traust du nicht. Außerdem versteckst du etwas vor uns. Und ich will wissen, was es ist.«

Meine Fäuste zittern, Hitze steigt in meinem Inneren wie Lava empor. *Aufbrausend wie eine Äffin.* Vielleicht. Aber nicht dumm genug, um auf seine Provokation reinzufallen.

Ausnahmsweise scheint nun Olaf alle Lust auf Streit verloren zu haben. »Hört auf damit, Kinder«, sagt er spöttisch. »Denkt daran, dass der Vereiser alles versteht, was ihr sagt. Wer weiß, was er vorhat.«

Mit einem Satz ist er bei dem Gefangenen. Er reißt ihm Kapuze und Schal vom Kopf und zieht die Pelzjacke bis zu den Armen herab. Er tut es, um von mir und meinem Geheimnis abzulenken. Und es gelingt ihm.

Der Vereiser wirft den Kopf in den Nacken, genauso überrascht wie wir selbst. Schwarzes Haar gleitet ihm über die Schultern, glänzend wie Rabenfedern, glatt wie eine Brennerrobe aus Nachtseide. Wie konnte ich ihn für einen massigen Riesen halten? Unter der dicken Pelzschicht und dem Schal wirkt er so schmal wie ich. Auch sein Gesicht ist leicht hohlwangig, mit ausgeprägten Wangenknochen, geraden Brauen und tief liegenden, großen Augen. Rabenaugen, so dunkel, dass ich keine Pupille erkennen kann. Er ist im selben Alter wie Eleni, Marius und ich. Und doch fremdartig wie ein Wesen aus einer anderen Welt. Von seiner Stirn zieht sich eine Zeichnung über die linke Schläfe hinunter bis zu seinem Wangenknochen. Ein verschlungenes Muster, filigran und mit dünner Feder gemalt. Schwarz sticht es gegen seine Haut ab, die so bleich ist, als hätte sie nie die Sonne gesehen.

»Ist das Tinte?«, fragt Eleni. Sie erhebt sich. »Was bedeutet das?«

In ihrem Blick ist nichts als Neugier zu lesen. Doch ihre Worte reißen den Vereiser aus seiner Starre. Er windet sich unter Olafs Griff und zischt fremde Worte. Seine schwarzen Augen glühen wie Kohlen.

Olaf lässt sich davon nicht beirren. »Sie nennen es *Tatovering*. Das haben alle Vereiser und Seher. Es hat mit ihrer Religion zu tun. Stimmt's, Junge?« Er greift dem Vereiser in die Haare und reißt seinen Kopf nach hinten, woraufhin dieser vor Schmerz aufschreit. »Einmal in die Haut eingestochen, bleiben ihnen die Zeichen auf Lebenszeit.«

»Faszinierend.« Eleni lässt sich tatsächlich vor dem Barbaren auf die Knie nieder. »Wie heißt du?«, fragt sie. »Und warum sprichst du unsere Sprache?«

Ich springe auf und trete hinter sie. Mir gefällt es nicht, wie Olaf den Jungen quält, doch Elenis naiver Wissensdurst macht mir in diesem Moment mehr Sorgen. Sie darf dem Barbaren nicht zu nahe kommen. Allerdings wehrt sich der Vereiser nicht mehr gegen Olafs Griff. Er schließt die Augen. Wut und Schmerz verschwinden aus seiner Miene und seine Stirn glättet sich, als hätten sich all seine Gedanken an einen geheimen Ort in seinem Inneren zurückgezogen. Er wird Eleni keine Antwort geben. Nachdem sie ihn noch eine Weile gelöchert hat, sieht auch sie es ein.

»Vermutlich sind sie mehr Tiere als Menschen.« Sie seufzt. »Nur deshalb können sie sich mit dieser kargen Welt zufriedengeben.«

»Auch Tiere können gefährlich sein«, murmelt Marius. Ich nicke unwillkürlich.

Olaf lässt den Vereiser los, der sich mit geschlossenen Augen zurück an die Wand kauert. Die Pelzjacke hängt ihm immer noch von den Schultern, darunter trägt er nur ein dünnes Hemd. Ob es wahr ist, dass die Vereiser keine Kälte spüren? Mich friert es trotz des Feuers, das Marius inzwischen entzündet hat, erbärmlich. Draußen beginnt der Wind, an den Fensterläden zu rütteln. Ich wickle mich in meinen Umhang, lasse mich wieder auf den Boden sinken und beobachte Eleni, die sich wieder neben den bewusstlosen Seher setzt. Sie streift ihm die Kapuze und den Schal ab und studiert die Zeichnungen, die sich genau wie bei dem Vereiser an seiner linken Schläfe entlangziehen, von Falten verzerrt bis hinab zu seinem Kinn.

Mein Blick schweift zu dem Vereiser. Was wohl in seinem Kopf vorgeht? Ist er wirklich nicht mehr als ein Tier? Einmal öffnet er die Rabenaugen, und sein Blick fängt meinen, doch er wendet den Kopf beinahe sofort wieder ab.

Olaf durchsucht systematisch die dunklen Ecken der Kammer, allerdings ohne etwas anderes als Spinnweben und Stroh zutage zu bringen. Marius sitzt an seinem Platz am Feuer und stiert mit säuerlicher Miene zu Boden.

Für Eleni oder deinen Hauptmann würdest du töten, aber allen anderen traust du nicht.

Er hat nicht ganz unrecht. Aber macht mich das zu einer

schlechten Soldatin? Immerhin trauere ich um die Kameraden, die wir auf dem Weg nach Othon verloren haben, sicherlich mehr als er. Ich starre ihn voller Verachtung an. Sein einst so glänzender Umhang ist dreckig und nass. Von seiner Strahlkraft in Akademiezeiten ist nichts mehr übrig als ein mürrischer Wichtigtuer, der aus irgendeinem Grund all seinen Hass auf mich fixiert hat. Er hebt seinen Kopf und schaut mich an. In seine wasserblauen Augen kehrt Leben zurück. Er hebt die Hand und schiebt sie sich unter die rechte Achsel.

Er weiß es. Mich durchfährt es eiskalt. Er weiß, wo ich mein Geheimnis aufbewahre. Und er wird nicht lockerlassen, bis er es enttarnt hat.

Der Seher wälzt sich stöhnend auf die Seite, dann schlägt er blinzelnd die Augen auf. Marius steht auf, um den Hauptmann zu informieren. Wenig später stolpert Malefi fluchend durch die Tür, gefolgt von Ian und Marius. Auch die Wachen schließen sich ihnen an, und angesichts des wütenden Sturms, der hinter ihnen eine Böe voller Schnee in den Raum bläst, kann ich es ihnen nicht verdenken. Malefi scheucht Eleni zur Seite wie ein störendes Insekt, dann packt sie den Alten am Fellkragen.

»Wie belastbar ist er?«, fragt sie.

»Ich habe seinen Kreislauf stabilisiert und sein Herz gestärkt.« Eleni klingt erschöpft, aber zufrieden mit sich. »Allerdings ist er immer noch schwach. Ein größerer Blutverlust wäre nicht ratsam.«

Blutverlust? Ich zucke zusammen. Ich bin nicht naiv, ich weiß, was passieren wird. Und deshalb wünsche ich mich plötzlich ganz weit weg.

»Fangen wir an«, bestimmt Malefi.

Ich weiß nicht, wie oft die beiden Hauptmänner schon Gefangene verhört haben. Ich weiß auch nicht, was sie heute Nacht von dem Seher zu erfahren trachten, wenn wir doch morgen vielleicht schon wieder beim Haupttrupp sind. Doch obwohl sie sich ganz offensichtlich nicht leiden können, haben sie sich abgesprochen.

Ian baut sich mit verschränkten Armen hinter Malefi auf. Er trägt seinen Helm und den Kettenharnisch der Soldaten, was ihn noch wuchtiger erscheinen lässt, als er eh schon ist. Sein grimmiger Blick würde die meisten Männer in die Knie zwingen. Nur ich sehe die Grübchen in seinen Mundwinkeln und das Leuchten in seinen blaubraunen Augen. Er glaubt an das, was er tut. Ich atme tief durch. Meine Zweifel sind unangebracht. Ich mag vielleicht nicht die beste Soldatin sein, aber ich bin immerhin mit dem besten zusammen.

Der Alte hat unser Gespräch aufmerksam verfolgt. Seine Augen glänzen fiebrig, das schwarze *Tatovering* an Wange und Schläfe wirkt auf seiner pergamentenen Haut verknittert und vergilbt. Mit seinen dünnen grauen Haaren und dem Bart erinnert er mich an einen verwahrlosten, alten Ziegenbock.

Malefi beschießt ihn jetzt mit Fragen, in der gleichen unbarmherzigen Schnelligkeit, mit der sie auch uns Rekruten einschüchtert. Sie packt seinen Kragen so fest, dass er sich ihrem Blick nicht entziehen kann. Und doch starrt er sie nur an und spricht kein Wort.

Zumindest anfangs.

Als Malefi zurücktritt und Ian wortlos beginnt, mit Fäusten auf den Alten einzuschlagen, weiß ich, dass er das nicht zum ersten Mal macht. So systematisch, wie Olaf vorhin das Zimmer durchsucht hat, verprügelt er den Alten. Der Kopf des Sehers schwingt bei jedem Faustschlag hin und her, wie ein Wollknäuel am losen Faden. Ich will mich abwenden, doch ich kann nicht. Ich weiß nicht mehr, ob ich meinen Verlobten für seine dienstliche Entschlossenheit Anerkennung zollen oder mich vor ihm grauen soll.

»Primitiv«, murmelt Eleni neben mir. »Das ist unserer Republik unwürdig. Aber offensichtlich ist es die einzige Sprache, die die Barbaren verstehen.«

Der Alte sagt lange keinen Ton, nicht einmal, als seine Lippe aufplatzt und Blut sein Kinn hinunterläuft. Seine Miene ist ausdruckslos, beinahe friedlich, so wie vorhin das Gesicht des Vereisers. Dieser schreit stattdessen für ihn, bis die Wachen beginnen, auch auf ihn einzuschlagen. Erst jetzt beginnt der Alte zu reden. Nicht in unserer Sprache, sondern in den verdrehten, krächzenden Worten der Barbaren.

»Sprich athosianisch!«, herrscht Malefi ihn an, doch er redet einfach weiter, stockend und unverständlich für uns.

»Ich kann übersetzen«, bietet Olaf an.

Ich presse die Lippen zusammen. Es wundert mich kaum, dass er auch noch ihre Sprache spricht.

Malefi nickt Olaf zu. »Fang an.«

Er tritt näher und lächelt den Alten mit beinah höhnischer Miene an. Das lässt den Seher zögern. Als Ian seine Faust hebt, beginnt er jedoch wieder zu reden.

»Er sagt, er liebt unsere gemeinsame Sprache nicht. Er redet *Norisk*, denn nur die alten Sprachen der Menschenvölker lassen sich noch mit dem Herzen sprechen«, übersetzt Olaf.

»So ein Affengeschwätz interessiert hier keinen«, faucht Malefi. »Komm zum Wesentlichen, alter Mann.«

Der Alte redet weiter, wird schneller, und obwohl seine zittrige Stimme alles andere als klangvoll ist, meine ich einen Rhythmus in seinem Krächzen zu hören, eine Melodie, die weicher ist als Athosianisch und mich in ihrer Betonung tatsächlich an *Gaeloc* erinnert, die alte Sprache von Irelin.

»Wir Nørlaender sind nicht für die finsteren Wesen verantwortlich, die unsere Dörfer überrennen. Wie könnten wir das unserem eigenen Volk antun?«, spricht Olaf für ihn, und sein nüchterner Tonfall passt kaum zum Inhalt der Worte. »Wir wollen keinen Krieg gegen euch führen, schon gar nicht auf solch menschenverachtende Weise.«

»Warum habt ihr euch dann im Turm verschanzt? Anstatt uns freundlich zu begrüßen«, fragt Malefi höhnisch.

»Wir haben uns dort verborgen, aber nicht vor euren Soldaten, sondern vor den Frostseelen, die von unserer Lebenskraft angezogen werden wie Bienen von Honig. Die Siedlung haben wir schon vor Tagen evakuiert. Wir gehören zu einer Gesandtschaft. Drei von uns sind bereits nach Othon gegangen, um dort mit dem Kommandanten zu reden.«

Ich runzle die Stirn. Der Alte muss die drei Greise meinen, die vor unserer Abreise gehenkt wurden. Wenn er ein Seher ist, warum weiß er das dann nicht?

»Unbewaffnet und in friedlichen Absichten kamen sie zu euch, im Vertrauen darauf, dass ihr unseren gemeinsamen Feind erkennt.«

Er seufzt traurig, während Olaf seine Worte übersetzt. Ich habe mich geirrt. Er weiß offensichtlich, dass sie tot sind.

»Vertrauen? Eben diese Gesandtschaft hat gestanden, dass ein Vereiser aus dem Narviktal hinter der Seuche steckt!«, ruft Malefi triumphierend.

»Das kann nicht sein«, protestiert der Alte in unserer Sprache, dann fährt er in seinen eigenen Worten fort.

»Das muss ein Missverständnis sein«, übersetzt Olaf. »Kein Vereiser kann einem Menschen die Seele rauben. Aber«, hier stockt Olaf und sucht nach den richtigen Worten, »wir Seher haben eine neue Präsenz von Magie gespürt. Stark. Finster und alt. Im hohen Norden hinter dem Narviktal hat sie ihren Ursprung, doch sie streckt ihre Glieder nach Süden aus. Ihre Fühler sind so unzählig wie die Beine einer Aràia-Spinne. Sie sind jene verlorenen Frostseelen, die ihr Befallene nennt.«

»Seele? *Magie?*« Malefi verzieht ihren Mund, als wäre ihr übel. »Das ist abergläubischer Unsinn. Unsere Kerkerbeamten sind Meister des Verhörs. Deine Freunde haben die Wahrheit gesagt. Und du wirst das auch noch.«

Der Alte richtet sich auf. Sein linkes Auge ist von Ians Schlägen bereits zugeschwollen, doch in seinem rechten funkelt plötzlich eine neue Kraft. Ians Faust hebt sich, als Malefi ihn mit einem eingespielten Handgriff zurückhält. Ein empörter Redeschwall des Alten ergießt sich über sie beide.

»Euer Unglaube lässt euch überheblich werden«, übersetzt Olaf. »Doch vor allem macht er euch blind gegen die wahre Gefahr. Solange ihr versucht, uns Freie zu knechten, werden wir kämpfen. Und während wir alle in einem Krieg gefangen sind, bei dem es keinen Gewinner geben kann, werden die Frostseelen die Grenze überrennen und alles Leben, wie ihr es kennt, auslöschen.«

Zorn funkelt in den Augen des Alten, und trotz all seiner Zerbrechlichkeit bin ich mir plötzlich nicht mehr sicher, dass er harmlos ist.

»Wenn einer blind ist, dann du, *Seher*«, ruft Malefi. »Deine Religion lässt dich offensichtlich selbst die Lügen glauben, die ihr zu eurer Rechtfertigung ausgeheckt habt. Aber eines weiß ich: Männer wie du sind unsere wahren Feinde.« Sie verzieht ihr Gesicht zu einer Grimasse des Abscheus. »Kein denkender Mensch ist dumm genug, eine so schreckliche Seuche als Kriegswaffe zu benutzen. Aber primitive Fanatiker schon. Sag endlich die Wahrheit, Barbar.«

Der Blick des Alten verliert allen Zorn. »Die Wahrheit?«, wiederholt er in unserer Sprache. Nicht hart und laut wie sie, sondern bedächtig und fragend. Plötzlich erblasst er unter seinem Bart. Nur das Blut, das über sein Gesicht rinnt, sticht grell hervor. Und die Zeichnung an seiner Schläfe. Plötzlich beginnt sie zu flackern und zu leuchten wie eine Fackel, sich zu strecken und zu winden, bis sie gar nicht mehr knittrig aussieht.

Ich schnappe nach Luft. Malefi schreit auf und weicht zurück. Nur Ian bleibt stehen, die Faust erhoben starrt er das Tatovering an.

»Verdammter Barbarendreck«, flucht er. »Lass das gefälligst, alter Mann!«

Doch der Alte scheint ihn nicht zu hören. Er wirft den Kopf

in den Nacken und sein Körper erbebt, Blutstropfen fliegen von seinen zusammengepressten Lippen. Und dann beginnt er zu sprechen, und seine Stimme ist dunkel, machtvoll und jung. Er spricht in unserer Sprache, und doch klingt er fremd.

»Viele sterben, so viele«, sagt er. Jedes Wort klirrt in der Luft wie der Zusammenprall eisiger Klingen. *»Auch ihr, wenn der weiße Glanz über euch kommt, die stille Hand, die euch zudecken wird mit einer kalten Decke und eure Herzen für immer anhält.«*

Er verdreht die Augen. Das Licht seines Tatoverings erlischt wie eine Kerzenflamme im Wind. Und während der alte Mann bewusstlos zusammensinkt, rüttelt draußen der Sturm an den Fensterläden, als wolle er uns niemals gehen lassen.

Kapitel 19

»Thea.« Ians Flüstern weckt mich. Ich tauche aus dem Schlaf wie eine Ertrinkende aus einem dunklen Brunnenschacht, nach Luft schnappend und mit enger Brust. Meine Finger schießen hoch und packen sein Handgelenk. *Rette mich.*

Dann klären sich meine Gedanken, und ich lasse ihn los.

»Ganz ruhig«, murmelt er und wirft einen gehetzten Blick über die Schulter. »Draußen treiben sich wieder Befallene herum.«

Ich richte mich auf. Der Raum ist halb dunkel. Das Feuer ist verglüht, und es ist kalt. Alle sind bereits wach. Eleni neben mir streicht sich verschlafen das Haar aus der Stirn. Die beiden Gefangenen kauern in der Ecke und starren uns an. Marius und die drei Wachsoldaten flüstern miteinander. Und Olaf steht geduckt an der halb offenen Tür und späht hinaus. Über seinem Kopf sehe ich ein Stück dämmrigen Himmel, matt und graublau wie ein verwaschener Stofffetzen.

»Seit wann sind sie dort draußen?«, flüstere ich.

»Seit ein paar Stunden«, antwortet Ian. »Es wird trotzdem Zeit aufzubrechen. Es ist inzwischen hell genug. Und der verdammte Schneefall hat endlich aufgehört.« Er streicht mir über die Wange, eine kurze Berührung nur, doch mehr Zuwendung, als ich seit Tagen von ihm erhalten habe. In seinem Blick lese ich Hunger nach mehr, doch auch stillen Zorn. Macht er mir immer noch Vorwürfe? Er wendet sich ab. »Packt eure Sachen. Es geht los.«

Schnell haben wir unsere Rucksäcke geschultert, die ein paar Männer gestern noch aufgelesen und uns gebracht haben. Die drei Wachsoldaten lösen die Fußfesseln der Gefangenen. Zwei nehmen den Vereiser in die Mitte und der dritte hilft dem Seher auf, dessen zerschlagenes Greisengesicht im Dämmerlicht so durchscheinend wirkt wie knittrige Seide.

Ich mustere ihn misstrauisch. Unsere beiden Hauptmänner taten seine gestrige seltsame Rede, dass wir alle sterben werden, als verrücktes Schauspiel ab. Ich kann ebenfalls nicht glauben, dass irgendetwas davon der Wahrheit entspricht. Doch ich frage mich, was er damit bezweckte. Wollte er uns nur verunsichern? Oder hegt er einen darüber hinausgehenden, finsteren Plan, den wir nur noch nicht durchschauen? Ich werde ihn jedenfalls im Auge behalten, gleichgültig, wie harmlos er sich heute Morgen wieder geben mag.

Draußen ist die Welt weiß. Zäune und Wege sind verschwunden und die Häuser ducken sich in die Landschaft wie verängstigte Kaninchen. Ich brauche einen Augenblick, um zu erkennen, dass der Schnee schuld daran ist. Er reicht vom Boden bis über die Fenstersimse, er verhüllt die Hänge in pudrigen Wellenlinien, die der Sturm gezogen hat. Der Sturm hat außerdem die Dächer und Felskronen leergewischt und das Weiß hinter den Gebäuden aufgehäuft, sodass manche von ihnen halb versunken wirken, verlorene Ruinen in gespenstische Stille getaucht. Mit jedem Schritt versinken auch wir bis zu den Oberschenkeln.

»Das hatte ich seit Jahren nicht mehr.« Olaf schüttelt neben mir düster den Kopf. »So viel Schnee in nur einer Nacht, das bringt nichts Gutes.«

»Beeilt euch«, weist uns Ian an, während er sich seinen Helm auf den zerzausten Haarschopf stülpt. Der Rest von uns setzt ebenfalls seine Helme auf. Nur Olaf trägt nicht einmal eine Mütze. »Malefi und die restlichen Männer holen die Pferde. Wir treffen sie am Eingang der Klamm.«

Wir gehen hintereinander und immer in der Spur unseres Vorgängers. Olaf voran, dahinter wir Rekruten, hinter uns die Gefangenen, ihre Wachen und als letzter Ian. Mühsam stapfen wir die Talsohle entlang auf den Turm zu, hinter dem die Felswand mit der schwarzen Klamm schroff in die Höhe sticht. Einmal passieren wir die Leiche eines Befallenen, dessen kopfloser Rumpf nur halb aus dem Schnee ragt. Ich frage mich, wie viele Tote der Schnee vor uns verbirgt. Um ein paar Gebäude herum führen tiefe Fußstapfen, doch ich weiß nicht, ob sie von Soldaten oder Befallenen stammen.

Endlich haben wir etwa den halben Weg geschafft. Am Westhang bei zwei großen Felsen müssten wir jetzt die Pferche der Pferde erblicken, doch in dem Schnee scheint nichts davon übrig, nicht einmal die kopfhohen Zaunpfosten. Allerdings sehen wir dort endlich die andere Hälfte unseres Trupps. Malefi steckt bis zur Brust im pudrigen Weiß, Helm und Rucksack baumeln ihr über der Schulter. Mit ihrem schwarzen Mantel, den leuchtenden Wangen und den hellroten Stoppelhaaren wirkt sie wie eine Krähe, die in Flammen steht. Mit glühenden Fingern schmilzt sie einen Hohlweg durch den Schnee. Hinter ihr treten sich Männer und Pferde in der Enge auf die Füße. Die gehetzten Blicke der Tiere versprechen nichts Gutes.

Wir müssen ihr helfen, will ich rufen. Doch es ist zu spät. Das erste Pferd stemmt sich gegen seinen Zügel und versucht, aus der engen Reihe auszubrechen. Es wiehert schrill, rempelt dabei gegen das nächste Tier, das ebenfalls die Augen verdreht und zu wiehern anfängt. Männer rufen durcheinander und greifen nach den Zügeln, behindern sich und die Pferde dabei gegenseitig.

Olaf murmelt finster: »Da sind sie ja.«

Ich folge seinem Blick den Hang hinauf. Dort oben, klein wie Ameisen, bewegen sich drei Gestalten. Sie kommen durch den Schnee, zielgerichtet nach unten. Einer fällt und rollt bestimmt hundert Schritt hangabwärts, bis er gegen einen Felsen prallt. Doch schon steht er wieder auf. *Befallene.* Können sie von dort oben die Rufe der Soldaten im Hohlweg hören? Dann müssen sie wie Musik für sie sein, Lockrufe, die neue

Beute versprechen. Oder Nahrung? Ich weiß nicht, was sie in uns sehen. Und ich will es auch nicht wissen.

Auch Ian erblickt sie. »Befallene!«, brüllt er ohne Rücksicht darauf, dass sein Schrei weitere Kreaturen anlocken könnte. Die Soldaten in Malefis Hohlweg blicken alarmiert auf, aber die Wände aus Schnee versperren ihnen noch die Sicht.

Schon taucht ein weiterer Befallener auf dem Hang auf, dann noch einmal zwei. Wo kommen sie auf einmal her? Es werden immer mehr, die den Berg hinunterrennen und -rutschen, ohne Rücksicht auf ihre toten Körper.

Die Soldaten lassen die Pferde los und klettern aus dem Hohlweg heraus, wollen zu uns, tiefer ins Tal und Richtung Klamm, doch der Schnee, der weiter oben glatt und fest wirkt, ist dort im Windschatten der Felsen pudrig und tief und macht ein Vorwärtskommen fast unmöglich. Statt auf der weißen Oberfläche den Berg herunterzurutschen wie die Befallenen, versinken sie. Dieser verdammte Schnee! Ich hasse ihn bereits.

»Geht weiter«, brüllt Ian jetzt uns an. »Zur Klamm, schnell!«

Ungläubig verharren wir.

»Wir müssen ihnen helfen!«, rufe ich.

»Nicht ihr«, widerspricht Ian. »Rekruten, ihr kümmert euch um die Gefangenen. Bringt sie zur Klamm, versteckt euch dort, bis wir kommen. Fährtensucher, bleib bei ihnen. Soldaten, ihr kommt mit mir.«

Ich balle die Fäuste. »Das kannst du nicht tun.«

»Das ist ein Befehl, Rekrut!«, herrscht er mich über die Köpfe der Wachsoldaten hinweg an. »Was genau verstehst du daran nicht?« Endlich sieht er mich an. Sein kantiges Kinn ist nach vorne gereckt, seine Augen funkeln voller Wut und Sorge. Sorge um mich?

Es ist nicht die Zeit, sich zu streiten, das weiß ich. Ich weiß auch, dass er mein Vorgesetzter ist. Trotzdem brenne ich, ihm so lange zu widersprechen, bis er nachgibt. Da höre ich Marius' Schnauben. Seine blasierte Miene, die Geringschätzung des hochgeborenen Brenners, der nur darauf wartet, dass ich mich danebenbenehme, sie bringt mich zur Besinnung. Abrupt salutiere ich.

»Ihr habt den Hauptmann gehört«, rufe ich. »Gehen wir!«

Olaf reagiert als Erster. Er packt den Vereiser und zerrt ihn an den Fesseln hinter sich her. Ich übernehme den Seher. *Pass auf dich auf*, will ich Ian hinterherrufen, der mit den drei Wachsoldaten in Richtung Abhang stapft, den fliehenden Männern entgegen. Stattdessen beiße ich mir auf die Lippen und schultere den Alten kurzerhand, scheuche Eleni vor mir her durch den Schnee, der zäh wie Honig an Stiefeln und Lederhosen klebt. Marius stapft voran, hinter mir dirigiert Olaf den Vereiser.

»Blitz und Donner«, keucht er. »Wir brauchen Schneeschuhe.«

Ich frage ihn nicht, was das ist. Jede Faser von mir verlangt danach, mich umzudrehen, doch ich starre stur auf die schwarze Felsspalte vor uns, die Klamm. Der Himmel über ihr färbt sich blau im anbrechenden Morgen, doch hier im Talkessel bleibt es schattig. Wenn die Sonne bereits aufgegangen ist, reicht sie nicht bis hierher.

Wir sind vielleicht dreißig Schritt weit gekommen, als Schreie hinter uns ertönen. Wir drehen uns um. Die ersten Befallenen haben die Fliehenden erreicht.

Die Männer wehren sich mit Schwertern und Äxten, doch der Schnee erschwert ihnen den Kampf. Ein erster Mann fällt bereits unter dem tödlichen Kuss.

Ian und seine Männer sind immer noch ein Stück von den Kämpfenden entfernt, gerade in der Mitte zwischen ihnen und uns. Malefi scheint mit dem Schnee am besten zurechtzukommen. Sie pflügt mit ausgestreckten Armen direkt auf Ian zu. Schon glaube ich, dass sie die anderen Männer im Stich lässt, als sie stehen bleibt und sich ihr Handgelenk an den Mund presst. Die Kapsel mit ihrem Chrysosvorrat.

Ian schreit etwas, das ich nicht verstehe. Sie winkt ihm zu, dann dreht sie sich um und streckt die Arme in die Luft. Zwei Feuerbälle springen aus ihren Handflächen, formvollendete Geschosse. Sie zischen durch die Luft wie Sternschnuppen, rasen den Hang hinauf und verwandeln zwei Befallene in leuchtende Feuerblumen. Noch während die Toten zu Boden gehen, schießen die nächsten Geschosse an ihnen vorbei und setzen weitere Befallene in Brand. Ich halte die Luft an. Malefi ist fantastisch, eine wahre Meisterin. Doch wird die Kraft einer einzelnen Brennerin reichen?

»Wir müssen weiter«, ruft Marius. Olaf nickt und setzt sich wieder in Bewegung. Seine dunkelblauen Augen bohren sich in meine. *Geh. Jetzt!* Ich spüre das Gewicht des Sehers auf meinem Rücken, dieses verrückten Alten, den ich retten soll, während Kameraden sterben. Ich will nicht weiter. Und ich bin nicht die Einzige.

Der Vereiser wehrt sich plötzlich gegen Olafs Griff. Er blickt zum Hang, und sein Gesicht ist starr vor Bestürzung.

»Das darf sie nicht tun«, keucht er. »Das darf sie nicht. Der Schnee.« Er fährt zu mir herum, schaut allerdings nicht mich an, sondern den Seher über meiner Schulter. »*Sno farlig.* Das Feuer, die fallenden Körper. Die Bewegung hier unten wird den ganzen Hang ins Rutschen bringen.«

»Der Schnee wird zu einer *Lavina.*« Der Alte keucht feucht in mein Ohr. »Wir müssen fort von hier.«

Lavina? Ich weiß nicht, was er meint, Olaf allerdings schon. Er wird noch blasser als sonst, versetzt dem Vereiser einen Stoß, der diesen vorwärts treiben soll. Doch der Junge rührt sich nicht.

»Zu spät«, flüstert er und schließt die Rabenaugen. »Sie kommt.«

Ich schaue den Hang hinauf und stoße einen Schrei aus.

Dort, weit oben in der Nähe der Bergkuppe, steigt der Schnee auf, ein Schwarm weißer Schmetterlinge, eine Wolke, die sich aufbäumt und dann zu einer Woge wird, sich wirbelnd und tosend den Hang hinunter ergießt und die ersten Befallenen mitreißt.

»Weg hier«, brüllt Olaf. Ich habe ihn noch nie brüllen gehört. »Thea, lauf!«

Doch ich stehe steif und starr. Eleni schreit hinter mir, ebenso Marius. Ein Grollen erklingt, dumpf und rumpelnd, als erzittere der Berg selbst.

»Wer flieht, wird sterben«, ruft der Alte direkt in mein Ohr, sodass ich fast taub werde. Er rutscht von meinem Rücken herunter. »Bleichhaar, du musst meinem Schüler die Ketten lösen!«

Olaf reagiert sofort. Er schubst den Vereiser auf mich zu, der immer noch die Augen geschlossen hält, nestelt zugleich an dessen Fesseln. »Los, wir nehmen ihn in die Mitte!«

Doch ich drehe mich weg. »Ian!«

Mein Verlobter ist stehen geblieben, in der Mitte zwischen uns und dem Hang. Sein breiter Rücken wirkt plötzlich schmal, sein Schwert wie ein lächerliches Spielzeug. Hört er mich? Wahrscheinlich nicht. Ein Tosen rollt durch die Luft heran und reißt meine Stimme fort, der Flügelschlag von Millionen Schmetterlingen, die aus tödlichem Eis bestehen. Die weiße Wolke wälzt sich herab, schneller und schneller, wird dabei immer breiter und mächtiger. Der ganze Hang kommt auf uns zu. Schnee stürzt wie Wasser über Felsen. Steine und Menschenkörper wirbeln durch die Luft.

»Ian!«

Die Zeit verlangsamt sich. Langsam, träge dreht Ian sich um, macht stolpernde Schritte in meine Richtung.

Hinter ihm wird Malefi verschluckt. Dann erreicht die Woge das erste Gebäude und walzt einfach darüber hinweg, unaufhaltsam auf Ian und uns zu.

Er wird es nicht schaffen. Und er weiß es. Entsetzen verzerrt sein Gesicht. Wie in einem Albtraum gefangen will ich auf ihn zulaufen, als Olaf mich an sich reißt. Ich wehre mich, doch er lässt mich nicht los. Sein Gesicht ist ganz nah, und er schreit mich an, doch ich höre nur das Brüllen des Schnees. Dann spüre ich warme Körper rechts und links von mir. Der Seher, der den Vereiser zu sich heranzieht und gleichzeitig meinen Arm packt. Marius hinter ihm. Auf meiner anderen Seite Eleni. Sie presst sich an mich, den Kopf eingezogen und die Augen weit aufgerissen.

Mir bleibt nicht einmal ein Atemzug, um Ians Namen noch einmal zu rufen, dann schlägt die Woge über uns zusammen.

❄

Bei den Erzählungen über die *Ephodosoi*, die schlimmen Stürme vor unseren Küsten, fällt immer wieder der Begriff *Auge des Sturms*. Mitten im Zentrum des tödlichen Wirbels, der Schiffe zerknackt wie Streichhölzer, soll es plötzlich ruhig sein. Weder Wind noch Wolken gibt es dort, nur den stillen blauen Himmel über dir. Und dich selbst, einsamer Gefangener der Hoffnung, ehe der Wirbel dich doch noch verschlingt.

In der *Lavina* ist es nicht still, und ich sehe auch keinen Himmel. Es herrscht erstickende Nacht unter dem Schnee, ein schwarzes Chaos, ein ohrenbetäubendes Ächzen und Brausen und Kreischen. Lärmende Geisterstimmen rufen, eisige, schwere Klauen greifen nach uns, um uns mitzureißen in dem gewaltvollen Sog, der keine Hindernisse kennt. Und doch berühren sie uns nicht. Nur wir berühren uns, ein Knäuel aus hilflosen Körpern, warm und weich und verwundbar. Das Trommeln unserer Herzen, unser Schnappen nach Luft – sie sind der einzige Anhaltspunkt, dass die Zeit vergeht, dass wir am Leben sind. Und dann ist es vorbei.

Es wird still. Eine dünne Schicht Schnee rieselt auf uns herab, darüber schimmert es hell. Olafs Griff lockert sich endlich, er schiebt mich weg. Ich löse mich von Eleni und richte mich auf, wische mir schmelzende Flocken aus den Augen.

Um uns herum erhebt sich eine mannshohe Mauer aus Schnee. Sie schließt uns in ihrer Mitte ein. *Auge des Sturms.* Ist es das?

Eleni keucht. »Das warst du.« Sie starrt den Vereiserjungen an, der allerdings nicht reagiert. Sein Blick wirkt verschleiert. Er hat tiefe Augenringe vor Erschöpfung, und sein Atem geht schnell. Schützend hat der Alte seinen Arm um ihn gelegt, flüstert ihm seinen Singsang ins Ohr. Ich habe keine Zeit, um zu lauschen.

Die Schneewand fühlt sich unter meinen Handschuhen schwer und klamm an, massiv. Entschlossen ramme ich meine Stiefel und Fäuste hinein, ziehe mich daran empor. Einmal bröckelt die Mauer, und ich rutsche ein Stück nach unten, doch ich gebe nicht auf, bis ich oben bin, auf dem Rücken der Lavina.

Die Siedlung ist verschwunden. Die Berghänge sind weiß und still. Keine Menschen. Kein Ian.

Ich brülle seinen Namen und wanke los über bucklige Schneebrocken und Krater, hinein in die leere Ebene. In welche Richtung? Ich weiß es kaum. Nur die Felswand der Klamm, die sich nach wie vor hinter mir schroff in den Himmel schwingt, gibt mir eine vage Orientierung.

»Ian!«, schreie ich. Immer wieder gibt der Schnee unter mir nach, mal versinke ich bis zum Stiefel, dann fast bis zum Oberschenkel – bis ich über einen Felsen stolpere, von dem nur eine Spitze aus dem Weiß ragt. Ich falle auf die Knie und schlage mit beiden Fäusten brüllend vor mir in den Schnee.

Dann ist Olaf plötzlich bei mir. Marius. Und Eleni. Sie haben sich gegenseitig aus dem Loch herausgeholfen.

Ich schluchze. »Ich kann ihn nicht finden.«

Eleni sieht sich mit zusammengekniffenen Augen um. Olaf legt seinen Arm um mich, doch ich stoße seine Hand fort.

»Die Lavina hat ihn mit sich gerissen«, sagt Eleni. »Er kann überall sein.«

Ich hasse sie für ihre Worte, für ihren gefühllosen, tadellos funktionierenden Verstand. Zitternd ringe ich nach Luft. Unmöglich, dass er noch lebt. Unter tiefem, eiskaltem Weiß begraben.

»Tief durchatmen«, murmelt Olaf. »Unter einer Lavina stirbt man nicht gleich. Er kann gut und gerne eine Stunde überleben, wenn er genug Luft hat. Wir suchen ihn.«

»Und wie?« Marius schaut sich um. Seine Miene wirkt tatsächlich besorgt.

»Ich kann helfen«, sagt der Vereiser hinter uns. Wir fahren zu ihm herum. Der Alte und er haben es ebenfalls aus dem Loch geschafft, anscheinend hat der Junge dem Seher die Fesseln abgenommen.

»Ich kenne den Schnee«, fährt er fort, mit leiser und dunkler Stimme. »Ich *spüre* ihn. Und ich spüre, was er verbirgt. Schemenhafte Fremdkörper. Menschen. Felsen. Ich kann euch zu ihnen führen.«

»Kannst du sie auch herausholen?«, fragt Eleni.

Er schüttelt den Kopf. »Wir müssen graben.«

In diesem Augenblick kommt die Sonne über der Felswand hervor. Ihre Strahlen verwandeln die Welt in einen funkelnden Kristall, ein blendendes Glitzern und Leuchten, das mir in den Augen brennt.

Plötzlich schleicht sich ein fassungsloser Ausdruck auf Olafs Miene. Er flüstert: »Wenn der weiße Glanz über euch kommt, die stille Hand, die euch zudecken wird mit einer kalten Decke und eure Herzen für immer anhält.«

Es sind die Worte, die der Alte gestern Abend ausgestoßen hat. Jetzt sieht er Olaf so verwundert an, als erkenne er seine eigenen verrückten Drohungen nicht mehr.

»Du hast recht behalten, Seher«, sagt Olaf. »Aber ein paar von uns leben noch.«

Der Alte blinzelt nur.

»Er tut so, als erinnere er sich nicht.« Eleni setzt ihren Rucksack ab und stemmt die Hände in die Seiten. »Interessant. Aber momentan unerheblich. Lasst uns anfangen. Wir brauchen unsere Schlafsäcke für die Soldaten, die wir bergen können. Zum Graben haben wir unsere Blechnäpfe und die Hände.«

So ist Eleni. Plötzlich liebe ich sie wieder.

»Führ uns zu Ian«, sage ich zu dem Vereiser. »Wo hat der Schnee ihn hingetragen?«

Der Junge wischt sich nachdenklich über sein Tatovering. »Er ist immer noch in der Nähe des Hangs. Wahrscheinlich hat ihn die Lavina nicht allzu weit mitgerissen.« Er streckt die Hände aus und schließt halb die Augen, tastet sich langsam über den unebenen Boden vorwärts, dann zur Seite, dann steht er wieder still, neigt den Kopf, als lausche er.

»Dort.« Neben ein paar größeren Schneehaufen bleibt er stehen. »Hier ist einer.«

Wir graben, graben mit fliegenden Händen und trommelndem Puls, und als der Vereiser die nächste Stelle identifiziert, teilen wir uns auf. Der Schnee durchweicht meine Handschuhe, und meine Finger werden taub. Trotzdem merke ich es, als meine Hände endlich auf etwas Festes stoßen. Ein Kettenhemd. Ich schreie vor Jubel, und dann krampft sich etwas in mir zusammen. Es ist nicht Ian, sondern einer der Wachsoldaten. Hustend schnappt er nach Luft. Während Eleni sich um ihn kümmert, wende ich mich der nächsten Grabung zu.

Die Sonne wandert über den Fels. Die Zeit rinnt mir zwischen den Fingern hindurch wie Eiswasser. Wo ist er?

Ich habe keinen Atem mehr. Schweiß läuft mir den Rücken hinunter, und meine Finger zittern. Doch ich kann nicht aufhören zu graben, nicht, solange noch Hoffnung besteht.

Hinter mir raschelt es. Eine Hand bricht durch die weiße Kruste. Finger kratzen über den Schnee. Ich will nach der

Hand greifen, den Verschütteten hochziehen. Doch dann halte ich inne. Die Haut ist zu hell. Zu kalt. Zu tot.

Die Gestalt gräbt sich aus dem Schnee. Es ist eine Frau. Ihr bleiches Gesicht war einst schön – glatte, weiche Wangen, eine hohe Stirn. Jetzt rollen ihre blinden Augen wild in den Höhlen, und ihre geschwungenen Lippen sehen aus, als hätte sie Tinte getrunken. Sie stößt einen Laut aus, als ich ihr meine Axt in den Hals ramme, ein Wimmern wie ein Tier. Ich taumele. Grauen schnürt mir die Luft ab, bleiern und kalt wie die Lavina, doch ungleich viel schwärzer. Grauen vor mir selbst. *Sie war schon tot*, sage ich mir, doch das macht es nicht besser.

Marius tritt an meine Seite. Aus den Augenwinkeln sehe ich, wie er sich Chrysos aus seiner Kapsel in den Mund schüttet. Sein Flammenstoß verzehrt den nächsten Befallenen, der vor uns aus dem Schnee kriecht. Ich habe keinen Chrysosstaub mehr. Doch ich habe meine Axt.

Sie sind schon tot. Für unsere Soldaten unter dem Schnee gilt das vielleicht noch nicht. Olaf gräbt wie ein Besessener. Die beiden Gefangenen helfen ihm. Jetzt stoßen auch sie dabei auf Befallene, doch sie können sie eliminieren, ehe sie es aus dem Schnee schaffen. Eleni kümmert sich um die Überlebenden. Drei Männer haben wir bisher gerettet. Aber nicht Ian.

Zwei weitere Befallene erledige ich, noch bevor sie ganz unter der Schneedecke hervorgekrochen sind. Dann stapft einer auf mich zu, mit grimmigen, weit ausgreifenden Schritten. Irgendetwas hat ihm einen Arm abgerissen, vielleicht die Lavina, doch das scheint ihn nicht zu beeindrucken. Er ist groß, so wie die meisten befallenen Barbaren, dabei jedoch noch kräftig und behaart wie ein Gorilla. Nur weil ich schnell bin und ihm sämtliche Überlebensreflexe fehlen, bin ich ihm überlegen. Nachdem ich ihn zu Fall gebracht habe, keuche ich vor Anstrengung und Schmerz. Seine Fingernägel haben mir den Handrücken aufgerissen. Meine Nerven zittern vor Anspannung, und in meinem Mund schmecke ich Blut. Dies sind keine Übungskämpfe wie an der Akademie. Lange halte ich das nicht mehr durch.

»Vögelchen«, ruft Olaf. »Ich habe hier noch einen.« Mit fliegendem Umhang ist Eleni bei ihm und beugt sich in die flache Grube. Als sie sich wieder aufrichtet, kann ich nicht hören, was sie sagt, doch ich sehe ihr Kopfschütteln. Wer auch immer es ist, für ihn kommt unsere Hilfe zu spät. Ich bekomme keine Luft mehr. Eleni fängt meinen Blick auf und schüttelt noch einmal den Kopf. Nicht Ian. Ich atme zitternd ein.

Schon bewegt sich erneut der Boden, nur wenige Schritte entfernt. Ich sehe einen Arm, dann eine Schulter aus dem Boden kommen.

»Es werden zu viele«, keucht Marius, während er einen Feuerstoß in den Untergrund jagt. »Wir müssen die Suche aufgeben.«

Noch nicht! Statt einer Antwort haste ich weg von ihm, dorthin, wo sich der nächste Befallene ausgräbt. Eine Stunde, hat Olaf gesagt. Solange könne man unter einer solchen Schneeschicht überleben. Die Stunde ist bald vorbei. Aber noch nicht!

Marius stößt ein frustriertes Brüllen aus. Ehe ich den Befallenen mit der Axt den Garaus machen kann, fliegt ein Feuerball an mir vorbei und erledigt das für mich.

»Hör mir doch zu!«, ruft Marius. Sein sonst so makelloses Gesicht ist überzogen von roten Flecken aus Kälte, Wut und Anstrengung. »Wir müssen uns zurückziehen, solange wir die Befallenen noch in Schach halten können. Wir müssen zur Klamm.«

»Noch nicht«, schluchze ich. »Noch nicht.«

Drei weitere Befallene nähern sich. Olaf lässt sich nicht beirren und gräbt mit fliegenden Händen ein neues Loch in den Schnee. Der Vereiser und der Seher weichen zurück. Wir haben ihnen keine Waffen gegeben, doch das bedeutet nicht, dass sie wehrlos sind. Der Alte hält einen Eiszapfen wie ein Schwert in der Hand. Weitere Eiszapfen zischen aus der Faust des Vereisers durch die Luft, spitz und tödlich bohren sie sich den Befallenen in die Brust. Sie bringen die Toten zum wanken, allerdings halten sie sie nicht auf. Ich habe keine andere Wahl mehr, als meinen Trieb zu rufen. *Bitte*, flüstere ich ihm zu. *Lass mich nicht im Stich.* Ich stecke die Axt weg und balle die Fäuste. Die Flammen schnellen so gierig hervor, als hätten sie nur darauf gewartet.

Marius und ich erledigen die Angreifer Seite an Seite mit unserer geballten Feuerkraft. Kaum zu glauben, doch wir sind ein effektives Gespann. Doch es werden zu viele. Ich kann nicht länger die Augen davor verschließen, dass er recht hat. Wir müssen gehen. Schmerz bohrt sich durch meine Brust, als hätte mich der Vereiser mit seinen Zapfen getroffen. Ian ist verloren. Weil er wegen mir in diesem Tal blieb, das zu einem eisigen Grab wurde. Ich habe kein Recht, ihn zu überleben. Die anderen aber schon, Eleni am allermeisten.

»Bringen wir sie weg von hier«, sage ich erstickt. Eine Träne rinnt heiß über meine Wange. Marius nickt und stößt den Atem in einer heftigen Wolke aus. Ich sehe keine Genugtuung in seiner Miene, als er an mir vorbei zu Eleni stapft. Ich drehe mich um und will ihm folgen.

»Thea!« Olafs Stimme dringt kaum zu mir durch. »Ich habe ihn gefunden.«

Ich weiß nicht, wie ich an seine Seite komme. Alles, was ich sehe, ist Ians Gesicht, das seltsam jung wirkt. Es ist so weiß, dass es sich kaum vom Schnee abhebt, der den Rest seines Körpers bedeckt. Er ist tot. Ich schreie auf.

»Holt ihn raus«, ruft Eleni. »Schnell!«

Meine Hände pflügen wie besessen durch den Schnee. Neben mir gräbt einer der überlebenden Soldaten. Zu zweit wuchten wir Ian aus der Grube. Ich nehme nur verschwommen wahr, dass Olaf, Marius und der Vereiser um uns durch den Schnee rennen, der in glitzernden Flocken unter ihren Stiefeln aufstiebt. Sie halten die Befallenen von uns fern.

Eleni schiebt mich beiseite und versiegelt Ians Lippen mit den ihren. Sie haucht ihm Atem ein, wieder und wieder, drückt ihm rhythmisch ihre Hände auf die Brust. Bis er den Kopf hochreißt und mit einem tiefen, rasselnden Stöhnen Luft holt. Ich greife nach seiner Hand.

»Keine Zeit.« Olaf reißt mich hoch. »Wir müssen zur Klamm!«

Er wuchtet sich den benommenen Ian über die Schulter. Wir rennen, Olaf mit Ian, der Vereiser mit dem Seher auf dem Rücken. Wir stolpern mit letzten Kräften über das zerfurchte Schneefeld auf die schwarze Felswand zu. Vor allem die geretteten Soldaten torkeln mehr, als sie rennen. Ich sehe nichts als die Sonne, die uns von ihrem Thron über dem Fels ihr blendendes Licht entgegenstrahlt. Meine Augen brennen. Mehrere Befallene, die uns in den Weg springen, stoßen Marius und ich mit Feuerstößen beiseite.

Ohne dass ich mich umdrehe, weiß ich, dass uns weitere von ihnen folgen. Doch in der Klamm könnten wir ihnen entkommen. Gleich haben wir es geschafft. Wir lassen das gleißende Licht hinter uns und betreten den Schatten der Felswand.

Olaf bleibt abrupt stehen. Eleni neben ihm keucht. Und dann sehe ich es auch. Die Lavina endet hier. In einem riesigen, zerborstenen Haufen aus Schnee und Felsbrocken, der sich mehr als haushoch vor uns türmt. Ich sehe Mauerstücke des Turms, den die Lavina zum Einsturz gebracht hat und dazwischen die Kadaver von Pferden – und Menschen, die ich nicht näher ansehen will. Doch das ist nicht das Schlimmste. Ich sehe zwar noch den Felsspalt hoch über unseren Köpfen, doch der Eingang zur Klamm ist verschwunden, irgendwo hinter diesem Chaos aus Schutt.

Hinter mir schreit einer der Soldaten auf. Einer, den wir doch gerade erst gerettet haben. Ein Befallener drückt ihn in den Schnee. Er ist der Erste einer ganzen rennenden, wankenden, stolpernden Horde.

Wir sitzen in der Falle.

Doch ich kann nicht zulassen, dass wir sterben, nicht jetzt, da Ian wieder da ist. Ich werfe mich vor Eleni, als ein Befallener nach ihr greifen will, und ramme meine glühende Hand in sein schwarzes Maul. Schreie ertönen hinter mir, heiseres Gurgeln vor mir. Ich reiße meine Hand zurück aus der qualmenden Höhle, die ich mir nicht genauer anschaue. Die letzten Reste meines verkohlten Handschuhs fallen von meinen Fingern ab. Der nächste Befallene grabscht nach mir. Ihm weiche ich aus, doch er ist schnell, schneller als erwartet. Er packt mich am Arm und reißt mich herum, sein Gesicht nur eine Handbreit entfernt. Ich werfe den Kopf in den Nacken, und seine Zunge zischt ins Leere. Meine glühenden Hände umfassen seine Armgelenke, und er lässt mich tatsächlich los, nur für einen Augenblick. Das genügt mir. Ich weiche zurück, die Faust geballt. Schon schießt das Feuer aus meiner Hand, bereit, ihn zu verzehren. Doch bevor ich die Flammen loslassen kann, rutscht mein Fuß auf dem unebenen Boden weg, und ich verliere das Gleichgewicht. Ich falle nach hinten. Etwas Hartes bohrt sich in meinen Rücken, etwas grauenvoll Spitzes. Der Schmerz ist so scharf, dass er sofort jeden anderen Gedanken auslöscht. Das Feuer in meiner Hand erlischt. Ich schreie. Es tut so weh, ich spüre nichts anderes mehr, nicht einmal das Gewicht des Befallenen, der sich erneut auf mich stürzt.

Ein Feuerstrahl fegt den Mann zur Seite. Marius reißt mich in eine sitzende Position hoch. Sein Gesicht ist nur ein verschwommener Fleck.

»Kannst du aufstehen?«

Ich versuche es. Ich versuche es wirklich. Doch meine Beine bewegen sich nicht. Der Schmerz verschlimmert sich zu einem harten, blutigen Pochen, in dem die Welt um mich vibriert. Es wird dämmrig, als schiebe sich ein Schatten vor mein Gesicht. Es ist vorbei. Ich will mich hinlegen und die Augen schließen.

Doch das darf ich nicht. Noch habe ich einen letzten Funken Kraft in mir.

»Zurück!«, krächze ich. »Hinter mich!«

Als ich an dem Beutel unter meiner Achsel zerre, springt das Amulett in meine Hand, als hätte es nur auf seinen Einsatz gewartet. Ich schiebe es in meinen Mund und reiße die Arme hoch. *Feuer frei!* Der alte Kampfruf der Senger ertönt in meinem Kopf, gellend und heulend in der tosenden Melodie der Flammen. Sie zischen aus meinen Händen. Wie rot leuchtende Wogen rauschen sie über den Schnee, eine Lavina aus Feuer, die die Befallenen niedermäht. Und dieses Mal werden sie sich nicht wieder erheben. Ebenso wenig wie ich. Ich jage das Feuer weit über die Ebene, ein brennender Ozean meines Schmerzes, der in tausend gellenden Stimmen singt. Schnee schmilzt in dampfenden Wasserfällen, sammelt sich in Flüssen und Bächen, die es doch nicht schaffen, meine Flammen zu löschen. Sie verschlingen die Welt. Und sie verschlingen mich.

Jemand kniet plötzlich neben mir und hält meine Hand. Kalt und fremd ist sie in meiner, doch ihr Besitzer ist stark. Meine Schmerzen werden weniger, und ich spüre seine Kraft eine neue Melodie neben meiner singen. Mein brausendes Lied windet sich darum wie Flammenzungen, vereinnahmt sie und wird schneller, ungezügelter, lauter. Mein Körper bebt, von der entfesselten Macht wie von Stürmen geschüttelt. Jemand kreischt. Plötzlich ist meine Hand wieder leer. Die Welt brennt, und ich brenne mit ihr, schreiend und weinend vor Schmerz und Triumph. Ein dumpfer Schlag trifft meine Stirn, und Nacht senkt sich über mich.

Kapitel 20

Die Welt ist kalt. Kalt und grau wie Asche. Etwas klappert hektisch, und erst als ich aufstöhne, merke ich, dass es meine Zähne sind.

Ich will meine Augen öffnen, doch sie sind verklebt, sodass ich sie kaum aufbekomme. Als ich meine Hände heben will, lassen sie sich nicht bewegen. Fesseln, schießt es mir durch den Kopf. Ich bin gefesselt.

»Sie ist wach.«

Wer hat das gesagt? Ich zerre an den Stricken.

»Schscht«, flüstert jemand. Ich erkenne Elenis Stimme. Etwas legt sich auf meinen Mund. Ich spüre Leder an meinen Lippen. Mit aller Kraft reiße ich die Augen auf. Elenis Miene, bleich und besorgt im Dämmerlicht. »Thea, du musst leise sein.«

Ihr Handschuh presst sich auf meinen Mund. Unter ihrem entschlossenen Griff drehe ich nicht minder entschlossen den Kopf, um mich umzusehen. Eine dunkelgraue Mauer erhebt sich neben uns, ansonsten sehe ich Schnee, überall Schnee. Über uns blinken unzählige Sterne. Wo bin ich? Ich liege, doch nicht auf dem Boden. Auf einer Trage? Bis zum Kinn stecke ich in meinem Schlafsack. Trotzdem ist mir erbärmlich kalt.

»Jetzt!«, zischt jemand hinter mir. Olaf?

Ich drehe erneut den Kopf, doch ich sehe ihn nicht. Die Trage setzt sich in Bewegung. Jemand zieht mich rückwärts über den Schnee, und neben mir hastet Eleni. Ein schwarzer Torbogen huscht über uns hinweg, wir kommen durch einen befestigten Hof, der leer und dunkel ist. Eine Tür klappt auf und zu, dann umfängt mich Wärme, und mir fallen die Augen gegen meinen Willen zu.

Als ich wieder erwache, höre ich ein Feuer knistern. Dieses Mal bin ich nicht gefesselt, und ich richte mich so abrupt auf, dass Eleni einen erschrockenen Laut ausstößt. Sie sitzt neben mir, meine Fesseln noch in der Hand. Marius kniet vor einer Feuerstelle, in der er gerade eine riesenhafte Baumwurzel in Brand setzt. Ian steht neben ihm. Ein Stück von ihnen entfernt kauert der Vereiser.

»Wo sind wir?«, frage ich und schaue mich um. Der Raum ist groß und leer und hat eine seltsame, ovale Form. Die Wände bilden über uns ein hohes Gewölbe, unterbrochen nur von Fensterluken und einer halb offen stehenden Tür, hinter der es dunkel ist. Die Böden sind von abgetretenen Teppichen bedeckt. Vor dem Kamin türmen sich scheckige Felle, in einer Ecke liegt ein Stapel Rucksäcke.

Eleni nimmt mit prüfendem Blick meine Hand. Doch dann schiebt Ian sie einfach beiseite und zieht mich an sich. Er ist warm und fest und riecht nach Holzkohle und nasser Wolle.

»Autsch«, stöhne ich, als ein spitzer Schmerz durch meinen Rücken jagt. Sofort lockert sich seine Umarmung.

»Ihre Verletzung ist noch nicht ausgeheilt«, tadelt ihn Eleni. Hinter seiner Schulter rümpft sie unzufrieden die Nase. Er lässt mich los und erhebt sich.

»Ich hab so lange darauf gewartet«, murmelt er, als wolle er sich entschuldigen. Mein stolzer Ian? Er atmet tief durch und steht gerade, und mir fällt es wieder ein: Hier ist er nicht *mein* Ian, sondern Hauptmann Ian, mein Vorgesetzter. Mir wäre es lieber, er würde mich weiter festhalten, die Schmerzen dabei nehme ich in Kauf.

»Wo sind wir?«, wiederhole ich. »Was ist passiert?«

Ian mustert mich besorgt, offensichtlich überlegt er, wie viel er mir zumuten kann.

»Eleni?«, rufe ich meine Freundin zu Hilfe.

»Wir sind in einer verlassenen Festung der Barbaren«, sagt sie ohne Zögern. »Anders führte uns her.«

»Anders?«

»Der Vereiser«, erklärt sie.

»Und wie lange war ich bewusstlos?«

»Zwei Tage.«

Ich stoße pfeifend meinen Atem aus.

»Du warst sehr schwer verletzt.« Ian streckt die Hand aus, als wolle er mir über die Wange streichen, doch er lässt sie wieder sinken, bevor er mich berührt. »Du bist mit dem Rücken auf einen spitzen Felsen gefallen.«

»Deine Lendenwirbelsäule war angebrochen«, ergänzt Eleni. «Wir mussten dich auf einem Schlitten stabilisieren und ruhig stellen, damit der Bruch mithilfe meines Triebs wieder zusammenwachsen konnte.«

»Ruhig stellen?«, hake ich nach.

»Ich habe dich unter Betäubung gesetzt.«

»Du hast was?« Ich versuche aufzustehen, was mir nur dank Elenis Hand an meinem Ellenbogen gelingt. Um mich dreht sich alles, trotzdem entziehe ich mich dem Griff meiner Freundin. »Ohne mich zu fragen? Was, wenn uns in dieser Zeit Befallene angegriffen hätten?«

»Mach sie nicht dafür verantwortlich.« Marius erhebt sich von der Feuerstelle. Mit grimmigem Gesichtsausdruck mustert er mich. »Das war eine Entscheidung von uns allen.«

»Von allen?« Ich fahre zu Ian herum, taumele dabei. Er ist der Hauptmann. »Du warst dafür?«

Er greift nach meinem Arm, um mich zu stützen. »Du solltest dich wieder hinsetzen, Thea.«

»Ich will eine Erklärung!«, rufe ich. »Warum habt ihr mich betäubt?«

Marius stößt ein Schnauben aus. »Weil du gefährlich bist«, sagt er und greift in seine Tasche. »Weil du illegale Waffen besitzt, die uns alle töten könnten.«

Er öffnet die Hand. Etwas blinkt gelb. Ich stöhne auf vor Schreck, doch gleich danach packt mich Wut. Das ist *mein*

Amulett. Mit dem ich sie offensichtlich gerettet habe, sonst wären sie nicht hier.

»Gib es mir zurück«, fauche ich und will auf ihn losstürmen, doch schon beim ersten Schritt geben meine zittrigen Beine nach. Ian fängt mich auf und setzt mich vor der Feuerstelle auf die Felle, als wäre ich ein kleines Kind.

»Es gehört mir«, rufe ich.

Doch Marius schüttelt den Kopf, ebenso wie Eleni. »Du bist der Gruppe eine Erklärung schuldig«, sagt sie streng. »Woher hast du es? Warum hast du es verborgen gehalten?«

Sie schauen Ian an, warten darauf, dass er mir befiehlt, ihnen Antworten zu geben. Doch er zögert, und ich nutze das.

»Zuerst berichtet ihr mir, was in den letzten zwei Tagen passiert ist«, erwidere ich. Ich brauche Zeit, um durchzuatmen. Um mich dreht sich alles, und der Schmerz in meinem unteren Rücken ist zu einem dumpfen Pochen angeschwollen. »Wo sind die anderen? Die überlebenden Soldaten.« Mein Blick gleitet über den Vereiser, der wieder mit der Chrysoskette gefesselt ist und mich reglos beobachtet. »Der Seher. Olaf.«

»Ich bin hier«, sagt Olaf und schiebt die Tür auf. »Die Korridore sind leer, Hauptmann. Zwei Befallene lungerten noch herum, die habe ich eliminiert und danach alle Eingänge verschlossen. Wir sind hier vorerst sicher. Und ich finde es nur angemessen, Thea zu erzählen, was sie verpasst hat. Ich war nämlich gegen die Betäubung.«

Wenn er sich damit bei mir einschmeicheln will, gelingt ihm das nicht. Mit ausgreifenden Schritten durchquert er das Zimmer und setzt sich neben mir auf eines der Felle.

»Einverstanden«, sagt Ian und setzt sich auf meine andere Seite. »Eleni, du fasst die Ereignisse für sie zusammen.«

Eleni nickt und setzt sich vor mich. Marius bleibt mit verschränkten Armen stehen, ich sehe allerdings, dass die Finger an seinen Ellbogen zittern. Er hat tiefe Augenringe. Alle sehen müde aus, offensichtlich waren die letzten zwei Tage strapaziös.

»Also, was ist passiert?«, frage ich.

»Du weißt noch, dass die Klamm verschüttet war?«, vergewissert sich Eleni. »Die Wucht der Lavina hat Felsbrocken aus den Schluchtwänden geschlagen und sie unpassierbar gemacht. Nachdem der Feuersturm, den du ausgelöst hast, erlosch, war das Tal verbrannt und der Schnee größtenteils geschmolzen. Sämtliche Befallenen waren eliminiert. Olaf baute aus Holzschutt einen Schlitten für dich, und dann stiegen wir den westlichen Hang hinauf. Oben trennten wir uns. Wir gingen weiter nach Westen, zwei Tage lang. Die beiden überlebenden Soldaten schlugen auf Hauptmann Ians Befehl den Weg nach Norden ein, über die Felswand und die Berge. Sie versuchen, die Expedition einzuholen, um von uns zu berichten.«

»Warum sind wir nicht mitgegangen?«, frage ich, doch dann beantworte ich meine Frage selbst. »Wegen mir.«

»Die Berge über der Klamm sind schroff«, sagt Olaf. »Ich würde keine Wette abschließen, dass die beiden das schaffen. Sie kennen das Gelände nicht.«

Aber du offensichtlich. Ich frage mich, warum er sie nicht begleitet. »Wo ist der alte Mann?«

»Er ist tot«, sagt Eleni. Sie kneift die Augen zusammen. »Du hast ihn getötet.«

Ungläubig starre ich sie an. »Das kann nicht sein.« Unwillkürlich schaue ich zum Vereiser hinüber. Seine Miene ist so bleich, dass die frischen Blutergüsse in seinem Gesicht klar hervortreten. Seine Rabenaugen erwidern meinen Blick ohne jeglichen Ausdruck. Ich kann darin nichts lesen, weder Hass noch Bestätigung. *Anders.* So hat Eleni ihn genannt. Der Name passt.

»Warum sollte ich ihn umbringen?«, murmele ich.

»Du musst dich dem nicht aussetzen«, sagt Ian. »Du brauchst Ruhe.«

»Dein Feuersturm hat ihn verzehrt«, zischt Marius. »Hat ihn einfach aufgesogen und seinen Körper in Asche verwandelt.

Er hätte auch uns andere gepackt. Wenn ich dir nicht meinen Schwertknauf über die Stirn gezogen hätte, wäre keiner von uns hier.«

Verwirrung und Angst streiten in mir. Ich versuche krampfhaft, mich zu erinnern. Doch in meinen Gedanken ist nichts außer dem Bild einer riesigen Feuersbrunst. Die anderen starren mich schweigend an.

»Das ist nicht die ganze Wahrheit«, bricht Olaf die Stille. Ich balle die Fäuste. Was habe ich noch getan? »Der Seher ist zu dir gekommen, während du die Befallenen niedergebrannt hast«, sagt er. »Er hat nach deiner Hand gegriffen. Er hat sich selbst umgebracht.«

»Das ist nicht wahr«, flüstert Anders. Nun kann ich Gefühle in seiner Miene lesen: Zorn, aber auch Bestürzung. »Ihr müsst blind und taub sein, wenn ihr das nicht gespürt habt. Die Magie? Den riesigen Sog, den sie« – er deutet auf mich – »freigesetzt hat? Er war stärker als alles, was ich je gespürt habe. Er wollte uns verschlingen. Kazimir hat das einzig Mögliche getan. Er hat sich geopfert. Damit wir leben.«

Sog? Magie? Das sagt mir nichts. Ian schnaubt, Marius blickt skeptisch. Nur Eleni mustert den Vereiser nachdenklich.

»Du meinst, das Amulett hat sich nicht allein ihrer Kraft bedient, sondern auch unserer?«, fragt sie. Ich habe keine Ahnung, wie sie zu diesem Schluss kommt. Es ist allerdings nicht das erste Mal, dass ich ihre Gedankengänge nicht verstehe.

Der Vereiser nickt jedoch auf ihre Frage.

»Das könnte unsere Schwäche erklären«, überlegt Eleni. »Den Durst und das Kopfweh, unter dem wir alle am Folgetag litten. Ian wurde während des Feuersturms sogar bewusstlos und erholte sich nur langsam.«

Ian schnaubt. »Das beweist gar nichts«, grollt er. »Der Barbar will den Alten in ein besseres Licht rücken, damit wir ihm künftig vertrauen.«

»Ich habe den Seher gespürt«, sage ich leise. Ich erinnere

mich vage. Finger, die sich um meine schließen. Eine Melodie. »Ich brannte schon lichterloh, als er meine Hand nahm. Doch statt mir dadurch zu helfen, meine Kraft zu bändigen, verlor ich endgültig die Kontrolle über den Trieb.«

»*Kontrolle. Trieb.*« Der Vereiser wiederholt meine Worte flüsternd. »Was soll das bedeuten?« Verwunderung schwingt in seiner Stimme mit, doch vor allem Traurigkeit.

Es sollte mir egal sein, was er fühlt, doch das ist es nicht. Ich habe einen Menschen umgebracht, der ihm etwas bedeutet hat – auch wenn es nur ein verrückter Alter war, der glaubte, mir zu helfen.

»Es tut mir leid«, flüstere ich und vergrabe mein Gesicht in den Händen. Ich will weg von diesem Krieg und der Seuche, von all den Toten, die auf mir lasten, als trage ich sie auf den Rücken gebunden. Ich bin doch nur eine Rekrutin, die über Ehrgeiz, aber nur unzureichende Feuertalente verfügt.

»Du hast unsere Fragen noch nicht beantwortet«, sagt Marius schroff.

»So ist es«, pflichtet Eleni ihm bei. »Wir warten auf Antworten.« Ich schaue auf. In ihren Augen lese ich Mitleid, doch vor allem Wissbegierde.

Sie blicken zu Ian. Er seufzt, dann nickt er. »Ich stimme ihnen zu, Rekrutin. Du musst uns berichten, was du weißt.«

»Nur eines will ich noch wissen, wenn ich darf«, sage ich. Ich hole tief Luft. »Wo sind wir?«

»Diese Festung lag dem Tal am nächsten«, sagt Olaf. »Sie heißt Stenborg und gehört dem Clan der Borgerssons. Ich kenne sie von früheren Aufträgen. Außerdem versicherte Anders, dass sie leer steht. Die Bewohner sind vor der Seuche geflohen. Wir können uns hier ausruhen und dann entscheiden, ob wir weiterziehen oder umkehren.«

»Ihr habt den Worten eines Barbaren geglaubt?« Ich hebe die Augenbrauen. Ians Haltung wird steif. Dann sehe ich Elenis siegesgewisse Miene. »Das ist noch nicht alles, oder?«

»Anders erkannte das Amulett«, ruft Eleni. »Er weiß, was es ist.«

»Das weiß ich nicht«, sagt der Vereiser widerwillig. »Ich kenne nur eine Abbildung davon.« Angesichts der Blutergüsse in seinem Gesicht kann ich mir vorstellen, wie sie ihn dazu gebracht haben, das zu verraten.

»Und die Abbildung befindet sich in dieser Festung«, fügt Eleni hinzu.

»Deshalb sind wir hier?«, frage ich. »Wir setzen unser Leben und unsere Mission aufs Spiel, um mehr über ein altes Amulett herauszufinden?«

Ian schnaubt. Offensichtlich hegte er ähnliche Gedanken, bevor Eleni ihn überzeugt hat.

»Denk doch einmal nach, Thea«, weist Eleni mich zurecht. »Du allein hast in wenigen Minuten vierzig bis fünfzig Befallene eliminiert. Eine solch wirkungsvolle Waffe könnte unsere ganze Republik vor der Seuche retten.«

Und was ist aus deiner Theorie von einem Heilmittel geworden? Doch ich sage es nicht. Ich will ja selbst wissen, was es mit meinem Amulett auf sich hat. Auch wenn es mich inzwischen vor ihm graut, vor seiner Kraft, die ich nicht beherrschen kann. Doch es gehört mir.

»Genug.« Ian hebt die Hand. »Woher hast du das Amulett, Thea? Sag es uns.«

Ich zögere. Doch ich habe keine Wahl mehr.

»Ich habe es von meinem Vater«, sage ich leise.

Ians Gesicht spiegelt unverblümte Überraschung. Olaf fixiert mich mit seinen magnetischen Augen und schüttelt unmerklich den Kopf. Marius und Eleni hingegen wechseln einen bestürzten Blick.

»Deinem Vater?«, ruft Eleni. »Weißt du, wer er ist? Hast du ihn getroffen?«

Ich schüttle den Kopf. »Meine Mutter hat es mir gegeben.« Dann erzähle ich ihnen alles, was ich weiß. Außer, dass ich es mit meinem Blut getränkt habe. Das kann ich nicht erzählen, denn ich verschweige Olafs Beteiligung. Ich weiß nicht, warum ich ihn herauslasse. Ich bin ihm nichts schuldig, oder? Gut, er hat mein Leben gerettet, ein oder zwei Mal. Vielleicht schulde ich ihm doch etwas.

Als ich zu Ende geredet habe, ist es still. Ich lasse den Blick über sie schweifen. Die Heilerin, der Hauptmann, der Brenner, der Vereiser und der Kopfgeldjäger. Eine Zwangsgemeinschaft, zusammengewürfelt vom Krieg. Doch Marius hat auf dem Schneefeld einen Befallenen erledigt, der mich schon gepackt hielt. Eleni hat meine Verletzung geheilt. Der Vereiser hat uns alle vor der Lavina bewahrt. Und Ian hat mich einst aus dem brennenden Stall gezogen. Jeder von ihnen hat mir schon das Leben gerettet. Ich bin ihnen die Wahrheit schuldig.

»Ihr habt recht«, sage ich. »Ich habe meinen Eid verraten, indem ich das Amulett versteckt hielt. Ich habe euch verraten. Doch ihr müsst mich verstehen. Es ist alles, was ich von meinem Vater habe.«

Sie schauen mich schweigend an. Dann verdreht Olaf die Augen. »Väter werden überschätzt. Du kannst meinen haben, wenn du willst.«

»Oder meinen«, schnaubt Marius. In seinen Augen blinkt tatsächlich etwas auf, das ich als Verständnis deute.

»Du brauchst keinen Vater«, sagt Ian dagegen leise. »Du hast mich.«

Ich seufze, gerührt und verlegen zugleich. »Bekomme ich das Amulett zurück?«

»Nein«, sagt Marius.

»Doch«, sagt Eleni und starrt ihn an. »Sie soll es halten. Nur für einen Augenblick.«

Kaum zu glauben, doch Marius gehorcht ihr. Er gibt es Eleni, und sie legt es auf meine Handfläche. Meine Finger wollen sich um das warme Metall schließen wie um die Hand eines Freundes, doch Eleni hält meine Finger fest.

»Ist es leichter oder kleiner geworden?« Ihr Blick bohrt sich in meinen, ihre prüfenden hellblauen Augen wirken beinahe gierig.

Ich schüttle ohne Zögern den Kopf. »Es ist genauso wie immer.« Ich hole tief Luft. »Du meinst …«

»Ja, das meine ich.« Schon haben ihre Finger das Amulett aus meiner Handfläche gepflückt, so flink, dass ich nicht einmal einen Protestlaut ausstoßen konnte. »Chrysos, das unseren Trieb verstärkt, ohne dabei zu verschwinden. Das ist faszinierend.« Sie wirft es Marius zu, der es in seine Tasche steckt.

»Gebt es mir zurück«, protestiere ich.

Doch beide schütteln den Kopf. »In deinen Händen ist es zu gefährlich«, stößt Marius aus. »Bei mir funktioniert es dagegen nicht. Der Hauptmann hat vorhin bereits befohlen, dass es bei mir bleibt, bis wir herausgefunden haben, warum das so ist.«

Ian nickt. »So ist es. Zu deinem eigenen Schutz.«

Ich brauche keinen Schutz. Ich will auffahren und es Marius mit Gewalt aus der Hand reißen. Doch ich tue es nicht. Der *Hauptmann* hat es entschieden. Ohne mich anzuhören. Ich schlucke den schalen Geschmack auf der Zunge herunter. Er hat das Recht dazu. Wir sind Soldaten im Krieg.

»Genug geredet.« Ian steht auf. »Sorgen wir erst mal für unsere Sicherheit. Marius, such eine abschließbare Kammer für den Gefangenen. Eleni, kümmere dich um Thea. Olaf und ich gehen auf Patrouille und überprüfen noch mal alle Tore dieser Festung. Wir wollen keine Überraschungsbesuche.« Marius und Eleni salutieren respektvoll. Während Marius den Vereiser hinausbringt, beugt Ian sich zu mir herunter.

»Und wie lauten deine Befehle für mich?«, murmele ich. Mein Lächeln gerät etwas gequält.

»Ausruhen«, brummt er in mein Ohr. »Und ab jetzt immer in meiner Nähe bleiben.«

Ich will noch etwas sagen, will so vieles sagen, doch er geht, und ich bin zu müde, um meine Gedanken in klare Worte zu packen. Ich bette meinen Kopf auf die Felle. Eleni kniet sich hinter mich und legt eine Hand auf meinem Rücken. Ihre Berührung tut gut.

»Nimmst du die Pastillen noch?«, fragt sie leise.

Ich will sie anlügen, doch dazu fehlt mir die Kraft. Ich schüttle den Kopf.

Sie seufzt, und ich drehe mich zu ihr um. Ihre blauen Augen sind klar und tief wie zwei Bergseen. »Wenn du sie nicht mehr brauchst, verzichte auf sie«, flüstert sie. »Doch bewahre sie auf, falls deine Krankheit zurückkommt.«

Ich nicke, erleichtert, dass sie es genauso sieht wie ich.

Während sie allmählich den Schmerz wegstreicht, schlafe ich ein.

❄

Als ich erwache, ist es still bis auf das Knistern der Feuerstelle, in der immer noch dieselbe Baumwurzel brennt. Es kann nicht viel Zeit vergangen sein. In Erwartung von Schmerzen richte ich mich auf, doch bis auf ein kurzes Zwicken verhält sich mein Rücken ruhig. Ich robbe über die Felle zu meinem Rucksack, schnappe mir den Wasserschlauch und einen Fladen, den ich wie eine Verhungernde hinunterschlinge. Danach fühle ich mich stark genug, um mir meinen Umhang und meinen Waffengürtel umzulegen und aufzustehen. Meine Beine kribbeln für einen Moment, als würden Ameisen darauf Fangen spielen, doch sie tragen mich zur Tür hinaus.

Der Korridor kommt mir unheimlich still vor, dunkel und kalt. Seine Decke wölbt sich wie ein Baldachin, und in beide Richtungen schwingt er sich in sanften Kurven, als gäbe es in diesem Gebäude keinen einzigen rechten Winkel. Ein Gefühl von Alterslosigkeit erfüllt die Wände, von Fremdheit. Als stünde diese Festung hier schon seit Zeiten vor Menschenbeginn. Sternenlicht fällt durch Scharten herein und durchzieht die Luft mit grauen Schlieren wie gefrorener Staub. Als ich versuche, aus einer der Scharten nach draußen zu schauen, sehe ich nur ein Stück Nachthimmel. Die Mauern, bestimmt vier Fuß dick, machen jeden Blick nach unten unmöglich.

Runde Türbögen säumen den Korridor, den ich entlangschleiche. Alle Türen sind verschlossen. Wie groß ist diese fremdartige Festung? Ich traue mich nicht, nach den anderen zu rufen. Wer weiß, wer sich hier noch herumtreibt. Meine Finger schließen sich um den Axtgriff. Mein Atem schwebt in Wölkchen vor mir her.

Irgendwann mündet der Korridor in einen Treppengang. Die Treppe windet sich wie eine Schlange nach oben und unten. Ich zögere. Mein Instinkt sagt mir, ich soll nach oben gehen. Doch dann höre ich unter mir ein Geräusch. Ein feines Scharren und Schaben, wie Krallen auf Stein. Schon ist es wieder still. Dann ein Wispern. Ich ziehe die Axt aus dem Gürtel und schleiche nach unten. Meine Stiefelabsätze machen leise klackende Geräusche auf dem Stein, und das Wispern verstummt.

Ein Stockwerk, zwei. Im schwachen Lichtschein der Schießscharten taste ich mich hinunter. Ich komme an weiteren Korridoren mit verschlossenen Türbögen vorbei. Sie sind an der höchsten Stelle eine halbe Mannslänge größer als ich, genauso wie die Treppenstufen höher sind, als ich es von zu Hause gewohnt bin. So wie die Barbaren größer sind als die meisten von uns. *Aber nicht größer als ich.*

Im nächsten Stockwerk fällt mir gleich die erste Tür ins Auge. Sie ist mit noch massiveren Holzbohlen als die anderen verschlossen. Sie verfügt außerdem über eine vergitterte Luke. Also bin ich im Erdgeschoss. Ich luge nach draußen. Ein ovaler Hof, von hohen Mauern umringt. Die Sterne tauchen den Schnee in fahles Licht. Vielzählige dunkle Spuren führen darüber, doch zu sehen ist niemand.

Wieder erklingt ein Wispern im Schwarz der Treppe unter

mir. Ich scheue davor zurück, tiefer zu gehen. Als ich an der Tür rüttle, die nach draußen führt, ist sie jedoch verschlossen. Ich könnte den Metallriegel aufschmelzen, doch das kostet Zeit. Also der Keller. Mein Herz klopft wie ein Schmiedehammer, während ich mich die Stufen hinabschiebe. Das Licht der Sterne bleibt zurück, und hinter der nächsten Biegung der Treppe sehe ich nicht einmal mehr die Hand vor Augen. Mir bleibt nichts anderes übrig. Ich werfe eine hühnereigroße Flammenkugel aus meiner Faust. Sie zischt fünfzehn Stufen hinunter und verharrt dann in der Luft.

Ich reiße keuchend die Hand vor den Mund.

Weiß reflektierende Kulleraugen, gebleckte Zähne. Graue pelzige Tiere, groß wie Katzen, huschen aus dem Lichtschein. Es sind Ratten, ich sehe ihre haarlosen Schwänze. Zwei von ihnen zischen an mir vorbei und verschwinden mit einem Keckern in einem Mauerloch. Ich lasse die Flammenkugel ein Stück weiter schweben, tiefer in das unterirdische Gewölbe.

Meine Kehle wird eng. Tote Körper liegen aufgebahrt, mehr als zwei Dutzend Silhouetten, die in Leintücher gewickelt sind. Nur ein Gesicht liegt frei, das Antlitz einer älteren Frau. Ihre Augen sind geschlossen, und sie sieht friedlich aus, beinahe als schlafe sie. Ihre Züge erinnern mich an jemanden, doch ich weiß nicht, an wen. Eis überzieht sie mit einer durchsichtigen Schicht. Es glitzert wie tausend kleine Diamanten, als die Flammenkugel über sie hinweggleitet. Alle Leintücher sind von einer Eisschicht bedeckt. Ich sehe Nagespuren, kleine weiße Kratzer, die das Eis allerdings nicht durchdrungen haben.

Wie die Ratten habe ich hier nichts zu suchen. Ich wende mich ab, schaudernd und seltsam traurig. Meine Beine fühlen sich schwer an, als ich mich wieder an den Treppenaufstieg mache.

»Sie haben gegen die Befallenen gekämpft«, sagt Olaf über mir. Ich zucke so abrupt zusammen, dass ich fast die Stufen hinunterfalle. Meine Feuerkugel taumelt über meinem Kopf nach oben, zeigt mir kniehohe Fellstiefel, aus denen seine geschmacklos karierte Hose lugt, dann den Flickenpelz seines Mantels und schließlich sein weißes, unwirklich schönes Gesicht. Er blinzelt ins Licht. »Doch es wurden zu viele. Die Überlebenden mussten die Festung aufgeben.«

»Wann?«, frage ich.

»Vor drei Wochen.«

»Aber die …« Ich zögere, meine Frage auszusprechen, und deute etwas hilflos hinter mich.

»Anders hat ihre Körper mit Eis konserviert«, errät er einmal mehr meine Gedanken. »Das ist die Art der Vereiser, ihren Toten Ehre zu erweisen. Solange es kalt bleibt, werden sie dort unten unversehrt darauf warten, dass jemand sie begräbt.«

»Er war bei dem Kampf dabei?«

»Haben wir das nicht erzählt? Er stammt von hier. Er und Kazimir waren die Einzigen, die den Befallenen entkommen konnten.« Ich erschauere, doch Olaf zuckt mit den Schultern, als wäre diese Tatsache völlig belanglos. »Gerade jetzt zeigt er den anderen die Abbildung des Amuletts.« Er reicht mir seine Hand, als wäre ich ein kleines Kind. »Komm, das willst du nicht verpassen.«

Ich ignoriere seine Hand, die er seufzend wieder zurückzieht. »Warum habt ihr mich nicht geweckt?«, frage ich.

Er zuckt erneut mit den Schultern, dann stürmt er vor mir so schnell die Treppe hinauf, dass ich Mühe habe, mit ihm mitzuhalten. Ein Stockwerk über unserem Schlaflager öffnet er die Tür zu einem identischen Korridor und biegt um zwei Ecken, bis unter einer weiteren Tür schwacher Lichtschein hervordringt. Als er sie aufstößt, fahren die anderen auf wie ertappt.

Das Zimmer ist groß und elliptisch, so wie das, in dem wir unser Lager aufgeschlagen haben. Öllampen hängen an schartigen Wandhaken und erhellen den Raum erstaunlich gut. In einem Kamin flackert bereits ein kleines Feuer, wahrscheinlich von Marius entfacht. Der Boden ist mit Teppichen ausgelegt, die sich überlappen und ein buntes, leicht abgewetztes Farbengemisch bilden. Schwarze Truhen säumen die Wände, ein Regal ist in eine Raumnische eingelassen und enthält ein ungeordnetes Sammelsurium aus Schriftrollen und Pergamenten.

Es riecht seltsam, fast modrig.

Die Mitte des Raums wird von einem Steinblock beherrscht. Ein wuchtiger grauer Quader, auf dem seltsame Gerätschaften stehen. Eine Waage kann ich identifizieren, außerdem mehrere Schälchen aus Ton, die zerstoßene Kräuter und undefinierbare Substanzen enthalten. Alles ist von einer dicken Staubschicht bedeckt. Ich trete näher. In alle vier Ecken des Quaders sind Vertiefungen eingelassen, um die sich geritzte Ornamente ranken. Unter dem Staub ist der Stein dunkel verfärbt, als hätten diese Vertiefungen einst verschiedene Flüssigkeiten beherbergt.

»Das war das Gemach des alten Sehers«, sagt Eleni. Sie tritt auf mich zu und nimmt prüfend meine Hand. »Du bist fast geheilt. Doch du solltest Anstrengungen noch meiden.«

Ich schüttle ihren Griff ab. »Wo ist die Abbildung des Amuletts?« Doch ich weiß es bereits.

Als ich hereinkam, kauerten die drei neben dem Steinblock, der gefesselte Anders stehend hinter ihnen. Sie haben sich inzwischen erhoben, doch Marius und Ian starren noch immer die Seite des Steinquaders an, eine Stelle knapp über dem Boden. Über ihre Schultern schaut mich der Vereiser mit seinen rätselhaften Augen an.

Sein Tatovering tanzt mit den zuckenden Lichtern und Schatten des Feuerscheins, es sieht beinahe aus, als flackere es. Wer weiß, warum er uns hierher geführt hat, auf sein vertrautes Terrain. Ich starre ihn mit unverhüllter Feindseligkeit an. Er dreht sich zur Seite und schließt die Augen, als könne er mir so entfliehen. Ich stocke.

Eleni huscht wieder zum Stein und geht in die Hocke. »Schau es dir an«, ruft sie.

Doch ich kann den Blick nicht von Anders lösen. Ich weiß jetzt, an wen mich das Gesicht der toten Frau erinnert: an ihn.

»Thea«, sagt Eleni ungeduldig. »Konzentriere dich.«

Wie viele Menschen mag ihn die Seuche bereits gekostet haben? Und ich habe auch noch seinen letzten Vertrauten getötet. Ein Kloß bildet sich in meiner Kehle, dick und schwer wie mein Schuldbewusstsein.

Ich räuspere vergebens dagegen an, während ich zur Seite des Steinquaders trete. Eleni erhebt sich, als ich neben ihr in die Knie gehe. Im Stein sehe ich ein Bild, so detailliert geschnitzt, als wäre es ein Abguss des Originals. Ich erkenne die verschlungenen Ornamente sogleich: Es ist mein Amulett.

Eine Handbreit davon entfernt gibt es eine weitere Darstellung in der gleichen Größe. Sie trägt ähnliche Ornamente, doch nicht die gleichen.

Ich schaue hoch. Eleni starrt mich gespannt an.

»Es sind zwei«, sage ich verblüfft.

Sie nickt. »Siehst du den Text darunter?«

Ich kneife die Augen zusammen, um die verwitterten Buchstaben zu entziffern.

»Dein Blut ist sein Blut, dein Leben ihm unantastbar. Seine Kraft wird gehorchen der Kraft der Sechs, dich schützen, sich niemals umkehren, bis es sich dereinst verbindet in Zweiheit des kristallenen Lichts.«

Mich fröstelt es. Ich kenne diese Worte. Olaf hat sie einst zitiert, als er mein Amulett das erste Mal sah. War er schon einmal hier? Mein Blick wandert über den Stein zu ihm, doch er steht abgewandt, als interessiere ihn das alles nicht. Ich bin allerdings sicher, dass er aufmerksam lauscht.

Am Stein geht der Text weiter. Und so lese ich:

»Hütet die Mynt und schützt die Pforten, im Banne von Silber und Gold, bis die Tide die Ankunft von Njard verkündet.«

»Der erste Teil klingt für mich nach einem abergläubischen Kult oder einer Beschwörung«, sagt Eleni. »Verworren und wahrscheinlich belanglos. Anders leugnet, ihn zu verstehen. Der zweite Teil des Texts scheint interessanter zu sein. Anders sagte soeben, Mynt bedeutet Amulett in ihrer alten Sprache, die sie *Norisk* nennen. Njard ist ihr Gott des Todes.«

»Und was bedeutet Tide? Oder Silber und Gold?«, frage ich, während ich den Text ein weiteres Mal studiere.

Eleni schnauft. »Diese Frage stellte ich gerade, als ihr hereinkamt.«

»Los, Gefangener, sag es uns«, befiehlt Ian schroff.

Anders öffnet die Augen so langsam wie nach einem langen Schlaf. »Tide sind die Gezeiten der Meere, die vom Mond gelenkt werden – ein altes Wort für Zeit«, murmelt er widerwillig. »Wenn alles Leben zu Ende geht, bricht die Zeit von Njard an.«

»Wenn zum Beispiel eine Seuche alle Menschen auslöscht?«, erkundigt sich Eleni.

»Nein. Wir sind nur ein kleiner Teil des Lebens auf dieser Welt. Njards Zeit wird sein, wenn nichts mehr existiert außer ihm. Das wird vielleicht niemals geschehen. Der Text bedeutet deshalb: immer. Schützt die Pforten immer.«

»Umständlich ausgedrückt«, brummt Ian.

»Und was ist Silber und Gold?«, hake ich ein weiteres Mal nach.

Er runzelt die Stirn. »Du kennst die magischen Elemente nicht?«

»Sie benutzt nur andere Begriffe«, sagt Olaf. Er hat sich uns wieder zugewandt. Seine Augen leuchten im Feuerschein. »*Airgead* und *Òr* in der alten Sprache von Irelin. *Serebró* und *Zóloto* in der alten Sprache von Jagosch. Und natürlich in der einzig geduldeten Sprechweise, der Amtssprache der Republik: Argyr und Chrysos.«

Gold. Das Wort gefällt mir besser als Chrysos. Es klingt schwer und weich zugleich, erinnert mich an das satte Gelb des Amuletts.

»Und was soll das nun bedeuten?«, fragt Eleni ungeduldig. »Ich sehe weder eine Pforte, noch haben wir ein zweites Amulett.«

»Wir haben auch noch nicht danach gesucht«, erwidert Olaf. »Geschweige denn, Anders ernsthaft danach befragt.«

Anders zuckt zusammen, seine Hand fährt an die Stirn, wo ein großer Bluterguss prangt.

»Kazimir hat mir nie etwas über diese Abbildungen verraten«, stößt er hervor. »Er sagt, ich sei kein Borgersson und ich könne deshalb kein Hüter sein.«

»Du wohntest hier, gehörtest aber nicht zur führenden Familie dieser Festung?«, frage ich. *So wie ich in Athos nur Gast war.*

Er wiegt den Kopf. »Kazimir Borgersson war mein Lehrer. Damit war er meine Familie, wenn auch nicht nach dem Blut.«

Eleni mustert ihn aus zusammengekniffenen Augen. »Für einen Barbaren bist du klug«, sagt sie. »Du wirst dich weiterhin kooperativ zeigen, nicht wahr? Denn du weißt, dass wir notfalls auch auf andere Art aus dir herausbekommen, was wir wissen wollen.« Sie verschränkt die Arme. »Du hast das Amulett anhand seiner Ornamente sofort erkannt. Das wäre dir nicht gelungen, wenn es tatsächlich nur Verzierungen wären, von denen es in dieser Festung zahlreiche gibt. Sie müssen eine Bedeutung haben, so wie dein Tatovering. Sag uns, welche.«

»Du bist ebenfalls klug, Heilerin.« Sein Blick verdunkelt sich zu tiefem Schwarz. »Lasst mich die Abbildungen noch mal sehen.«

Er kniet sich neben mich. Ich widerstehe dem Impuls, zur Seite zu weichen. Seine Haut ist so hell und fein, dass ich die Ader an seinem Hals pochen sehe. Und ich kann ihn riechen: ein dunkler Duft, der mich an nächtlichen Frost erinnert, an Farn aus den uralten Wäldern, die wir auf den Pässen durchquert haben. Er streicht mit den Fingerspitzen über die Abbildungen. Seine Handgelenke unter der Chrysosfessel sind wundgescheuert.

»Manche Ornamente entstammen unseren Riten, doch andere sind mir völlig fremd«, sagt er. »Diejenigen, die ich kenne, sind jedoch die, welche die beiden Amulette voneinander unterscheiden.« Er blickt zu mir, sein Gesicht nur eine Handbreit entfernt von meinem. Er hat lange Wimpern, die seine tief liegenden Augen umschatten.

»Dein Amulett trägt die Zeichen für die Lys, für Feuer und Sonne und Gold«, sagt er. »Das andere trägt dagegen die Zeichen der Mørk: Eis, Mond und Silber.«

»Wer sind die Lys und Mørk?«, fragt Eleni. »Berichte uns davon.«

»Ihr wisst es tatsächlich nicht?«, flüstert er. Seine Stimme vibriert vor Verwunderung. »Wie konnte euer Land nur so stark werden, wenn ihr so wenig Ahnung über eure Geschichte und eure Kräfte habt?«

Ian schnaubt. Jäh fährt seine Hand zwischen uns und packt Anders am Kragen, zerrt ihn mühelos in die Höhe. Erst als er steht, lässt er ihn los.

»Ich weiß genug, dass ich mir kein religiöses Geschwafel anhören muss, während dort draußen vielleicht Befallene herumschleichen. Setz dich dort neben dem Feuer an die Wand, wo wir dich gut sehen können.«

Anders senkt den Kopf, sodass sein schwarzes Haar wie ein Vorhang über sein Gesicht fällt und jede Regung verbirgt, dann folgt er dem Befehl.

»Komm, Thea.« Ian hält mir seine Hand hin, und ich ergreife sie, obwohl ich lieber ohne Hilfe aufgestanden wäre. Für einen Augenblick drückt er meine Finger fest, dann lässt er sie los, um sich seinen Helm über den Kopf zu stülpen.

»Rekruten, ihr bringt von dem Gefangenen in Erfahrung, was wir noch wissen müssen, und berichtet uns nachher davon. Ich übernehme währenddessen die Wache auf der Südflanke der Festung. Olaf, du kümmerst dich um die Nordflanke. Wenn ihr die Befragung beendet habt, werden wir ruhen, und erst wenn ihr alle wieder geradeaus schauen könnt, werde ich beschließen, was unser nächster Schritt ist.«

Olaf mahlt mit dem Kiefer. Er starrt Anders an, dann mich, und seine Augen sind beschattet wie tief verborgene Waldseen. Er sieht eindeutig besorgt aus. Glaubt er, der Vereiser erzählt uns Dinge, die wir besser nicht erfahren sollten? Doch dann reißt er sich mit einem Kopfschütteln los und eilt hinaus. Ian nickt mir und den anderen mit Nachdruck zu. Wir salutieren noch, als sich die Tür bereits hinter ihm schließt.

»Nun denn.« Marius lässt sich vor dem Feuer nieder und streicht sich mit einer müden Bewegung das blonde Haar aus der Stirn. Seit er es nicht mehr frisiert wie früher, hängt es ihm strähnig über die Schultern. Doch es passt besser zu ihm. Sein Gesicht wirkt nicht mehr so affektiert, sondern beinahe menschlich. Und so niedergedrückt, als falle ihm selbst das Atmen schwer. Ich setze mich neben ihn. Eleni setzt sich auf meine andere Seite. Obwohl auch sie Augenringe vor Erschöpfung hat, ist die Wissbegierde in ihrem Blick ungebrochen.

»Erzähl uns von den Lys und Mørk, Vereiser, und was sie mit diesen Amuletten zu tun haben«, bestimmt sie. »Lass nichts davon aus, denn das würde ich merken.«

Anders wirft ihr einen langen, nachdenklichen Blick zu, dann nickt er. Er beginnt zu erzählen.

Kapitel 21

Das, was ich zu berichten habe, mag euch nicht behagen, ihr werdet es vielleicht nicht einmal verstehen. Ihr Südländer unterscheidet euch in vielen Dingen von uns. Die Sonne hat euer Blut erwärmt, sodass es schneller und ungestümer fließt als das unsere, das sagen unsere Alten über euch. Mit hitzigem Blut habt ihr einst die Alfr als Götter angebetet, habt ihnen euer Leben und eure Ehre geopfert. Und genauso hitzig verleugnet ihr sie jetzt.

Doch die Alfr sind keine Götter, das waren sie noch nie. Wir Nørlaender wissen das, denn wir beten schon immer zu den vier Uralten, denen auch die Alfr in anderer Form huldigen: Svarog, der Spieler, der Gott des Frühlings und der Liebe. Synnøve, die Lebenspendende, die Göttin des Sommers und der Magie. Tyr, der Weise, der Gott des Herbstes und der Erkenntnis. Und schließlich Njard, der Verzehrer, der Gott des Winters und des Todes.

Doch ich will euch nicht die Geschichte unserer Religion erzählen, die ihr verachtet und zerredet, als könntet ihr sie damit in eine Lüge verwandeln. Ihr wollt, dass ich euch von den Alfr erzähle, von den Mørk und den Lys und den magischen Talenten, die sie zu uns gebracht haben.

Ihr müsst eines begreifen: Es gibt nicht nur unsere Welt. Es gibt weitere, von denen uns wenigstens eine bekannt ist: Álfheimr.

In dieser Welt ist die Magie so stark, dass sie kaum ein Mensch überleben kann. Es ist die Welt der Alfr. Sie sind ein stolzes Volk, und jeder Einzelne von ihnen ist mächtiger als der Mächtigste unter uns. Sind wir Magier doch nur Diener der Magie, die um uns herum zur Verfügung steht, die uns durchfließt, sich in uns bricht. Und Álfheimr beinhaltet eine unvergleichliche Fülle von ihr.

Die Alfr werden alt, Tausende Jahre, wenn sie nicht eines unnatürlichen Todes sterben. Trotz ihres hohen Alters sehen sie jung und schön aus. Ihre Körper sind elegant und von großem Wuchs, ihre Haut ist klar, und der Klang ihrer Stimmen ist so verführerisch, dass die Menschen ihren Wünschen kaum widerstehen können.

Álfheimr ist eine wundersame Welt, der es an nichts fehlt. Das macht die Alfr zu eitlen Wesen, denn sie finden in der langen Zeit ihres Daseins kaum etwas anderes zur Beschäftigung als sich selbst. Sie feiern und tanzen gerne und viel, und sie sind neugierig auf alles, was sie nicht kennen – weil das Unbekannte in ihren langen Leben eine Seltenheit ist. Weisheit und Güte liegt ihnen allerdings nicht; angeblich fügen manche von ihnen anderen Lebewesen Schmerzen zu, um die Leere in ihren unsterblichen Herzen zu füllen, und wenn sie einen Menschen begehren, machen sie ihn auch gegen seinen Willen gefügig. Ehen und tiefer gehende Freundschaften haben sie kaum, denn welche Verbindung, die nicht aus Blutbanden besteht, hält schon tausend Jahre? Feindschaft vielleicht, Liebe und Freundschaft offenbar kaum. Das macht sie für uns unberechenbar und gefährlich.

Doch warum sollten sie sich für unsere Welt interessieren? Und wie gelangten sie zu uns, sodass die Schriften unserer Vorfahren bis heute von ihnen berichten?

Es gibt Portale in den Nørlanden und in Athosia, aber auch in der Wüste Sari. Ein Dutzend unsichtbarer Türen, die von Álfheimr in die Menschenwelt und zurück führen, und das seit undenklicher Zeit. Manche unserer Seher vermuten, die Portale könnten gar in noch fremdere Welten führen, doch davon weiß ich nichts. Die Alfr glauben, dass die Uralten Götter die Türen einst eingerichtet haben, und dass auch nur die Götter selbst die Pfade zwischen den Welten öffnen und schließen können.

Als wir Menschen noch Wilde in Fellen waren, kamen die Alfr bereits zu uns. Sie brachten uns angeblich bei, Kleider zu nähen und Häuser zu bauen. So sagen sie zumindest. Sie kamen wegen der Abwechslung, die wir für sie darstellten. Und weil es in ihrer Welt keine magischen Elemente gibt. Nicht, dass sie sie wirklich bräuchten – doch sie lieben den Glanz von Gold und Silber, sie sind nahezu besessen davon. Sie fanden heraus, dass diese Metalle die Fähigkeit besitzen, Magie zu bündeln, genau wie die Alfr und unsere Magier es vermögen. Doch nur in unserer Welt sind die Metalle vorhanden. So wurden viele Alfr zu steten Besuchern bei uns. Sie nahmen unseren Vorfahren die Edelmetalle weg, um magischen Schmuck zu schmieden und allerlei Spielzeuge, mit denen sie sich die Zeit vertrieben. Sie bauten unzerstörbare Rüstungen und modellierten metallene Schmetterlinge, denen sie Leben einhauchten, damit sie fliegen konnten.

Vielleicht waren auch wir für sie nichts anderes als Spielzeug. Sie zwangen unzählige von uns in ihre Dienste. Mit den schönsten unserer Vorfahren lebten sie ihre Lust aus – und vereinten ihre Blutlinien mit unseren, als sie Kinder zeugten. Diese Kinder blieben Menschen, sie erbten aber die Fähigkeit, Magie zu nutzen.

Doch die Alfr taten weit Schlimmeres, das Auswirkungen bis heute hat. Sie zwangen uns, einen Krieg für sie auszufechten, einen Krieg, der nicht nur Álfheimr, sondern auch unsere Welt spaltete.

Ihr fragtet mich nach den Lys und den Mørk. Ich werde euch von ihnen berichten.

Wie wir verfügen die Alfr über vier Formen der Magie, die in vier Clans verankert sind. Die ersten beiden Clans der Alfr bilden die Gruppe der Mørk.

Mørk entstammt unserer alten Sprache und bedeutet ›Die Dunklen‹. Die Mørk haben schwarzes Haar und schwarze Augen, wodurch ihre Haut weißer wirkt als Schnee. Ihre Gesänge, die in unserer Welt vor allem bei Vollmond ertönten, sind düster und rätselhaft, und kein Mensch hat je ihre Riten überlebt, um davon zu berichten. Die Mørk lieben Silber, doch aufgrund eines uralten Zaubers sind sie allergisch gegen Gold. In Álfheimr besiedeln die Mørk die Gebirge des Nordens, eine karge und wilde Welt, in der sich Baumriesen wie Menschen fortbewegen können, die Gewässer ebenso kristallklar wie tief sind und der Wind einen eigenen Willen hat.

Der erste Clan der Mørk ist ungebärdig und flatterhaft. Er beherrscht das Element Wasser. Seine Mitglieder können Luft und Wasser atmen und bestimmen über den Verlauf der Flüsse ebenso wie über das Wetter. Sie bewohnen die tiefen Seen des Nordens ihrer Welt.

Der zweite Clan der Mørk ist stiller. Er bevorzugt als Wohnort die Nacht der Höhlenlabyrinthe unter den Bergen. Dort vermag er am besten mit Tieren, Steinen und der Zukunft zu sprechen. Seine Fähigkeiten sind die mysteriösesten, denn manche seine Mitglieder vermögen es, mit den Uralten Göttern selbst zu reden.

Doch ich sprach von vier Clans der Alfr – zwei bilden die Mørk, doch die anderen beiden gehören zu den Lys. In der alten Sprache bedeutet Lys ›Die Lichten‹, und so erschienen sie unseren Vorfahren auch, mit Haar, das Sonnenstrahlen gleicht, und einem hellen Lachen, das wie tausend Glöckchen schellt. Im Gegensatz zu ihren Feinden, den Mørk, bevorzugen sie das Gold unserer Welt, denn sie sind allergisch gegen Silber. Sie leben im Süden von Álfheimr, in einer Landschaft von türkisgrünen Hügeln und jungen Birkenwäldern, mit Tieren, die unsichtbar sein können, und Blumen, deren Duft zu töten vermag. Dort leuchten die Farben so stark, dass sie uns nach wenigen Tagen erblinden lassen würden.

Der erste Clan der Lys gilt als sanft, doch verschlagen. Er kann Pflanzen keimen und wachsen lassen und Wunden aller Art heilen, doch er kann mit nur einer Berührung auch eine tödliche Krankheit bescheren.

Der zweite Clan der Lys ist wohl der kämpferischste von allen. Er beherrscht das Feuer. Seine Mitglieder sind unempfindlich gegen Hitze und Kälte, spüren keinen Schmerz und verfügen über pfeilschnelle Reflexe und außergewöhnliche Körperbeherrschung. Die ältesten von ihnen sollen sogar Flügel haben, mit denen sie fliegen können.

Die Mørk und die Lys sind bis aufs Blut miteinander verfeindet. Die Gründe dafür sind ein uraltes, finsteres Geheimnis. Nur unsere größten Gelehrten wissen davon, denn alle Schriften darüber wurden verbrannt.

Bei allem Hass hat der Streit der Mørk und Lys allerdings strikte Grenzen. Ihr müsst wissen, die Alfr waren immer schon ein sehr kleines Volk. In einer unserer Aufzeichnungen heißt es, es gäbe etwa tausend Lys und noch etwas weniger Mørk. Deshalb kennen sie sich alle mit ihren Namen, selbst die ihrer Feinde wissen sie. Und obwohl sie ihre Feindschaften sorgfältiger pflegen als jede Freundschaft, lässt ihr uraltes Blut sie davor zurückscheuen, einander zu töten. Denn wie viel kostbarer mag ein Leben sein, wenn es nicht ein halbes Jahrhundert, sondern mehrere Jahrtausende währt?

So beschränken sie sich darauf, einander mit Intrigen das Dasein zu erschweren – oder sie fangen einen unvorsichtigen Gegner und quälen ihn so lange, bis sein Clan ein Lösegeld entrichtet. Doch selbst die ausgefeiltesten Ränkespiele scheinen mit der Zeit zu langweilen, wenn kein Blut fließen darf. Die Alfr trugen ihren Hass deshalb in die Menschenwelt. In den dunklen Höhlengängen der Mørk gab es Portale, die in die Gebirge und Höhlen unserer Nørlande führten, während die Lys die Portale in ihren Hügeln bevorzugten, die in die Hügel eures heutigen Athosias mündeten.

Vor den Machenschaften der Alfr war die Welt der Menschen in unzählige kleine Grafschaften und Landgüter zersplittert, die sich untereinander manchmal bekriegten, doch eine Feindschaft zwischen dem Norden und Süden kannte man nicht. Diese Feindschaft kam erst mit den Lys und den Mørk.

Keim für den großen Menschenkrieg war nichts anderes als Rache. Ein Lys erschlug die menschlichen Diener eines Mørk. Der Mørk nahm Rache an den Menschen des Lys, und allmählich erschien es den Alfr nur schlüssig, ihren Kriegsschauplatz in die Welt der Menschen zu verlagern, deren Leben doch so viel weniger Wert besaß als das ihre. So schürten sie den Hass unter den Menschen, und befahlen ihnen, gegeneinander zu kämpfen, der Norden gegen den Süden. Der Krieg ging auf diese Weise Hunderte Jahre lang. Und aus der Feindschaft der Alfr wurde eine Feindschaft der Menschen, denn alle von ihnen verloren Familienmitglieder im Kampf und machten nicht die Alfr, sondern die menschlichen Gegner dafür verantwortlich.

Nur wenige Menschenfamilien waren klug genug, ihre wahren Feinde zu kennen. Sie schlossen sich zu einer geheimen Gemeinschaft von Rebellen zusammen, über das Grenzgebirge hinweg. Sie alle dienten den Alfr-Clans in hohen Positionen. Ihre Frauen verfolgten die Rebellion besonders beharrlich. Sie suchten den Beischlaf mit den Mørk und Lys, um die Kräfte ihrer Familien zu stärken. Nach fünf Generationen waren der Rebellengruppe Jungen und Mädchen geboren worden, die aufgrund ihres fast reinen Alfr-Bluts äußerst talentiert waren in den vier Formen der Magie.

Über den Kampf zwischen Rebellen und Alfr ist wenig überliefert. Die Uralten Götter selbst müssen den Menschen zu Hilfe geeilt sein, denn die stärksten Rebellen-Magier schafften es, die Portale zu schließen, eines nach dem anderen, und bei jedem ließen einige von ihnen ihr Leben. Ihres selbstlosen Opfers gedenken wir immer noch jedes Jahr am fünfzehnten Tag des Jul.

Mit dem Tod der mächtigsten magischen Rebellen und mit der Verbannung der Alfr blieb die Menschenwelt führerlos zurück. Für das Volk der Nørlaender war die neugewonnene Freiheit kein Fluch, sondern ein Segen, den sie dankbar und bescheiden annahmen. Unser Volk lebte seit jeher eher zurückgezogen, und die Religion der Vier Uralten Götter gab den Menschen Anker und Struktur.

Im Südland jedoch brach Chaos aus. Die Völker dort hatten die Alfr als ihre Götter betrachtet, und mit ihrem Verschwinden war für sie jede Orientierung verloren. Angeblich verfielen ganze Grafschaften der Raserei, beteten verrückte Magier als neue Götter an und metzelten in deren Namen Tausende Menschen nieder.

Dann schlossen sich in der kleinen Stadt Athos vier mächtige Familien zusammen. Sie gehörten dem Volk der Gryk an – dem Südvolk, das immer schon am Fuße eures großen Sees lebte. Ein

Volk, das großen Reichtum angehäuft hatte, indem es andere Menschen versklavte und verkaufte. Sie hatten die Alfr stets bereitwillig als Herren verehrt, wussten sie diese dekadenten Götter doch geschickt als ihre Verbündeten zu nutzen, um ihren Einfluss im ganzen Südland zu mehren. Die Gryk hatten in Zeiten von Chaos und Krieg am meisten zu verlieren, denn sie fürchteten einen Aufstand ihrer Sklaven. So beschlossen sie zu handeln. Sie sammelten alle Schriften ein, die von den Alfr und dem Krieg berichteten und verbrannten sie, dann gründeten sie eine neue Ordnung, die sie Republik nannten – eine Ordnung, die nicht mehr auf Glaube, sondern auf Macht basierte. Immer mehr schlossen sich ihnen an, und nach hundert Jahren hatten sie eine große Armee aufgestellt, mit der es ihnen gelang, nach und nach auch die anderen Landstriche des Südlands unter ihre Herrschaft zu bringen. Und auch nach Norden versuchten sie vorzudringen, doch unser Volk weiß sich bis heute gegen sie zu wehren.

Kapitel 22

Anders verstummt. Es ist, als würde ich aus einem Traum erwachen. Seine Worte sind für ein paar Minuten zu meiner ganzen Welt geworden. Doch jetzt höre ich wieder das Knistern des Feuers, das Schlagen meines Herzens. Draußen heult der Wind durch die Zinnen der Festung.

»Die Ordnung der Hohen Geschlechter gründete sich nicht auf Macht, sondern auf Vernunft«, sagt Eleni naserümpfend. »Du verdrehst die Fakten und weißt außerdem zu wenig über unsere Republik, um dir ein Urteil zu erlauben.«

Anders schaut sie nur an. In seinen tiefen Augen glimmt der Widerschein des Feuers. Er kommt mir älter vor, seit er geredet hat. Die sanfte Melodie seiner Stimme klingt immer noch in mir nach. Es ist nicht nur das, was er erzählt hat. Es ist eine ganz andere Art zu denken. Eine Art, die mir fremd ist, und die doch etwas in mir geweckt hat, eine seltsame, bange Ahnung. Aber ich versuche, sie abzuschütteln. Meine Gefühle waren schon immer mein Stolperstein.

»Eine interessante Theorie«, sagt Marius. Seine Stimme klingt belegt, vielleicht gehen ihm ähnliche Gedanken durch den Kopf wie mir.

»Keine Theorie«, sagt Eleni. »Bisher nicht einmal eine Hypothese, sondern Mythen und Legenden. Oder hast du Beweise, Anders?«

»Beweise«, wiederholt Anders. Ich glaube, leise Verachtung in seinem Blick zu lesen. »Soll ich dir Schriften geben, die davon berichten? Du würdest sie als Lügen abstempeln. Lieder singen, die die Alfr uns einst beigebracht haben? Du würdest sie nicht verstehen. Soll ich dir sagen, dass unsere gemeinsame Sprache und unsere Schrift von ihnen stammt? Dass ausgerechnet eure Republik, die die Alfr verleugnet, diese Sprache zu ihrer Amtssprache erhob? Du würdest mich als anmaßend beschimpfen. Ich kann nichts beweisen, ich kann dich nur auffordern, zu glauben.«

»Ich glaube an nichts«, sagt Eleni. »Ich sehe. Ich schlussfolgere.« Nachdenklich mustert sie ihn. »Und ich sehe durchaus die Hinweise. Die gemeinsame Sprache ist bedenkenswert, denn sie widerspricht den meisten vernünftigen Theorien. Ins Bild passt auch, dass die Triebe in Athosia über Generationen immer schwächer werden – obwohl wir seit Längerem versuchen, gegenzusteuern. Eure Mythen bieten eine mögliche Erklärung dafür.«

»Du glaubst ihm also?«, frage ich verwirrt.

Sie seufzt. »Natürlich nicht. Ich sage nur, dass ich in Betracht ziehe, dass seine Geschichte vielleicht authentische Elemente enthält. Ereignisse und Zusammenhänge, die ein religiöses Volk so deutet, wie es in seine Weltanschauung passt.«

Ich atme tief durch, um meine Gedanken endgültig frei zu bekommen von dem Bann, den Anders' Geschichte um mich gewoben hat. Eleni glaubt ihm nicht. *Natürlich nicht.* Ihre Vernunft holt auch mich auf den Boden der Tatsachen zurück.

»Und das Amulett?«, fragt Marius. »Wie passt es in diese Geschichte?«

Seine Stimme zittert. Überrascht mustere ich ihn. Er sieht nervös aus, viel nervöser, als er angesichts alter Märchen sein dürfte.

Eleni kraust die Stirn. »Gute Frage. Anders berichtete in seiner Geschichte davon, dass die Alfr es liebten, Spielzeuge aus Chrysos und Argyr herzustellen.« Sie lächelt triumphierend. »Der Clan dieser Festung glaubt wahrscheinlich, das Amulett, das wir haben, stammt aus jener alten Zeit – geschmiedet von den Alfr selbst.«

Ich schüttle verächtlich den Kopf über so viel Aberglauben. Marius' Hand indes zuckt zur Tasche seiner Lederweste. Sein

Gesicht ist voll erschrockener Abscheu, als wolle er das Amulett am liebsten von sich schleudern. Doch als er meinen Blick bemerkt, zieht er die Hand wieder zurück. Glaubt er den Unsinn etwa?

Auch Anders wirkt erschrocken. »Ein Werkzeug der Alfr«, flüstert er. »Warum haben sie es nicht vernichtet?«

Eleni zuckt mit den Schultern. »Was dein Volk glaubt oder nicht, ist zwar interessant, aber nicht sonderlich relevant. Halten wir uns an die offensichtlichen Indizien.« Sie deutet auf den Steinquader. »Hier steht es eingemeißelt: *Hütet die Mynt und schützt die Pforten.* Du, Vereiser, sagtest außerdem, dass Kazimir das Geschlecht der Borgerssons als Hüter bezeichnet hat. Und dann die beiden Abbildungen von ähnlichen, aber nicht identischen Amuletten. Das lässt nur zwei einfache Schlussfolgerungen zu: Was auch immer das Amulett ist, es gibt zwei davon. Und wenn die Borgerssons die Hüter beider Amulette waren, waren beide einst hier. Das zweite könnte immer noch irgendwo in der Festung versteckt sein.«

»Das sind tatsächlich interessante Hypothesen, Vögelchen.« Olaf lehnt an der Tür. Wie lange steht er schon da? »Wir sollten sie mit Fakten belegen.«

Das sagt ausgerechnet er. Ich presse die Lippen zusammen. Er kannte mein Amulett und den Spruch auf dem Steinquader. Wahrscheinlich sind Anders' Legenden ihm ebenfalls längst bekannt. Was hat er vor, wenn er Elenis Schlussfolgerungen zustimmt? Er verbirgt etwas vor uns, da bin ich mir sicher. Ich kann ihm keinesfalls trauen. Wenn ich ihn jetzt jedoch vor allen zur Rede stelle, muss ich zugeben, ihnen nicht alles erzählt zu haben. Und dann werden sie mir wahrscheinlich nie wieder etwas glauben. Dieser Zwiespalt drückt mir die Kehle zu, sodass ich kaum noch Luft bekomme. Ich muss einen anderen Weg finden.

»Vergesst doch dieses zweite Amulett«, stoße ich hervor. »Wir sollten hier verschwinden, solange wir noch können. Unsere Aufgabe ist es zu kämpfen, nicht irgendwelchen Märchen zu folgen.«

Eleni fährt zu mir herum. Ungeduld legt ihre Stirn in Furchen. »Doch, Thea.« Sie nimmt mich am Arm. »Gerade jetzt ist Wissen wichtiger als Schwerter. Wir sind keine gemeinen Soldaten. Kommandant Zenon hat uns ausgewählt und ins Feindesland geführt, damit wir Indizien finden, die uns zur Ursache der Seuche führen können.« Ihre Stimme wird lauter, so sehr kommt sie in Fahrt, um mich zu überzeugen. »Jetzt sind wir hier etwas Größerem auf der Spur, nämlich bisher unbekannten Kräften. Chrysos, das unseren Trieb verstärkt, ohne dabei zu verschwinden. Wir müssen ergründen, woher es stammt und wie es funktioniert, und dazu brauchen wir offensichtlich das zweite Amulett. Kannst du das nicht nachvollziehen?«

Doch, kann ich. Ich bin nicht dumm. Aber ich mag es nicht, dass sie mit mir redet wie mit einem Kind. Und vor allem mag ich Olafs siegesgewisses Lächeln nicht, mit dem er mich ansieht, als wisse er genau, was in mir vorgeht.

Ich reiße mich aus Elenis Griff. »Ich brauche kein zweites Amulett, um die Befallenen zu verbrennen. Gebt es mir endlich zurück, und ich beweise es euch.«

Marius hat bisher mit gesenktem Kopf verharrt. Doch jetzt reißt er ihn hoch. Hass springt mich aus seinen Augen an wie ein Raubtier, das viel zu lange im Käfig gehalten wurde.

»Gebt es mir endlich zurück«, äfft er mich in jammerndem Tonfall nach. »Hast du Eleni überhaupt zugehört? Dieses Albenspielzeug ist gefährlich. Wir wissen noch nicht einmal, warum dein Verrätervater es gestohlen und dir gegeben hat. Du stellst mal wieder deine Bedürfnisse über die aller anderen!«

»Meinst du?«, fauche ich. »Du bist nur frustriert, weil ich das Amulett einsetzen kann und du nicht.«

»Du dummer Bastard!« Er springt auf die Beine. »Du willst uns alle vernichten? Du wirst das Amulett niemals zurückbekommen. Nicht, solange ich lebe.«

Eleni tritt zu ihm und packt ihn am Arm. »Hör auf, sie zu beschimpfen«, rügt sie ihn. »Wir können auf dich und deine Meinung verzichten.«

»Aber auf sie nicht, ja?« Er blitzt mich an. »Du wirst sehen, wohin du mit ihr kommst, Cousine. Sie ist keine von uns. Und sie wird dich im Stich lassen, sobald du nicht mehr nach ihrer Nase tanzt.«

Ich möchte in seine hübsche Fratze schlagen, bis er um Gnade winselt. Doch ich verharre mit geballten Fäusten. *Albenspielzeug. Verrätervater.* Seine Worte sickern erst jetzt zu mir durch. Wie meinte er das? Weiß er ebenfalls etwas, das ich nicht weiß? Meine Gedanken überschlagen sich. Allmählich verstehe ich gar nicht mehr, was hier eigentlich vorgeht.

»Sie ist meine Freundin«, zischt Eleni. Noch nie habe ich sie so aufgebracht gesehen. »Ich weiß alles von ihr.«

»Hört auf«, ruft Olaf. »Hört auf!« Seine Stimme ist so schneidend wie eine Messerklinge. »Ich sage, Marius behält das Amulett, bis sich die Gemüter beruhigt haben.« Er mustert mich, dann meine Fäuste, besonders die Linke.

»Wir müssen uns auf unser Ziel konzentrieren«, sagt er. »Thea hat in einer Sache recht. Wir haben keine Zeit für Märchen und erst recht keine für Streitereien. Wenn wir das zweite Amulett suchen wollen, dann müssen wir das schnell tun. Vor den Toren der Festung habe ich den ersten Befallenen gesichtet. Wir sollten nicht warten, bis sich wieder eine ganze Horde von ihnen gesammelt hat. Es scheint, wir ziehen sie an.«

»Die Lebenskraft der Menschen zieht sie an«, sagt Anders leise. »Und wir verfügen über besonders viel davon. Weil wir jung sind, und Magier noch dazu.«

Keiner von uns macht sich die Mühe, ihm zu antworten.

»Egal, was wir als Nächstes tun, wir sollten uns damit beeilen«, sagt Olaf. »Ich verständige den Hauptmann.«

❄

Vier Stunden am nächsten Morgen genehmigt Ian für die Suche nach dem Amulett. Mittags werden wir aufbrechen, bestimmt er, weiter nach Norden, um dem Haupttrupp zu folgen. Doch für den Rest der Nacht verordnet er erst einmal eine Mütze voll Schlaf. Und er hat recht damit.

Die Stimmung ist so gereizt, dass sie beinahe an Hysterie grenzt. Alle werden nur noch von reiner Willenskraft auf den Beinen gehalten.

Nur ich nicht. Immerhin habe ich tagelang geschlafen, und im Moment bin ich nicht im Geringsten müde. Außerdem geht mir viel zu viel im Kopf herum. Ich schlage Ian vor, die erste Wache zu übernehmen. Widerwillig stimmt er zu, unter der Bedingung, dass ich ihn wecke, sobald ich auch nur den geringsten Verdacht habe, dass etwas nicht stimmt. Ich bin allerdings fest entschlossen, ihn schlafen zu lassen. Während sich die anderen in der großen Kammer auf ihre Schlafsäcke betten, greife ich meine Axt und mache mich auf den Weg zum Wehrgang auf der Mauer, dessen Einlass sich auf der Höhe von Kazimirs Gemach ein Stockwerk über uns befindet. Jetzt, da ich die hohen Korridore bereits mit den anderen durchwandert habe, erscheint mir die Festung nicht mehr so riesig, doch immer noch verwirrend und eindrucksvoll, ein fremdartiges Bauwerk, das mit seinen Bögen und Rundungen wirkt, als wäre es nicht gebaut worden, sondern von selbst gewachsen. Wachtürme, die ungewohnt spitz in die Nacht ragen, ein vierstöckiges, kuppelförmiges Hauptgebäude und ringsum ein ovaler Hof mit Ställen und kleineren Gebäuden, die sich an das Haupthaus ducken wie Küken an eine Henne. Ein mehr als vier Mann hohes Mauerrund schließt dies alles ein, das massiver ist als selbst die Festungsmauern in Othon. Als gäbe es hier etwas überaus Kostbares, das es zu schützen gilt – oder als lauere draußen ein schlimmerer Feind als die Kälte, die doch durch jede Mauer dringt.

Draußen auf dem Wehrgang fegt der Wind Schleier aus Eiskristallen heran, die mein Gesicht taub werden lassen.

Ich trete an eine Lücke zwischen den Zinnen und spähe hinaus. Überall Schnee, satt und schwer. Darüber ein schwarzer Himmel mit Abertausenden Sternen, viel mehr, als ich es von Athos gewohnt bin. Sie tauchen die Tannenwipfel in ein fahles Licht. Es ist ein alter, knorriger Wald, der sich unter der weißen Last an schroffe Hänge duckt. Über den Hängen erheben sich Berggipfel. Ihre kalte Majestät jagt mir einen Schauer über den Rücken. Dies ist keine Welt für Menschen. Die einstigen Bewohner dieser Festung müssen ein karges Leben geführt haben. *Nørlaender.* Seit Anders' Geschichte kann ich sie nicht mehr einfach Barbaren nennen. Barbaren, heißt es, sind wild und dumm. Sie haben keine vielschichtigen Legenden und können keine solchen Bauwerke errichten. Und sie teilen schon gar nicht eine Vergangenheit mit uns.

Rund um die Festung – Stenborg hat Olaf sie genannt – zieht sich ein Graben. Vielleicht ist im Sommer Wasser darin, jetzt sehe ich nur eine Schneedecke. Und darauf bewegt sich etwas. Es sind bereits drei Befallene, die dort durch den Schnee stapfen, langsam, zögerlich, ihre blinden Gesichter suchend in die Luft gereckt. *Wir ziehen sie an.*

Ich verberge mich hinter den Zinnen. Mit einem tiefen Atemzug versuche ich, das Zittern meiner Hände zu beruhigen. Sie sind tot, und doch suchen sie nach uns, grässlich und gierig und unbeirrbar. Davon getrieben, uns ebenfalls in ruhelose Tote zu verwandeln.

»Magie«, flüstere ich. Ich wage das Ungeheuerliche kaum zu denken. Das Wort und alles, wofür es steht, ist verpönt. Nur meine ungebildete Mutter hat meinen Feuertrieb Zauberei genannt. Auch wenn es ihr andere Provinzler heimlich sicher gleich tun.

Könnte es doch wahr sein, was der Vereiser erzählt hat? Auch wenn Eleni es als Aberglaube abgetan hat? Oder spricht aus mir meine Ireliner Unvernunft, meine Gefühligkeit und fehlende Disziplin? Denn wenn ich auch nur in Erwägung ziehe, dass ein Teil seiner Worte stimmt, muss ich alles glauben.

Die Menschen in Athos haben tatsächlich zu hoheitlichen Götterfamilien gebetet. Am Gipfel des Berges Kalaos haben sie ihnen Opfer gebracht. Die Menschen in Irelin haben an mächtige Wesen geglaubt, die sie Alvae nannten, und die aus den grünen Hügeln in ihre Dörfer kamen, um Mädchen zu stehlen. *Götter. Alvae. Alfr.*

Albenspielzeug. Ich atme tief ein. Anders als Eleni bin ich nicht sonderlich wissbegierig und auch nicht außerordentlich klug. Aber genau wie sie kann ich nicht gut mit Ungewissheit umgehen. Zu viele Fragen treiben mich wie eine Horde wilder Hunde vor sich her. Ich muss endlich Antworten finden. Und dafür brauche ich erst Olaf, dann Marius. Alleine.

Ein letztes Mal blicke ich auf die Befallenen hinunter. Gut, dass die Mauern der Festung Stenborg so stark sind. Doch wenn wir sie morgen Mittag hinter uns lassen, müssen wir uns den Toten stellen.

Bemüht, die anderen nicht zu stören, schleiche ich durch den dämmrigen Schlafraum zu Olafs Lager, um ihn zu wecken und zu bitten, mich nach draußen zu begleiten. Ich höre Ians tiefe Atemzüge, ein Büschel hellbrauner Haare ragt aus seinem Schlafsack. Gut, dass er so einen festen Schlaf hat, denn nichts wäre schlimmer, als wenn er mich ertappt und die falschen Schlüsse zieht. Die Wurzel im Kamin glimmt vor sich hin. Als ich an Olafs Schlafsack angelangt bin, ist dieser leer. Ich knirsche mit den Zähnen, doch eigentlich wundert es mich kaum. Immerhin liegt sein Rucksack noch da, und sein Schwertgürtel. Er kann also nicht weit weg sein.

Ich schleiche wieder hinaus. Rastlos ziehe ich Patrouillen durch die leeren Korridore, halte durch die Fensterluken nach weiteren Befallenen Ausschau – und nach Olaf. Obwohl ich in alle Räume schaue, finde ich ihn nicht. Die Tore nach draußen sind allerdings noch geschlossen, irgendwo muss er sein. *Er spielt sein Spiel mit mir.* Die Wut hält mich wach.

Viel zu schnell ist es Zeit, Marius zu wecken, der die nächste Wachschicht übernehmen soll. Ich gehe wieder in die Kammer, rüttle ihn grob an der Schulter und warte dann draußen.

Als er zu mir auf den Korridor kommt, den Waffengurt in der Hand, sind seine Augen verquollen. Die dunklen Ringe darunter sind sogar noch tiefer geworden. Er hat kaum mehr etwas mit dem strahlenden Wortführer der Adepten gemeinsam. Offensichtlich geht es bergab mit ihm, seit wir den Eid geschworen haben. Doch ich bin immer noch so wütend, dass für Mitleid kein Platz ist. Wenn schon nicht Olaf, dann schuldet mir wenigstens Marius ein paar Antworten heute Nacht. Und so wie er aussieht, wird er meinen Fragen nicht lange standhalten können.

»Die Festung ist ruhig, alle Wege nach außen weiterhin verschlossen«, teile ich ihm mit. »Allerdings habe ich insgesamt fünf Befallene außerhalb der Mauern gesichtet. Und Olaf treibt sich irgendwo herum.«

»Verstanden.« Er reibt sich über die Augen, dann schnallt er sein Schwert um. »Leg dich schlafen.«

»Ich begleite dich.«

Er starrt mich aus zusammengekniffenen Augen an. »Hau ab.«

»Du schuldest mir ein paar Antworten.«

»Ich habe Wache zu halten.«

»Vier Augen sehen mehr als zwei.« Ich lächle ihn voller kalter Wut an, und jetzt wird sein Blick eindeutig besorgt.

Als ob er mich damit abschütteln könnte, wendet er sich einfach ab und marschiert den Korridor entlang. Ich lasse eine Feuerkugel aufsteigen und folge ihm. Als ihn meine Kugel erreicht, beschleunigt er seinen Schritt noch. Rennt er etwa vor mir davon? Das Lächeln in meinem Gesicht wird echt. Das arme reiche Söhnchen fürchtet eine Tracht Prügel!

Erst vor dem Treppengang bleibt er stehen.

»Lass mich in Ruhe«, zischt er.

»Das werde ich nicht.« Ich spähe aus einer der Luken in die Nacht hinaus. »Noch drei Stunden bis zum Morgengrauen, die uns ganz allein gehören. Ist das nicht eine tolle Aussicht?«

Seine Augen flackern. »Wenn du versuchst, mir das Amulett mit Gewalt abzunehmen, wird dich der Hauptmann dafür bestrafen. Auch wenn er dein Liebhaber ist.«

Das würde Ian wahrscheinlich tatsächlich. Und es würde uns beiden wehtun. »Behalte das Amulett«, sage ich bestimmt. »Zumindest bis zum Morgengrauen. Erst einmal will ich nur Antworten.«

»Antworten«, wiederholt er seufzend. Er sieht mit einem Mal noch müder aus. »Als ob es darauf noch ankäme.«

Er wendet sich ab und stapft mit gebeugten Schultern die Treppenstufen nach oben.

»Für mich schon«, sage ich zu seinem Hinterkopf. Am liebsten möchte ich ihn schütteln, doch stattdessen bleibe ich ihm dicht an den Fersen.

»Ich werde dich nicht in Ruhe lassen. Nicht heute und nicht morgen. Ich weiß, dass du mir etwas verschweigst. Du sagtest ein seltsames Wort: *Albenspielzeug.* Und du hast meinen Vater Verräter genannt. Warum?«

»Du hast dich verhört.«

»Habe ich nicht.«

Er biegt in den dunklen Korridor ein, der zu Kazimirs Kammer führt, und ignoriert mich. Meine Feuerkugel zischt über seinem Kopf hin und her wie eine Hornisse.

»Du bist ein Feigling«, rufe ich.

Er bleibt stehen. Unter dem Umhang beben seine Schultern vor Anspannung. Ich trete so dicht hinter ihn, dass er meinen Atem im Nacken spüren muss.

»Vielleicht.« Seine Stimme ist nur ein Wispern.

Ich habe ihn. Doch ich fühle kaum Triumph. Er ist so

schwach, verwirrend schwach. Ich hole tief Luft. »Warum hasst du mich eigentlich so?«

»Ich hasse dich nicht.«

Ich schnaube ungläubig. »Nicht nur ein Feigling, sondern auch ein Lügner.«

Jetzt dreht er sich zu mir herum. »Du hast recht«, stößt er aus. »Ich sollte reinen Tisch machen. Ja, ich hasse dich. Mehr als alles andere auf der Welt.«

»Warum?«

»Weil du mein Leben zerstört hast!« All die Wut in seinem Blick bricht hervor wie das Wasser eines Stausees, dessen Dämme fluten. Doch ich sehe noch etwas anderes. Er hat verzweifelte Angst. Er glaubt, dass er hier sterben wird.

»Du bist verrückt«, rufe ich. »Wie kann ich dein Leben zerstört haben? Gib deinem Vater die Schuld. Der hat dich doch in den Krieg geschickt.«

Er lacht, tonlos und bitter. »Das hat er. Wegen dir.«

Sein Blick irrlichtert über die leeren Mauern des Korridors, dann zurück zu mir. Zu meiner linken Hand. Der Hand mit dem sechsten Finger.

Die Gedanken in meinem Kopf toben wie eine Herde wilder Pferde. Warum sollte ich wichtig sein? Ich, ein namenloser Bastard? Dann weiß ich es.

»Es geht um meinen Vater«, flüstere ich. Ich packe Marius am Kragen. *Verrätervater.* »Wer ist er?«

»Sie haben es mir nicht gesagt.«

»Sie? Wer sind sie?«

Er antwortet nicht.

»Aber *sie* wissen, wer er ist?« Meine Stimme zittert, doch das ist mir egal.

»Glaubst du, es war Zufall, dass du an die beste Akademie der Republik kamst?«, zischt er. »Ohne Namen und ohne auch nur einen Denar dafür zu bezahlen? So dumm kannst nur du sein. Es gibt nichts umsonst, Bastard.«

»Deshalb bin ich Soldatin geworden.« Ich lasse ihn los und weiche einen Schritt zurück. »Um es der Republik zurückzugeben.«

»Du bist hier, weil du dumm bist«, faucht er. »Und unfähig bist du obendrein. Doch sie haben dich ziehen lassen. Vielleicht bietet der Krieg unerwartete Gelegenheiten, haben sie gesagt. Das Alben-Amulett zeigt, dass er bereits Kontakt zu dir aufgenommen hat.«

»Mein Vater.« *Mein Vater.* Das Wort hallt durch meinen Kopf. »Wer ist er?«

»Er ist unser ärgster Feind!«, stößt er hervor. »Eine Gefahr für die Republik, solange er lebt. Sie suchen ihn seit Jahrzehnten.« Seine Miene wird bitter. »Ich wollte ihnen helfen, ich wollte in die Politik gehen. Für sie. Aber sie haben mich in den sicheren Tod geschickt. Meinem eigenen Vater ist der Feind wichtiger als der Sohn.«

»Was hat denn mein Vater getan, dass er so bedrohlich ist?«, rufe ich.

»Du willst es wirklich wissen?« Wut glimmt in seinen Augen. »Sie sagten zu mir, er sei ein Dieb und Mörder. Seit Jahren bringt er unsere Männer um. Vielleicht hat er sogar bei diesem Krieg seine Finger im Spiel. Oder er hat die Seuche verbreitet. Nur, um unsere Ordnung zu zerstören. Um die dunkle Zeit wieder hervorzubringen, die Zeit, als wir alle Sklaven der Götter waren.«

»Die Götter?« Ich versuche zu verstehen, was er meint. »Du meinst die Alfr? Das alles ist wahr?«

Er nickt triumphierend. »Aber ja. Sie nennen sie nicht Alfr, sondern Alben. Ihre Welt heißt Albental.«

»Und mein Vater weiß davon«, flüstere ich.

»Offensichtlich«, stößt er hervor. »Immerhin hatte er dieses verfluchte Amulett. Wahrscheinlich hat er das zweite auch noch gestohlen, und wir verschwenden hier nur unsere Zeit.« Die Wut, die ihn soeben noch mit neuem Leben erfüllt hatte, weicht Niedergeschlagenheit. »Meine Aufgabe lautete, dich nicht aus den Augen zu lassen. Zu schützen, wenn notwendig. Du bist niemand. Ein nutzloser Bastard. Doch du warst unsere beste Fährte zu ihm, damit wir ihn endlich aufspüren können. Das spielt aber keine Rolle mehr.« Er lässt den Kopf sinken. »Sieh uns doch an. Mitten im Nirgendwo, umzingelt von Befallenen.«

»Und wenn du ihn findest?«, bohre ich weiter. »Was sollst du dann tun?«

»Meldung erstatten.« Er hebt die Schultern, lässt sie mit einer kraftlosen Bewegung wieder fallen. Eine Marionette, die von ihrem Marionettenspieler im Stich gelassen wurde.

Ich denke nach. Eigentlich sollte ich weiterhin wütend sein. Er hat mich einen Niemand genannt. Doch stattdessen empfinde ich Mitleid. In Wirklichkeit ist Marius der Niemand. Sie hätten ihn andernfalls nicht ungeschützt ins Feindesland geschickt.

»Wem solltest du es melden?«, frage ich sanft. »Wer sind sie?«

Er antwortet nicht.

Mir fällt etwas ein. Etwas, das ich auf dem Schiff belauscht habe – und das mich seitdem nie wieder losgelassen hat, wie eine dunkle Ahnung.

»Cathedra Genéa«, flüstere ich.

Marius reißt die Augen auf. »Du weißt von ihnen?« Jäh wird er noch blasser, sodass ich befürchte, er fällt gleich in Ohnmacht. »Das kann nicht sein.«

»Sie sorgen dafür, dass unsere Vergangenheit geheim bleibt?«, frage ich. »Dass die Alfr nicht zurückkommen?«

Marius schüttelt den Kopf. »Du weißt nichts«, stellt er fest.

»Das stimmt«, gebe ich zu. »Nur diesen Namen.«

»Wer hat ihn erwähnt?«

Ich zögere. Kommandant Zenon. Doch ich will nicht all mein Wissen preisgeben.

»Gehörte Hauptmann Louk zu ihnen?«, frage ich stattdessen weiter.

»Hauptmann Louk!« Er stößt den Namen voller Verachtung aus, doch sein Blick zeigt Erleichterung. »Er war nur einer von vielen Jagdhunden, die sie zur Hetze auf unsere Feinde abrichten.« Hellblau sind seine Augen, flach und glänzend vor Furcht wie zwei Kiesel. »Sie sind mächtig. Mächtiger, als sich dein kleiner Verstand vorstellen kann. Du hast keine Ahnung, wozu sie fähig sind. Wenn du über sie redest, wenn du auch nur ihren Namen erwähnst, bist du schneller tot, als du Feuer sagen kannst.«

Frost kriecht über meine Haut, die Feuerkugel über mir flackert.

»Wer gehört noch zu ihnen?«, frage ich. *Wem hättest du nach Louks Tod Meldung erstatten sollen? Dem Kommandanten?*

Doch er schüttelt so nachdrücklich den Kopf, dass die Haare ihm über die Schultern streifen wie Reisigbesen.

»Vergiss die Cathedra«, zischt er. »Lösche sie aus deinem Gedächtnis.«

»Weiß Eleni davon?«

Vor Schreck weiten sich seine Augen, und er packt mich am Arm. »Sie weiß gar nichts. Wenn du ihr von ihnen erzählst, wird sie noch schneller sterben als du. Und ich ebenfalls. Weil …«

Er verstummt und fährt herum, die Hand immer noch in meinen Arm gekrallt. Der Korridor hinter ihm wird von meiner Feuerkugel ein Dutzend Schritte weit erhellt, dahinter verliert sich das Licht in der Dunkelheit. Nein, nicht ganz. Es fängt sich an etwas Hellem. Ein Gesicht löst sich aus dem Schatten, mit fast unhörbaren Tritten kommt Olaf auf uns zu.

»Da seid ihr ja«, sagt er in leichtem Tonfall. »Tut mir leid, wenn ich euch bei etwas gestört haben sollte.«

Er blinzelt uns zu, als sei diese Situation aus einem ganz anderen Grund für uns verfänglich. Marius lässt mich abrupt los.

In seinem Blick lese ich die gleiche Frage, die mich durchfährt. Hat Olaf etwas gehört?

Ich verschränke die Arme, um meine plötzliche Furcht zu verbergen.

»Wo hast du dich herumgetrieben?«, herrsche ich ihn an. »Der Hauptmann hat dir befohlen zu ruhen!«

Er zuckt mit den Schultern. »Ich brauche wenig Schlaf. Und wir haben wenig Zeit. Deshalb habe ich herumgestöbert. Und ich glaube, ich habe etwas gefunden, in der Kammer des Sehers. Ein potenzielles Versteck für das zweite Amulett. Ich will es euch zeigen. Kommt ihr?«

Ich kann Olaf nicht trauen. Marius traut ihm wohl ebenfalls nicht mehr. Er hält den Kopf gesenkt und reibt sich die Arme, als ob er friere. Doch wir haben keine andere Wahl. Olaf starrt uns erwartungsvoll an. Immerhin scheint er unbewaffnet zu sein. Falls er uns eine Falle stellt, werde ich nicht unachtsam hineintappen. Meine Finger tasten nach dem Axtgriff an meinem Gürtel. Dann schüttle ich den Kopf. Werde ich jetzt genauso paranoid wie Marius?

»Zeig uns, was du gefunden hast«, weise ich Olaf an.

Er dreht auf dem Absatz um und eilt so leichtfüßig den Korridor entlang, dass wir kaum hinterherkommen.

»Es sind übrigens mehr geworden«, sagt er. »Befallene, meine ich. Ich habe vorhin sechs gezählt. Für jeden von uns einen, wenn wir hier rausmüssen. Es sei denn, wir finden einen anderen Weg.«

Ich runzele die Stirn. Was will er damit andeuten? Dass er einen solchen Weg gefunden hat? Doch ich frage nicht nach. Er wird es uns entweder von selbst verraten oder doch nur lügen.

Kurz darauf betreten wir die Kammer des Sehers. Das Feuer im Kamin ist fast heruntergebrannt. Mit einer beiläufigen Bewegung lasse ich kleine Flammen aus meinen Fingern schießen, die wie Glühwürmchen zu den Öllampen zischen, um sie anzuzünden. Noch nie habe ich mich so wach gefühlt. Olaf mustert mich mit einem erstaunten Blick.

»Spann uns nicht auf die Folter«, fahre ich ihn an.

Er nickt. Schon kniet er an der Seite des Steinblocks und winkt. »Kommt her.«

Wir gehen neben ihm auf die Knie, meine Hand verharrt wachsam über dem Axtgriff. Olaf fährt mit seinen langgliedrigen Fingern die Kanten des Steinquaders entlang, dann durch die Furchen, die den Stein kreuz und quer durchziehen. »Diese Ritzen sind staubig, weil sie seit Jahren nicht gesäubert worden sind«, sagt er. »Doch diese hier nicht.« Er zeigt auf vier, die die Kanten eines Rechtecks bilden. Ein Quadrat, zwei Fuß breit und hoch, das die Abbildungen der Amulette umschließt. »Entweder hat sie jemand gereinigt, oder etwas anderes ist der Grund dafür.« Er schaut mich an. Seine Lapislazuli-Augen funkeln. »Die Nørlaender sind ein stilles Volk, und stille Wasser sind tief, sagt man. Alle ihre alten Festungen verfügen über Geheimgänge im Mauerwerk. Man muss sie nur finden.« Er drückt kräftig mit seinen Fäusten auf beide Steinamulette.

Ich keuche auf, als sie mit einem Knirschen nachgeben. »Weicht zurück«, sagt er. »Ich habe bisher nur ausprobiert, ob der Stein nachgibt, aber noch ohne den Mechanismus auszulösen.«

Marius rutscht sofort eine halbe Mannslänge auf den Knien nach hinten, ich bleibe allerdings dicht bei Olaf. Es rumpelt dumpf im Inneren des Steinquaders. Noch einmal. Etwas plätschert, leise, dann immer lauter.

»Seht«, flüstert Marius hinter mir und deutet nach unten. Dort, aus der Ritze zwischen Steinquader und Boden, sickert plötzlich Wasser. Ein kleines, glucksendes Bächlein, das rasch immer mehr wird. Es sammelt sich in einer Vertiefung im Boden, die ich für ein leeres Bettlager hielt. Doch es ist ein Becken, das sich rasch füllt. Und je mehr Wasser aus dem Stein rinnt, desto mehr weicht er vor uns zurück. Entlang der staublosen Ritzen rutscht er in den Quader hinein, bis er den Blick in ein dunkles Loch freigibt, gerade groß genug, dass ein Mensch sich hindurchzwängen kann.

Der Bach verebbt. Es wird still.

»Ein uralter Mechanismus«, sagt Olaf leise. »Von Vereisern erfunden. Eis hält den Stein an seiner Stelle. Doch es ist kein echtes Eis, es ist von ihnen nur zu einem Zweck erschaffen. Ein bestimmter Impuls lässt es schmelzen, in diesem Fall das gleichzeitige Drücken der Amulette. Das Wasser rinnt fort, und der Stein weicht zurück. Er gibt die Öffnung frei. Ich vermute, dort haben sie das zweite Amulett versteckt. Thea, mach uns Licht.«

Ich reiße mich aus meiner überraschten Starre und lasse einen Feuerball in das entstandene Loch schweben. Eine Öffnung im Boden zeigt sich, darunter kommt ein Absatz zum Vorschein. Und eine Handvoll Treppenstufen. Die ersten drei sind nass, die dahinter von einer fingerdicken Staubschicht bedeckt. Sie führen hinab ins Schwarz, tief ins Innere des Mauerwerks. Mich schaudert es.

»Lass uns hinuntergehen.« Olaf deutet auf das quadratische Loch und lächelt breit. »Die Dame zuerst.«

Die Enge. Das Dunkel. Und Olaf hinter mir, dem ich nicht trauen kann. Ich beiße die Zähne so fest zusammen, dass sie knirschen. »Nein.«

Er hebt die Augenbrauen. »Hast du Angst?«

Ich spare mir die Antwort. Er zuckt mit den Schultern und beugt sich an mir vorbei, schiebt erst Kopf, dann Schultern und Brust in die Öffnung hinein, bis er bis zu den Hüften darin verschwindet.

»Da ist etwas.« Seine Stimme klingt dumpf. »Das solltest du dir ansehen.«

Er schlängelt sich rückwärts wieder aus dem Loch und richtet sich neben mir auf die Knie auf. Sein Atem streift mich. Er riecht seltsam vertraut – ein bisschen nach Moder, doch darüber beinahe lieblich, nach Äpfeln und Sommerblüten. Ein bizarrer Geruch für einen Mann, doch zu ihm passt er. Und er besänftigt seltsamerweise für einen Augenblick meine Angst.

»Mach Platz«, sage ich. Wenn ich nichts riskiere, werde ich wohl kaum erfahren, was er vorhat. Ich deute auf Marius, der mit argwöhnischer Miene immer noch drei Schritte hinter mir auf dem Boden kauert. »Setz dich neben ihn, und Marius, du sorgst dafür, dass er mir vom Leib bleibt.«

Olaf verdreht die Augen, und Marius reagiert gar nicht. Mit einem Seufzen bequemt sich Olaf schließlich auf den Platz neben ihn.

Ich wende ihnen den Rücken zu, presse meine Stiefelabsätze fest in den Boden und halte mich mit den Händen am Rand der Öffnung fest. Wie ich enge Gänge hasse! Kurz durchzuckt mich das Bild, wie Olaf mich in den Schacht stößt und ihn hinter mir schließt, mich für immer dem Gefängnis der Felsen überlässt. Doch mit einem tiefen Atemzug verdränge ich den Gedanken und stecke den Kopf in die Öffnung, schiebe die Schultern hinterher, um hinunter auf die Stufen zu blicken. Die Feuerkugel schwebt dicht über mir. *Nur ein kurzer Blick*. Doch bevor ich es sehe, spüre ich es. Etwas greift aus dem Dunkel nach mir, eine unangenehme Kälte, deren Berührung wie blutleere Fingerspitzen kribbelt. Allerdings nicht auf meiner Haut, sondern in meinem Kopf. Ich schrecke so heftig zurück, dass ich mir den Hinterkopf am Fels anschlage. Mit einem Zischen erlischt meine Feuerkugel.

»Ach ja, das Argyr«, höre ich Olafs Stimme hinter mir.

Mit einem Ruck ziehe ich mich vollends zurück und tauche wieder ins Helle, dann fasse ich an meinen schmerzenden Hinterkopf. Olaf kniet immer noch neben Marius. Er hat keine Anstalten gemacht, sich mir zu nähern.

»Hättest du mich nicht warnen können?«, knurre ich.

Er grinst nur. »Wunderschön, diese Silberkristalle, nicht

wahr?«, sagt er. »Sie haben die Mauern des Schachts damit ausgekleidet.«

Ich weiß. Im Sekundenbruchteil, bevor das Argyr meinen Trieb betäubte und das Feuer erlosch, habe ich es gesehen, wie einen Blitz in der Dunkelheit. Der ganze Mauerschlund dort unten glitzerte im Schein der Flammen so weiß und kalt wie Eiskristalle. Und ich sah noch etwas: In der Mauer, über den ersten Stufen und direkt bevor das Argyr begann, prägte ein Muster die Steindecke. Ein Gewirr von sich kreuzenden Linien und Gekrakel, Knotenpunkten und Wirbeln, die mit schwarzer Farbe auf den Fels gemalt waren. Eine Karte? Um das zu überprüfen, müsste ich noch mal dort hinein – und dazu bringen mich keine zehn Pferde!

»Deshalb das Argyr«, murmele ich. »Sie wollten ihre Feinde abhalten, den Gang zu betreten. Was verstecken sie dort unten?«

Olaf rutscht wieder neben mich. Er legt den Kopf schief und grinst. »Musst du das wirklich fragen?«

»Das zweite Amulett.« Ich schaue ihn an, doch ich erwidere sein Lächeln nicht. Heute muss die Nacht der Antworten sein.

»Du warst schon einmal hier, nicht wahr?« Ich werfe einen Blick über die Schulter. Marius starrt ins Leere, macht nicht einmal einen Versuch, unser Gespräch zu belauschen. »Deshalb hast du mein Amulett erkannt.«

Olafs Augen glitzern wie die Silberkristalle.

»Du hast recht«, murmelt er. Er hebt beinah entschuldigend seine Schultern. »Ich war schon einmal hier, in Kazimirs Kammer«, gibt er zu meiner Überraschung zu. »Ich hab mir mit einer List Zutritt verschafft. Ich hab die Abbildungen der Amulette gesehen, den Spruch gelesen und mir den Rest zusammengereimt.«

»Auch, dass ich es mit meinem Blut prägen soll?«

»Dein Blut ist sein Blut«, flüstert er. »So lautet die erste Zeile,

schon vergessen? Ich hatte schon immer etwas für Rätsel übrig. Allerdings hätte ich nicht gedacht, dass es funktioniert.«

»Und warum warst du hier?«

»Ich hatte den Auftrag, Kazimir zu fassen. Doch er ist mir entwischt. Und jetzt weiß ich auch, wie. Durch diesen Gang nämlich.«

»Wer gab dir den Auftrag?«

Er schüttelt den Kopf. »Ich kann meinen Ruf als diskreter Dienstleister nicht aufs Spiel setzen, indem ich dir meine Auftraggeber verrate.« Er tippt mit dem Finger auf meinen Mund. »Du musst nicht alles wissen, Kindchen.«

Kindchen. Das Wort bringt etwas in mir zum Klingen. Wenn Olaf nicht lügt, wenn er das Amulett und den Spruch ausschließlich von hier kannte, bedeutet das auch, dass er meinen Vater nicht kennt. Ein Stich fährt mir ins Herz. Unkenntnis ist auch für mich vielleicht besser, als einen Mörder kennenzulernen.

»Wir müssen dort hinunter.« Olaf blickt beinahe gierig den Schacht hinab, macht aber keine Anstalten, ihn zu betreten. »Das Silber ist unangenehm, aber ihr werdet es aushalten. Das sollte es wert sein, wenn wir das zweite Amulett und vielleicht sogar einen geheimen Ausgang aus dieser Festung finden. Wir können allerdings nicht gehen, ohne die anderen zu informieren. Ich sage, wir warten, bis der Morgen graut.«

»Einverstanden.« Ich nicke, obwohl sich alles in mir gegen den Gedanken sträubt, jemals diesen Schacht zu betreten. Doch für heute ist mein Diskussionsbedarf gedeckt.

Marius nickt ebenfalls. Er hat nicht einen Blick in den Schacht geworfen. Seine blauen Augen wirken leer. Als er meinen Blick spürt, wendet er sich ab.

Auch ich bin müde. So vieles füllt meinen Kopf, dass er sich schwer und heiß anfühlt.

»Ihr seht fertig aus, alle beide«, sagt Olaf. »Geht schlafen, ich übernehme die Wache. Morgen haben wir einiges vor.«

Kapitel 23

Es dauert eine Weile, bis ich einschlafen kann. Gedanken brennen sich wie glühende Pfade durch meinen Kopf, verlöschen, glimmen zugleich an anderer Stelle wieder auf und fügen sich im Halbschlaf zu immer konfuseren Brandherden zusammen.

Mein Vater.

Bist du ein Verräter? Ein Feind der Republik?

Du hast keine Ahnung, wozu sie fähig sind.

Bist du auch mein Feind?

Vermutlich hat er bei diesem Krieg die Finger im Spiel.

Soll ich dich hassen? So wie der Hass die Völker trennt. Lys und Mørk, Athosia und die Nørlande.

Seit wir alle Sklaven der Götter waren.

Bist du ein Sklavenhalter, Vater? Oder ein Nørlaender?

Dein Trieb ist stark, Meisterin.

Du bist ein Dieb.

Er hat das Amulett gestohlen.

Willst du, dass ich damit die Toten bekämpfe?

Lebenskraft zieht sie an.

Und Feuer verbrennt sie.

Du bist unsere beste Fährte.

Warum hast du mir das Amulett gegeben?

Es gibt nichts umsonst.

Nicht einmal den Tod.

❄

Als ich aus meinen verworrenen Träumen erwache, geschieht es durch Ians Kuss. Wir sind allein. Im Kamin glimmt nur noch Asche, und durch die Fensterluken fällt graues Dämmerlicht.

»Wildkatze«, murmelt Ian. »*Ma nigheon bhon.*« Seine blaubraunen Augen sind ganz nah. Ireliner Augen, so vertraut wie der Himmel über den Äckern.

»Glaubst du an die Alvae?«, flüstere ich und streiche über seine stoppelige Wange.

»Was für eine Frage!« Er lacht. »An die Gutenachtgeschichten unserer Mütter?«

»Die Alfr«, flüstere ich. »Die Götter, die niemals zurückkommen dürfen.«

»Hast du von Barbarengeschichten geträumt?« Er mustert mich besorgt. »Zerbrich dir nicht den Kopf darüber. Die Gelehrten sollen entscheiden, was die Wahrheit ist und was nicht.«

»Ich will wissen, was die Wahrheit ist«, flüstere ich. Ehe ich weiterreden kann, verschließt er meine Lippen mit einem Kuss.

»Ich liebe dich«, flüstert er. »Das ist die Wahrheit. Und wenn ich dich anschaue und nicht berühren kann, weil ich dein Hauptmann bin, vermisse ich dich.«

Er streicht über meine Schultern, schiebt den Schlafsack beiseite. Ich erzittere, doch als seine Hand tiefer wandern will, halte ich sie fest.

»Wo sind die anderen?«

Er seufzt. »Olaf hält immer noch Wache. Der Gefangene ist im Nebenraum eingeschlossen. Eleni ist soeben aufgebrochen. Sie sucht Marius. Er war nicht hier, als Olaf uns geweckt hat.«

Er küsst mich erneut, dieses Mal fordernd.

»Ich will dich«, raunt er in mein Ohr. Mit einem Ruck zieht er mich auf seinen Schoß. Wieder wandern seine Hände an mir hinab, verschwinden in meinen Schlafsack.

Ich liebe seine Berührungen. Ich möchte die Augen schließen und alles vergessen, nur für ein paar Augenblicke, in denen wir nicht Hauptmann und Rekrut sind, sondern einfach

Geliebte wie früher. Doch ich kann mich nicht fallen lassen. Nicht nur, weil die anderen jederzeit zurückkommen können, sondern weil mir unsere letzte gemeinsame Nacht noch in den Knochen steckt, als wir voller Wut aufeinander losgingen. Außerdem ist mein Kopf ganz woanders.

»Ian, ich will dich auch«, sage ich. »Aber nicht jetzt.« Ich halte seine Hand fest. »Ich will reden.«

»Reden.« Er zieht die Mundwinkel herunter wie ein schmollendes Kind. »Du hast dich verändert.«

»Vielleicht«, murmele ich. Vielleicht war ich aber auch immer schon anders. »Ich muss dir etwas erzählen.«

Darf ich ihm überhaupt von der Cathedra Genéa und meinem Vater berichten? Oder bringe ich ihn damit in Gefahr? Plötzlich lässt mich Angst frösteln wie eine plötzliche Vorahnung. Ich zögere, während er fragend die Stirn runzelt, zögere, bis es zu spät ist. Jemand reißt die Tür auf. Eleni. Rote Flecken überziehen ihr Gesicht.

»Ihr müsst kommen«, keucht sie. »Ich habe Marius gefunden. Er ist tot.«

❄

Im Tod sieht Marius' Gesicht wieder schön aus. Kein Hass, keine Arroganz. Still und bleich blickt er an die Decke, das Antlitz ebenmäßig wie eine Statue. Ich will wegschauen, aber ich kann nicht.

Ich setze mich neben seine Leiche auf den abgewetzten Teppich in Kazimirs Kammer, wenige Schritte vor dem geöffneten Geheimgang.

»Hat … hat er sich umgebracht?«, flüstere ich. Er war so hoffnungslos. Er hatte sich bereits aufgegeben.

Eleni steht hinter mir wie ein hilfloses Kind, klein und zart unter ihrem bauschigen weißen Pelz.

»Umgebracht?«, wiederholt sie tonlos.

»Nein.« Ian kniet sich neben mich. Seine Miene ist betroffen, doch er hat nicht die Fassung verloren wie wir. »Unter seinem Kopf ist Blut.«

Ohne Zögern packt er Marius an den Schultern und dreht ihn um. Blut verkrustet Marius' Haare, allerdings nicht genug, dass er daran gestorben sein könnte. Ian schiebt die Strähnen beiseite.

Gleichzeitig keuchen wir auf. Eine Nadel steckt in Marius' Nacken. Sie erinnert mich an eine von Mutters Wollnadeln, dick und lang und aus Stahl.

»Was ist das?«, stößt Ian hervor. »Heilerrekrutin, sieh dir das an.« Er steht auf, um Eleni Platz zu machen.

Eleni kniet so langsam neben der Leiche ihres Cousins nieder, als würde sie schlafwandeln. Ich packe ihre Hand. »Du musst das nicht ...«

»Doch.« Sie löst ihre Hand abrupt aus meiner und legt sie in Marius' Nacken. »Das scheint eine Nadel zu sein«, sagt sie bedächtig. »Ich weiß nicht, wofür sie ist. Doch sie steckt tief in seinem Rückenmark. Das hat ihn getötet.«

»Kann er sich das selbst zugefügt haben?«, fragt Ian.

Sie hebt die Schultern. »Ich denke nicht.«

Jemand hat ihn umgebracht. Keiner von uns muss es aussprechen. Mein Kopf wummert.

Ian richtet sich auf und zieht sein Schwert, wirft einen wachsamen Blick durch die Kammer.

»Was ist das?« Er deutet auf den Schacht.

»Ein Geheimgang«, flüstere ich. »Olaf hat ihn gestern Nacht entdeckt. Er hat ihn Marius und mir gezeigt.«

»Von dort könnte der Mörder gekommen sein.« Mit erhobenem Schwert geht er um Marius herum. »Bleibt hinter mir.«

Ich ignoriere seine Anweisung und knie mich vor die Öffnung. Beinahe ohne mein Zutun löst sich eine Feuerkugel aus meiner Handfläche und taumelt in den Schacht. Der Staub auf den ersten Stufen liegt still und unberührt.

»Nein«, flüstere ich. »Von dort ist niemand gekommen.«

Ian runzelt die Stirn. »Wer war es dann?«

Die Cathedra Genéa. Meine Lippen formen die Worte, doch ich darf sie nicht aussprechen. *Wenn du auch nur ihren Namen erwähnst, bist du tot.*

Marius hat sein Geheimnis mit mir geteilt und dafür mit seinem Leben bezahlt.

»Dann war es der verdammte Barbar«, flucht Ian. »Ich finde heraus, ob er noch in seiner Kammer ist. Ihr bleibt hier. Verbarrikadiert die Tür und öffnet nur mir.«

»Und wo ist Olaf?«, fragt Eleni.

Olaf. Ich springe in die Höhe. Mit der einen Hand ziehe ich die Axt aus dem Gürtel, mit der anderen reiße ich bereits die Tür auf.

»Thea«, ruft Ian hinter mir, doch ich höre ihn kaum.

Meine Stiefel poltern über den Boden des Korridors.

Wie konnte ich so blind sein. Olaf hat Marius und mich belauscht. Olaf hat uns mit seiner Entdeckung abgelenkt, damit Marius mir nicht noch mehr erzählt. Er hat mich schlafen geschickt, als wäre ich ein kleines Kind. Er ist eine gewissenlose Raubkatze, und er ist Marius' Verbindungsmann der Cathedra. Und ich habe ihm gehorcht.

»Thea«, brüllt Ian. Ich höre ihn hinter mir herrennen. Doch er ist nicht schnell genug. Keiner ist schnell genug, um mich einzuholen.

»Finde den Vereiser«, rufe ich über die Schulter zurück. »Ich hole Olaf.«

»Thea, bleib stehen!«, brüllt Ian hinter mir her. Doch seine Schritte stocken. Er hält Anders für den Täter. Bis er feststellt, dass er sich irrt, muss ich Olaf zur Strecke gebracht haben. Ich darf nicht noch jemanden mit in diese Sache hineinziehen.

Schon bin ich bei der Tür zum Wehrgang angelangt. Ich stoße sie auf. Der Wind wirft mir Schneekristalle ins Gesicht. Die Welt ist in wirbelndes Weiß getaucht.

»Olaf«, schreie ich. »Wo bist du?«

Meine Wut treibt mich in die beißende Kälte der Dämmerung hinaus. Ich renne den Wehrgang entlang. Meine linke Hand brennt lichterloh. Ich werde Olaf in eine lebende Fackel verwandeln, und wenn das nicht reicht, habe ich immer noch meine Axt.

Erneut schreie ich seinen Namen. Und dieses Mal erhalte ich eine Antwort. Ein Heulen, zerrissen vom Wind. Es klingt wie ein Tier, und doch wieder nicht. Es ertönt unter mir.

Mit einem Satz bin ich an den Zinnen und starre hinab.

Zehn, zwanzig Schemen im Schnee. Befallene. Das Heulen verstummt, und in der Stille wirken sie noch gespenstischer. Sie stapfen mit schlenkernden Armen, doch zielgerichtet, beinahe eilig. Und sie sind auf der falschen Seite der Mauer. Im Festungshof.

Ich taumele. Jemand muss das Tor geöffnet haben. *Jemand?* Ich weiß, wer es war. Ich glühe vor Zorn. Doch wahrscheinlich ist er längst fort. Und mir bleibt keine Zeit mehr, ihn zu jagen.

Ich renne zurück, die Treppe hinab ein Stockwerk tiefer, dann den Korridor zu unserer Schlafkammer entlang. Ian zerrt Anders an seinen Fesseln aus dem benachbarten Zimmer. Eleni ist bei ihnen.

»Befallene«, keuche ich. »Im Festungshof. Olaf war es. Er hat Marius umgebracht. Und er hat das Tor geöffnet.«

Eleni reißt die Augen auf.

»Dieser Mistkerl«, brüllt Ian. »Wo ist er?«

»Weg.« Ich stoße die Tür zu unserem Schlafraum auf. »Wir müssen ebenfalls weg. Es sind zu viele.«

»Bleib stehen, Rekrut«, brüllt Ian mich an. Und ich erstarre. Mein Herz schlägt schnell wie das eines Vogels, treibt mich an, mich zu bewegen, doch ich verharre. Er ist der Hauptmann.

Mit vor Wut blitzenden Augen kommt er auf mich zu, zerrt dabei Anders hinter sich her. »Thea, übernimm den Gefangenen«, ordnet er an. »Eleni, pack die Rucksäcke. Dann positioniert euch mit dem Gepäck auf dem Korridor und wartet. Ich prüfe die Lage.«

Wir salutieren hastig, und er eilt an uns vorbei Richtung Treppenhaus.

Ich schiebe Anders in die Schlafkammer, dann lasse ich ihn los und eile zu Olafs Platz. Sein Schlafsack liegt verwaist da. Dort, wo sein Gepäck lagerte, stapeln sich Kissen und Felle.

»Er ist tatsächlich weg«, sagt Eleni tonlos. Sie ballt die Fäuste, und über ihr Gesicht rasen mehr Gefühle, als ich jemals an ihr gesehen habe. Wut. Angst. Verzweiflung.

»Löst meine Fesseln«, sagt Anders. Er wirkt erstaunlich ruhig. »Ich will mit euch gegen die Frostseelen kämpfen.« Er hält meinem Blick stand, ohne zu blinzeln.

Im Bruchteil einer Sekunde entscheide ich mich. Ich weiß nicht, ob sich das später als Fehler herausstellen wird, doch ich löse ihm die Chrysosfessel – Olafs Fessel! – und stecke sie in meine Tasche. »Dann los.«

Anders reibt sich die wunden Handgelenke und nickt mir zu. Wir raffen alles zusammen und stopfen es in vier Rucksäcke. Bei meinem Speer zögere ich kurz. Er ist unhandlich, und bisher habe ich ihn kaum gebraucht. Doch dann stecke ich ihn in seine Halterung an meinem Rucksack. Wir eilen zurück auf den Korridor. Ian ist nirgends zu sehen.

»Dein Amulett.« Eleni packt meine Hand. »Vielleicht hat Olaf es nicht gefunden. Vielleicht ist es noch in Marius' Tasche. Wir müssen es holen.«

Sie hat recht. Wie konnte ich es nur vergessen?

»Ihr bleibt hier.«

»Zusammen sind wir sicherer«, widerspricht sie.

Nach kurzem Zögern nicke ich. In meiner Nähe ist sie tatsächlich am sichersten.

»Kommt beide mit«, sage ich. Sie eilen hinter mir her ins Treppenhaus.

»Schscht.« Ich hebe die Hand. Schritte ertönen unter uns. Keine Stiefel, sondern das Tappen von bloßen Füßen. Eleni atmet zitternd ein. Anders beißt sich so fest auf die Lippen, dass sie schneeweiß werden. Ob er Angst hat, unter den Befallenen vertraute Gesichter zu sehen? Seine Familie? Ich denke lieber nicht darüber nach.

Stumm gebe ich ein Signal, und wir eilen die Kurven der Treppe nach oben. Ich sehe mich nicht nach ihnen um, ich will nicht, dass sie die Furcht in meinem Gesicht sehen. Wo bleibt Ian?

Wir bemühen uns, leise zu sein, doch unsere Stiefeltritte sind viel zu laut. Endlich schiebe ich die Tür zum vierten Stockwerk auf. Wir rennen den gewundenen Korridor entlang zu Kazimirs Kammer.

Marius liegt immer noch auf dem Boden und starrt zum Gewölbe hinauf. Ich knie mich zu ihm, doch ich kann ihn nicht berühren. Ich kann nicht seine Taschen durchwühlen wie ein Dieb. Eleni übernimmt das für mich.

Anders kauert sich vor den offenen Schacht.

»Der Gang«, flüstert er. »Ihr habt ihn gefunden.«

Ich höre ihn kaum, so erleichtert bin ich, als Eleni das Amulett aus einer von Marius' Taschen fischt. Ich reiße es ihr fast aus der Hand. Es fühlt sich kalt an, erst zwischen meinen Fingern erwärmt es sich wieder.

»Ihr müsst Abstand zu mir wahren«, sage ich. »Falls ich es einsetzen muss.«

Eleni schüttelt den Kopf. »Denk an den letzten Feuersturm«, sagt sie. »Du wirst die Kontrolle verlieren.«

»Wahrscheinlich hast du recht.« Nur werden wir vielleicht keine Wahl haben. Aber wir haben keine Zeit, um zu streiten. Ich springe auf die Beine. »Wir müssen Ian finden, und dann einen Weg hier raus.«

Ich werfe Marius einen letzten Blick zu. *Es tut mir leid.* Wir haben nicht einmal ein Tuch, um ihn zu bedecken. Ihm ist das allerdings gleichgültig. Er ist tot, und nach dem Tod kommt nichts mehr, alles andere ist religiöser Wahn.

Ich stoße die Tür zum Korridor auf und luge um die Ecke. Der Weg bis zur nächsten Biegung ist leer.

»Bleibt hinter mir«, flüstere ich. Ich halte das Amulett fest mit der rechten Hand umklammert. Die linke Hand strecke ich aus. Flammen lodern um meine sechs Finger wie kleine Fackeln. Ich werde uns den Weg freibrennen, mit oder ohne Amulett.

Noch dreißig Schritt sind es bis zur Biegung, als Ian um die Kurve rennt. Sein brauner Soldatenmantel ist zerfleddert, und von seiner Wange tropft Blut.

»Zurück!«, brüllt er. »Zurück!«

Drei Befallene rennen hinter ihm her. Drei Frauen mit flatternden Haaren, die miteinander um den ersten Platz rangeln, die Hände nach ihm ausgestreckt, als wären sie seine unstillbaren Geliebten.

Ians Schrei ist kaum verklungen, da werfe ich eine Flammenkugel über seinen Kopf hinweg. Sie zerplatzt über den Frauen in einem Funkenregen. Die Funken fressen sich in ihre Kleider und in ihre Haut. Die erste stolpert, bringt dabei auch die zweite zu Fall. Schon brennen ihre Haare lichterloh. Doch die dritte springt einfach über sie hinweg. Und schon biegen weitere Befallene in den Korridor ein.

Ich werfe eine weitere Feuerkugel, doch ich sehe nicht mehr, ob sie ihr Ziel erwischt. Ian hat mich erreicht und zerrt mich herum.

Eleni huscht gerade durch die Tür zurück in Kazimirs Kammer. Der Vereiser steht noch im Türrahmen, mit grimmigem, bleichem Gesicht. Ein Eiszapfen rotiert über seiner Handfläche.

»Weg da«, brüllt Ian. Wir rennen auf Anders zu. Mein Rucksack macht mich schwerfällig, doch um ihn abzustreifen, habe ich keine Zeit. Hinter mir höre ich das Trommeln bloßer Füße. Sie sind schnell, unglaublich schnell.

Anders schaut mich an. In seinen Augen spiegelt sich seine glitzernde Waffe. Er blinzelt. Wir sind Feuer und Eis, aus zwei fremden Welten – doch ich weiß, was er vorhat, als wäre ich er. Im Lauf springe ich zur Seite, reiße Ian mit mir. Der Eiszapfen zischt an uns vorbei. Dicht hinter mir rumpelt es, als ein Befallener zu Boden geht. Ich drehe mich nicht um.

Ian und ich rennen jetzt Hand in Hand. Anders weicht in die Kammer zurück. Einen Augenblick später poltern wir durch die Tür, die er hinter uns zuwirft. Keinen Augenblick zu spät. Von draußen wirft sich jemand dagegen.

Anders stemmt sich gegen die Tür.

»Verriegle sie«, keucht er. Ich versuche es. Doch das Ringen zwischen den Befallenen und Anders bringt die Tür so zum Vibrieren, dass der Riegel nicht schließt.

Ich schließe die Augen. Das Metall wird unter meinen glühenden Fingern weich wie warmer Honig. Krumm und verbogen gleitet der Stahlriegel schließlich in seine Halterung.

Ich ziehe meine Finger weg. Anders legt seine Hand auf den Riegel, und einen Herzschlag später ist das Metall wieder kalt und hart.

Der Vereiser lehnt sich aufatmend gegen das Holz. Für einen Augenblick lehne ich mich neben ihn, hole ebenfalls tief Luft. Unsere Blicke treffen sich. Sein Tatovering schimmert in einem rätselhaften Leuchten auf.

»Was machen wir jetzt?«, frage ich. Hinter mir erbebt die Tür unter wuchtigen Stößen. Ian schiebt mich zur Seite und tastet über das Holz.

»Da brechen sie nicht so schnell durch«, sagt er. »Aber wir brauchen einen Plan. Vereiser, gibt es noch andere Ausgänge aus diesem Stockwerk?«

Anders schüttelt den Kopf. »Das zweite Treppenhaus am anderen Ende des Korridors ist seit Jahrzehnten zerstört«, stößt er aus. »Seit eure Feuermagier ein einziges Mal hierher vordrangen und die Borgerssons erfolglos belagerten.«

»Lügst du auch nicht?« Ian mustert ihn aus zusammengekniffenen Augen.

Anders richtet sich auf. Ohne seinen Fellmantel ist er schmal wie ein Athlet; nur halb so breit wie mein Hauptmann, doch eine Handbreit größer. »In den letzten Jahren waren wir nur fünfzig Bewohner in dieser Festung, wir brauchten keinen zweiten Aufgang.«

Fünfzig. Ich erschauere. Zwei Dutzend habe ich als Tote im Keller gesehen. Die anderen drängen sich gerade vor unserer Tür. Wenn sie wirklich unsere Lebenskraft spüren, lassen sie sich weder beirren noch verscheuchen. Sobald sie die Tür aufbrechen, werden sie sich auf uns stürzen wie Fliegen auf eine Leiche.

»Und was ist mit dem Geheimgang?«, knurrt Ian. Er packt Anders bei der Schulter und schubst ihn auf den Steinquader zu. »Wohin führt der, Vereiser?«

Anders presst die Lippen zusammen und schweigt, auch als Ian ihn schüttelt.

Eleni, die bereits mit einem brennenden Span vor dem Schacht kniete und hineinlugte, steht auf. Ihre Miene zeigt nichts als Wissbegier. «Du sagtest, Kazimir und du konntet beim letzten Angriff als Einzige von hier entkommen.« Sie fixiert Anders mit ihren klaren Augen. »Doch du sagtest nicht, wie. Weil ihr durch diesen Geheimgang gingt, nicht wahr?«

Anders zögert, doch dann nickt er. Als er sein Schweigen bricht, wirkt er allerdings nicht ertappt, sondern erzürnt. »Dort unten gibt es Dinge, die ihr nie zu Gesicht bekommen solltet.«

»Ist das so?« Seine Worte bringen Eleni kein bisschen aus der Ruhe. »Ist deshalb all das Argyr dort angebracht? Um Feinde abzuschrecken? Wohin führt der Gang?«

Anders zögert erneut.

Ian versetzt ihm einen Stoß. »Red schon, Vereiser«, grollt er. »Sonst lassen wir dich hier.«

»Ich kenne die Wege dort unten kaum«, erwidert Anders

widerwillig. »Kazimir hat mir den Schacht am Tag unserer Flucht zum ersten Mal gezeigt. Der Weg endete in dem Turm an der Klagenden Klamm. Dort trafen wir uns mit den anderen ältesten Sehern. Kazimir hatte sie über ihre Träume dorthin gerufen.« Seine Augen glühen. »Als ihr uns belagert habt, entschieden sie, lieber zu sterben, als den Geheimgang an die Feinde zu verraten. Deshalb baten sie mich, ihn endgültig zu schließen. Ich ließ die Steine des Schachts gefrieren, bis sie zerbarsten. Einen Tag später hat die Lavina das ganze Tal zerstört. Dieser Weg ist verloren.«

»Doch es gibt noch andere Wege, nicht wahr?«, sagt Eleni. »Ein ganzes Labyrinth.« Sie kniet sich erneut vor den Schacht und krabbelt halb hinein, wendet sich dort drin so behände hin und her wie eine Maus in ihrem Loch. »Dort ist eine Karte.« Ihre helle Stimme klingt dumpf. »Ich habe sie soeben studiert. Sie markiert einen weiteren Ausgang. Dort steht ein Wort: Drogon.«

»Ich kenne Drogon von unseren Karten«, sagt Ian. »Es liegt im Nordwesten von hier.« Er schaut mich an. Seine Stirn ist zerfurcht, und ich sehe, wie sich Sorge und Zweifel in seiner Miene streiten. Ich weiß, dass er nichts lieber will, als mich zurück in den Süden zu bringen. In Sicherheit. Doch das wird nicht gehen. Wie um ihn daran zu erinnern, erbebt die Tür unter heftigem Poltern.

»Das Narviktal liegt ebenfalls nördlich.« Elenis Kopf kommt wieder zum Vorschein. »Das Ziel von Kommandant Zenons Mission.«

Es gibt noch etwas, das wir bedenken müssen. »Was, wenn Olaf dort unten ist?«, sage ich und deute auf den Schacht. Wir müssen darauf vorbereitet sein, diesem mörderischen Mistkerl zu begegnen.

»Dann bringe ich ihn eigenhändig um«, ruft Ian.

Doch Eleni schüttelt den Kopf. »Der Staub auf den Stufen ist immer noch unberührt.«

»Zu schade«, grollt Ian. »Gehen wir. Vereiser, du führt uns.«

»Ich kenne den Weg nicht«, entgegnet Anders. »Wir werden uns im Gewirr der Höhlen verirren.«

»Ich führe uns«, sagt Eleni. »Ich habe die Karte studiert.« Sie tippt sich gegen die Stirn. »Der Weg ist hier eingeprägt.«

Jemand wirft sich mit solcher Kraft gegen die Tür, dass der Riegel knirscht.

Ian schwingt sich den vierten Rucksack über die Schulter, den Anders fallen gelassen hat, und setzt seinen Helm auf. »Thea, leg dem Vereiser die Kette wieder an. Er geht voran.«

Meine Kehle ist wie zugeschnürt. Ich hasse alles, was eng und unterirdisch ist, ich hasse das Argyr und die unbekannten Dinge, die noch dort lauern. Lieber würde ich kämpfend untergehen, als dort unten im Dunkel zu ersticken. Mit zitternden Fingern greife ich in meiner Tasche nach der Chrysoskette. Dann verharre ich.

»Anders kann nicht vorangehen. Er muss der Letzte von uns sein. Ohne die Fessel, die seinen Trieb blockiert. Er muss den Eingang des Schachts hinter uns schließen, damit uns die Befallenen nicht folgen können. Außerdem brauchen wir Fackeln. Mein Trieb wird dort unten wegen des Argyrs nicht funktionieren.«

Ein erneuter Schlag lässt die Tür in ihren Angeln erzittern. Als das Beben verebbt, stehen die Stahlnägel, die den Riegel halten, daumenweit aus dem Holz.

»Dann los.« Ian reißt Hölzer aus dem Brennholzstapel neben dem Kamin. Zwei wirft er mir herüber, einen zu Eleni, und die anderen bindet er an unseren Rucksäcken fest.

Feuer tanzt zwischen meinen Fingern. Während ich die Stöcke für Ian und mich anzünde und Eleni ihren mit dem Holzspan zum Brennen bringt, mustere ich Anders, der mit nachdenklicher Miene in den Schacht starrt. Denkt er das Gleiche wie ich? Er wird im Schacht mit der Stärke von Tausenden Argyrkristallen ausgestattet sein. Ich werde dagegen all meiner

Kräfte beraubt sein. Trotzdem fürchte ich ihn weniger als das Dunkel.

»Ich werde ihn bewachen, Ian«, sage ich. Ich hebe meine Axt wie zur Bestätigung. »Ich weiß als Einzige außer ihm, wie der Mechanismus funktioniert.«

Ian zögert. Die Tür erbebt unter einem weiteren Schlag. Ein Nagel fällt klirrend auf den Boden. Endlich nickt er widerwillig. »Los jetzt.«

Sofort duckt sich Eleni in den Schacht hinein und verschwindet mitsamt ihrer Fackel im Schwarz. Ian folgt ihr. Ich setze meinen Helm auf und schubse Anders auf den Schacht zu.

»Warte«, murmelt er. Er packt Marius' Stiefel. Eis wandert über Marius' Bein, dann über seinen Körper, Kristalle wie Reif einer Winternacht. Sie überziehen seine Wangen mit einer glänzenden Schicht, dann seine blonden Wimpern, seine wasserblauen Augen, bewahrt für die Ewigkeit. Ich lasse die Axt sinken.

»In Njards Angesicht sind wir alle gleich«, flüstert Anders. »Oder ehrt ihr eure Verstorbenen nicht?«

Ich wende mich ab. Die Axt stecke ich in meinen Gürtel. »Bleib hinter mir.«

Ich senke meine Fackel, ziehe den Kopf ein und krieche in die erstickende Enge, wo mich sogleich der taube Druck des Argyrs umfängt. Fünf Stufen taste ich mich hinunter. Dann verharre ich und warte auf Anders.

Ich muss an das Amt der Hochöfen denken, wo wir unsere Toten abliefern und nach ihrer Verbrennung eine gelbe Urkunde erhalten. Viele hängen sie stolz in ihren Wohnräumen auf. *Wer wirkte im Dienste der Republik, wer erfüllte dem Gemeinwohl seine Pflicht und stets sein Bestes gab, für den gilt Dank.*

Keiner wird Marius danken. Doch dank Anders werden ihn immerhin nicht die Ratten fressen.

Ich schaue zu Anders hoch. Er legt die Hände auf den Stein,

der die Öffnung verschlossen hat. Es wird kalt. Das Argyr summt unangenehm in meinem Kopf, Wasser plätschert, fließt hinter den Stein. Mit einem Knirschen setzt er sich über uns in Bewegung, als das Wasser dahinter zu Eis gefriert. Mit einem dumpfen Geräusch gleitet der Stein ein paar Augenblicke später in die Öffnung. Und schließt uns ein wie in einem Grab.

Kapitel 24

Der Gang windet sich in steilen Stufen hinunter, tiefer und tiefer in die Erde. Wir müssen längst das Mauerwerk der Festung hinter uns gelassen haben.

Das Summen in meinem Kopf ist einem tauben Pochen gewichen. Die Welt ist aus dem Gleichgewicht geraten. Oder bin ich es? Mir ist so schwindlig, dass Ian mich stützen muss.

Anders geht inzwischen vor uns beiden. Ian hat ihm wieder die Chrysoskette um die Handgelenke geschlungen. Bei all dem Argyr um uns herum glaube ich nicht, dass sie ihn aufhalten könnte. Doch er lässt sich nichts anmerken. Er trägt Ians Fackel in den gefesselten Händen. Die Flammen versehen sein rabenschwarzes Haar mit einem rötlichen Schimmer.

Eleni führt uns an. Sie hat versucht, einen Kratzer an Ians Wange zu heilen, und es ist ihr nicht gelungen – ansonsten scheint ihr das Argyr an den Wänden nicht so zuzusetzen wie mir.

Irgendwann enden die Stufen. Der Gang bleibt beklemmend eng und führt immer noch sachte bergab. Eleni wartet auf uns. Hinter ihr sind die Wände dunkel. Die groben Mauerquader weichen Fels. Das Ende des Argyrgangs ist erreicht. Als das silbrige Glitzern um mich verschwindet, atme ich erleichtert auf.

»Jetzt sind wir tief unten im Fels«, flüstert Eleni.

Ich erschauere. Sofort ist jede Erleichterung verflogen. Ohne das Glitzern scheinen die Wände noch näher an mich heranzurücken. Fackelschein huscht über steinerne Zacken und Nischen, Schatten tanzen, als wären sie lebendig. Ein zähnebleckender Affenschädel, der peitschende Rüssel eines Elefanten, ein Befallener, der sich im Todeskampf windet.

»Wir müssen weiter«, stoße ich aus. Immer in Bewegung bleiben, das ist die beste Strategie gegen die Angst.

Ian hält mich immer noch fest. »Wir gehen, bis wir einen Ort finden, der für eine Rast geeignet ist«, bestimmt er. »Wir müssen unser Gepäck und unsere Vorräte prüfen. Außerdem brauchen wir Wasser.«

»Wasser gibt es überall um uns herum«, murmelt Anders. »Wenn ihr mir die Fessel löst, zeige ich es euch.«

Ian mustert ihn misstrauisch. »Später vielleicht.«

Ich bin froh, dass er sich weiterhin dicht bei mir hält. Das macht die Dunkelheit und die Enge ein bisschen erträglicher.

Es sind sicherlich zwei Stunden vergangen, als sich der Gang endlich zu einem größeren Raum weitet. Von der Decke hängen steinerne Zapfen, manche so dick wie Oberschenkel, andere dünn wie Fäden. Als ich die Hand ausstrecke und einen von ihnen berühre, bricht er ab. Als er auf dem Boden zerbricht, hallt es wie Donnerschlag durch den Raum.

Ich setze mich auf einen Fels, der aus dem Boden ragt wie ein riesiger Pilz und nehme meinen Helm ab. Die ständige Anspannung, die ich hier unten unmöglich ablegen kann, macht mich müde.

Eleni wuchtet den Rucksack vom Rücken, der viel zu groß für ihre zarte Gestalt ist, und steckt ihre Fackel in einen Felsspalt. Ihr einstmals weißer Pelz ist grau von Felsstaub. Eleni hasst Schmutz, und dass sie ihn ignoriert, macht mich stutzig. Mit abgewandtem Gesicht setzt sie sich neben mich.

Ich lege eine Hand auf ihre. »Wir schaffen das«, murmele ich. Fast glaube ich selbst daran.

»Wie konnte er nur so etwas tun?« Ihre Stimme klingt rau.

Olaf. Ich schlucke. Sie hat noch mehr Grund, ihn zu hassen, als ich. Marius war ihr Vetter. Aber Eleni ist immer so beherrscht, dass ich manchmal vergesse, dass sie genauso fühlt wie der Rest von uns. Ich drücke sie an mich, und sie versteift sich nicht wie sonst.

»Woher wusstest du, dass Olaf dahintersteckt?«, flüstert sie. Trotz ihrer Trauer kann sie offensichtlich nicht aus ihrer Haut, und muss der Sache auf den Grund gehen.

Ich stocke. Ich will die Wahrheit hinausschreien, selbst wenn Eleni mich dafür hassen wird. Denn ich bin mit schuld an Marius' Tod. Hätte ich ihn nicht gedrängt, mir die Wahrheit zu sagen, wäre er noch am Leben. Doch das kann ich ihr nicht verraten.

Cathedra Genéa. Hinter diesem Namen verbirgt sich ein schwarzer Abgrund, der bereits Marius verschlungen hat. Sein letzter Wunsch an mich war, Eleni nichts von der geheimen Organisation zu erzählen – und ich weiß, warum. Sie würde niemals von Nachforschungen ablassen, und ihre Wissbegier würde sie ebenfalls in den Abgrund reißen. Ian kann ich ebenfalls nicht einweihen. Sein Pflichtbewusstsein und seine Abneigung gegenüber Geheimnissen wären sein Weg in den Abgrund. *Cathedra Genéa.* Ich verschließe die beiden Worte in meinen Gedanken hinter einer feuerfesten Wand aus Stahl und schwöre lautlos, sie niemals wieder vor einem anderen Menschen auszusprechen.

Ich muss zu Ausflüchten greifen, auch wenn ich es hasse, meine Freunde zu belügen.

»Marius hielt Olaf für einen Verräter«, sage ich. Jedes Wort schmeckt bitter in meinem Mund.

Ian fährt zu uns herum. Seine Miene spiegelt eine Mischung aus Grimm und Überraschung. »Wie kam er darauf?«

»Er hat ihn bei irgendwelchen verdächtigen Aktivitäten beobachtet.« Ich rede schnell, denn ich will die Lügen möglichst rasch hinter mich bringen. »Marius wollte ihn zur Rede stellen. Mehr verriet er mir nicht. Doch bei diesem Gespräch hat Olaf ihn offensichtlich umgebracht – und das ist Beweis genug.«

»Dieser Mistkerl!«, stößt Ian aus. Seine Hand fährt reflexhaft zum Griff seines Schwerts. »Wir hätten ihn niemals entwischen lassen dürfen.«

Eleni indes runzelt die Stirn, als hätte sie eine andere Antwort erwartet. »Warum sollte Marius mit dir über einen solch gravierenden Verdacht reden und nicht mit unserem Hauptmann?«, fragt sie misstrauisch. »Du verschweigst uns etwas, Thea.«

Ich schlucke. Sie ist zu klug, um sich so einfach abspeisen zu lassen. Meine Gedanken rasen. Ich muss sie ablenken, ohne mich noch tiefer in Lügen zu verstricken. *Also doch ein kleines Stück Wahrheit.* »Du hast recht«, gebe ich zu. »Marius äußerte noch einen weiteren Verdacht. Er hielt auch meinen Vater für einen Verräter.«

Ian stößt einen Laut aus, der zwischen Unglauben und Missbehagen schwingt. Elenis Blick ist immer noch skeptisch.

»Hat Marius gesagt, wie er darauf kommt?«, fragt sie.

Ich hebe die Schultern. »Er hat sich einfach Gedanken gemacht«, murmele ich. »Über einen Mann, der offensichtlich zu Heimlichkeiten neigt, denn er hat sich entgegen aller Gepflogenheiten niemals zu seiner unehelichen Tochter bekannt. Außerdem hat dieser Mann der Gilde den Besitz eines Amuletts von vermutlich unschätzbarem Wert verschwiegen. Ein Amulett, das offensichtlich aus dem Feindesland stammt. Entweder er hat es gestohlen, oder er ist mit dem Feind verbündet.« Ich schlinge die Arme um mich. »Doch wenn er ein Verräter ist, warum hat er ausgerechnet mir das Amulett geschenkt?«

Eleni wiegt nachdenklich den Kopf. »Die Weitergabe von illegalem Diebesgut wäre kein Geschenk, sondern eine Anstiftung zur Mittäterschaft.« Sie runzelt die Stirn. »Er gab es deiner Mutter schon vor vielen Jahren, sagtest du. Wenn Marius recht hat und dein Vater ein Verräter ist, musste er es vielleicht schnell loswerden und dachte, sie wäre naiv genug, es für ihn aufzubewahren. Er nahm billigend in Kauf, dass ihr ertappt und dafür gehängt werdet.«

Ihre unverblümten Worte bohren sich wie ein Pfeil in mein

Herz. Doch sie glaubt mir. Das ist das Wichtigste. Ich beiße mir so fest auf die Lippen, dass es schmerzt.

»Was machen wir jetzt?«, flüstere ich.

»Ich muss Olafs Verrat so schnell wie möglich meinen Vorgesetzten melden«, knurrt Ian. »Wenn er ein Spion ist, müssen sie ihn sofort ausschalten. Außerdem müssen wir deinen Vorgesetzten in der Ersten Division über Marius' Verdacht über deinen Vater informieren. Sie werden das überprüfen lassen.«

»Und wir werden ihnen das Amulett aushändigen«, sagt Eleni. Sie richtet sich auf und zupft mit spitzen Fingern den Schmutz aus ihrem Pelz. »Warum auch immer dein Vater es dir gegeben hat, es hat sich als wichtiges Werkzeug erwiesen. Und einiges spricht dafür, dass in diesen Höhlen auch noch das zweite Amulett verborgen ist. Die Gilden werden großes Interesse daran haben, sie zu untersuchen.«

»Bis dahin behalte ich es«, murmele ich. Meine Faust schließt sich um die metallene Rundung in meiner Umhangtasche.

Keiner widerspricht mir. Ian schnallt sein Schwert ab, Anders starrt gedankenverloren auf seine Fesseln. Nachdem Eleni ihren Pelz gereinigt hat, zieht sie Pergament und Schieferstift aus ihrem Rucksack und beginnt zu zeichnen. Dabei klemmt sie konzentriert die Zunge zwischen die Zähne.

Für alle scheint das Thema vorerst erledigt zu sein. Einerseits bin ich erleichtert, dass sie keine Fragen mehr haben, andererseits verstimmt es mich. Wollen sie nicht wissen, wie es mir mit dem Verdacht geht, einen Verräter als Vater zu haben? Aber vielleicht ist es besser, wenn Soldaten nicht über Gefühle reden.

»Das ist die Karte, die ich mir eingeprägt habe«, sagt Eleni ein paar Minuten später. »Falls mir etwas zustößt, braucht ihr sie.«

»Dir stößt nichts zu«, sage ich rasch.

»Es ist nur vernünftig, alle Eventualitäten in Erwägung zu ziehen. Seht her.« Mit der stumpfen Seite ihres Stiftes fährt sie einen der Striche entlang. »Diesen Weg müssen wir einschlagen, um den Ausgang zu erreichen. Die Höhle ähnelt einem Labyrinth, und viele Gänge enden in Sackgassen. Wir sollten die Kreuzungen unterwegs markieren, damit wir, falls wir uns verirren, wissen, welchen Weg wir bereits gegangen sind.«

»Das übernimmst du«, bestimmt Ian. »Wie viele Tage brauchen wir bis Drogon?«

»Drei«, sagt Eleni.

»Vier«, widerspricht Anders. »Der Pfad wird sich verschlechtern, dann kommen wir langsamer vorwärts.«

»Ich dachte, du kennst den Weg nicht?« Ian verengt die Augen.

»Natürlich kennt er das erste Stück.« Eleni markiert einen Punkt auf der Karte. »Bis hierher überschneidet sich der Pfad zur Klagenden Klamm mit dem unseren. Ab hier kommen wir in unbekanntes Gebiet. Und hier, genau an der Abzweigung dorthin, befand sich auf der Karte ein seltsames Symbol.« Sie beugt sich tiefer über das Blatt und malt etwas. »Was das wohl bedeutet?«

Als sie sich wieder aufrichtet, sehe ich das Symbol, das Eleni eingezeichnet hat. Ein Kreis, von dem aus ein Pfeil und mehrere geschwungene Linien nach rechts oben zeigen.

»Chrysos«, flüstere ich. »Das ist ein Symbol für Chrysos. Die Sonne, das Licht, das niemals vergeht.« Olaf hat es mir erklärt, an der alten Mine, vor Ewigkeiten. Als er behauptete, dieser Krieg werde vor allem wegen Chrysos geführt.

Anders richtet sich abrupt auf und starrt mich feindselig an.

»Interessant.« Eleni wiegt den Kopf. »In diesen Bergen soll es tatsächlich noch einige unentdeckte Chrysos-Vorräte geben. Vielleicht finden wir dort auch das zweite Amulett.«

»Spekulationen helfen uns nicht weiter«, sagt Ian ungeduldig. »Prüfen wir erst unsere Vorräte. Leert eure Rucksäcke.«

Wir machen uns ans Zählen und Rationieren. Wir haben Fladen für eine knappe Woche, außerdem finde ich noch meinen Vorrat an aufputschendem Meerträubelkraut. Die anderen haben ihren bereits auf dem Weg zur Festung aufgebraucht.

»Trinken wir ein Drittel davon, dann kommen wir zügig voran«, ordnet Ian an. »Vereiser, du sagst, du kannst Wasser beschaffen.«

Anders hebt stumm seine Hände mit der Chrysoskette.

»Lös ihm die Fessel, Thea«, befiehlt Ian, und ich tue es.

Anders legt seine Hände auf den Fels. Seine Handgelenke sehen schlimm aus, wund und verkrustet, außerdem hat er eine alte Narbe seitlich an seiner rechten Hand. Er schließt die Augen. Nach wenigen tiefen Atemzügen tropft es zwischen seinen Fingern hindurch, direkt aus dem Stein.

»Die größte Kraft des Wassers ist seine Beharrlichkeit«, flüstert er. »Es bahnt sich seinen Weg selbst durch die geringste Spalte.«

Eleni reicht mir einen Becher, und ich werfe die Kräuter hinein. So dicht stelle ich mich neben Anders, dass ich seinen Atem hören kann, und fange das Wasser auf, das unter seinen Fingern hervorrinnt. Zwischen meinen Händen erwärmt es sich, bis wohlriechender Dampf aufsteigt.

Nacheinander trinken wir, bis der Becher leer ist. Auch Anders nimmt einige zögernde Schlucke und verzieht das Gesicht bei dem bitteren Geschmack.

»Thea, fessle ihn wieder.« Ian steht auf und greift nach seinem Schwertgurt. »Wir gehen weiter.«

❄

Wir marschieren schweigend voran, während die Zeit so klebrig wie Baumharz dahin tropft. Nur Eleni, die ihre Sanduhr im Blick behält, weiß, wie viele Stunden vergehen. Zweimal kommen wir an Abzweigungen vorbei. Eleni markiert sie, dann dirigiert sie uns daran vorbei, und auch Anders deutet stumm nach vorne. *Weiter.*

Mein Herz schlägt rasch unter dem Einfluss des Krauts. Immerhin sind die Höhlen nicht so kalt, wie es draußen sein mag. Ich schwitze sogar unter meinem Helm. Das ist aber auch das einzige Gute an unserem unterirdischen Weg. Die Enge macht mir auch nach Stunden noch zu schaffen. Das Gewicht des Felsens um mich herum will mich zu Boden drücken. Bei jedem Schritt kämpfe ich dagegen an. *Vier Tage.* Wie soll ich das durchhalten? Meine Hände zittern, wenn ich nur daran denke. Wie kann ich vor ein paar Tagen unter der Erde solche Angst empfinden? Doch so sehr ich mich als töricht beschimpfe, es ändert nichts. Mein Körper folgt offensichtlich anderen Gesetzen als mein Verstand.

Eleni und Ian gehen voran, ich bin das Schlusslicht hinter Anders. Wegen meiner Angst versagt mir der Feuertrieb den Gehorsam, deshalb trage ich eine kokelnde Fackel, deren Rauch mir das Atmen schwer macht.

Mit der Zeit wird der Gang schmaler, der Boden unebener. Wir werden langsamer. Einmal stolpert Anders aufgrund seiner Fesseln, doch er beschwert sich nicht. Ich bin zu sehr mit mir selbst beschäftigt, um Ian um Erlaubnis zu bitten, sie zu lösen. Inzwischen bin ich einige Mannslängen zurückgefallen.

Dann kommen wir an eine Stelle, wo sich der Gang zu einem Spalt verengt, kaum breit genug, um uns hindurchzuzwängen. Die anderen verschwinden nacheinander in dem Spalt. Ich versuche es auch, doch sobald meine Schulter den Stein berührt, weiche ich nach Atem ringend zurück. Ich kann das nicht. Mein Herz schlägt so schnell, dass es wehtut, und die Fackel rutscht mir aus der schwitzenden Hand. Keuchend sinke ich auf die Knie, um sie aufzuheben, doch sie entgleitet erneut meinen Fingern. Sie zischt auf dem feuchten Boden, gleich wird sie verlöschen.

Ich bekomme keine Luft. Der Fels wird mich ersticken, und ich werde nie wieder Licht sehen.

»Ruhig«, sagt jemand über mir. »Atme tief durch.«

Anders. Seine Stimme dringt kaum zu mir durch, zu laut trommelt mein Puls. Dann beginnt er zu summen, eine sacht springende Melodie, die mich an einen Bachlauf erinnert. An Plätschern im Wind, zerbrochene Stücke blauen Himmels, die sich im Wasser spiegeln. Wie ich den Anblick des Himmels vermisse! Das Bild nimmt mich gefangen. Erst als ich Luft hole, erkenne ich, dass Anders nicht mehr summt, sondern ein Lied singt.

»Träum von dem Fels, der unbeweglich steht.
Er spricht von Geduld, die niemals vergeht.
Er kennt weder Drängen, noch Kämpfen, noch Streit.
Er steht und lauscht den Liedern der Zeit.
Träum von dem Fels, von der Kraft seines Seins.
Er kennt die Wahrheit, wir alle sind Eins.
Mag ich, meine Liebste, der Fels für dich sein,
denk daran, du bist niemals allein.«

Ich halte die Augen geschlossen und lausche. Mein Herzschlag beruhigt sich. Als ich die Augen öffne, kniet Anders vor mir. Er hat meine Fackel aufgehoben und blickt sinnend ins Licht. Er sieht älter aus, aber vielleicht ist auch nur sein Gesichtsausdruck älter.

»Der Fels tut dir nichts«, sagt er, ohne den Blick von den Flammen zu wenden. »Die Uralten haben die Steine erschaffen, damit sie uns Halt geben unter dem Schnee. Damit wir unsere Häuser darauf bauen, darauf leben und sterben. Wenn du Angst hast, atme tief durch und singe. Dieses alte Lied oder ein anderes. Es wird dir helfen.«

Ich weiß nicht, was ich sagen soll.

Er mustert mich. »Es ist nicht nur der Fels, der dir Angst macht.« Er nickt, als hätte ich eine Antwort gegeben. »Du hast zu viel gesehen und gehört in den letzten Tagen. Viel mehr als du jemals wolltest.«

»Wer von uns hat das nicht«, murmele ich.

Er schweigt, starrt mich an und scheint so viel mehr zu sehen, aber ich habe ihm nicht mehr zu geben.

»Warum hilfst du mir überhaupt?«, flüstere ich.

»Warum sollte ich nicht?«, fragt er zurück.

»Weil wir Feinde sind.«

»Feinde.« Er seufzt. »Unsere Feinde sind da draußen. Ich will euch nicht beleidigen, aber sie sind viel schlimmer als ihr. Wer gegen sie kämpft, kann nicht mein Feind sein. Oder siehst du das anders?«

Sein prüfender Blick verunsichert mich.

»Thea«, ruft Ian besorgt von der anderen Seite des Spalts. »Wo bleibt ihr?«

Ich richte mich auf und nehme Anders die Fackel aus den gefesselten Händen. »Los, geh voran!«

Seine Miene verschließt sich. Als er im Spalt verschwindet, ist sie so ausdruckslos, als hätte es unser Gespräch nie gegeben.

Ich kneife die Augen fest zusammen und zwinge mich durch den Felsspalt hindurch. Anders' verwirrende kleine Melodie tanzt durch meinen Kopf wie ein sachtes Licht in der Dunkelheit. *Es geht mir gut*, sage ich mir vor. *Reiß dich zusammen.* Wie Anders. Er ist in einer viel schlimmeren Lage. Er hat seine Familie verloren und seine Heimat. Er ist ein Gefangener, den Tag und Nacht eine Fessel quält. Trotzdem beweist er mehr Mut als ich. Denn ich fürchte mich. Nicht nur vor dem Fels. Ich fürchte die Dunkelheit, fürchte mich vor jedem Schatten, der hinter der nächsten Biegung auf uns wartet. Doch vor allem fürchte ich den Zweifel.

Warum belügt uns die Regierung über unsere Vergangenheit? Welche Rolle spielt dabei die Cathedra Genéa, deren Geheimnis wie ein riesiger Steinbrocken auf meinen Schultern lastet und mich von meinen Freunden entfernt? Ich habe es Marius nicht gesagt, doch ich glaube, dass Kommandant Zenon zu ihnen gehört. Der Kommandant, der ein Vertrauter des Kanzlers ist. Und der Rekruten ohne die geringste Vorbereitung in die Wildnis geschickt und damit Zoe und die anderen skrupellos für seine Geheimnisse geopfert hat. Nun jagt er vielleicht meinen Vater, zusammen mit Mördern wie Olaf, während wir blind und allein durch fremdes Land tappen.

Ich weiß nicht mehr, was unser Ziel ist, und ich weiß nicht mehr, wer meine Feinde sind.

»Wenn du nicht mein Feind bist, was bist du dann?«, flüstere ich Anders' Rücken zu. Wenn er mich gehört hat, zeigt er es nicht.

Ich lösche die kokelnde Fackel, straffe im Dunkeln die Schultern und atme tief durch. Dann rufe ich meinen Trieb, und dieses Mal gehorcht er mir. Eine Feuerkugel springt von meiner Handfläche und taucht unseren Weg in ein zuckendes Licht. Stumm folgen wir ihr, immer tiefer in den Fels.

Kapitel 25

Wir marschieren, bis unsere Köper nicht mehr können. Eleni ist so erschöpft, dass sie fast umfällt. Als wir schließlich rasten, rollt sie sich wie ein kleines Tier in ihrem Schlafsack zusammen und schläft sofort ein. Ian legt sich dicht neben mich. Er berührt mich nicht vor den anderen, doch sein steter Atem an meinem Ohr ist wie eine Liebkosung. Trotzdem versinke ich nicht sofort in der Traumwelt. Anders hält mich wach. Seine Augen sind offen, und sie spiegeln den Schein der glimmenden Fackelreste wie Funken am Nachthimmel. Doch welche Gedanken auch immer ihn am Schlafen hindern, sie sind stärker als meine.

Ich erinnere mich nicht, die Augen geschlossen zu haben, doch als Nächstes rüttelt mich jemand an der Schulter, und ich schrecke hoch. Es ist stockdunkel.

»Aufwachen.« Ian küsst mich auf die Wange. »Wir brauchen Licht.«

Natürlich. Meine Flammenkugel schwebt zur Decke, während ich mich noch wach blinzle.

»Sechs Stunden haben wir geruht«, sagt Eleni, den Blick auf ihre Sanduhr geheftet. »Wir sollen aufbrechen.«

Anders nickt und erhebt sich. Ich kann nicht sagen, ob er überhaupt geschlafen hat.

Der Weg wird schon bald von einem Felsbrocken versperrt, sodass wir notgedrungen klettern müssen. Es war nur der erste von vielen. Immer wieder müssen wir größere und kleinere Hindernisse überwinden. Anders hat Schwierigkeiten damit, doch meinen vorsichtigen Vorschlag, ihm die Handfessel abzunehmen, lehnt Ian ab.

Auch die Abzweigungen rechts und links werden häufiger.

Im Licht meiner Feuerkugel erscheinen sie mir wie schwarze Schlünde, mit Felszähnen bewehrt. Mehrmals biegen wir ab, und immer markiert Eleni die Stellen. Einmal passieren wir eine Schlucht, die steil neben dem Weg in die Tiefe fällt. Kurz spiele ich mit dem Gedanken, ein Licht hinunterzuschicken, doch dann will ich doch nicht wissen, wie tief sie ins Innere der Berge hinabreicht. Irgendwann weichen die Wände weiter zurück, der Weg wird breiter, und das Gefühl der Enge verfliegt endlich etwas. Die Decke über uns ist zerklüftet und von einer Kruste überzogen, die im Feuer grünlich schimmert wie versteinerter Schimmel. Unsere Stiefelschritte kommen als zerrissene Echos zu uns zurück. Bald habe ich das Gefühl, durch eine lang gezogene Kammer zu wandern. Eine leere, kalte Halle, auf ihre Art genauso unheimlich wie der enge Gang.

Ich weiß nicht, wie viel Zeit vergangen ist, als Eleni stehen bleibt. Die Kammer gabelt sich vor uns in zwei Gänge.

»Hier müsste unsere Abzweigung sein.« Sie blickt mit gerunzelter Stirn in beide Gänge hinein, dann studiert sie die Karte, als gleiche sie sie mit dem Bild in ihrem Kopf ab.

»Links geht es zur Klagenden Klamm, rechts nach Drogon. Ist das richtig?« Sie dreht sich zu Anders um, mustert ihn prüfend. »Hat Kazimir etwas gesagt, als ihr hier vorbeikamt?«

Anders zögert. Es dauert zu lange. Auch Ian fällt es auf. Er packt ihn und schüttelt ihn so fest, dass Anders' schwarze Haare wie Krähenflügel flattern.

»Was verschweigst du?«, knurrt er.

Ich zucke zusammen. Meine Feuerkugel zittert. In ihrem züngelnden Licht wirkt Ians Gesicht grob geschnitzt, fast brutal. Doch das ist es nicht, was mich erschauern lässt.

Ich spüre etwas. Einen warmen Wind, obwohl sich nichts regt. Ein Sog, dort aus der Tiefe des Gangs, der nach Drogon führt, ein stummer Ruf, der mich willkommen heißt und zugleich tiefer hineinlockt ins Schwarz.

Was ist das?

Meine stumme Frage genügt, um meine Feuerkugel wie einen Falken in den Gang hineinschießen zu lassen. Sie taucht den Tunnel in einen flackernden Schein. Felszacken und Klüfte schlucken das Licht so gierig, als wäre es Nahrung. Der bucklige Untergrund ist bedeckt von Felsstaub und Geröll. Diesen Weg hat seit Langem keiner mehr eingeschlagen. Und doch ruft mich etwas, von genau dort. Und mein Feuer scheint mehr zu wissen als ich. Als hätte sie einen eigenen Willen, gleitet die Feuerkugel weiter die Wand entlang, bis sie einen Steinwurf entfernt zum Stillstand kommt. Sie schwingt in dem unsichtbaren Sog hin und her wie ein Lampion.

Und dann sehe ich es. Ich keuche auf.

»Chrysos!«, ruft Eleni. »Eine ganze Ader davon!«

Sie hat recht. Über die Decke des Gangs zieht sich eine gezackte Linie, die so gelb funkelt wie Sonnenlicht. Manchmal ist sie schmal wie ein Wollfaden, doch an anderen Stellen mehr als handbreit, und sie windet sich in den Gang hinein, bis sie sich in den Schatten der nächsten Biegung verliert. Eleni hebt ihre Fackel und geht mit raschen Schritten in den Tunnel. »Es könnte die größte Entdeckung sein, seit …«

»Bleib stehen!«, brüllt Anders. Sein Gesicht ist bleicher als Schnee. Er reißt sich aus Ians Griff, prescht in den Gang hinein und zerrt Eleni mit seinen gefesselten Händen so heftig zurück, dass sie beide zu Boden gehen.

Im nächsten Augenblick ist Ian bei ihm. »Du Bastard!« Er reißt ihn von Eleni herunter.

Sie rappelt sich auf, reibt sich dabei den Arm. »Was sollte das?«, ruft sie verärgert. »Du hast mir wehgetan.«

Anders windet sich unter Ians hartem Griff. Über sein Kinn zieht sich von dem Sturz eine frische Schramme, von der Blut auf seinen Fellkragen tropft. Er ist der beherrschteste Mensch, dem ich je begegnet bin. Doch jetzt ist seine Miene in einem aufgewühlten Kampf verzerrt, als tobe in seinem Inneren ein Krieg.

»Ich sollte dir eine Lektion erteilen«, grollt Ian. »Oder wir fesseln dich an den Fels und lassen dich hier verrotten.«

»Nein.« Anders hebt den Kopf. Er hat seine Fassung zurückgewonnen, nur seine Augen sprechen noch von dem gerade ausgeführten Kampf. »Du wirst mich weder bestrafen noch zurücklassen, Hauptmann. Ihr braucht mich.«

Ian mustert ihn abfällig. »Ach ja?«

Anders schaut nicht ihn an, sondern mich. »Nimm einen Stein«, sagt er. »Einen großen.«

Ich runzle die Stirn, doch als Ian die Schultern zuckt, wuchte ich einen der kopfgroßen Felsbrocken in die Höhe, die zu unseren Füßen herumliegen.

»Wirf ihn zehn Schritt weit.« Anders deutet auf eine ebene Stelle zwischen zwei Felsbuckeln, die gerade hoch genug sind, um den Boden trügerisch zu machen. Elenis staubige Stiefelabdrücke enden kurz davor.

Mich erfasst ein mulmiges Gefühl, doch ich tue es. Der Stein prallt eine Armlänge vorher auf den Boden und rollt schwerfällig das letzte Stück, dann bleibt er in einer kleinen Staubwolke liegen.

»Du willst uns zum Affen halten«, knurrt Ian, da hallt ein Geräusch wie von brechenden Ästen durch den Gang. Der Boden unter dem Stein verschwindet mit einem Rumpeln in der Tiefe. Eleni schreit auf und presst sich die Hand vor den Mund. Wo eben noch der Stein lag, gähnt ein schwarzes Loch im Grund, groß genug, um zwei Menschen nebeneinander zu verschlingen.

»Bei allen Barbaren«, flucht Ian.

»Eine Falle«, ruft Eleni. Sie bückt sich und hebt ein Steinchen auf, wirft es in das Loch. Es dauert lange, bis wir einen leisen Aufprall hören. Ich fröstele.

»Gibt es noch weitere?« Ian drückt Anders gegen die Wand. »Verrate uns, wo sie sind, sonst prügle ich sie aus dir heraus.«

Anders erwidert seinen Blick mit der vertrauten Beherrschtheit. »Wenn du mich folterst, kannst du nie sicher sein, dass ich dir alles verrate. Ich helfe euch, diesen Gang unbeschadet zu durchqueren. Unter zwei Bedingungen.«

»Bedingungen!« Ian schnaubt. Doch dann mustert er Eleni. Denkt er daran, wie knapp sie der Falle entronnen ist? Er lässt Anders los. »Wie lauten sie?«

»Ihr werdet mir zum einen die Goldfessel abnehmen«, sagt Anders. »Ich werde euch nicht angreifen.«

»Niemals«, sagt Ian.

»Wir sollten ihm erst einmal zuhören«, werfe ich ein.

Anders hätte uns bereits töten können. Wäre er Olaf gewesen, hätte er Eleni in die Fallgrube tappen lassen und behaupten können, von nichts zu wissen. Oder er hätte uns auf der Treppe, umgeben von all dem Argyr, angegriffen. Doch das sage ich lieber nicht.

Ian verengt die Augen. Ihm passt es nicht, dass ich mich einmische. »Und was wäre die zweite Bedingung?«, grollt er.

»Ihr versprecht mir, dass ihr nichts, was ihr in diesen Gängen findet, für euch beansprucht«, sagt Anders. »Ihr werdet es nicht anrühren, und ihr werdet mit niemandem darüber sprechen. Dieses Land und alles, was es birgt, gehört meinem Volk, und ich werde seine Geheimnisse schützen, so wie Kazimir es getan hat.«

Ian schnaubt, doch dann zuckt er die Schultern. »Ich verspreche es dir.«

Anders schüttelt den Kopf. »Ich bin nicht dumm. Ihr werdet schwören, auf das Einzige, was euch heilig ist. Die Republik.«

Ungläubig starren wir ihn an. Weiß er, dass wir auf die Republik schwören, als wir uns als Soldaten verpflichteten? Dass unsere Bürger auf sie schwören, wenn sie vor dem Regierungsrat stehen und die Wahrheit sagen müssen? Dieser Eid ist für uns tatsächlich unantastbar. Ich seufze auf. Wir können ihn nicht leisten, nicht, wenn er bedeutet, dass wir all das Chrysos verschweigen müssen, das unsere Republik so dringend braucht.

»Niemals«, stößt auch Ian aus.

Ich warte, dass Eleni ebenfalls protestiert. Doch stattdessen mustert sie erst mich und dann Ian, als wären wir begriffsstutzige Kinder.

»Hauptmann Ian.« Sie richtet sich auf, die Hände in die Hüften gestützt, und reicht ihm doch nicht einmal bis zum Kinn. »Ich fürchte, wir haben keine andere Wahl. Wenn wir den Schwur verweigern, ist es fraglich, ob wir diese Höhlen je lebend verlassen. Doch wir müssen das Amulett dem Kommandanten bringen, und wir müssen berichten, was wir herausgefunden haben. Auch wenn das bedeutet, etwas zu tun, was all unseren Prinzipien widerspricht.«

Ian starrt sie so grimmig an, dass andere unter seinem Blick zusammengezuckt wären. Er ist nicht wütend auf sie, das weiß ich. Er kämpft mit sich. Ich möchte ihm helfen, doch stattdessen senke ich den Kopf und warte auf seine Entscheidung.

»Ich werde nicht zögern, dich zu töten, wenn du versuchst, uns zu hintergehen«, fährt er Anders an. »Du wirst ebenfalls einen Schwur leisten, bei deinen Göttern. Dass du deinen Eistrieb nicht gegen uns einsetzt.«

Anders nickt. »Das ist angemessen.«

Ian mustert ihn ein letztes Mal misstrauisch, dann setzt er seinen Helm ab und dreht sich zu Eleni und mir um. Er sieht abgekämpft aus, doch zu allem entschlossen.

»Steht gerade, Rekruten!«, ruft er. »Formiert euch zum Salut!«

Eleni und ich stellen uns nebeneinander, das Kinn aufrecht und die Schultern gereckt. Ian spricht die Worte, die Anders' Forderungen erfüllen, und wir wiederholen sie. Unser Eid hallt verzerrt zu uns zurück, als wolle uns das Labyrinth für unseren Eifer verhöhnen, am Leben zu bleiben.

Und doch spüre ich keine Angst. Zumindest nicht mehr vor dem Fels und auch nicht vor Anders. In meinem Kopf springt die nervöse kleine Melodie herum, die er mir beigebracht hat.

Als auch er seinen Schwur geleistet hat, trete ich vor und löse seine Fessel. Sein Blick ist nachdenklich auf mich geheftet. Er lächelt nicht, zeigt keine Anzeichen von Erleichterung. Schweigend wendet er sich ab, geht tiefer in den dunklen Gang hinein und umrundet dabei das gähnende Loch im Boden. Ian bleibt dicht hinter ihm. Eleni und ich bilden das Schlusslicht.

Stunden und Minuten sind eine wertlose Maßeinheit hier unten; die Zeit verstreicht im Takt unserer Stiefel, Schritt um Schritt. Wir gehen zügig, aber ohne Hast, meist schweigend, im Licht meines Feuers.

Es glüht hell in mir, genauso wie sich meine Hände und Füße wohltuend warm anfühlen. Das Chrysos. Seine Anwesenheit in diesen Felsen erfüllt mich mit beschwingter Zuversicht, wie der Besuch eines Freundes.

Auch Eleni tanzt mehr, als sie geht.

»Unglaublich«, flüstert sie immer wieder, und ab und zu muss ich sie festhalten, damit sie nicht stolpert, weil sie die ganze Zeit zur Höhlendecke starrt.

Für Anders muss es allerdings schlimm sein. Als er sich umdreht und den dunklen Vorhang seiner Haare aus der Stirn streicht, sehe ich seine totengleiche Blässe. Bisher habe ich nie bemerkt, dass er Kälte spürt, doch jetzt scheint er zu frieren. Seine Hände sind fest an den Körper gepresst, seine Schritte kurz und seine Bewegungen spröde, und immer wieder zuckt er schaudernd zusammen. Er spricht kein Wort.

Ian weicht nicht von seinen Fersen. Seine Blicke gleiten ruhelos über Wände und Felsen, und seine Miene ist so verkrampft, als fürchte er ebenfalls das Chrysos – oder als beiße er auf etwas Üblem herum, das er nicht ausspucken will.

Bevor ich als Rekrutin in Othon auftauchte, hatte ich nie erlebt, dass etwas seine Laune länger beeinträchtigen konnte. Aber mein Auftauchen hier im Norden hat ihn zornig gemacht, ich glaube, in seinem Inneren ist er es immer noch. Und jetzt ist er wütend auf Anders, der ihn in die Enge getrieben hat. Ein

Barbar, dem er den Eid unserer Republik schwören musste, als wäre der ein Kommandant oder gar ein Ältester Bürger. Ein Vereiser, dem er jetzt wohl oder übel vertrauen muss. Bin ich naiv, weil mir das nicht so viel ausmacht wie ihm? Bin ich zu wenig patriotisch?

Ich grüble darüber nach, während wir marschieren. Und dann fühlt es sich plötzlich an, als wäre die Sonne hinter Wolken verschwunden. Die Chrysosader ist zu Ende.

Wenig später öffnet sich vor uns eine riesige, unterirdische Halle. Vom Boden ragen Stalagmiten in die Höhe, und die Decke ist so hoch, dass das Licht meiner Feuerkugel sie nicht erreicht. Erst als ich sie vergrößere und höher schweben lasse, sehen wir, dass dort ebenfalls Tropfsteine herabhängen und sich an einigen Stellen ihren Brüdern am Boden entgegenstrecken. Die Gebilde sehen aus wie durchbrochene Säulen. Im Feuerschein leuchten sie in einem sanften Weiß, als wären sie aus Marmor, und ihre Schatten bemustern die Wände wie absonderliche Fresken. Ich muss an das Atrium unserer Akademie denken, den Säulensaal, in dem ich einst auf einer Bank saß, eine aufgeregte Adeptin, die keine Ahnung hatte, worauf sie sich einließ. Doch kein Mensch kann diese Höhlenhalle geschaffen haben in ihrer bizarren Schönheit. Hier kann sich auch niemand versammeln, um seine Kinder in den Krieg zu schicken.

Meine Feuerkugel zischt durch den Raum, und in ihrem Licht begreife ich erst die volle Größe der Höhle. Sie könnte nicht nur das Atrium fassen, sondern das ganze Gelände der Akademie. Außerdem sehe ich noch etwas: Der Höhlenboden ist zu zwei Dritteln von Wasser bedeckt, einem schimmernden See, aus dem Tropfsteine ragen wie Pfähle.

Während wir stumm verharren, kommt meine Feuerkugel zurück zu mir. Sie leuchtet uns den Weg an das Ufer.

Dort angekommen, starrt Anders mit gerunzelter Stirn über die riesige Wasserfläche.

»Wir müssen hinüber«, sagt er. »Seht, es führt ein Weg übers Wasser.« Er deutet auf eine Reihe von Tropfsteinen, die offensichtlich abgebrochen sind. Oder abgebrochen wurden? Ihre flachen Stümpfe formen bei näherer Betrachtung ein Muster, einen löchrigen Pfad über den See. Zehn Mannslängen weit reicht etwa das Licht meiner Feuerkugel, dann verschluckt das Dunkel den Weg.

»Das Wasser ist tief, und es leben ganze Schwärme von Martermolchen darin«, warnt Anders. »Das sind kleine Tiere mit durchsichtiger Haut. Sie sondern ein giftiges Sekret ab, das auf der Haut brennt wie Feuer. Das ganze Wasser ist giftig, wir sollten jede Berührung vermeiden.«

Ich schaudere. Eleni kraust neugierig die Nase.

Ian verschränkt die Arme. »Und du bist sicher, dass du hier noch nicht gewesen bist?«

»Ich bin diesen Weg niemals gegangen«, sagt Anders fest. »Doch Kazimir erzählte mir von seinen Fallen und Geheimnissen, als wir die Kreuzung passierten.« Seine Stimme wird leiser, verliert sich fast in seinen Gedanken. »Er ließ sie mich auswendig lernen und sagte, ich solle die Mysterien hüten. Schließlich sei er kinderlos, wie auch sein Bruder. Damals verstand ich ihn nicht. Jetzt glaube ich, dass er mich als seinen Nachfolger einsetzen wollte, als Beschützer dieser Höhlen, obwohl ich nicht von seinem Blut war.«

»Du solltest die Amulette beschützen«, stellt Eleni fest. »Ich frage mich, ob er wusste, dass eines davon bereits in den Händen seiner Feinde war.«

»Er erwähnte keine Amulette«, sagt Anders.

Eleni mustert ihn skeptisch. »Dann vielleicht etwas anderes, das es hier unten noch zu beschützen gilt? Wovon du uns nichts erzählt hast?«

Anders seufzt, doch er widerspricht nicht.

»Überspringt den fünfundzwanzigsten und den siebenundsechzigsten Wegstein«, sagt er. »Beide sind Fallen.«

»Was passiert, wenn wir sie betreten?«, erkundigt sich Eleni interessiert.

Sein Blick ist ernst wie der Tod. »Kazimir sagte, ihr Fundament sei angesägt, sodass sie unter dem Gewicht eines Menschen brechen. Wenn sie fallen, reißen sie die anderen Pfeiler mit sich. Damit wird der Weg zerstört und jeder, der sich auf ihm befindet, landet im Wasser. Das Gift wirkt wie eine Säure. Wir wären vermutlich tot, bevor wir das Ufer erreichen.«

»Mach ihr keine Angst«, knurrt Ian. Wenn er Eleni kennen würde, wüsste er, dass genau das Gegenteil der Fall ist. Elenis einzige Angst ist es, dass ihr Informationen entgehen könnten. Ian schaut allerdings nicht sie an, sondern mich.

Mir schlottern tatsächlich ein wenig die Knie. Das Wasser liegt zu unseren Füßen reglos wie eine Eisplatte. Ich sehe seinen Grund nicht. *Trüb, dunkel und giftig.* Dass ich nicht schwimmen kann, macht meine Sorgen nicht geringer.

»Gefangener, du gehst voran«, bestimmt Ian.

Anders zögert nicht, obwohl auch er nicht gerade glücklich wirkt. Er macht einen großen Schritt auf den ersten Tropfsteinpfeiler, der drei Handbreit aus dem Wasser ragt, dann zum nächsten. Ihre Flächen ähneln Baumstümpfen, der Platz reicht gerade für einen von uns.

»Rekruten, gebt auf eure Schritte acht«, mahnt Ian, bevor er Anders folgt. Seine Hand streift meine Schulter. »Rastet, bevor euch die Kräfte ausgehen.«

Eleni und ich nicken wortlos. Ich jage meine Feuerkugel hoch in die Luft, sodass sie uns allen ein diffuses Licht schenkt. Eleni bleibt dicht hinter mir. Sie ist zäh und unerschrocken, allerdings ist sie klein. Manche Abstände zwischen den Steinen fallen weit aus, und wenn bei mir große Schritte reichen, um hinüberzugelangen, muss sie bereits springen. Einmal wankt sie und fängt sich erst im letzten Augenblick. Sie keucht und ist blass, trotzdem will sie sofort weiterspringen.

»Warte«, rufe ich. Ich ziehe den Speer aus seiner Befestigung an meinem Rucksack. Jetzt bin ich froh, dass ich ihn mitgenommen habe. Ich strecke ihn zum Stein hinter mir, den nächsten, auf den Eleni springen muss. Seine Spitze reicht eine Armlänge an ihm vorbei. »Wenn du das Gleichgewicht verlierst, greife nach ihm«, sage ich. »Ich bin direkt vor dir und halte dich.«

»Schaut zu mir«, ruft Anders. Er ist anscheinend beim vierundzwanzigsten Stein angekommen. »Diesen Stein hier müsst ihr überspringen.«

Da der Pfad dort eine Biegung macht, ist es nicht so schwer, auf den übernächsten Tropfstein zu gelangen. Danach legen Eleni und ich eine kurze Rast ein. Ich stütze mich auf meinen Speer und starre durch die dämmrige Halle zum anderen Ufer hinüber. Dort, wo der Pfad endet, ist eine große Landzunge, die sich wie ein rundes Haus in die Höhe erhebt.

Auch Eleni blickt dorthin. »Ich glaube, das ist eine Insel«, sagt sie. »Und siehst du den Fels, der ganz oben auf ihrer Spitze steht? Das Gebilde sieht beinah wie eine Kultstätte für ihre Götter aus. Vielleicht finden wir dort, was für die Nørlaender so überaus wichtig ist.«

Ich runzle die Stirn. »Meinst du das zweite Amulett?«

»Unter anderem.« Sie macht eine auffordernde Bewegung. »Gehen wir weiter.«

Schon bald ist deutlich erkennbar, dass es tatsächlich eine Insel ist und der Pfad aus Tropfsteinen dahinter noch ein Stück weitergeht. Ich glaube allerdings nicht, dass die Natur diese Insel geschaffen hat. Sie wölbt sich nach oben, glatt und rundlich wie eine Kuppel, und an ihrer Spitze erhebt sich der Fels. Er ist groß und breit wie ein Hüne, dabei ebenso glatt poliert wie die Insel. Das ganze Gebilde ist von weißen Quarzadern durchzogen und schimmert im Dämmerlicht wie Marmor.

Wir erreichen den siebenundsechzigsten Wegstein. Ihn auszulassen, ist leider nicht so leicht wie bei dem vorherigen. Es braucht einen großen Satz, um den übernächsten Tropfstein zu erreichen. Anders und Ian ist es mühelos gelungen, und mir macht der Sprung ebenfalls keine Schwierigkeiten. Eleni hingegen überwindet den Abgrund nur knapp – so knapp, dass mir fast das Herz stehen bleibt. Nur der Speer, den ich ihr entgegenstrecke, verhindert, dass sie abrutscht.

Wir pausieren ein letztes Mal. Anders hat inzwischen die Insel erreicht. Schwerfällig wie ein alter Mann geht er die Hügelkuppe hinauf zum Fels, der ihn um drei Fuß überragt. Er streckt die Hände aus und berührt ihn, dann beugt er sich vor und presst das Ohr an den Felsen. Hört er etwas? Oder ist das ein religiöses Ritual?

Ian hilft erst mir, dann Eleni auf das Ufer, dann erklimmen auch wir die Hügelkuppe. Sie ist nicht so hoch, vielleicht achtzig Schritt, doch der Anstieg erschöpft mich. Mir ist schwindelig, mein Atem geht schwer. Etwas stimmt nicht. Die Schritte kosten mich zu viel Kraft. Ich muss mich gegen die Luft stemmen, als wäre sie Wasser. Meine Feuerkugel schwebt heran und flammt dicht über mir auf, als versuche sie, mich zu beschützen.

Noch vier Schritte sind es bis zur Kuppe. Plötzlich reißt die Luft wie ein Vorhang. Ich stolpere nach vorne. Etwas erfasst mein Innerstes und zieht mich zum Fels, so abrupt, dass ich vor Schreck das Atmen vergesse.

Jäh stehe ich neben Anders, das Ohr am Fels. Ich höre eine Melodie, so rein wie ein Glockenspiel. Sie ist in meinem Kopf und doch unendlich weit entfernt. Meine Augen schließen sich wie von selbst.

Gras, wogend in einem jungen, flirrenden Grün, als wären die Halme soeben erst geboren worden. Blumen, die wie fremdartige Juwelen blitzen, in Farben, die ich niemandem beschreiben kann. Ein leuchtender Himmel überspannt sie. Wolken jagen sich, als wären sie spielende Lämmer, wirbeln um eine riesige, fremdartige Sonne. Und über allem schwingt die Melodie, die in mir Gefühle weckt in einer solchen Intensität, dass ich mich darin verliere. Ich will lachen und weinen zugleich, will tanzen und sterben und einfach nur zuhören. Mir ist, als sinke ich in den Stein, als wäre er nur ein Vorhang, der mich von dieser fremden Welt trennt. Und als hätte ich den Ort gewechselt, höre ich noch mehr, noch weiter entfernt. Ein Brummen und Brausen, so tief, dass meine Brust vibriert. Menschen reden, schreien, singen und lachen, in unzähligen fremden Sprachen. Wind heult. Ein Ton schrillt in einem harten Stakkato, etwas noch Fremdartigeres stampft bedächtig und blechern, wie Stiefel aus Metall.

»Thea.« Mein Name durchdringt die Geräusche. Ich öffne die Augen. Anders starrt mich an.

»Du hörst es auch«, flüstert er.

Was höre ich?, will ich fragen, während es in meinem Ohr summt und tobt, tausendfach gebrochen und wunderschön. *Was ist dieser Fels?* Doch ich finde keine Worte. Ich weiß es bereits.

»Was hört sie?«, fragt Eleni an meiner statt. Sie zieht mich zurück, lehnt sich selbst mit dem Ohr gegen den Fels. Sobald ich mich vom Stein löse, brechen die Geräusche so abrupt ab, als hätte sich eine Tür geschlossen.

»Ich höre nichts.« Eleni zieht einen Schmollmund.

Ich lege meine Hand auf den Fels. Nichts als Stein, massiv und kalt. Und gleichzeitig scheint er dort, wo meine Hand ihn berührt, zu flimmern und sich sacht zu bewegen, wie Wasserkristalle im Nebel, ein dünner Schleier, der uns von unbekannten Weiten trennt.

»Ich habe eine Melodie gehört«, sage ich. »So schön und fremd, dass sie nicht von unserer Welt stammen kann.« Die anderen Geräusche erwähne ich nicht – ich wüsste auch nicht, wie ich sie beschreiben sollte.

»Es ist ein Portal«, flüstere ich. »Ein Portal in die Welt der Alfr.«

Kapitel 26

Wir verharren atemlos. Meine Worte hängen in der Luft wie eine Drohung. Licht und Schatten gleiten über unsere Gesichter. Meine Feuerkugel flackert. Sie droht zu erlöschen, bis ich nach Atem ringe und sie sich wieder stabilisiert.

»Ich wusste es!«, ruft Eleni. Ihre Augen leuchten. »Deshalb all die Fallen, nicht wahr, Vereiser? Kazimirs Familie verbirgt etwas viel Bedenklicheres hier unten als zwei Amulette.«

»Haltet Abstand davon.« Ian packt mich am Arm und zieht mich zurück, ebenso Eleni. Seine Stimme ist angespannt. »Es könnte gefährlich sein.«

»Aber nein!«, belehrt Eleni ihn. »Es ist verschlossen. Der Vereiser sagte, die Alfr sind aus unserer Welt verbannt.«

»Bleibt trotzdem zurück.« Ian mustert den Felsen so misstrauisch, als könne er sich jederzeit auf uns stürzen. »Ich sehe nur einen Stein«, stellt er fest. »Wenn das Ding tatsächlich ein Portal ist, warum haben die Barbaren es nicht zerstört?«

»So einfach ist es nicht.« Anders lehnt immer noch am Fels. Dort, wo er ihn berührt, scheint seine Haut zu flirren. Auch sein Tatovering leuchtet wie glühende Kohle. Der ganze Fels glimmt in einem unwirklichen Licht. Sieht Ian das nicht?

»Das Portal ist nicht der Fels«, sagt Anders. »Wenn wir ihn zerstören, wäre es immer noch da. Ein Flirren in der Luft, nur für die Eingeweihten erkennbar. Manche Portale befinden sich tief im Wasser, andere in einem Baum oder auf dem Gipfel eines Berges. Wir können sie nicht zerstören. Unsere Vorfahren haben irgendwie einen Weg gefunden, die Alfr aus unserer Welt zu verbannen und die Portale hinter ihnen zu verschließen. Und wir müssen dafür sorgen, dass es so bleibt.«

Eleni nickt entschlossen. »Deine Geschichten scheinen sich

bisher zu bewahrheiten, deshalb stimme ich dir zu. Ein überlegenes Volk, das uns alle in Zeiten des Wahnsinns zurückwerfen würde, könnten wir nicht im Geringsten brauchen.«

Mich fröstelt. Ich mustere den Fels ein weiteres Mal. Seine Form erinnert mich an die geschwungenen Korridore der Festung Stenborg. An hohe Torbögen und an schlängelnde Treppen. An das Gefühl des Alters und der Fremdheit, als hätte das alles schon vor Menschenbeginn existiert.

»Die Festung«, sage ich ungläubig. »Die Festung der Borgerssons. Stenborg. *Sie* haben sie gebaut, oder? Dies war ihr Portal, und von der Festung aus haben sie über dein Volk geherrscht.«

Anders nickt.

Ian zieht scharf den Atem ein. »Ihr habt das Gebäude von euren Feinden übernommen?«

Anders hebt die Schultern. »Sie sind herzlose Kreaturen, aber unvergleichliche Baumeister. Kazimir erwähnte sogar einen kürzeren, wesentlich komfortableren Weg von hier zur Festung. Seine Vorfahren haben ihn verschüttet.«

»Deshalb baut niemand das Chrysos ab«, ruft Eleni aus. »Die Mørk, die durch dieses Portal kamen, sind allergisch dagegen. Wenn sie jemals wiederkommen, werden sie den einzig verbliebenen Weg zur Festung nicht beschreiten können.«

»Und deshalb darf das Gold nicht entfernt werden«, sagt Anders. Er lehnt immer noch am Fels. Seine Augen sind schwarz im Dämmerlicht, unergründlich wie das Wasser des Sees. »Und deshalb dürft ihr niemals jemandem davon erzählen. Ich ließ euch einen Eid darauf leisten.«

Ich nicke. Ich habe es geschworen, und ich werde mich daran halten. Doch aus reiner Pflicht ist nun Überzeugung geworden. Zu viel steht auf dem Spiel, auch für meine Heimat. Denn ich glaube nicht, dass mir die Melodie des Portals Trugbilder vorgegaukelt hat. Ich glaube, ich habe tatsächlich kurz in die Welt der Alfr geblickt. In eine Welt, die nicht für uns gemacht ist – ebenso wenig wie die unsere für sie.

Anders hat es auch gesehen, er muss es gesehen haben. Unwillkürlich trete ich einen Schritt auf ihn zu. Warum nur wir beide, und die anderen nicht? Ich will ihn fragen, doch ich zögere, und dann ist es zu spät.

»Wir müssen weiter.« Ian wirft einen wachsamen Blick um sich. »Diese verrückte Insel ist kein Ort für eine Rast. Vereiser, warten noch mehr Fallen auf uns?«

Anders streicht ein letztes Mal über den Fels, dann löst er sich von ihm, so widerstrebend wie von einer Geliebten. Er tritt um den Fels herum, und wir folgen ihm.

Ich lasse meine Feuerkugel wieder in die Höhe schweben, während wir hinabsteigen. Diesmal ist nichts von der unsichtbaren Barriere zu spüren, und wir erreichen den Grund schnell. Das Ufer des Sees ist auf dieser Seite der Insel um einiges näher als auf der anderen, doch was dort auf uns wartet, ist von Schatten verhüllt.

»Es sind noch vierzig Steine hinüber«, erklärt Anders. »Erst der siebenunddreißigste ist wieder eine Falle.« Er macht Anstalten loszugehen, doch Ian hält ihn am Arm fest.

»Dieses Mal gehe ich voraus«, bestimmt er. »Du hältst dich hinter mir.«

Ich weiß, warum er das tut. Er will verhindern, dass Anders ans Ufer eilt, hinter sich die Falle auslöst und uns im Wasser versenkt. Er traut ihm immer noch nicht.

Ich werfe einen letzten Blick auf den Fels auf der Kuppe des Hügels, dann folge ich den Männern. Eleni ist dicht hinter mir. Beharrlich springt sie von einem Stein zum nächsten. Immer öfter hält sie sich dabei an meinem Speer fest. Bald keucht sie, doch als ich ihr eine Rast anbiete, schlägt sie aus.

Die Pfeiler auf dieser Seite des Sees sind niedriger, manche ragen nicht einmal ganz aus dem Wasser hervor. Ich bin froh über meine Stiefel, die mich vor der giftigen Brühe schützen. Einmal meine ich unter mir im See Bewegungen zu sehen. Hunderte armlange, bleiche Körper, die sich in einem

Schwarm vorbeischlängeln und in den Tiefen verschwinden. Ich schaudere und blicke lieber nach vorne.

Ian hat das andere Ufer bereits erreicht. Er wartet am Rand und beobachtet uns besorgt. Anders verharrt auf dem letzten Stein und dreht sich zu mir um. Jetzt bin ich am sechsunddreißigsten Stein. Der Fallenstein ist groß und nah, wirkt einladend in seiner Hinterlist. Der Abstand über ihn hinweg, zu einem halb versunkenen achtunddreißigsten Pfeiler, wirkt hingegen riesig, scheint selbst für mich kaum überwindbar.

Ich denke nicht lange nach, beiße die Zähne zusammen und springe. Beim Landen wanke ich kurz, doch mithilfe des Speers balanciere ich mich aus. Ich muss Eleni Platz machen. Ein weiterer langer Sprung bringt mich auf den nächsten Stein.

Anders steht jetzt direkt hinter mir. Er blickt an mir vorbei zu Eleni. Sie atmet schwer.

Ich strecke meinen Speer aus. Er reicht kaum bis zum nächsten Stein, und ich fluche unterdrückt.

»Es ist zu weit für dich, Heilerin«, stellt Anders in sachlichem Ton fest.

»Bei allen Barbaren!«, zischt Eleni. Ich zucke zusammen. Im Gegensatz zu mir flucht sie nie. Doch jetzt ist ihr Gesicht zu einer verärgerten Grimasse verzerrt. »Ich muss es schaffen, so kurz vor dem Ziel«, stößt sie aus. »Vereiser, du kennst mich nicht.«

Sie krampft die Hände zu Fäusten und duckt sich.

»Gib mir wenigstens deinen Rucksack«, sage ich noch. »Du …«

Doch es ist zu spät. Eleni springt. Die Zeit verlangsamt sich, dehnt sich zu einem Band. Sie schafft es nicht. Ihr Schrei zeigt, dass sie es ebenfalls weiß. Sie wird ins Wasser fallen.

Ich springe auf sie zu, strecke die Hand nach ihr aus, noch ehe meine Füße den achtunddreißigsten Stein berühren. Ich werde sie auffangen.

Doch Eleni sieht nur die Tiefe unter sich, das giftige Wasser.

Noch im Sprung wirft sie sich zurück, als könne sie ihn ungeschehen machen. Sie kommt wankend auf dem siebenunddreißigsten Stein auf. Der Falle.

»Nein«, schreien wir gleichzeitig. Das Knirschen unter ihren Füßen übertönt unsere Stimmen.

»Stoß dich ab«, schrei ich. »Komm zu mir.«

Sie tut es. Sie springt erneut, dann klammert sie sich an mir fest. Ich taumele und versuche, das Gleichgewicht zu halten. Es kracht unter uns. Der Fallenstein rast in die Tiefe, schon kann ich ihn in der trüben Brühe nicht mehr sehen. Blasen steigen auf. Das Wasser schlägt Wellen, schwappt über unsere Füße. Dann spüre ich einen Ruck. Der Boden unter uns neigt sich.

Eleni kreischt. Ich drehe mich um, mit ihrem Gewicht, das mich nach unten zieht, während die Welt um uns wankt.

»Spring«, rufe ich. Zugleich versetze ich ihr einen Stoß. Sie fliegt mit rudernden Armen durch die Luft.

Anders steht dort, wo ich vorhin war. Er fängt sie auf. Sein Pfeiler wankt ebenfalls. Das Wasser gurgelt, geht ihm bereits bis zu den Knöcheln. Er stößt sich gerade noch rechtzeitig ab, springt mit Eleni auf den Armen zum vierzigsten Stein. Ian zieht sie ans Ufer.

Ich bin verloren. Das Wasser um mich herum dampft mit einem Zischen auf. Es reicht mir bis zu den Knien. Ich balanciere auf einer Kante des sich neigenden Steins. Der Pfeiler, auf dem Anders soeben noch stand, ist bereits unter schäumenden Wellen verschwunden.

»Thea«, brüllen die anderen. »Thea!«

Sie wollen mir helfen. Ian wirft seinen Rucksack zu Boden und zieht ein Seil heraus. Anders kauert sich ans Ufer. Er streckt seine Hände ins Wasser, bis über den Ellenbogen. Dann schließt er die Augen.

Das Wasser schwappt inzwischen um meine Oberschenkel. Und dann über meine Hände. Schmerz rast in ihnen empor, so beißend, wie Feuer einen normalen Menschen schmerzen muss. Mit einem Schrei ziehe ich sie aus dem Wasser.

Ich glühe. Das Wasser um mich kocht.

Ian rollt das Seil auseinander. Zu spät, zu weit weg.

»Thea«, schreit Eleni. »Kontrollier deinen Trieb!«

Sie zeigt zu Anders. Er hält seine Arme immer noch unter Wasser. Sein Gesicht ist schmerzverzerrt. Weiß breitet sich vor ihm aus, kaltes, knirschendes Weiß. Doch das Eis, das unter seinen Fingern entsteht, schwankt unter den Wellen und bricht. Es reicht nicht zu mir. Es schmilzt wegen meiner Hitze.

Feuer peitscht durch mein Blut, verzehrend, zerstörend. Wie soll ich gegen mich selbst kämpfen?

Der Trieb ist dein Instrument, er ist dir unterworfen. Ich höre nicht mehr Eleni, sondern die näselnde Stimme von Meister Antonis. *Kontrolliere ihn.*

Doch der Trieb bäumt sich dagegen auf, ungehorsam wie ein Kind, das seinen Lehrer immer schon hasste, flammt und zischt aus mir heraus wie Lava aus einem Vulkan.

Ich schreie. Tränen verdampfen, ehe sie meine Wange berühren. Ich bin unfähig, und deshalb sterbe ich.

Magie. Anders' Stimme in meiner Erinnerung ist wie ein Anker inmitten der brüllenden See. Ich schaue zu ihm. Er hat die Augen geschlossen, schickt weiter beharrlich sein Eis nach mir aus. Sein Tatovering leuchtet. *Diener der Magie, die um uns herum zur Verfügung steht, die uns durchfließt, sich in uns bricht.*

Ich schließe die Augen, wie er. Alles was ich glaube, muss ich umkehren. Kein Werkzeug, das ich beherrschen muss. Ich bin *ihr* Werkzeug.

Und sie ist da. Ich spüre sie plötzlich, erkenne, sie ist immer schon da gewesen. Das Flirren der Luft zwischen zwei Körpern. Der Geruch eines Kusses. Das Gefühl von Frühling, wenn das Grau des Winters noch alles bedeckt. Sie erfüllt uns mit Leben, sie ist das Feuer, das um mich brennt und in mir. Ich muss sie nicht bekämpfen. Ich muss sie nur an mir vorbeifließen lassen, statt durch mich hindurch. Als wäre ich ein Stein im Fluss, der reglos bleibt, während das Wasser um ihn schäumt. Ich konzentriere mich auf dieses Bild, blende alles andere aus. Meine Angst, meine Unzulänglichkeit. Das weit aufgerissene Maul der Feuerschlange, die mich packen und verschlingen will.

Du bist überall um mich herum. Du bist ein Teil von mir, und ich von dir. Aber mein Innerstes, das gehört mir. Und ich halte dir stand.

Es wird dunkel. Eis bohrt sich in meine Rippen. Meine Finger tasten verzweifelt über eine plötzlich ebene Fläche, obwohl Schmerz durch meine wunden Hände rast. Ich versuche, mich an der Kante emporzuziehen. Eis bröckelt, doch ich lasse nicht nach, schiebe mich weiter. Meine Hände ertasten ein Seil. Es ruckt unter meinen Fingern. Ich öffne die Augen, doch ich sehe nichts. Meine Feuerkugel ist erloschen, die Höhle ist in tiefste Nacht getaucht.

»Halt dich fest«, ruft Ian durch die Schwärze. »Ich ziehe dich.«

Ich gleite über das Eis, das knarzt und sich biegt unter der Gewalt des Wassers. Doch Anders hält es, so wie ich das Seil halte und Ian mich.

Ein Licht flammt auf. Eine Fackel in Elenis Händen. Ian hebt mich aufs Ufer. Hinter mir tost der See und zerschlägt das Eis in tausend Stücke. Ich sehe, wie Eleni die Fackel in den Boden rammt und Anders aufhilft. Seine Arme sind eine einzige, dunkelrote Wunde. Dann schließe ich die Augen und sehe nichts mehr.

❄

Als ich aufwache, können nur wenige Minuten vergangen sein. Und doch kommt mir die Welt anders vor. *Magie.* Ich kann sie immer noch spüren, ein sanftes Streicheln, ein Flimmern am Rande meines Bewusstseins. Ich hebe die Hand und öffne mich der Magie, lasse sie durch mich hindurch strömen. Eine Feuerkugel tanzt in die Höhe, stärker und heller als jemals zuvor. Es ist nicht meine Kraft, die sie nährt, das weiß ich nun. Ich bin nur der Durchlass. Die Quelle ist unermesslich.

»Thea«, sagt jemand. Jetzt erst nehme ich meine direkte Umgebung wahr. Ian streicht über meine Haare. Ich lehne an einem Fels, meine nackten Beine stecken in einem Schlafsack. Der See tost und gurgelt, vielleicht einen Steinwurf entfernt.

Eleni kniet vor mir. Sie packt meine Hände, die wie eine offene Wunde schmerzen. Schwärende Blasen überziehen sie, als hätte ich sie in Säure getaucht. Ich keuche und versuche instinktiv, ihr meine Hände zu entziehen.

»Bleib ruhig«, sagt sie. Schon kann ich die Kraft fühlen, die von ihr zu mir strömt, eine wohltuende Taubheit, die den Schmerz besiegt. Die ersten Blasen beginnen, sich zurückzubilden. Ich schaue über ihren Kopf hinweg. Anders kauert ein Stück von uns entfernt.

»Warte.« Jetzt ziehe ich meine Hände tatsächlich aus Elenis Griff. Sofort kommt der Schmerz zurück, doch ich beiße die Zähne zusammen. »Heile zuerst ihn.«

Sie runzelt die Stirn. »Ich befolge unsere Vorschriften. Erst die Soldaten, dann die Gefangenen.«

»Der *Gefangene*«, ich betone das Wort, »hat mein Leben gerettet.«

Anders starrt bleich und ausdruckslos vor sich hin.

»Du musst bei Kräften sein«, sagt Ian. »Wir brauchen dich.«

»Ihn brauchen wir auch.«

Eleni greift erneut nach meinen Händen, doch ich entziehe sie ihr. »Erst er.«

Sie folgen schließlich meiner Bitte, wenn auch widerwillig. Während Eleni Anders' Hände umfasst, stehe ich auf. Meine Hose hängt zum Trocknen über dem Felsblock, an dem ich gelehnt habe. Ihr Leder ist zerfressen, als hätten sich Käfer mit scharfen Beißwerkzeugen darüber hergemacht. Bei dem Gedanken, wie meine Beine ohne ihren Schutz aussehen würden, schaudert es mich.

Ich will in meine Stiefel schlüpfen, doch plötzlich schlingt Ian von hinten seine Arme um mich, dann dreht er mich um und presst seine Lippen auf meine. Ich versinke in seinem Kuss wie in einem reißenden Fluss, bis wir beide nach Luft schnappen.

»Was ist mit den anderen, Hauptmann?«, flüstere ich.

Er schnaubt. »Ein Gefangener und eine verrückte Rekrutin, die auch noch deine Freundin ist.« Er nimmt mein Kinn, küsst mich erneut. »Ich pfeife auf sie. Fast hätte ich dich heute schon wieder verloren. Das darf nie mehr passieren.«

»Ich hoffe es«, murmele ich. Bei dem Gedanken, wie knapp ich dem Tod entronnen bin, will ich Ian packen und hinter den Felsen ziehen, will all unsere Differenzen vergessen und mich von ihm lieben lassen, bis mir alles andere in dieser Welt egal ist. Doch viel zu viel darf uns nicht egal sein, viel zu viel ist wichtiger als die Augenblicke, die wir uns gemeinsam stehlen könnten.

Und er weiß es auch. Er löst sich mit einem Seufzen von mir. »Ruh dich aus«, sagt er. »Wir müssen bald weiter.«

Er packt das Seil, das auf dem Boden liegt und rollt es auf. Ich ziehe an meiner Tunika, aber dadurch wird sie auch nicht länger, und trete zu meiner zerfressenen Hose. Ein kurzes Strömen des neu entdeckten Magieflusses in mir, und die Hose trocknet in wenigen Sekunden. Aber obwohl sie nun trocken ist, will ich sie nicht anfassen. Nach einem Moment zucke ich resigniert die Schultern. Eine andere habe ich nicht. Ich schlüpfe hinein, dann in meine Stiefel.

»Thea«, ruft Ian. Überraschung klingt in seiner Stimme. »Mach mir Licht. Das muss ich mir näher anschauen.« Er steht am Seeufer und blickt in die Dunkelheit.

Ich schicke die Feuerkugel zu ihm und eile hinterher. Abrupt komme ich neben ihm zum Stillstand. *Wo ist der See?*, will ich rufen, doch Verblüffung verschließt mir den Mund. Die Uferkante hat sich in eine Klippe verwandelt. Dort unten, bestimmt drei Mannslängen unter uns, gurgelt das Wasser um die zerbrochenen Pfeiler, die ineinander verkeilt sind wie Baumstämme nach einem Sturm. Dazwischen wirbeln weiße Körper, die ich erst für Schaumkronen über den Wasserstrudeln halte. Erst auf den zweiten Blick erkenne ich flitzende, schlangenförmige Tiere, die um ihr Überleben kämpfen.

Eleni tritt auf Ians andere Seite. »Das Wasser fließt ab«, ruft sie. »Offensichtlich haben die Pfeiler Löcher in den Grund gerissen, hinunter zu einer noch tieferen Höhle.« Sie packt meinen Arm. »Das ist unglaublich«, flüstert sie. »Schau dir die Insel an.«

Glatt und schimmernd ragt sie aus dem restlichen Wasser, viel größer als zuvor. Eine runde Kuppel wie aus einer anderen Welt, die mit dem abfließenden Wasser nur noch größer wird, an ihrer Spitze der Fels.

Eleni beugt sich über die Kante. »Nicht mehr lang und der ganze See ist versickert«, sagt sie. »Die Tierpopulation dürfte das nicht überleben.« Sie deutet auf das weniger steile Ufer der Insel, wo sich Martermolche im flachen Schlick wälzen. Sie sind abstoßend, doch unwillkürlich fühle ich Mitleid mit ihnen. Die Welt, die sie kannten, stand auf einem fragilen Fundament, vernichtet von fremden Eindringlingen.

Immer mehr Wasser verschwindet in schnellen Strudeln. Schon sehe ich den Boden des Sees, kantige Felsen, von einer stumpfen, dunklen Kruste überzogen, dazwischen Steinbrocken. Und anderes.

»Ein Totenkopf.« Eleni deutet darauf. »Dort noch einer. Und das war vielleicht mal ein Schwert. Wie lange das dort wohl schon liegt?«

»Und was ist das?« Ich kneife die Augen zusammen und deute hinab. Am Fuße eines größeren Felsbrockens, halb im

Schlick vergraben, blinkt etwas. Ich lasse meine Feuerkugel hinab gleiten. Während wir in die Schatten der Höhle tauchen, badet der Abgrund nun im Licht. Das Blinken verwandelt sich in ein silbriges Rund. Eine Münze?

»Das könnte das zweite Amulett sein!« Eleni keucht auf. Sie fährt zu Ian herum. »Wir müssen dort hinunter.«

»Dort hinunter?« Er schüttelt den Kopf. »Rekrutin, du bist verrückt.«

»Wir müssen es versuchen!« Sie funkelt ihn empört an, doch er lässt sich davon nicht beeindrucken.

»Dein Eigensinn hat vorhin Thea und dich fast das Leben gekostet.«

»Ich weiß.« Sie seufzt. Einsichtig, wenn auch nicht besonders schuldbewusst. »Ich werde dieses Mal das Risiko alleine tragen. Lass mich am Seil hinunter, Hauptmann.«

»Das ist viel zu gefährlich«, protestiere ich.

»Das Amulett ist jede Gefahr wert«, ruft sie.

Wenn sie sich das in den Kopf gesetzt hat, wird nicht einmal Ian sie davon abbringen können.

»Ich gehe«, sage ich.

»Du kannst nicht.« Sie deutet auf meine Hände. »Du wirst das Seil nicht halten können. Und er ebenso wenig.«

Anders. Er ist neben mich getreten, ich spüre ihn mehr, als dass ich ihn sehe, denn meine Feuerkugel schwebt immer noch über dem Grund des Sees. Seine Hände sind in Schatten getaucht, ebenso sein Gesicht.

»Hauptmann«, ruft Eleni. »Du kannst nicht so einfältig sein, dass du nicht verstehst, wie wichtig …«

»Ich warne dich!«, grollt Ian. »Ich trage die Verantwortung für diesen Trupp. Für dich, auch wenn dir das nicht schmeckt. Wenn du mich noch einmal beschimpfst, werde ich dir den Hintern versohlen.« Er atmet gepresst ein und wieder aus. »Ich muss nicht an einer Akademie studiert haben, um zu erkennen, dass dieses Amulett wichtig ist. Deshalb hast du einen

Versuch. Wenn es zu gefährlich wird, ziehe ich dich hoch, auch wenn du schreist und strampelst.«

Eleni ist klug genug, nichts mehr zu sagen. Ian bindet ihr das Seil um, und sie zieht ihre Lederhandschuhe an, dann klettert sie die Klippe hinunter. Meine Feuerkugel beleuchtet jeden ihrer Handgriffe. Sie ist geschickt, umsichtig und beherrscht – und so erreicht sie den Grund ohne Zwischenfälle. Sie umrundet die letzten Pfützen, in denen immer noch Molche zucken. Ihre Stiefel schmatzen im Schlick. Endlich hebt sie mit ihren Handschuhen die Münze auf, mustert sie kurz und steckt sie in ihre Tasche. Erst als sie sich über den Rand der Klippe zieht, wage ich wieder zu atmen.

»Ich hatte recht«, keucht sie triumphierend, als sie aufsteht, und wischt sich mit dem Ärmel über die verschwitzte Stirn. »Der Dieb muss es verloren haben. Oder Kazimir hat es hineingeworfen, vielleicht als er merkte, dass das andere Amulett bereits gestohlen worden war.« Sie zieht es aus der Tasche. Ich nehme es mit dem Zipfel meines Umhangs entgegen und wische es sauber. Als hätte das Gift des Wassers alle Patina verzehrt, blinkt das Amulett in weißem klarem Argyr auf.

»Das ist es«, flüstere ich. Ich streiche mit den Fingern darüber. Ein eisig beißender Schmerz rast meine Hand empor. Ich reiße sie zurück. Das Amulett klirrt auf dem Fels zu meinen Füßen auf und rollt auf die Klippe zu. Ian hechtet vor und erwischt es kurz vor der Kante.

»Thea, du Tölpel«, schimpft Eleni, schlüpft aus ihren Handschuhen und löst das Seil von ihrer Hüfte.

Ian hält das Amulett auf seiner bloßen Handfläche. Das Schimmern taucht seine Züge in ein kaltes Licht. Doch sein skeptischer Gesichtsausdruck ändert sich nicht. »Einfach nur eine alte Münze«, stellt er fest. »Für mich fühlt es sich jedenfalls nicht besonders an.«

Schon greift Eleni danach. »Darf ich es halten, Hauptmann?« Doch als sie es berührt, zuckt auch sie zurück. »Für mich ist es kalt wie Eis«, sagt sie. Sie mustert mich. »Unangenehm, aber nicht schmerzhaft wie für dich. Vielleicht hat dein Vater es deshalb nicht mitgenommen.«

Mein Vater ist wahrscheinlich hier gewesen. Der Gedanke geht mir durch Mark und Bein, und ich wundere mich, dass ich nicht selbst darauf gekommen bin. Ich schaue mich um, als könnte ich ihn noch erblicken, doch da ist nichts außer der leeren Stille der Felsen und wir.

»Gib mir das Amulett, Hauptmann«, sagt Anders.

»Nein.« Ian schließt abrupt seine Faust um das Amulett.

Anders streckt eine Hand aus, die von einem Mosaik schwärender Blasen überzogen ist. Es ist keine flehende, sondern eine stolze Geste. »Nichts, was in diesen Höhlen ist, werdet ihr für euch beanspruchen. Das habt ihr geschworen.«

»Ich weiß.« Ian steckt das Amulett in seine Tasche. »Doch zuerst bringst du uns hier raus. Wenn wir endlich wieder Himmel sehen, wirst du weder abhauen, noch uns an deine Leute verraten. Du wirst uns durchs Barbarenland führen, bis wir unseren Trupp erreicht haben. Dann, und erst dann gebe ich dir das Amulett zurück.«

Kapitel 27

An diesem Tag kommen wir nur noch drei Stunden weit, dann rasten wir. Wir alle sind erschöpft. Eleni zieht ihre Handschuhe über und beschäftigt sich mit dem silbernen Amulett. Zögernd händige ich ihr auch meines aus, als sie es verlangt. Nachdenklich studiert sie beide, legt sie nebeneinander, wirft sie in die Luft und macht sich Notizen. Anders antwortet auf ihre Fragen äußerst einsilbig. Keiner ist beharrlicher als sie – doch ihrer unzufriedenen Miene sehe ich an, dass ihre Fragen und Beobachtungen nicht die gewünschten Erkenntnisse erzielen.

Ich schlüpfe aus meiner zerrupften Hose und lege mich mit meinem Schlafsack neben Ian. Er umschlingt mich so eng, als wolle er mich nie wieder loslassen, und flüstert mir Koseworte auf *Gaeloc* ins Ohr, bei deren Klang ich eine traurige Sehnsucht spüre. Ich denke an die grünen Hügel, die ich im Portal gesehen habe, so viel strahlender und fremder als jene in Irelin, und doch auf bizarre Weise ähnlich.

Was hat Anders gesehen? Zu gern hätte ich ihn danach gefragt. Ich will wissen, ob er bei der Melodie des Portals die gleichen verwirrenden Gefühle empfand, will hören, was er von den Amuletten hält, und welche Geheimnisse sein Volk noch hat. Doch ich frage ihn nicht.

Jede seiner Bewegungen spricht von kühler Distanz, und sein Gesichtsausdruck ist eine einzige Abweisung. Ich kann ihn verstehen, aber ich wünschte auch, er hätte Verständnis für uns. Erkennt er nicht, dass Ian so handeln musste? Ein Hauptmann entscheidet rational. Er gewährleistet stets die maximale Sicherheit seiner Soldaten und paktiert nicht mit dem Feind. Und doch wünschte ich selbst, er hätte einen anderen

Weg gefunden, als den Eid zu beugen, den er Anders geleistet hat.

Die nächsten zwei Tage marschieren wir. Oder sind es drei? Eleni führt uns zielstrebig durch das Gewirr der Gänge. Wir klettern über Steinbrocken, erklimmen einen Felskamin und springen in eine Schlucht hinab. Wir folgen einem unterirdischen Flusslauf, bis er als tosender Wasserfall in einen Abgrund stürzt. Im nächsten Tunnel warnt Anders wieder vor Fallen, und wir entdecken zwei Stolperdrähte, die nahezu unsichtbar in dem Gang schlummern. An einem befestigt Ian einen langen Bindfaden und löst die Falle aus, sobald wir weit genug weg sind. Ein riesiger, mit Metallspitzen gespickter Stein bricht aus der Wand, schwingt wie ein Pendel durch den Gang und würde jeden tödlich niederpflügen, der in seinem Weg stünde. Wenige Schritte nach der nächsten Biegung passieren wir zwei Torbögen, die den Gang umspannen wie metallene Gürtel: Einer ist aus Argyr und einer aus Chrysos. Ihr Anblick ist wunderschön, und doch beklemmt er mich. Ihr Zweck ist uns allen klar, ohne dass wir darüber reden müssen: Sie schützen unsere Welt vor den Alfr – denn wenn die alten Geschichten stimmen, kann keiner von ihnen durch beide Tore hindurchtreten.

Ich habe jedes Zeitgefühl verloren, als wir endlich das Ende der Höhlen erreichen. Doch wenn wir uns vorgestellt haben, erleichtert ins Freie zu rennen, werden wir enttäuscht. Wir stehen vor einer Sackgasse. Eine Eiswand ragt vor uns auf. Sie ist glatt und milchig, schier unüberwindbar.

»Hier ist die Karte zu Ende.« Eleni rollt das Pergament zusammen. »Dahinter wartet die Barbarensiedlung Drogon auf uns.«

Anders legt seine Hände auf das Eis. Im Gegensatz zu meinen, die von junger, rosa Haut bedeckt sind, sind seine immer noch wund. Eleni hat seine schlimmsten Verletzungen behandelt und den Heilungsprozess deutlich beschleunigt, doch mehr Zeit und Kraft wollte sie nicht für ihn erübrigen.

Er schließt die Augen. »Das Eis ist vielleicht zwei Fußlängen dick«, murmelt er. »Dahinter ist massiver Fels.«

Er fällt in ein konzentriertes Schweigen, das ich mit meinen besorgten Gedanken fülle. Hat Eleni sich geirrt? Müssen wir umkehren? Ian scheint ähnliches durch den Kopf zu gehen. Ein Gewitter umwölkt seine Stirn und er öffnet schon den Mund für einen neuen Befehl, als Anders die Augen aufreißt.

»Lösch das Licht«, murmelt er mir zu. »Vielleicht ist da doch ein Durchgang.«

Meine Feuerkugel erlischt sofort bis auf ein sachtes Glühen auf meiner Handfläche. Ich ahne mehr, als ich es sehe, dass Anders den Kopf in den Nacken legt, und ich tue es ihm nach.

Als sich meine Augen an die Dunkelheit gewöhnt haben, sehe ich es: In etwa drei Mannslängen Höhe schimmert etwas. Diffuses, kaum wahrnehmbares Licht dringt dort herein. Ein Umriss, wie eine niedrige Tür. Ein Ausgang.

Ich stoße ein erleichtertes Seufzen aus. Feuer leckt um meine Hände, springt auf das Eis über und frisst sich hinein, als wäre es eine Delikatesse. Wasser rauscht zu meinen Füßen herab, ein Bach, der rasch breiter wird. Wir werden der Enge der Berge endlich entkommen!

»Nicht so«, sagt Anders. Eine kühle Berührung, flüchtig wie Wind, und er schiebt mich beiseite. Unter seinen Fingern beginnt sich das Eis zu bewegen. Es schmilzt nicht weiter, sondern formt sich neu, als wäre es ein fremdes, kaltes Lebewesen. Es bildet Stufen. Anders steigt darauf empor, und ehe mich Ian daran hindern kann, folge ich ihm. Das Eis vor dem hellen Umriss kostet ihn etwas mehr Zeit, doch nicht viel. Es weicht zur Seite und formt eine Öffnung.

Anders klettert ohne Zögern hindurch. Dann ist der Weg für mich frei. Ein kalter Wind streicht über meine Wangen. Ich sehe Sterne, einen klaren Nachthimmel. Ehrfürchtig klettere ich ihm entgegen, schiebe mich an der Eisbarriere vorbei durch einen kurzen Höhlengang und stehe im Freien.

Es ist ein Garten, etwas anderes kann es nicht sein. Obwohl er tief von Schnee bedeckt ist, erkenne ich in den eckigen Formen beschnittene Hecken. Ein paar geduckte Obstbäume, ein Mäuerchen, zwei Bänke davor kann ich ebenfalls ausmachen. Um das ganze Grundstück erhebt sich eine Mauer, so hoch, dass ich nicht über sie hinwegblicken kann.

Während ich mich noch umsehe, klettert Ian unter dem Felsen hervor. Von draußen sieht der Eingang zur Höhle aus wie ein Eisloch in einem kleinen, zugefrorenen Teich, halb unter dem Überhang eines Felsbrockens verborgen. Eine kleine Quelle plätschert, Eiszapfen glänzen im Licht meines Feuers. Ein unschuldiger Ort, unauffälliger als jede verschlossene Tür, von der man sich unweigerlich fragt, wohin sie führen mag.

Während Eleni hinter Ian ins Freie krabbelt, wirft er einen wachsamen Blick um sich.

»Wo sind wir hier?«, fragt er Anders. »Ist das Drogon?«

»Das ist mein Garten, du Frosthirn«, ruft eine barsche Stimme.

»Feuer aus«, zischt Ian sofort. Erschrocken presse ich die Finger zusammen. Meine Feuerkugel erlischt, und wir stehen im Dunkel.

Jemand tritt ein Dutzend Schritt vor uns hinter einer Hecke hervor. Eine Frau. Nach all den Tagen unter der Erde gewöhnen sich meine Augen schnell an die Dunkelheit der Nacht. Eine große, massige Frau, in einen bunten Flickenpelz gekleidet, die mit einer Armbrust auf uns zielt. Ihr folgen vier grimmige, nicht weniger große Kerle. Sie tragen Fackeln und sind mit Keulen bewaffnet. Doch sie sind nicht das Schlimmste. Keuchend weiche ich zurück.

Ein Tier, eine Art riesiger Hund, schleicht um die Männer herum, die Lefzen zurückgezogen und die Ohren gespitzt. Noch nie habe ich so einen Hund gesehen. Groß wie ein Ochse ist er, reicht dem größten der Männer bis an die Schulter. Er hat zottiges schneeweißes Fell und Augen von einer rot glühenden Farbe, wie ich sie noch nie bei einem Lebewesen gesehen habe. Auch seine Proportionen sind ungewöhnlich, die Beine länger und der Rumpf bulliger als bei einem Hund. Und sein Knurren geht mir durch Mark und Bein.

»Haltet das Vieh fern von mir«, kreischt Eleni, als das Tier zielstrebig auf sie zukommt.

»Das ist ein *Varg*«, ruft die Frau barsch. »Solange ihr stillsteht, geschieht euch nichts. Doch wenn ihr euch bewegt, wird er euch angreifen, und ein Leichtgewicht wie dieses Mädchen wird er lebendig verschlingen.«

Ich zweifle nicht daran. Allein das Maul des Tiers ist größer als Elenis Kopf. Jetzt steht er vor ihr, seine Zähne direkt vor ihrem Gesicht. Ihre Miene ist zu einer Grimasse aus Abscheu und Angst verzerrt. Doch sie bewegt sich nicht. Auch wir andern verharren bewegungslos.

»Ich bin Jönnika Fredriksdotter, die Wirtin vom *Einsamen Bergfall*«, sagt die Frau. »Und wer seid ihr?«

Anders stößt einen Laut aus, der wie eine Mischung aus Keuchen und Lachen klingt. Er streift seine Fellkapuze ab und streicht sich das schwarze Haar aus der Stirn. Der Varg knurrt lauter, doch Anders beachtet ihn nicht.

»Ich bin Anders Eriksson«, sagt er. »Ich bin dein Neffe.«

Ian stößt einen erstickten Fluch aus. Die fremde Frau kneift die Augen zusammen. Sie mustert Anders, verweilt bei seinem Gesicht. Ihre Augen werden groß.

»Du bist ihr wie aus dem Gesicht geschnitten«, murmelt sie und senkt die Armbrust. »Anders. Sohn von Erik und meiner Schwester Jorun, Ziehsohn von Kazimir Borgersson. Du bist willkommen. Aber bei Tyrs Scharfblick, wer sind die Bleichhaare in deiner Begleitung?«

Sie hebt die Armbrust wieder und zielt direkt auf mich. »Glaub nicht, dass du mich getäuscht hast, indem du das Licht gelöscht hast. Geh auf die Knie, Feuermagierin.«

Ich balle hinter meinem Rücken die Hände zu Fäusten. Anders öffnet den Mund. Doch ehe er etwas sagen kann, packt Ian ihn und presst ihm seinen Dolch an die Kehle. Der Varg fährt zu ihnen herum, stößt ein heiseres Bellen aus und setzt zum Sprung an.

»Brom, halt!« Die Stimme der Wirtin durchschneidet die Luft, und das Tier verharrt.

»Wenn ihr uns angreift, ist dein Neffe tot«, ruft Ian.

»Wenn wir euch gehen lassen, wird er es auch sein.« Ihre Armbrust zielt immer noch auf mich. »Lass das Messer fallen, sonst stirbt deine Magierin als Erste.«

Anders windet sich unter Ians hartem Griff. »Niemand stirbt«, stößt er hervor. »Sie gehören zu mir, Tante. Ich erkläre es dir. Wenn du den Varg zurückpfeifst und die Armbrust senkst.«

»Erst das Messer.« Mit ihrer massigen Gestalt erinnert die Frau mich an eine wilde Bärin, die ich einst bei Festspielen in Athos sah. Mit ihren riesigen Tatzen schlug sie einen Athleten nach dem anderen nieder – bis sie alle gleichzeitig mit ihren Kurzschwertern auf sie losgingen und sie erbarmungslos niedermetzelten. Die Wirtin hat die gleichen dunkelbraunen Augen, aus denen gereizte Entschlossenheit spricht. Außer, dass sie ebenfalls ein Tatovering trägt, sieht sie ihrem Neffen überhaupt nicht ähnlich.

»Tu es, Ian«, flüstere ich. »Lass Anders los, bitte.«

Ian mahlt mit den Zähnen. Wie sehr er mit sich kämpft, sehe ich am Weiß seiner Fingerknöchel, die sich um den Dolchgriff krampfen. Doch wir haben keine andere Wahl, das weiß auch er. Er lässt den Dolch zu Boden fallen. Lautlos verschwindet er im knietiefen Schnee.

Die Frau senkt die Armbrust jedoch nicht. »Komm her, Anders«, ruft sie barsch. »Berichte mir, was sie dir angetan haben.«

Er tritt auf sie zu. »Sie gehören zu mir, Tante«, wiederholt er. »Das habe ich bereits gesagt.«

»Stehst du unter einem Bann?« Sie mustert ihn misstrauisch. »Zwingen sie dich, das zu sagen?«

Er schüttelt den Kopf. »Ich glaube nicht, dass sie wissen, wie man bannt. Wir haben das gleiche Ziel. Und das sage ich aus freien Stücken. Ich weiß, dass du Lüge von Wahrheit unterscheiden kannst, das konntest du schon immer.«

Plötzlich zerfurchen Lachfalten ihr Gesicht. »Zum Leidwesen aller anderen.« Sie lässt die Armbrust sinken, zieht Anders zu sich heran und wuschelt ihm mit der freien Hand durchs Haar, als wäre er noch ein Kind. »Ist es schon acht Jahre her? Du bist groß geworden, Junge. Gehen wir ins Warme, und du erzählst mir, was ihr in diesen Höhlen getan habt.« Dann schaut sie uns an, und alle Wärme schwindet aus ihrem Gesicht. »Brom, nimm deine Wache wieder auf«, befiehlt sie dem Varg, der mit einem Hecheln davonspringt. »Knechte, bringt die Bleichhaare in den Metkeller. Sie sollen dort warten, bis ich entschieden habe, was ich mit ihnen tue.«

Jeder der grimmig dreinblickenden Kerle packt einen von uns am Arm und stößt ihn vorwärts. Sie eskortieren uns einen schmalen Pfad zwischen Buschwerk entlang, dann über die vom aufgewühlten Schnee bedeckte Rasenfläche des Gartens. Wir gehen auf die Rückseite einer kleinen Gebäudegruppe zu, mehrere Gemäuer mit spitzen Dachgiebeln. Die Anlage ähnelt mehr einer Festung als einer Herberge; Schießscharten starren uns an wie schwarze Augenschlitze, aus einem riesigen Schornstein steigt Rauch in den Nachthimmel auf. Irgendwo hinter uns bellt der Varg einmal auf, rau und dunkel wie eine Warnung.

Anders und seine Tante erreichen vor uns eine Pforte im Mauerwerk. Er dreht sich noch einmal zu uns um. Doch seiner grüblerischen Miene kann ich nichts ablesen, als er im Schatten der Mauer verschwindet.

»Vorwärts, Bleichhaarweib«, knurrt der Knecht hinter mir. Er schiebt mich durch die Pforte in einen dunklen, grob gemauerten Gang, der von wenigen Fackeln karg beleuchtet wird. Anders und seine Tante sind nicht mehr zu sehen.

Hinter einer weiteren Tür geht es eine steile Treppe hinab, in einen Keller, der mich an das Gewölbe unter Stenborg erinnert. Bei den Gedanken an die vereisten Leichen und die riesigen Ratten ziehe ich die Schultern nach oben. Schon stößt mich der Knecht in einen Raum. Ian folgt mir, hinter ihm stolpert Eleni herein. Dann wirft jemand die Tür zu und lässt uns im Stockdunkel zurück.

»Betrinkt euch, Sklavenhalter, wenn ihr überhaupt wisst, wie das geht«, ruft einer in verächtlichem Tonfall.

Ein anderer schnaubt. »Das wird ihnen auch nicht helfen, wenn Ma Fredrik sie sich vorknöpft.«

Ein Riegel knarzt, dann entfernen sich Schritte. Ich lasse eine Feuerkugel aufsteigen. Ihr Licht flackert durch ein fensterloses Gewölbe, einen lang gezogenen Raum. Ich sehe einen klobigen Tisch und ein paar grob gezimmerte Stühle. An den Wänden stehen Regale voller Fässer und seltsam geformter Bottiche, riesige Rührlöffel und andere Gerätschaften liegen dazwischen, die ich nicht kenne. Die Luft riecht süßlich und gleichzeitig vergoren, ein abstoßender Geruch, bei dem sich mir der Magen umdreht.

Auch Eleni rümpft die Nase. »Met«, murmelt sie. »Ist das ein alkoholisches Getränk?« Sie tritt an eines der Fässer und schnuppert, dann verzieht sie die Miene. »Kein Wunder, dass sie uns unterlegen sind.«

Ian beachtet uns nicht. Er eilt durch den Raum, lugt in jede Ecke hinter den Regalen, rüttelt am Türriegel. Erst dann kommt er zurück. »Kein Ausgang, keine brauchbaren Waffen.« Sein Blick ist finster. »Nehmt eure Rucksäcke ab, Rekruten, aber lasst eure Waffen am Körper. Und seid ruhig. Ich muss nachdenken, wie wir hier rauskommen.«

Eleni zuckt unbeeindruckt die Schultern. »Ich habe schon nachgedacht«, sagt sie. »Solange wir nicht wissen, wo wir hier sind und wie viele Männer dieser Wirtin dienen, ganz zu schweigen von diesen Tieren, wäre ein Kampf ein zu großes Risiko. Wir müssen abwarten, was der Vereiser ihr erzählt.«

»Was soll er schon sagen?«, entgegnet Ian gereizt. »Er wird uns diesem Weib und ihren Viechern überlassen.«

»Vielleicht verwendet er sich auch für uns«, sage ich.

Eleni zieht die Augenbrauen hoch. »Das wäre irrational. Er will die Amulette, und er will unser Schweigen. Das erhält er am effektivsten durch unseren Tod.«

»Er hat unser Wort«, wende ich ein.

Sie seufzt und schaut mich beinahe mitleidig an.

Eine Erkenntnis durchzuckt mich. »Du hattest nie vor, es zu halten!«, rufe ich. Empörung brodelt in mir hoch. »Der Eid darf nicht gebrochen werden. Er ist unantastbar.«

»*Nichts* ist unantastbar«, erwidert sie. »Nur die Republik selbst. Wenn es ihrem Erhalt dient, wird dich niemand dafür verurteilen, einem Feind einen falschen Schwur geleistet zu haben.«

»Ian«, rufe ich. »Du kannst das nicht zulassen.«

Doch er schüttelt den Kopf, unempfänglich für den Aufruhr, der in mir tobt. »Selbstverständlich werde ich meinen Befehlshabern mitteilen, wo sich das Portal und die Chrysosader befinden. Das ist meine Pflicht.«

Ich schlucke. Alles in mir bäumt sich gegen ihre Worte auf. Wenn wir lügen und stehlen, wenn wir das Vertrauen anderer ausnutzen, was unterscheidet uns dann noch von unseren Vorfahren in der dunklen Zeit? Doch ich sage es nicht. Die beiden würden es nicht verstehen. Und sie sind alles, was ich habe.

»Aber vielleicht hast du in einem recht«, sagt Eleni nachdenklich. »Der Vereiser denkt nicht wie wir. Er hat uns bisher am Leben gelassen, vielleicht tut er es weiterhin. Er verspricht sich davon etwas, wenn ich auch nicht verstehe, was.«

Ian zieht sein Schwert aus der Scheide und betrachtet es prüfend. »Versteckt eure Messer in euren Stiefeln, da werden sie als letztes nachsehen«, sagt er. »Seid bereit zu kämpfen, wenn ich es euch befehle. Bis dahin verhaltet euch ruhig.« Er wirft einen warnenden Blick auf Eleni. »Und überlasst mir das Reden.«

❄

Es kann nicht einmal eine halbe Stunde vergangen sein, als sich die Tür öffnet. Wir springen auf, Ians Hand fährt an den Schwertknauf.

Anders' Tante marschiert herein, gefolgt von Anders selbst und dem Varg. Als Anders die Tür schließt, setzt sich das Tier davor, ein regloser, wachsamer Schneeberg, der uns mit roten Augen beobachtet.

»Eindrucksvoll.« Die Wirtin nickt zu meiner Feuerkugel, die über uns an der Gewölbedecke hängt, dann starrt sie mich grimmig an. Sie ist keineswegs beeindruckt.

»Setzt euch.« Sie zieht sich selbst einen Stuhl heran, setzt sich darauf mit der Rückenlehne nach vorne und verschränkt die Arme. Sie hat ihren Fellmantel abgelegt und trägt weite, pludrige Hosen und über einem Wollhemd eine Lederschürze wie ein Schmiedbrenner – nur dass ihre statt Rußflecken unzählige Fettsprenkel und andere Spuren der Essenszubereitung aufweist. Doch ich werde mich hüten, sie zu unterschätzen. Ein Messer steckt unübersehbar in ihrem Gürtel – und niemand kann besser mit einem Messer umgehen als ein Koch.

»Setzt euch«, wiederholt sie.

Anders lässt sich als Einziger neben ihr nieder, starr und angespannt wie ein schussbereiter Bogen. »Tut, was sie sagt«, fordert er uns auf. »Redet mit uns.«

»Reden.« Ian schnaubt. »Wenn ihr versucht, uns mit Nettigkeiten die Zunge zu lösen, seid ihr an die Falschen geraten.«

Die Wirtin lächelt dünn. »Ich glaube nicht, dass ich sonderlich nett bin, Hauptmann Ian.« Sie deutet auf den Stuhl vor sich. »Ich sage es ein letztes Mal: Setzt euch. Wir sind gesittete

Menschen. Wir palavern nicht im Stehen. Wenn ihr das anders seht, gehen wir, und ihr könnt hier verrotten.«

Der Varg beginnt leise zu knurren, offensichtlich reagiert er auf die Wut in ihrer Stimme.

Ian und die Wirtin messen sich stumm mit Blicken. Doch schließlich nickt er. Ich atme erleichtert auf, als wir uns gegenüber den beiden Nørlaendern niederlassen.

Jönnika Fredriksdotter mustert uns lange. Die Haut um ihre Augen ist zerfurcht, als kneife sie sie oft zusammen.

»Die Karten haben sich neu gemischt«, sagt sie. »Ihr habt Anders gefangen gehalten, und jetzt seid ihr meine Gefangenen. Ich weiß, ihr verachtet mein Volk, weil es sich keiner Regierung unterwirft und weil es noch an die alten Götter glaubt. Ihr glaubt an gar nichts. Deshalb traue ich keinem von euch, egal, was mein Neffe sagt.« Sie streicht sich bedächtig mit einer Hand über die Schläfe. Ihr Tatovering beginnt sachte zu glühen.

Die Luft flirrt, etwas bewegt sich durch den Raum wie ein sachter Schleier im Wind. *Magie*. Jetzt, da ich weiß, worauf ich achten muss, sehe ich sie. Und erstarre vor Staunen, als sie sich über der Wirtin zusammenzieht. Der Varg japst auf und legt den Kopf in den Nacken, als sehe auch er es.

Die Wirtin hebt die Hände, ihre Augen starren ins Nichts. »Ich sehe euch drei.« Ihre Stimme ist tonlos und zugleich so scharf, dass sie wie unsichtbare Glasscherben durch den ganzen Raum schwebt. »Ich sehe, dass ihr eure eigenen Ziele verfolgt. Ihr seid überzeugt, dass ihr das Richtige tut, nicht nur für euch, sondern für andere. Unbeirrbar, zu allem entschlossen. Zumindest zwei von euch.«

Sie nimmt die Hand herunter, kneift die Augen zusammen und schaut mich an, dann fixiert sie die anderen der Reihe nach. »Tyr, der Gott der Erkenntnis, verrät mir allerdings nicht, welche Ziele das sind. Mein Neffe glaubt, es wären die gleichen wie seine. Er sagt, der neue Vorstoß eurer Armee, über den alle reden, hätte einzig das Ziel, die Frostseelen zu bekämpfen. Ihr drei wäret ein wichtiger Bestandteil dieses Plans. Was sagst du dazu, Hauptmann?«

Ian mahlt mit den Zähnen. »Ich weiß von keinem neuen Vorstoß.«

»Du lügst.« Sie beugt sich vor. »Ich kann sehen, wenn jemand lügt«, schnappt sie. »Ihr wart Teil dieses Feldzugs, dann wurdet ihr von ihm getrennt. Statt zurückzukehren in den Süden, wohin ihr gehört, wollt ihr eure Leute wiederfinden. Warum?«

Ian sagt nichts.

»Warum?« Sie schlägt auf den Tisch. Ihre Hände sind tatsächlich groß wie Pranken, fast so groß wie die von Ian, und sie haben Schwielen von harter Arbeit.

»Wir sind Soldaten der Republik«, sagt Ian schroff. »Das ist unsere Pflicht. Der Tapfere mag fallen, aber er weicht nicht zurück.«

»Ach, so ist das?« Sie mustert ihn spöttisch. »Ich dachte, ihr hättet die Religion aufgegeben. Doch offensichtlich habt ihr eine neue gefunden.«

Ian verschränkt die Arme und starrt sie wütend an.

Sie schüttelt den Kopf. »Wenn das alles ist, was ihr zu sagen habt, kann ich nichts für euch tun. Ich werde euch an den Clanführer ausliefern, der am meisten zahlt. Und der wird zwei von euch umbringen lassen, ohne sie auch nur anzusehen. Nämlich den Hauptmann, der lieber stirbt, als sein Maul aufzumachen. Und das Mädchen mit den kalten Augen, kleinwüchsig wie ein Kind. Doch nach der dritten wird er sich die Finger lecken.«

Ihre kleinen braunen Augen mustern mich beinahe mitleidig. »Sie werden dich foltern, bist du verglühst. Feuer war immer unser Feind, schon seit altersher. Einige Clans sind so fanatisch in ihrem Hass, dass sie lieber an der Grenze gegen euch Feuermagier kämpfen, statt ihre Familien gegen die Frostseelen zu schützen. Sie streiten sogar ab, dass Feuer die wirksamste Waffe gegen die Verlorenen ist, die da draußen umherwandern.«

Sie springt auf. Der Varg stößt ein kurzes Bellen aus, als ihr Stuhl zu Boden poltert. Mit einer Handbewegung bringt sie ihn zur Ruhe. »Die Wirte der Nørlande haben einen Grundsatz«, ruft sie. »Sie weisen niemanden von ihrer Türschwelle ab, wenn er in Not ist. Seit Kazimir Borgersson mir diesen Gasthof verpachtet hat, halte ich mich daran. Denn bei Tyr, meine Familie weiß, wie sich Not anfühlt. Doch in den letzten Wochen sind mehr als hundert Menschen hier vorbeigekommen. Hundert, die alles verloren haben wegen der Frostseelen. Ich konnte nur wenigen Obdach bieten, viel zu wenigen.«

Ihre Augen glühen, als sie mit geballten Fäusten vor uns stehen bleibt. Wieder muss ich an die Bärin denken. Doch in ihrem Gesicht lese ich mehr Schmerz als Wut.

»Jetzt musste ich erfahren, dass auch ich jemanden verloren habe. Meine Schwester. Sie hat sich einen Dolch ins Herz gerammt, als eine Frostseele sie in Stenborg anfiel. Sie wollte lieber sterben, als eine von ihnen zu werden.« Ihr Blick forscht in unseren Gesichtern. »Sagt die Wahrheit. Seid ihr in unserem Land, um uns zu unterwerfen? Oder seid ihr hier, um etwas gegen die dunkle Magie zu tun, die den Menschen die Seelen raubt?«

Ian schweigt weiterhin. Doch ich spüre Anders' drängenden Blick auf mir. Er hat recht, wir müssen miteinander reden.

»Es ist kein Kriegszug, sondern eine friedliche Erkundungsmission«, platze ich heraus, ehe ich es mir anders überlegen kann. »Wir sind in euer Land gekommen, um die Seuche zu erforschen. Unsere Heiler suchen nach einem Heilmittel.«

Ian packt unter dem Tisch meinen Oberschenkel und presst ihn so fest, dass ich aufkeuche. »Halt den Mund«, knurrt er.

»Eine Seuche? Ein Heilmittel?« Die Wirtin lacht ungläubig auf. »Das ist eine gute Geschichte. Hilft sie dir, gut zu schlafen?«

»Nein, tut sie nicht«, stoße ich aus. Ich versuche Ians Griff zu ignorieren, doch er schmerzt. »Was weißt du über die Seuche, Wirtin, das wir nicht wissen?«

Sie richtet den umgeworfenen Stuhl auf und setzt sich wieder hin, die Hände auf der Lehne verschränkt. Sie ignoriert Ian und Eleni jetzt vollkommen, schaut nur noch mich an. »Nenn mich nicht Wirtin! Und auch nicht Jönnika, wie es meine Familie tut. Sag Ma Fredrik zu mir.«

Ich nicke. Endlich lässt Ians Griff um mein Bein nach. »Ma Fredrik«, sage ich. »Was weißt du über die Seuche?«

»Das werde ich euch erzählen.« Sie runzelt die Stirn. »Vielleicht. Doch erst bist du dran. Anders sagte, ihr hättet zwei Amulette in eurem Besitz. Waffen der Alfr, eines aus Silber und eines aus Gold. Das Goldene gehorcht niemandem außer dir. Du hast damit fünfzig Befallene in einem Feuersturm getötet.« Sie streckt die Hand aus. »Zeig es mir.«

Ich zögere. Etwas in mir sträubt sich mit aller Macht, das Amulett herzugeben. »Hauptmann?«, murmele ich.

»Tu es«, sagt er gepresst. Und ich habe auch gar keine andere Wahl. Anders nickt mir zu, als ich es aus meiner Tasche ziehe. *Du tust das Richtige.*

Ich lege meine geschlossene Faust auf den Tisch, mit der Handfläche nach oben. Zögernd öffne ich die Finger. Das Amulett blitzt hervor.

Die Wirtin zuckt zurück, als ich es auf die Tischplatte lege und meine Hand ein Stück zurückziehe. Doch ihre Augen sind nicht auf das Chrysos gerichtet. »Sechs Finger«, ruft sie. »Du bist ein Schützling der Götter.«

Wie meint sie das? Jetzt blickt sie mit offenem Mund zu Anders, der stolz aufgerichtet ihren Blick erwidert. Er schüttelt den Kopf, und sie schließt den Mund wieder, verschluckt offensichtlich die Worte, die ihr auf der Zunge lagen. Offensichtlich ist das Machtverhältnis zwischen ihnen doch nicht so eindeutig, wie ich bisher dachte.

»Das zweite Amulett.« Anders deutet auf Ian. »Leg es ebenfalls auf den Tisch.«

Ian kommt der Aufforderung zögernd nach. Ich ziehe tief die Luft ein, als er seine Hand zurückzieht. Noch nie habe ich die Münzen so einträchtig nebeneinander liegen sehen. Der goldene und der silberne Schimmer scheinen heller zu strahlen, sich ineinander zu verschlingen in einem gläsernen, eigentümlichen Glanz. Doch als ich blinzle, ist der Eindruck verschwunden, sie wirken stumpf und leblos.

Anders' Tante hebt die Hände und hält sie über die beiden Amulette. Als sie die Augen schließt, beginnt ihr Tatovering erneut zu glühen. Eleni runzelt die Stirn. Sie mag keine Theatralik. Doch sie kommentiert nichts, verharrt weiterhin in einer Zurückhaltung, die ich kaum von ihr kenne.

Ich glaube hingegen nicht, dass die Wirtin uns etwas vorspielt, als ihre Hände zu zittern beginnen wie Zweige im Wind.

»Bei allen vier Göttern«, murmelt sie. Ihr Gesicht verzerrt sich wie unter Schmerzen. Plötzlich reißt sie die Augen auf und zieht die Hände schützend an die Brust. »Bedeckt sie«, kreischt sie, das Gesicht abgewandt.

Ehe einer von uns anderen auch nur reagieren kann, wirft Anders seinen Umhang auf den Tisch, sodass die Amulette darunter verschwinden.

»Was hast du gesehen, Tante?«, fragt er so ruhig, als hätte ihn ihr Ausbruch nicht überrascht.

Sie springt auf, offensichtlich zu erregt, um sitzen zu können. Ihr Stuhl poltert erneut zu Boden. Der Varg springt an ihre Seite, fährt ihr mit der Schnauze übers Gesicht, als wolle er ihr Beistand leisten.

»Ich habe die Kraft der Amulette gespürt«, sagt sie. Das erste Mal höre ich ein Zittern in ihrer Stimme. »Eigentlich helfen uns Gold und Silber nur, unsere Seelen weit zu öffnen, sodass *Synnøve,* die Göttin der Magie, durch uns wirken kann. Doch diese beiden Werkzeuge sind etwas gänzlich anderes. Sie *sehen* uns.« Sie schaudert. Der Varg an ihrer Seite spitzt die Ohren, als verstehe er jedes ihrer Worte.

»Sie gieren nach jedem Lebewesen in ihrer Nähe, ausgenommen ihr.« Sie deutet auf mich, mustert mich so finster, als sei ich ein Ungeheuer.

»Diese Amulette öffnen nicht nur die Seelen ihres Trägers«, ruft sie. Ihr Blick durchbohrt mich, ebenso die roten Augen des Varg. »Sie *benutzen* sie. Um eine gänzlich andere Macht zu rufen, eine dunkle, zerstörende Kraft, die sie und ihre Träger speist. Magie, ja. Starke Magie. Aber sie ist so stark, weil sie sich von Leben nährt, von allem Leben, das um uns gedeiht. Die Amulette verzehren es.«

Anders stößt einen entsetzten Laut aus. Er will etwas sagen, doch sie schüttelt den Kopf. »Das ist noch nicht das Schlimmste«, presst sie mit glühendem Blick hervor. »Es gibt eine Kraftquelle von der gleichen finsteren Art, die wir Seher seit drei Monden im Norden spüren. Die Tote erweckt und dazu zwingt, jedes menschliche Leben verzehren.«

»Das kann nicht sein.« Anders springt auf und packt seine Tante am Arm. »Sag, dass du dich irrst.«

Eleni und ich wechseln einen erschrockenen Blick.

»Von was redet ihr?«, rufe ich. Doch ich weiß es schon.

Anders atmet tief ein. Er schaut in unsere Richtung, doch er sieht uns nicht. Seine Augen sind stumpf und schwarz wie die Höhlen, denen wir gerade erst entkommen sind. »Wir reden vom Ursprung der Frostseelen. Wenn die Amulette wirklich von den Alfr stammen, bedeutet das, die Alfr haben auch unsere Toten zu finsterem Leben erweckt. Es bedeutet …« Seine Stimme ist leise und zögernd, als würde er einen Fluch über uns bringen, wenn er es ausspricht. »Sie sind zurück. Die Alfr sind zurück.«

Kapitel 28

Wir schweigen. Keiner von uns weiß, was er sagen soll. Uns sind Anders' Worte in die Glieder gefahren. Doch immerhin spricht nun aus Ma Fredriks Blicken mehr Nachdenklichkeit als Hass, als sie uns müde Gestalten mustert.

»Noch wissen wir nichts mit Bestimmtheit. Reden wir morgen weiter«, sagt sie schroff. »Ihr bleibt heute Nacht hier unten, damit euch die Gäste nicht sehen. Morgen quartiere ich euch in meinen privaten Schlafkammern ein. Dann hattet ihr wenigstens für eine Nacht ein gutes Lager, ehe ihr aufbrecht.«

»Du lässt uns ziehen?«, stößt Ian ungläubig aus. »Dann werden wir keine zweite Nacht bleiben.«

»Oh doch«, widerspricht sie. »Das Wetter verschlechtert sich. Morgen wird ein Schneesturm wüten, bei dem niemand vor der Tür sein sollte.«

»Woher weißt du das?«, fragt Eleni.

»Kindchen.« Die Wirtin seufzt herablassend. »Wir alle wissen das. Wenn wir das Wetter nicht lesen könnten, würden wir in diesem Land keinen einzigen Winter überleben. Außerdem müsst ihr euch vorbereiten. Ihr braucht Vorräte und angemessene Kleidung, Reittiere. Und die richtige Haarfarbe.«

»Vorbereiten auf was?« Ian verengt die Augen.

Doch statt zu antworten, marschiert Ma Frederik einfach zur Tür hinaus.

»Halt«, ruft er hinter ihr her. »Sag mir, was du planst, Weib.«

Sie dreht sich nicht zu ihm um. Der Varg allerdings bleibt stehen und knurrt Ian an, und seine zurückgezogenen Lefzen zeigen fingerlange, scharfe Zähne. Ian ballt die Fäuste, doch er ist klug genug, sich auf keine Auseinandersetzung mit einem Tier einzulassen, das mehr als dreimal so schwer ist wie er.

Anders nimmt seinen Umhang vom Tisch. Das goldene Amulett lässt er liegen, doch das silberne steckt er in seine Tasche. »Ich lasse euch etwas zu essen bringen«, sagt er, ehe er ebenfalls zur Tür hinaus verschwindet. Der Varg folgt ihm, und gleich darauf höre ich einen Riegel zuschnappen.

Ich starre auf das goldene Amulett, dann wende ich mich ab. Ich will es nicht berühren, nicht heute Nacht. Eleni setzt zu reden an, doch Ian befiehlt ihr, den Mund zu halten. Sie versinkt in ein schmollendes Schweigen, und er grübelt über seiner Schwertklinge vor sich hin. Noch nie habe ich ihn so wütend und zugleich so hilflos gesehen. Doch als ich die Hand nach ihm ausstrecke, dreht er sich weg. Ich seufze, wickle mich in meinen Schlafsack und dimme das Licht meiner Feuerkugel zu einem Glimmen herab. Vorerst sind wir hier in Sicherheit, und ich bin zu müde, um noch klar zu denken. Als ein Knecht mit einem Tablett voller Essen zurückkommt, bin ich schon halb eingedöst. Ich stopfe noch ein bisschen Brot in mich hinein, dann versinke ich in einen unruhigen Schlaf, aus dem ich erst erwache, als die Tür sich erneut öffnet.

Anders kommt zu uns herein, in einem frischen, sauberen Hemd, die Wangen offenbar von kalter Morgenluft gerötet. Sofort ist Ian auf den Füßen, sein Messer blitzt im Licht von Anders' Fackel.

Anders schüttelt den Kopf. »Steck die Waffe weg. Ich bin hier, um unser weiteres Vorgehen zu besprechen.«

»Unser Vorgehen.« Ian lässt tatsächlich das Messer sinken, doch er wiederholt die Worte in verächtlichem Tonfall.

Statt einer Erwiderung lässt sich Anders auf einem Stuhl nieder und beobachtet, wie Eleni und ich uns aus unseren Schlafsäcken herausschälen.

»Ich weiß nicht, was deine Tante im Schilde führt«, grollt Ian. Das Messer steckt er zu meiner Erleichterung wieder an seinen Gürtel. »An unserem Auftrag hat sich nichts geändert. Wir ziehen in den Norden und stoßen zu unserer Truppe, übergeben das Amulett dem Kommandanten, berichten von den Alfr und warten auf seine weiteren Anweisungen.«

Anders schüttelt den Kopf. »Das ist nicht das, was wir wollen.«

»Deine Tante und du?«, ruft Ian spöttisch.

»Meine Tante und ich«, bestätigt Anders, ohne die Miene zu verziehen. »Ihr seid unsere Gefangenen. Eigentlich meine Gefangenen. Sie hat euch mir überlassen.«

»Das wird ja immer besser.«

Anders hebt die Augenbrauen. »Vielleicht wird es das. Ich will euch nicht dafür bestrafen, wie ihr mich behandelt habt. Was geschehen ist, ist geschehen. Ohne euch hätte ich vielleicht nicht überlebt. Ohne euch hätten wir sicher diese Amulette nie gefunden. Sie könnten der Schlüssel sein, um die Seuche, wie ihr sie nennt, zu besiegen.«

»Warum nimmst du sie dann nicht an dich und bringst uns um?«, fragt Eleni gelassen. Ian stößt zischend die Luft aus.

»Wegen ihr.« Anders zeigt auf mich. Seine schwarzen Augen zeigen keine Gefühle, doch sein Mundwinkel zuckt in einem kaum sichtbaren Lächeln nach oben. »Weil das goldene Amulett allein ihr gehorcht.«

»Das stimmt«, flüstere ich.

»Was willst du tun?«, fragt Eleni. »Willst du mit Thea ins Narviktal reisen und dort die Amulette einsetzen gegen wen oder was auch immer?«

Ich schrecke zusammen, doch Anders nickt bedächtig.

»Wir wissen noch nicht, ob die Alfr wirklich zurück sind«, murmelt er. »Doch eines weiß ich: Die Amulette sind wahrscheinlich die beste Waffe, die wir gegen sie haben.«

Eleni starrt ihn an, als wolle sie ihn mit ihren Blicken erdolchen. Glaubt sie ihm nicht? Oder ärgert sie sich, weil sie ihm nicht widersprechen kann? Doch statt seine Worte zu kommentieren, presst sie die Lippen aufeinander und fällt in ihr ungewohntes Schweigen zurück.

»Wir werden die Amulette nicht unvorbereitet einsetzen«, fährt Anders fort. »Zuerst gehen wir nach Kentagel, der größten freien Stadt der Nørlande. Dort lebt Geir Borgersson, Kazimirs Bruder. Er ist ein Seher wie er, ein gelehrter Mann, der sich der Geschichte unseres Volkes verschrieben hat. Und er ist Kazimirs Erbe. Wenn ein lebender Mensch etwas über die Amulette und ihre Herkunft weiß, dann er.«

»Und mein Vater.« Ich sage es, ohne nachzudenken. »Wenn er es gestohlen hat, dann weiß er vielleicht auch mehr darüber.«

Anders nickt. »Doch ihn kennen wir nicht. Geir Borgersson ist unsere beste Spur.«

»Ich habe von Kentagel gehört«, stößt Ian aus. »Ein unterirdisches Dreckloch voller Halunken und mörderischer Gottespriester. Die uneinnehmbare Stadt, nennen die Grenzer sie. Und für den, der sich hineinwagt, eine Falle. Nur jeder dritte Spion, der sie betritt, kommt überhaupt zurück.«

»Offensichtlich redet euer Volk gern über Dinge, die es nicht versteht.« Anders zuckt mit den Schultern. »Ich kenne Kentagel. Ich bin dort geboren.«

Neugierig mustere ich ihn. Ich habe noch nie von Kentagel gehört, aber im Namen dieser Stadt schwingt etwas Verwegenes mit, der Klang eines zerklüfteten, kargen Berges, zerfressen von Hagel, Schnee und Wind.

Ian schnaubt indes unbeeindruckt. »Wenn wir einen so gefährlichen Umweg einschlagen, will ich Sicherheiten.«

»Du willst Sicherheiten?« Die Stimme von Ma Fredrik lässt uns herumfahren. Sie lehnt mit verschränkten Armen an der Tür. »Hier ist *meine* Sicherheit«, meint sie und kommt mit wiegenden Schritten auf Ian zu. »Ich kenne eure Gesichter. Alle Seher werden sie kennen, wenn ich sie im Traum zu ihnen schicke. Brom, mein Varg, kennt euren Geruch, und ihr habt nie einen schnelleren Jäger gesehen. Wenn Anders etwas durch eure Leute geschieht, werdet ihr drei den Norden nicht lebend verlassen.«

Ich schlucke. Eine ernst zu nehmende Drohung. Ian spannt sich an, seine Hände griffbereit am Waffengürtel. Sie stehen sich gegenüber und beobachten sich. Sie überragt ihn tatsächlich, und sie ist ebenso kräftig wie er. Und doch ist es nicht nur ein Messen ihrer körperlichen Kräfte, erkenne ich, sondern ein Abschätzen ihrer Beweggründe. Beide hassen die Vorstellung, mit dem Feind zu paktieren. Beide wollen sie die Menschen schützen, die ihnen geblieben sind. Und beide sind stolz und befehlsgewohnt – dabei vielleicht zu halsstarrig, um jemals einzulenken. Ich spüre Anders' Blick.

Er steht auf, zieht das silberne Amulett aus seiner Tasche und hält es vor sich in der offenen Handfläche.

Denkt er das Gleiche wie ich? Mein Amulett liegt immer noch auf dem Tisch, schimmernd wie ein Auge, das mich beobachtet. Doch sobald ich es in der Hand halte, fühlt es sich nicht Furcht einflößend an, sondern vertraut wie ein Freund. Ich halte es neben Anders' silbernes Gegenstück.

Eleni japst genauso ungläubig wie ich, als seine Hand plötzlich fest die meine packt. Die beiden Amulette liegen direkt aufeinander. Ein Stoß geht durch meinen Körper, eine Mischung aus Freude und Furcht. Sonst passiert allerdings nichts. Das Silber ist ganz nah, doch es berührt mich nicht. Seine Hand allerdings schon. Sie ist weicher und schmaler als die von Ian, und sie fühlt sich kühl an.

»Hört auf«, sagt Anders, und seine Stimme klirrt wie brechendes Eis.

»Hört auf mit …«, *der dummen Streiterei,* will ich sagen, doch verstumme überrascht, als bei jedem Wort eine Flamme aus meinem Mund zischt.

Ma Fredrik und Ian unterbrechen ihr Kräftemessen und fahren zu uns herum. Anders' Tante mustert uns aus zusammengekniffenen Augen. »Spielt lieber nicht mit den Amuletten herum.«

Ihre Stimme klingt mürrisch, doch ihre Miene wirkt besorgt, und ich ahne plötzlich, dass sich hinter dem Brummbär eine warmherzige Frau verbirgt.

»Das ist kein Spiel«, sage ich. »Für keinen von uns.«

Anders nickt und lässt meine Hand los. »Natürlich nicht«, sagt er leise.

Ich stecke das Amulett in die Tasche und schaue zu Ian hinüber. Er reibt sich den Nacken. Sein Blick ruht finster auf Anders und mir. Ich eile zu ihm und greife nach seiner Hand. Sie ist schwer und hart, fühlt sich zwar wärmer, aber abweisender an als die von Anders.

»Du weißt, es ist die einzige Möglichkeit«, flüstere ich. »Wir brauchen die Amulette ebenso wie sie, und für das Silberne brauchen wir ihn.«

»Für das aus Argyr, meinst du. Rede nicht so wie er.« Er beugt sich an mein Ohr. »Egal, was er sagt, er bleibt ein Barbar«, knurrt er. »Und du bist die ungehorsamste Rekrutin der Republik.«

Ich lehne meinen Kopf für einen Moment gegen seinen. »Ich weiß, wer ich bin«, lüge ich und lächle traurig. Gleichgültig, was passiert, für ihn bleibt die Welt dieselbe, und darum beneide ich ihn. Für mich hat sich längst alles geändert.

Ich wende mich der Wirtin zu. »Sag mir eines, Ma Fredrik. Wie gut bewachst du den Geheimgang? Und was weißt du über den Diebstahl des goldenen Amuletts aus diesen Höhlen?«

Sie verengt die Augen. »Willst du mich beschuldigen?«

»Ich will nur verstehen, wie mein Vater daran gelangt ist.« Das ist die Wahrheit. Obwohl ich ihn nicht kenne, habe ich seit Tagen das Gefühl, auf seinen Spuren zu wandern.

»Glaub mir, das will ich auch wissen«, sagt Ma Fredrik finster. »Folgt mir hinaus in den Garten. Ich werde euch etwas zeigen.«

Wir bringen Treppen und Gang hinter uns und treten durch die Pforte. Die Sonne ist noch nicht am dämmrigen Himmel erschienen, trotzdem fühlt sich das anbrechende Tageslicht auf meinem Gesicht an wie das Streicheln einer lange vermissten Hand. Es ist klirrend kalt, doch von einem Sturm ist noch nichts zu sehen.

Schnee glänzt in Tausenden kleinen Kristallen, als Ma Fredriks ihre Fackel darin löscht. »Versteckt eure Haare«, weist sie uns an. »Hier sind überall Augen«, murrt sie. »Über den Ställen drängen sich vier Familien im Heu, die vor den Frostseelen geflüchtet sind. Auch die zehn Gästekammern und der große Schlafsaal sind alle belegt. Wenigstens sind ein paar starke Kerle darunter, die meinen Knechten helfen, auf den Mauern Wache zu halten.«

Wir folgen einem Pfad von ausgetretenen Fußspuren an der Mauer entlang. Ich sehe auch die Spuren riesiger Tatzen, und als Brom jenseits der Schneefläche hinter einer Hecke auftaucht, überrascht mich das kaum.

»Thea.«

Jemand zupft mich am Ärmel. Es ist Anders. Ich verlangsame neugierig meinen Schritt.

»Meine Tante sagte gestern, sie hätte bei zweien von euch klare Ziele gesehen«, stößt er aus, in einem leisen, drängenden Tonfall. »Ziele, von denen sie sich nicht abbringen lassen werden.« Sein schwarzer Blick durchbohrt mich, als suche er etwas.

Er weiß es. Ich schlucke. Er weiß, dass Ian und Eleni ihn verraten werden. Ich sage nichts, doch er nickt mit einem Seufzen, als reiche ihm mein Schweigen als Bestätigung.

»Sie glaubt, auch dir könne ich nicht vertrauen«, sagt er leise. »Doch das tue ich. Ich vertraue dir.«

»Warum?«, flüstere ich unwillkürlich. »Warum ausgerechnet mir?«

Er lächelt plötzlich, dann hält er seine Hand offen vor mich, senkt den Kopf und pustet sachte darüber. Was tut er da? Ist das irgendeine Art von besonderem Handschlag? Verwirrt zögere ich – und dann sehe ich es. Kristalle formen sich über seiner Handfläche in der Luft, ein flirrendes Spiel von Eis und Licht. Sie bilden eine Gestalt. Ein Hirsch mit stolz gerecktem Kopf und funkelndem Geweih. Er ist ein filigranes Gebilde, kaum größer als Anders' Daumen. Ich japse vor Entzücken, strecke meinen Finger aus und berühre den Hirsch vorsichtig. Sogleich schmilzt er in sich zusammen, bis auf Anders' Hand nichts als eine kleine Wasserlache zurückbleibt.

»Feuer und Eis.« Er lacht leise, ein dunkler, sanfter Laut, der mich seltsam berührt. Ich habe ihn noch nie lachen hören. Unwillkürlich falle ich mit ein.

»Vertraust du mir auch?«, fragt er plötzlich.

Über meine Antwort muss ich überraschend wenig nachdenken. »Ja«, flüstere ich.

Seine Augen leuchten auf.

Als Brennerin weiß ich, dass Schwarz eine warme Farbe sein kann – schließlich ist es die unsere. Auch Anders' Augen sind warm, wärmer als das Blau des Himmels, das so viele von uns in ihren Augen tragen.

»Wo bleibst du, Thea?«, ruft Ian und reißt mich aus meinen Gedanken. Wir sind ein Stück hinter die anderen zurückgefallen. Während sie warten, schließen wir eilig auf. Eleni begutachtet währenddessen interessiert das Mauerwerk des Gasthofs. Ihre Neugier lässt sie endlich ihr Schweigen brechen.

»Sind solche Wehranlagen bei euren Herbergen üblich?«, erkundigt sie sich.

»Die Anlage war nicht immer ein Gasthof«, sagt Ma Fredrik einsilbig.

Anders tritt an ihre Seite. Nichts in seiner gelassenen Miene erinnert an das Gespräch von eben. Und doch hat sich etwas geändert. Mich ergreift eine vage Furcht. Zwei Welten. Und dank ihm stehe ich plötzlich dazwischen.

»Früher war dies ein Tempel der Göttin Synnøve«, sagt er zu Eleni.

»Tempel?«, wiederholt sie fragend.

»Ein Ort des Gebets und der Andacht«, erklärt er. »Ein Wohnort für Männer und Frauen, die ihr Leben freiwillig der Göttin verschrieben haben.«

»So wie sich eure Soldaten dem Krieg verschreiben.« Ma Fredrik wirft Ian einen finsteren Blick zu.

Ian hebt die Augenbrauen. »Und sie wurden hinter den dicken Mauern eingesperrt? Das klingt nicht besonders freiwillig.«

Anders schüttelt den Kopf. »Die Mauern dienten ihrem Schutz, und dem Schutz derer, die sich ihnen anvertrauten. Denn Synnøve, die Göttin der Magie, urteilt nicht.« Sein Blick streift mich. Obwohl er nicht innehält, weiß ich, er redet zu mir. »Wertvorstellungen ändern sich. Reiche und Kulturen vergehen. Doch die Magie ist ein Kraftquell für alle. Und vor Synnøves Augen gelten alle Lebewesen gleich, auch jene, die sich in den Augen der Machthaber fehl verhalten haben.«

»Verstehe.« Eleni nickt. »Wenn sich Verbrecher hierher flüchteten, wurde ihnen Amnestie gewährt.«

Anders wiegt den Kopf. »Zumindest, solange sie sich hinter diesen Mauern befanden.«

Ma Fredrik mustert Ian. »In gewisser Weise ist mein Gasthof heute auch nicht viel anders«, bemerkt sie zynisch.

Ich packe ihn am Arm, ehe er aufbrausen kann.

Wir gehen noch zwanzig Schritt weiter, dann bleibt Ma Fredrik stehen. »Hinter dieser Pforte befinden sich die Küchengebäude«, erklärt sie. »Darüber die Gesindekammern, die früher ebenfalls Gästekammern waren. Doch ein Sturm hat einen Teil der Mauer zerstört, und bei dem Umbau danach habe ich die Kammern umgewidmet, damit meine Leute mehr Platz haben. Aber im Grunde ist das unwichtig. Ich will euch *das da* zeigen.« Sie deutet auf einen hölzernen Kasten unter dem Vordach der Mauer. »In diesem Kasten befindet sich eine Glocke. Es ist für die Mägde ein Spiel geworden zu rätseln, ob sie jemals läutet, und was das dann bedeuten mag. Ich selbst habe sie erst zwei Mal gehört. Vor zehn Jahren und gestern Nacht.«

»Weil der Höhleneingang geöffnet worden war«, stellt Eleni fest.

Ma Fredrik nickt. »Es ist ein einfacher Warnmechanismus. Das Eis, das die Höhle verschließt, ist magisch erschaffen, sodass es nie von allein abschmilzt. Im Winter ist es von Schnee bedeckt und im Sommer von einem kleinen Quelltümpel – unauffällig und so gut verborgen, dass keiner darauf stoßen sollte. Wenn aber doch jemand das Eis mit Magie zum Schmelzen bringt, lockert sich ein Seil, das verborgen durch den Fels und die Mauern führt – bis zu dieser Glocke.«

»Kazimir hat dir das alles erklärt?«, frage ich.

Sie nickt. »Vor siebzehn Jahren kamen meine Schwester, ihr Säugling und ich aus Kentagel hierher. Jemand hat uns zu Kazimir geschickt, mit dem Hinweis, dass er uns in unserer Notlage helfen könnte.« Sie zögert. Ihr Blick hat sich bewölkt, doch sie geht nicht näher auf ihre Familiengeschichte ein. »Kazimir war ein freundlicher Mann. Er nahm Jorun und Anders bei sich auf, und mir verpachtete er diesen Gasthof. In Kentagel besaß unsere Familie eine Taverne, ich kannte mich also damit aus. Ein Bestandteil des Pachtvertrags war aber unüblich: Die Bewachung des Höhlenausgangs. Ein Fluchttunnel für Stenborg, sagte Kazimir.«

»Und von dem Portal und den Amuletten wusstest du nichts?«, fragt Eleni.

Ma Fredrik zuckt die Schultern. »Ich war nie dort unten. Und ich habe keine Fragen gestellt.«

»Aber du wusstest, dass es um mehr ging als einen Fluchttunnel«, hake ich nach.

»Ich ahnte es«, erwidert sie. »Vor zehn Jahren kam Kazimir das erste und letzte Mal durch das Eis. Er war aufgewühlt, und er fragte mich aus, ob irgendwer den Tunnel betreten hatte.

Nein, sagte ich. Wäre er kein Seher, der Wahrheit von Lüge trennen könnte, hätte er mir nicht geglaubt. Doch meine Antwort bestürzte ihn. Er redete etwas von einem Dieb und davon, dass er das Zweite zerstören müsse, damit es nicht auch noch in falsche Hände geraten würde.«

»Deshalb hat er es in den See geworfen«, murmelt Anders. »Er dachte sicherlich, die Säure des Wassers würde das Amulett allmählich zersetzen, bis nichts mehr davon übrig bleibt.«

»Und dir ist wirklich nichts aufgefallen?«, frage ich Ma Fredrik drängend. »In den Jahren vor Kazimirs Entdeckung des Diebstahls? Irgendeine Kleinigkeit, der du keine Bedeutung beigemessen hast? Ein kurzes Läuten der Glocke? Ein verdächtiger Gast, vielleicht mit blonden Haaren wie ich?«

»Ein Bleichhaar wäre mir nicht entgangen«, schnaubt sie. »Aber da war keiner. Und die Glocke hat keinen Pieps von sich gegeben.«

»Vielleicht hast du sie nicht gehört.« Eleni blickt nachdenklich zu dem Holzkasten empor. »Vielleicht weil etwas anderes so laut war, dass niemand darauf achten konnte. Oder weil sie defekt war. Du sagtest, ein Sturm hätte einmal Teile dieser Mauer zerstört.«

Ma Fredrik verengt die Augen. »Das war vor dreizehn Jahren«, sagt sie bedächtig. »Mitten im Winter. Es war ein schrecklicher Schneesturm, fünf Tage lang. Der Mauereinbruch hat das Seil zerissen, sodass ich es nach dem Sturm ersetzen musste. Es war viel zu tun.« Sie seufzt. »Der Sturm hat auch die Schafställe zum Einsturz gebracht und so schlimm gewütet, dass wir nicht einmal hinaus konnten, um die Tiere zu retten. Wir hätten einen Eismagier gebraucht, um der Macht des Schnees etwas entgegenzusetzen.«

Sie stockt einen Moment, in Erinnerung versunken. Sie scheint jetzt mehr zu sich selbst als zu uns zu sprechen.

»Ich hatte zu dem Zeitpunkt tatsächlich einen Eismagier zu Gast. Aber ich bekam ihn kaum zu Gesicht. Sein Begleiter sagte, er wäre schwer krank. Für die fünf Tage, die der Sturm wütete, verbarrikadierten sie sich in ihrer Schlafkammer.« Sie deutet ein Stück zur Seite und in die Höhe. »Die war genau hier unter dem Dach. Einer der wenigen Räume in diesem Flügel, die von dem Mauereinsturz nicht in Mitleidenschaft gezogen wurden.«

»Um in den Tunnel zu kommen, braucht es einen Vereiser«, sagt Eleni. »Bis zum Portal und zurück wären es vier Tage. Hast du den Mann in den fünf Tagen gesehen?«

»Ich glaube nicht. Sie wünschten, nicht gestört zu werden.« Ma Fredrik verzieht ihre Miene. »Nur sein Begleiter kam einmal täglich und holte Nahrung und frische Laken. Er war sehr besorgt und sagte, dem Magier ginge es beständig schlechter. Er war ein aufmerksamer Mann, der sich sogar entschuldigt hat, dass sein Kamerad nicht bei dem Sturm helfen könne. Glaubt mir, als Seherin hätte ich eine Lüge durchschaut.«

Eleni runzelt die Stirn. »Und nach dem Sturm?«

»War der Magier tot.«

Ich zucke zusammen. *Tot.* Ich balle eine glühende Faust, starre darauf, bis mir plötzlich klar wird, dass mein Vater nicht dieser Eismagier gewesen sein kann. Nicht, wenn er mir den Feuertrieb vererbt hat.

»Was war mit seinem Begleiter?«, fragt Eleni.

»Der war sehr betroffen«, antwortet Ma Fredrik. »Er reiste sofort ab, in einer fast übertriebenen Eile. Er wollte den Leichnam des Magiers nach Kentagel bringen, sagte er. Ich habe ihn nie wiedergesehen.«

»Und an dem Tod war nichts Unnatürliches?«, hakt Eleni nach.

Ma Fredrik kneift die Augen zusammen. »Das wäre mir aufgefallen.«

»Es gibt Wege, Menschen unauffällig umzubringen«, meint Eleni skeptisch. »Vielleicht hat dieser Mann das getan. Er hat den Eismagier beseitigt, nachdem dieser für ihn das Amulett beschafft hat. Ich frage mich nur, warum er nicht gleich beide Amulette genommen hat.«

Mich fröstelt. Ich traue mich kaum, die Frage zu stellen. »Wie sah der Begleiter aus?«

»Attraktiv«, antwortet Ma Fredrik, ohne zu Zögern. »Leuchtende blaue Augen. Rabenschwarzes Haar, das in Locken über seine Schultern fiel.«

»Blaue Augen? Schwarze Locken?« Anders, der sich ein Stück abseits gehalten hat, schiebt Eleni beiseite und packt seine Tante am Arm. »Weißt du nicht mehr, was Mutter erzählt hat?« Er sieht aus, als würde er Ma Frederik schütteln wollen.

Sie reißt die Augen auf. »Du meinst, *er* war das?«

»Wer?«, ruft Eleni.

Anders beißt sich auf die Lippen, sein Gesicht eine blasse, abweisende Maske.

»Ein Mann, der meiner Mutter einmal geholfen hat«, sagt er schroff. »Ich weiß nichts über ihn. Außerdem ist es Jahre her, und sie ist tot, also spielt es wohl kaum noch eine Rolle.«

Trauer verschleiert plötzlich seinen Blick. Mein Herz zieht sich zusammen. Doch ehe ich etwas sagen kann, wendet er sich ab und stapft davon.

❄

Mittags betreten wir erstmals den Gastraum. Durch dicke Butzenscheiben fällt Sonnenlicht herein. Von wegen Schneesturm! Doch wir halten die Köpfe gesenkt, die Kapuzen tief in unsere Gesichter gezogen, damit die anderen Gäste uns nicht zu genau betrachten können.

Wir sind frisch gebadet, doch mein neuer Fellumhang gibt mir das Gefühl, ich wäre schmutziger als zuvor. Er kratzt und riecht nach fremdem Schweiß, mich irritieren sein helles Grau, das mit grünen Bändern gesäumt ist, und die riesige Eisenschnalle an meinem Hals, ein bereits leicht rostiges Rechteck, in das ein grober Spielwürfel eingeritzt ist. Doch noch mehr irritieren mich die fleckig graubraunen Haarsträhnen, die in mein Gesicht hängen. Das Haar einer Fremden, so kommt es mir vor, und doch ist es meines, gefärbt mit einem Brei aus Ruß und zerriebenen Walnussschalen.

Eleni und Ian tragen Umhänge von der gleichen Art, und auch ihre Haare sind deutlich dunkler. Nur Anders bleibt er selbst, hochaufgeschossen und stolz, in Stiefel, Hose und ein dünnes Wollhemd gekleidet. Er hat sich kein Wort mehr über den schwarzlockigen Fremden entlocken lassen. Weil er Ian und Eleni nicht vertraut – und das zu Recht. Nur mir, was mir das Gefühl gibt, ich wäre zwischen zwei Pferde gespannt, die in verschiedene Richtungen davongaloppieren.

Ma Fredrik dirigiert uns zu einem freien Tisch in einer fensterlosen Nische, gleich neben der blank gescheuerten Wirtstheke.

Ich werfe einen kurzen Blick durch den Gastraum, während ich mich setze. Die Wände sind wie schon in Stenborg mit dick gewebten, vergilbten Teppichen behängt, wohl um Wärme zu speichern. Es gibt drei Kamine, von denen zwei angeheizt sind. Der Torf, der in schweren Ziegeln neben den Feuerstellen aufgestapelt ist, riecht unangenehm, doch die Wärme seines Feuers tut gut.

Zehn Tische zähle ich, davon sind vier in Nischen versteckt, so wie unserer. Fast alle Tische sind besetzt. An dreien sitzen erschöpft wirkende Familien mit ihren Kindern. Wie die Erwachsenen sind sie größer gewachsen, als ich es gewohnt bin. Sogar ein vielleicht siebenjähriges Mädchen kommt mir größer vor als Eleni. Obwohl es mit zwei Kleinkindern herumtollt und sogar lacht, wirkt es hohlwangig, und seine dunklen Augen sind stumpf, als hätten sie mehr gesehen, als das Mädchen verkraften kann.

An den anderen Tischen sitzen vor allem Männer – und

ein paar Frauen, die sich nur durch fehlende Bärte von ihnen unterscheiden. Ich erspähe in den Halbschatten der Nischen angespannte Gesichter, die meisten mit großen Tonkrügen vor sich. Würfel klappern, Stuhlbeine kratzen über den Steinboden, dazwischen ertönt unterdrücktes Gemurmel.

Ma Fredrik packt mich am Arm. Sie hat sich zu uns gesetzt, und jetzt fixiert sie uns alle mit ihren dunklen Augen. »Haltet eure Blicke gesenkt«, schärft sie uns ein. Sie redet leise, und ich bin sicher, dass diese Nische unsere Gespräche geschickt von dem Gastraum abschirmt. »Während ihr euch gewaschen habt, haben Anders und ich uns eine Geschichte für euch einfallen lassen«, sagt sie. »Falls euch jemand auf eure hellen Augen anspricht, sagt ihr, ihr seid aus der ehemaligen Grenzsiedlung Fjell. Sie wurde vor zweiundzwanzig Jahren von den Bleichhaaren eingenommen, und in den Jahren darauf gab es viele Bastardkinder.«

»Athosianische Kinder?«, hakt Eleni mit einem Stirnrunzeln nach. »Aber ich dachte, wir sollten uns als Nørlaender ausgeben.«

»Das tut ihr auch.« Anders' Blick ist finster. »Eure Soldaten sind im Krieg nicht zimperlich. Keine Frau aus den Nørlanden paart sich freiwillig mit ihnen. Die, die danach nicht verschleppt und versklavt werden, bringen ihre ungewollten Kinder zur Welt und bieten sie den Göttern dar.«

»Sie setzen ihre Kinder aus?«, knurrt Ian.

Ma Fredrik sieht ihn an, als wolle sie ihn schlagen. »Sie bringen die Kinder in Tempel, wo unsere Priester sie aufziehen«, faucht sie. »Ihr seid Novizen und stammt aus einem Tempel des Svarog, merkt euch das.«

»Der Spieler, wie ihr ihn nennt. Der Gott des Frühlings und der Liebe«, stellt Eleni fest. »Warum er?«

Ma Fredrik seufzt. »Weil ich noch drei Umhänge dieses Ordens herumliegen hatte, die Priester bei mir als Bezahlung zurückließen.«

»Gibt es bei euch viele Priester?« fragt Eleni.

»Stellst du immer so viele Fragen?« Ma Fredrik seufzt noch einmal, antwortet ihr aber. »Nein, es gibt nicht allzu viele Priester. Aber jeder Nørlaender weiht sich einem Gott, wenn er mit fünfzehn das Erwachsenenalter erreicht. Er hat die freie Wahl, welchen. Den folgenden Winter verbringt er in einem Tempel dieses Gottes. Die meisten kehren im Frühjahr wieder heim. Jene, die bleiben, werden Novizen und irgendwann Priester.«

»Du hast Tyr gewählt. Warum?«

»Tyr ist der Gott der Erkenntnis, und ich bin Seherin.« Ma Fredrik zuckt mit den Schultern. »Es war eine naheliegende Wahl. Auch die meisten Eismagier weihen sich Tyr.«

»Du auch?« Eleni wendet sich Anders zu.

Er runzelt die Stirn. Offensichtlich will er nicht antworten, doch Eleni durchbohrt ihn unnachgiebig mit ihren Blicken.

»Nein«, murmelt er widerwillig. »Ich habe mich Njard geweiht.«

Dem Gott des Todes. Ich erschauere.

Eleni scheint seine Antwort kaum zu überraschen. Sie studiert ihn immer noch wie ein fremdes Insekt. »Warum bist du anders?«

»Vielleicht, weil das mein Name ist.« Sein Blick warnt: *Hör auf zu fragen.*

Eleni öffnet trotzdem den Mund, um weiter nachzubohren, doch ich komme ihr zuvor.

»Was ist mit *Norisk*, eurer alten Sprache?«, frage ich. Nicht nur, um zu verhindern, dass Eleni Anders noch weiter verärgert – ich will es wirklich wissen. »Werden wir nicht sofort enttarnt, weil wir sie nicht verstehen?«

»Keine Sorge.« Ma Fredrik lächelt mir tatsächlich zu. »Wir sind nicht nur ein freies Volk, sondern auch Eigenbrötler. Jeder Clan spricht seine eigene Version von Norisk, die er über Hunderte einsame Winter gehegt und gepflegt hat. Auf den

Handelsstraßen bedienen wir uns deshalb der neuen Sprache. Solange ihr euch nicht in tiefere Gespräche verwickeln lässt, solltet ihr durchkommen.«

Ich nicke erleichtert. Im gleichen Augenblick kommt eine Schankmagd zu uns an den Tisch und stellt vier Tonkrüge vor uns ab, in denen eine honigfarbene Flüssigkeit schäumt. Ian, Eleni und ich mustern die Krüge misstrauisch.

»Ich habe Hunger«, stellt Eleni fest. »Gibt es bei euch auch etwas anderes als Brot und Weißkohl, so wie gestern Abend und heute Morgen? Diese Dinge misshandeln meine Verdauung.«

»Wenigstens essen wir keine Käfer und Spinnen wie ihr in Athos«, murmelt Anders. Immer noch klingt er mürrisch, als hätten ihn Elenis Fragen mehr aufgeregt, als er sich anmerken lassen will.

»Raupen«, sagt Eleni, hebt einen der Tonkrüge und schnuppert daran. »Gesotten sind sie äußerst köstlich. Und was ist das?«

»Apfelsaft.« Ma Fredrik grinst. »Ich will euch nicht betrunken machen. Doch wenn ihr glaubhaft wirken wollt, müsst ihr heute Abend wenigstens ein paar Schluck Met probieren. Es gibt keinen Nørlaender, der *nicht* trinkt.« Sie erhebt sich von ihrem Stuhl, der erleichtert knarzt. »Ich lasse euch etwas zu essen bringen. Etwas anderes als gestern, versprochen.«

Ma Frederik lässt uns allein, und tatsächlich bringt uns die Schankmagd wenig später zwar wieder Brot und Weißkohl, doch dazu auch eine ordentliche Portion Fleisch und eine Schüssel mit Gemüse, das Anders als Wurzelrüben bezeichnet.

Ian schaufelt das Essen in sich hinein, und auch Eleni spricht ihm allem Gesagtem zum Trotz mit gutem Appetit zu. Nur ich stochere mit der grobzinkigen Gabel auf meinem Tonteller herum, ohne viel zu essen. Ich schaue mich um.

Die Menschen in diesem Gastraum wirken viel zäher als wir, hartgesottener selbst als Ian. Ich habe keine Ahnung, wie sie denken und was sie bewegt. Unsere Geschichte wird keiner genaueren Befragung standhalten können.

Eleni ist zu klug, um solche Gedanken nicht auch zu hegen. Ich beobachte sie. Kleinigkeiten verraten ihre Besorgnis, Bewegungen, die ich von mir selbst nur allzu gut kenne. Jedes Klappern der Fensterläden, jeder Windzug in den Kaminen lässt ihren prüfenden Blick hochschnellen, ebenso jede Person, die den Gastraum betritt. Jeder könnte ein Befallener sein, jedes Geräusch könnte von einem stammen. Früher hätte sie mit mir als Zuhörerin ihre Beobachtungen genauestens seziert, doch in den letzten Tagen ist sie schweigsam geworden.

Ian ist ebenso wachsam wie sie. Während er mit der linken Hand isst, hält er mit der Rechten scheinbar zufällig das Brotmesser umklammert. Wann immer er die Gelegenheit dazu hat, wandern seine Blicke vermeintlich ziellos durch den Gasthof, doch ich weiß, was er tut. Er achtet auf Treppen und Türen, auf Ein- und Ausgänge und die Anzahl der Fenster. Auf mögliche Fluchtwege. Auf mögliche Gegner.

Ich schlucke. Nein, keiner von uns dreien ist entspannt. Einzig Anders wirkt ruhig. *Er hat sich Njard geweiht.* Bedeutet das, dass er keine Angst vor dem Tod hat? Das kann ich mir nicht vorstellen. Er erwidert meinen Blick still und ohne zu zwinkern, und etwas in mir lodert auf, höher und heftiger als ich erwartet habe.

»Thea«, zischt Eleni und deutet mit der Gabel auf meine linke Hand. Meine sechs Finger glühen hellrot. Rasch verstecke ich sie unter dem Tisch.

Wir fallen wieder in unser Schweigen zurück. Doch etwas ist anders. Die Unterhaltung der anderen Gäste ist nahezu verstummt. Immer wieder werfen sie Blicke zu uns. Ihr Verhalten gefällt mir nicht. Haben sie meine glühende Hand gesehen? Doch dann wäre längst ein Tumult ausgebrochen.

Plötzlich steht einer der Männer am Tisch neben uns auf und kommt mit forschem Schritt auf unsere Nische zu. Er trägt überkniehohe Fellstiefel und ein langärmliges, ledernes Hemd, das mit einer kupfernen Schnalle geschlossen ist. Auf der Schnalle ist eine Hand abgebildet, die eine Waage hält – offensichtlich ist das Symbol für Händler universell. Für einen Händler erscheint er allerdings ziemlich muskulös, und sein wettergegerbtes, vernarbtes Gesicht unter dem schwarzen Bart zeugt von einem weit härteren Leben, als ich es von athosianischen Kaufmännern kenne.

»Ihr da«, ruft er. »Ihr seid Götterdiener, sagt Ma Fredrik. Kommt ihr von der Grenze? Wie sieht es dort inzwischen aus? Das woll'n wir wissen, bei den Göttern.«

Ian zieht das Messer zu sich heran und lässt es unter dem Tisch verschwinden. Ich senke den Kopf, luge vorsichtig zwischen den Haarsträhnen hervor.

»Schlimm sieht es aus«, sagt Anders bedächtig. »Geschäfte wirst du dort keine mehr machen können, Handelsmann.«

»Mir geht's nicht um Geschäfte.« Der Mann stützt seine Faust auf unseren Tisch, sein Blick schätzt uns einzeln ab, lauernd und neugierig zugleich. »Mir geht's darum zu erfahren, was die verdammten Bleichhaare vorhaben. Gibt's überhaupt noch Freie in den Grenzgebieten, eingekesselt zwischen den Sklavenhaltersoldaten und den Frostseelen?«

»Wenige«, murmelt Anders. »Aber die athosianischen Soldaten dort haben inzwischen selbst mit den Frostseelen zu tun. Ich bezweifle, dass sie noch Zeit für einen Krieg gegen uns erübrigen können.«

»Da hab ich anderes gehört.« Der Händler verengt die Augen.

»Ich auch«, ruft ein anderer vom Nachbartisch herüber. »Sie marschieren durch unsere Berge.«

Alle Gesichter sind uns nun zugewandt, selbst die Schankmagd hat aufgehört, Krüge zu füllen und starrt uns aus großen Augen an.

»Diesen Gottlosen ist nichts heilig«, ruft einer in unser

Schweigen hinein. Seine Kumpane nicken heftig. »Sie haben die Frostseelen beschworen. Sie wollen uns nicht besiegen, sondern vernichten!«

»Das stimmt nicht«, flüstere ich entsetzt.

»Was hast du gesagt?« Der Händler beugt sich vor. Sein Blick versucht, unter meine Kapuze zu kriechen, doch ich halte das Gesicht immer noch gesenkt. »Sag es noch einmal«, fährt er mich an.

Ich hole tief Atem. »Die Frostseelen kommen aus dem Norden, sagen die Seher«, flüstere ich. »Und sie strömen nach Süden. Warum sollten sie das tun, wenn die Bleichhaare sie beschworen haben?«

»Ja, warum sollten sie das tun?«, wiederholt er meine Worte in bedrohlichem Ton und beugt sich noch weiter vor.

»Weil im Süden die meisten Menschen leben«, erklärt Eleni sachlich.

Der Mann schnaubt. »Sagt ein Kind.«

»Ich bin kein Kind.« Sie hebt den Kopf und funkelt ihn an.

Er mustert sie erstaunt. »Tatsächlich nicht. Eine Kleinwüchsige. Solche überleben selten hier oben. Und verflucht blaue Augen. Bist du ein Bastard?«

»Wir alle waren Bastardkinder«, erwidert sie unbewegt. »Doch jetzt sind wir Kinder von Svarog.«

»Ihr gehört dem Frühlingsgott, dem fröhlichen Spieler? Seid ihr deshalb so unbedarft, die Bleichhaare für Unschuldslämmer zu halten?«

»Das haben sie nicht gesagt«, mischt Anders sich ein. »Und von marschierenden Soldaten wissen wir nichts.«

»Wo habt ihr denn in einer Höhle gehockt?«, ruft der Händler. »Alle reden davon. Hunderte ihrer verdammten Feuermagier sind auf dem Kriegszug. Sie wollen zuerst den hohen Norden einnehmen, heißt es, um uns dann einzukesseln wie ein Rudel Wölfe. Doch das wird ihnen nicht gelingen. Die Clanführer haben zu den Waffen gerufen. Von Kentagel aus wollen sie gegen die Bleichhaare ziehen. Wir sind unterwegs dorthin, um uns anzuschließen.«

Der Schreck macht mich sprachlos. Ian neben mir knirscht so hart mit den Zähnen, dass es sich anhört, als beiße er auf Sand. Eleni starrt den Mann mit großen Augen an. »Aber das ist Unsinn.« Sie verstummt, als seine Hand sie am Kragen packt.

»Ach ja?« Er zieht sie ganz nah an sich heran, seine Augen funkeln drohend.

Mir wird heiß. Eine Flamme tanzt auf meiner Hand, unter dem Tisch.

»Lass sie los, Trondur.« Ma Fredrik baut sich plötzlich neben ihm auf, die Hände in die Hüften gestemmt. »Belästige nicht meine Gäste, vor allem nicht die Begleiter meines Neffen.«

Trondur starrt Eleni immer noch an, doch dann lässt er sie widerwillig los. Ich schließe die Finger und ersticke die Flamme.

»Diese Göre hat mich beleidigt«, grollt er. »Entweder ist sie lebensmüde oder dämlicher als eine Bergziege. Oder sie weiß etwas.«

»Dieses Mädchen ist nur eine Novizin, die außerhalb ihrer Tempelmauern noch nichts von der Welt gesehen hat«, sagt Ma Fredrik barsch. »Verträgst du meinen Schnaps nicht, oder leidest du jetzt auch noch unter Verfolgungswahn?«

Ein paar Männer grinsen und stupsen sich an, doch Trondur wirkt kaum besänftigt. »Wir alle haben Verfolgungswahn«, stößt er aus. »Letzte Nacht stand ich auf deinen Mauern, Ma Fredrik, und hab ein halbes Dutzend Frostseelen mit Feuerpfeilen erledigt.« Aus seinen Augen spricht Wut, doch sie ist genährt von Angst, das sehe ich nun. »Vielleicht ist Drogon bereits von ihnen überrannt worden, und das liegt nur eine Wegstunde von hier. Und wie steht's mit Stenborg, auf der anderen Seite des Gebirges? In den letzten zwei Wochen hat niemand mehr was von den Borgerssons gehört. Während wir hier auf den Schneesturm warten, sind wir vielleicht die letzten lebenden Menschen der Nørlande.«

Er schaut sich im Gastraum um. Männer und Frauen sind erstarrt in Argwohn und Furcht. Einzig das Mädchen, das Mädchen mit den stumpfen Augen, bewegt sich. Es kriecht unter einen Tisch und stößt dort ein schrilles Wimmern aus. Wie um ihren Schrei zu unterstreichen, verdunkelt sich draußen plötzlich die Sonne. Eine Böe fegt Schneekristalle gegen die Fensterscheiben.

»Du hast recht, Trondur«, lenkt Ma Fredrik ein, während die Mutter des Mädchens zu Boden sinkt und ihre Tochter in die Arme zieht. »Ich danke Synnøve, dass meine Mauern so stark sind. Aber warum wollt ihr Männer nach Kentagel ziehen und Bleichhaare bekämpfen, statt eure Familien zu schützen?«

»Weil es das Einzige ist, was wir tun können«, entgegnet Trondur grimmig. »Werfen wir die verdammten Sklavenhalter aus unserem Land, können wir auch die Frostseelen besiegen, die sie uns auf den Hals gehetzt haben!«

Erneut dreht er sich auffordernd zu den anderen Männern und Frauen um. Er ist ein guter Redner, und ich sehe, wie die Furcht auf vielen Gesichtern neuer Entschlossenheit weicht. Nur die Mütter der Kinder senken die Köpfe, und das kleine Mädchen wimmert immer noch. Die anderen heben ihre Krüge und stimmen Trondur lauthals zu. Es fallen erst einzelne, dann immer mehr in einen grölenden Gesang.

»Auf in den Kampf, in die wogende Schlacht,
schlagt die Trommel mit aller Macht,
spannt die Armbrust mit funkelndem Stahl,
die Messer blitzen eisig und fahl.«

»Raus hier«, zischt Anders, als die Männer die nächste Strophe anstimmen. Seine Tante winkt uns zu, dann schiebt sie uns unauffällig hinter die Wirtstheke und durch eine Tür aus dem Gastraum hinaus.

Wir stehen in der Küche, in der zwei Mägde und ein Knecht geschäftig herumhantieren.

»Bring sie nach hinten in meine privaten Räume«, sagt Ma Fredrik zu Anders. »Malin, Ola, ihr schenkt den Singenden noch mehr Met aus. Sie sollen betrunken vor den Kaminen schnarchen, noch ehe die Nacht anbricht.«

Eilig folgen wir Anders, der uns durch dunkle Gänge führt. Ein Knecht stolpert vorbei, Eisklumpen im Bart und die Schultern drei Finger breit mit Schnee bedeckt.

»Das wird 'ne schlimme Nacht«, brummt er, ehe er in einem anderen Korridor verschwindet. Anders nickt zu seinen Worten, dann stößt er die Tür zu einer großen Kammerflucht auf.

Der Raum sieht gemütlich aus. Öllampen erhellen holzgetäfelte Wände, an denen Geweihschaufeln hängen, die von wahrhaft riesigen Tieren stammen müssen. Der Boden ist mit einem flauschigen Teppich ausgelegt, und vor einem Kamin bilden Sitzkissen ein behagliches Rund. Die Fensterläden sind geschlossen, doch sie klappern unter starken Böen. Wind heult auch im Dachstuhl irgendwo über uns.

»Setzt euch.« Anders deutet zu dem Kamin hinüber, doch keiner folgt seiner Aufforderung.

»Sie wollen gegen unsere Männer ziehen«, stößt Ian aus. »Das können wir nicht zulassen.«

»Das müsst ihr aber«, sagt Anders.

Doch Ian ignoriert ihn. »Heute Nacht schleiche ich in ihre Kammer«, knurrt er. »Mit aufgeschnittenen Kehlen werden sie keinem athosianischen Soldaten mehr gefährlich.«

»Willst du alle Männer umbringen, denen wir unterwegs nach Kentagel begegnen?«, entgegnet Anders.

»Das wäre Mord.« Die Wirtin steht in der Tür. Ihre Augen blitzen. »Dies ist kein Tempel der alles verzeihenden Göttin mehr, sondern mein Haus, und unter meinem Dach dulde ich nichts dergleichen.« Sie verschränkt die Arme. »Für die nächsten zehn Stunden tobt der Sturm«, sagt sie. »Doch wenn er endet, müsst ihr aufbrechen. Noch bevor der Morgen anbricht und Trondur und die anderen Kerle aus ihrem Rausch aufwachen. Proviant und Kleidung liegen bereit. Und jetzt stelle ich euch Broms Kindern vor.« Sie verzieht den Mund zu einem bärenhaften Grinsen, von dem ich nicht weiß, ob es warm oder boshaft ist. »Hofft, dass sie euch akzeptieren, denn ihr werdet sie reiten.«

Kapitel 29

Spitze Hagelkörner schlagen mir ins Gesicht. Der Varg unter mir schüttelt unwillig den Kopf. Er riecht nach nassem Pelz, und wenn er sein Maul zur Seite dreht, streift mich der Gestank nach rohem Fleisch. Trotz meines Gewichts springt er mühelos durch den Schnee. Ich möchte mir die Kapuze tiefer ins Gesicht ziehen, doch ich traue mich nicht, sein zottiges Fell loszulassen, einen grauweiß gefleckten Pelz, in den ich meine Handschuhe vergraben habe.

»Sie sind genauso frei wie wir«, sagte Ma Fredrik bei unserem Aufbruch. »Sie akzeptieren weder Zaumzeug noch Sattel. Sagt ihnen höflich, wohin sie euch tragen sollen. Sie verstehen jedes Wort. Wenn ihr ihre Hilfe nicht mehr braucht, verstehen sie auch das und kehren um, zurück zu mir.«

Der Varg setzt über einen Steinbrocken hinweg, und ich klammere mich noch fester an ihn. Auf Ma Fredriks Rat umgehen wir Drogon großzügig. Wir reiten eine Bergflanke entlang, über uns verschwinden Felszacken in tief hängenden Wolken, linker Hand geht es steil in ein Tal hinunter, in dessen Ferne ich die Mauern der befestigten Siedlung erahnen kann. Immerhin ist der Weg breit genug für ein Fuhrwerk. Vorhin haben wir eines passiert, das anscheinend zurückgelassen wurde – oder schlimmeres. Es war von einer dicken Schicht Schnee begraben, von Zugtieren oder Fuhrleuten war nichts zu sehen. Die Vargs schnüffelten in die Luft und stießen ein heiseres Knurren aus, während sie den Karren in vorsichtigem Abstand umrundeten. Offensichtlich witterten sie etwas unter dem Schnee – und was immer es war, es gefiel ihnen nicht. Seither ist sicherlich eine Stunde vergangen. Der Himmel hat sich von kohlschwarz zu eisengrau gefärbt, und wir sind keinen anderen Lebewesen begegnet – als wären wir die einzigen auf der Welt. Und trotzdem fühle ich mich gut. Ich bin froh, wieder draußen zu sein, selbst wenn ich mich an den Rücken eines Vargs klammere.

Eine Windböe wischt Schnee vom Berghang über uns, der nass und schwer auf uns niedergeht und sich mit den Hagelkörnern zu einer eisigen Kruste in unseren Mänteln vermengt. Der Varg und ich werden mit jedem Schritt mehr zu einem trabenden Eisberg – spätestens heute Abend werde ich an ihm festgefroren sein.

Ian, der vor mir reitet, stößt einen Fluch aus und schüttelt sich unter der nächsten Schneeböe wie ein wütender Hammel. Der Nørlaender-Helm, den Ma Fredrik ihm zur Tarnung gegeben hat, unterstützt diesen Eindruck noch: An seinen Seiten sind Hörner befestigt, und sie wölben sich nach oben wie bei einem Ziegenbock. Ich muss lachen, obwohl es unter meinem Fellkragen eher wie Zähneklappern klingt.

Auch wir waren heute Nacht miteinander verschmolzen, das erste Mal seit unserer Nacht in Othon. Eine Erinnerung, die mir anderswo als in dieser eisigen Kälte die Röte ins Gesicht treiben würde.

Ma Fredrik hatte uns für einige Stunden eine ihrer privaten Kammern überlassen, ein schmales Kabuff mit eisigen Wänden und einem Kamin, dessen Feuer kaum Kraft hatte. Doch während draußen der Schneesturm tobte, schufen wir uns mit unseren Körpern unter der Daunendecke unsere eigene Wärmequelle, und wir ließen erst voneinander ab, als Eleni gegen die Tür klopfte und uns mitteilte, der Sturm sei vorbei. Ian schob mich zur Seite und sprang aus dem Bett mit dem erleichterten Ruf, er hätte es kaum mehr ausgehalten in dem verrotteten Barbarenstall.

Mein Lächeln verging mir, so wie es auch jetzt von der Erinnerung fortgewischt wird. Für wenige Stunden hatte ich versucht, unsere Differenzen zu vergessen, hatte wider besseres Wissen gehofft, wir könnten zurückkehren an den Anfang. Doch jetzt weiß ich, dass dies niemals der Fall sein wird. Diese Nacht war ein Geschenk – vielleicht ein Abschiedsgeschenk.

Schmerz bohrt sich wie ein Speer in meine Brust. *Nicht darüber nachdenken.* Ein Leben ohne Ian kann ich mir bisher ebenso wenig vorstellen wie ein Leben ohne Sonne. Eine Sonne, die in dieser Welt zu schwach ist, um Wärme zu spenden. Ich drücke mich näher an mein Reittier.

In diesem Augenblick bleibt Anders' Varg stehen, der unseren kleinen Trupp anführt. Unsere Tiere verharren daraufhin so abrupt, dass es mich fast vom Rücken meines Vargs katapultiert. Eleni hinter mir japst auf. Es ist das erste Geräusch, das ich von ihr höre, seit wir aufgebrochen sind. Ihr Gesicht ist käsebleich. Sie hat sich gestern vehement gegen einen Ritt auf den *Untieren*, wie sie die Vargs nennt, ausgesprochen, doch wir haben sie überstimmt.

»Was ist los?«, ruft Ian unwillig zu Anders nach vorne. Er hebt die Fersen seiner Stiefel und rammt sie seinem Reittier in die Flanken. Doch der Varg ist kein Pferd. Er wirft unwillig den Kopf hin und her, und dann beginnt er zu knurren. Die anderen Vargs knurren ebenfalls; ein dunkles, alles durchdringendes Geräusch, das von den Felsen zurückkommt und in meinem Bauch vibriert. Sie schnüffeln unruhig in die Luft. Ihre roten Augen sind nach vorne gerichtet, den Weg entlang. Ich kneife die Augen zusammen, um durch das Schneetreiben, in das sich der Hagel inzwischen verwandelt hat, etwas zu entdecken. Und dann sehe ich sie. Ein Dutzend Gestalten schält sich aus dem Dunst. Sie kommen direkt auf uns zu.

»Befallene!«, ruft Anders. »Haltet euch an den Vargs fest!«

Er beugt sich vor und flüstert seinem Tier etwas zu. Es zuckt unwillig mit den Ohren, schnaubt, als wolle es nicht hören, was er sagt. Doch dann glühen seine Augen auf, und es duckt sich zu einem riesenhaften Sprung. Nach vorne, direkt auf die Meute der Befallenen zu. Und unsere Tiere folgen ihm.

Es sind Männer, Frauen und Kinder. Sie laufen mit schlenkernden Armen, und ihre blinden Augen starren suchend in die Luft. Noch trägt keiner von ihnen die schwärenden Frostmale, und auch ihre Pelzkleidung ist bis auf ein paar Blutflecke unversehrt. Manche haben sogar noch Bündel auf die Rücken geschnürt. Sie scheinen gerade erst infiziert worden zu sein.

Offensichtlich bemerken sie uns, denn sie strecken ihre Hände aus wie zu einer bittenden Geste und beschleunigen noch ihren Schritt. Dann stoßen unsere beiden Gruppen zusammen. Anders' Varg jault auf, als er über den Ersten von ihnen hinweg prescht.

Der Varg unter mir stößt ein spitzes Wimmern aus, seine Bewegungen werden langsamer. Hat dieses riesige Tier etwa Angst? Ich beuge mich zu seinem Hals hinunter. »Lauf«, stoße ich aus. »Wenn wir schnell sind, kriegen sie uns nicht!« Mein eigener Puls rast wie ein Reh auf der Flucht.

Der Varg reißt als Bestätigung den Kopf in den Nacken, dann setzt er mit großen Sprüngen hinter seinen beiden Brüdern her. Elenis Tier folgt uns mit wenigen Schritten Abstand.

Wir stürmen in die Meute hinein. Menschenknochen knirschen unter trommelnden Pfoten, Kinder werden von riesigen Schädeln zur Seite gefegt, prallen gegen den Fels oder stürzen den Abgrund hinunter. Doch die anderen greifen so unbeirrt mit ihren Händen nach uns, als hätten wir Süßigkeiten für sie. Ihre schwarzen Münder sind weit aufgerissen, ihre Wangen hohl. Ich stoße mit dem Stiefel einen Körper zurück, dann den nächsten. Fast haben wir das Ende der stockenden Meute erreicht, als sich Finger in meinen rechten Arm krallen, so fest, dass ich aufschreie. Ein Mann mit hellbraunem Bart, in dem Eiskristalle glitzern wie seltsamer Schmuck. Er versucht, sich an mir hochzuziehen. Mein Varg gerät unter der zusätzlichen Last ins Stocken. Elenis Tier hinter mir ebenfalls. Schon rappeln sich die ersten Befallenen wieder hoch.

»Renn weiter!«, rufe ich Elenis Reittier zu. Es setzt mit wenigen Sprüngen an uns vorbei.

Mein Varg dreht sich hin und her und schnappt mit angstgeweiteten Augen nach dem Befallenen.

»Bleib ruhig«, zische ich. Ich presse meine Schenkel fest in seinen Rücken und lasse sein Fell los. Meine Handschuhe verschmoren mit einem Knistern. Es sind sicherlich die dritten auf dieser Reise, doch das ist mir im Augenblick gleichgültig. Ich packe die Hand des Befallenen, die sich immer noch in meinen Arm krallt. Seine Finger sind kalt, doch im nächsten Augenblick brennen sie wie Reisig. Der Griff lockert sich, dann löst er sich ganz. Der Mann rutscht zu Boden.

»Jetzt!« Ich halte mich fest. Der Varg jault auf und springt nach vorne. Obwohl ich es besser weiß, drehe ich mich um. Das Feuer greift bereits auf den Arm des Befallenen über, lodert um seinen Brustkorb. Doch er kriecht hinter uns her, den aufgerissenen Mund immer noch in meine Richtung gewandt. Und der Schnee, durch den er kriecht, erstickt die Flammen. Die anderen Befallenen steigen derweil über ihn hinweg, zwei Kinder schleifen sich mit gebrochenen Gliedern an ihm vorbei. Sie folgen uns. Entsetzen packt mich. Sie werden uns immer weiter folgen, getrieben von einer mitleidslosen, nichts empfindenden Macht.

Ich reiße die Linke aus dem Vargfell, balle sie zur Faust. Magie schießt durch mich hindurch und verwandelt sich vor meiner Faust in einen Feuerstrahl, eine flammende Fontäne, die die Befallenen packt und herumwirbelt, lodernde Fackeln vor eisigem Weiß.

Ich will nicht sehen, wie sie verbrennen. Mein Herz brennt selbst und verglüht zu schwarzer Asche, während ich mich abwende und mich im Fell meines Vargs festkralle, der schnaubend vorwärts stürmt, weg von dem Grauen, das ich angerichtet habe. Er rennt, bis wir die anderen eingeholt haben, dann traben wir mit ihnen weiter. Die anderen sehen blass aus.

»Das hättest du nicht tun sollen«, sagt Eleni.

»Ich weiß«, stoße ich aus. »Unter ihnen waren Kinder. Noch vor wenigen Stunden waren sie …« *lebendig. Auf der Flucht vor dem Grauen, das sie eingeholt hat.* Ich kann es nicht aussprechen.

»Eleni meint grundsätzlich deinen Einsatz von Feuer«, weist Ian mich zurecht. »Du darfst es nur im äußersten Notfall einsetzen, sonst ist unsere Tarnung nicht viel wert.«

»Verstanden, Hauptmann«, flüstere ich.

Er zwinkert mir zu, um seinem Ton damit nachträglich die Schärfe zu nehmen. Er hat keine Ahnung. Eine Woge aus Zärtlichkeit und Trauer überschwemmt mich. *Nicht darüber nachdenken.* Ich kralle die Finger fest ins Fell meines Vargs und wende mich ab.

Wir verlassen die Flanke des Berges und reiten durch einen verkrüppelten, eingeschneiten Wald. Die Äste der Bäume ragen wie tote graue Finger in den Himmel. Eiszapfen hängen von ihnen herab wie die Tropfsteine in den Höhlen, und bis auf das Knirschen der Vargpfoten im Schnee ist es hier genauso still.

Einmal raschelt es im Gebüsch, und mein Tier spitzt die Ohren. Im nächsten Augenblick sehe ich einen Hasen davonhuschen. Sein Fell ist weiß, und er ist groß und knochig wie ein Pavian. Offensichtlich sind hier nicht nur die Menschen größer als bei uns. Die Vargs stoßen ein bedauerndes Jaulen aus, als er im Unterholz verschwindet. Ma Fredrik sagte uns, sie würden sich auf unserer Reise selbst mit Nahrung versorgen, und jetzt ahne ich, wie.

Als wir den Wald verlassen, windet sich der Weg fast unsichtbar durch tief verschneite Hänge. Ich sehe einzelne Bauernhäuser, doch sie scheinen leer zu sein; zumindest kündet kein Rauch von Feuer in den Kaminen.

Am Nachmittag treffen wir das erste Mal Menschen. Fünfzehn mit Äxten bewaffnete Männer in groben Wollmänteln wandern uns entgegen. Sie flankieren schützend mindestens ebenso viele Frauen und Kinder. Auf die eigenen Rücken und die Rücken zweier Ochsen haben sie schwere Bündel geschnürt, und wer eine freie Hand hat, trägt eine brennende Fackel.

»*Gud nåde deg!*«, ruft der erste der Männer. Er trägt einen Hörnerhelm wie Ian. »Mögen die Götter euch gnädig sein, *Vargreiter*. Kommt ihr aus Drogon?«

Anders' Varg bleibt kurz vor den Wandernden stehen. »Seien euch die Götter ebenfalls gnädig.« Anders tippt sich grüßend an die Brust. »Wir kommen vom Gasthof *Einsamer Bergfall*, in der Nähe von Drogon. Wollt ihr dort Zuflucht vor den Frostseelen suchen?«

»Ja, denn sie haben uns alles genommen«, stößt der Mann aus. »Erst kamen einzelne, jeden Tag ein oder zwei. Der Erste hat mir meine Frau geraubt, der zweite meinen Knecht. Dann wussten wir, wie wir uns wehren können.« Er schwenkt seine Fackel. »Vor zwei Tagen überrannte uns jedoch ein ganzes Dutzend. Der Schmied aus Førde war unter ihnen, auch seine drei Töchter. Wir wehrten uns, doch ihre brennenden Gestalten lösten ein Feuer aus, das einen Großteil unserer Wintervorräte verschlang. Jetzt gehen wir nach Drogon.« Er zieht die Augenbrauen zusammen. »Wenn wir dort überwintern können, ist es gut. Wenn nicht, ziehen wir weiter nach Süden. Wir mögen die Sklavenhalter nicht. Doch offensichtlich sind sie jetzt das kleinere Übel.«

Ein paar der anderen Männer zucken zusammen. »Sag das nicht«, zischt ihm einer zu.

Anders schüttelt den Kopf. »Du kannst offen reden«, sagt er. »Ich verurteile dich nicht. Du hast eine Familie, für die du sorgen musst. Wenn das bedeutet, die Nørlande zu verlassen, wird das keinen mehr schmerzen als dich selbst.«

»So ist es, Vargreiter. Und wohin seid ihr unterwegs?«

In der Frage des Wortführers klingt Ehrerbietung mit, offensichtlich, weil er Anders' Tatovering gesehen und ihn als Vereiser identifiziert hat. Allerdings ist der Blick, mit dem er die Vargs mustert, noch einmal deutlich respektvoller. Anscheinend sind diese Tiere hoch angesehen – und damit eine bessere Tarnung als alles andere. Meine Ahnung bestätigt sich, als sich aus der Gruppe ein paar Kinder lösen. Ihre Mütter haben ihnen flüsternd etwas zugesteckt, und nun kommen sie mit ehrfürchtig gesenkten Gesichtern auf uns zu. Ihre Geste, als sie die Hände mit getrockneten Fleischstücken ausstrecken, ist beinahe scheu. Die Vargs nehmen die Leckerbissen mit ihren riesigen Mäulern so behutsam aus den kleinen Händen, dass sich mein Herz zusammenzieht.

Ich erinnere mich, dass Hauptmann Louk behauptete, die abgezogenen Pelze der Barbaren-Reittiere würden in den Grenzdörfern höher gehandelt als Edelsteine. Jetzt überkommt mich Abscheu bei diesem Gedanken. Niemand darf diese Tiere für ihr Fell töten. Offensichtlich beruhte Louks Empfehlung vor allem auf Unkenntnis – oder auf höhnischer Skrupellosigkeit dem Feind gegenüber. Der Gedanke verbittert mich.

»Wir wollen nach Kentagel«, sagt Anders einsilbig.

»Ihr wollt euch den Clans und ihrem Kampf im Norden anschließen?«

»Wir wollen gegen die Frostseelen kämpfen«, umgeht Anders die Frage.

»Dann mögen euch die Götter dabei beschützen«, sagt der Mann.

»Euch auch.« Anders nickt ihm zu, und sein Varg setzt sich in Bewegung. Wir folgen ihm, vorbei an staunenden Kindern und starrenden Erwachsenen. Als ich mich ein paar Minuten später noch einmal umwende, sind sie nur noch ein kleines Häufchen inmitten der weißen Ödnis. Ich schaudere, denn von hier aus ähneln sie den Befallenen von heute Morgen bis aufs Haar. Nun bereue ich es nicht mehr, sie alle verbrannt zu haben – nicht, wenn dadurch ein paar dieser Menschen am Leben bleiben.

Vielleicht zwei Stunden später verlässt Anders' Varg den Weg und trabt auf einen kleinen Hof zu, der sich am Rande eines dunklen Waldes duckt. Zerbrochene Holzpalisaden säumen einen Stall und dreißig Schritt weiter ein Haus mit niedrigen Steinmauern und einem tiefen Dach, auf dem sich eine halbe Mannshöhe Schnee türmt. Auch vor dem Eingang liegt unberührter Schnee, und die Fensterläden sind offen, sodass der Wind hineinpfeift. Der ganze Hof atmet Verlassenheit. Anders springt von seinem Varg und lugt zu den Fenstern hinein.

»Es dämmert noch nicht einmal«, ruft Ian. »Wir können heute Abend noch ein ganzes Stück weiterkommen.«

»Das glaube ich nicht.« Anders dreht sich um. »Wer weiß, ob bald wieder ein Hof wie dieser kommt, der uns Obdach bietet. Außerdem müssen die Vargs jagen gehen, ehe es ganz dunkel ist. Sonst tragen sie uns morgen nur mit halber Kraft.«

Ian schnaubt unwirsch, doch er widerspricht nicht mehr, und wir schwingen uns ebenfalls vom Rücken unserer Tiere. Ich fröstle sofort in der Abwesenheit des wärmenden Fells, Eleni allerdings atmet sichtlich auf, als die Tiere im Wald verschwinden.

»Werden die Befallenen sie angreifen?«, fragt Ian.

Eleni schüttelt den Kopf. »Sie stürzen sich nur auf Menschen.«

»Wahrscheinlich, weil ihnen so ein Tier mit einem Biss den Kopf abreißt.« Ian grinst grimmig.

»Ich glaube nicht, dass die Vargs gegen sie kämpfen würden«, widerspreche ich leise. »Meiner hatte Angst vor ihnen.«

»Angst wohl nicht«, sagt Anders. Er hat seinen Rucksack abgenommen und gräbt mit den Handschuhen den Schnee vor dem Eingang beiseite. »Aber sie können Magie spüren. Deshalb wissen sie, dass die Magie der Frostseelen grundlegend falsch ist, ein Feind allen Lebens. Sie scheuen davor zurück, wie es jede atmende Kreatur tut. Denkt daran, dies ist nicht ihr Kampf.« Er zieht an der Tür, die mit einem Knarren nachgibt. »Kommt!«

Das Haus erinnert mich an das erste Gebäude, das ich in den Nørlanden betrat, am Tag, an dem ich Anders kennenlernte. Auch dieses hat nur einen einzigen kärglichen Raum, in dem die Feuerstelle das Zentrum ist. Doch dieses Haus ist noch trister als das an der Klagenden Klamm. Eiskristalle überziehen die Wände, und die wenigen Möbelstücke sind zerstört, wie nach einem heftigen Kampf. Über der Eingangstür hängt auch hier die seltsame Scheibe aus Ton. Doch inzwischen haben die Ornamente etwas Vertrautes, und die vier Vertiefungen wecken einen Gedanken in mir. Vier Götter, vier Jahreszeiten. Dazwischen zwölf Einkerbungen.

»Ein Kalender«, flüstere ich. Ich lasse eine Feuerkugel aufsteigen, um ihn genauer zu betrachten.

»Und eine Opferschale«, sagt Anders neben mir.

»Svarog, dem Gott des Frühlings und des Spiels, haben die Bewohner vielleicht täglich ein paar Tropfen Met gegeben, damit er die Schwelle dieses Hauses beschützt.« Er deutet auf die Vertiefung links, die eine hellbraune Färbung aufweist, dann auf die oberste, in der etwas weiß-gelblich schimmert. »Synnøve, die Göttin des Sommers, erhielt Milch. Tyr, der Gott des Herbstes, Wein oder Beerensaft. Und schließlich Njard, der Gott des Winters. Er wäre jetzt an der Reihe.« Er deutet auf die unterste Vertiefung, dann tritt er zur Feuerstelle, nimmt ein bisschen Asche auf und tupft sie sorgsam in die Schale. »Ruß.«

»Doch ihr Glaube hat ihre Schwelle nicht beschützt«, sagt Eleni. In ihrer Miene lese ich Verachtung, die sie nicht ganz verbergen kann, aber auch Mitleid. »Was tut dein Volk gegen die Befallenen, Anders? Außer zu fliehen und sich hinter Mauern zu verschanzen?« Sie stemmt die Hände in die Hüften. »Die Republik ist nicht euer Feind. Euch fehlt eine führende Hand. Unsere Division ist auf dem Weg, gegen die Seuche vorzugehen, doch statt euch geordnet Informationen zu beschaffen und Strategien abzuwägen, stürmen eure Clans unbedacht los, um uns zu bekämpfen.«

»Das stimmt«, erwidert Anders leise, »und doch wieder nicht. Wir brauchen keine führende Hand, denn wir leben untereinander in Frieden und beugen uns einzig vor den Göttern. Doch ihr dringt seit Jahrhunderten bei uns ein, brandschatzt unsere Dörfer und Tempel, beutet unsere Minen aus und verschleppt unsere Kinder. Stimmt es, dass ihr euren Sklaven die Zunge herausschneidet?«

»Das stimmt«, sagt Eleni ungerührt. »Wer nicht redet, kann keinen Aufstand planen.«

Ich zucke zusammen. Ich hörte Gerüchte darüber, warum die Sklaven stumm sind, doch ich habe nie genauer nachgefragt. Ich wollte es nicht wissen. Der Ekel auf Anders' Gesicht lässt mich erschauern.

»Wenn ihr euch unserer Republik anschließt, wird euch keiner mehr versklaven«, fährt Eleni fort. »Manche von euch könnten sogar Bürger werden und Rechte genießen, von denen sie bisher keine Ahnung haben.«

Anders schüttelt den Kopf. »Was du sagst, klingt abscheulich, und du wirst niemals verstehen, warum.«

Eleni öffnet den Mund zu einer hitzigen Erwiderung – und Ian sieht nicht so aus, als ob er sie aufhalten wolle.

Meine Feuerkugel zischt in den Kamin und wirbelt eine Wolke aus Ascheflocken auf. Ich packe die Überreste eines Hockers und werfe sie hinterher, und sie lodern noch in der Luft auf, in einer wütenden Flamme, die sie in den Kamin hineintreibt wie ein lebendes Wesen.

Die anderen starren mich an.

»Was ist?«, schnauze ich sie an. »Statt mit eurer Streiterei die Befallenen anzulocken, solltet ihr mir helfen. Wenn ich meinen Trieb nur im Notfall einsetzen soll, brauchen wir Holz für die Nacht.«

In mir glüht eine Wut, die mich hinaustreibt in den Schnee. Die anderen bleiben im Haus. Ich werfe die Läden vor den Fensterluken zu, schleppe Holz aus dem verwaisten Stall zur Eingangstür, das die anderen zerkleinern und vor dem Kamin stapeln. Ich bin nicht nur wütend auf sie, sondern auch auf mich. Weil wir immer streiten, in einem endlosen, fruchtlosen Kreislauf. Und das Schlimmste ist, dass ich nicht mehr weiß, wer im Recht ist – und wohin ich eigentlich gehöre.

Es dauert eine ganze Weile, bis ich zur Ruhe komme und wieder hineingehe. Wenigstens fühle ich mich endlich wieder warm. Draußen hat mich meine Wut warm gehalten, und hier drinnen hat das Feuer den Raum angenehm erhitzt. Ich setze mich zu den anderen um die Feuerstelle. In die Runde ist mürrisches Schweigen eingekehrt. Ian streicht mir über den Rücken, doch ich wende mich ab.

Als kurz darauf die Nacht anbricht und wir uns zum Schlafen hinlegen, sind die Vargs von ihrer Jagd noch nicht zurückgekehrt. Anders übernimmt die erste Wache. Seine stumme, aufrecht sitzende Gestalt neben der Feuerstelle ist das Letzte, was ich sehe, bevor ich einschlafe.

Nur Augenblicke später, so kommt es mir vor, weckt er uns. Das Feuer glüht ruhig vor sich hin. Vor der Eingangstür knurren die Vargs, leise, doch so durchdringend wie das Summen von Mücken.

»Jemand kommt«, wispert Anders.

Ian ist sofort auf den Beinen. »Kontrolliert, ob die Fensterläden geschlossen sind und haltet eure Waffen bereit«, ordnet er an. »Ich prüfe draußen die Lage.«

Leise folgen wir seinen Anweisungen. Als er durch die Tür schlüpft, sehe ich für einen Augenblick einen klaren Sternenhimmel und die schwarzen Schemen zweier Vargs, die vor der Türschwelle kauern.

Nur kurze Zeit später ist er wieder da. Er schließt die Tür hinter sich, seine Miene ist finster. »Reiter«, knurrt er. »Ein halbes Dutzend, soweit ich sehen konnte. Sie haben Vargs, und sie haben es eilig. Wenn wir uns ruhig verhalten, reiten sie vielleicht vorbei.«

Wir kauern still auf unseren Schlafsäcken vor der Feuerstelle, als das Knurren unserer Vargs plötzlich verstummt. Im nächsten Augenblick höre ich sie bellen. Schnee knirscht unter Pfotentritten, Männerstimmen rufen. Vargs japsen in gegenseitiger Begrüßung. Dann poltert jemand gegen die Tür.

»Lasst uns rein«, brüllt er. »Sie sind direkt hinter uns.«

Ehe einer von uns widersprechen kann, reißt Anders die Tür auf. Sechs Männer stolpern herein, ein Chaos aus Bärten und Waffen und Fell. Wir springen auf die Beine.

»Tür zu«, ruft einer, und schon folgt der letzte der Anweisung und schließt den Riegel. Erst dann dreht sich der Wortführer zu uns um. Es ist Trondur.

»Ihr!«, ruft er überrascht. »Seid nicht allzu weit gekommen, was?« Er wartet nicht auf Antwort, sondern blickt wachsam durchs Zimmer. Zwei seiner Männer eilen zu den Fensterläden und überprüfen sie, genauso wie wir vorhin.

»Alles sicher«, sagt einer von ihnen.

Mit einem Ächzen setzt Trondur das Bündel ab, das er auf seinen Rücken geschnallt hatte. »Mögen die Götter euch Dank zollen, dass ihr uns aufgenommen habt«, sagt er zu uns. »Wir sind …«

Er kommt nicht dazu, seinen Satz zu Ende zu sprechen, als erneut jemand gegen die Tür poltert. Wir alle lauschen reglos, überall blicke ich in angespannte Mienen. Vargs knurren und bellen, aber sie entfernen sich hörbar vom Hof. Schnee knirscht, Äste knacken. Etwas kratzt über die Mauersteine, scharf und misstönend wie Fingernägel auf Schiefer, dann schlägt jemand gegen die Fensterläden.

»Wie viele?«, fragt Anders.

»Zwei Dutzend, vielleicht mehr.« Trondur mahlt mit den Zähnen. »Sie sind vor einer halben Stunde so plötzlich aus dem Wald gebrochen wie ein Rudel Hirsche. Unsere Vargs rennen schnell, doch sie mussten sich ihren Weg durch Neuschnee bahnen, das hat es den Frostseelen leicht gemacht, an uns dranzubleiben.« Er verschränkt die Arme. »Sieht wohl so aus, als ob wir uns hier die nächsten Stunden verbarrikadieren müssen. Im Dunkeln gegen diese Biester zu kämpfen, ist zu gefährlich. Außerdem sind wir seit heute früh unterwegs. Wir müssen schlafen.«

»Wir ebenfalls«, sagt Anders leise. »Ihr habt den Kampf zu uns gebracht.«

Trondur nickt. »Das war keine Absicht, Eismagier«, sagt er. Sein Seufzen klingt erstaunlich versöhnlich. »Wir werden die Novizen und dich beschützen, das verspreche ich. Obwohl sie vielleicht selbst ganz ordentlich kämpfen können.« Er mustert Ian und die Schwertscheide an seinem Gürtel. »Du bist nicht sonderlich groß, aber stark. Haben sie dir im Tempel den Schwertkampf beigebracht?«

»Ein bisschen«, murmelt Ian. Doch dann blickt er mit blitzenden Augen auf. »Vielleicht kann ich mit ein paar Kaufmännern wie euch mithalten.«

Trondur und seine Männer schnauben amüsiert.

»Wir sind Waffenhändler, Junge«, brummt Trondur. »Wohlbekannt sowohl bei den kämpfenden Clans an der Südgrenze als auch bei den *Yupak*, den wilden Eisbärenreitern im Norden. Glaub mir, wir wissen mit unserer Ware umzugehen.« Er reißt den Mund zu einem Gähnen auf, tief und rau, wie ein Varg es kaum besser könnte. »Legen wir uns schlafen. Jor, Hege, ihr zwei übernehmt die Wache.«

Die Männer schieben unsere Schlafsäcke beiseite und richten sich ihr Lager direkt vor dem Feuer, ohne uns noch einen Blick zuzuwerfen. Wir vier suchen uns ein Eck abseits von ihnen.

»Es bleibt uns nichts anderes übrig, als morgen früh mit ihnen gemeinsame Sache zu machen«, knurrt Ian leise. »Thea, du darfst keinesfalls Feuer einsetzen. Und halte dich im Kampf zurück, sonst wird es sie misstrauisch machen. Sobald wie möglich werden wir uns danach von ihnen trennen. Vereiser, lass dir eine Ausrede einfallen, warum wir nicht gemeinsam mit ihnen weiterreiten.«

»Du solltest mich nicht Vereiser nennen«, murmelt Anders. »Das sagt man nur im Süden.«

»Hauptmann, sie werden dein Schwert als Schmiedearbeit der Republik erkennen«, mischt Eleni sich ein. »Sag ihnen, du hättest es einem toten Soldaten entrissen, als die Südländer einmal versuchten, unseren Tempel zu überfallen.«

»Das ist gut.« Ian nickt anerkennend. »Schlaft jetzt«, murmelt er. »Ich werde für uns Wache halten.«

Ich bezweifle jedoch, dass irgendjemand von uns mehr als einen Wimpernschlag Schlaf findet. Denn die Befallenen schlafen ebenfalls nicht. Ich höre ihr Kratzen und das Knirschen ihrer Schritte, einmal sogar ein Poltern auf dem Dach. Die Vargs hören wir gar nicht mehr, offensichtlich haben sie sich in den Wald zurückgezogen.

Das Licht der Morgendämmerung fällt durch die Ritzen der Fensterläden, als Trondur seine Männer weckt. »Zwei voraus, zwei die Nachhut«, bestimmt er und setzt seinen Hörnerhelm auf. »Jor und ich eskortieren den Eismagier und die Novizen. Gebt den Mädchen Fackeln, damit sie nicht gänzlich unbewaffnet sind. Ich pfeife den Vargs. Wir töten so viele Frostseelen, wie es geht, aber unser Ziel ist es, so schnell wie möglich aufzusitzen. Die Nachhut nimmt Brandpfeile. Falls uns Frostseelen folgen, könnt ihr sie vom Vargrücken aus erledigen. Denkt daran, zielt immer auf den Kopf.«

Die Männer nicken, ein eingespielter Trupp. Ian, Eleni, Anders und ich tauschen uns mit einem kurzen Blick aus, dann nehmen wir den uns zugewiesenen Platz ein. Wir postieren uns an der Tür. Trondur öffnet sie einen Spalt und stößt einen gellenden Pfiff aus. Nur einen Herzschlag später antwortet ihm ein raues, vielstimmiges Bellen. Äste krachen, als die Vargs durch den Wald heranpreschen.

»Jetzt!« Die ersten beiden Männer stürmen mit gezogenen Schwertern hinaus. Ich höre Brüllen, dann Schreien, das Krachen von Knochen. Schon schiebt mich Trondur nach vorne.

»Mach schon, Mädchen.« Er klopft mir ermutigend auf die Schulter. »Dir wird nichts passieren.«

Ich packe Elenis Hand und renne los. Draußen ist der Himmel grau wie Stein. Schwerter fegen durch die Luft. Ein Befallener klammert sich an einen der Männer, der mit seinem Schwert auf ihn einhackt. Zwei andere rennen direkt auf uns zu, doch Trondur und Jor schlagen ihnen mit kräftigen Schwerthieben die Köpfe ab. »Weiter«, treibt Trondur uns an. »Schnell.«

Wir rennen über den Schnee, auf den Stall und den Wald zu, wo die Vargs auf uns warten. Zehn riesige Tiere, ein einschüchternder Anblick, doch jetzt verspricht er Sicherheit. Als mich eine befallene Frau am Arm packt, ramme ich ihr meine Fackel ins Gesicht. Auch Eleni schwenkt ihre Fackel wie eine Waffe. Tatsächlich rennen Befallene von allen Seiten auf uns zu, doch das Feuer lässt sie zögern. Anders und Ian sind zehn Schritte hinter uns. Anders schießt Eiszapfen in rascher Folge. Sie bohren sich rechts und links von uns in befallene Körper, bringen sie ins Stolpern, ehe sie uns ergreifen können.

Die Vargs ducken sich auf den Boden, um uns das Aufsteigen zu erleichtern. Ma Fredriks Tiere sind heller und ein bisschen kleiner als die anderen, sie halten sich ein Stück abseits. Ihr Knurren lässt mir fast das Blut in den Adern gefrieren, und ihre roten Augen sind unverwandt auf das Geschehen gerichtet. Doch keines der Tiere attackiert die Befallenen, selbst als die gegen sie stolpern, als wären die Vargs nichts als tote Baumstämme, die im Weg liegen. *Dies ist nicht ihr Kampf.* Ein bisschen Unterstützung könnte allerdings nicht schaden.

Schon bin ich bei meinem Varg, den ich an dem Muster

seines Pelzes erkenne. Elenis Tier wartet direkt daneben, die Flanke an den Stall gepresst.

»Aufsitzen!«, brüllt Trondur. Ich lasse Elenis Hand los, um mich auf den Vargrücken zu schwingen. Meine Fackel werfe ich neben mir in den Schnee.

Eleni sitzt schneller auf als ich. Ihr Varg springt in die Höhe, und sie klammert sich an seinem Rücken fest. Da knirscht es plötzlich über uns. Auf dem Stalldach kauert ein Befallener. Ein Junge mit einem schwarzen Haarbüschel wie eine Federhaube. Er dreht den Kopf ruckartig wie ein Raubvogel, dann stößt sich ab und springt. Er landet direkt hinter Eleni auf dem Varg, packt sie an ihrem Umhang und reißt sie hinab in den Schnee. Sie schreit, ich schreie. Anders und Ian pflügen durch den Schnee auf uns zu. Ian schwingt sein Schwert gegen einen weiteren Befallenen, Anders wirft einen Eisball, der den befallenen Jungen über Eleni jedoch verfehlt.

Ich strecke die Hand aus. Die Zeit wird zäh und die Welt um mich unwirklich, als wäre ich in einer Luftblase, die alles andere ausblendet. Magie zischt durch mich hindurch, formt sich in meiner Hand zu einem Feuerball. Er trifft den Jungen genau an der Stirn. Er kippt nach hinten, die Hände immer noch in Elenis Mantel gekrallt. Doch schon bin ich bei ihr, zerre sie fort von seinem Körper, der rasch von Feuer umhüllt wird. Eleni wehrt sich gegen meinen Griff, als wäre ich eine der Befallenen. Sie reißt sich los, stößt mit dem Kopf gegen die Stallwand und sackt zusammen. Als ich sie hochziehe, blinzelt sie benommen, doch sie sieht mich nicht; Schock und wahrscheinlich auch Schmerz machen ihre Augen glasig wie Murmeln.

»Thea!« Anders' Stimme reißt mich zurück in die Wirklichkeit. Ich fahre herum. Er kämpft ein Stück weiter gegen einen Befallenen. Ich lasse Eleni los und renne auf ihn zu, bis ich erkenne, dass sein Ruf kein Hilferuf war. Er schießt dem Befallenen einen Eiszapfen durch die Stirn und deutet zu Trondur.

Der Mann steht still, während der Kampf um ihn tobt. Während hinter ihm einer seiner Männer dem grässlichen Kuss eines Befallenen zum Opfer fällt. Er starrt mich mit hassverzerrter Miene an, hebt seinen Arm und schleudert etwas auf mich zu.

Anders schubst mich beiseite, streckt gleichzeitig schützend die Hände aus. Eine Eiswand entsteht vor ihm in der kalten Luft, explodiert im nächsten Augenblick in tausend Scherben, als das Wurfmesser sie trifft. Ich taumle nach hinten, sehe, wie das Messer mit all dem Eis fällt und zitternd vor unseren Füßen im Schnee stecken bleibt. Doch schon zieht Trondur ein weiteres Messer aus seinem Gürtel.

»Zurück«, keucht Anders, drängt mich auf den Wald zu. »Hinter die Bäume!«

Noch während ich zögere, noch während mein Blick nach Ian sucht, der in einer Reihe mit den Waffenhändlern gegen die Befallenen vor dem Haus kämpft, prescht mein Varg plötzlich an mir vorbei. Ein Messer zischt, trifft ihn an der Flanke, und er knickt jaulend ein.

Aber ich kann ihm nicht helfen. Trondur ist nicht die größte Gefahr. Immer noch gibt es ein Dutzend Befallene auf dem Hof – und einige von ihnen rennen auf Anders und mich zu, springen über den jaulenden Varg hinweg, als ob unsere Magie sie anzieht, statt sie zu schrecken. Ich schmettere einen Feuerball gegen die Brust des Ersten, dann auf den zweiten, den dritten. Anders kämpft neben mir. Feuer lodert in meinen Händen, ein heißer Wind, der mir die Haare aus dem Gesicht fegt. Ich wirbele herum in einem mörderischen Tanz.

Dann ist es plötzlich vorbei. Der letzte Befallene bricht zu Anders' Füßen zusammen, einen Eispfeil in seiner Schläfe.

Nur Ian kämpft noch. Doch nicht mehr gegen die Befallenen, deren Leichname den Schnee um uns herum pflastern. Trondurs Männer haben ihn umzingelt, halten ihn mit ihren Schwertern in Schach. Sie überragen ihn um mehr als Haupteslänge, und ihre entschlossenen Gesichter lassen keinen Zweifel zu, dass sie ihn töten wollen. Ich will zu ihm, doch mein Varg versperrt mir den Weg. Er hechelt, Blut tropft von seiner Flanke. Als ich versuche an ihm vorbeizurennen, schneidet er mir mühelos ein zweites Mal den Weg ab. Ein anderer Varg gesellt sich neben ihn, die breiten Schultern wie eine Mauer.

»Lasst mich durch«, schreie ich. Ich sehe wie Ian erneut mit dem Schwert ausholt. Er springt in einer formvollendeten Drehung auf einen der Waffenhändler zu. Während der Mann den Angriff mit roher Kraft pariert, rammt ein anderer Ian sein Schwert in die Schulter. Ich schreie. Ian taumelt. Der graue Pelz seines Mantels färbt sich rot.

Ich will gegen sie kämpfen, ich will zu Ian. Ich werfe mich gegen den Varg. Doch er senkt wie beiläufig seinen gigantischen Kopf, stößt mich zurück. Verweifelt greife ich mit glühenden Fingern nach seinem Fell. Ich will ihm nicht wehtun, aber er lässt mir keine Wahl. Bevor meine Finger ihn berühren, packt Anders mich am Arm und zieht mich in eine kalte, gewaltvolle Umarmung.

»Nicht«, zischt er und deutet mit dem Kinn zum Stall.

Dort steht Trondur. Er presst Eleni eine Messerklinge gegen den Hals. Sein hasserfüllter Blick ist auf mich gerichtet. »Ergib dich«, brüllt er. »Wenn du uns angreifst, ist sie tot.«

Ich stoße die Luft in einem verzweifelten Schrei aus. Anders hält mich immer noch umfangen, zieht mich rückwärts auf den Wald zu. »Wir müssen fliehen«, flüstert er. »Du darfst dich nicht für sie opfern.«

Die zwei Vargs pressen ihre Schnauze gegen mich, als wollten sie die Worte bekräftigen. Ich fauche Feueratem in ihre Raubtiermienen, doch sie weichen nicht, sondern knurren mich an, ihre Fangzähne nur eine Handbreit vor meinem Gesicht. Die beiden anderen Vargs bellen die Waffenhändler an, die sich uns zugewendet haben. Die Bedeutung ist klar: *Keinen Schritt weiter.* Und sie verharren tatsächlich. Ian liegt hinter ihnen gekrümmt auf dem Boden. Blut tränkt den Schnee unter ihm.

Der Kreis von Ma Fredriks Rudel schließt sich um mich, verstellt mir den Blick. Sie drängen mich in den Wald hinein. Die Vargs der Waffenhändler bilden einen knurrenden Korridor, doch sie lassen uns passieren.

Ich stolpere, doch Anders' Arme halten mich aufrecht. Tränen verdampfen auf meinen Wangen, der Schnee unter meinen Schritten zerschmilzt zu Wasser. Ich kann nichts tun, als tatenlos zurückzuweichen, bis die Baumschatten uns mit ihrem trüben Dunkel umfangen.

Kapitel 30

Ich weiß nicht, wie tief wir in den Wald gehen, Zeit und Raum sind bedeutungslos geworden. Ein Varg bleibt irgendwann zurück, doch die drei anderen stoßen Anders und mich vorwärts, drängend und unbeirrbar. Ihre Felle, ihr stinkender Atem und das Dunkel des Waldes ersticken mich schier. Erst als die Morgendämmerung einem grauen Tag weicht, werden wir langsamer. Auf einer kleinen Lichtung weicht das Rudel plötzlich einen Schritt von uns zurück. Auch Anders lässt mich jetzt los. Ohne den Halt seiner Arme sacke keuchend auf die Knie.

»Wir müssen zurück.« Meine Stimme zittert. »Wenn es nicht schon zu spät ist.« Ich komme auf die Füße, doch eines der Tiere knurrt mich so durchdringend an, dass ich wieder zu Boden sinke.

Anders schaut mich nicht an, sondern blickt zurück in den Wald. »Sie sind uns nicht gefolgt«, murmelt er.

Ich balle die Fäuste. Ich wünschte, sie wären es. Ich möchte schreien, doch ich tue es nicht. *Es ist zu spät.* Ich wische mir über die Wangen, auf denen Tränen perlen.

Knorrige Äste, schwarzgrau wie verbrannte Knochen, strecken sich in den Himmel. Wind lässt die Zweige zittern und kleine Wolken aus Eis auf den Boden herabregnen. Nichts regt sich sonst, nur in der Ferne keckert einmal ein Vogel und verstummt dann so abrupt, als wäre er erschrocken vor seiner eigenen Stimme.

Irgendwann trabt der fehlende Varg auf uns zu. Er hinkt – es ist der, den ich geritten habe, der das Messer für mich abgefangen hat. Die anderen Vargs schnauben und stoßen den Nachzügler mit den Schnauzen an.

»Ich wünschte, ich könnte sie verstehen«, murmelt Anders.

»Sie sind Ungeheuer«, schluchze ich. »Sie haben uns verschleppt! Sie haben …« *Ian und Eleni zum Tode verurteilt.*

Anders sieht mich traurig an. »Sie haben uns gerettet«, widerspricht er mir.

»Sie haben die anderen im Stich gelassen.«

»Sie denken nicht wie wir. Doch meine Tante hat sie großgezogen wie eine Mutter. Als Seherin kann sie sich mit ihnen verständigen. Ihr zuliebe würden sie ihr Leben opfern. Sie hat sie gebeten, uns beide zu schützen.«

»Nur uns beide?«

»Eigentlich nur mich.« Seine Augen sind dunkel. »Doch ich überzeugte meine Tante von deiner Wichtigkeit.«

»Und die anderen sind weniger wichtig?«, brülle ich.

Er hebt die Schultern und wendet sich ab. Er kann dem Vorwurf in meinem Blick nicht standhalten. »Wir beide tragen die Amulette. Nur deshalb war sie dazu bereit«, flüstert er. »Sie sind wie ihre Kinder, Thea. Und sie hat sie gebeten, mit ihrem Leben für uns einzustehen.«

Ich mustere die fremdartigen roten Augen der Vargs, die mich unverwandt anblicken. »Wir müssen zurück«, flüstere ich ihnen zu. Ich ringe nach Luft, ich habe das Gefühl, ich kann nicht atmen, aber ich presse die nächsten Worte hervor. »Wenn Ian und Eleni tot sind, muss ich es wissen. Ich muss es bezeugen können, wenn ich ihren Familien gegenüberstehe.«

Ihr Atem dampft in der Luft. Einer von ihnen schnaubt und wirft den Kopf zurück, eine wortlose Verständigung mit seinen Brüdern. Und dann kauern sich zwei von ihnen plötzlich nieder, bieten Anders und mir ihre Rücken dar.

Ich kann es kaum glauben – sie tragen uns tatsächlich durch den Wald zurück.

Als wir die Bäume hinter uns lassen, schweift mein Blick hektisch über den Hof. Der Boden ist getränkt vom zähen, schwarzen Blut der Befallenen. Ihre verbrannten und enthaupteten Leichname liegen darauf verstreut wie die Spielpuppen eines sadistischen Kindes. Auch einer der Waffenhändler liegt dort, sein Wams ist im Gegensatz zu den anderen Körpern vollgesogen mit rotem Blut. Mir graut bei seinem Anblick. Seine Gefährten haben ihn ebenfalls enthauptet, damit er nicht wieder aufsteht.

Als ob die Vargs wissen, was ich will, traben sie zu Ians Blutfleck im Schnee. Er ist weit und breit die einzige Spur meiner Gefährten, und ich mustere meine Umgebung mit wachsender Hoffnung.

»Sie haben sie mitgenommen«, rufe ich. »Das heißt, sie leben noch!« Ich drehe mich zu Anders um. »Wir müssen sie befreien.«

Anders blickt grübelnd über den Hof. Ich balle die Fäuste, stelle mich auf eine Auseinandersetzung ein, als er plötzlich nickt.

»Du hast recht«, sagt er. »Wenn wir deine Gefährten im Stich lassen, sind wir nicht besser als das, wogegen wir kämpfen.« Er deutet auf die Vargspuren, die über den Hof Richtung Westen führen. »Sie wollen immer noch nach Kentagel, so wie wir. Folgen wir ihnen.«

❄

Der Himmel hängt den restlichen Tag über grau und bleiern über uns. Obwohl ich protestierte, haben uns zwei Vargs verlassen, darunter das verletzte Tier, das mich bis hierher getragen hat. Die zwei übrigen Vargs tragen uns in gleichmäßiger Geschwindigkeit auf den Spuren der Waffenhändler dahin. Als ich versuche, sie anzutreiben, verziehen sie keine Miene. Ich habe den Verdacht, dass sie sogar langsamer werden, um mir eins auszuwischen.

»Wir werden sie einholen«, versucht Anders meine Ungeduld zu dämpfen. »Doch die Vargs kennen ihre eigenen Kräfte am besten. Sie werden sich nicht von dir hetzen lassen. Außerdem können wir nicht einfach auf die Waffenhändler losstürmen. Sie sind uns überlegen.«

»Sind sie nicht«, knurre ich und forme eine Feuerkugel in meiner Handfläche.

»Doch, das sind sie.« Anders deutet nach vorne. Die Vargs bleiben ein Dutzend Schritte vor einem behauenen Fels stehen. Eine Art Wegstein, der offensichtlich eine Kreuzung markiert, halb versunken im Schnee. Spuren kommen von links und gesellen sich zu den Spuren auf unserem Pfad hinzu.

»Schau, die Vargs der Händler und die der Unbekannten sind auf der Stelle getänzelt.« Anders zeigt auf ein Gewirr von Fährten, das mir gar nichts sagt. »Sie haben einander umrundet und beschnüffelt. Das ist ihre Art, sich zu begrüßen. Und dann sind sie gemeinsam weitergezogen.« Er runzelt besorgt die Stirn. »Wir haben jetzt nicht mehr fünf Gegner, sondern mindestens zehn, vielleicht mehr.«

Ich stoße einen Fluch aus und jage eine Feuerkugel gegen den Fels, die in einer wirkungslosen Rauchwolke zerschellt. Wut ist besser als Verzweiflung, besser als die Angst, die sich durch meine Eingeweide gräbt wie ein hungriges Tier.

»Wenn ihr sie tötet, werdet ihr das bereuen!«, brülle ich in die weiße Wildnis der Berge hinein.

Anders sagt nichts dazu, und das macht mir mehr Angst als alles andere.

»Was meinst du, was sie ihnen antun werden?«, flüstere ich. Ich muss daran denken, wie Ian Kazimir folterte. Ich denke an drei Greise, baumelnd über Othons Mauern, weil die achte Division ein Exempel statuieren wollte.

»Ich weiß es nicht«, murmelt Anders. »Ich bin kein Seher.«

Uns bleibt nichts anderes, als weiter der Fährte zu folgen, durch das stille Ödland einer tief verschneiten Landschaft.

Einmal wankt uns ein befallener Mann entgegen. Ein humpelnder Greis in einem dünnen Kittel, der in seiner Klapprigkeit beinah bemitleidenswert wirkt – bis er uns sieht und in eine zielstrebige Hast verfällt, die nichts Zerbrechliches mehr an sich hat. Anders tötet ihn ohne ein Wort.

Stumm reiten wir weiter. Immer tiefer wird der Schnee um uns herum, begräbt Büsche und Zäune, Bäche und Berge. Ich mag kaum mehr glauben, dass es noch lebende Menschen hier draußen gibt außer uns. Irgendwann kommen wir an einer weiteren Abzweigung vorbei, markiert durch Vargspuren und einen klobigen Wegstein. Zehn Minuten später erblicke ich zum ersten Mal seit unserem Aufbruch eine bewohnte Siedlung. Geschützt von einer massiven Mauer ragen eine Handvoll Gebäude grau und abweisend am Ufer eines vereisten Flusses empor. Rauch steigt auf, und in einem Pferch vor der Mauer drängen sich Schafe. Sie sind groß wie Rinder, ihr drahtiges, schneeverklebtes Fell reicht fast bis zum Boden, und ihre gedrehten Hörner ähneln riesigen Schnecken. Nur ihr Blöken und das Glotzen ihrer weit auseinander stehenden Augen erinnern mich an die Schafe von Irelin.

Kaum sind wir auf Schussweite heran, treten drei Männer mit gespannten Armbrüsten aus einer Pforte. »Wer seid ihr, und was wollt ihr?«, ruft einer.

Ich verstecke mein Gesicht im Schatten der Kapuze und bleibe hinter Anders.

»Gud nåde deg!«, ruft er forsch. »Wo ist die Höflichkeit geblieben in diesen Tagen?«

Der älteste der Männer senkt tatsächlich betreten den Blick – und seine Waffe –, doch die anderen halten ihre Armbrüste fest auf uns gerichtet.

»Wir schützen nur unsere Familien«, schnaubt der eine. »Der Winter kam früh, und jetzt ist allerlei Gesindel unterwegs. Zum Beispiel ein Eismagier und eine Feuermagierin mit einem Rudel von vier Vargs. Sie sind Spione des Südens.«

Ich zucke zusammen. Doch Anders stößt ein ungläubiges Lachen aus. »Eis und Feuer vereint? Wer erzählt euch solchen Unsinn?«

»Waffenhändler auf dem Weg nach Kentagel, die nicht aussahen, als wollten sie Scherze treiben. Sie hatten selbst zwei Spione als Gefangene dabei.«

Ian und Eleni. Meine Finger krampfen sich so fest ins Nackenfell des Vargs, dass das Tier unwillig schnaubt.

»Wir sind Gesandte des Borgersson-Clans und ebenfalls auf dem Weg nach Kentagel«, erklärt Anders. »Wir haben dringende Nachrichten für die Clanführer. Mit Feuermagie können wir nicht dienen, aber mit einem offiziellen Schreiben von Kazimir Borgersson. Wollt ihr es sehen?«

»Das ist nicht nötig.« Der ältere Mann drückt die Armbrust des linken Mannes heruntern, und bedeutet dem rechten, es ihnen nachzutun. »Die Borgerssons sind eine hochgeachtete Familie, auch in dieser Siedlung. Welche Nachrichten bringt ihr von ihnen?«

»Streng vertrauliche.«

»Was sind das für Zeiten«, murrt der Mann. »Keiner traut mehr seinem Nächsten über den Weg.«

»Ich weiß.« Anders hebt die Schultern. »Glaub mir, es wäre mir anders lieber. Doch ich habe Kazimir Borgersson mein Wort gegeben. Und mein Kamerad ebenso.«

Der Alte nickt. »Vorräte sind knapp bemessen, doch einen Platz am Feuer haben wir für euch«, bietet er an. »Wir wären erfreut über zwei weitere Kämpfer, die in der kommenden Nacht unseren Wachdienst teilen.«

»Hab Dank, doch unsere Nachrichten dulden keinen Aufschub«, lehnt Anders in bedauerndem Tonfall ab. »Sag, wann sind die Waffenhändler hier vorbeigekommen? Vielleicht können wir sie einholen, denn je größer die Gruppe, desto besser der Schutz.«

»Drei Stunden ist es her«, sagt der Mann. Er wirkt plötzlich müde und desinteressiert, nun, da wir sein Angebot ausgeschlagen haben. »Heute holt ihr sie nicht mehr ein.«

»Wir werden sehen.« Anders klopft seinem Varg auf die

Schulter und das Tier setzt sich in Bewegung. »Mögen die Götter mit euch und euren Familien sein.«

»Mit euch ebenfalls.«

Die Männer ziehen sich wieder hinter die Mauer zurück, und wir traben gemächlich daran vorbei. Ich traue mich nicht, meinen Kopf zu heben, erst als wir um die Biegung des Flusses kommen, schiebe ich meine Kapuze zurück.

»Haben wir tatsächlich so ein offizielles Schreiben?«, frage ich.

»Nein.« Anders atmet tief durch. Er macht ein schuldbewusstes Gesicht. »Ich war mir recht sicher, dass die Männer nicht lesen können.«

»Das Anwenden einer List im Kriegsfall ist legitim, wenn sie den Gemeinwohl des eigenen Volkes dient«, sage ich. »Außerdem waren sie leicht zu überzeugen.«

Das scheint sein Schuldbewusstsein nicht zu schmälern. »In den Nørlanden sind Lügen und Geheimnisse wenig verbreitet«, sagt er leise. »Warum auch? Hier gibt es mehr Berge als Menschen, und unsere Winter dauern sechs Monde lang. Mancher Hof sieht über die ganze dunkle Jahreszeit kein fremdes Gesicht und freut sich deshalb über jeden Gast. Doch die Frostseelen und der Krieg werden die Menschen verändern.«

»Gab es denn zwischen euren Clanführern niemals Zwist?«

»Zwischen allen Menschen gibt es Zwist. Auch zwischen Clanführern. Doch dieser Name ist nur ein Titel. Sie können deshalb noch lang nicht über das Leben anderer Menschen bestimmen wie eure Oberhäupter.«

»Doch in Kriegszeiten führen sie euch an.«

»Das ist ihre Aufgabe, ja. Allerdings bringt sie ihnen selten Ehre ein.« Er wendet sich zu mir. Sein Atem bildet kleine Wölkchen in der Luft. »Sag mir, welcher Beruf ist bei euch am höchsten angesehen?«

Ich überlege nicht lange. »Politiker.«

»Bei uns ist es der Bauer«, sagt er. »Nichts ist ehrenhafter, als diesen Bergen Nahrung abzutrotzen. Kein freier Bauer wird vor einem Clanführer knien. Eher kniet der Clanführer vor ihm.«

Ich schweige ungläubig, während ich mir das vorzustellen versuche. Auch Anders schweigt, in seine eigenen Gedanken vertieft.

»Willst du mir etwas über dein Land erzählen?«, fragt er plötzlich. »Über eure langen Sommer, die unzähligen Früchte und Tiere, eure riesigen Städte? Ich weiß so wenig, und ich will verstehen, woher du kommst.«

Ich zögere, glaube zuerst, dass er mich nur von meinen Sorgen ablenken will. Seine Augen sprechen jedoch von ehrlicher Wissbegier.

Wo soll ich anfangen zu erzählen? Mit meinem Leben in Athos oder meiner Herkunft aus Irelin? Die Entscheidung fällt mir nicht schwer.

»Als du das Portal berührt hast«, flüstere ich, »hast du da auch türkisgrüne Hügel gesehen? Und Blumen, die leuchteten wie Edelsteine?«

»Nein.« Er runzelt die Stirn. »Ich sah Seen, so tief und schimmernd wie uralte Geheimnisse. Darüber streckten sich schroffe Berge so hoch, dass sie den Himmel berührten.«

»Offensichtlich ist die Welt der Alfr so vielfältig wie unsere.« Ich atme tief ein. »Ich werde dir von grünen Hügeln erzählen, von meiner ersten Heimat.«

Während ich rede, merke ich gar nicht, wie die Zeit vergeht. Ich erzähle viel, auch von Ian und Eleni. Und ich muss daran denken, wie sie meine Geschichten wohl auffassen würden, wenn sie uns hören könnten. Ian würde erbost sein, weil ich sein Leben vor einem Fremden ausbreite. Eleni wäre irritiert, weil ich in meinem Bericht über Athosia Menschen mehr Raum gebe als Gesetzen und Philosophie. Und beide würden glauben, dass Anders mich nur aus strategischen Erwägungen aushorcht. Sie hielten sich für klarsichtig, doch sie wären blind.

Bis auf ein paar Fragen sagt Anders wenig. Er lächelt, wenn ich gedankenversunken lache, und runzelt die Stirn, wenn ich Trauriges zu erzählen habe. Immer wieder stocke ich beim Reden, weil ich mich in der Beobachtung seiner unverfälschten Reaktion verliere.

Unsere Lehrer brachten uns bei, Wissen als Werkzeug zu betrachten, um die Welt zu beurteilen nach Kriterien wie Vernunft und Gemeinwillen. Doch Anders fällt kein Urteil. Er versucht tatsächlich, zu *verstehen*.

Mehrmals kommen wir an diesem Nachmittag an den enthaupteten Leichen Befallener vorbei. Einmal ist auch Jor darunter, einer der Waffenhändler, der einen Zusammenstoß nicht überlebt hat. Doch den Trupp holen wir bis zum Anbruch der Nacht nicht mehr ein.

In der Dämmerung beginnt es zu schneien. Daumengroße flaumige Flocken verhüllen die Welt mit milchigweißen Schwaden. Bald sehe ich kaum noch zwei Mannslängen weit, und den Vargs scheint es ebenso zu gehen. Sie verlangsamen ihren Trab zu einem zögerlichen Schritt, wittern dabei schnaubend in die Luft. Plötzlich schlagen sie eine Kurve und tauchen in den Schatten von ein paar Felsen ein, tasten sich in eine schmale Schlucht hinein. Als diese nach zwanzig Schritt in einer Sackgasse endet, bleiben sie stehen.

Anders gleitet vom Rücken seines Tiers, ich tue es ihm nach. Die Vargs stoßen ein leises Jaulen aus und ducken sich neben uns an den Fels.

»Was ist los?«, flüstere ich. Doch Anders deutet nur stumm nach vorne. Ein Schauder kriecht über meine Haut.

Sie kommen. Ich kann sie spüren, so wie ich den kalten Wind auf meiner Haut spüre.

Bloße Füße knirschen auf Eis. Schemen schälen sich aus dem Schneetreiben, bewegen sich am Eingang der Schlucht vorbei. Tastende Hände. Bleiche Gesichter, überzogen von Flechten aus Frost. Sie folgen dem Weg in entgegengesetzter Richtung wie wir. Eine Frau bleibt stehen und richtet ihre blinden Augen suchend in die Schlucht. Hat sie uns bemerkt? Meine Finger krampfen sich um den Axtgriff.

Anders' Miene ist ruhig. Über seiner Hand rotiert ein Eiszapfen, ein gläserner, todbringender Stachel.

Das ganze Töten, will ich flüstern. *Wann hört es endlich auf?* Doch ich sage es nicht. In seinen Rabenaugen lese ich die Antwort, und ich muss sie ihm glauben, weil ich es sonst nicht ertrage.

Sie sind schon tot. Wir bringen sie nur nach Hause.

Zwei Dutzend sind es, und wir haben Glück, sie bemerken uns nicht. Sie ziehen erstaunlich zielstrebig Richtung Süden und an uns vorbei, während wir wie Eissäulen in der Felsenenge verharren. Weder Eleni noch Ian sind unter ihnen. Mit jeder Faser hoffe ich, dass ihrem Trupp die Begegnung mit den Frostseelen erspart blieb.

Erst, als sich die Vargs erheben und den Schnee aus ihrem Fell schütteln, traue ich mich wieder, richtig zu atmen. Anders senkt seine Hand und der Eiszapfen fällt lautlos in den Schnee. Stumm schwingen wir uns auf die Rücken der Vargs. Sie tragen uns noch eine halbe Stunde durch das Schneetreiben, ehe sie erneut den Weg verlassen und gelenkig eine Steigung emporklettern.

Vor einer kleinen, fast runden Öffnung im Fels kauern sie sich schließlich nieder. Eine Höhle.

»Sollen wir da drin übernachten?«, frage ich skeptisch.

Anders schmunzelt. »Wenn du in unserem Land auf eine Höhle stößt, die etwas Größerem als einem Schneehasen Unterschlupf bieten könnte, wäre es nicht ratsam, deinen Kopf hineinzustecken. Doch auf die Witterung der Vargs können wir uns verlassen – und solange sie bei uns sind, werden uns keine anderen Tiere den warmen Platz streitig machen.«

»Tiere machen mir am wenigsten Sorgen«, murmele ich. »Wir sollten den Eingang verbarrikadieren.«

Doch die Vargs finden eine andere Lösung. Sie kriechen mit uns durch das Loch in die kleine Höhle dahinter, und einer von ihnen legt sich direkt vor den Eingang – sodass sicher keine Frostseele an ihm vorbeikommt. Ich lasse eine Feuerkugel in die Luft steigen, schiebe die gebleichten Skelette einiger kleinen Tiere beiseite und rolle meinen Schlafsack aus, bevor ich in meinem Rucksack nach etwas Essbarem wühle. Dank der Vargs wird es rasch warm hier, und auch ein bisschen stickig.

Ob Ian und Eleni es ebenfalls warm haben? Der Gedanke jagt einen heftigen Schmerz durch meine Brust, und plötzlich habe ich keinen Hunger mehr.

Ich schrecke erst aus meinen Gedanken hoch, als sich Anders neben mich kauert und sich mit verzerrtem Gesicht die Handschuhe von den Fingern zieht.

»Zeig mal her.« Impulsiv greife ich nach seinen Händen. Er zuckt zurück, bevor ich ihn berühren kann, doch ich sehe genug. Blasen bedecken immer noch seine Handrücken, wunde, rote Haut zwischen frischen Narben und alten Wunden. Seine Handgelenke zeigen noch die Spuren der Chrysoskette.

»Du hast Schmerzen«, stelle ich bestürzt fest.

Er zuckt mit den Schultern, offensichtlich zu stolz für eine Antwort. Doch ich kann ihm helfen, auch wenn ich nicht Elenis Fähigkeiten habe. Ich hole aus meinem Rucksack die Dose mit den Pastillen. Relikte aus einer vergangenen Zeit, in der ich keine größeren Sorgen als juckende Haut hatte. »Nimm davon ein oder zwei«, sage ich. »Sie enthalten etwas, das Wundheilung beschleunigt, außerdem ein leichtes Betäubungsmittel gegen die Schmerzen.«

»Danke.« Er wirft sich zwei davon in den Mund. Dann reißt er die Augen auf, spuckt sie wieder auf seine Handfläche.

»Das habe ich vergessen«, sage ich rasch. »Sie sind ziemlich bitter. Außerdem macht das Betäubungsmittel darin den Mund etwas taub.«

»Das ist es nicht.« Er starrt mich an. »Seit wann nimmst du sie?«

Ich zucke die Schultern. »Seit Jahren. Warum?«

»Sie enthalten Silber.«

»Was? Nein! Das kann nicht sein!« Ich springe so hastig auf, dass ich mir den Kopf an der Höhlendecke stoße. Doch der Schmerz ist nichts im Vergleich zu dem Aufruhr, der in mir tobt. »Eleni hat sie hergestellt, nach ihrer eigenen Rezeptur! Warum sollte sie mir Argyr geben?«

»Beim Verzehrer«, flüstert Anders. »Das kleine, listige Ding. Was weiß sie über deine Kräfte, was du nicht weißt?«

»Es gibt nichts zu wissen«, rufe ich. »Ich bin nur eine einfache Rekrutin, und vorher war ich als Adeptin höchstens Mittelmaß. Bevor …« Ich stocke. *Bevor ich lernte, wie die Magie durch mich fließt*, wollte ich sagen. Doch das stimmt nicht. Meine Kräfte waren in den Tagen zuvor schon stärker als jemals zuvor. Als ich durch die Berge vor Othon stolperte, nachdem ich mein Chrysos schon beim ersten Angriff der Befallenen aufgebraucht hatte. Als ich an der Klagenden Klamm gemeinsam mit Marius gegen sie kämpfte, Minuten vor dem Feuersturm des Amuletts. Und in Stenborg, als ich noch nicht an Magie glaubte.

Nimmst du die Pastillen noch? Das hat sie mich mehrmals gefragt. Das letzte Mal sagte ich ihr die Wahrheit, und sie ließ mich in Ruhe. Vielleicht hielt sie sie tatsächlich für eine harmlose Medizin. Der Gedanke erfüllt mich kurz mit Erleichterung. Oder sie hat abgewogen und kühl entschieden, mir meine Kräfte vorerst zu lassen, damit ich sie besser gegen die Frostseelen schützen kann.

»Sag mir, was du über meine Kräfte weißt.« Ich kauere mich vor Anders und packe seinen Arm. Er sieht so entgeistert aus wie ich.

»Du hast den sechsten Finger«, murmelt er. »Bei uns weiß jeder Magier, was das bedeutet.«

»Bei uns nicht«, flüstere ich. »Was bedeutet es?«

»Dass in dir das Blut der Alfr in besonders reiner Form fließt.« Er richtet sich auf. Die Vargs hinter uns schnauben leise, als hörten sie ebenfalls aufmerksam zu. »In den Jahrhunderten, seit wir sie aus unserer Welt verbannt haben, ist dies seltener geworden. Doch in jeder Generation gibt es wenige, die dieses Zeichen immer noch tragen. Sie gelten als Schützlinge der Götter. Und sie sind zumeist die stärksten Magier ihrer Zeit.«

Ich hebe meine missgebildete Hand, starre sie an wie einen Geist.

»Die Alfr hatten sechs Finger?«, flüstere ich.

Er nickt. »An jeder Hand. Und sie vererbten das ihren Kindern und Enkeln, gemeinsam mit ihren magischen Fähigkeiten. Dass dieses spezielle Erbmerkmal seltener wurde, liegt allerdings nicht nur an den vielen Generationen, die seither vergangen sind.« Er verstummt.

»Nein? An was denn noch?«, frage ich.

Doch er schweigt, den Blick zu Boden gerichtet. Seine Miene ist düster, unzugänglich wie eine Tür, die er vor mir ins Schloss geworfen hat.

»Anders!« Sein Schweigen macht mich fast wahnsinnig. »Du hast gesagt, du vertraust mir.«

»Du hast recht.« Er hebt den Blick und fängt den meinen ein, für eine stumme, prüfende Ewigkeit. In seinen schwarzen Augen schimmert ein dunkles Glühen, das meine Wangen erhitzt.

»Nimm meine Hand«, sagt er leise und reicht mir seine Rechte. »Schau sie dir an.«

Ich weiß es in dem Moment, als ich ihn berühre. Ich drehe seine Handfläche zur Seite und sehe die gezackte, alte Narbe neben seinem kleinen Finger.

»Du hast das Erbe auch«, flüstere ich. »Das bedeutet …« Meine Gedanken rasen. »Sind wir Geschwister?«

»Wohl kaum.« Er schüttelt den Kopf. »Mein Alfr-Blut stammt von mütterlicher Seite.«

Etwas durchzuckt mich, das vage Gefühl von Erleichterung und gleichzeitig Angst, als hätte ich eine wichtige Gewissheit verloren. Ich schiebe es rasch beiseite.

»Warum hast du den Finger abgeschnitten?«

»Weil ich sonst wahrscheinlich tot wäre«, stößt er aus. Dann holt er tief Luft und beginnt zu erzählen. »Meine Mutter hatte keinerlei magische Fähigkeiten, doch manchmal überspringt das Erbe eine Generation. Meine Großmutter Airin hatte sogar zwölf Finger. Ebenso meine Urgroßmutter Algea. Beide waren überaus starke Eismagierinnen. Ich habe sie nie kennengelernt.« Er klingt traurig. »Meine Urgroßmutter verschwand eines Tages einfach, sie kehrte vom Beerensammeln mit Airin, die noch ein Kleinkind war, nie zurück. Man hielt sie beide für verloren, gefressen von einem Raubtier oder in eine Schlucht gestürzt. Sechzehn Jahre später tauchte Airin jedoch wieder auf. Bauern fanden sie im Wald, ohne Erinnerung bis auf ihren Namen. Wegen ihrer sechs Finger, und weil sie ihrer Mutter wie aus dem Gesicht geschnitten war, konnten ihre Angehörigen sie leicht identifizieren. Nur zwei Jahre, nachdem sie zu ihnen zurückgekehrt war, heiratete Airin einen Tavernenwirt, meinen Großvater, und gebar ihm zwei Töchter. Meine Mutter und meine Tante. Gerade als diese alt genug waren, um keine Windeln mehr zu brauchen, wurde ihre Mutter schändlich getötet. Zwei Männer, die die Taverne ausraubten, erstachen sie. Seltsam nur, dass sie kein Geld mitnahmen.« Seine Stimme klingt bitter. »Und ebenso seltsam, dass die Magd, die heimlich Zeugin des Mordes wurde, erzählte, dass die Räuber hellhaarig waren.«

»Du meinst, Athosianer ermordeten Airin?«, frage ich ungläubig. »Wegen der Zahl ihrer Finger?«

»Wegen ihres starken magischen Erbes, ja«, erwidert er. »Doch meine Mutter erfuhr diese Wahrheit erst, als es fast zu spät war.« Einer der Vargs stößt ein leises Knurren aus, verstummt jedoch gleich wieder, wie um unser Gespräch nicht zu stören. »Sie und Tante Jönnika wuchsen in der Taverne ihres Vaters in Kentagel auf«, erzählt Anders. »Und auch ich kam dort zur Welt. Mein Vater war einer von Großvaters Knechten, der sich kurz nach der Zeugung aus dem Staub gemacht hatte. Doch der Skandal hielt sich in Grenzen, denn mein Großvater war ein angesehener Mann und entschlossen, sich um mich zu kümmern. Ich krabbelte den ganzen Tag im Schankraum herum, während meine Mutter dort arbeitete, und vielen Gästen fiel mein sechster Finger auf. Offensichtlich einem zu viel. In dem Winter, als ich ein Jahr alt war, wurde die Taverne erneut überfallen. Drei Männer dieses Mal, und sie drangen zielstrebig in die Kammer meiner Mutter vor. Mit nur einem Ziel – mich zu töten. Mein Großvater stellte sich ihnen in den Weg. Er erschlug einen der Kerle, doch die anderen beiden stachen ihn nieder.« Sein Blick ist finster. »Mutter und ich wären ebenfalls gestorben, doch im letzten Augenblick kam uns ein Gast zu Hilfe.«

»Ein Mann mit schwarzen Locken und blauen Augen«, flüstere ich.

Anders nickt. »Mutter sagte, er kämpfte schnell und brutal, wie ein ausgebildeter Soldat. Er tötete die beiden Angreifer, dann brachte er Mutter und mich nach draußen. Er sagte ihr, in der Taverne wäre es nicht mehr sicher. Nirgends wären wir mehr sicher, solange mich der sechste Finger als Alfr-Erbe zeichnete. Er nannte ihr den Namen von Kazimir Borgersson, der, wie er sagte, abgeschieden lebte, und dabei so ehrenhaft sei, niemanden in Not abzuweisen. Außerdem gab er ihr den Namen eines verschwiegenen Schafhirten.« Er schaudert, als ob er sich selbst daran erinnern könnte. »Bei uns gibt es keine magisch befähigten Heiler. Die besten Erfahrungen mit Verletzungen haben in unseren Einöden stets die Menschen, die mit Tieren arbeiten. Schafhirten scheren und schlachten ihre Tiere, bringen Lämmer zur Welt, kastrieren die jungen Böcke. Und einer von ihnen schnitt mir den Finger ab.«

Ich schlucke und verdränge die Bilder, die bei dem Gedanken in mir aufsteigen. »Und Ma Fredrik?«, frage ich.

»Sie war nicht bei euch in dieser Nacht?«

Er schüttelt den Kopf. »Sie lebte in Kentagel in einem Tempel von Tyr. Sie hatte den Ordenseid geschworen und wollte dort ihr Leben verbringen. Doch für uns brach sie diesen Eid und zog mit uns in die Fremde.«

»Deshalb hast du dich Njard geweiht«, flüstere ich. »Weil du den Tod schon so früh kennengelernt hast.«

»Ich schulde dem Gott des Todes ein Leben«, sagt Anders düster. »Nämlich meines. Nur die Gnade der Götter hat mich gerettet.«

»Und der Fremde«, gebe ich zu bedenken. »Hatte er irgendwelche magischen Fähigkeiten? Hatte er sechs Finger?«

»Meine Mutter sagte, er erschien ihr gut aussehend, doch ansonsten gänzlich unauffällig. Doch Magie kann man verbergen. Und einen sechsten Finger kann man entfernen.« Er hebt seine vernarbte Hand. »Wir wissen nicht, wer er ist.«

Wir beide fallen in ein nachdenkliches Schweigen. So viele lose Fäden zupfen an meinen Gedanken. Sie verwirren mich, wie Bruchstücke eines Rätsels aus einem Traum – doch ich gehe sie einen nach dem anderen noch einmal durch, bis sie sich in meinem Kopf zu einem Muster formen.

»Wenn derselbe Mann, der euch zu Kazimir nach Stenborg schickte, vier Jahre später zurückkehrte, um mit dem Eismagier zusammen das goldene Amulett zu stehlen, dann kann das alles kein Zufall sein«, sage ich nachdenklich. »Dann hatte er vielleicht von Anfang an einen größeren Plan. Und dieser Plan muss etwas mit dir und deiner Anwesenheit auf Stenborg zu tun haben, genauso wie mit mir.«

Anders öffnet den Mund, doch ich lasse ihn nicht zu Wort kommen.

»*Dein Blut ist sein Blut, dein Leben ihm unantastbar. Seine Kraft wird gehorchen der Kraft der Sechs*«, flüstere ich. »So lautet die Inschrift auf dem Steinquader in Stenborg, nicht wahr? Sechs Finger, das ist damit gemeint. Nur ein Magier, in dem das Erbe der Alfr stark genug ist, kann ein Amulett beherrschen. Der Fremde hat dich vielleicht genau deshalb gerettet – und er hat das silberne Amulett absichtlich zurückgelassen. Für dich. So, wie er das Goldene für mich bestimmte.«

»Du kannst nicht wissen, ob er dein Vater ist«, sagt Anders leise.

»Ich weiß«, stoße ich aus. »Vielleicht ist er es nicht. Doch dann arbeiten sie zusammen.«

Er nickt. »Aber warum sollte er uns die Amulette überlassen? Welche Aufgabe hat er uns damit zugedacht? Er konnte damals unmöglich wissen, dass wir die Amulette einst so dringend brauchen würden«, murmelt er. »Die Frostseelen tauchten erst vor wenigen Wochen auf.«

»Er wusste es nicht«, sage ich. Ich schaudere, und Anders wirkt ebenfalls wie vor den Kopf geschlagen.

»Es ging vielleicht niemals um die Seuche«, flüstere ich. »Doch eines ist sicher: Dieser Mann, der uns zusammengeführt hat, will etwas von uns. Und wenn die Zeit gekommen ist, wird er es von uns einfordern.«

Ich balle die Fäuste, als mir aufgeht, wer für die Morde an Anders' Urgroßmutter und Großmutter verantwortlich sein muss. Ich darf ihm die Wahrheit nicht verschweigen, so wie ich sie den anderen verschwiegen habe. Sie wird ihn in Gefahr bringen, vielleicht wird sie ihn eines Tages töten. Doch anders als Ian und Eleni hat er ein Recht darauf, es zu wissen. *Niemand mehr als er.* Ich hole tief Luft.

»Ich weiß zwar nicht, was dieser Mann von uns will, doch ich weiß ziemlich sicher, wer sein Feind ist«, sage ich. Ich löse meine Faust und greife nach Anders' Hand. »Und dieser Feind ist auch unser Feind. Denn ich glaube, dass er deine Großmutter und ihre Mutter zuvor getötet hat – und dich Jahrzehnte später ebenfalls töten wollte.« Dann hole ich noch einmal Luft. »Sie nennen sich Cathedra Genéa.«

Langsam und stockend erzähle ich ihm alles, was ich weiß. Von dem Gespräch, das ich auf dem Schiff einst belauschte. Von Marius und seiner Angst vor der Cathedra, die sich bewahrheitete. Und von Olaf, der kein Verräter zwischen Nord und Süd ist, sondern etwas noch Schlimmeres: ein Trickser und Meuchelmörder in Diensten einer skrupellosen Geheimorganisation, der mein Vertrauen erschleichen wollte und mir aus Versehen half, das Amulett auf mich zu prägen.

Anders lauscht, ohne mich zu unterbrechen. Seine Finger drücken die meinen so fest, dass es schmerzt. Er lässt mich erst los, als meine Stimme verebbt. Wir schweigen eine Weile. Als er plötzlich tief Luft holt, kommt es mir vor, als sei er aus einem tiefen Schlaf aufgetaucht.

»Diese Cathedra will also um jeden Preis die Geheimnisse der Vergangenheit schützen und hasst alles, was mit den Alfr zu tun hat«, sagt er nachdenklich. »Ich denke, du hast recht. Ihre Leute müssen es sein, die seit Jahrhunderten alle Menschen mit sechs Fingern ermorden. Sie müssen es gewesen sein, die meine Großmutter und ihre Mutter töteten und es bei mir zumindest versuchten.« Er runzelt grimmig die Stirn. »Und jetzt jagen sie deinen Vater. Und nicht nur hinter ihm sind sie her. Seit einiger Zeit sterben immer wieder Eismagier und Seher eines rätselhaften Todes oder verschwinden spurlos. Manche von ihnen hat wahrscheinlich Olaf auf dem Gewissen.«

»Er hat mal zu mir gesagt, wenn er Gefangene lebend abliefert, bekommt er eine sattere Prämie«, stoße ich aus. Ich balle die Fäuste. »Wenn er von deinem sechsten Finger gewusst hätte, hätte er dich wahrscheinlich gleich umgebracht.«

Anders verzieht das Gesicht. Statt einer Antwort greift er nach seinem Dolch.

»Was hast du vor?«, rufe ich, doch ehe ich meine Frage beendet habe, sticht er sich in die Handfläche. Blut tropft auf den Boden, während er das Amulett aus seiner Tasche holt.

»Ab jetzt wird Olaf mich nicht mehr so einfach töten können«, murmelt er. Er umfasst das Silber entschlossen mit der blutigen Hand. Ich keuche auf. Das Blut hört sofort auf zu tropfen. Fahlweißes Licht flirrt zwischen seinen Fingern, leuchtend wie der Mond und gleichzeitig dunkel, als wäre es sein eigener Schatten.

Anders presst die Lippen zusammen, in seinem Gesicht zuckt es. Dann lässt er das Amulett mit einem angeekelten Gesichtsausdruck fallen. »Es fühlt sich an, als wäre es lebendig.« Er starrt auf den Höhlenboden, wo das Amulett in sattem Silber schimmert. »Ich musste es gleich tun«, flüstert er. »Später hätte ich vielleicht nicht mehr den Mut dazu gehabt.«

Ich will sagen, dass er das Richtige getan hat. Doch ich weiß nicht, ob das die Wahrheit wäre.

»Jetzt ist es dein«, flüstere ich stattdessen.

Er wickelt sich einen Lappen um die verletzte Hand. Er wirkt nachdenklich und niedergeschlagen und sieht so aus, als wäre er am liebsten weit von mir entfernt. »Oder ich bin sein.«

Kapitel 31

Fünf Tage später kauern wir auf einem Berghang hinter einem Felsvorsprung und blicken auf das Tor von Kentagel. Es ist ein schmiedeeisernes Ungetüm, zwei Manneslängen hoch, ebenso breit und so massiv, dass es sicherlich die Kraft mehrerer Männer bedarf, um es zu bewegen. Darüber erheben sich Felswände. Schroff und uneinnehmbar brechen sie herab wie versteinerte Wasserfälle. Sie schimmern schwarz, ebenso wie die Felsbrocken, die um uns herum aus dem Schnee ragen. Dunkelrote Maserungen erinnern mich an schorfige Krusten frisch geronnenen Bluts. Auch in meinem Mund meine ich den Geschmack von Blut zu spüren, heiß und bitter wie meine Furcht.

Wir haben Trondur und seinen Trupp gestern Mittag nicht nur eingeholt, wir haben ihn überholt. Er hat uns keine andere Wahl gelassen.

Je weiter wir Richtung Kentagel ritten, desto mehr Menschen trafen wir unterwegs, zusammengewürfelt in kleineren und größeren Gruppen und meist zu Fuß. Flüchtlingsfamilien waren darunter, aber vor allem Männer und Frauen, die sich dem Feldzug der Clans anschließen wollten. Manche von ihnen hatten durch die Befallenen alles verloren bis auf das, was sie am Körper trugen – und ihren Hass auf den Süden. Angestachelt von dem Gerücht, Athosia stecke hinter der finsteren Kraft, die ihnen ihre Familien geraubt hatte, wollten sie vor allem eines: Gegen die Feuermagier kämpfen, die es wagen, mitten durch ihr Land nach Norden zu ziehen. Und sie alle hatten von Trondurs Vargtrupp die Geschichte von der Feuermagierin gehört, die sich zusammen mit einem Vereiser als Spionin in den Hügeln vor Kentagel herumtreibt.

TronDurs Geschichte sorgte dafür, dass uns ein paar Männer angriffen, die wir an einer Wegkreuzung trafen. Anders beantworte ihre Fragen nach unserem Ziel und unserer Herkunft gewohnt ruhig, doch als sie auch von mir Antworten wollten – wie lange war ich schon im Tempel, war ich ein Bastard? – eskalierte die Situation relativ schnell. Sie waren zu Fuß, deshalb konnten wir problemlos flüchten. Aber schon ein paar Stunden später trafen wir auf die nächste misstrauische Gruppe, die sich ebenfalls nicht mit vagen Antworten abspeisen ließ. Diese Männer waren ebenfalls beritten, sodass mir schließlich nichts anderes übrig blieb, als sie mit meinen Feuerbällen in die Flucht zu schlagen. Anders hatte mich gebeten, möglichst niemanden zu töten, und daran hielt ich mich. Doch wir erkannten, dass wir nicht länger auf dem Handelsweg bleiben konnten, wollten wir nicht noch mehr Aufmerksamkeit auf uns ziehen. Also schlugen wir Seitenpfade ein; die Vargs suchten uns einen Weg durch Seitentäler, gefrorene Bachbette und über Geröllfelder hinweg, wo wir nur vereinzelt auf Spuren von Menschen stießen – oder von Befallenen. Auf dem Hauptweg waren uns nicht mehr viele begegnet, da die Krieger vor uns sie eliminierten, doch hier waren wir wieder auf uns allein gestellt. Wir kämpften gegen die Befallenen, wenn sie sich uns plötzlich in den Weg stellten, doch meist warnten uns die Instinkte der Vargs rechtzeitig, sodass wir uns versteckten und sie vorbeiziehen ließen. Ich glaube, wir beide hatten eine Atempause von den Toten dringend nötig, und wussten doch, dass ihre Zeit längst nicht vorbei war.

Trotz der Umwege holten wir Trondurs Trupp gestern Mittag ein. Ich sah sie, als sie tief unter uns eine Schlucht durchquerten. Inzwischen war die Gruppe auf fünfzig Mann angewachsen, von denen zwei Drittel auf struppigen Ponys ritten. Ich hielt sie erst nur für eine weitere Kriegergruppe, doch dann entdeckte ich einen Mann zwischen ihnen, mit einem Seil gefesselt und durch den Schnee stolpernd wie ein festgebundener Hund. Ian. Auf einem der Vargs hinter ihm ritt ein Mann zusammen mit einer kleinen Person, die er vor sich festhielt. Eleni! Der Mann musste Trondur sein, obwohl ich mir auf die Entfernung nicht sicher sein konnte. Ich ballte die Fäuste, und Funken stoben auf. Ich wollte Flammenbälle hinunterwerfen und sie alle erledigen. Anders überzeugte mich mühsam, dass es zu viele Gegner waren, selbst für eine wütende Feuermagierin.

Frustriert folgte ich seinem Vorschlag, sie zu überholen und in Kentagel bei Geir Borgersson Unterstützung zu suchen. Doch während ich nun die Felswand mustere, die die Stadt anscheinend umfängt wie ein schwarzer unbezwingbarer Ring, wächst in mir die Angst, dass unsere Gelegenheit, Eleni und Ian zu retten, längst verstrichen ist.

»Wer kann eine solche Mauer errichten?«, flüstere ich. Wir haben sie vor Stunden schon erblickt, wie sie auf dem Bergrücken thront, ein finsteres, rundes Felsmassiv, der gezackte Rand weiß mit Schnee bepudert. Neben diesem klobigen Rund wirken die weißen Gipfel der anderen Berge nahezu zerbrechlich. »Waren das die Alfr?«

Anders schüttelt den Kopf. »Die Natur selbst war es.« Er streicht über den scharfen Kanten des Steins, hinter dem wir uns verstecken. »Hinter dieser Felswand befindet sich ein Krater. Der Schlund eines uralten feuerspeienden Berges.«

»Ein Vulkan?«, rufe ich entgeistert. »Sind die Menschen hier lebensmüde?« In der Akademie lernten wir Brenner einiges über Vulkane. Allein in der Provinz Merimar gibt es drei. Alle paar Jahre erwacht einer von ihnen und vernichtet alles Leben im Umkreis von fünf Wegstunden. Selbst ein Jahr später glühen die Felsen der Umgebung noch, und nur Brenner können das versengte Land betreten.

»Dieser Vulkan ist das letzte Mal ausgebrochen, als die Alfr unsere Welt noch nicht einmal kannten«, beruhigt mich Anders. »In den Legenden heißt es, der Berg hätte eine solch gewaltige Fontäne aus Rauch, Asche und Feuer ausgestoßen, dass darin eigene Wettergesetze mit Blitz und Donner entstanden. Es soll dreizehn Jahre gedauert haben, bis die Aschewolke über den Nørlanden verschwand.«

Ich ziehe die Schultern hoch. Eleni hätte diese Geschichte kritisch seziert, doch mich lässt sie nur schaudern. »Dann beeilen wir uns, bevor er sich überlegt, doch noch mal Feuer zu spucken.«

Wir lassen die Vargs auf dem Berghang zurück. Ihre roten Augen beobachten uns, während wir uns mühsam an den Abstieg durch den Schnee machen. Drei Tage werden sie auf uns warten, darum hat Anders sie gebeten. Wenn wir bis dahin nicht wieder vor den Toren Kentagels auftauchen, werden sie zu Ma Fredrik zurückkehren und ihr wahrscheinlich in ihrer eigenen jaulenden und schnaubenden Wortwahl von unserem Tod berichten.

Als wir uns dem Tor schließlich nähern, zupfe ich nervös an dem Handschuh, der meinen sechsten Finger verbirgt. Es hat seit zwei Tagen nicht mehr geschneit. Unzählige Fußspuren vor dem geschlossenen Tor zeugen von Menschen und Tieren, schwarz schimmernde Blutlachen von toten Frostseelen. Doch die Körper wurden weggeschafft, und auch sonst ist niemand zu sehen, bis mit einem Knarren die schmale Pforte neben dem Haupttor aufgeschoben wird.

Anders spricht mit zwei Wachleuten in *Norisk*, wahrscheinlich im Dialekt von Kentagel. So oder so verstehe ich sie nicht. Sie mustern uns aufmerksam, dann lassen sie uns schließlich passieren.

Wir stehen in einem Korridor, der von seltsamen bläulichen Lampen beleuchtet wird. Das Erste, was mir auffällt, ist der durchdringende Gestank nach Schwefel. Ich rümpfe die Nase.

»Bald wirst du den Geruch gar nicht mehr wahrnehmen.« Anders zieht mich an einem schmiedeeisernen Gitter und weiteren Wachleuten vorbei in eine dunkle, riesige Halle. Sie ist so groß, dass sie mein Heimatdorf fassen könnte, und gefüllt von einem Gewühl von Menschen, das mir noch mehr als der Gestank den Atem raubt.

Es müssen mehr als tausend sein. Alle sind groß, oft sogar größer als ich, und das bunte Gemisch an Pelzen, Lederwesten und Bärten vermengt sich mit dem Dunst feuchter Kleidung, Schweiß und dem Gebrüll fremder Worte. Anspannung liegt so greifbar in der Luft wie ein Gewitter. Männer und Frauen stehen in Gruppen zusammen und diskutieren so heftig, dass andere Bögen um sie schlagen, während wieder andere sich zu ihnen gesellen, woraufhin das Palaver noch lauter wird. Manche sitzen am Boden oder auf Fässern, trinken, essen oder polieren mit grimmigen Gesichtern ihre Waffen. Händler mit kleinen Karren und geschäftstüchtigen Gesichtern eilen rufend zwischen ihnen hindurch. Sie gibt es offenbar in jedem Land. Hier verkaufen sie Tonbecher voller Met, Brotscheiben und Streifen getrockneten Fleischs.

»Ist das die Armee der Clanführer?«, wispere ich Anders zu. »Machen sie sich zum Aufbruch bereit?«

»Eine Armee sind sie noch nicht.« Der Blick seiner dunklen Augen ist ebenso beunruhigt wie meiner. »Doch das wird sich bald ändern. Die Clanführer haben eine Versammlung einberufen, sagten die Wachleute. Heute Abend, hier in dieser Halle. Sie werden einen Anführer wählen, und der wird die Aufgabe haben, sie zu einer Streitmacht zu formen.«

Eine Streitmacht, die gegen weniger als zweihundert arthosianische Soldaten ausrückt. Ich ziehe meinen Umhang fester um mich. Ich kann sie nicht alle retten. *Erst Ian und Eleni.*

Anders schenkt mir einen mitfühlenden Blick, er weiß offensichtlich genau, was in mir vorgeht. »Wir sollten noch mindestens vier Stunden haben, bis Trondur und sein Trupp hier eintreffen. Genug Zeit, um Geir Borgersson aufzusuchen und um Hilfe zu bitten. Er kennt mich. Und er ist ein einflussreicher Mann in dieser Stadt.«

Ich hoffe es. Ich atme tief durch. Anders führt mich nicht ins Gemenge, sondern an der schwarzen Felswand entlang bis zu einer Pforte. Wo die Wände dieser riesigen Höhle nicht in den Schatten verschwinden, sehe ich rundherum viele dieser Durchgänge, und ein gutes Stück über den Köpfen der Anwesenden sind so etwas wie Fensterluken, die allerdings ins Dunkel zeigen. Ich bin froh, dass ich meine Angst vor unterirdischen Gängen inzwischen halbwegs im Griff habe.

»Folge mir.« Anders eilt durch die Pforte und eine schmale Stiege empor.

Wir gelangen in einen weiteren Korridor aus stumpfem schwarzem Stein, der jedes Licht zu verschlucken scheint. Apropos Licht. Ich bleibe stehen und starre die fremdartigen Leuchter an, die alle zwanzig Schritt aus der Wand ragen. Steinschalen, in denen ein bläuliches Feuer vor sich hin brennt, leise zischend und ohne das geringste Flackern.

»Was sind das für Lampen?« Ich traue mich kaum zu fragen.

»Das sind brennbare Dämpfe aus dem Inneren des Vulkans.« Wie immer reagiert Anders auf meine Fragen nachsichtig wie ein Lehrmeister. Ich frage mich, woher er die Geduld dazu nimmt. »Die Bewohner leiten sie durch die Wände und nutzen sie als Lichtquelle. Siehst du die Ritzen dort?« Er deutet nach oben, ins Dunkel über den Lampen. »Das sind Belüftungsschächte, durch die der Rauch abzieht.«

»Ist ganz Kentagel unterirdisch?«, frage ich.

»Nur im Winter.« Er lächelt. »Komm mit, ich zeige dir die Oberstadt im Krater.«

Wir gehen den Korridor entlang, weichen dabei immer wieder Menschen aus, die uns entgegenkommen. Ich habe meine Kapuze tief in die Stirn gezogen, doch keiner beachtet uns. Rechts von uns befinden sich die Fensterluken, die ich von unten gesehen habe. Besorgt blicke ich auf das Getümmel der Halle hinab. Es sind Aberhunderte Kämpfer dort unten versammelt, und wer weiß, wie viele sich noch im Rest der Stadt aufhalten.

Wir haben vielleicht die halbe Halle umrundet, als Anders in einen der Durchgänge einbiegt, die links von dem Korridor abzweigen. Nach zwanzig Schritten biegen wir erneut ab, dann eilen wir noch eine steile Stiege empor in ein höheres Stockwerk, das ebenfalls von zerfurchten Gängen und bläulichen Lichtern durchzogen ist. Schon jetzt habe ich die Orientierung verloren. Der ganze schwarze Berg unterhalb des Kraters scheint durchhöhlt zu sein wie ein Schwamm. Ein Schwamm, der lauter wütende Nørlaender aufgesaugt hat und bald als Armee wieder ausspucken wird. Ich unterdrücke das Feuer, das in mir aufzüngelt.

Die Gänge in diesem Stockwerk des unterirdischen Kentagels ähneln Gassen in einer engen, überfüllten Stadt; offene Türen und Durchgänge führen in weitere Höfe oder in Wohnräume, Schilder weisen auf die Eingänge von Läden und Tavernen hin. Ich sehe sogar eine Schar Hühner gackernd in einem Gehege. Leitern und Stiegen verschiedenster Größe führen weiter nach oben, verschwinden im Schatten von Schächten oder verschlossenen Luken.

Und es werden immer mehr Menschen – doch sind es hier kaum noch Krieger, sondern vor allem Flüchtlinge, die sich unter die tatsächlichen Bewohner von Kentagel mischen. Obwohl wir höher sind als in der Halle, kommt mir die Luft schwerer vor. Die Anspannung in den Gesichtern ist Beklemmung gewichen. Junge und Alte schleichen zögerlich durch die Gänge, mit betäubten, gleichgültigen Gesichtern oder mit dem starren Blick von innerlich Erschütterten. Der blaue Schwefeldampf der Steinschalen verleiht ihren Gesichtern einen gräulichen Farbstich. Manche Menschen weinen und kauern sich im Schutz ihrer Familien in dunkle Ecken.

Wir durchqueren gerade eine kleine Halle, als ich abrupt stehen bleibe. Jäher Schreck lässt mich Anders' Arm umklammern. Zwei Mannslängen vor mir steht eine seltsame Gestalt in einer bodenlangen, dunkelvioletten Kutte. Im ersten Augenblick erscheint sie mir kaum menschlich. Ihr haarloser Kopf ist über und über von Tatoverings bedeckt, sodass ihre Haut beinahe blau aussieht. Sie schaut nicht mich an, sondern Anders, und erst als er ihr zunickt, wendet sie sich ab.

Ein schneller Blick zeigt mir, dass hier mehrere dieser Gestalten sind. Sie stehen bei den Flüchtlingsfamilien, legen den Kindern die Hand auf den Arm und flüstern ihren Eltern fremde Worte zu.

»Priester des Njard«, erklärt Anders leise. Ich atme tief durch und lasse beschämt seinen Arm wieder los. »Sie helfen den Menschen in dieser schweren Zeit. Ihr Tempel ist ganz in der Nähe.«

Aus dem Schutz meiner Kapuze heraus starre ich die Priester an. Ich kann nicht einmal sagen, ob sie Frauen oder Männer sind.

Während ich mich beklommen umschaue, führt Anders uns mit versteinertem Gesicht weiter durch die unterirdische Stadt. Ich kann kaum erahnen, was er fühlt bei dem Anblick all dieser erschütterten Menschen, die respektvoll vor ihm zurückweichen, sobald sie sein Tatovering erblicken. Vor wenigen Tagen noch hätte ich geglaubt, dass sie in ihm einen Krieger sehen, doch er hat mir erzählt, dass Eismagier vor allem Helfer sind.

Die Natur ist für die Menschen der Nørlande unendlich reich an Schönheit, aber auch an Grausamkeit. Doch wir können ihre Härte manchmal mildern, besonders im Winter. Anders wanderte in den letzten Wintern durch die Ländereien der Borgerssons, um oberhalb von Siedlungen Lavinas kontrolliert auszulösen, gefrorene Flussläufe wieder aufzutauen und zweimal sogar verheerende Schneestürme umzulenken. Eine einsame Aufgabe, die ich mir mühsam und gefährlich vorstelle. *Wenn es so kalt ist, dass der Atem eine Handbreit vor dem Mund gefriert, bin ich der Einzige, der ihre Bauernhäuser noch erreichen kann.*

Doch jetzt wirkt er kraftlos, niedergedrückt vom Leid all der Menschen, denen seine Gabe nicht helfen kann. Ich möchte tröstend über seine Wange streichen, doch stattdessen stoße ich ächzend die Luft aus. »Du sagtest, meine Nase gewöhnt sich an den Gestank«, murmele ich. »Du hast gelogen.«

Immerhin bringe ich seine Mundwinkel zum zucken. »Gleich haben wir es geschafft.« Er deutet auf eine Leiter vor uns. »Dort geht es hinauf.«

Dicht hinter ihm erklimme ich die steilen Sprossen, dann blinzle ich ins Licht. Die Luft ist so klar und so kalt, dass sie mich beim Atmen schmerzt und mir Tränen in die Augen treibt. Häuser und Gassen glitzern, wo die Sonne auf Schnee trifft. Rundum erhebt sich schwarz und mächtig der Vulkankrater, und darüber leuchtet der Himmel in tiefem Blau.

»Der Winter hat gerade erst begonnen.« Anders streckt mir die Hand hin, um mir von der Leiter auf die Straße zu helfen. Im Tageslicht wirkt sein Gesicht endlich nicht mehr so leblos. »Wenn die Sonnenstunden so kurz sind, dass dir der Tag wie ein kurzes Aufflackern in der Dämmerung erscheint, und wenn dein Haus in der Oberstadt unter einer mannshohen Schneeschicht begraben ist, dann lebst du gern in der Unterstadt.«

Ich nicke und seufze gleichzeitig. Die Vorstellung, wochenlang kaum Tageslicht zu erblicken, bestürzt mich. Kein Wunder, dass die Nørlaender trotz ihrer dunklen Haare und Augen so blass sind.

»Wo wohnt Geir Borgersson?«, frage ich und schaue mich um.

»Nicht weit entfernt.« Anders reckt das Gesicht in die Sonne. »Doch ich wollte vorher noch an einem anderen Ort vorbeischauen.«

Ich verkneife mir den Hinweis, dass wir Dringenderes zu erledigen haben, denn er weiß das genauso gut wie ich. Still folge ich ihm durch den Schnee. An einigen Stellen ist er so plattgetrampelt, dass sich Eisflächen gebildet haben. An anderen Stellen ist er selbst zwei Tage nach dem letzten Schneeschauer noch fast unberührt. Hier oben sind wesentlich weniger Menschen unterwegs, obwohl die Sonne die Welt in ein glitzerndes Leuchten taucht, und die Stadt friedlich und still wirkt. Doch vermutlich ziehen die Flüchtlinge Wärme der Schönheit vor.

Wir gehen nicht weit; die Oberstadt ist gedrängt und eng, eingezwängt in den Krater, der ihr Sicherheit, doch auch eine klare Begrenzung gibt.

Anders biegt um eine Häuserecke, dann bleibt er stehen. Ich trete neben ihn. Vor uns liegt ein Platz, umgeben von einer niedrigen Mauer. Ein schmiedeeisernes Gatter führt auf eine schneebedeckte Fläche, die ich im ersten Augenblick für einen Garten halte. Doch es muss etwas gänzlich anderes sein. Eisfiguren funkeln wie Diamanten, rauben mir den Atem.

»Komm«, sagt Anders und hält mir die Hand hin, und in meinem Erstaunen ergreife ich sie. Er führt mich durch das Tor. Statuen aus Eis umgeben uns, menschengroß und doch so unwirklich wie eine Illusion aus Luft und Licht. Ihre Füße berühren kaum den Schnee, und ihre gläsernen Gesichter blicken zur Sonne. Sie sehen lebensecht aus, manche in Pelz und Mäntel gekleidet, das Schwert noch im Kampf erhoben, andere in dünnen Gewändern und lachend, als kämen sie geradewegs aus dem Sommer.

Anders führt mich eine Reihe entlang, in der ein paar bärtige alte Männer stehen, mit bedächtigen, weisen Mienen. Doch ich sehe auch Kinder, jedes für sich still verharrend im Spiel.

Vor einer jungen Frau bleibt er stehen. Sie streckt die Arme zur Sonne. Ihren Kopf in den Nacken gelegt, lächelt sie so geheimnisvoll, als sinne sie einem alten Rätsel nach, dessen Antwort sie allein kennt. Auf ihrer Fingerspitze balanciert ein

Eiszapfen mit so dünner Spitze, dass ich kaum glauben kann, dass er nicht beim kleinsten Windstoß umfällt.

»Das ist meine Großmutter Airin«, flüstert Anders. Er lässt mich los, tritt vor sie hin und studiert sinnend ihr Gesicht.

Natürlich. Jetzt erkenne ich auch die Ähnlichkeit. Die gleiche schmale Gestalt, die gleichen hohen Wangenknochen und rätselhaft tiefen Augen. »Sie ist wunderschön«, wispere ich. »Was ist das für ein Ort?«

Er schaut mich einen langen Moment an. Sein Blick ist traurig. »Ein Friedhof«, sagt er.

Ich runzle die Stirn, denn ich kenne den Begriff nicht.

»Ein Ort für unsere Toten«, erklärt er leise.

Ich blicke bestürzt um mich. Die Figuren erscheinen mir plötzlich gruselig, als hätten sie sich unmerklich ein Stück auf mich zubewegt.

»Die Statuen sind nur ihre Abbilder«, sagt er sanft. »Eismagier aus dem Orden von Njard haben sie geschaffen. Ihr Tempel und die Katakomben, in denen sie die Toten verwahren, liegen direkt unter uns. Sie ehren das Andenken der Verstorbenen, das ist eine ihrer Aufgaben.«

»Und warum schmelzen die Eisfiguren nicht?«, frage ich.

Anders streckt die Hand aus, als wolle er Airin berühren, doch er tut es nicht. »Weil die Magier jeder von ihnen ein Stück ihrer Seele gegeben haben«, erwidert er. »Ein Stück Seele, durch die weiterhin Magie fließt.«

Ich ziehe erstaunt Luft ein. »Kannst du das auch?«

»Jeder von uns kann das.« Er hebt eine Hand und schließt die Augen. »Die Seele ist ein Wunder. Je mehr du von ihr gibst, desto größer wird sie«, flüstert er. »Doch zuerst muss ich ihr eine Form schaffen.«

Wie schon einmal erscheinen Kristalle über seiner Handfläche in der Luft, scheinbar aus dem Nichts blinken sie auf und ziehen sich zu einer Form zusammen. Sie bilden eine gläsern schimmernde Lilie.

Er öffnet die Augen wieder. »Jetzt du«, sagt er und schaut mich auffordernd an.

Ich atme tief ein und schließe meine Augen, spüre der Magie nach. Ich sehe das Bild einer Blume vor mir, während ich die Magie in einem glühenden Strom durch mich hindurchfließen lasse, von meinem Herz zu meiner Hand. Dann blinzle ich gegen das Licht zwischen meinen Fingern an. Eine Rose öffnet Blütenblätter aus Flammen.

Anders gluckst vor Freude, als hätte ich ihm ein Geschenk gemacht. Wie die Sonne durch Wolken bricht sein Lachen aus ihm hervor, das mich wärmt, obwohl es nicht mir gilt, sondern der feurigen Blume auf meiner Hand.

»Siehst du«, murmelt er und tritt auf mich zu. »Selbst Feuer kann sanftmütig sein.«

Er schließt die Augen. Ich weiß nicht, was er tut, doch plötzlich schimmert die Eislilie in seiner Hand auf, in einem sanften, bläulichen Leuchten. Im nächsten Augenblick verschwindet das Schimmern wieder, doch ich habe das Gefühl, als wäre es immer noch da, versteckt im Inneren des Eises.

»Sie ist für dich.«

Mit konzentrierter Miene steckt er die Eislilie an den Kragen meines Mantels. Sie ist kalt. Und sie schmilzt nicht, obwohl sie für einen Augenblick meine warme Haut berührt. *Ein Stück seiner Seele.*

Ehe er noch etwas sagen kann, schließe ich meine Finger und die Rose verschwindet mit einem Zischen. Ians Gesicht blitzt vor mir auf, sein fester, entschlossener Mund, das kantige Kinn. Ich fühle mich plötzlich schuldig, ohne genau zu wissen, warum. »Lass uns gehen.«

Wir verlassen den Friedhof und folgen einer schmalen, zugeschneiten Gasse mit kompakten, schmucklosen Häusern, alle aus schwarzem Vulkangestein. Die Sonne verschwindet hinter rastlos vorbeieilenden Wolken, doch hier unten im Krater ist der Wind nicht zu spüren. Aus Schächten im Boden steigt

Dampf auf, in einem Graben brodelt dunkles, trübes Wasser und wirft Blasen; wenn sie zerplatzen, stinkt es durchdringend nach Schwefel. Menschen begegnen wir nach wie vor kaum. Fast kommt es mir so vor, als befänden sich die dicht gedrängten Höhlengänge nicht wenige Schritte unter uns, sondern wären nur ein finsterer Traum, der mich rastlos und niedergeschlagen zurücklässt.

Dann bleiben wir vor einem Haus stehen, das etwas größer ist als die anderen. Ein paar zugeschneite Treppenstufen führen zu einer schweren Holztür, gegen die Anders dreimal klopft. So rasch, als hätte sie bereits dahinter auf uns gewartet, reißt eine alte Frau die Tür auf. Sie ist rundlich, und ihre Haut ist so farblos wie Wachs. Ihre Schultern sind in ein graues Tuch gewickelt, und auch ihr strenger Haarknoten ist grau. Nur ihre Augen sind schwarz und stechend, doch der Eindruck ist flüchtig, denn ihre Blicke schwirren über uns hinweg wie unruhige Hummeln.

»*Gud nåde deg,* Anders Eriksson!«, zwitschert sie mit hoher Stimme. Ich weiß nicht, ob in ihrer Stimme mehr Erstaunen oder Erschrecken schwingt. »Mein lieber Junge, was bringt dich in dieser schlimmen Zeit nach Kentagel? Bei den Göttern, mit Gästen habe ich gar nicht gerechnet.« Schon eilen ihre Blicke von ihm weg und saugen sich für einen Augenblick an mir fest. Ihre Augen weiten sich, dann kneift sie sie so fest zusammen, dass sich ihre Wangen runzeln. »Und wer ist deine hübsche Begleiterin?«

»Den Göttern zum Gruß, Gurli Vinnandotter«, erwidert Anders. »Das ist Thea, eine Novizin von Svarog. Wir sind hier, um Geir Borgersson zu sprechen.«

Gurli presst beide Hände vor den Mund, reißt sie dann in einer Geste der Bestürzung in die Luft. »Hat mein Bote euch nicht erreicht?«, ruft sie. »Geir Borgersson ist tot, seit drei Monden schon. Sie haben ihn ermordet.«

Ich keuche auf. *Tot.* Dann ist alles vorbei.

»Ermordet.« Anders wiederholt das Wort tonlos, taumelt rückwärts zwei Stufen nach unten, als hätte er einen Stoß erhalten. »Wer hat ihn ermordet, Gurli?«

Doch sie beachtet seine Frage gar nicht. »Ein schlechter Mann, dieser Bote«, lamentiert sie. Ich höre ihre schrille Stimme wie durch einen dumpfen Schleier. »Wahrscheinlich hat er seinen Lohn gleich in einer Taverne für Schnaps ausgegeben. Und ich wollte doch, dass Kazimir es so schnell wie möglich erfährt. Seinen kleinen Bruder und Erben vor sich sterben zu wissen, ich kann mir nicht vorstellen, wie schrecklich das für ihn …«

»Kazimir ist ebenfalls tot.« Anders tritt wieder nach oben und fasst sie am Arm.

»Oh nein.« Sie ringt nach Atem, eine fassungslose alte Frau. Anders drängt sie nicht, und auch ich schweige, bis sie hörbar ihre Tränen hinunterschluckt. Der Kehlkopf an ihrem faltigen Hals hüpft auf und ab wie ein Sperling. »Bedeutet das, du bist jetzt der Erbe, Anders Eriksson?«, flüstert sie und mustert ihn mit aufgerissenen Augen.

Er runzelt die Stirn. »Das interessiert mich wenig«, sagt er und schiebt sie sachte, aber beharrlich ins Haus hinein. »Sag mir, wer Geir ermordet hat, Gurli. Wir müssen alles darüber erfahren.«

Warum? Ich will schreien, bis meine Stimme bricht. Wie soll ich Ian und Eleni jetzt noch retten, in dieser Stadt voller feindlicher Krieger? Geir Borgersson war unsere einzige Hoffnung. Doch ich schreie nicht. Ich sage gar nichts, stake steif wie ein Storch hinter Anders und der Alten in das Gebäude hinein.

Es ist ein kaltes, seltsames Haus. Die schwarzen Räume wirken düster und kahl und über die Truhen sind Leintücher gebreitet, als wären es Särge, die vor dem Amt der Hochöfen auf ihre Verbrennung warten.

Gurli scheint sich wieder gefasst zu haben. Sie wuselt uns voraus, wischt mit ihren Fingern über die Möbel, als wolle sie

Staubflusen vor uns in Sicherheit bringen. »Entschuldigt, dass ich nicht geheizt habe«, zwitschert sie. »Kommt mit ins Untergeschoss, ich koche euch Buttertee.« Sie verschwindet eine enge Stiege hinunter.

»Anders.« Ich packe ihn am Arm. »Wir haben keine Zeit für Buttertee.« *Was auch immer das ist.*

»Ich weiß«, sagt er leise. »Aber Gurli lässt sich nicht hetzen. Was sie über Geirs Tod weiß, könnte wichtig sein.«

»Wichtig für unser Ziel oder für dich?«

Er könnte meine vorwurfsvolle Miene ignorieren, doch stattdessen fixieren mich seine dunklen Augen. Er will mein Einverständnis. »Thea, vertrau mir«, flüstert er.

Ich hebe die Schultern. Mir bleibt ja doch nichts anderes übrig. Erst als ich unwillig nicke, dreht er sich um und folgt der Alten die Stiege hinunter.

Der Teil des Hauses, der in der Unterstadt liegt, ist ungleich heimeliger – als wäre das obere Stockwerk nur Fassade. Gurli werkelt an einem Herd herum, in dem munter ein paar Holzscheite brennen. Gusseiserne Töpfe und Pfannen, tönernes Geschirr, ein runder Holztisch – obwohl wir hier in einem gänzlich anderen Land sind, fühle ich mich an die Küchen von Irelin erinnert. Alles ist blitzblank gewischt, selbst die schwarzen Wände schimmern wie poliert. Und doch mag ich die alte Frau und ihre gekünstelte Betriebsamkeit nicht. Und der Blick, den sie mir aus den Augenwinkeln zuwirft, sagt mir, dass das auf Gegenseitigkeit beruht.

Endlich stellt sie einen Korb mit Brot und zwei große Gefäße mit fettig schimmerndem Kräutersud vor uns ab. Ich verspüre allerdings weder Hunger noch Durst. Schon will sie davoneilen, doch Anders greift nach ihrer Hand.

»Setz dich«, bittet er. »Rede mit uns.«

Etwas widerstrebend lässt sich vor uns nieder. »Ich kann es kaum glauben«, zwitschert sie. »Geir und Kazimir, sie waren so aufgeweckte kleine Jungen, dabei immer strebsam und ehrlich.« Sie mustert mich mit leicht verkniffenem Blick. »Wir kannten uns schon als Kinder, musst du wissen. In Stenborg sind wir zusammen aufgewachsen.«

»Mein Beileid«, murmele ich.

Sie reagiert nicht, offensichtlich sind ihr meine Worte völlig gleichgültig. Stattdessen fixiert ihr Blick die Eislilie am Kragen meines Mantels. »Tand, eitler Tand«, murmelt sie säuerlich.

»Gurli, wer hat Geir ermordet und warum?«, fragt Anders geduldig und drückt noch einmal ermutigend ihre Hand.

»Ich weiß nicht, warum die Götter ihn uns raubten.« Sie tätschelt seine Finger, doch die Geste kommt mir unaufrichtig vor. »Ach Junge, warum willst du das wissen?«

»Bitte, Gurli.« Er senkt tatsächlich den Blick vor dieser Wichtigtuerin. Vielleicht will er seinen wachsenden Ärger verbergen. »Wir haben schon viel Grausames gesehen, du musst uns nicht schonen. Erzähle uns alles von dem Verbrechen, was du weißt.«

Sie nickt und seufzt gleichzeitig. »Ich schäme mich so«, wispert sie. »Denn ich habe den Mörder selbst hereingelassen. Er war sehr unhöflich und hat sich nicht vorgestellt, doch Geir schien ihn zu kennen, deshalb habe ich sie einfach allein gelassen. Sie gingen direkt in sein Schreibgemach, und als ich ihm zwei Stunden später sein Essen bringen wollte«, sie schaudert, »war er tot. Niedergestochen mit einem Messer. Der abscheuliche Mörder war durch das offene Fenster geflohen.«

»Wie sah er aus?«, fragt Anders.

»In all seiner Niedertracht war er ein schmucker Gesell«, sagt sie und nickt mit dem Kopf ruckartig wie eine Taube. »Die Schönheit des Bösen«, flüstert sie. »Er war hager wie ein Priester und trug auch wie sie keinen Bart. Sein Haar war lang und schwarz, und seine Augen leuchtend blau, so wie man es selten sieht.«

»Wie alt war er ungefähr?«, wispere ich.

Sie wirft mir einen neugierigen, beinahe lauernden Blick zu.

»Für meine alten Augen sind alle Männer jung«, sagt sie mit einem Seufzen. »Doch wenn ihr mich zwingt zu raten, müsste ich sagen, etwas über vierzig.«

Alt genug, um mein Vater zu sein. Ich bette mein Gesicht in die Hände und stöhne auf. Ein gewissenloser Mörder, so wie Olaf. Eine Seite ist so schlimm wie die andere, egal ob es um meinen mutmaßlichen Vater geht oder die Cathedra Genéa.

Ich spüre eine Hand auf meinem Haar. »Wir wissen nicht, wer er ist«, sagt Anders und streicht mir über den zottigen Schopf, eine kühle, federleichte Berührung, bevor er seine Hand wieder zurückzieht. »Doch es scheint, dass dieser Mann in den Geschicken der Borgerssons eine wichtige Rolle spielt. Gurli, weißt du, worüber Geir und sein Mörder redeten?«

»Ich lausche nicht an Türen, falls du das meinst, Anders Eriksson.« Sie schnauft beleidigt und will aufstehen, doch Anders hält ihre Hand immer noch fest.

»Keinesfalls wollte ich dir das unterstellen«, murmelt er.

»Ach mein lieber Junge.« Ein Lächeln stiehlt sich auf ihr faltiges Gesicht. Sie genießt unsere Aufmerksamkeit, wird mir klar. Doch ehe ich mich einmischen kann, nickt sie einlenkend. »Ich weiß, welche Schriftrolle sie sich zuletzt gemeinsam angeschaut haben. Sie lag nach Geirs Tod auf dem Schreibpult.«

»Kannst du sie uns zeigen?«, fragt Anders sofort und springt auf.

Auch ich erhebe mich, angesteckt von seiner Wissbegier.

Gurli Vinnandotter seufzt und mustert uns wie ungezogene Kinder. Doch dann packt sie eine Fackel und erklimmt so geschwind die Stiege, als wäre sie kein Jahr älter als wir. Zwei Treppenfluchten geht es hinauf. Das oberste Stockwerk besteht aus einem einzelnen, großen Raum. Die Wände sind von Eiskristallen bedeckt, die den schwarzen Stein in graues Licht tauchen. Die Fensterluken sind mit Butzenscheiben verschlossen, die ebenfalls blind sind von Eisblumen. In einer

Ecke befindet sich ein Schlaflager, auf der anderen Seite Regale, vollgestopft mit unzähligen Schriften: Pergamentrollen, lose Blätter und dicke Folianten, in Leder gebunden. Hätte Eleni erfahren können, dass auch Barbaren so viele Bücher besitzen, wäre ihre Meinung von ihnen vielleicht gestiegen. Ich wickle mich fröstelnd in meinen Mantel. Sie ist nicht tot. Sie wird es noch erfahren.

»Diese war es.« Die Alte zieht hurtig eine der Schriftrollen aus dem Regal. Sie ist bestimmt zwei Armlängen lang und aus schwerem Pergament.

Anders kniet sich hin und entrollt sie vorsichtig auf dem eisigen Boden. Schraffierte Flächen, Linien und Beschriftungen. *Kentagel. Drogon. Grenzgebirge.* Es ist eine Karte der Nørlande.

Ich ignoriere Gurli, die aufgeregt um uns herumwuselt und knie mich neben Anders. Ich lasse meinen Blick über die Karte schweifen. Besonders fällt mir ein kleines Symbol auf, ein vielzackiger schwarzer Stern, umgeben von einem eisblauen Kreis. Ich entdecke ihn mehrmals auf der Karte, einmal im Nirgendwo zwischen Stenborg und Drogon. Ich deute darauf. »Was befindet sich an diesen Orten?« Ich habe eine Ahnung, doch ich will, dass er es für mich ausspricht.

Anders runzelt die Stirn. »Portale«, flüstert er.

Wir wechseln einen stummen Blick.

»Portale«, wiederholt Gurli hinter uns mit ihrer hohen Stimme. »Was mag das bedeuten?«

»Sag du es mir.« Anders dreht sich zu ihr um. »Hat Geir einmal von ihnen gesprochen?«

»Ich weiß nicht recht.« Sie blinzelt und schaut aus dem Fenster. Ihre Finger führen einen unschlüssigen Tanz auf dem Schreibpult auf.

»Du weißt es sehr wohl«, fahre ich auf. »Wir haben keine Zeit, um jede Information zu betteln. Raus mit der Sprache: Was hat er gesagt?«

»Mädchen.« Sie schnauft entrüstet, und dann heftet sich ihr

stechender Blick auf mich, und ich sehe nicht die geringste Wärme darin. »In den Tempeln des Spielers scheint man keine Manieren mehr zu lehren. Anders, du weißt, dass ich die hilfsbereiteste Person der Nørlande bin.«

»Das weiß ich«, sagt er so freundlich und ruhig, wie niemand sonst es könnte. Doch sein Lächeln ist flach, als müsse er sich dazu zwingen. »Und jetzt brauche ich deine Hilfe.«

Ihr Blick irrlichtert unruhig durch den Raum – sie scheint seine Bitte weniger zu überdenken, als zu überlegen, wie viel sie uns mitteilen will. Irgendwann nickt sie. »Die bekommst du, mein Junge.« Sie wirft mir einen letzten giftigen Blick zu, dann eilt sie erneut zu dem Regal hinüber. »Ich kann euch nicht sagen, was diese Portale sind oder was sie bedeuten, doch der arme Geir hat sie tatsächlich erwähnt. Manchmal, wenn er nachts schlaflos durchs Haus geisterte, redete er von anderen Welten und erwähnte dabei auch Portale. In diesen Nächten hat er an Dokumenten gearbeitet, die er gleich am nächsten Morgen verbrannte. Ich bin nur eine einfache Wirtschafterin, die nichts versteht von der gelehrten Arbeit unserer Seher.« Sie wischt sich theatralisch über die Stirn. Sie hält sich keineswegs für eine einfache Frau. »Doch ein paar dieser Schriftstücke hat er aufbewahrt. Er sagte, sie wären für seinen Erben. Doch stolz sind sie, die Männer der Clans, sie glauben, Njard wird sie auf ewig verschonen. Er hat mir nie seinen Erben genannt.« Sie seufzt übertrieben, und ihr Blick auf Anders ist verschlagen. Sie hält ihn noch für einen unbedarften Jungen, begreife ich, kaum geeignet, ein Erbe anzutreten. Doch für den Fall der Fälle will sie sich seine Gunst sichern. »Anders Eriksson, ich kann dir die Dokumente zeigen.«

Sie greift in das Regal hinein. Doch statt ein Buch herauszuziehen, schiebt sie die Schriften auf dem Regalbrett beiseite und tastet über die schwarze Wand dahinter. Ihre Finger krallen sich in eine Ritze zwischen den Mauersteinen. Mit geübtem Griff löst sie einen der kopfgroßen Steine aus der Wand.

Erst als sie ihn zur Seite legt, sehe ich, dass er nichts als eine Attrappe ist, ein dünnes, bemaltes Holzbrett. In der Wand gähnt nun ein dunkles Loch. Eine einzelne Mappe aus abgegriffenem Leder liegt darin.

Gurli zieht sie mit spitzen Fingern hervor. Ihr Blick ist argwöhnisch, als fürchte sie, das Leder werde gleich lebendig und beiße ihr in die Hand.

Sie reicht die Mappe Anders, und er schlägt sie auf. Ein dünner Stapel loser Blätter kommt zum Vorschein. Die Papiere sind knittrig und vergilbt und über und über mit einer kleinen, krakeligen Schrift bedeckt.

»Ich habe seine Notizen nie gelesen«, flüstert Gurli, und ausnahmsweise glaube ich ihr sogar.

Ich erwarte, dass sie bei uns bleibt, um uns über die Schulter zu schauen und begierig jedes unserer Worte zu verfolgen. Doch zu meinem Erstaunen wendet sie sich ab und hastet zur Treppe, als sei sie vor uns auf der Flucht.

Anders reagiert auf ihre Abschiedsworte nur mit einem geistesabwesenden Murmeln, so vertieft ist er bereits in die Schriften.

Ihr letzter Blick gilt mir. Er ist so voller Abscheu, dass ich irritiert zurückzucke. Ehe ich einen wütenden Blick zurückwerfen kann, huscht sie bereits die Treppe hinunter.

Ich schüttle meinen Ärger ab und trete zu Anders.

Er blättert so hastig, dass ich nicht mehr als ein paar Worte entziffern kann. Er kann offensichtlich ebenso schnell lesen wie Eleni. Dann stockt er und blickt auf.

»Hier steht etwas über die Portale«, flüstert er. »Und über die Alfr.«

Ich atme tief ein. »Lies es mir vor.«

Kapitel 32

Aus den Aufzeichnungen von Geir Borgersson

Die Nørlaender erzählen sich vielerlei Legenden aus der Dunklen Zeit, wie alle Menschenvölker sie nennen – die Zeit, als die Lys und Mørk durch die Portale kamen und unsere Vorfahren versklavten. In Liedern werden ihre verführerische Schönheit und ihre Verderbtheit besungen. Sie künden davon, dass ihr Krieg die Seele der Menschenvölker in zwei schmerzende Hälften zerschnitt, eine klaffende Wunde, die nie wieder heilen wird.

Doch über die Zeit davor wissen nur noch wenige Bescheid, denn die Alfr waren stets zurückhaltend darin, ihre eigene Geschichte den Menschen zu erzählen.

Dies ist mein Bericht, wie die zwei verfeindeten Geschlechter Lys und Mørk entstanden, wie dabei Álfheimr die magischen Elemente verlor – und es ist die Geschichte einer Verbrüderung zweier Feinde, die auch uns Menschen fast ins Verderben riss.

Viele Jahrhunderte, bevor die Alfr begannen, die Portale in unsere Welt zu nutzen, waren sie ein geeintes Volk mit einem König, der gerecht über alle vier magischen Familien regierte: die des Wassers, des Feuers, der Vorsehung und des Heilens. Zu dieser Zeit gab es auch noch die magischen Elemente Silber und Gold in ihrer Welt. Sie schmückten damit ihre prächtigen Kleider und die Wände ihrer Gebäude, denn es gibt kein Volk, das eitler ist als die Alfr. Außerdem erschufen sie aus den Elementen vielzählige magische Gegenstände, die ihr Leben bereicherten.

Doch es herrschte damals bereits Unfrieden und Zwist. Denn ein Herz, das keine Entbehrung kennt und selbst den Tod nicht fürchtet, verkümmert. So waren die Alfr gesegnet mit allem, was die Götter zu geben hatten, und doch nicht zufrieden – denn es gab nichts, das ihr Herz wirklich zu berühren vermochte. Die Familien neideten einander Besitz und Fähigkeiten. Und insbesondere die Seher und die Herrscher über das Wasser waren verdrossen, denn sie mochten den König nicht, der ein Heiler war.

In diesen Tagen geschah es, dass die jungen Wasser-Alfr aus reinem Spieltrieb gegen die Gesetze der Uralten Götter verstießen, die alles Leben für heilig erklärten. Denn sie lockten unschuldige Tiere in die Tiefe der Seen. Vögel starben, die dem magischen Gesang der Wellen nicht widerstehen konnten, Hirsche ertranken, angelockt von der Illusion weißer Hirschkühe, entstanden aus der Gischt auf den Wasserfällen.

Wie überrascht waren diese Alfr, als sie inmitten ihres skrupellosen Spiels feststellten, dass sich im Zeitpunkt des Todes das Wasser für kurze Zeit mit den Seelen der Tiere verband. Es war wie ein Blitz, der das Wasser mit unbändiger Kraft auflud, ein kurzes, mächtiges Flackern der Lebenskraft dieser Tiere, bevor sie endgültig im Schatten Njards heimgingen.

Diese rohe, ungezügelte Magie des Todes war wie ein Versprechen von unvorstellbarer Macht, und die Alfr verfielen ihr mit dem leichtfertigen Überschwang, der jungen Wasser-Alfr schon immer zu eigen war. Was als Zeitvertreib begonnen hatte, wurde für sie zu einem ernsthaften Unterfangen. Sie weihten eine Gruppe von Sehern ein, die genauso jung waren, und rücksichtslos genug, um gegen die Uralten Gesetze zu verstoßen.

Das ungebärdige Wesen der Wasser-Alfr und das stille, beharrliche Wesen der Seher verband sich in einem finsteren Eifer. Ihr Ziel war es nun, diese neue Form der Magie, die sie durch den Tod auszulösen vermochten, zu binden – um sie beherrschen zu können. Gemeinsam begannen sie auf abscheuliche Weise zu experimentieren; und zwar mit dem blutigen Tod vieler unschuldiger Tiere. Deshalb nannten sie diese Kraft Blutmagie. Denn sie besteht nicht aus der frei wirkenden Magie, die unsichtbar um uns herumschwebt und die Welt zusammenhält. Blutmagie wird aus lebenden Körpern gewonnen, es ist die Magie, die wir tatsächlich

Leben nennen, weil sie unser Blut zum Fließen bringt. Sie ist der Splitter unseres Seins, den uns die Götter von sich geschenkt haben: unsere Seele.

In einem Tal im Nordgebirge von Álfheimr raubten die jungen Aufrührer jeder Kreatur und jeder Pflanze das Leben, und ihre Eltern, die ihren eigenen oberflächlichen Spielen nachgingen, ignorierten ihr Treiben. Dieses Tal erhielt später den Namen Graugrund.

Mithilfe von Silber und Gold gelang es ihnen schließlich tatsächlich, einen Teil der Magie zu binden. Die Macht, die sie dadurch erlangten, überstieg die Magie der Alfr bei Weitem. Selbst tote Körper konnten sie wiederbeleben, um sie zu ihren Dienern zu machen.

Ein Seher der Gruppe verfasste eine Schrift darüber, die er TORTURA NOCT *nannte – die Marter der Nacht. Und sie planten, mit ihrem neu gewonnenen Wissen den König zu töten, den mächtigsten Alfr von Álfheimr.*

Kein lebendes Wesen darf jedoch die Macht haben, Seelen zu verzehren – dies ist einzig dem Großen Verzehrer selbst überlassen. Denn der Kreislauf der Götter gilt seit ewigen Zeiten: Njard holt uns im Tode heim und verzehrt das Schwarz unserer Seelen, um uns dann seiner geliebten Synnøve zurückzugeben, damit sie uns in neuer Gestalt wieder Leben einhaucht.

So erhoben sich die vier Uralten selbst, um jene aufzuhalten, die ihre Gesetze brachen. Sie riefen alle vier Familien der Alfr zusammen und stellten sie vor eine Wahl: Sollten nur die Familien des Wassers und der Vorsehung hart bestraft werden, deren Sprösslinge sich schuldig gemacht hatten? Oder waren alle vier Familien bereit, die Schuld auf sich nehmen? Dann würde die Strafe nur milde ausfallen.

Doch die Alfr des Feuers und der Heilung weigerten sich, die Last mitzutragen, denn sie waren zu versessen auf ihren Besitz und hatten kein Mitleid mit ihren Verwandten.

So traf der Zorn der Götter die Alfr des Wassers und der Vorse-

hung mit voller Härte. Jene, die an den Experimenten teilgenommen hatten, verloren ihr Leben. Den anderen Mitgliedern der beiden Geschlechter raubten die Götter den goldenen Schimmer ihrer Haare und färbten sie dunkel, damit ihre Schuld für alle Zeit deutlich erkennbar sei. Außerdem nahmen sie ihnen jede Freude an Farbe und Licht. Sie wurden deshalb auf das gelb schimmernde Gold, das ihre Sippschaft als erstes Element missbraucht hatte, allergisch. Von nun an würden sie auf die Berührung mit dem Metall mit schier unerträglichen Schmerzen reagieren.

Doch auch die anderen beiden Familien, die die Taten ihrer Verwandten nicht verhindert hatten und trotzdem keine Buße für sich akzeptierten, wurden von den Göttern gestraft. Sie wurden auf das andere magische Element, das sie ebenfalls so liebten, allergisch: auf Silber.

Und weil die Uralten weise sind und den Alfr nicht trauten, ließen sie alles Gold und Silber in Álfheimr zu Asche werden und verfügten, dass alle magischen Elemente, die aus anderen Welten nach Álfheimr gelangen, ebenfalls zu Asche werden würden.

Die vier Familien litten schrecklich unter den Strafen.

Die Alfr des Wassers und der Vorsehung nannten sich fortan Mørk, was in unserer Sprache die Dunklen bedeutet. Sie kleideten sich in farbloses Schwarz und zogen sich in Höhlen zurück, die vor allem in den kühlen Nordgebirgen von Álfheimr zu finden sind. Und dort gründeten sie ihr eigenes Reich, mit eigenen Sitten und Ritualen. Die anderen zwei Familien nannten sich Lys – die Lichten.

Hass und Verachtung herrschte fortan zwischen den beiden Gruppen. Die Mørk beschuldigten die Lys, dass sie mit ihrer Weigerung, sich ebenfalls strafen zu lassen, die Hälfte ihres Volkes verraten hatten. Und die Lys hassten die Mørk, deren Treiben die Strafen erst über sie gebracht hatten. So zog die Feindschaft in Álfheimr ein, und die unstillbare Gier nach dem verlorenen Gold und Silber.

Diese Gier war es, die die Alfr bald darauf durch die Portale in eine Welt trieb, die sie vorher als belanglos und hässlich abgetan hatten. Eine Welt, in der es wenig Magie und noch weniger Schönheit gab im Vergleich zu der ihren. Doch es gab Gold und Silber in den Bergen und Flüssen, und ob die Götter dies gewollt hatten oder nicht, die Mørk und die Lys kamen zu uns, um ihre Finger nach unseren Schätzen auszustrecken.

Das verbotene Wissen der Blutmagie wurde mit dem Tod der beteiligten Alfr begraben, so hieß es. Doch das stimmte nicht ganz: Schrift überdauert einzelne Leben, das ist der Sinn ihres Daseins. Und so wartete das Buch TORTURA NOCT *im Verborgenen darauf, wiederentdeckt zu werden.*

Es mag vielleicht sechshundert Jahre zurückliegen, da nahm in Álfheimr ein Mørk namens Beor einen Lys namens Leifr gefangen. Beor war ein ehrgeiziger Seher und der Kronprinz der Mørk. Leifr war ein jähzorniger Feuerkrieger und der Kronprinz der Lys. Sie waren entfernte Vettern, so wie alle Alfr aufgrund ihrer geringen Zahl miteinander verwandt sind. Und trotz ihrer unterschiedlichen Natur waren sie sich in einem ähnlich: in ihrem Aufbegehren gegen die Übermacht ihrer königlichen Väter.

Zwischen den Mørk und den Lys war es damals ein finsterer Zeitvertreib, einander zu jagen und gefangen zu nehmen, und erst nach der Zahlung eines reichen Lösegelds wieder freizulassen. Leifr war ein überaus wertvoller Gefangener, und Beor brachte ihn im Kerker seiner eigenen Festung unter – eine riesige Festung im hohen Norden, wo die Winde einen eigenen Willen haben und die Diener der Mørk sind.

Wie es damals üblich war, folterte Beor seinen Gefangenen. Leifr war ein stolzer junger Mann mit dem Hochmut des Feuers, der jedem Schmerz hohnlachend entgegentrat. Doch die Folter zog sich in die Länge, denn Leifrs Vater weigerte sich, sogleich das überaus hohe Lösegeld zu entrichten. Er schien zu glauben, dass er seinem eigensinnigen Sohn eine Lektion erteilen könne, wenn er ihn einige Jahre in der Fremde schmoren ließ.

Vielleicht trifft zu, was weise Männer sagen: Dass unter der

Folter nichts verborgen bleibt, dass sich Täter und Opfer gleichermaßen unverstellt dem Auge ihres Gegenübers darbieten. Und dass eine solch unteilbare Erfahrung ein Band knüpft, ob man es will oder nicht. Vielleicht stimmt aber auch, was andere behaupten: Dass es beiden Männern schlichtweg gefiel, was sie miteinander taten in den dunklen Eishöhlen von Álfheimr.

Es bleibt sich gleich: Als Beor eines Tages in den versteckten Gängen seiner Festung ein seltsames Buch fand, das er nicht lesen konnte, eilte er damit nicht zu seinem Vater, sondern zu seinem Gefangenen, zu Leifr.

Gemeinsam mühten sie sich, die alte Schrift zu entziffern. Es war die TORTURA NOCT*, und es war Beors Urgroßvater, der sie einst niederschrieb und dafür von den Göttern gerichtet wurde.*

Es dauerte nicht lange, bis Beor und Leifr verstanden, was sie da vor sich hatten. Beor war der Machtgierige, der Wissensdurstige unter ihnen, der hitzige Leifr war vor allem interessiert an einem Abenteuer. Beide hatten sie von Kindesbeinen an die Warnungen vor Blutmagie gehört, und sie wussten auch, dass die Uralten selbst ihren Gebrauch verboten hatten. Doch sie bildeten ein unheiliges Gespann, gefangen in einer Mischung aus Hass und gegenseitiger Anziehung, und so konnten sie es nicht sein lassen, einander so lange anzustacheln, bis sie bereit waren, die Uralten herauszufordern. Leifr hätte inzwischen sogar gehen können, denn sein Vater schickte in diesen Tagen endlich das Lösegeld. Doch er blieb.

Sie begannen, Tiere in den Höhlen der Mørk zu fangen, und an ihnen die Experimente aus dem Buch auszuprobieren. Es waren seltsame, lichtlose Kreaturen, deren Schreie klangen wie das Zersplittern von rostigem Eisen. Ohne die magischen Elemente konnten die beiden Alfr allerdings nur über einen geringen Teil der mächtigen Blutmagie verfügen, und das genügte ihnen nicht. Sie wollten Macht über tote Körper ausüben, wie Marionettenspieler über ihre Puppen, denn das ist der finsterste Teil der Blutmagie. Sie beschlossen deshalb, ihre Experimente in die geknechtete Menschenwelt der Nørlande zu verlagern.

Beors Festung verfügte über ein Portal. Es führte in ein frostiges Tal nördlich der Gletschersteppe, in dem die Mørk schon vor Jahrhunderten eine Festung aus Eis und Schnee errichtet hatten – ein Gegenbild der Festung, die Beor als Kronprinz sein eigen nennen durfte.

Durch dieses Portal schlüpften Beor und Leifr in die Menschenwelt und gelangten in die Eisfeste, wo Beors menschliche Bedienstete ihnen aufwarteten. Beors und Leifrs finsterer Plan war es, an ihnen die Blutmagie zu erproben. Sie ließen zuerst Silber und Gold heranschaffen, studierten wieder und wieder die Aufzeichnungen der TORTURA NOCT, *die ihnen nach ihrer Vorstellung jene Macht verleihen sollte, die ihre gebieterischen Väter ihnen bisher vorenthalten hatten.*

Doch es scheint, als hätten die Uralten selbst erneut eingegriffen: Denn noch ehe die beiden ihr schlimmes Treiben in den Nørlanden beginnen konnten, wurden sie von einem Trupp Lyskrieger und deren menschlichen Heersklaven überrascht. Sie waren gesandt von Leifrs Vater, dem König der Lys. Er war ungeduldig geworden, denn er erwartete seinen Sohn zurück, und er verdächtigte Beor, ihn wegen der Gier auf noch mehr Lösegeld nicht freilassen zu wollen. So hatte der König der Lys seinen Heerführer ausgeschickt, dass dieser den Kronprinz der Mørk bestrafen möge – es sollte ein Vergeltungsschlag an dessen Bediensteten in der Eisfeste sein, so wie es damals üblich war, denn Menschenleben zählten kaum.

Die Krieger störten die Blutmagie-Beschwörung der beiden Kronprinzen gerade noch rechtzeitig, und als die Soldaten der Lys die Eisfestung einnahmen, verstand der Heerführer sogleich, welch Frevelei dort im Gange war. Beor gelang es noch, die TORTURA NOCT *einem seiner menschlichen Diener zu übergeben, damit dieser sie versteckte, dann musste er sich dem Kampf stellen. Obwohl dies nicht sein Auftrag gewesen war, schwang der Heerführer selbst in seinem rasenden Zorn das Schwert, um Beor für seinen Frevel mit dem Tod zu bestrafen. Leifr jedoch entwendete ihm die Waffe. Im folgenden Tumult verlor er sie dann an Beor, und dieser enthauptete den Heerführer. So zumindest stellte Leifr es später dar; Beor behauptete das Gegenteil. Denn sowohl bei den Lys als auch bei den Mørk ist das Töten anderer Alfr verboten – ihr uraltes Blut, das nur durch so wenige Adern fließt, lässt sie davor zurückscheuen, ihre eigene Zahl zu dezimieren.*

Wir wissen bis heute nicht, was mit Beor und Leifr geschah, wer von ihnen für den Mord schuldig befunden wurde und wer nicht; wir glauben, dass die Generäle des toten Heerführers sie durch das Portal zurück nach Álfheimr brachten, um sie dort ihrer Strafe zu überstellen.

Wir wissen jedoch, was danach mit der TORTURA NOCT *geschah, denn dieses unheilige Buch erwies sich als dunkles Geschenk für die geknechteten Menschen.*

Zu dieser Zeit hatten sich Menschenfamilien in Nord und Süd zu einer geheimen Gemeinschaft von Rebellen zusammengeschlossen. Statt das Buch zu verstecken, brachte der wackere Diener es zu ihnen. Sie erkannten, dass sie mit Hilfe der Blutmagie eine Waffe gegen die Alfr erschaffen konnten. Um diese überaus finstere und überaus mächtige Waffe zu formen, zahlten sie einen undenkbaren Preis. Die mächtigsten menschlichen Magier der beiden Reiche, vierzig Männer und Frauen mit Alfr-Blut, gingen sehenden Auges in den Tod und ließen sich durch die Blutmagie ihre Seelen entreißen. Und so wurden ihre Kräfte in zwei Amulette gebannt: zwanzig Seelen gefangen in Silber und zwanzig gefangen in Gold.

Es heißt, nur die vier Uralten Götter selbst seien fähig, Portale zwischen den Welten zu öffnen und zu schließen. Einzeln dienten diese beiden Amulette dazu, die Kraft ihres geweihten Trägers unermesslich zu verstärken. Gemeinsam allerdings vereinigten sie die Kraft ihrer Träger zu einer dunklen, todbringenden Magie, die jener von Njard, dem Verzehrer, auf finstere Weise glich. Ihre Träger vermochten deshalb, was keinem sterblichen Wesen zugedacht war: das Öffnen und Schließen der Tore zwischen den Welten.

Den »Kuss der Götter« nannten die Magier es, warum, das wissen wir heute nicht mehr.

Ein Feuer- und ein Eismagier wurden ausgewählt, die Kraft der Amulette zu vereinigen, um die Portale mit diesem Kuss zu schließen. Doch die Amulette forderten einen furchtbaren Preis: Sie zehrten bei jedem Einsatz von der Lebenskraft aller Wesen, die sich in ihrer Nähe befanden. Die beiden Magier, die die Portale schlossen, sahen deshalb Hunderte Gefährten auf ihrem Weg sterben. Sie schworen sich, sowohl das Buch als auch die Amulette zu zerstören, sobald ihre Mission erfüllt war. Als endlich das letzte Portal gebannt war, nahm der Eismagier die beiden Amulette mit in den Norden, um sie zu vernichten. Der Feuermagier hingegen nahm die TORTURA NOCT *mit sich in den Süden, mit dem Versprechen, sie zu verbrennen. Ob er dieser Tat nachgekommen ist, darüber ist nichts überliefert.*

Das Schicksal des Eismagiers kennt der Verfasser dieser Zeilen allerdings, denn er ist sein Nachfahr. Der Eismagier versuchte tatsächlich, beide Amulette zu vernichten. Doch es gelang ihm nicht. Wer weiß, vielleicht fehlte ihm schlussendlich auch der Wille dazu? So versteckte er die Amulette in einer Höhle, um über sie zu wachen, und diese Aufgabe gab er an seine Erben weiter. Der Letzte in dieser Reihe ist mein Bruder Kazimir, der es mit hehrer Entschlossenheit auf sich genommen hat, die geheimen Zugänge der Höhle zu schützen, bis ich dereinst diese Aufgabe übernehmen werde.

Anders verstummt. Offensichtlich endet der Text hier. Er hebt den Kopf und schaut mich an.

»Die Portale«, sage ich gepresst. »Die Amulette sind Portalöffner.« Ich bebe vor Anspannung. »Glaubst du, das ist der Grund, warum sie uns in die Hände gespielt wurden? Damit wir für jemanden ein Portal öffnen?« Gedanken schwirren in meinem Kopf wie ein Bienenschwarm. »Das dürfen wir niemals tun. Wir müssen sie zerstören.« Der Gedanke verursacht einen plötzlichen Schmerz in der Brust. Ich *will* es nicht zerstören.

Anders reibt sich mit einer Hand übers Gesicht. Er ist genauso überreizt wie ich. »Das können wir nicht«, stößt er aus. »Nicht solange wir sie vielleicht noch als Waffe gegen die Frostseelen brauchen.«

»Das war niemals ihre Aufgabe«, widerspreche ich.

Statt mir zu antworten, legt er die Mappe zur Seite und geht vor der Schriftrolle mit der Karte auf die Knie. »Dort.« Sein Finger sticht auf einen Punkt im Norden. »Ein Portal. Mitten im Narviktal, das unsere Seher in ihren Träumen als die Quelle der Frostseelen erkannt haben. Kazimir verglich die Frostseelen mit den tausend zuckenden Beinen der Aràia-Spinne, und dort, im Narviktal, sah er in seinen Visionen ihren Kopf. Weißt du noch, was er außerdem sagte? *Diese Kraft ähnelt dem dunklen Verzehrer.* Die Frostseelen verzehren Leben und Seelen ihrer Opfer. Und irgendjemand lenkt sie, nährt sich vielleicht an ihrer Kraft. Ich habe es gerade vorgelesen: Macht über tote Körper ausüben, das ist die finsterste Form der Blutmagie.«

Ich starre ihn ungläubig an. »Du meinst, all die … Seelen, die Magie, die die Frostseelen ihren Opfern rauben, fließt zu einem Blutmagier?«

»Die armen Kreaturen«, flüstert Anders. »Sie stürzen sich auf Menschen, getrieben von tödlicher Gier. Vielleicht, weil sie nicht völlig geistlos sind. Sondern weil ein winziger Seelensplitter in ihnen noch hofft, dass sie dadurch selbst zum Leben zurückkehren können. Doch so sehr sie auch andere verzehren, ihr Hunger wird niemals gestillt.«

»Weil ein Magier im Narviktal diese Lebenskraft durch sie saugt«, führe ich erschüttert seine Worte fort. »Und je mehr Frostseelen erschaffen werden, desto stärker wird er. So stark, dass er irgendwann genug Kraft hat, um das einst mit Blutmagie geschlossene Portal wieder zu öffnen.«

»Ja, das glaube ich.« In seinen Augen brennt ein dunkles Feuer. »Und ich glaube, ich weiß, woher er sein Wissen über die Blutmagie hat. Geir schreibt, sowohl die Amulette als auch die TORTURA NOCT sollten zerstört werden. Doch die Amulette sind noch hier: Wir haben sie. Vielleicht hat jemand anderes die TORTURA NOCT.«

Entsetzen durchfährt mich. »Meinst du meinen Vater? Der Geir Borgersson ermordet hat, um zu erfahren, wo die Portale sind?«

»Ich weiß es nicht.« Anders sieht ebenso wütend, entsetzt und ratlos aus, wie ich mich fühle. »Wenn er der Blutmagier ist, warum sollte er uns dann die Amulette zuspielen? Das passt nicht zusammen!«

Ich nicke. Das passt tatsächlich nicht. Und etwas an diesem Gedanken erleichtert mich. »Egal, warum er uns ursprünglich die Amulette geben wollte – er hat uns mit ihnen eine Waffe in die Hand gegeben, die wir nutzen müssen«, sage ich. »Du hast recht, wir dürfen sie nicht zerstören. Wer auch immer der Blutmagier ist, wir müssen ihn aufhalten. Und falls das Portal schon offen ist, müssen wir es schließen. Weil wir vielleicht die Einzigen sind, die das noch können.«

Anders nickt. Für einen Augenblick schweigen wir, überwältigt von all den neuen Erkenntnissen.

»Es scheint, dass alle in den Norden wollen«, murmelt Anders schließlich. »Die athosianische Militärexpedition der Feuermagier, geleitet von einem Kommandanten der Cathedra Genéa. Dein Vater. Die Krieger der Nørlaender – und wir ebenfalls.«

»Dann wird es im Narviktal richtig gemütlich.« Mein Scherz entlockt keinem von uns ein Lächeln. »Und es wird noch enger dort – weil wir Ian und Eleni mitnehmen werden. Ohne sie gehe ich nirgendwo hin.«

Anders nickt. Sein Blick durchdringt mich so intensiv, dass sich die Härchen auf meinen Armen aufrichten. »Sie können sich glücklich schätzen, eine Freundin wie dich zu haben.«

Können sie das? Ich senke den Kopf. Ich habe sie belogen. Und ich konnte sie nicht beschützen. Außerdem sind meine Motive nicht ganz selbstlos. Ich muss von Eleni erfahren, warum sie mir all die Jahre das Argyr verabreichte. Ob sie dazu angestiftet wurde, ob sie selbst ein Opfer von Intrigen war. Und ich muss mit Ian reden. Über uns. Über unsere Zukunft … Ich verdränge den Gedanken.

Ich stehe auf und streife mir die Handschuhe über, die meinen sechsten Finger verbergen. »Wir brauchen einen Plan, um sie zu befreien, und zwar schnell.«

Wir lassen Geir Borgerssons Zimmer hinter uns und eilen die Stiege nach unten. Anders ruft nach Gurli, und ich erwarte, dass sie eilig auftaucht, weil sie uns sicherlich die ganze Zeit belauert hat. Doch sie ist nirgends zu finden. Und als ich die Haustür aufstoße, weiß ich weshalb.

Ein Dutzend Armbrustbolzen sind auf meine Brust gerichtet. Zehn weitere Nørlaender warten mit gezogenen Schwertern.

»Das ist sie«, keift Gurli, die hinter den Männern steht, und zeigt mit dem Finger auf mich, als wolle sie mich aufspießen. »Eine Spionin aus den Südlanden. Sie hat den künftigen Erben der Borgerssons behext, um sich Zugang zu meinem Haus zu verschaffen.«

Ich balle die Fäuste. Feuer flammt in meinem Inneren auf.

»Nicht.« Anders packt meinen Arm. Er ist bleich wie Schnee. Magie zerrt an mir, doch sein Griff hilft mir, mich ihr zu verschließen.

»Was soll dieser Überfall?«, ruft er. »Sie ist nur eine Novizin aus dem Grenzgebirge.«

»Nein, ist sie nicht«, ruft Gurli. »Ich erkenne gefärbtes Haar wie jede Frau, die gelernt hat, eitle Zier von wahrer Schönheit zu scheiden. Solche Zier, sage ich, versteckt nur eine finstere Seele.« Sie stemmt die Hände in die Hüften und blickt sich beifallheischend um. »Diese Frau ist ein Bleichhaar. Genauso wie Geir Borgerssons Mörder, wie ich es euch vor drei Monaten schon gesagt habe. Dessen schwarzes Haar war auch nur Täuschung!«

Kapitel 33

Eine halbe Stunde später stößt mich ein Mann inmitten der großen Eingangshalle von Kentagel auf die Knie. Ein enger Kreis inmitten der Menschenmenge formt sich um mich, dicht an dicht drängen sich hier die Krieger der Nørlande, noch mehr als heute Morgen. Meine Handgelenke sind mit Fesseln aneinandergebunden, schweres, betäubendes Silber, das sich wie Gift in meine Haut zu fressen scheint. Mein Körper pocht in einem einzigen, dumpfen Schmerz. Doch als ein paar Männer zur Seite treten, um ein etwas größeres Rund freizugeben, vergesse ich das augenblicklich.

Eleni und Ian knien nur ein paar Schritte vor mir. Sie haben hohle Wangen und ihre Kleidung starrt vor Dreck, doch soweit ich sehe, sind sie unversehrt.

»Du bist hier.« Elenis Augen sind weit aufgerissen. »Jetzt ist alles verloren«, wispert sie.

Gleichzeitig stöhnt Ian: »Thea, *ma nigheon bhon.* Das darf nicht sein. Nicht du.« In seinen Augen flackert Verzweiflung.

Ich will die Hände nach ihnen ausstrecken, doch der Mann reißt mich an den Haaren zurück.

»So weit ist es also schon gekommen«, brüllt er in die Menschenmenge hinein. Wohin ich schaue, sehe ich in wutentbrannte Mienen, eine undurchdringbare Mauer um uns herum.

»Die Sklavenhalter schicken uns nicht nur ihre Seelenfresser, sondern jetzt auch noch ihre Spione, um uns zu verhöhnen.« Die Stimme des Mannes hinter mir vibriert vor Wut.

Askil Frodursson, so nannte er sich, als er mich den Weg von Borgerssons Haus zurück in die Unterstadt schleifte. Clanführer aus dem Grenzland. Obwohl ich ihn nicht sehen kann, weiß ich, wie er aussieht. Ich habe ihn in der letzten halben Stunde oft genug ansehen müssen, während er mich zu Boden warf, am Kragen wieder hochzerrte und mich mit wütenden Beleidigungen beschimpfte. Er ist groß und breitschultrig wie der Stier es gewesen sein mag, von dem wohl die Hörner an seinem Helm stammen. Sein dunkelgrauer Bart überwuchert sein Gesicht so wild, dass nur noch schmale, ebenfalls graue Augen herauslugen. Ich bin mir sicher, dass aus diesen Augen jetzt nichts als Hass sprüht.

»Ich sage, wir knüpfen sie auf, so wie sie uns aufknüpfen, wenn sie in unseren Bergen auf Menschenjagd gehen«, brüllt er. »Was sagt ihr, Freie Männer und Frauen?«

Ein Tosen aus wütenden Schreien und stampfenden Stiefeln antwortet ihm. Soweit sein Griff an meinen Haaren es zulässt, blicke ich zu meinen Gefährten hinüber. Ich präge mir ihre so vertrauten Gesichter ein letztes Mal ein, auch wenn die Angst dabei mein Herz zerreißt, als wäre sie ein wildes Tier.

»Lasst mich reden«, schreie ich mit aller Kraft. »Wenn ihr wirklich frei seid, selbst zu entscheiden, dann lasst mich reden.«

Die Hand an meinen Haaren ruckt zurück, sodass ich vor Schmerzen aufstöhne. Doch alles, was ich sehe, ist Ians erstaunter, ja, zweifelnder Blick. *Wie willst du, kleine Thea, all diese Barbaren umstimmen?*

Er kennt mich nicht. Obwohl er mich Dutzende Frostseelen hat töten sehen, obwohl ich in seiner Gegenwart bis an meine Grenzen und darüber hinausgegangen bin, traut er mir nichts zu. Für ihn bin ich immer noch das unschuldige Mädchen, das mit ihm über die Wiesen von Irelin tollte. Aber selbst das Mädchen von damals war nie bereit aufzugeben.

In meinem Mund wartet das Amulett.

Ich habe es mir zwischen die Lippen gesteckt, als sie Anders und mich gefangen nahmen, als sie ihn durch den Schnee von mir wegschleppten. Bevor die Nørlaender mich töten, werde ich sie töten müssen. Anders und ich sind die Einzigen, die ein Portal schließen können. Wir sind die einzige Hoffnung, den Blutmagier und die Frostseelen aufzuhalten. Und für diese Hoffnung ist kein Preis zu hoch. *Diene dem Gemeinwohl.*

Und deshalb muss ich sie alle töten. Wahrscheinlich auch meinen Liebsten und meine beste Freundin, denn das Amulett unterscheidet nicht zwischen den Menschen. Und am Ende, falls ich beim Schließen des Portals mein Leben geben muss, wird das mein kleinstes Opfer gewesen sein.

Ich zittere. Ich will nicht die sein, die das Schicksal all dieser Menschen schreibt. Ich muss versuchen, sie umzustimmen.

»Bei euren Göttern, bitte hört mich an«, schreie ich, etwas undeutlich wegen der Münze in meinem Mund. Aber in meiner Stimme klingt all die Verzweiflung mit, die ich fühle. Ich hoffe, dass sie erkennen, dass es nicht die Angst um mein eigenes Leben, sondern um das ihre ist, die sie hören. Ich ringe zitternd nach Luft, während um uns die Menschen ihre Fäuste in die Luft schleudern, streiten und debattieren.

»Na, was sagt ihr?«, brüllt Askil Frodursson. »Wollt ihr die Bleichhaar-Schlampe um ihr Leben winseln hören?«

Ich beiße mit den Backenzähnen auf das Amulett, wieder und wieder. Es schmeckt bitter, und es schmeckt nach Blut. Ich will es ausspucken, denn ich fürchte mich vor ihm mehr als vor allem anderen. Doch ich kann nicht zurück. Feuer züngelt in meinem Inneren. Totenfeuer, dem selbst das Silber nichts anhaben kann.

»Ich will es hören«, sagt jemand. Ich atme auf. Ein Mann schiebt sich in die erste Reihe. Ich kenne das wettergegerbte, vernarbte Gesicht mit dem kurz gestutzten schwarzen Bart. Es ist Trondur. Hass spricht aus seinen Zügen, doch der Blick, den er mir zuwirft ist abschätzend, beinahe nachdenklich. Warum er? Er wird mir doch am wenigsten glauben. Doch die anderen Nørlaender hören auf ihn.

»Trondur hat recht«, ruft einer.

»Ja, lasst sie sprechen«, schreit ein anderer. »Dann haben wir wenigstens was zu lachen.«

Bald trommeln sie alle zustimmend mit ihren Füßen. Das Geräusch wird von den Wänden zurückgeworfen und vervielfältigt sich, bis es in meinen Ohren dröhnt. Dann wird es still.

Askil reißt mich in die Höhe. »Rede«, knurrt er in mein Ohr. »Aber halte dich kurz. Wir haben nach eurem Tod noch einen Krieg zu planen.«

Ich atme tief ein. Ein Beben jagt durch meinen Körper, als schwämmen zuckende Molche in meinem Blut. Obwohl die Halle von blauen Flammen erhellt ist, sehe ich nur die Dunkelheit.

Ich schiebe das Amulett gegen meine Wange, dann atme ich einmal tief durch. Und beginne: »Ihr wollt nach Norden ziehen. In den Krieg gegen einen Trupp Soldaten aus Athosia, die eure Gebirge durchwandern. Doch wenn ihr sie tötet, tötet ihr euch selbst. Sie sind nicht eure Feinde – sie wollen die Seuche bekämpfen, so wie ihr.«

Schmährufe werden laut. Männer schütteln ihre Fäuste in Drohgebärden.

»Ist das alles, was du zu sagen hast?« Askil brüllt vor Lachen. »Du bist eine schlechte Lügnerin.«

»Ich bin keine Lügnerin!« Wut und Verzweiflung lassen meine Stimme beinahe kippen. »Und auch keine Spionin. Ich bin hier, weil wir euch helfen wollen.«

»Helfen?« Askils Augen werden eng vor Wut. »Deine Nation von Sklavenhaltern weiß doch gar nicht, was das ist. Ihr seid die Feinde jedes Freien Mannes und jeder Freien Frau. Ja, ihr hasst die Freiheit so sehr, dass ihr uns nicht einmal den Tod gönnt, sondern unseren wehrlosen Kindern die Seelen raubt!«

Er packt mich am Hals – und drückt zu. Seine Hände sind hart und schwielig, sein Griff so fest, dass er mir augenblicklich den Atem nimmt. Panisch ringe ich nach Luft, doch seine Finger sind erbarmungslos. Ich höre Ian brüllen, dann wird seine Stimme vom Geschrei hundert anderer verschluckt. Blut pocht in meiner Kehle, in meinem Schädel. Ich spüre, wie meine Sinne schwingen. Und ich spüre, wie das Feuer in mir auflodert. *Es tut mir leid.* Ich schließe die Augen. Ich kann Ian und Eleni nicht ansehen. Finsternis greift nach mir. Und das Feuer tost auf.

»Halt!« Jemand stößt mich zu Boden, gleichzeitig verschwinden die Hände von meinem Hals. Mein Kinn schlägt auf schwarzen Stein, Schmerz rast durch meinen Kiefer. Das Amulett fällt aus meinem keuchenden Mund. Dann strömt Luft durch meine Kehle; gierig, lebenshungrig sauge ich sie ein. Wie von fern höre ich die Menschenmenge rufen, aufgebracht, verwirrt.

Jemand reißt mich an der Schulter herum. Rostfarbene Augen starren mich an, umgeben von Schwarz. Kälte greift nach mir, kälter, als ich sie je gefühlt habe. Sie verwandelt meine Haut in Schnee, meine Knochen in Eis. Ich öffne den Mund, doch es kommt nur ein klirrender Ton heraus.

»Ruhig«, flüstert die Gestalt, ein frostiger Hauch. »Ganz ruhig, Feuermädchen.« Ihre rostigen Augen sind der einzige farbige Ort in einem Meer von schwarzen Schlangen, die sich auf mich zuwinden. Ich blinzle, und mein Blick klärt sich, die Schwärze zieht sich zurück. Ich sehe violetten Stoff, bleiche Haut und einen kahlen Schädel, der von Tatoverings überzogen ist. Ein Priester des Njard. Zwei weitere stehen zwischen mir und Askil, dahinter erblicke ich weitere Priester, die mit erhobenen Händen die aufgebrachte Menge von uns fernhalten.

Unter ihnen entdecke ich Anders. Er ist nicht gefesselt, und doch wirkt seine starre, gekrümmte Haltung, als wäre er es. Er schaut mich an. In seinem Blick liegt Entsetzen. *Er weiß es.* Er weiß, was ich fast getan hätte.

Ich schaue auf meine gefesselten Hände herab, auf die Blut tropft von meinem verletzten Kinn. Das Amulett liegt vor mir auf dem Boden, blinkt in einem unbeeindruckt satten Gelb.

»Was soll das?«, donnert Askil. Er springt gerade wieder auf die Beine und hält sich seinen rechten Arm. Die Hand, die aus dem Hemdsärmel lugt, ist kalkweiß. »Wolltest du mir die Hand abfrieren, Fenris?« Grimmig starrt er einen der Priester an, den größten unter ihnen. Seine Haltung zeichnet ihn als ihren Anführer aus. *Eismagier*. Zum ersten Mal habe ich körperlich gespürt, was das bedeutet.

»Ich wollte dich daran hindern, die Feuermagierin umzubringen, bevor wir alle Möglichkeiten abgewogen haben«, sagt der Priester namens Fenris in nüchternem Tonfall, der kaum zu den wütenden Blicken der Menschenmenge passt. »Es gibt jemand, der uns mehr über sie erzählt hat, Dinge, die mich glauben lassen, dass Njard selbst seine Hand über sie gehalten hat. Zumindest bis jetzt.« Er dreht sich um und fixiert mich mit dunklen, gefühllosen Augen. »Zieh ihr die Handschuhe aus.«

Der Priester mit den Rostaugen gehorcht, ohne zu zögern. Er zieht mich auf die Beine, und entfernt erst den rechten, dann den linken Handschuh. Überraschte Laute ertönen, als meine linke Hand entblößt wird. Askil kneift die Augen zusammen. »Eine Sechsfingrige«, stößt er wütend aus. »Das macht sie nur noch gefährlicher.«

»Das macht sie zu einem Schützling der Götter«, erwidert der Priester. »Ich beanspruche sie für meinen Orden.«

Durch die Menge geht ein Raunen.

Ich schaue zu Ian und Eleni hinüber. Sie knien immer noch gefesselt auf dem Boden, und beide starren mich an. Trondur steht mit verschränkten Armen bei ihnen.

»Du beanspruchst sie?«, brüllt Askil. »Was will ein enthaltsamer Priester mit einer Südschlampe?«

Manche in der Menge lachen, doch sie verstummen sofort wieder. Nicht aus Ehrfurcht, sondern um weiter zu lauschen. »Ich will ihre Wahrheit hören.« Fenris streicht sich über den kahlen Schädel, dann fährt er herum und zeigt auf das goldene Amulett. »Außerdem brachte sie das hierher.«

»Was ist das?«

»Eine Waffe. Offensichtlich die wichtigste, die es gegen die Frostseelen gibt. Doch nicht für uns.« Er hebt eine Hand, als Askil an ihm vorbei will, um das Amulett aufzuheben. Eiskristalle funkeln in der Luft und lassen den Clanführer mürrisch stoppen. »Sie ist aus Gold. Nur ein mächtiger Feuermagier kann sie benutzen«, sagt Fenris. »Deshalb brauchen wir die Sechsfingrige lebend.«

Askil stößt ein ungläubiges Keuchen aus. »Hast du Sehnsucht, deinem Gott gegenüberzustehen? Gib ihr diese Waffe, und sie wird dich damit töten.«

»Das weiß ich.« Fenris winkt dem Mann mit den Rostaugen, der mich loslässt und sich nach dem Amulett bückt. Es zischt, als er es hochhebt. Mit einer hastigen Bewegung steckt er es in die Tasche. Als er die Hand zurückzieht, sehe ich darauf eine münzgroße Brandblase, doch er hat kaum eine Miene verzogen.

»Sie wird für uns kämpfen, wenn die Zeit gekommen ist«, sagt Fenris, während sein Blick über mich hinweggleitet, als wäre ich gar nicht da, und sich schließlich auf Ian und Eleni heftet. »Denn das Leben ihrer Begleiter ist ihr wichtig. Die beiden werden hierbleiben, in den Lavakatakomben der Toten. Wenn sie für uns kämpft, werden wir ihre Leben verschonen, wenn nicht, werden sie dort unten sterben.«

Ich will etwas sagen, doch mir fehlen die Worte. Eleni ist wie erstarrt, Ian reißt mit verbissenem Gesicht an seinen Fesseln.

Anders starrt mich durchdringend an. *Er war es.* Er hat dem Priester gesagt, wie viel sie mir bedeuten. Und hat damit ihr Leben in meine Hände gelegt.

»Nein.« Trondur baut sich vor Fenris auf und verschränkt die Arme. »Das sind meine Gefangenen«, schnaubt er. »Du kannst sie mir nicht einfach wegnehmen, Priester, nur weil es dir gefällt.« Stimmen aus der Menge pflichten ihm bei.

»Ja, Trondur hat ein Anrecht auf sie«, ruft einer.

»Töte sie gleich, Trondur«, schreit eine Frau, »damit wir wenigstens zwei Feinde weniger haben.«

Der Priester mustert den Waffenhändler aufmerksam. »Du willst sie gar nicht töten, nicht wahr?«, sagt er so leise, dass nur wir Umstehenden ihn hören. »Was hast du mit ihnen vor?«

Trondur dreht sich zur Menge um. »Das Mädchen behalte ich«, brüllt er stolz. »Sie ist ein dummes, widerspenstiges Gör, doch sie hat heilende Hände, und sie ist sich nicht zu schade zum Arbeiten. Wer im Kampf verwundet wird, kriegt ihren Dienst zum Freundschaftspreis.« Er zwinkert Eleni tatsächlich zu. Sie erwidert seinen Blick mit völlig blanker Miene.

»Ich dachte, bei euch gibt es keine Sklaven«, stoße ich aus, doch im Lachen der Menge hört kaum einer meine Worte.

»Das dachte ich auch«, grollt der Priester mit den Rostaugen leise. Er steht hinter mir, und ich drehe den Kopf, um ihn anzusehen. Er erwidert meinen Blick, und zu meiner Überraschung erkenne ich, dass er eine Frau ist.

»Was hast du mit dem Soldaten vor?«, fragt Fenris den Waffenhändler. Seine nüchterne Frage übertönt kaum das laute Feiern der Menge, doch mich lässt sie erstarren.

Trondur verengt die Augen und erwidert den abwartenden Blick des Priesters, ohne zu blinzeln. »Für dreißig Kupferlinge kriegst du den Kerl.«

»Ian«, schreie ich, als ihn zwei Priester packen und wegzerren. »Ian, ich verspreche dir, ich hole dich raus!« Ich will die Hände nach ihm ausstrecken, ihn wenigstens noch ein Mal berühren, doch die Frau mit den Rostaugen packt mich mit ihren kalten Fingern, die mich betäuben, die mein Feuer bezwingen. Ich muss zusehen, wie sich Ian sträubt und gegen die beiden Männer wehrt, Wut und Hass in seinem Blick, die Sehnen an seinem Hals gespannt wie Stahlseile. Er sieht nicht in meine Richtung. Nicht ein einziges Mal.

Kapitel 34

Eine Woche lang durchqueren wir das Gebirge. Wir passieren schneebedeckte, zerklüftete Gipfel, vereiste Wasserfälle und tiefe Schluchten, in die selbst zur Mittagszeit kein Tageslicht fällt. Fast jeden Tag greifen uns Frostseelen an, und auch wenn diese Angriffe immer wieder Opfer fordern, werden sie meist rasch abgewehrt, denn gegen unsere Übermacht kommen die Frostseelen nicht an.

Mehr als zweitausend nørlaendische Krieger waren dem Aufruf nach Kentagel gefolgt, um in den Krieg zu ziehen. Nach einer hitzigen Diskussion, die eine ganze Nacht dauerte, teilten sie sich in zwei Truppen auf. Die größere Truppe, die drei Viertel der Krieger umfasste, zog gen Süden, um in den Grenzlanden gegen die athosianischen Phalangen zu kämpfen. Doch die entschlossensten fünfhundert Krieger brachen mit uns in den Norden auf.

Ich hatte Zeit, sie wieder und wieder zu zählen. Manche von ihnen reiten auf Vargs, andere auf zottigen Ponys. Wieder andere haben kurze Bretter an ihre Füße geschnallt, mit denen sie über den Schnee gleiten und manchmal schneller vorankommen als die Reiter.

Ma Fredriks Varg trägt mich unverdrossen. Als unser Trupp aus den Toren der Stadt auszog, erschien er plötzlich neben mir, und die Priester erlaubten mir nach kurzer Rücksprache mit Anders, das Tier weiterhin zu reiten. Dem Varg ist es offensichtlich gleichgültig, ob ich eine Heerführerin bin oder eine Gefangene. Und eine Gefangene bin ich. Sie haben mir die Silberfesseln abgenommen, damit ich mich beim Reiten festhalten kann. Dafür schlingen sich jetzt zwei silberne Armreifen so eng um meine Handgelenke, dass ich bei jeder Bewegung schmerzhaft ihr Scheuern spüre. Sie dimmen das Feuer in mir zu einem schwachen Glühen.

Immer reitet mindestens ein violett gekleideter Eismagier aus dem Orden des Verzehrers neben oder hinter mir, dessen Eiszapfengeschosse eine weit eindrucksvollere Drohung darstellen als Armbrustbolzen. Meist ist die Priesterin mit den Rostaugen bei mir, die immer noch mein Amulett aufbewahrt. Sie heißt Zoya, und das ist bittere Ironie, denn mit der verletzlichen Kunstschmiedin Zoe, deren Namen wir in Athosia ganz ähnlich aussprechen, hat sie nicht das Geringste gemeinsam. Zoya ist durch und durch eine Kriegerin. Aufrecht und stolz sitzt sie auf ihrem Varg, und ihre Blicke sind wachsam und niemals müde. Ihren kahl rasierten Schädel, der über und über von Tatoverings bedeckt ist, verhüllt sie nie, selbst wenn die schlimmsten Sturmwinde durch die Berge pfeifen.

Anfangs schauderte es mich, wenn ich in ihr fremdartiges Antlitz blickte, doch inzwischen habe ich mich an den Anblick gewöhnt. Ich kann sogar sehen, wie gleichmäßig ihre Züge sind, wie leuchtend ihre großen rostfarbenen Augen. Sie ist kaum älter als ich, und ohne die Totaverings und die Glatze wäre sie wohl eine Schönheit.

Anders reitet oft neben ihr. Sie gehen sehr vertraut miteinander um, was mir manchmal einen Stich versetzt. Sie kennen sich von früher, habe ich erfahren, als er ein Jahr im Ordenstempel in Kentagel verbrachte, um von Fenris und den anderen Priestern zu lernen. Alle acht Reiter des Ordens behandeln ihn ehrerbietig, wie einen aus ihren Reihen. Nicht einmal das silberne Amulett hat er an ihren obersten Priester Fenris abgeben müssen.

Anders hat sich dieses Vertrauen mit der Preisgabe seines Wissens erkauft. Er hat ihnen alles erzählt, wirklich alles. Entweder ist es wirklich eine nørlaendische Eigenheit, so wenige Geheimnisse wie möglich zu haben, oder er setzt viel mehr Glauben in die Menschen, als ich es tue.

Ich weiß das, weil Fenris, der Oberste des Ordens, mich am ersten Abend unseres Zuges ebenfalls befragt hat. Seine kalten Fragen zu meinem Vater und der Cathedra Genéa bewiesen mir, dass Anders in seinem Bericht nichts ausgelassen hatte. Ich schwieg die meiste Zeit, doch die wenigen Antworten, die ich gab, glaubten die Priester immerhin, denn ein Seher war unter ihnen, der Wahrheit von Lüge scheiden konnte.

Ja, bestätigte ich, ich würde alles tun, um die Frostseelen zu bekämpfen. Und ich würde alles tun, um Ian aus den Katakomben zu retten. Was ich allerdings tun würde, wenn ich zwischen beidem wählen müsse, habe ich nicht gesagt – denn ich will darüber nicht nachdenken. Ich war bereits in einem dunklen Augenblick dazu bereit, Ian zu opfern, als ich glaubte, die Nørlaender würden mich töten. Das kann ich mir nicht verzeihen – und deshalb kann ich auch Anders nicht in die Augen schauen. Ausgerechnet er hat an meiner Statt meinen Gefährten gerettet. Auf seine eigene, feinfühlige Art spürt er wohl, wie verwirrt und zugleich schuldig ich mich fühle, und lässt mich in Ruhe.

Mit Eleni hingegen würde ich gerne reden, doch sie lassen mich nicht. Trondur hat sich unserem Zug nach Norden angeschlossen und sie mitgenommen. Sie ist manchmal nur einen Steinwurf von mir entfernt, und doch so unerreichbar, als lebe sie in einer anderen Welt. Der Waffenhändler hält sie immer in seiner Nähe, seine kostbare, unverzichtbare Beute. Wenn Nørlaender kommen, um sich gegen ein paar Kupferlinge von ihr heilen zu lassen, steht er daneben. Eleni erträgt das alles mit stoischer Miene – und wenn wir eine der seltenen Gelegenheiten nutzen, um einen Blick zu wechseln, zucken ihre Mundwinkel manchmal sogar in einem aufmunternden Lächeln nach oben.

Einmal habe ich versucht, zu ihr durchzukommen, doch Trondurs Waffenknechte haben mich sofort zurückgeschleppt zu den Priestern. Und auch sonst ist es nicht ratsam für mich, den Dunstkreis des Ordens zu verlassen. Die Nørlaenderkrieger hassen mich mit einer Hingabe, die einer finsteren Leidenschaft gleicht. Die Schmähungen, mit denen sie mich bewerfen, könnten ein ganzes Buch füllen – und ihre Worte sind noch das Ungefährlichste an ihnen. Sie haben Askil Frodursson, den Clanführer, der mich gefangen nahm, zu ihrem Anführer für den Nord-Feldzug gewählt. Er hat befohlen, mir nichts zu tun, doch mit einem solch deutlichen Widerwillen, dass der ein oder andere sich nur zu gerne darüber hinwegsetzen würde.

Also sind die Priester nicht nur meine Wärter, sondern wie der Varg auch mein Schutz. Und so reiten wir dahin, die meiste Zeit, ohne ein Wort zu sagen. Wenn nicht Anders neben ihr reitet, ist Zoya genauso wortkarg wie ich und spricht stundenlang mit niemandem. Dann ist nur das Scharren der Vargkrallen auf dem Schnee zu hören, das Klagen des Windes, der über die Berge jagt, und das Ächzen und Rufen der anderen Männer weiter entfernt. Sie halten Abstand zu den Priestern des Njard – nicht unbedingt aus Furcht, sondern eher aus einem gewissen Missbehagen heraus. Ich kann sie verstehen. Wer möchte schon auf dem Weg in den Krieg ständig die Diener des Todes vor Augen haben?

Priester der anderen drei Götter mischen sich dagegen ganz offen unter die Krieger. Ihre Kleidung ist wesentlich unauffälliger, nur die breiten Bänder, mit denen sie ihre Pelzmäntel gesäumt haben – grün für Svarog, rot für Synnøve und blau für Tyr –, heben sie von den anderen ab. Die Tatoverings, die die Magier unter ihnen tragen, unterscheiden sich für meine Augen nicht von dem von Anders und den wenigen anderen ordensfreien Magiern, die ich manchmal zwischen den Kriegern erblicke.

Abends schlagen wir stets spät unser Lager auf, meist im Windschutz hoher Felsen. Den Eismagiern des Njard scheint die Kälte nichts auszumachen, und ich glaube fast, dass sie das abendliche Feuer nur wegen mir entzünden.

Wie an den Abenden zuvor schlägt Zoya auch heute mühsam Funken mit einem Feuerstein und ihrem Messer, bis endlich Rauch erscheint. Und wie schon zuvor verkneife ich mir den Hinweis, dass es wesentlich schneller ginge, wenn sie mir die Armreifen abnähme. Stattdessen lasse ich meinen Blick über das Lager streifen. Eleni muss es hassen, denn es herrscht ein lauter Tumult, der in nichts dem disziplinierten Lager einer athosianischen Phalanx gleicht. Männer und Frauen entzünden Lagerfeuer, spannen Zelte aus gewachstem Tuch auf, pissen in den Schnee, kratzen sich, prügeln und umarmen sich und brüllen sich unverständliche Worte zu. Sie scheuen körperliche Nähe nicht, schlafen nachts eng aneinandergeschmiegt, um sich zu wärmen, und halten offensichtlich weder mit Freundschaften noch mit Feindschaften hinter dem Berg. Fast alle sind in dicke graue Pelze gekleidet, die es schwer machen, die Geschlechter zu unterscheiden, und noch schwerer, sie ihren Clans zuzuordnen. Doch inzwischen weiß ich, dass die Clans wie Familien meist unter sich bleiben, und ihre Dialekte hören sich tatsächlich unterschiedlich an. Askil mag der Anführer auf diesem Feldzug sein, doch darüber hinaus hat er ihnen nichts zu sagen. *Freie Männer und Frauen.*

Anders kommt zu uns und setzt sich schweigend auf die andere Seite des Feuers, mehr als zwei Mannslängen von mir entfernt. Er hat mehr mit den Priestern gemeinsam als mit den Kriegern. Wahrscheinlich würde sogar Ian unter den Kriegern weniger auffallen als er.

Und mein Vater? Wäre er unter den Kriegern oder unter den Priestern zu finden? Ich hänge dem Gedanken nach. Gurli, dieses falsche Weibsstück, hat behauptet, das schwarze Haar von Geirs Mörder sei ebenfalls gefärbt gewesen. Noch ein Indiz dafür, dass der Mann mein Vater gewesen sein könnte. So viele vage Hinweise, ohne je etwas Konkretes zu erfahren.

Ich stoße einen abgrundtiefen Seufzer aus, der Zoyas Aufmerksamkeit weckt. Sie rückt ein Stück näher an mich heran.

Ihre rostbraunen Augen sind neugierig auf mich geheftet. Anders als von den Nørlaenderkriegern geht von ihr keinerlei Feindseligkeit aus. Meistens ignoriert sie mich einfach. Jetzt allerdings nicht mehr.

»Denkst du an den Kerl in den Katakomben?«, will sie wissen.

»Er heißt Ian«, murmele ich. »Warum willst du das wissen?«

Sie hebt die Augenbrauen. »Willst du nicht darüber reden?«

Was für eine Frage. Ich bohre meine Stiefelspitze in den Schnee und schaue ins Feuer. Zoya füllt einen Becher mit Schnee und stellt ihn neben die Flammen, um ihn zu schmelzen.

»Ist er dein Ehemann?«, fragt sie.

»Mein Verlobter.«

»Und du hast ihn selbst gewählt? Ich dachte, ihr werdet einander zugewiesen.«

»Werden wir auch, wenn wir fünfundzwanzig sind«, sage ich leise. »Doch viele finden vorher innerhalb ihrer Berufsgilde einen guten Ehepartner. Ian und ich kennen uns seit unserer Kindheit.« Es kommt mir vor, als rede ich über ein anderes Leben, so weit entfernt fühlt sich das alles inzwischen an.

»Liebst du ihn?«

»Ja.« Ich antworte, ohne zu zögern.

»Und das genügt?«

Nicht mehr. Mein Blick huscht zu Anders hinüber, der wegschaut, als interessiere ihn unser Gespräch nicht.

»Warum fragst du das?«, knurre ich Zoya wütend an. Wie so häufig flüchte ich mich in Zorn.

Sie runzelt die Stirn. »Ich wunderte mich nur, dass du ihn überhaupt heiraten darfst. Weil er kein Feuermagier ist.«

Ich senke den Kopf. »Ich habe mir die Bürgerrechte errungen, mir ist nur noch wenig verboten. Allerdings wird es nicht gerne gesehen.«

»Pah.« Sie zieht den Becher zu sich heran und kippt auf das geschmolzene Wasser einen Fingerbreit einer klaren Flüssigkeit – dem Geruch nach zu urteilen irgendein Kräuterschnaps –, dann rührt sie das Gemisch mit dem Finger um. Ihr Blick ruht die ganze Zeit auf mir. »Interessiert es dich denn, was sie gerne sehen?«

»Das sollte es. Aber inzwischen ist es mir völlig egal.«

Bei der Republik, habe ich das wirklich gesagt? Mein Atem stockt. Doch es stimmt.

»Ich wollte nie mehr, als meinem Land zu dienen«, stoße ich aus. »Doch sie haben von Anfang an über meinem Leben gekreist wie Raubvögel, bereit, jederzeit zuzustoßen und mich für ihre Zwecke zu opfern.« Ich stoße den Atem aus. »Die Akademie, die Mission in den Norden – ich war immer nur ein Werkzeug für sie.«

»Mit *Sie* meinst du die Cathedra Geneá«, stellt Zoya fest.

Ich starre sie an.

»Anders hat mir von ihr berichtet«, erklärt sie ungerührt und nimmt einen tiefen Zug von ihrem Schnapswasser. »Wir wussten schon immer, dass die Südländer Spione zu uns schicken. Er hat es dir vielleicht erzählt: Seit Längerem verschwinden ab und zu besonders fähige Eismagier und Seher – oder wir finden ihre Leichen. Nicht oft genug, um einen Krieg deshalb anzufangen, aber oft genug, dass es kein Zufall sein kann. Jetzt haben die, die dahinterstecken, einen Namen erhalten.« Das flackernde Licht des Feuers lässt die Tatoverings auf ihrem Gesicht zucken, doch ihre Miene bleibt unbewegt. »Das wird es uns erleichtern, sie aufzuspüren und zu töten.«

Oder sie töten euch. Ich muss an Marius' Worte denken, kurz vor seinem Tod. *Du hast keine Ahnung, wozu sie fähig sind.*

Als wolle sie meine Gedanken lesen, studiert Zoya mein Gesicht genau. »Dieser Kopfgeldjäger in ihren Diensten, der die Tore von Stenborg öffnete und euch beinahe umbrachte …«

»Olaf«, sage ich.

Sie nickt. »Wir brauchen eine genaue Beschreibung von ihm. Und was ist mit der Kleinwüchsigen?«

Eleni. Ein Schreck fährt mir durch die Glieder. Ich habe gar nicht daran gedacht, dass Anders auch über sie alles ausgeplaudert hat. Ich senke den Blick, um Zoyas aufmerksamen Augen zu entkommen. »Sie ist meine Freundin. Lasst sie in Ruhe.« *Wenn sie jemand befragt, dann sollte ich das sein.*

Zoya nickt nachdenklich. Dann macht sie eine Kopfbewegung zur anderen Seite des Feuers hinüber. Dort hat sich Fenris neben Anders niedergelassen. Die beiden unterhalten sich mit gesenkten Stimmen. Fenris mit seinen kalten Augen ist mir immer noch unheimlich, und ich bin froh, dass er mich seit der Befragung kaum mehr beachtet hat.

»Anders hat berichtet, dass deine *Freundin* dir jahrelang Silber verabreicht hat. Fenris will ihre Gründe erfahren«, sagt Zoya leise. »Doch Trondur hindert ihn bisher daran. Offensichtlich macht er sich Sorgen, dass seine neue Geldquelle versiegt.« Ihr Mund wird schmal. »Kein Mensch darf so ausgebeutet werden, wie er es mit ihr tut, nicht einmal im Krieg.«

»Vielleicht lässt er mich mit ihr reden«, flüstere ich.

»Das hat Anders auch vorgeschlagen«, sagt Zoya. Ihr Blick verdunkelt sich. »Doch Trondur gibt nicht nach, obwohl er sich selbst einst Njard geweiht hat. Die Zeiten ändern sich, auch bei uns.« Ihre Stimme wird noch leiser, fast als rede sie mit sich selbst. »Für lange Zeit einten zwei Grundsätze alle Nørlaender über die Clangrenzen hinweg: *Ehret die Götter*, so lautet der eine. *Lieber in Freiheit sterben, denn als Sklave leben,* so der andere. Doch skrupellose Kerle wie Trondur, die versessen auf Geld sind, und ehrgeizige Anführer wie Askil, die zu lange bei deinem Volk beobachtet haben, was wahre Macht über Leben und Tod bedeutet, sie ändern die Menschen. Und wenn auch noch Frostseelen vor deiner Tür lauern, dann wird etwas anderes wichtiger als Freiheit: Sicherheit.« Sie schnaubt. »Sicherheit durch Reichtum oder Herrschaft.«

Sie starrt vom Feuer weg ins Dunkel des Lagers. Heute haben wir erst bei Sonnenuntergang angehalten und inzwischen ist die Nacht zur Gänze hereingebrochen. Nur die schneebedeckten Gipfel schimmern fahl im Sternenlicht, die Spitzen fremder, riesiger Berge, in deren Schatten wir kleiner als Ameisen sind.

Ich schaue in die züngelnden Flammen, deren Wärme mein Gesicht streichelt wie ein alter Freund. Feuer ist *meine* Sicherheit, und jetzt, da das Silber meinen Körper schutzlos macht, vermisse ich es schmerzlich. Und noch jemanden vermisse ich. Durch die Flammen hindurch findet mein Blick den von Anders. In seinen schwarzen Augen spiegelt sich das Feuer wie eine Frage. Ich atme tief ein und nicke ihm zu. Meine Hand fährt zum Kragen meines Mantels und schließt sich um die Eislilie.

Zoya hat unseren Blickwechsel beobachtet. Ihr stolzes, schattengezeichnetes Gesicht sieht traurig aus. »Er ist der Beste von uns«, sagt sie leise. »Nicht nur, weil seine Eismagie stärker ist als die aller anderen. Sondern weil er ein aufrechtes Herz hat.« Ihre rostroten Augen schimmern plötzlich wie eine Lache getrockneten Bluts. »Wenn du ihn jemals verrätst, töte ich dich.«

❄

Schnee, überall Schnee. Ich fühle mich winzig inmitten der uferlosen weißen Weite. Der zehnte Tag des Feldzugs ist angebrochen. Vor uns erstreckt sich die Gletschersteppe bis zum Horizont. Endlos erscheint sie mir, wie der Ozean. Und wie auf dem Wasser gibt es hier Wellen, Schneewehen, die der Wind wie Gischt vor sich herpeitscht, und eisige Brecher, deren Kanten er zu messerscharfen Klingen schabt – tödliche Fallen für Menschen und Tiere, die vom Weg abkommen.

Die Lasten der Packpferde werden auf Schlitten umgeladen.

Als die Mittagssonne hinter den Wolken hervorblitzt, binden wir Tücher vor unsere Augen, damit das Gleißen des Schnees uns nicht erblinden lässt. Auch meinem Varg binde ich ein Tuch um, das Zoya mir reicht. Ich bin erstaunt, wie gut das funktioniert. Ich kann meine Umgebung durch das Tuch hindurch noch recht gut erkennen, aber das schmerzhafte Strahlen der Sonne wird herausgefiltert. Das bleibt die einzig positive Überraschung.

Wir folgen einem pfeilgeraden Pfad nach Norden, und wir alle ducken uns vor dem eisigen Wind, der den Atem unserer Vordermänner in Eisschauer verwandelt. Auch die Zeit scheint zu stocken wie frierendes Wasser, während wir Schritt für Schritt tiefer in diese Welt aus Eis eindringen. Immer weiter, in einem tagelangen zähen Kampf. Nur selten fangen Felsblöcke meinen Blick ein, in deren Schatten seltsame, knorrige Bäume wachsen, ihre Äste überzogen von blaugelbem Moos. Einmal sehen wir in der Ferne Tiere vorbeiziehen, mit dünnen Beinen, massigen Körpern und schaufelartigen Geweihen auf dem Kopf. Zoya nennt sie Elche und sagt, dass sie seit jeher durch die Steppe ziehen, um Flechten und Moose zu fressen, die nur sie zwischen den Eisflächen aufzuspüren vermögen.

Am vierzehnten Tag unserer Reise stoßen zwanzig neue Krieger zu uns. *Yupak*, Eisbärenreiter. Den Namen habe ich schon einmal gehört, ich weiß nicht mehr, wo. Ich bestaune ihre riesigen, grobschlächtigen Tiere. Die Pranken, die klobiger sind als Elefantenfüße, die spitzen schwarzen Mäuler und die Schultern, die so massig sind, dass ihre dreieckigen Schädel dazwischen klein wirken. Die *Yupak*menschen selbst sind etwas kleiner als die Bewohner meiner Heimat – und damit gleich zwei Köpfe kleiner als die meisten anderen Nørlaender. Ihre Haut ist braun wie die Schale einer Haselnuss, ihre Gesichter sind rund und ihre Augen schmale Schlitze, die sie anscheinend nicht vor der Sonne abschirmen müssen.

Ihre Kleidung wirkt feiner als unsere, sie besteht aus einem silbergrau glänzenden Vlies, das sich jeder Bewegung anpasst wie eine zweite Haut. Robbenfell, erklärt Anders mir leise.

Offensichtlich bin ich nicht die Einzige, die noch nie Eisbärenreiter gesehen hat; bestimmt die Hälfte der Nørlaender begafft sie mit offenen Mündern, und sie lassen das über sich ergehen, ohne die Miene zu verziehen. Askil, Trondur und ein paar weitere einflussreiche Männer ziehen sich mit dem Anführer der Yupak in ein Zelt zurück, zu einer Beratung, die sich die halbe Nacht hinzieht – und am nächsten Morgen reihen sich die Eisbärenreiter in den Feldzug ein.

Die Vargs und die Eisbären gehen sich mit dem Misstrauen konkurrierender Raubtiere aus dem Weg, und die Yupak halten sich fern von den anderen Menschen.

»Sie verfügen über eigentümliche magische Kräfte, die sich sehr von den unseren unterscheiden«, erklärt Zoya mit dunkler Stimme, als ich frage, ob es unter den Yupak auch Vereiser und Seher gibt. »Fremde, finstere Zauberei, so wie die Beduinenhexen in der Wüste Sari.«

Ich weiß nicht, ob sie das ernst meint oder mich aufzieht.

Doch die Ankunft der Eisbärenreiter wird bald von einem anderen Gesprächsthema abgelenkt. In vielzähligen Sprachen, in einer Mischung aus Sorge, Bestürzung und Hoffnung, die auch mich ergreift, obwohl ich mich zunächst dagegen sträube, wird immer wieder eine Beobachtung geteilt: Seit wir die Gletschersteppe betreten haben, haben wir keine Frostseelen mehr gesichtet. Sie scheinen verschwunden zu sein, von der Oberfläche unserer Welt gewischt, als hätten sie nie existiert. Ein Wunder der Götter, glauben die einen. Dass sie alle nach Süden gezogen sind, glauben die anderen.

In mir keimt ein dritter Gedanke: Vielleicht hat die Mission der Ersten Division unter Kommandant Zenon, die Mission, der Eleni und ich einst angehörten, bereits ihr Ziel erreicht.

Haben die Brenner die Quelle der finsteren Magie zerstört? Haben die Heiler gar ein Heilmittel gefunden?

Am zwanzigsten Tag, dem dreizehnten Tag ohne Sichtung von Frostseelen, erreichen wir endlich das Narviktal – und unsere Hoffnungen werden unwiederbringlich zerstört.

Kapitel 35

Gestern Morgen sah ich in der ersten Sonne die Gipfel vor uns: Schroffe Spitzen, die weite Schatten warfen, wie Finger einer Hand, die nach uns greifen will. Dort endete die Gletschersteppe mit ihrer weißen konturlosen Monotonie, in der sich Himmel und Schnee am Horizont zu einem grauen Dunst vermengen.

Gestern Abend haben wir das Gebirge erreicht, und in ein paar fensterlosen, niedrigen Gemäuern genächtigt, einer Siedlung, die schon seit so langer Zeit verlassen ist, dass Wind und Wetter den Stein der Mauern schon fast für sich zurückerobert haben. Aus spitzen Kanten sind weiche Ränder geworden, und Mauerreste künden von bereits eingestürzten Häusern. Wir haben die Schlitten dort zurückgelassen und sind aufgebrochen, noch bevor der Morgen dämmerte.

Zehn Stunden später hat sich im Osten der Himmel bereits wieder schwarz verfärbt, während im Westen die Schneewolken noch sachte glühen. Wir haben die erste Bergkette überwunden, was ein mörderischer Auf- und Abstieg war für Mensch und Tier, und stehen nun am Grund eines Tals, das sich von unserer Position aus nach Norden ausdehnt. Das Narviktal. Es ist eine unwirtliche weiße Einöde, von schroffen Felsen übersät und in ewige Schatten getaucht, und hier an seinem Südende gerade so breit, dass es unserem Feldlager Platz bietet. Der Schnee unter unseren Füßen ist eine harte Kruste, als liege er hier schon seit Jahren, abgetragen und verdichtet vom Wind, der hier die Berghänge hinunterjagt wie ein Falke. Obwohl ich dank der Priester dick vermummt bin mit einem zusätzlichen Fellüberwurf und zwei Kapuzen, stößt er mit der Wut eines Raubvogels seinen messerscharfen Schnabel in meine Haut.

»Schau, dort!« Anders streckt die Hand aus.

Ich kneife die Augen zusammen. Ich habe sie bei unserem Abstieg schon erblickt. Die Eisfeste.

Sie thront ein paar Stunden Fußmarsch entfernt am Nordende des Tals, erhöht auf einem schroffen Fels, hinter ihr die unendlichen Berge. Die Feste wirkt riesig, größer als Othon und Stenborg zusammen. Zinnen krönen das Rund einer stolzen Mauer. Türme recken sich in die Luft. Einer von ihnen ist so hoch und spitz, als wollte er die Wolken erstechen. Schlanke Gebäude erheben sich entlang der Mauern. Sie haben gerundete Dächer und wirken wie Kegel, angeordnet in feiner Harmonie.

Etwas Würdevolles, beinahe Trauriges liegt über der ganzen Feste. Inmitten dieser weißen Einsamkeit wartet sie – nutzlos geworden – auf das Ende ihrer Zeit, wie eine Königin, die ihr Reich überlebt hat. Obwohl sie im Schatten liegt, schimmert sie in sanftem Glanz – dem Glanz von purem weißem Eis, vom Wind glatt geschliffen und poliert, doch niemals zu Fall gebracht.

»Sie ist wunderschön«, sagt Anders neben mir. »Und doch jagt sie mir Furcht ein.«

Zoya nickt. »Weil kein menschlicher Eismagier etwas von solcher Größe und Beständigkeit erschaffen könnte«, murmelt sie.

Nur die Alfr. Ich schaudere. Das Tal scheint verlassen zu sein, es gibt weder Fußspuren noch regt sich irgendetwas außer uns und dem Wind. Doch etwas jagt mir einen Schauer über den Rücken, eine dunkle Ahnung. Wir werden beobachtet.

Während wir unser Lager errichten und sich die Dämmerung über uns senkt, empfinde ich das immer stärker.

»Wo ist die Erste Division?«, frage ich, ohne eine Antwort zu erwarten. »Sie müsste längst hier sein.«

Anders hebt die Schultern, sein Blick zeigt dieselbe Sorge, die ich empfinde.

»Vielleicht stecken sie noch in den Bergen fest«, sagt Zoya. »In diesem Gebirge gibt es nur wenige Pässe, und wenn sie keinen Ortskundigen dabeihaben, kann die Suche nach ihnen sehr langwierig werden.« In ihren Augen liegt ein schwer zu deutender Ausdruck, als sie erst in Richtung der Eisfestung blickt und dann zu mir. »Morgen brechen wir zur Feste auf. Heute Abend will Fenris mit euch sprechen.«

Doch dazu kommt es nicht mehr. Das Lager ist noch nicht fertig aufgebaut, als ich Schreie höre. Ich blicke auf – und sehe Schatten, die die Hänge herabkommen. Zwischen Felsen und Schneewehen tauchen sie auf, erst einzeln, dann immer mehr. Nørlaender, Athosianer. Vereint im Tod. In diesem Augenblick zerbricht dieses winzige Stückchen Hoffnung, das ich mir in den letzten Wochen erhalten hatte, ein Flämmchen, das mich ein bisschen wärmte, wenn ich nicht schlafen konnte. Die Hoffnung, dass die Erste Division, die stolze Elite unserer Republik, am Ende doch stärker sein würde als das unmenschliche Grauen der Frostseelen.

Doch jetzt marschiert das Grauen die Berge herab. Von allen Seiten nähern sie sich uns und schließen uns ein. Seltsam gleichförmig, wie der Gleichschritt einer Phalanx, als wollten die Frostseelen die freien Nørlaender verhöhnen – und mich, die ich so dumm war zu glauben, dass irgendwer sie besiegen könnte.

Chaos bricht aus. Männer und Frauen schreien, weichen von den Hängen zurück, andere rennen blindlings los – zu ihren Reittieren, zu ihren Waffen oder einfach nur weg –, und jeder scheint sich gegenseitig zu behindern inmitten des halb aufgebauten Lagers. Askil brüllt so laut, dass er über dem Lärmen der Menschen zu hören ist, und tatsächlich bringt er einen Hauch von Ordnung in das Chaos. Die Männer seines Clans formieren sich um ihn herum. Die Eisbärenreiter sind ebenfalls bereit für den Ansturm. Sie schwingen sich auf die Rücken ihrer riesigen Tiere, die sich auf den Hintertatzen aufrichten und in die Dämmerung brüllen, ein heiserer, roher Lärm, der die Frostseelen nicht einmal stocken lässt. Es müssen Hunderte sein, Tausende, und sie kommen von allen Seiten.

»Da stimmt etwas nicht«, ruft Anders. Von ihm geht ein eisiger Atem aus, Eiszapfen tanzen auf seinen Händen.

»Zoya!«, zische ich, während die Vargs an unsere Seite kommen, um uns schützend zu flankieren. »Nimm mir die Armreifen ab. Und gib mir eine Waffe!«

Doch sie zieht ihr Schwert und stellt sich vor mich. Ich fluche und sehe mich panisch nach einer Waffe um, nach irgendeiner, die Frostseelen erreichen uns jede Sekunde. Ich weiche bereits zurück, um zu flüchten, als ich den Kopf hebe – und erstarre.

Nur zwei Mannslängen von uns entfernt, hat die lange Reihe der Frostseelen plötzlich angehalten. Ich sehe ihre weißen blicklosen Augen, ihre Haut, die von blauschwarzen Frostflechten überzogen ist. Anders hat recht, etwas stimmt nicht. Frostseelen planen keinen Hinterhalt. Sie marschieren nicht im Gleichschritt, und sie halten auch nicht in Griffweite ihrer Mahlzeit inne.

Der Tumult im Lager stockt. Die anderen sind offensichtlich ebenso verblüfft wie wir, stehen und stieren die Frostseelen an. Zoya umfasst ihr Schwert fester und will sich den Toten nähern, doch ich packe sie am Arm.

»Warte«, flüstere ich. Eine dunkle Ahnung hat mich erfasst. *Sie sind wie tausend Beine einer Spinne – und im Narviktal ist ihr Kopf.* Mag sein, dass ich mir das einbilde, doch um die Frostseelen scheint die Nacht anders zu sein, als balle sich dort ein violettes Leuchten zusammen zu einer eigenen Form von Magie – wie das violette Licht ihrer Zungen, nachdem sie ein Leben verzehrt haben.

Doch nicht alle Nørlaender verharren. Die ersten Armbrustbolzen fliegen und bohren sich in unbewegte Körper.

Neben uns brechen ein Dutzend Männer aus dem Lager,

stürmen schreiend auf die Frostseelen zu. Fast scheint es, als würde es ihnen gelingen, sie zu überrennen, doch da irre ich mich furchtbar. Mit einer abrupten Bewegung packen die Frostseelen zu, so blitzschnell und gleichzeitig kraftvoll, dass ihre Angreifer nur ein paar töten können. Sofort treten neue Frostseelen an die Stelle der Gefallenen. Die schreienden Männer werden zu Boden gezerrt, rücklings in den Schnee gepresst und verschwinden unter den dunklen Körpern ihrer Bezwinger. Die Schreie reißen ab. Füße zappeln und erschlaffen. Ich kann nicht mehr hinsehen. Doch es endet nicht. Überall stürmen weitere Nørlaender, einzeln oder in kleinen Gruppen, gegen die unmenschliche Mauer, von Wut und Verzweiflung getrieben, und erleiden das gleiche Schicksal.

»BLEIBT, WO IHR SEID!«

Eine Stimme donnert über unsere Köpfe hinweg, die mich erstarren lässt. Sie jagt mir Angst ein, eine alles lähmende Panik, wie die schlimmsten Albträume meiner Kindheit es taten. In denen ich vor Ungeheuern wegrennen wollte und feststellte, dass ich gelähmt war. Sie klingt unmenschlich, tief wie das Echo der Höhlen und seltsam verzerrt, als rede jemand durch einen tönernen Flaschenhals.

Eine der Frostseelen steigt auf einen hervorstehenden Felsen. Am Hang über unseren Köpfen, sodass wir ihn alle sehen können. Er ist groß, unglaublich groß und breitschultrig. Sein dunkler Bart ist vom Wind zerfetzt, und ihm fehlt ein Auge. Das andere blickt blind über unsere Köpfe hinweg, genauso reglos und tot wie seine Miene.

»Das ist Thorvald«, ruft einer der Nørlaender. »Thorvald, der Schmied.«

»Jetzt nicht mehr«, murmelt Zoya. Unter ihren Tatoverings ist sie weiß wie Schnee. Ich halte sie immer noch am Arm, spüre ihre bebende Anspannung. Sie will nichts lieber, als zu kämpfen, auch wenn es ihr Leben kostet.

»ICH BIN BEOR«, donnert die Stimme. Sie kommt tatsächlich aus Thorvalds Mund, obwohl er die Lippen nicht bewegt, sondern nur den Rachen aufreißt. Die schwarze Zunge liegt wie eine Schlange in seiner Mundhöhle. Das dunkelviolette Leuchten wogt um ihn herum. »BEOR, DER MÄCHTIGSTE SEHER AUS DEN HÖHLEN GRAVDALTINDS, BEZWINGER DER RIESEN, HERZOG DER KVITING-ALFR UND KRONPRINZ DER MØRK.«

Das kann nicht sein. Alles in mir weigert sich, das zu glauben. Die Worte packen mich, wollen mich hinabreißen in einen Abgrund aus Irrsinn und Tod. Ich taumele. Ich bekomme keine Luft mehr. In diesem Augenblick packt Anders meine freie Hand. Seine ist eiskalt, so kalt, dass der Schmerz mich wieder zurückbringt zu mir.

Um mich herum ertönen ungläubige Rufe. Manche Krieger lachen mit gebleckten Zähnen und angsterfüllten Augen, andere ballen die Fäuste und stoßen Flüche in die Luft. Die Frostseelen stehen starr.

»HABT IHR VERLERNT ZU GLAUBEN, NICHTSWÜRDIGE MENSCHEN?«, hallt die Stimme aus dem Mund des reglosen Riesen. »IHR SEID UNGEHORSAM GEWESEN. IHR HABT EUCH IN SICHERHEIT GEWIEGT.« Ich packe Anders' Hand fester, und der Schmerz seiner Kälte ist nichts gegen das Eis in meinem Inneren. Die Leute um uns herum verstummen, einer nach dem anderen, die Bedrohung in Beors Worten versteinert sie.

»DOCH IHR SEID SKLAVEN UND WERDET ES IMMER SEIN. SO STEHT ES IN EUREM BLUT GESCHRIEBEN.«

»Du willst, dass wir uns unterwerfen, Alfr?«, brüllt Askil. Er bahnt sich wutentbrannt einen Weg durch die Menge, bis er vor den Reihen der Nørlaender steht, nur ein paar Schritt vor den ersten Frostseelen. Ich zolle seinem Mut Respekt, doch ich bin nicht überzeugt, ob das Wesen, das aus dem toten Schmied spricht, ihn überhaupt hören kann. Zwei Herzschläge lang geschieht nichts. Dann dreht Thorvald mit einer furchtbaren, schlangenhaften Bewegung seinen Kopf in Askils Richtung. Seine bleichen Augen scheinen durch ihn hindurch zu starren, doch plötzlich bin ich sicher, dass Beor ihn *sieht*. Wo auch immer er ist, durch die blinden Augen der Frostseele hat er sich ein Tor geschaffen, um das Geschehen zu verfolgen.

»JA.«

»Niemals!« Askil reckt sein Schwert in die Luft.

»IHR HABT KEINE WAHL.«

Plötzlich stürmt ein Dutzend Frostseelen auf Askil zu. Während er noch sein Schwert in die Höhe reißt, haben sie schon den Abstand zu ihm überwunden. Ich stoße einen Schrei aus, gleichzeitig mit Hunderten anderen, die das Geschehen beobachten. Wir alle glauben Askil verloren. Doch die Bestrafung des Clanführers ist nicht *sein* Tod. Die Frostseelen stoßen ihn aus dem Weg wie ein unnützes Hindernis und greifen sich die vier Männer neben ihm. Sie zerren die brüllenden Krieger so schnell und mühelos mit sich, als wären sie ungehorsame Kleinkinder. Während sich Askil noch aufrappelt, mit fahlem, angstverzerrtem Gesicht, schließen sich ihre Reihen bereits wieder, und die Krieger sind dahinter verschwunden.

Tumult bricht aus. Einzig die Eisbärenreiter stehen still und stolz und beobachten das Geschehen mit ihren geschlitzten Augen.

»IHR GEHÖRT MIR. ICH GEBE EUCH EINE NACHT, UM DAS ZU BEGREIFEN. WENN DIE SONNE ÜBER DEN BERGEN IM OSTEN ERSCHEINT, KNIET IHR VOR MIR, IM LEBEN ODER IM TOD.«

Thorvald verstummt und tritt zurück auf den Hang, in die Reihen der anderen Frostseelen. Starr stehen sie da, ein einziger großer, toter Körper, der doch nicht tot ist, sondern von unheimlicher Magie erfüllt.

Auch die lebenden Krieger um uns herum stehen stumm und fassungslos. Nur ein paar Pferde brechen aus und galoppieren laut wiehernd durch die Dämmerung. Sie rennen ein paar Frostseelen nieder, die mit unbewegter Miene wieder aufstehen, mit schiefen Köpfen und gebrochenen Gliedern. Atemlos wende ich mich von diesem grauenhaften Anblick ab und sehe Anders an.

»Alles, was Geir niedergeschrieben hat, ist wahr«, flüstert er mit schneebleicher Miene, und spricht als Nächstes den Gedanken aus, der mich in den Abgrund zu reißen drohte. »Und nun ist Beor zurückgekehrt. Er benutzt Blutmagie, um die Frostseelen zu lenken. Er muss das Portal geöffnet haben.«

Ich atme tief durch und zwinge mich nachzudenken. »Doch warum spricht Beor durch die Frostseelen, statt selbst vor uns zu stehen?«, murmele ich. »Und warum jetzt? Warum hat er sich nicht schon vor Hunderten Jahren die Blutmagie zunutze gemacht, um durch das Portal zu kommen?«

»Jemand muss ihm von unserer Seite geholfen haben«, stößt Anders aus. »Ein Mensch. Mit der TORTURA NOCT, der magischen Schrift, die alle in unserer Welt für verschollen oder zerstört hielten. So muss es sein. Und vielleicht ist dieser Mensch bei Beor am Portal und hilft ihm immer noch.«

»Wir haben keine Zeit für Rätselraten, wir müssen etwas tun.« Zoyas rostfarbene Augen sind schwarz vor Wut. »Ihr beiden seid die Amuletträger. Ihr müsst das Portal wieder schließen.«

Anders nickt. »Lasst uns zu Fenris gehen.«

Doch Fenris, der Kopf des Njard-Ordens, ist nicht unter den anderen Priestern zu finden. Er sei zu Askil geeilt, informiert uns einer. Der Anführer des Feldzugs habe die Clanführer und oberen Priester in sein Zelt gerufen, um sich zu beraten. Wir verharren für einen Augenblick unschlüssig.

Inzwischen flackern um uns Lichter auf, vereinzelte Feuerstellen. Eine Handvoll mutiger Männer läuft mit Fackeln und in sorgsamem Abstand die mehrreihige Kette der Frostseelen ab, folgt ihrem Verlauf auf dem felsigen Gelände. Ich bin mir sicher, dass sie keine Lücke finden.

Dann geht erneut ein Schrei durch die Menge. Schatten in der Menge der reglosen Frostseelen bewegen sich. Männer, die vor wenigen Minuten gefallen sind, stehen wieder auf. Sie reihen sich in die dunkle Mauer aus Körpern ein, leblos, starr und fremd. Ich sehe die vier Krieger, die vorhin Askils Waghalsigkeit zum Opfer gefallen sind. Soeben noch Freunde, Brüder, sind sie nun zu Beors Werkzeugen geworden.

»Der Prozess der Verwandlung beschleunigt sich«, stößt Anders hervor. »Je mehr Menschen ihm zum Opfer fallen, desto mächtiger wird unser Feind.«

Die Priester des Njard kauern sich neben uns nieder, um zu beten. Auch Zoya gesellt sich zu ihnen. Ich ziehe Anders hinter unsere Vargs.

»Wir müssen zur Eisfestung«, flüstere ich. Ich sehe sein Gesicht in der Dunkelheit kaum, nur sein Atem verrät mir, wie nah er ist.

»Wenn wir es überhaupt bis dorthin schaffen, dann nur mit Hilfe«, murmelt er.

Ich schlucke. »Wenn das Heer die Frostseelen angreift, werden die meisten von ihnen sterben.«

»Wenn wir den Alfr nicht aufhalten, werden alle hier sterben«, flüstert er. Doch ich höre, wie schwer ihm diese Worte fallen, wie sehr sie allem widersprechen, was er für richtig hält.

Ich muss es sagen: »Nicht, wenn sie sich Beor ergeben.«

»Nørlaender unterwerfen sich nicht.« Sein Ton verrät ihn erneut. Er hat die Angst und Verzweiflung in den Gesichtern ebenso gesehen wie ich. Er kann sich dessen nicht mehr sicher sein.

Und für einen Moment zieht der Abgrund auch wieder an mir, droht mich die Angst zu verschlingen. »Ist es nicht schon vorbei?«, flüstere ich. »Haben wir überhaupt eine Chance?«

»Solange wir gemeinsam kämpfen«, erwidert er. Seine Arme schlingen sich um mich. Die Anspannung macht ihn kalt, viel zu kalt für mich, und doch drücke ich mich an ihn. *Beschütze mich,* will ich flüstern. Doch ich schlucke diese vergifteten Worte hinunter. Ian wollte mich stets vor allen Gefahren schützen, denn er hielt mich für schwach. Doch Schwache überleben diese Zeiten nicht. Anders weiß das. Er weiß, wie stark ich bin, und er vertraut darauf. Er kämpft nicht für mich – wir kämpfen gemeinsam.

»Nimm mir die Armreife ab«, wispere ich. Seine kalten Finger tasten über meine Handgelenke. Der Schnee knirscht unter seinen Stiefeln, als er vor mir auf die Knie geht. Sein Atem streift meine Finger, dann wird es kalt, eiskalt. Ich beiße die Zähne vor Schmerz zusammen. Sein Hauch lässt die Schlösser der Armreifen gefrieren, bis sie mit einem leisen Klirren bersten. Etwas Warmes läuft über meine Haut, taut sie auf, das erste Mal seit Langem. Blut. Doch ich spüre die Wunde kaum. Feuer lodert in meinem Inneren, Hitze jagt durch meine Glieder. Endlich.

»Wir sollten nicht auf Fenris warten«, sage ich. »Wir sollten selbst zu den Clanführern gehen.«

Ich wische das Blut von den oberflächlichen Schnitten, die das geborstene Metall in meine Haut geritzt hat, streife meine Ärmel darüber, und wir machen uns auf den Weg durch die Talsohle und das Feldlager. Keiner der Priester hält uns auf. Zoya schließt sich uns an, als meine Wächterin, wie sie sagt, und vielleicht auch mein Schutz; doch die Leute, die um die Feuer zusammensitzen und leise reden, geduckt kauernd, als könnten sie so den blinden Blicken der Frostseelen um uns herum entgehen, beachten mich kaum. *Die Alfr sind zurück*, höre ich sie murmeln, mehr Bestürzung als Hass in ihrem Blick. *Die Legenden sind wahr.*

Ich sehe Trondurs Zeltplane flattern, ganz am Rande des Lagers vor einigen großen Felsen. Eleni sehe ich nicht.

Wir sind nicht die Einzigen, die zu Askil wollen. Vor seinem Zelt stehen zwei seiner Clankrieger, die versuchen, bestimmt zehn Mann in Schach zu halten, die sich für wichtig genug halten, um an dem Treffen teilzunehmen. Auch uns wollen die zwei Wachmänner aufhalten.

»Lasst uns rein«, grollt Zoya.

»Warum sollten wir?« Der eine baut sich direkt vor ihr auf.

»Weil wir die besten Waffen gegen die Alfr sind, die ihr habt.« Sie bläst vor sich in die Luft. Ihr Atem erstarrt im Schein der Fackeln zu einer gezackten, eisigen Klinge, die sie packt und ihm an die Kehle hält. »Aus dem Weg.«

Er weicht mit aufgerissenen Augen zurück, die anderen sehen bewegungslos zu, wie wir das Zelt betreten. Ein Dutzend Männer haben sich im Inneren versammelt. Askil, Fenris, einige grimmig dreinblickende Clanführer, doch ich sehe auch Trondur und den Anführer der Yupak. Wieder fällt mir auf, wie fremdartig er aussieht, mit den schmalen Augen und dem runden, dunklen Gesicht, das keinerlei Ausdruck zeigt.

»Der Norden ist die einzige Möglichkeit«, behauptet einer der Männer soeben. Sie sind so vertieft in die Diskussion, dass sie unser Eintreten gar nicht bemerkt haben. »Dort müssen wir ihre Reihen durchbrechen, das Tal durchqueren und die Feste stürmen, um den Alfr zu erledigen.«

»Die Legenden sagen, um einen Alfr zu töten, braucht es hundert Mann«, wendet ein anderer aufgebracht ein. »Und keiner von uns weiß, was noch in der Feste auf uns wartet.«

Askil entdeckt uns hinter dem Kreis der Clanführer. »Was wollt ihr?«, knurrt er uns an.

»Wir haben euch einen Vorschlag zu machen.« Anders tritt aufrecht und stolz in den Kreis der Männer. »Helft uns, eine Bresche durch den Ring der Frostseelen zu schlagen, nur groß genug, dass die Feuermagierin und ich hindurchschlüpfen können. Wir werden in die Eisfeste eindringen und Beor aufhalten.«

»Ihr beide? Gegen einen Prinzen der Alfr?« Askil starrt uns ungläubig an. Zwei der Clanführer stoßen ein verärgertes Lachen aus. »Verschwendet nicht unsere Zeit.«

»Du vergisst, wer sie sind.« Fenris tritt ein Schritt vor. Er schaut uns nachdenklich an. »Sie sind Schützlinge der Götter. Erben der Alfr. Schon einmal haben Männer und Frauen wie sie gegen die Alfr gekämpft.«

»Das waren aber keine zwei Birkenstängel wie die hier«, widerspricht Askil verärgert. »Sondern eine ganze Rebellenarmee von Magiern, und die haben sich jahrelang darauf vorbereitet.«

»Doch es waren zwei Amulette, die es ihnen ermöglichten, die Portale zu schließen. Zwei Amulette, zu deren Trägern diese beiden auserwählt sind.« Fenris blickt Anders auffordernd an, und der zieht das silberne Amulett aus seiner Tasche. Es schimmert sanft im Fackellicht. Doch ich spüre seine dunkle Kraft wie einen Sog, der mich anzieht und abstößt zugleich. Der Yupak stöhnt leise auf und weicht einen Schritt zurück. Die anderen scheinen indes nichts zu spüren.

»Eine Münze?« Trondur verzieht abschätzig den Mund. »Warum habe ich noch nie von diesen Amuletten gehört? Keine einzige Legende aus den Dunklen Zeiten erwähnt sie.«

Fenris seufzt. »Legenden verändern die Geschichte über die Jahrhunderte, und nicht alles war geeignet, um weitererzählt zu werden. Die Borgerssons hüteten dieses Wissen, und nun hat der Orden durch ihren Erben«, hier nickt er Anders zu, »und Geirs eigene Niederschrift davon erfahren.«

»Die Worte eines Emporkömmlings und eines grüblerischen, alten Sehers.« Trondur blickt herausfordernd in die Runde. »Wer sagt uns, dass er und diese zwei Halbwüchsigen sich das nicht einfach ausgedacht haben?«

Die Clanführer nicken zustimmend.

Ich balle die Fäuste, spüre das Glühen in ihnen. Doch ich darf dem Feuer nicht nachgeben, nicht jetzt.

Askil sieht die Clanführer der Reihe nach an. Sein Blick gleitet über Anders und mich hinweg, als wären wir gar nicht da. »Wir haben jedes Für und Wider bereits abgewogen. Die Tatsachen ändern sich nicht. Wenn wir heute Nacht gegen die

Frostseelen stürmen, werden die meisten von uns sterben. Und die anderen werden danach von ihren eigenen toten Clanbrüdern gejagt. Wenn wir den Kampf verschieben, so wie Trondur es vorschlägt, haben wir Zeit, uns eine Strategie zu überlegen. Das leuchtet mir ein. Wir gehen zum Schein auf das Angebot des dreckigen Alfr ein. Wir schwören ihm Gehorsam, und dann loten wir seine Schwachstellen aus.«

Zoya schnappt ungläubig nach Luft. Anders neben mir strahlt plötzlich eine durchdringende Kälte aus.

»Glaubt ihr, damit rechnet er nicht?« Fenris' Augen schießen Eisblitze auf die Versammelten. »Wenn ihr erst vor ihm kniet, wird es zu spät sein. Unser Volk wird seine Freiheit verlieren und dann sein Leben.«

»Was willst du denn von uns? Dass wir uns selbst die Kehlen aufschlitzen und uns dem Verzehrer opfern?«, zischt Trondur.

»Angst vor dem Tod ist der schlechteste Ratgeber, den ihr euch wählen könnt«, erwidert Fenris ruhig. »Ich rate euch, die Götter zu befragen.«

»Wir fragen die Vernunft.« Askil verschränkt die Arme. »Und sie sagt, wir unterwerfen uns. Vorerst. Seht es als Gelegenheit.« Er entblößt seine gelben Zähne, und Trondur erwidert das grimmige Grinsen. »Vielleicht führt der Alfr uns gegen den Süden, das werde ich ihm zumindest vorschlagen. Wir besiegen mit seiner Hilfe die Bleichhaare, wir lernen von ihm und hören zu. Und wenn er und seine Kumpane träge geworden sind, werfen wir unsere Fesseln ab. Das hat schon mal funktioniert. Aber diesmal gewinnen wir ein großes, geeintes Nørland zurück, nicht so einen maroden Flickenteppich wie unsere Vorfahren. Ich selbst führe gern die Rebellen an, die in ein paar Jahren den Kronprinz der Mørk töten.«

Und willst danach der Kanzler dieses geeinten Nørlands sein. Durchschauen die anderen Askil nicht? Fenris offensichtlich schon, denn er durchbohrt den Heerführer mit eisigen Blicken. Trondur blickt gleichgültig, wenn nicht zufrieden drein, der Yupak bleibt ausdruckslos, und die Mienen der anderen Clanführer wirken so dumpf, als hätten sie tatsächlich nichts verstanden.

Worte, um sie wach zu rütteln, brennen wie Feuer auf meiner Zunge. Meine Kehle glüht vor Wut, dann mein Brustkorb, meine Hände. Mit einem Knistern beginnt mein Handschuh zu brennen.

»Sch!« Anders packt meine Hand, erstickt die Flamme. Er hat recht. Sie werden nicht auf uns hören, das haben sie deutlich genug gezeigt. Doch sein Laut hat Askils Aufmerksamkeit geweckt.

»Ihr seid immer noch hier.« Seine grauen Augen mustern uns finster. »Raus mit euch, bevor ich es mir anders überlege und deine Südländerhure an die Frostseelen verfüttere.«

Anders dreht sich auf dem Absatz um und zieht mich mit sich aus dem Zelt. Zoya folgt uns. Draußen steuern wir den Rand des Lagers an, bis wir im Schatten des Berghangs stehen bleiben. Zehn Schritte über uns sehe ich die Schemen der Frostseelen, starr und schwarz vor dem Nachthimmel. Ich fühle mich wütend und atemlos, und den anderen scheint es nicht anders zu gehen.

»Fenris wird versuchen, sie umzustimmen«, stößt Anders aus. »Außerdem müssen sie heute Nacht noch alle Krieger über Askils Vorschlag abstimmen lassen. So will es das Gesetz der Freien.«

»Aber was kann Fenris ihnen anderes anbieten als einen Platz in Njards Schattenreich?« Zoya klingt bitter. »Tod oder Knechtschaft, darauf läuft es hinaus.«

»Vielleicht auch nicht«, sagt eine schmeichelnde, melodiöse Stimme. Eine Stimme, die ich jederzeit wiedererkennen würde. Alles in mir spannt sich an. »Vielleicht seid ihr nicht so verloren, wie ihr glaubt.«

Eine Flamme schießt aus meiner Hand, erhellt die Nacht.

Doch Anders ist noch schneller als ich. Er hat den Sprecher bereits am Hals gepackt, sodass ihn meine Flamme verfehlt. Stattdessen jagen Eiskristalle über seine Haut.

»Olaf.« Anders' Stimme klirrt vor Zorn.

Zu meiner Überraschung wehrt Olaf sich nicht. Sein katzenhaft verschlagenes Lächeln wirkt allerdings etwas verzerrt. »Ich hab euer Gespräch im Zelt belauscht«, stößt er hervor. »Lass mich los, Vereiser, dann erkläre ich euch meinen Plan.«

»Ich erkläre dir *meinen* Plan.« Ich trete auf ihn zu. All meine Wut bricht sich Bahn, als ich aushole und ihm eine glühende Ohrfeige versetze. »Verräter und Mörder. Wir werden dich an die Priester des Njard ausliefern. Was glaubst du, tun sie mit jemandem, der offensichtlich seit Jahren Magier aus ihren Reihen jagt und tötet?«

Zoya neben mir gibt einen Laut von sich, der klingt wie Zustimmung und Verwünschung zugleich.

»Ich denke, heute Nacht tun sie gar nichts, weil sie anderweitig beschäftigt sind«, keucht Olaf unter Anders' eisigem Griff. »Wie ihr es eigentlich auch sein solltet.«

Anders und ich schauen uns an. In seinen Augen lese ich eine stumme Frage. Er überlässt die Entscheidung mir. Verdammt! Und ich weiß bereits, wie sie ausfallen muss. Ich will Olaf so lange schlagen, bis er sein überhebliches Lächeln endgültig verliert, doch meiner Wut nachzugeben wäre dumm. Ich stoße einen wortlosen Fluch aus, dann nicke ich. Anders lässt Olaf tatsächlich los, doch auf seiner Handfläche rotiert angriffsbereit ein messerscharfer Eiszapfen. Ich lasse ein bisschen Feuer aus meiner Hand entweichen, eine kleine Flamme, die dem Licht einer Fackel ähnelt. Hier hinten zwischen den Felsen ist niemand außer uns, doch ich will keine Aufmerksamkeit erregen.

Zoya sagt nach wie vor nichts. Doch der Blick, den sie Olaf zuwirft, ist finsterer als die Nacht um uns herum.

Olaf reibt sich den eisgrauen Hals, in den nur allmählich

Farbe zurückkehrt. Jetzt mustere ich ihn genauer. Er trägt die Kleidung der Nørlaender: Einen zottigen graubraunen Pelz mit einer Kapuze, darunter eine Mütze mit Ohrenklappen, die seine hellen Haare verbirgt. War er die ganze Zeit beim Feldzug dabei? Ich traue es ihm tatsächlich zu. Er wirkt ausgezehrt, als habe er lange weder geschlafen noch gegessen, doch seine blauen Augen funkeln wie eh und je.

»Ich weiß einen Weg, wie ihr aus dem Ring der Befallenen kommt«, sagte er leise. »Und dann zur Eisfeste.«

»Warum solltest ausgerechnet du uns helfen?« Anders mustert ihn ebenso wachsam wie ich.

»Weil ihr die Amuletträger seid. Ihr habt also auch das silberne gefunden. Gut gemacht, Junge!«

»Woher weißt du das schon wieder?«, fauche ich.

Er zuckt mit den Schultern. »Nørlaender sind es nicht gewohnt, Geheimnisse zu haben. Fenris hat eure Geschichte dem Priester des Spielers erzählt, und der hat damit nicht hinterm Berg gehalten. Alle hier im Lager, die klüger sind als die Clanführer, reden jetzt hinter vorgehaltener Hand davon. Sie werden es nicht offen zugeben, weil sie stolz sind, aber ihr seid ihre letzte Hoffnung.«

Das sagt ausgerechnet er, der uns in Stenborg dem sicheren Tod überließ. Ich muss Feuer schlucken, ehe ich sprechen kann. »Und warum sollten wir dir trauen? Du hast Marius getötet und dann die Frostseelen auf uns gehetzt.«

»Marius war ein nerviger Wicht, aber ich habe ihn nicht umgebracht«, erwidert er schroff. »Die Befallenen, nun ja …« Er seufzt. »Das war ein Versehen. Aber ihr habt sie überlebt, oder nicht? Wir müssen uns jetzt auf den Weg machen. Wenn sie sie finden, müssen wir uns neue beschaffen.«

»Wenn sie wen finden?«, fragt Anders misstrauisch.

Während wir tatsächlich verzweifelt genug sind, Olaf seinen abscheulichen Plan erläutern zu lassen, gehen mir seine Worte nicht aus dem Kopf. *Ich habe Marius nicht getötet.* Ich traue ihm nicht, aber seltsamerweise glaube ich ihm das. Aber wenn Olaf es nicht war … wer war es dann?

❄

Olaf und Zoya erheben sich wie zwei Geister aus den Schatten der Felsen, das Trondurs Lagerplatz umgeben. Gleichzeitig ziehen sie den beiden dösenden Waffenknechten ihre Holzprügel über den Kopf, und die Kerle sacken mit einem Stöhnen zusammen. Zoya wirft ein paar Handvoll Schnee auf das Lagerfeuer, das zischend erlischt. Ich verharre mit angehaltenem Atem. Von den anderen Feuern klingen Stimmen herüber, nicht mal ein Dutzend Schritte entfernt. »Komm«, zischt Olaf, und ich schleiche an ihm vorbei in Trondurs Zelt.

Eleni richtet sich auf der Lagerstatt auf und blinzelt in das Licht der Feuerkugel, die ich nur so lange brennen lasse, bis sie mich erkennt.

»Na endlich.« Sie springt auf. Sie ist vollständig angezogen. »Ich dachte schon, ihr kommt nie.«

Ich habe ihr Lächeln vermisst, ihre Unerschrockenheit und ihren Stolz. Doch wir umarmen uns nicht. Wir sind nicht mehr dieselben, die wir noch vor ein paar Wochen waren. Im Grunde weiß ich gar nicht, wer sie ist. Also deute ich nur auf den Ausgang, und sie schlüpft an mir vorbei aus dem Zelt, dann verharrt sie.

»Du!« Sie verengt die Augen. Hass sprüht aus ihnen, so heftig, dass ich zurückzucke. Es ist uns wohl doch noch gelungen, sie zu überraschen.

»Vögelchen.« Olaf verbeugt sich ironisch vor ihr, Sternenlicht glimmt in seinen Augen. Er schaut mich an. »Dann los.«

In diesem Augenblick stößt Zoya einen unterdrückten Fluch aus. Mein Kopf ruckt hoch, und ich folge ihrem Blick in Richtung der nächsten Lager. Trondur. Feuerschein erhellt sein zufrieden dreinblickendes Gesicht, als er die auf seinem

Weg liegenden Zelte passiert. Er kommt genau auf uns zu, und nur weil wir im Schatten stehen, bemerkt er uns nicht. Schon ist er zu nah, als dass wir unbemerkt an den Felsen, die seinen Lagerplatz umgeben, vorbeischlüpfen könnten.

»Zurück«, flüstert Eleni. »Ins Zelt.«

Anders und ich wechseln einen Blick. Sie hat recht. Wir müssen Trondur überwältigen, wenn er ins Zelt kommt. Wenn wir ihn bewusstlos schlagen, verschafft uns das hoffentlich genug Zeit, um zu verschwinden. Zoya und Olaf scheinen dasselbe zu denken. Sie packen die Knechte unter den Achseln, Anders und ich greifen hastig nach den Füßen, und wir schleifen sie mit zwei schnellen Schritten ins Zelt, dessen Plane Eleni uns aufhält. »Überlasst ihn mir«, flüstert Olaf mit einem unheilvollen Grinsen und stellt sich neben den Eingang.

Ich will schon nicken, doch dann verharre ich bestürzt. Wo ist Eleni?

Schritte knirschen im Schnee. »Mädchen, was machst du hier draußen?« Trondurs Stimme, verärgert und besorgt zugleich. »Das ist keine Nacht zum Herumlungern. Rein ins Zelt mit « Er stößt ein Keuchen aus, das auf seltsame Art abbricht, dann höre ich ein, zwei Schritte, gefolgt von einem dumpfen Aufprall. Ich reiße die Zeltplane zurück, stürme angriffsbereit hinaus.

Eleni steht mit einem Messer über Trondur, der am Boden liegt und sich die Kehle hält. Er gurgelt, die Augen weit aufgerissen. Blut strömt zwischen seinen Fingern hervor, pulsiert im Rhythmus seines Herzschlags.

Ich starre Eleni an. Ihre kindliche Gestalt, der weiße Pelz, der von Blut befleckt ist. Ihr harter, intelligenter Blick, in dem nicht das geringste Gefühl zu lesen ist.

»Wie lautet euer Plan?«, flüstert sie. »Wie kommen wir aus dem Lager heraus?«

Olaf tritt zu ihr. Der kurze Blick, den er dem sterbenden Trondur schenkt, ist ebenso mitleidslos wie ihrer. »Mir nach.«

Eleni und Zoya folgen ihm, ohne zu zögern. Nur ich kann mich nicht bewegen, kann nicht denken, nicht atmen. Ich will es nicht begreifen, will leugnen, was ich soeben gesehen habe – doch mein Verstand ist zu geschockt, um sich Lügen für mich auszudenken. Anders packt mich am Arm und zieht mich an Trondur vorbei, um die Felsen herum und durch das Lager, immer hinter Olaf her. Ich sehe die Menschen an den Feuern kaum, ihre Gesichter sind nur verschwommene Lichtflecken, die sich abwenden und vorbeiziehen, unwissend, dass der Verzehrer erneut Beute gefunden hat.

Am südlichsten Ende des Lagers tauchen wir wieder in die Schatten ein. Hier ist der Untergrund zu uneben, um ein Zelt aufzuschlagen. Zwischen einigen Felsblöcken sind Pferde angebunden, und auch ein paar Vargs kauern hier, ihre Augen wie rote Glühwürmchen in der Dunkelheit. Wachposten gibt es hier keine, braucht es auch nicht – zehn Schritte hinter den Tieren verharren die Frostseelen dicht an dicht.

»Solang ihr außer Griffweite bleibt, reagieren sie nicht.« Olaf schiebt sich zwischen den Pferden hindurch, die schnaubend zur Seite weichen. Unterhalb eines Felsblocks verharrt er und stößt den Atem mit einem zufriedenen Ächzen aus. »Sie sind noch da.«

Kopflose Körper von Frostseelen. Geschändete Leichname. Ich will gar nicht wissen, wie er sie erbeutet hat. Ich grabe die Fingernägel in meine Handflächen, als könnte mich der Schmerz aus diesem Albtraum wecken. Wir müssen das Lager verlassen, ohne bemerkt zu werden. Weder von Frostseelen noch von Nørlaendern. Erstere würden uns töten, Letztere würden uns möglicherweise an Beor verraten. Deshalb gibt es nur einen Weg: Wir müssen uns selbst in Tote verwandeln.

»Dort drüben.« Olaf deutet nach links, zwei Steinwurf den Hang hinauf, auf ein Stück freie Fläche im Schnee. »Dort ist der einzige mögliche Durchschlupf in unserer Nähe.«

Dank dem Sternenlicht und dem Schnee sehe ich es. Der

dunkle, mehrreihige Ring der Frostseelen ist dort dünner als anderswo, und an einer Stelle gibt es eine Lücke, weniger als eine Schrittlänge breit.

»Da standen zwei von denen hier.« Olaf deutet auf die Körper. »Sie haben den Abstand nicht wieder geschlossen. Allerdings brannte vorhin das Feuer noch nicht. Wenn wir unentdeckt bleiben wollen, müssen die Männer dort weg.«

Ich sehe, was er meint. Vielleicht dreißig Schritte unterhalb der Lücke scharen sich sechs Krieger um eine Feuerstelle. Ihre Gestalten sind schwarze Scherenschnitte vor den Flammen, und ihre erregten Stimmen tönen bis zu uns herüber.

»Bald sollte Askil die Krieger zur Abstimmung rufen«, sagt Zoya. »Die Clanführer werden ihn drängen, das so bald wie möglich zu tun.«

Olaf nickt. »Hoffen wir, dass das schnell geschieht.«

Ich will nicht warten. Wenn ich zu viel Zeit habe, muss ich darüber nachdenken, was ich bei Trondurs Tod in Elenis Gesicht gesehen habe, oder darüber, was wir hier tun, denn es ist das Schlimmste, was ich mir vorstellen kann. Wir werden mit Zoyas und Anders' Hilfe unsere Mäntel vereisen. Wir werden durch den Schnee kriechen und die Kälte des Bodens nutzen. *Damit sie unsere Wärme nicht spüren.* Und wir werden uns den halb nackten Körper einer toten Frostseele auf den Rücken binden, ihre Arme an die unseren, ihre Beine lose schlenkernd an unsere Waden. *Damit sie uns für einen der ihren halten.* Ich atme flach und hastig wie ein gejagtes Tier.

Und dann beginnen wir. Ich stülpe meine Kapuze über den Kopf, schließe meine Augen und lege mich auf den Boden. Ich versuche der Kälte nachzuspüren, sie in mich aufzunehmen, eins mit ihr zu werden. Kälte fühlt nichts, Kälte denkt nichts, Kälte ist einfach nur. Doch als sich das Gewicht des Toten auf mich senkt, wimmere ich leise. Mit schnellen Bewegungen binden sie ihn an mir fest. *Ich bin die Kälte. Ich fühle nichts.*

Als kurz darauf alle bereit sind, habe ich mich beinahe davon überzeugt. Wir liegen oder kauern auf dem Boden. Anders hebt die Hand und zugleich hebt sich auf gespenstische Weise der dunkle Arm des Toten auf seinem Rücken. Schneekristalle, winzig und nahezu unsichtbar, lösen sich vom Boden und schweben in die Höhe, wogen vom Wind getragen um uns in der Luft wie schwirrende Mücken. Für Unwissende muss es aussehen, als ziehe langsam Dunst an den Hängen auf, neblig und feucht wie der Atem eines riesigen Tiers. Der Nebel wird uns zumindest vor flüchtigen Blicken aus dem Lager verbergen.

Wir kriechen hintereinander durch den Schnee. Olaf voran, dann Zoya, ich, Eleni und zum Schluss Anders. In der Deckung von Felsen, nur fünf Schritt von der Frostseelenreihe entfernt. Das Gewicht des Toten drückt mich zu Boden wie eine Hand, die aus dem Grab nach mir greift. Bei jeder Bewegung rutscht er auf meinem Rücken hin und her.

Manchmal blicke ich auf und sehe die toten, zu dumpfer Ausdruckslosigkeit erstarrten Gesichter der anderen Frostseelen. Dort, wo die schwarzen Frostflechten sie noch nicht überziehen, sind sie bleich wie Schnee. Bei einigen hängen die Kiefer lose herab, andere haben verzerrte Mienen und Kratzspuren in ihren Mundwinkeln, als hätten sie sich bis zuletzt gewehrt.

Ein paar erkenne ich. Zwei von Ians Soldaten. Ein Heilerrekrut, dessen blondes Haar in wirren, gefrorenen Strähnen absteht. Schließlich halte ich den Blick gesenkt. Wenn ich noch ein einziges bekanntes Gesicht entdecke, muss ich schreien.

Irgendwann verharrt Olaf im Schatten des letzten Felsens, bevor wir auf offenes Gelände hinausmüssen, und wir tun es ihm nach. Ich lege mich auf die Seite in den Schnee, um meinen Rücken zu entlasten. Ich möchte die Arme um mich schlingen, aber der Gedanke, dass auch der Tote mich dann halten wird wie eine Geliebte, lässt mich meine Hände starr an die Seiten pressen. Eleni neben mir keucht leise.

Die sechs Krieger sitzen immer noch um das Feuer. Sie sind

uns zu nah, als dass der Nebel uns vollständig abschirmen könnte. Wenn wir die Schatten der Felsen verlassen, werden sie uns sehen. Ich schließe die Augen und hoffe nichts sehnlicher, als dass Askil die Männer und Frauen bald zur Abstimmung zusammenruft. Lange halte ich das hier nicht mehr aus.

Doch schließlich ist es nicht die Abstimmung, die uns eine Gelegenheit bietet, sondern ein Tumult, der am anderen Ende des Lagers ausbricht und die Männer unter uns ablenkt. Ich höre Schreie, dann das tiefe Brüllen von Eisbären. Auf der Nordseite, dort, wo der Boden flach ins restliche Tal übergeht. Wir alle richten uns ein Stück auf und starren durchs Dunkel hinüber. Auch die Gespräche am Feuer schräg unter uns sind verstummt.

»Die Yupak«, stößt Zoya leise aus, die von ihrer Position aus besser das Tal überblicken kann als ich. »Offensichtlich warten sie nicht die Abstimmung ab, deren Ergebnis wir alle schon kennen. Sie versuchen einen Ausbruch.«

»Bewegt euch«, zischt Olaf. »Das ist unsere Chance.«

Er hat recht. Die Krieger am Feuer sind aufgestanden und haben uns die Rücken zugewandt. Sie starren nach Norden – und die Hälfte von ihnen bewegt sich weg von uns und dem Licht des Feuers, auf den Tumult zu.

So rasch wie möglich schieben wir uns aus der Deckung und durch kniehoch vom Wind aufgetürmten Schnee. Wie müssen wir aussehen? Bizarre Kreaturen mit jeweils zwei Körpern, einer lebendig, der andere tot. Anders lässt den Dunst um uns wabern, und ich bleibe so dicht hinter Zoya, dass ich die gefrorenen Eiszotteln an ihren Fellstiefeln zählen kann.

Die Yupak scheitern, sie können die Reihen der Frostseelen nicht durchbrechen. Ich höre es. Das Brüllen der Eisbären wird schriller, fast verzweifelt. Offensichtlich kämpfen sie bis zuletzt um das Leben ihrer Reiter. Doch keiner von uns schaut hinunter ins Tal. Wir schleppen uns verbissen den steilen Hang hinauf, auf die Reihe der Frostseelen zu.

Direkt oberhalb des Feuers geschieht es. Ich weiß nicht, wie er es tut; vielleicht kriecht sie ebenfalls so dicht hinter ihm, dass ein rascher, gezielter Stiefeltritt ausreicht. Doch was auch immer er tut, es sorgt dafür, dass Zoya vor mir zusammensackt. Und noch ehe ich reagieren kann, kauert Olaf schon über ihr, ein monströses Zweikörperwesen, das sie mit einer blitzschnellen Bewegung abtastet und dann den Hang hinunterstößt. Sie kullert zwei Mannslängen weit, bis sie knapp außerhalb des Feuerscheins auf dem Rücken liegen bleibt. Ihr Gesicht, überzogen von den dunklen Linien des Tatoverings, wirkt im Sternenlicht fahler als der Tod.

Trotz des drückenden Gewichts auf meinem Rücken werfe ich mich mit aller Kraft nach vorne und packe Olaf am Bein. Meine Hand glüht, Funken tanzen über seinen Stiefelschaft.

»Lass mich los«, zischt er. »Die Priesterin ist nur bewusstlos, du Dummerchen! Willst du sie dabeihaben, wenn ihr die Amulette einsetzt?«

Überrumpelt lasse ich ihn tatsächlich los.

»Im Lager ist sie besser aufgehoben als bei euch beiden.« Plötzlich spüre ich seinen Handschuh in meinem, und dann die warme, vertraute Härte des Amuletts. »Pass künftig besser darauf auf.« Er wendet sich so behände ab, als trage er nicht das Gewicht eines Toten, und kriecht voran in Richtung Berg. »Und jetzt komm. Wir müssen weiter.«

Kapitel 36

Langsamer als eine Schnecke schiebe ich mich zwischen den Toten hindurch. Anders' Nebel umschließt uns, und ich atme seine feuchte Kälte, als steche jemand frostüberzogene Nadeln von innen gegen meine Kehle. Kein Feuer, keine Wärme. Ich verschließe mich vor der Magie, auch wenn sich alles in mir danach verzehrt, mich ihr zu öffnen und zu brennen. Wenn ich einmal stark war, so ist davon nichts geblieben. Nichts außer Angst von solchem Ausmaß, dass sie mir fast die Besinnung raubt. *Sie dürfen mich nicht bemerken.* Das Gewicht der Leiche erdrückt mich. Meine Knie und Hände scheinen am Schnee festzukleben, als würde dieser trotz all meiner Bemühungen unter mir schmelzen und mich verschlingen wie Morast.

Und dann habe ich es geschafft. Hinter einem Felsblock wartet Olaf auf mich, befreit mich sofort von dem Toten, als wisse er, dass ich zu schreien anfange, wenn ich ihn noch einen Herzschlag länger auf mir ertragen muss.

Eleni und Anders kommen nur wenig später bei uns an, keuchend und mit Gesichtern, die ausgehöhlt sind von Grauen. *Nur weg von hier.* Wir haben alle den gleichen Gedanken.

Olaf führt uns den Steilhang hinauf, während Anders' Nebel uns immer noch Deckung gibt. Der Dunst verwischt über uns die Lichter der Sterne und unter uns die Feuer des Lagers zu schimmernden Flecken. Bald verstummen alle Geräusche bis auf unseren Atem. Einmal kauern wir in einer Senke, als ein paar Frostseelen mit ungelenken Schritten an uns vorbeistaken.

Als sie weg sind, lässt Anders den Nebel für einen Augenblick vom Wind verwehen, damit wir einen Blick hinunter ins Tal werfen können. Die Feuerstellen flackern, ansonsten scheint das Lager ruhig.

»Von den Eisbären ist nichts mehr zu sehen«, flüstert Eleni neben mir. »Die Frostseelenreihen scheinen wieder geschlossen. Der Alfr hat wahrscheinlich genug zusammengerufen, um die Nørlaender mit einem einzigen raschen Angriff zu töten.«

Sie redet wie immer, kühl und unbestechlich in ihrem Scharfsinn. Und doch ist sie nicht mehr die, die ich zu kennen glaubte. Ich habe ihre Augen gesehen, als sie über dem sterbenden Trondur stand.

Und in diesem Moment ist mir etwas klar geworden, eine Ahnung zuerst nur, die doch so bestechend logisch ist, dass sie wahr sein muss: Sie war es. Sie war es, die Marius getötet hat. Sie hat mir das Silber verabreicht, Tag für Tag, sie hat mich in den Norden gebracht und nie aus den Augen gelassen. Sie gehört zur Cathedra Genéa. Vielleicht ist sie sogar eines ihrer führenden Mitglieder. Denn mit weniger würde sie sich nicht zufrieden geben. Nicht Eleni.

Sie wirft mir einen Blick zu, prüfend, neugierig, und mir entringt sich ein Stöhnen. Etwas blitzt in ihren Augen auf: Sie weiß, dass ich es weiß. Doch als Olaf uns weiter über den Berghang führt, folgt sie ihm ohne ein Wort. Mit ihrer kalten, tödlichen Akribie, die ich einst für liebenswerte Exzentrik hielt, hat sie beschlossen, stillzuhalten und zu warten, wie ich reagiere. Ich bin so wütend auf sie, dass ich innerlich bebe wie ein Vulkan kurz vor dem Ausbruch. Ich will sie anschreien und zugleich die Zeit zurückdrehen. Doch die Welt dreht sich nicht um meine Bedürfnisse oder um Freundschaften, das tat sie nie. Sie bewegt sich unablässig nur auf eines zu: den Kampf, der vor Anders und mir liegt.

»Da kommt jemand«, flüstert Anders plötzlich.

Zwei gedrungene Schemen bewegen sich durch den Schnee, mit langen, geduckten Sprüngen. Ma Fredriks Vargs. Da die Frostseelen sie ignorieren, konnten sie uns offensichtlich mühelos folgen. Ich spüre einen Kloß in der Kehle. Sie sind treuere Freunde, als die Menschen es mir waren. Anders streckt eine Hand aus und streicht dem einen über das Fell, was der mit einem leisen Schnauben erwidert.

»Wir müssen weiter«, sagt Olaf. »Wir sollten an der Feste sein, bevor die Sonne aufgeht.«

Anders mustert ihn misstrauisch. Ich packe ihn am Arm, und als er mich anschaut, schüttle ich sachte den Kopf. *Keine Fragen.*

»Gehen wir«, sage ich. »Olaf, du voran.«

Anders blickt mich ungläubig an. Ich halte ihn lange genug zurück, um mit ihm während der nächsten Schritte ein paar hastig geflüsterte Worte zu wechseln.

»Ich traue ihnen beiden nicht«, raune ich ihm zu. »Aber wir dürfen keine Zeit verlieren. Außerdem haben wir die Vargs und die Amulette, sie können uns nichts anhaben.«

»Bist du dir sicher?« Seine Schritte werden langsamer. Als der Nebel über ihm für einen Augenblick aufreißt, glitzert Sternenlicht in den Eiskristallen auf seinen Wimpern. Sein Mund ist nur ein zusammengepresster Strich. Er weiß noch nicht, was ich über Eleni weiß. Doch Olaf traut er überhaupt nicht, so viel ist sicher. Endlich nickt er. »Bleiben wir wachsam.«

Wir folgen dem Abhang nach Norden. Die Vargs halten sich an Anders und mich. Das Tal wird flacher und breiter, je weiter wir kommen, doch Olaf vermeidet es, uns in die Talsohle zu führen. Dort unten zwischen den Felsen streifen Frostseelen herum. Scheinbar ziellos, einzelne, taumelnde Gestalten. Doch ich bin sicher, dass sich das ändert, wenn sie uns entdecken.

Die Lichter des Lagers sind längst hinter dem Dunst verschwunden. Olaf eilt zielstrebig voran, Eleni folgt ihm dicht auf den Fersen. Arbeiten sie zusammen? Arbeiten sie gegen uns? Obwohl ich mehr darüber nachdenken sollte, was uns erwartet, lassen mich die Grübeleien über die beiden nicht los.

Wir biegen um einen Felsen, der aussieht wie ein kauernder Riese. Olaf hält so abrupt an, dass sich sein Fellmantel aufbauscht wie unter einem plötzlichen Windstoß. Ich fahre zusammen. Feuer lodert in mir auf, entfacht von der gleichen unsichtbaren Böe.

Frostseelen. *Viele.* Manche torkeln über den Abhang, stoßen zusammen, entfernen sich wieder, andere stehen und schlenkern orientierungslos mit den Armen, werfen die Köpfe hin und her wie Boote auf den Wellen, wie ein irrsinniger Tanz zu einer nur für sie hörbaren Melodie. Eine Versammlung? Eher ein Auffangort für jene Toten, die der Alfr gerade nicht braucht.

»Zurück«, zischt Olaf. Vorsichtig setzen wir unsere Füße nach hinten, ein Schritt nach dem anderen. Dann taumelt einer der Toten direkt auf uns zu. Wir erstarren. Beinahe sieht es aus, als ob die Frostseele uns imitiert, denn auch sie hält plötzlich inne – doch nur für einen Moment. Ihr Kopf ruckt in die Höhe. Mit welchen Sinnen auch immer – sie hat uns als lebende Menschen erkannt. Mit einem riesigen Satz springt sie Olaf an, landet auf ihm, umklammert ihn wie ein tollwütiger Affe mit seinen monströs langen Armen. Schon wenden sich die anderen Frostseelen nach uns um.

Eleni rennt an mir vorbei. Ich drehe mich nicht nach ihr um. Wenn sie flieht, wird ihr das nicht viel bringen. Es gibt keinen Ort, an den sie in dieser Einöde hinkann. Die Vargs fletschen die Zähne, stellen sich angriffsbereit neben Anders und mich.

Magie rast durch mich hindurch, Feuer lodert aus meinen Händen, ein Flammenstoß, der zwei Frostseelen verzehrt, noch ehe sie auf zwanzig Schritt herangekommen sind. Doch schon rennen die nächsten auf uns zu. Anders reißt die Arme hoch. Eiszapfen schießen aus seinen Fingerspitzen, zischen durch die Luft und durchbohren ihre Stirne.

Nur aus den Augenwinkeln sehe ich, wie die Vargs nach weiteren schnappen, wie sich ihre Kiefer um Köpfe schließen und sie zermalmen. Ich sehe Olafs Schwert blitzen – wie hat er sich nur aus dem Griff des Toten befreit? – und Anders einen Eisstachel schwingen.

Eine schwarze Hand zerrt an mir. Meine Haut glüht auf und steckt den Angreifer in Brand, noch während ich ihn wegstoße. Dann wird Anders von meiner Seite gerissen. Drei, vier Frostseelen stürzen sich auf ihn, bedecken ihn mit ihren mageren Körpern.

Ich schreie seinen Namen, während ich mich gegen meine eigenen Angreifer wehre, stoße sie mit glühenden Händen zurück. Doch ehe ich Anders erreiche, bäumt er sich auf. Die Toten werden von ihm abgeworfen, krachen rücklings in den Schnee.

Er springt in die Höhe. Eiskristalle überziehen sein Gesicht und seine Hände, dann seine ganze Gestalt. Er stößt einen tonlosen, klirrenden Schrei aus, eine weiße Wolke, die uns alle umfängt. Das Feuer in meinen Händen fällt in dem eisigen Wind in sich zusammen wie gefrorener Staub. Ich weiß, was er getan hat: Er hat das Amulett freigelassen, und dessen Kraft tost durch ihn hindurch.

Eiszapfen schießen aus seinen Armen wie die Stacheln einer Drachenechse, zischen durch die Luft und bohren sich in die Körper der Toten. Jene, die ihn berühren, werden selbst zu Eis, gehen knackend und brechend zu Boden.

Jemand hinter mir jault. Die Vargs. Sie kauern auf dem Boden, kriechen von Anders weg. Auch Olaf stolpert zurück, mit einem Gesicht, bleicher als der Schnee.

Das Amulett zehrt von ihnen, bedient sich ihrer Lebenskraft.

»Anders«, schreie ich. Doch er hört mich nicht. Er ist eine eisige Statue inmitten eines Sturms, berstend vor Zorn. Er hat die Kontrolle verloren.

Ich muss ihn aufhalten. Ich lasse mein Feuer durch mich hindurchjagen, sammle seine Kraft in mir und stemme mich gegen Anders' tosendes Inferno. Schnee umwirbelt mich, ein schrilles Heulen erfüllt meine Ohren, Eissplitter schneiden in mein Fleisch. Meine Haut zischt, als Kälte auf Hitze trifft, Bäche von Wasser rinnen an mir herab und gefrieren zu meinen Füßen wieder. Das Eis ist stärker als ich.

Ich atme Schnee, meine Knochen gefrieren, meine Haut vereist. Ich spüre die Kälte nicht mehr, genauso wenig wie Eis den fallenden Schnee spürt.

Doch obwohl ich nichts sehe, nichts fühle, kennt mein Körper die Antwort. Meine Finger schließen sich um das goldene Amulett. Wie von selbst findet es den Weg durch meine Lippen in mein eiskaltes Inneres, gelb blitzend und gierig. Schmerzhaft lodert mein Blut auf. Ich greife durch den Winter und packe Anders an der Hand.

Licht bricht aus meinen Händen und auch aus seinen. Blendend hell und in klaren Farbtönen leuchtet es; rot und blau und dann in einem tiefen Violett, dem Farbton, den ich bei den Frostseelen gesehen habe. Er ist kalt und warm zugleich. Eis und Feuer erlöschen wie Kerzenflammen im Wind, hinweggefegt von dem Licht, das von uns beiden ausgeht. Dabei ist es still, so ruhig und unwirklich, als wäre die Welt unter Wasser.

Ich sehe Frostseelen, die auf uns zurennen. Ihre Bewegungen wirken verlangsamt. Ich strecke die freie Hand gegen sie aus, und kristallene Strahlen fließen aus meinen Fingerspitzen, fliegen auf die Toten zu. Sie umhüllen ihre Körper. Im nächsten Augenblick zerspringen die Frostseelen und zerstäuben im Wind, tausend schwarze Fetzen wie Flocken von Ruß.

Anders keucht und dreht sich zu mir. Er ist keine Eisfigur mehr, sondern der Junge mit den Rabenaugen, sein Haar flattert wie schwarze Federn in einem unsichtbaren Wind. Eine seltsame Traurigkeit erfasst mich. Ich möchte ihn umarmen und küssen, seine Stimme in mein Ohr wispern hören. Doch dies ist nicht die Zeit dafür, und vielleicht wird sie niemals kommen. Wir sind im Krieg, wir sind Feuer und Eis. In seinen

Augen lese ich die gleiche Wahrheit. Violettweiße Lichtstrahlen flirren von unseren Händen, Tote sterben, Schnee leuchtet in einem wirbelnden Farbenstrudel, und wir schauen uns an, als wäre die Zeit nur ein Spiegel, der nichts zeigt als uns selbst.

Dann höre ich eine Stimme, weit weg, doch so drängend, dass sie den Bann durchdringt. Sie ruft unsere Namen, wieder und immer wieder.

Anders lässt mich als Erster los. Sofort erlischt das Leuchten. Ich spucke das Amulett auf meine Hand und spüre plötzlich die nasse Kälte meiner Kleidung. Tote Frostseelen türmen sich um uns in einem Haufen aus zerfetztem Fleisch. Der Geruch von Tod umgibt uns. Ich muss würgen. Olaf lehnt an einem Fels, zitternd, die Arme um sich geschlungen, sein Gesicht schneeweiß und hohlwangig.

»Ihr verrückten Menschen«, keucht er, und doch meine ich Ehrfurcht in seinem Blick zu lesen, wenn das bei ihm überhaupt möglich ist. »Ihr habt die Amulette zusammengebracht.«

»Oh nein«, stößt Anders aus und eilt an mir vorbei ins Dunkel, zu den Vargs. Er geht vor ihnen in die Knie. Sie sind tot. Ich spüre es, wie ein kalter Hohlraum in der Luft, wo vorher noch Leben war. Anders streicht über ihr Fell, und seine entsetzte Miene zeigt mir, dass er es auch weiß. *Wir haben sie getötet.*

»Eleni.« Ich fahre herum, Furcht gräbt sich in mein Herz. »Eleni«, rufe ich erneut.

Dann höre ich ein leises Stöhnen. Sofort stürme ich los. Sie liegt vierzig Schritt entfernt, hinter einem Felsen. Ein kleines, verlorenes Bündel im Schnee. Halb über ihr liegt eine Frostseele oder vielmehr das, was von ihr übrig ist, nachdem sie in unserem Licht zerborsten ist.

Als ich Eleni unter den Leichenteilen hervorziehe, flattern ihre Augenlider. Ihre Lippen sind grau, ebenso ihre Wangen. Sie kämpft, ich sehe es. Sie kämpft um den letzten lebenserhaltenden Funken, mit der zähen, sich selbst heilenden Kraft einer Heilerin. Doch ich spüre, wie das Leben aus ihr herausrinnt, ein dünner Faden Magie, ein Streicheln in der Luft, das wie eine Rauchsäule im Dunkel zerfasert.

Olaf und Anders eilen an meine Seite. Tränen rinnen über meine Wange. Haben wir sie umgebracht? Oder war es die Frostseele, die ihr das Leben schon geraubt hatte, ehe wir sie erwischten? Ich werde es nie erfahren.

Anders flüstert meinen Namen und will mich von ihr zurückziehen. Da packt Eleni meine Hand. Sie schlägt die Augen auf und schaut mich an.

»Du weißt es«, murmelt sie.

Ich lese in ihrem Blick, was sie meint. Will sie ihr Herz davon freimachen, ehe sie stirbt?

»Warum?«, flüstere ich. »Warum hast du Marius umgebracht?«

»Weil er uns verraten hat.«

»Er war verzweifelt, er hielt uns für verloren.« Die Worte kommen nur schwer über meine Lippen. Ich will nicht mit ihr streiten, ich will sie retten. Doch das kann ich nicht. Und Reden ist offensichtlich ihr letzter Wunsch.

»Es ging ums Prinzip.« Sie verzieht den Mund wie unter Schmerzen. Doch ihr Blick lässt meinen nicht los. »Er hat ihren Namen verraten, das hat er mir gestanden, als ich ihn zur Rede stellte.«

»Den Namen der Cathedra Genéa.« Ich hole tief Luft. Ich weiß nicht, wie viel Zeit ihr noch bleibt, doch ich will es wissen. »Du hast mich mit Silber betäubt, damit ich das Ausmaß meiner Kräfte nicht erkenne.«

Sie nickt.

»Du hast die Freundschaft mit mir geheuchelt, um an meinen Vater heranzukommen.«

»Nicht nur … geheuchelt.« Sie atmet flach.

Ich bin nicht sicher, ob ich ihr glauben kann. Ich kenne sie nicht mehr.

»Worum geht es euch wirklich?«, flüstere ich. »Warum jagt ihr meinen Vater?«

»Schützen die Republik.« Ihre Augenlider flattern. »Vor zu viel Wissen.«

»Dass ihr die Wahrheit vertuschen wollt, weiß ich schon«, stoße ich aus. »Das Wissen um die Alfr, die Portale und die Magie – es könnte die Republik zum Einsturz bringen. Doch dafür müssten keine unschuldigen Seher und Eismagier ermordet werden. Sag mir alles.«

Ihr Mund verzerrt sich zu einem Lächeln, in dem weder Wärme noch Liebe liegt. Nur kalte, eifrige Siegesgewissheit. »Wollen … entschlüsseln. Wahre Kraft.« Ihr Blick wandert zu Anders. Ihre eigene Kraft reicht nur noch, um die Worte einzeln herauszustoßen. »Ursprung der Magie. Wir sagen An-Trieb dazu. Experimente. In Othon.«

Die Käfige in Laboratorium. Ich erinnere mich daran. Haben sie dort die verschwundenen Eismagier und Seher eingesperrt und an ihnen Versuche durchgeführt, mit dem Ziel, Magie zu destillieren? Ich muss würgen vor Abscheu.

»Mein Vater.« Das ist das Letzte, das ich von ihr wissen will. »Wer ist er?«

Ihr Blick flackert, und ihre Lider sinken so langsam nieder, dass ich schon glaube, ihre Augen bleiben für immer geschlossen. Doch dann reißt sie sie noch einmal auf, und ihr Blick ist ein letztes Mal klar. Klug und blau und seltsamerweise traurig.

»Er.« Sie wispert so leise, dass ich es kaum mehr höre. Ihre Augen irren an mir vorbei. Zu Olaf. »Lys.« Nur ein Hauch, der ihre Brust senkt. Danach hebt sie sich nicht mehr.

Tränen laufen heiß über meine Wange. Wo mein Herz gewesen ist, spüre ich einen Stein, und in meinem Mund den trockenen, pappigen Geschmack von Asche. Eleni ist tot. Ich will mich mit ihr unter dem Schnee begraben, um den Schmerz nicht fühlen zu müssen. Stattdessen nehme ich mit tauben, schweren Fingern ihre Hände und falte sie auf ihrer Brust.

Dann drehe ich mich um zu den beiden Männern hinter mir, stockend, denn jede Bewegung tut mir weh. *Lys.* Ich will nicht darüber nachdenken, was das bedeutet, fühle mich in meiner Trauer viel zu durcheinander. Doch die Wahrheit entsteigt der Dunkelheit, so wie Konturen in einem finsteren Raum, wenn meine Augen sich an die Schwärze gewöhnen.

Und Anders weiß es. Beide Männer wissen es.

Er packt meine Hand, zieht mich auf die Beine. »Wir müssen gehen«, flüstert er. »Der Kampflärm lockt sicherlich weitere Frostseelen hierher.«

Er hat recht. Doch ich kann mich nicht bewegen, stehe wie eingefroren.

»Wir müssen das Vögelchen verbrennen, bevor es vielleicht wieder aufsteht.« Olaf streift seine Kapuze zurück und schaut mich an, mit seinen magnetischen Augen, fordernd und forschend zugleich. *Ihr könntet Geschwister sein,* höre ich Elenis fröhliche Stimme rufen wie einen Geist aus der Vergangenheit.

Doch ich wende mich ab, ich kann mich der Wahrheit nicht stellen. »Ich tu es«, flüstere ich. Und dann strecke ich die Hand aus und lasse Funken auf Eleni niedergehen, auf ihr kindliches, spitzes Gesicht.

Sie hätte sich eine Verbrennung gewünscht. Wir bauen unseren Toten keine Friedhöfe oder verewigen ihre Gesichter in Eis. Wir liefern sie im Amt der Hochöfen ab, und danach sollen wir sie rasch vergessen. Doch wie soll ich Eleni vergessen? Ich habe doch noch nicht einmal begriffen, dass sie fort ist.

Ich schluchze auf, als die Flammen um sie hochlodern und sie einschließen in eine verzehrende, heiße Umarmung. Anders packt mich an den Schultern und zieht mich fort, zieht mich durch die Ödnis und das kalte Licht der Sterne.

Ich weiß nicht, wie oft ich stolpere. Ich weiß nicht, wie oft wir uns hinter Felsen ducken, wenn Tote vorbeitaumeln.

Tränen gefrieren auf meinen Wangen. Über uns ziehen die Sterne ihre glitzernde Bahn.

Dann endlich kauern wir uns in den Windschatten eines Felsens, der leicht erhöht liegt und einen guten Blick über diesen Teil des gewundenen Tals bietet. Erst jetzt merke ich, wie erschöpft ich bin.

Doch ich werde keine Ruhe finden. Nicht, ehe ich die volle Wahrheit weiß.

Ich schaue Olaf an. Sein Gesicht ist so makellos wie das Sternenlicht. Sein helles Haar schimmert trotz der Nacht in allen Schattierungen von Gold. Es ist fast, als hätte er einen Mantel abgeworfen und seine wahre Gestalt kommt darunter das erste Mal zum Vorschein. Den Mantel der Menschlichkeit.

Vater. Winde flüstern das Wort, ein Murmeln über dem Schnee.

»Das kann nicht sein«, flüstere ich. Ich will aufspringen und vor ihm wegrennen. Er ist ein Ungeheuer. Ich kenne ihn nicht; ich kenne mich selbst nicht. »Du bist ein Alfr«, flüstere ich.

Und was bin ich?

»Thea.« Seine Stimme klingt, als wolle er seine Hand nach mir ausstrecken, doch er tut es nicht.

Und plötzlich ist Anders da und hält einen Eiszapfen, spitz wie ein Stachel, an Olafs Hals. Sein Tatovering leuchtet, und sein Gesicht ist ebenso bleich wie meines sein muss. »Beweg dich nicht«, flüstert er. »Bist du wirklich ihr Vater?«

»Ja.« Olaf seufzt. Er hebt eine Hand. Eine kleine Leuchtkugel steigt auf und verharrt über uns. In ihrem Licht verändern sich seine Augen; etwas kaum Spürbares, wie eine Luftveränderung legt sich über sie, und sie werden Türkis. »Natürlich bin ich es, ihr Dummerchen.«

Ich balle die Fäuste. »Warum bist du hier?«, zische ich. »Was willst du von mir?«

Er hebt die Schultern und lässt sie wieder sinken. Seine Augen huschen über mich hinweg, als suche er nach Worten, um seine allzu komplizierten Beweggründe zu erklären. Doch als er sie schließlich ausspricht, klingt es einfach. »Ich will nach Hause.«

Das wollen wir alle. Doch ich sage es nicht. Er redet nicht von unserer Welt.

»Erkläre es uns«, stößt Anders aus. Sein Eisstachel drückt gegen Olafs Hals.

»Das werde ich«, antwortet Olaf. »Aber glaubst du wirklich, du könntest mich mit ein bisschen Wasser töten?«

Schon schmilzt der Eiszapfen an seiner Kehle und rinnt dampfend an Anders' Fingern herab. Mit einem Zischen zieht Anders die verbrühte Hand zurück. In seinen Augen lese ich das erste Mal Furcht. Ich allerdings habe keine Angst. Alles, was ich fühle ist Wut – und das Auseinanderbrechen der Welt, die um mich herum in einem Strudel versinkt.

»Eis tötet dich vielleicht nicht«, stoße ich hervor. »Aber die beiden Amulette schon.« Ich reiße meines aus der Tasche.

Olaf bewegt sich nicht, doch seine Mondlichthaut wird noch ein wenig blasser.

»Du hast das alles seit Jahren geplant, habe ich recht?«, flüstere ich, warte allerdings auf keine Antwort. »Und meine Mutter? Hast du sie gezwungen?«

Olaf hebt die Augenbrauen, mustert mich beinahe spöttisch. Natürlich hat er das nicht. Er hat sie betört, so wie er alle auf unserer Reise betört hat. Bis auf mich. Ich will aufspringen und ihm an die Kehle gehen, doch ich kann nicht. Meine Beine tragen mich nicht.

»Ich mochte sie«, sagt er, jedoch ohne spöttischen Unterton. »Ein Rehkitz war sie, scheu und zart, aber mit starkem Willen. Wir trafen uns immer auf einer Waldlichtung im Deamhain, wo die Schicht zwischen den Welten dünner ist als anderswo.«

Ich ringe nach Atem. Ich weiß, welche Lichtung er meint. Weil es mich selbst als Kind dorthin zog, wenn ich traurig war, von einer seltsamen Sehnsucht nach den Melodien erfüllt, die ich im Traum hörte. *Alfr-Melodien*. Mein Herz zieht sich zusammen.

»Du hast sie benutzt!«, stoße ich aus. »Du hast ihr Leben ruiniert.«

»Wir hatten einen wunderschönen Sommer zusammen.« Er zuckt mit den Achseln. »Sie wusste, dass sie mich nicht halten kann. Dafür hat sie dich bekommen. Ich habe euch besucht, als du ein Säugling warst. Sie war glücklich.«

Glücklich. Ich schüttle fassungslos den Kopf. Meine Mutter war niemals wirklich glücklich. Und ich ebenso wenig. Wir waren Fremde füreinander. Sie schwieg, und ich richtete all meine Wünsche auf meinen Vater, weil ich glaubte, dass der die Wunden zwischen uns heilen könnte. Ich glaubte, wir bräuchten ihn. Und jetzt, da er vor mir sitzt, weiß ich, wie sehr ich mich irrte. Das ist nicht der Mann, auf den ich hoffte. Er ist so weit davon entfernt, wie es nur möglich ist. Und ich hasse ihn dafür.

»Ich werde dir niemals helfen«, flüstere ich. »Deine ganzen Lügen waren umsonst.«

Seine Augen blitzen mich an. Sein Mund verzieht sich zu seinem spöttischen Lächeln, das ich jetzt erst als das erkenne, was es ist: die Überheblichkeit eines rücksichtslosen Wesens, das die Welt als Spielplatz betrachtet. Dahinter allerdings schwingt noch etwas anderes, das er zu verbergen sucht.

Anders sieht es ebenfalls. Und schon legt er den Finger auf Olafs Schwäche. »Du willst wirklich dringend weg«, stellt er fest. »Du bist seit fünfhundert Jahren hier. Seit die Portale geschlossen wurden. Das ist eine lange Zeit, selbst für dich.«

Olaf starrt ihn feindselig an. »Lang genug, um Athosia und die Nørlande zigmal zu erkunden, falls du das meinst«, zischt er. »Ich kenne jeden Ort, jedes Versteck, das ihr aufsuchen könntet.«

»Kennst du nicht«, widerspricht Anders ruhig. »Den Gang unter Stenborg konntest du nie betreten, nicht wahr? Du bist ein Lys, das Silber der Mørk lässt es nicht zu. Du hast Thea den Geheimgang gezeigt, und dann bist du aus Stenborg geflohen, denn wir sollten von deiner Schwäche nichts wissen. Doch das ist nicht alles: Du hast die Tore für die Frostseelen geöffnet, damit sie uns in die Enge treiben. Damit uns als einziger Ausweg die Höhlen bleiben und wir dort das zweite Amulett finden.« Olaf sagt nichts, doch seine Miene zeigt, dass Anders recht hat.

»Du brauchst uns beide«, zische ich, als mir der Umfang seiner Machenschaften klar wird. »Eis und Feuer, Silber und Gold. Du hast dir deine Haare schwarz gefärbt und Anders als Kleinkind das Leben gerettet. Du hast ihn damals schon nach Stenborg geschickt. Du hast von Ma Fredriks Gasthof aus einen Eismagier das goldene Amulett aus dem Tunnel stehlen lassen, und danach hast du ihn getötet.«

Olaf runzelt finster die Stirn. Vielleicht fragt er sich, woher wir das alles wissen. Oder er überlegt, wie viel er preisgeben muss, damit wir ihm helfen. Wir sind für ihn nichts als Werkzeuge. Bitternis steigt in meiner Kehle auf.

»Er war kein Eismagier, sondern ein Brenner«, sagt Olaf widerwillig. »Er hätte beide Amulette stehlen sollen, doch der Dummkopf hat das Silberne zurückgelassen, weil es sich unangenehm angefühlt hat. Er hatte den Tod verdient.«

Ich balle die Fäuste. Doch Anders nimmt meine Hand. Er ist so viel gefasster als ich, allerdings sitzt er auch nicht seinem Vater gegenüber.

»Woher wusstest du, dass du mich vor der Klagenden Klamm gefangen nehmen konntest?«, fragt er.

»Das war ein glücklicher Zufall.« Olaf bleckt die Zähne. »Wärest du uns nicht in die Arme gelaufen, hätte ich einen Weg suchen müssen, Thea zu dir nach Stenborg zu bringen. Mir wäre schon etwas eingefallen, aber so war es leichter.«

»Und das ganze wegen der Amulette?«, presse ich zwischen den Zähnen hervor. »Hättest du dafür in all den Jahren keine anderen finden können als uns?«

»Offensichtlich nicht«, antwortet er. »Glaubt mir, ich habe es versucht, wieder und wieder. Doch die Magier in eurer Welt sind über die Jahrhunderte so schwach geworden, dass es peinlich ist, ihren stümperhaften Versuchen zuzuschauen. Ich brauchte Mischblüter. Wechselbälger, so hießen sie früher in Irelin. Nur sie tragen die sechsten Finger, nur ihre Kraft ist stark genug. Zwei aus beiden Völkern brauchte ich, dann auch noch den richtigen Zeitpunkt, um sie zusammenzubringen. Sie zu überzeugen, war das nächste Problem. Erst jetzt, während ausgerechnet Beor eure Welt verwüstet, gelang es mir.« Er lacht tonlos auf. »Welch Ironie.«

Seine gefühllosen Worte schneiden mir wie Klingen ins Herz. »Also sind wir nicht die Ersten«, flüstere ich. »Die du dafür benutzen wolltest. Wie viele Kinder hast du gezeugt? Wie viele hast du getötet?«

An seinem Blick sehe ich, dass er nicht antworten wird. Und das ist vielleicht auch besser so.

»Ich bin kein Alfr-Kind«, wendet Anders ein.

»Aber ein unglaublich starker Enkel.« Angesichts Anders' fassungslosem Gesichtsausdruck wird Olafs Lächeln wieder breiter. »Dachtest du, ich wäre der einzige Alfr, der nach der Schließung der Portale in eurer Welt blieb? Mehr als ein Dutzend waren wir. Manche blieben, weil sie aus Álfheimr verbannt worden waren, andere, weil sie die magischen Elemente nicht zurücklassen konnten, und wieder andere, weil sie die Menschen zu sehr schätzten. Deine Großmutter Algea gehörte zu Letzteren.«

»Sie war meine Urgroßmutter«, widerspricht Anders. »Airin war meine Großmutter.«

Olaf schüttelt grinsend den Kopf. »Algea und Airin sind dieselbe Person. Zu verschwinden und ihr Kind anonym an einer Tempelpforte abzugeben, um dann einige Jahre später dessen Identität anzunehmen, das war ihre bevorzugte Vorgehensweise, damit ihr fehlendes Altern nicht auffiel.«

Anders erstarrt in bestürztem Schweigen. Ich muss an die gläserne Airinstatue denken, an die zeitlose Schönheit ihrer stolzen Züge. Beinahe habe ich Mitleid mit ihr.

»Die Cathedra hat sie aufgespürt und getötet«, murmele ich. »So wie sie es bei dir auch versuchen.«

»Algea war sowohl leichtsinnig als auch starrköpfig.« Olaf seufzt. »Typisch für die Mørk aus dem Geschlecht des Wassers. Sie wollte sich nicht von ihren Fingern trennen, obwohl ich ihr zeigte, was die Heiler des Südens alles vollbringen können.« Er hebt seine Hände. Zehn Finger. Und keine Narbe, nichts, das verraten würde, dass dort jemals mehr Finger waren. Olaf sieht traurig aus, das erste Mal, seit ich ihn kenne.

»Ihr wart Freunde«, flüstere ich ungläubig.

»Feindschaften verblassen, wenn man allein unter Sterblichen lebt«, erwidert er schroff. »Und wenn man von Fanatikern gejagt wird. Vor hundertfünfzig Jahren schlossen sich einige von uns zusammen, um gegen die Cathedra zu kämpfen. Doch diese Organisation ist wie eine Basiliskenechse aus unserer Heimat. Wenn man ihr einen Kopf abschlägt, wachsen zwei andere nach. Sie fanden uns fast alle, und sie hatten Netze und Klingen aus Silber und Gold.«

»Du bist der Letzte?«

»Das glauben sie zumindest. Meine Stärke ist, dass ich mich anpassen kann.«

»Du hast für die Cathedra als Kopfgeldjäger gearbeitet«, stellt Anders aufgebracht fest.

Olaf nickt. Er blickt über den Talgrund Richtung Süden, wo wir Eleni zurückgelassen haben. »Kenne deinen Feind. Sie haben niemals Verdacht geschöpft.« Er schnaubt. »Die Paranoia eines Geheimbunds, der nicht einmal seinen Mitgliedern traut. Keiner von ihnen weiß, wer eigentlich alles dazugehört, geschweige denn, welchen Auftrag er hat. Das ist der Schrecken der Cathedra, doch auch ihre Schwäche. Kommandant Zenon wusste, dass ich manchmal für die Cathedra arbeite, so hat er mich auf die Mission in die Nørlande mitgenommen, als ich ihn darum bat. Doch er wusste nichts vom Auftrag des Vögelchens, und erst recht nichts von deiner Rolle darin, Thea. Und das Vögelchen wusste nichts über mich. Erst in Stenborg ist Eleni mir gegenüber misstrauisch geworden. Ich war unvorsichtig, und sie hat gemerkt, dass ich ein paar Dinge wusste, die ich nicht wissen konnte. Am Abend vor Marius' Tod hat sie mich einem spitzfindigen Verhör unterzogen, das mir zeigte, dass sie Verdacht geschöpft hatte. Noch ein Grund für mich, von dort zu verschwinden.«

»Hätte sie sonst versucht, dich zu töten?« Das will ich nicht glauben. Doch im nächsten Moment schüttle ich den Kopf über mich. Natürlich hätte sie ihn getötet. Sie hat ihren eigenen Cousin umgebracht. Die Eleni, die ich zu kennen glaubte, hat nie existiert.

Aber Olaf verneint. »Sie versteckte in ihrem Rucksack ein Silbernetz. Wahrscheinlich lautete ihr Befehl, mich wenn möglich lebend zu fangen. Für ihre Experimente. Natürlich hätte ich sie töten können. Aber …« Er zuckt mit den Schultern, als hätte er sie aus einer Laune heraus am Leben gelassen.

Grauen erfasst mich. Von Olaf habe ich nichts anderes erwartet. Aber Eleni? War sie wirklich so? Kaum besser als die Alfr?

Auch Anders' steinerne Gesichtszüge künden von Ekel. Er sucht meinen Blick und drückt meine Hand. Wir müssen eine Entscheidung treffen, sagen seine Augen. Doch was ist richtig, was ist falsch?

Olaf scheint meine Unsicherheit zu wittern wie ein gieriges Raubtier. »Ich werde euch helfen«, sagt er rasch. »Ihr wollt Beor ausschalten. Ich kenne eine verborgene Pforte, die in die Feste führt. Ich helfe euch, dieses verräterische Aas zu besiegen, und dafür lasst ihr mich durch das Portal, bevor ihr es schließt. Zwei Alfr weniger in eurer Welt, das sollte euch doch gefallen.« Er blinzelt mir zu. Seine Augen leuchten im Sternenlicht selbst wie zwei fremde Sterne. Sie sind leer. Es ist kein Ausdruck darin. Er fühlt tatsächlich nichts. Und deshalb hat er keine Ahnung, wie es in mir aussieht.

Schmerz und Wut vermengen sich in meinem Bauch zu einem explosiven Gemisch. *Wir werden niemals mit dir zusammenarbeiten.* Diese Worte will ich rufen, sie brennen wie Feuer in meinem Mund. Doch von einem Moment auf den anderen ist die Unsicherheit verschwunden. Die Wut hat sie verbrannt wie einen dürren Ast. Ich weiß wieder, wer ich bin und was ich will. Und ich weiß, dass diese Worte nicht richtig wären. Wir brauchen Olafs Wissen. Ich bin in den Norden gekommen, um für meine Republik zu kämpfen. Und jetzt will ich die Menschen des Nordens retten, vor dem Fluch der Frostseelen und vor der Knechtschaft der Alfr. Ich habe keine andere Wahl, als das zu wollen. Denn was auch immer mein Vater ist: Ich bin nicht wie er. Ich bin ein Mensch.

Und mit diesem Gedanken beruhigt sich etwas in mir. Meine zur Seite gekippte Welt richtet sich wieder, und dieses Gefühl erleichtert mich so, dass ich zum ersten Mal seit einer Ewigkeit tief durchatmen kann. Das heißt allerdings nicht, dass ich Olaf einfach nachgebe. »Warum solltest du dich gegen Beor stellen?«, frage ich. »Gegen einen aus deinem Volk? Wer sagt uns, dass du uns nicht betrügst?«

Statt einer Antwort steht Olaf auf und späht in die Dunkelheit. Meine Frage zeigt ihm anscheinend, dass wir seinem Vorschlag folgen werden, und deshalb will er nichts mehr sagen.

Anders drückt meine Hand, dann lässt er sie los. Er hat sie die ganze Zeit gehalten, als wären wir Kinder. Und für einen Uralten wie Olaf sind wir das wohl auch. Doch da irrt er sich.

Mit einem federnden Sprung ist Anders auf den Beinen, und ich erhebe mich ebenfalls. Seine Miene zeigt ein feines Lächeln. Er hat einen Trumpf im Ärmel, und jetzt zieht er ihn.

»Du hasst Beor«, sagt er beinahe sanft zu Olafs Rücken. »Weil er schuld ist, dass du hier bist.«

Olaf fährt herum. Seine Hände brennen plötzlich lichterloh, in einem helleren, gleißenderen Feuer als es meine je vermochten. Seine Macht ist ein plötzlicher Windstoß, der uns fast von den Beinen fegt.

»Du hast recht«, zischt der Alfr. »Die Lügen dieses verleumderischen Mørk haben dafür gesorgt, dass mein Vater mich aus Álfheimr verbannt hat.«

Anders nickt. »Niemand darf dir so etwas antun«, murmelt er. »Nicht dir.«

»Niemand«, stößt Olaf aus. Wut leuchtet aus seinen Augen und lässt sein Haar wie Flammen wirbeln. »Denn ich bin Leifr Lichtbringer«, knurrt er. »Der Heerführer der Veolur-Feuerkrieger. Ich bin der Kronprinz der Lys.«

Kapitel 37

Fünf Stunden später erklimmen wir eine schroffe Felsklippe, dann stehen wir an der Mauer der Feste. Olafs verborgene Pforte ist auf der dem Tal abgewandten Seite, wo die weiße Eiswand der Feste an die dunklen Berge stößt. Zwei Frostseelen stehen direkt davor wie steinerne Statuen, doch noch ehe sie uns bemerken, lässt Anders einen Regen von Eisstacheln auf sie niedergehen, der sie umwirft und auf den eisharten Boden nagelt. Wir töten sie nicht; wir wollen keinesfalls Beors Aufmerksamkeit wecken, der vielleicht ganz in der Nähe ist. So schnell wir können, huschen wir an ihren aufgerissenen Mündern vorbei durch die Pforte. Sofort bohrt die Kälte ihre Klauen in mein Gesicht. Ich ziehe den Schal bis zur Nase. Olaf fröstelt ebenfalls. Nur Anders geht mit hoch erhobenem Kopf, leicht und selbstsicher wie ein Tänzer, der eine Bühne betritt.

Wir stehen in einem Korridor mit hohem Gewölbe, der sich in beide Richtungen davonschlängelt. Es sollte dunkel sein, dunkler als die immer noch sternklare Nacht draußen. Doch hier herrscht ein unwirkliches, fahles Licht, ein Schimmern, das von den Wänden ausgeht, als hielten sie den Glanz des Wintermonds gefangen. Sie sind aus purem Eis, ohne Fugen oder Unebenheiten, nur glatte, kalte Oberflächen. Eis, so milchig, als hätten die Jahrhunderte es eingetrübt.

Anders legt eine Hand darauf, und das Eis weicht zur Seite, sodass seine Finger in der Wand versinken. »Das Wasser singt«, flüstert er. Seine Rabenaugen sind schwarz in dem fahlen Licht, doch ich meine Sehnsucht darin zu lesen. »Noch nie habe ich solche Melodien gehört. Das ist eine unglaubliche Magie.«

Plötzlich habe ich Angst, er könnte in der Wand verschwinden und selbst zu Eis werden. Als ich ihn an der Schulter packe, zuckt seine Hand zurück; die Wand ist wieder hart und glatt, als hätte er sie nie berührt.

»Wir müssen weiter«, flüstert Olaf. Er ist ein Feuermagier. Er fühlt sich hier anscheinend ebenso unwohl wie ich.

Leifr. Ich bin froh, wenn er bald wieder aus meinem Leben verschwindet. Nach dieser Enthüllung ließ sich Olaf nichts mehr von Anders entlocken. Ich selbst schwieg, während wir die Einöde des Narviktals zur Feste durchwanderten und zwischendurch für zwei Stunden eine Rast einlegten. Ich schlief tatsächlich ein, so ausgelaugt war ich. Doch nun wirbeln meine Gedanken wieder in meinem Kopf umher. Ich erinnere mich gut an Geirs Aufzeichnungen über Leifr. Der jähzornige Feuerkrieger. Der Mann, der gemeinsam mit Beor erst Tiere folterte und dann beschloss, Blutmagie an Menschen auszuprobieren. Er behauptet, er wisse nicht mehr viel von den Beschwörungen dieser Zeit. Vielleicht stimmt das sogar. Er erscheint mir nicht wie einer, der lange grübelt. Darin ähnele ich ihm. Bei diesem Gedanken zucke ich innerlich zusammen.

Doch seltsamerweise befreit mich das Wissen über ihn auch. Nichts war schlimmer als die Ungewissheit. Ich weiß jetzt, wer mein Vater ist, und ich weiß, das verpflichtet mich zu nichts. Er hegt offensichtlich keine väterlichen Gefühle für mich, und ich fühle mich keineswegs wie seine Tochter. Den Kampf, der vor uns liegt, müssen wir gemeinsam ausfechten, und dann wird er gehen. Mehr als das werde ich nie von ihm haben, und ich will es auch nicht.

Wir folgen ihm durch den dämmrigen Korridor, der sich in irrwitzigen Kurven weiter und weiter windet, als wären wir bereits in einer anderen Welt. Kalte Winde winseln wie Vargs und streichen an uns vorbei, aus den unmöglichsten Richtungen kommend. Schon seit einer Weile gibt es keine Fenster nach draußen mehr. Durch Durchgänge blicke ich in Hallen, in denen Schnee herumwirbelt, ohne jemals den Himmel zu sehen. Es ist ein Labyrinth aus leeren Sälen und verschlungenen Korridoren, und manchmal spiegeln wir uns in den Eiswänden, sodass ich geisterhaft verzerrte Schemen vorbeihuschen sehe, mit bleichen Wangen und in meinem Fall einem Blick voller Furcht.

Wieso begegnen uns keine Frostseelen? Weiß Beor bereits, dass wir kommen? Dann laufen wir in eine Falle. Doch vielleicht haben wir Glück; vielleicht hat er so konzentriert das Feldlager im Auge behalten, dass er den Aufruhr in seinem Sammellager nicht bemerkte. In zwei Dingen war sich Leifr relativ sicher: Beors Macht reicht nicht über das Tal hinaus. *Er hätte den Feldzug nie so nah herangelassen, wenn er nicht müsste.* Und: Er kann nicht durch mehrere Frostseelen gleichzeitig blicken. Auch wenn er ein Blutmagier mit tausend toten Gliedern ist: Er hat nur zwei Augen und einen Kopf, so wie wir.

Endlich stoßen wir wieder auf Fenster, die hinaus in die Nacht zeigen. Ich sehe einen Hof, der ins fahle Glitzern der Sterne getaucht ist. Die Frostseelen glitzern allerdings nicht. Ihre dunklen Gestalten taumeln ziellos über den Hof wie die Horde, die wir vorhin mit den Amuletten bekämpften. Doch in einem Punkt unterscheiden sie sich von ihnen. Mein Herz pumpt einen Schwall Eiswasser in meine Adern. Es sind allesamt Soldaten der Achten Division. Ihre Schultern sind gekrümmt, und ihre Häupter pendeln wie abgebrochene Blütenköpfe hin und her, doch ihre Arme zeigen strikt nach unten, und sie bewegen sich in kleinen Gruppen umher. Auf gespenstische Weise ähneln sie damit den athosianischen Formationen – als könnte sich irgendein Teil von ihnen daran erinnern, ein Rest von Instinkt in ihren toten Gehirnen. Ich bin froh, dass Ian nicht hier ist. Es hätte ihn umgebracht, sie so zu sehen.

»Dort drüben ist das Haupttor. Es war immer mit einer massiven Kette verschlossen«, flüstert Leifr und zeigt durch die Fensteröffnung nach Süden. »Eismagier sicherten es vor zwei Jahrhunderten, weil sich in diesen Korridoren immer wieder vorwitzige Entdecker verirrten und dabei den Verstand verloren. Doch jetzt steht es offen.« Ich kneife die Augen zusammen und sehe tatsächlich einen großen dunklen Umriss innerhalb der schimmernden Mauer, dort wo die Nacht durch das offene Tor hineinfällt.

»Ich glaube nicht, dass Frostseelen in der Lage wären, das Tor zu öffnen«, wispert Anders. »Wir haben nicht gesehen, dass sie unter Beors Einfluss zu etwas anderem in der Lage sind, als sich zu sammeln, zu marschieren, zu verharren und zu verzehren. Wie wir bereits dachten: Er muss lebende Gehilfen haben.«

»Beeilen wir uns lieber.« Leifr setzt sich wieder in Bewegung. »Bis zur Dämmerung haben wir noch zwei Stunden, und wir haben einen langen Aufstieg vor uns. Das Portal ist im obersten Stockwerk des höchsten Turms.«

Wir eilen weiter, bis der Korridor an einer Treppe endet, die sich nach oben und unten windet wie eine Spirale aus Eis. Eine Frostseele taumelt die breiten Stufen hinab, und sie bemerkt uns, bevor wir uns verstecken können. Sofort steuert sie zielstrebig auf uns zu. Als ich ihre Gesichtszüge erkenne, weiche ich mit einem Keuchen zurück. Es ist Aris, der dickbauchige Heilerhauptmann Aris, der mit Malefi das Kommando über uns Rekruten hatte. Jetzt hängt ihm der einst gepflegte Schnurrbart wie ein blonder Fetzen über dem Mund, und seine weißen Wangen sind von Stoppeln bedeckt. Ich kann ihn nicht bekämpfen, nicht ihn.

Anders springt mit ausgestreckten Armen an mir vorbei. Ein Block aus Eis trifft Aris im Gesicht, sodass er polternd niederfällt. Anders geht auf die Knie, legt eine Hand auf die Stufen. Eis breitet sich blitzschnell über Aris Körper aus, wächst aus der Treppe, dort wo Anders sie berührt, über den ehemaligen Heiler wie eine wuchernde Pflanze, bedeckt ihn ganz und gar und presst ihn bewegungsunfähig auf den Boden. Wie die Leichen in Stenborg liegt er nun da, nur seine blinden Pupillen, die unter der dicken durchsichtigen Schicht hin- und herzucken, verraten, dass ihn kein wahrer Tod ereilt hat. Leifr stößt einen leisen Pfiff aus.

Anders' Hand liegt immer noch auf dem Eis. Seine Augen sind geschlossen, und er hält den Kopf schräg, als lausche er. »Das Eis der Feste«, murmelt er beinahe entschuldigend. »Es scheint meine Kräfte zu stärken.«

»Komm.« Ich berühre ihn kurz an der Schulter, als ich an ihm vorbeieile, hinter Leifr die Treppe hinauf.

»Wartet«, flüstert Anders mit geschlossenen Augen. »Wir müssen zuerst nach unten. Dort im Eis sind Menschen, ich kann es spüren.«

»Na und?«, schnaubt Leifr widerwillig. »Dafür haben wir keine Zeit.«

»Doch, haben wir.« Anders öffnet die Augen und richtet sich auf. »Das Eis mag sie nicht. Ihre Körper sind warm.«

Überlebende. Ich zögere keinen Herzschlag lang.

»Führe uns zu ihnen.«

Es ist nicht weit. Fünfzig steile Stufen geht es nach unten, dann durch einen weiteren Korridor, der den anderen genau gleicht. Nur dass es hier noch kälter ist. Vom Gewölbe hängen sogar Eiszapfen herab. In jeden Durchgang lugen wir vorsichtig hinein. Die Räume sind auch hier riesig, glitzernde Säle, die im gleichen unwirklichen Licht glühen wie die Korridore. Sie sind leer. Im Schneestaub, der die Böden bedeckt, sehe ich allerdings Fußspuren. Und im dritten Saal stapeln sich durchwühlte Rucksäcke. Armeerucksäcke.

Ich balle die Fäuste, und als ich weitergehe, glüht mein ganzer Körper. Wenn das Eis unter mir nicht so uralt und stark wäre, würde ich wahrscheinlich geschmolzene Fußabdrücke hinterlassen.

Dann stoßen wir auf eine Tür.

Anders bleibt stehen. »Hier«, flüstert er.

Die Tür ist aus massivem Eis wie die Wände, doch sie weist

ein Schlüsselloch auf. Und sie ist verschlossen. Ich drücke die Hände gegen das Eis. Das Eis ist stark, doch nicht stärker als meine Sturheit. Nach einer Weile schmilzt es unter meinen glühenden Fingern zu Wasser, und dann sackt die Tür in sich zusammen zu einem formlosen, nassen Klumpen.

Männer und Frauen starren mich an. Sie kauern an den Wänden eines weiteren mächtigen Eissaals, ihre Hände auf dem Rücken gefesselt. Die meisten tragen die schwarzen Umhänge der Senger, doch ich sehe auch ein paar Heiler. Ich will etwas sagen, doch aus meinem Mund kommt nur ein Krächzen. In ihren Augen ist nicht das geringste Erkennen zu lesen. Hoffnung sehe ich darin – doch auch Misstrauen ob meiner Nørlaender-Kleidung.

Leifr hinter mir seufzt und tritt an mir vorbei. Gesichter leuchten auf, als er die Kapuze von seinem Kopf streift und sie sein hellblondes Haar sehen. Doch er hat sich wieder in den Mantel der Menschlichkeit gehüllt, wirkt nicht mehr so gleißend wie zuvor. Ich habe keine Ahnung, was für eine Art von Magie dahintersteckt.

»Olaf!«, ruft einer und springt auf die Beine. Es ist Myk. Ein hohlwangiger, unrasierter Myk, der nur noch wenig mit dem vor Kraft strotzenden Minenarbeiter gemeinsam hat, dennoch ist er es. »Wie hast du uns gefunden?« Er zerrt an seinen Fesseln. Sie sind aus Silber, und von ihnen führt eine Metallkette zu einem massiven Ring in der Wand, sodass er sich kaum einen Schritt von der Mauer wegbewegen kann. Rundum befinden sich diese eingelassenen Ringe, und viele von ihnen sind leer.

»Lass mich dir helfen.« Schon bin ich bei ihm. Die Silberschnur, die sich fest in sein Handgelenk schneidet, lässt meine Hände taub werden, doch mir gelingt es, die Knoten zu lösen und ihn daraus zu befreien. Er erkennt mich immer noch nicht. Habe ich mich so verändert?

Die anderen Soldaten rufen durcheinander. Von Myk eile

ich zum nächsten. Anders hilft mir, ebenso packen die bereits Befreiten mit an, und rasch haben wir die Gefangenen losgebunden. Es sind höchstens dreißig Männer und Frauen. Stöhnend richten sie sich auf, reiben ihre Handgelenke und werfen uns Blicke zu, in denen ich Dankbarkeit, aber auch immer noch Misstrauen lese. Nach all den Tagen unter den Nørlaendern kommen sie mir nahezu zierlich vor.

»Formiert euch«, ruft einer, dem Abzeichen auf dem Mantel nach ein Hauptmann. Er steht vor der geschmolzenen Tür. Und schon eilen sie zu ihm, stellen sich in quadratischer Ordnung auf und salutieren, die Blicke auf ihn gerichtet. Jetzt stehen sie zwischen uns und dem Ausgang, was keineswegs Zufall ist.

Der Hauptmann baut sich vor Leifr auf. Er ist breitschultrig, wenn auch nicht besonders groß, und seine blaugrauen Augen sprechen von selbstverständlicher Autorität. Ein Mann aus den Hohen Geschlechtern, der es gewohnt ist zu befehlen.

»Der Dank der Republik ist dir gewiss, Fährtensucher«, sagt er forsch. Offenbar erinnert er sich an ihn noch von den ersten Tagen der Mission, als Olaf uns alle durchs Feindesland führte. »Gib uns einen Lagebericht. Sind die Befallenen noch im Gebäude?«

»Eine ganze Menge von ihnen wartet dort oben auf dem Hof«, antwortet Leifr. »Ihr solltet so schnell wie möglich von hier verschwinden. Wo ist Beor?«

»Beor?« Der Hauptmann verengt die Augen. »Ich kenne niemanden mit diesem Namen. Und wir verschwinden nirgendwohin. Wir werden die anderen nicht in Zenons Händen zurücklassen.«

»Die anderen sind tot«, sagt Leifr. Doch ich höre ihn kaum.

»Kommandant Zenon?«, krächze ich. Ich weigere mich, es zu glauben. »Ist er Beors Gehilfe?«

Das erste Mal schaut der Hauptmann mich an, dann Anders. Er wirkt kaum mehr an uns interessiert als an einer Fliege an der Wand. »Ich weiß nicht, was sie meint. Es gibt keinen Beor hier. Wer sind diese beiden?«

»Ich bin Theferia aus Irelin, Brenner-Rekrutin der Ersten Division«, stoße ich hervor. Ich schiebe meine Kapuze zurück, erst dann fällt mir ein, dass mein Haar ja immer noch dunkel gefärbt ist. Aber es gibt noch etwas anderes, das mich ausweist. Ich schiebe den Ärmel meiner Jacke nach oben. Dort am Handgelenk, beinahe vergessen, trage ich immer noch die Kapsel, die meine Identität belegt. Trotz allem habe ich sie niemals abgenommen.

»Thea?«, ruft Myk überrascht. Er steht in der vordersten Reihe der Soldaten. Er studiert mich, die hellbraunen zotteligen Haare, den grauen Pelz, dann mein Gesicht. »Tatsächlich, du bist es.« Doch er bewegt sich nicht. Keiner von ihnen rührt sich.

Jetzt habe ich doch die Aufmerksamkeit des Hauptmanns. Ich salutiere vor ihm, und er mustert mich misstrauisch.

»Erstatte mir Bericht, Rekrutin«, befiehlt er. »Warum trägst du Barbarenkleidung?«

Ich stehe hoch aufgerichtet vor ihm und erwidere seinen Blick. Ein Teil von mir will wie früher die Schultern einziehen, voller Angst vor dem Urteil des Höhergestellten. Doch dieser Teil ist mir auf dieser Reise fremd geworden. Leifr hatte recht. Ich war nie eine gute Soldatin. Und ich werde auch keine mehr werden.

»Da kommt jemand.« Anders unterbricht meine Gedanken. »Er ist bereits auf der Treppe.«

Der Hauptmann fährt zu ihm herum. »Zenon wahrscheinlich. Meist kommt er um diese Zeit. Aber wer bist du?«

Anders schweigt. Er wird keine Antwort geben, solange der Hauptmann ihn so verachtungsvoll mustert.

»Er ist ein Vereiser«, presse ich zwischen den Lippen hervor. Meine Gedanken rasen. »Und mein Verbündeter. Er kann die Anwesenheit von Menschen durch das Eis spüren. Nur so haben wir euch überhaupt gefunden. Lass ihn die Tür schließen, Hauptmann. Dann können wir Zenon überrumpeln.«

Der Hauptmann kneift die Augen zusammen.

»Nun lass ihn schon machen!«, ruft Leifr ungeduldig. Sein magnetischer Blick fixiert den Hauptmann wie eine Katze eine Maus. *Er betört ihn.* »Wir haben keine Zeit, um zu diskutieren.«

Tatsächlich nickt der Hauptmann. Auf seinen Wink lösen sich fünf Soldaten aus der Formation und umringen Leifr und mich, der Hauptmann selbst und vier weitere Soldaten eskortieren Anders zur Tür. So schnell sind wir von Befreiern zu Gefangenen geworden.

Anders legt die Hände auf den halb geschmolzenen Eisklumpen. Er beginnt sich zu bewegen, lautlos formt sich eine neue Tür. Alle Soldaten schauen argwöhnisch in seine Richtung. Nur Myk nicht. Er steht direkt neben mir und Leifr, und sein Blick wandert voller Neugier über uns.

»Was ist geschehen?«, wispere ich ihm zu. »Seit wann seid ihr hier?«

»Seit drei Tagen«, nuschelt er. Er spricht weiter, zuerst nur zögernd, dann immer bereitwilliger unter Leifrs magnetischem Blick. »Das Tor war offen, keine Befallenen in Sicht. Wir hatten schon ewig keine mehr gesehen. Doch dann haben sie uns im Hof überrascht. Sie haben uns eingekesselt.« Er verengt die Augen. »Nur Zenon haben sie durchgelassen. Er hat die Soldaten der Ersten gefesselt, und die sich gewehrt haben, sind von den Befallenen weggeschleppt worden. Die Achte Division ist oben im Hof geblieben, uns hat er hier im Keller eingesperrt. Die Soldaten der Achten haben wir seitdem nicht mehr gesehen. Alle paar Stunden holt Zenon einen von uns, das letzte Mal Hauptmann Aris. Sie kehren nicht zurück.«

Die Achte Division steht immer noch draußen im Hof. Und Aris befindet sich eingefroren auf der Treppe. Doch das verschweige ich Myk lieber.

»Hat er gesagt, warum er das tut?«, zische ich. Wut ballt sich in mir zu einem Feuerball. Unser oberster Kommandant, der Mann, dessen Brennerfähigkeiten und strategisches Geschick in der ganzen Republik gerühmt werden. Den ich selbst einmal unbedingt beeindrucken wollte.

»Nur wirres Zeug«, schnaubt Myk. »Er redet von einem Kronprinz aus einer anderen Welt, den er durch ein Portal lassen will. Und dass die Seuche ein notwendiges Übel auf dem Weg zu wahrem Wissen ist. Er ist ein Verrückter«, schnaubt er. »Aber der Hauptmann glaubt, dass in dem Buch, das er ständig mit sich herumschleppt, vielleicht ein Heilmittel steht.«

Ein Buch? Das könnte die TORTURA NOCT sein, die verlorene Schrift. Ich wechsle einen Blick mit Leifr. Doch noch etwas anderes geht mir durch den Kopf. Ist Beor etwa noch gar nicht hier? Ich muss an das Portal in den Höhlen von Stenborg denken, an den dünnen Schleier, der die beiden Welten voneinander trennte. Vielleicht hat es Beor trotz all der Blutmagie der Toten noch nicht geschafft hindurchzukommen. Vielleicht kennen ihn die Soldaten hier deshalb nicht – und es würde auch erklären, warum der Alfr zu den Nørlaendern durch die Frostseelen sprach, statt selbst aufzutreten.

In diesem Augenblick eskortieren die Soldaten Anders zurück zu uns. Die Tür ist vollendet, selbst das Schlüsselloch ist vorhanden. Gerade noch rechtzeitig. Als Anders neben mir stehen bleibt, knarzt ein Schlüssel.

Jemand schiebt die Tür auf. Eine hagere Gestalt betritt den Raum. Ich erhasche einen Blick auf zwei eisblaue Augen, dann schnellen zwei Soldaten vor und werfen ihn zu Boden. Zwei andere schlingen Silberschnüre um seine Arme und Beine.

Zenon reißt den Kopf in den Nacken und stößt einen Schrei aus, so voller Wut, dass er mir durch Mark und Bein geht. Wie konnte ich dieses verzerrte Gesicht jemals gut aussehend finden? Ich balle die Fäuste, am liebsten würde ich mich auf ihn stürzen. Meine Hände glühen bereits. Und wenn ich in die

Runde sehe, geht es den anderen Soldaten nicht anders. Nur die erhobene Hand des Hauptmanns hält sie zurück.

»Ihr Dummköpfe«, zischt Zenon. »Das wird Folgen für euch haben.«

»Durchsucht ihn!«, ruft der Hauptmann.

Zwei Soldaten wühlen in Zenons Manteltaschen. Sein Blick irrt währenddessen finster von einem zum nächsten. Nur an uns drei Neuankömmlingen bleibt er kurz hängen.

»Olaf«, zischt er überrascht. Mich erkennt er offensichtlich nicht. »Haben *sie* dich geschickt? Ich wusste, dass du etwas im Schilde führst, als du bei der Klamm plötzlich verschwandest.« Offensichtlich hält er Leifr immer noch für einen Auftragsmörder der Cathedra. »Solltest du mich beschatten und aufhalten?« Er schnaubt. »Wenn ja, dann kommst du zu spät. Du wirst genauso sterben wie alle anderen.«

Leifr lächelt böse. »Nicht so schmerzhaft wie du.«

»Hier ist das Buch!« Einer der Soldaten hält einen in schwarzes Leder gebundenen Band hoch, kaum größer als mein Handteller. Unscheinbar und gut zu verstecken. Und doch spüre ich sofort, dass dies kein gewöhnliches Buch ist: Dunkle Magie umkreist es wie Motten eine Lichtquelle, wirbelt um die Hände des Soldaten. Ich kann kaum glauben, dass die anderen Brenner es nicht ebenso deutlich wahrnehmen, doch auf ihren Mienen zeichnet sich kein Erstaunen ab. Liegt es an meinem Alfr-Blut, dass ich mehr sehe als sie?

»Das ist die TORTURA NOCT«, verkünde ich mit lauter Stimme. Zenon stößt einen wütenden Fluch aus, der auch die letzte Unsicherheit beseitigt, dass es sich tatsächlich um diese sagenumwobene Schrift handelt. »Das Buch ist gefährlich. Wir müssen es zerstören.«

Der Hauptmann ignoriert schmallippig meinen Einwurf. »Gib es mir, Soldat«, befiehlt er. »Wir sollten es studieren. Wenn Zenon damit die Seuche erzeugt hat, gibt es vielleicht auch ein Heilmittel.«

Ich wechsle einen fassungslosen Blick mit Anders. Leifr neben mir strahlt immer mehr Hitze aus.

Der Hauptmann blättert durch die Seiten. »Ich kann die Schrift nicht lesen«, murmelt er verärgert. »Kennt sie irgendwer hier?« Das Buch geht von Hand zu Hand. Soldaten schütteln den Kopf. Zenon beobachtet sie, und sein Blick wird immer triumphierender.

Dann hält der Mann neben Leifr das Buch. Und Leifr geht in Flammen auf. Der Soldat weicht mit einem Aufschrei zurück, ich trete ebenfalls überrascht einen Schritt nach hinten. Leifr springt dem Soldat hinterher, entreißt ihm das Buch und stößt zwei Brenner von sich, die sich auf ihn stürzen wollen.

»Flammengestalt, das können nur die stärksten«, murmelt Myk neben mir fassungslos. »Seit wann ist Olaf ein so starker Brenner?«

Statt ihm zu antworten, atme ich einmal tief durch und treffe dann eine unausweichliche Entscheidung. Ich stehe an Leifrs Seite – an der Seite meines Vaters –, bis Beor besiegt ist. Also werfe ich mich herum und versetze dem Mann hinter mir einen glühenden Faustschlag. Anders reißt die Hände nach oben und hält plötzlich zwei Eisstacheln, die er drohend auf unsere Wachen richtet. Gemeinsam mit Leifr weichen wir auf die andere Seite des Saals zurück, zur Tür ist kein Durchkommen.

»Bleibt weg von uns!«, brüllt Leifr mit tiefer Stimme, die wie Flammen tost. *Feuerkrieger.* Und tatsächlich gehorchen sie.

Ich blicke auf das Buch. Die Flammen aus Leifrs Händen umlodern das Papier, doch es brennt nicht.

»Gib es mir«, zische ich. Und für einen Augenblick spüre ich, wie Leifr zögert. All das Wissen, das seine Vorfahren in unzähligen Experimenten zusammengetragen haben. Wissen, das er einmal besaß und wieder verlor. Wissen, das ihn noch viel mächtiger machen könnte, als er es ist.

»Her damit!« Ich reiße es ihm aus den Fingern. Sofort beißt mir die dunkle Magie des Buchs wie ein Köter in die Hand.

Wenn Feuer es nicht vermag, kann nur eine Kraft das Buch zerstören. Anders denkt offensichtlich das Gleiche wie ich. Er hält bereits sein Amulett in den Händen.

»Zurück, Soldaten«, schreie ich, während ich mein Amulett aus der Tasche ziehe. »Zurück!«

Doch gleichzeitig brüllt der Hauptmann das Kommando, uns zu fassen. Während mehrere Soldaten einen kreischenden und sich windenden Zenon niederhalten, rennen andere auf uns zu.

Wir haben keine Wahl. Hoffentlich geht es schnell. Ich stecke das Amulett zwischen die Lippen, Anders ebenso. Ich werfe das Buch hoch in die Luft, wir fassen uns an den Händen. Hellviolettes Licht schießt aus unseren Fingern, ein Kraftstrom, den wir nach oben jagen, auf das fliegende Buch zu. Der Strahl trifft auf die dunkle Wolke, die das Buch umgibt. Es explodiert in einem gleißenden Licht.

Männer und Frauen schreien. Anders lässt mich los, noch ehe ich glauben kann, dass das Buch wirklich zerstört ist. Sofort erlischt das Licht. Ich spüre, wie das Amulett nach mir greift, nach mehr Kraft verlangt, nach mehr Leben. Rasch spucke ich es auf meine Hand, dann sehe ich mich um.

Soldaten kauern auf dem Boden, andere lehnen an den Wänden, halten ihre Köpfe mit beiden Händen umfasst. Zenon wälzt sich stöhnend auf die Tür zu. Doch ehe er den Ausgang erreichen kann, tritt ihm der Hauptmann in den Weg. Er taumelt und ist bleich, doch mit einem entschlossenen Fußtritt gegen den Kopf bringt er den Kommandanten zum Halt.

»Was war das?«, keucht er. »So eine Vereinigung der Triebe ist nicht möglich!«

»Oh doch.« Ich stecke das Amulett wieder ein. Anders fängt mit den Fingern ein Stück Asche auf, zerreibt es zwischen den

Fingern und nickt bestätigend. Die TORTURA NOCT ist Geschichte.

Die ersten Soldaten folgen dem Beispiel ihres Hauptmanns und richten sich auf. Die Heiler erholen sich am schnellsten. Schon knien zwei von ihnen bei den Soldaten, die uns am nächsten waren. Sie scheint es am schlimmsten erwischt zu haben. Ich fühle Mitleid, doch vor allem bin ich erleichtert. Immerhin haben wir keinen getötet.

Leifr ist die Wirkung der Amulette am wenigsten anzumerken. Er lodert immer noch, wenn auch nicht mehr so gleißend wie zuvor. Als Soldaten sich nähern wollen, hebt er warnend die Hände. »Bleibt weg! Ihr habt gesehen, wozu wir fähig sind.«

»Wir sind nicht eure Feinde«, rufe ich. Leifrs unwilliges Zischen ignoriere ich. »Lasst uns mit Zenon sprechen.«

Der Hauptmann reißt Zenon am Kragen empor. Der Kommandant ist vom Tritt gegen seinen Kopf noch benommen.

»Er ist ein Gefangener der Republik«, stößt der Hauptmann hervor. »Ihr habt keinen Anspruch auf ihn.«

Ich gehe einen Schritt auf sie zu. »Ich will dir deinen Gefangenen nicht wegnehmen, ich will ihn befragen«, entgegne ich giftig. Wut durchpulst mich, bringt mein Blut zum Glühen.

Der Hauptmann will mir widersprechen, doch dann sehe ich aus den Augenwinkeln, wie Leifr eine flammenumtoste Hand hebt. Er legt sich den Zeigefinger auf die Lippen, das Zeichen für Schweigen.

»Schscht«, sagt er beinahe zärtlich. »Lass sie ihre Fragen stellen.«

Der Hauptmann verstummt, ein leerer Ausdruck stiehlt sich in seinen Blick, dann nickt er. Ich kann mir nicht einmal vorstellen, welche Macht nötig ist, einen Menschen so seines Willens zu berauben.

»Ihr werdet alle sterben«, zischt Zenon uns an. Seine rechte Gesichtshälfte schwillt bereits vom Fußtritt des Hauptmanns, doch die andere Seite ist ebenso entstellt von fassungslosem Zorn. »Wisst ihr, was ihr getan habt?«

»Du dummer Mann«, seufzt Leifr hinter mir. »Hast du geglaubt, wenn du einem Alfr dienst, verleiht dir das Bedeutung?«

»Du hast keine Ahnung«, spuckt Zenon verächtlich aus. Wie geblendet muss er sein von seiner Besessenheit von dem Buch, dass er Leifrs wahre Natur nicht erkennt. Er reißt sich aus dem Griff des Hauptmanns, und der lässt ihn tatsächlich los, mit einem vor Ekel verzerrten Gesicht, doch immer noch blanken, geistlos wirkenden Augen.

»Die TORTURA war mein Tor zu einer Welt, die ihr niemals verstehen könnt«, keift Zenon. Er will auf uns zuhumpeln, doch die Fesseln hindern ihn daran. »Der Weg zu unerschöpflichem Wissen.«

»Du meinst, zu Knechtschaft und Sklaverei.« Ich kann nicht anders, als ihm ins Wort zu fallen. »Du hast Beor gerufen, nicht wahr? Mithilfe der Blutmagie dieses Buchs hast du Kontakt zu ihm aufgenommen durch das Portal.«

Zenon starrt mich an, doch er sieht mich nicht.

»Blutmagie«, schnaubt er. »Das ist Barbarengeschwätz. Es gibt nichts Magisches oder Übersinnliches. Es gibt Naturgesetze und Triebe, deren Wirkung wir nur noch nicht wissenschaftlich erklären können. Alle, die etwas anderes denken, sind wundergläubige Narren, so wie die Mitglieder der Cathedra in ihrem tiefsten Inneren. Sie verbergen das Wissen vor der Welt, weil sie sich selbst davor fürchten.«

»Das heißt, du hast dich von ihnen abgewandt?«, frage ich.

Zenon wendet den Kopf hin und her, als ob er nach einem Ausweg sucht. Hat er meine Frage überhaupt gehört? Dann bleibt sein Blick an den Ascheflocken auf dem Boden hängen, und ein Ruck geht durch seinen Körper, als hätte ihm jemand einen Stoß gegeben. Sein Gesicht verzerrt sich vor Schmerz, vor unermesslicher Erschütterung.

Endlich schaut er uns wieder an. Und in seine Augen tritt ein neuer Ausdruck. Hass. Er kneift die Augen zusammen, nachdenklich, als würde er sich Worte zurechtlegen. Er *will* mit uns reden, erkenne ich überrascht. Will er uns allen beweisen, wie sehr er uns überlegen ist?

»Ihr glaubt, ich entstamme dem Hohen Geschlecht der Castors«, zischt er. Jetzt schaut er mich direkt an. »Doch meine Familie ist älter. Ich bin der Letzte eines Geschlechts, dessen Blut zurückgeht bis zu den ersten Rebellen, die sich einst gegen die Alfr erhoben. Einer meiner Urahnen ist der Brenner, der am Ende dieses Kriegs gemeinsam mit einem Vereiser die Portale schloss, um die Alfr für immer aus unserer Welt zu verbannen. Mithilfe eines Amuletts hat er dabei in die Welten hinter den Portalen geblickt, er hat sie sogar betreten. Dies öffnete ihm die Augen, und er erkannte, dass es mehr als kurzsichtig war, was sie taten. Wenn sie die Portale allesamt schlossen, schlossen sie sich selbst von allen Möglichkeiten ab, die auf die Menschen dort draußen warteten.«

Ich spüre das Amulett in meiner Faust pulsieren, höre das Versprechen von Macht, das es auch mir zuflüstert, seit ich es besitze. Ich denke an die fast schmerzhafte Schönheit, die ich durch den Schleier des Portals aufblitzen sah. Plötzlich schaudert es mich.

»Er lebte allerdings zur falschen Zeit«, fährt Zenon voller Hass fort. »Er war umringt von Barbaren und Feinden, die ihm niemals zuhören würden, inmitten einer Anarchie aus Angst und Zerstörung. Deshalb behielt er seine Erkenntnis für sich. Er beendete seine Arbeit. Und als das letzte Portal geschlossen war, musste er das Amulett den Barbaren aushändigen, die es zerstören wollten. Doch etwas gab er ihnen nicht: Die TORTURA NOCT. Er versteckte sie, um zu warten, bis er einen neuen Weg finden konnte, diese Welten wiederzusehen. Doch dann wurde die Republik von Athos gegründet und die Cathedra Genéa durchforstete die Häuser nach verbotenen Schriften. Sie fanden das Buch und beschlagnahmten es, begruben es in ihren Krypten zwischen all den anderen Geheimnissen. Doch bevor sie meinen Urahn töteten, berichtete er seinen Söhnen von jenen anderen Welten und dem Buch, das ihnen zustand, und sie gaben das Wissen an ihre Söhne weiter. Meine Ahnen heirateten in das Hohe Geschlecht der Castors ein. Sie wurden Mitglieder der Cathedra. Doch immer mit einem größeren Ziel: Welten, die ihnen Macht und die Enthüllung aller Geheimnisse versprachen, wenn sie sie nur jemals wieder betreten konnten.«

»Kein Mensch kann die Welt der Alfr betreten, ohne an ihrer Magie zugrunde zu gehen«, wendet Anders ein.

Zenon verzieht den Mund zu einem schmalen, irrwitzigen Grinsen. »Du weißt nichts, Barbar«, zischt er. »Wie die Cathedra ist auch dein Volk stets davor zurückgeschreckt, seinen Horizont zu erweitern. Ihr zieht euch hinter Rituale und Götter zurück, und die Cathedra versteckt sich hinter Meuchelmördern und fanatischen Wissenschaftlern. Doch was sie töten und was sie erforschen, verstehen sie nicht. All ihr Gerede, in dem es um An-Trieb, um Ursprung, Kraftlinien und um die Bewahrung uralter Geheimnisse geht. Dabei übersehen sie das Wichtigste. Wissen zu besitzen und nicht zu verwenden, das ist dumm. In dieser Welt zu verharren, wenn es doch unzählige andere gibt, das ist feige. Doch dann habe ich endlich, nach all den Jahrhunderten, eine Gelegenheit erhalten und sie genutzt. Der Kanzler selbst, dessen Vertrauen ich mir mühsam erarbeitete, führte mich in die Krypten der Cathedra, und dort stahl ich die TORTURA zurück.«

»Du hast sie gelesen und dich auf die Suche nach den Portalen gemacht«, mutmaße ich bitter. »Warum hier im Norden?«

Zenon mustert mich aus zusammengekniffenen Augen. »Alles Wissen über die Portale im Süden war längst vernichtet. Doch ein viel früherer Leser als ich hatte das Buch mit Notizen versehen. Über ein Portal in einer Eisfeste im Norden und eine

Theorie über eine besondere Prozedur, die lebende Substanz nutzt, um die Portale zu durchdringen. Ein Name stand darunter, ein Name, den man auch in der Cathedra noch kennt. Und der verleitete mich zu der Annahme, dass ich auf dem richtigen Weg war.«

»Beor.« Leifr flüstert ihn voller Wut.

»Also hast du dich auf die Suche nach diesem Portal gemacht«, schlussfolgert Anders, dann stockt er plötzlich. »Dabei bist du auf Geir Borgersson gestoßen. Und hast ihn getötet!«

Zenon nickt beiläufig. »Einer unserer Spione nannte ihn mir als Gelehrten der Geschichte, sofern die Barbaren über so etwas überhaupt verfügen, und stellte unter einem Tarnnamen den Kontakt zu ihm her. Ich ging nach Kentagel, und der Esel empfing mich vertrauensvoll. Seine Unterlagen waren sehr hilfreich.«

Und sein Tod war dir egal. Ich muss würgen. *Genauso wie all die anderen Toten.*

»Du hast Beor hier beschworen«, keuche ich. »Hast du mit Anleitung des Buchs einen ahnungslosen Soldaten in die erste Frostseele verwandelt? Hast du ihn Beor als Opfer dargebracht?«

»Er ist doch kein Gott, den man beschwört und Opfer bringt.« Zenon verzieht verächtlich den Mund. »Ich nutzte die Kraft verschiedener Ingredienzen und lebender Substanzen, wie in dem Buch beschrieben, in diesem Fall zwei naive Elchjäger, um mit ihm in Kontakt zu treten. Der Trieb dieses Alben ist unglaublich stark und seine Fähigkeiten wahrhaft einzigartig – ich werde viel von ihm lernen können. Indem er auf seiner Seite des Portals ebenfalls eine Prozedur der geordneten Tötung eines Tiers einleitete, konnte er sich durch das Portal hindurch die frei werdende Lebenskraft der Barbaren einverleiben und diese Verbindung nutzen, um mit mir zu sprechen.«

»Und was hat er dir versprochen?«, murmelt Anders. »Herrschaft an seiner Seite über Athosia?«

»Herrschaft über Athosia?« Zenon schüttelt den Kopf, anscheinend überrascht über unsere Naivität. »Er hat mir nichts zugesagt als Zugang zu seinem Wissen und freies Geleit durch seine Welt. Was interessiert es mich, wer über unsere Welt regiert, wenn dort draußen noch so viele auf uns warten? Wissen ist die wahre Herrscherin aller Dinge. Was sind dagegen ein paar armselige Landstriche oder Menschenleben.«

»Ein paar Menschenleben?« Ich schnappe nach Luft. »Du hast die Seuche ausgelöst, die nichts anderes ist als seelenfressende Blutmagie, gleichgültig wie du es nennen magst. Damit hast du Tausende Menschen in einen Abgrund gestürzt, der schlimmer ist als der Tod. Und das Leiden, das du verursacht hast, geht weiter, dort draußen, in diesem Augenblick.«

Zenon öffnet den Mund, doch er sagt nichts. Vielleicht ist das, was in seiner Miene aufflackert, tatsächlich ein Schimmer von Schuldbewusstsein. Hat er damals gewusst, was er auslösen würde? Oder war er nach seiner Rückkehr aus Athos selbst überrascht, wie weit sich die Seuche ausgebreitet hatte? Egal, was es war, seine Worte zeigen, dass er diese Leben für einen akzeptablen Verlust hält. Was auch immer er noch zu sagen hat, ich will seine Geschichte nicht mehr hören. Es wird weiterhin um Macht und skrupellose Wissbegier gehen, darum geht es im Volk der stolzen Athosianer offensichtlich immer. Von den Fragen, die ich dachte, stellen zu müssen, brennt nur noch eine auf meiner Zunge.

Wir brauchen sie alle. Diesen Satz, den er Hauptmann Louk gegenüber aussprach, habe ich niemals vergessen. Er hat nicht nur seine Soldaten, sondern auch die Rekruten wie eine Herde Lämmer zur Schlachtbank geführt.

Ich schaue zu den Brennern, zu denen auch ich einst gehörte. Sie haben sich wieder vor der Tür formiert. Ihre Gesichter sind starr, und ihre Blicke wandern verwirrt zwischen ihrem merkwürdig stummen Hauptmann und uns hin und her. Sie haben keine Ahnung, worüber Zenon redet.

»Warum?«, frage ich mit tödlich ruhiger Stimme. »Warum hast du sie alle hierhergebracht und eingesperrt? Wofür brauchtest du nach alldem auch noch ihre Seelen?«

Er antwortet nicht. Stattdessen mustert er mich mit seinem bohrenden eisblauen Blick, der mir früher solch einen Respekt einjagte.

»Boer und du, ihr habt gemerkt, dass sich aller Frostseelen zum Trotz das Portal nicht endgültig öffnen lässt«, mischt sich Leifr ein, inzwischen wieder in seiner normalen Gestalt. Sein Fellmantel ist nur noch ein rauchender Fetzen, einzig seine Hose hat der Flammengestalt mehr oder weniger standgehalten. »Deshalb hast du versucht, mit den Leben der Magier neue Amulette zu schaffen, so wie damals die Rebellen.« Er betrachtet Zenon kühl, fast wie ein Studienobjekt. »Du Dummkopf. Die TORTURA NOCT ist in einigen Teilen ein rein theoretisches Werk. Die Alfr damals wussten viel, aber nicht alles. Erst die menschlichen Rebellen erkannten, was der letzte Baustein war, den sie brauchten, um so mächtige Werkzeuge zu erschaffen, dass sie damit die Portale der Uralten öffnen und schließen konnten. Hat dein Ahn etwa vergessen, dir diese Information zu hinterlassen?« Er seufzt. »*Freiwillige* Opfer sind nötig, um Njards Macht in die magischen Elemente zu bannen. So wie die Rebellenmagier damals selbstlos ihr Leben gaben. Was du oder einer aus meinem Volk niemals täte.«

Zenon zischt ihn an, ein tonloser Fluch voller Verachtung und Hass. Doch seine Augen sprechen eine andere Sprache. Es dämmert ihm, was der Fährtensucher in Wirklichkeit ist. Schon öffnet er den Mund, um es auszusprechen, da springt Leifr vor und donnert ihm beinahe beiläufig eine brennende Faust gegen den Kopf. Dumpf knallt Zenon auf den Eisboden. Seine Augen verdrehen sich, und aus seinem Mundwinkel rinnt Blut.

Diese abrupte Tat scheint den Hauptmann aus seinem Bann zu reißen. Er zuckt zusammen wie von einem Schwerthieb getroffen, dann ballt er immer noch etwas benommen die Hände zu Fäusten.

»Ihr seid hiermit festgenommen«, brüllt er los und wirkt dabei so hilflos, dass er mir beinahe leid tut. »Ihr habt Soldaten angegriffen und misshandelt widerrechtlich Gefangene.«

Leifr schnaubt. »Der Gefangene ist wieder ganz dein, Hauptmann. Nehmt ihn und verschwindet von hier, solange es euch noch möglich ist.« Schon steht er wieder an meiner Seite. Feuer schießt wie zwei Fackeln aus seinen Händen, formt sich zu einer brennenden hüfthohen Mauer zwischen uns und ihnen. »Ihr habt gesehen, was die Kräfte dieser beiden gemeinsam anrichten können. Ihr seht, was ich kann. Wenn ihr noch länger bleibt, werdet ihr sterben und nicht wir. Also geht!« Er starrt den Hauptmann über die Flammen hinweg an. Erneut ist der Befehl in seinen Augen noch stärker als der in seinen Worten.

Der Hauptmann atmet schwer unter Leifrs hypnotischem Blick. Er wehrt sich mehr als vorher gegen die Beeinflussung, er merkt inzwischen wohl, dass etwas nicht stimmt. Auch die Soldaten, die nur sein Befehl an ihrem Platz hält, tauschen unruhige Blicke aus.

»Dann helft uns«, stößt er schließlich gepresst hervor. »Erzählt uns, was ihr wisst. Offensichtlich konntet ihr Zenons wahnhaftem Palaver mehr Erkenntnisse abgewinnen als wir. Wenn ihr euch als hilfreich erweist, werde ich mich vor dem Kriegsgericht für euch verwenden.«

Mein Herz schlägt in einem schnellen, harten Rhythmus. Ich würde gern besser sein als die Republik, die uns zwingt, ihr in allem zu gehorchen, und uns dabei jeden Zugang zur Wahrheit verwehrt. Ich täte nichts lieber, als ihm von Magie zu erzählen, von den Alfr und dem Portal. Doch er wird uns nicht glauben, zumindest nicht sofort. Er hat es nicht anders gelernt.

»Einen Tag«, sage ich. »Gib uns einen Tag in dieser Feste, Hauptmann. Du und deine Männer könnt hier nichts ausrichten. Wir schon. Umrundet das Feldlager der Nørlaender und versteckt euch in den Bergen. Lass deine Späher das Tal beobachten. Wenn sich nach einem Tag immer noch Befallene herumtreiben, flieht. Warnt unser Land, dass eine Gefahr auf uns zukommt, die uns erneut in die Dunklen Zeiten stürzen wird. Es wird Menschen in der Regierung geben, die wissen, was das heißt. Wenn die Befallenen jedoch fort sind, redet mit den Nørlaendern. Berichtet ihnen davon, dass die Bedrohung nur gemeinsam von einer Athosianerin und einem Nørlaender gebannt werden konnte. Und bevor ihr heimkehrt, lasst euch von ihnen erzählen, woher die Seuche wirklich kommt, denn die Republik wird versuchen, die Wahrheit zu vertuschen.«

Sein Blick ist abwägend. Ich weiß, was in ihm vorgeht. Er kann nicht das Geringste mit meinen Worten anfangen. Er hält sie für Ausreden. Wahrscheinlich glaubt er, dass wir abhauen, sobald er uns den Rücken zukehrt. Doch soll er für unsere Gefangennahme das Leben seiner dreißig Soldaten riskieren? Immerhin hat er bereits einen Gefangenen, der wesentlich wichtiger ist als eine Rekrutin und zwei Gesetzlose.

Mit einem Ruck dreht er sich um. »Wir werden uns den Weg freibrennen, Soldaten«, ruft er. »Marschiert in Formation! Und richtet euch auf einen harten Kampf ein. Wir kämpfen für die Republik. Für Ordnung, Vernunft und das Wohl aller Bürger!«

Den letzten Satz wiederholen die Soldaten mit einem lauten Ruf. Obwohl sie hohlwangig sind, übernächtigt und ausgehungert von der Gefangenschaft, lese ich in ihren Gesichtern Entschlossenheit. Mich mustern sie, als wäre ich eine Verräterin. Und sie haben Recht. Ab jetzt bin ich eine Abtrünnige. Aber zumindest werde ich nicht schuld an ihrem Tod sein.

»Viel Glück«, flüstere ich beklommen und hebe die Hand, um Myk zu grüßen, der nicht weit von uns entfernt steht. Doch sein Blick ist fest auf seinen Kommandanten gerichtet, und ohne ein Wort folgt er ihm und marschiert mit seinen Kameraden hinaus.

Kapitel 37

Wir liegen bäuchlings auf einer Galerie und lugen in den obersten Saal des mächtigen Turms hinunter. Er ist ebenso groß wie die anderen. Und doch ist er gänzlich anders. Weder gibt es Schneestaub, noch ist das Eis von einer Patina der Jahrhunderte getrübt. Der Saal ist ein glimmernder und schimmernder Spiegel. Das reflektierende Eis macht es unmöglich, die Ausmaße des Raums zu schätzen. Spiegelbilder der gebogenen Wände verzerren ihn bis zur Unkenntlichkeit.

Frostseelen stehen starr und aufrecht überall im Saal, als wären sie festgefroren. Es könnten zwei Dutzend sein, oder auch zehn Mal so viele. Ihre Spiegelbilder wirken ebenso echt wie sie selbst.

Nur zwei Fixpunkte gibt es in diesem Raum, die dem Auge eine Orientierung erlauben. Der eine ist ein Fenster. Mit purer Gewalt wurde es aus dem Eis geschmolzen. An den Rändern sind schwarze Rußspuren zu sehen, als hätte das Eis gebrannt wie Holz. Es ist eine mannshohe, runde Öffnung, die den Blick auf das Narviktal und einen dämmergrauen Himmel freigibt.

Der andere Ort ist das Portal. In der Mitte des Saals wartet es auf uns, milchig und trüb wie ein blinder Fleck auf dem Auge. Es erinnert mich weniger an eine Tür als an einen Vorhang. Ein unsichtbarer Wind lässt ihn sachte schwingen.

Etwas bewegt sich dahinter. Ein grauer Schatten, der sich nach vorne zu beugen scheint und zu einem riesigen Kopf verzerrt wird, nur um beim nächsten Wehen des Vorhangs wieder zurückzuweichen und sich zusammenzuziehen zu einem Strich. So wie ich weiß, dass der neblige Stoff das Portal ist, weiß ich, dass dieser Schatten dahinter Beor ist.

Doch etwas stimmt hier nicht. Es ist zu ruhig. Wie kann Beor so ruhig sein, wenn unten die Brenner durch den Hof stürmen? Wenn er doch eigentlich mit den Nørlaendern reden müsste, deren Frist mit Sonnenaufgang abläuft? Oder tut er das bereits, und wir sehen es nur nicht? In mir wächst das beklemmende Gefühl, am falschen Ort zu sein. Oder etwas Wichtiges übersehen zu haben.

Ehe ich den Gedanken weiterverfolgen kann, packt Leifr mich am Arm und bedeutet mir, zurückzurobben bis zum Treppenhaus.

»Die Uralten sind gnädig«, zischt er, kaum dass wir dort angelangt sind. »Beor hat es noch nicht geschafft, den Durchgang zu öffnen.«

»Bist du dir sicher?«, wispert Anders.

»Ja.« Leifr verengt die Augen. Er mag es nicht, wenn jemand an seinen Worten zweifelt. »Sonst würde es hier ganz anders aussehen, das könnt ihr mir glauben. Doch es gibt ein Problem: Solange das Portal noch nicht gänzlich geöffnet und er auf der anderen Seite ist, ist er sicher. Ihr könnt ihn nicht bekämpfen.«

»Müssen wir das denn?«, flüstere ich. »Reicht es nicht, das Portal zu schließen und ihn von unserer Welt abzuschneiden?«

Leifr schüttelt finster den Kopf. Natürlich, er *will*, dass wir es öffnen. Für ihn.

Doch Anders springt ihm bei. »Wenn wir nur das Portal schließen, können wir nicht sicher sein, ob die Blutmagie ihn nicht trotzdem weiter nährt«, flüstert er nachdenklich. »Und selbst wenn sie es nicht tut – er muss auch auf seiner Seite Blutmagie geübt haben, um das Portal überhaupt durchlässig zu machen. Er könnte es einfach wieder tun.«

»Das heißt, *wir* müssen das Portal öffnen?«, stoße ich ungläubig aus. Mein Herz schlägt schmerzhaft schnell in meiner Brust. »Vielleicht wartet er genau darauf.«

»Ich bin mir sicher, dass er das tut«, stellt Leifr fest.

Ist das wieder einer seiner ironischen Sprüche? Doch er erwidert meinen Blick, ohne zu zwinkern. Es ist ihm ernst. Mein Herz wird kalt.

»Beor ist ein Seher«, erklärt er. »Für ihn ist das Portal wie ein Fenster. Habt ihr das geschmolzene Loch in der Saalwand bemerkt? Zenon hat das für ihn getan. Ich bin mir sicher, dass ihm mit diesem Ausblick nichts entgeht, was im Narviktal passiert. Und dass er die Toten deshalb so gut lenken kann. Genauso verhält es sich in dieser Feste. Er weiß längst, dass wir hier sind. Er weiß, dass ihr die Amulette habt und dass er euch braucht. Wahrscheinlich hat er Zenon absichtlich in unseren Hinterhalt tappen lassen. Damit seine Geschichte euch klarmacht, dass ihr keine Wahl habt, als euch einem offenen Kampf gegen Beor zu stellen.«

Deshalb haben uns keine Frostseelen aufgehalten. Deshalb ist es hier still wie in einem Grab.

»Du hast das gewusst«, flüstere ich erstickt. »Du hast von Anfang an gewusst, dass wir in eine Falle laufen.«

Ich will ihn schlagen, doch er fängt meine Hand auf. Seine Lippen sind fest zusammengepresst, und in seinen Augen lodert die gleiche, unbezähmbare Wut wie in meinen. Es ist, als blicke ich in einen Spiegel.

»Er unterschätzt euch«, zischt Leifr. »Bei den Uralten, er kennt die Menschen nur als unterwürfige Knechte. Ihr könnt ihn besiegen. Ich glaube an euch.«

»*Du* glaubst an uns?«, keuche ich. »Du Lügner. Du wirst verschwinden, sobald das Portal geöffnet ist, und uns unserem Schicksal überlassen.«

Abrupt lässt er mich los. Ich habe ihn ertappt. Ein scharfer Schmerz durchfährt mich, und ich verfluche mich innerlich. Seine Absichten dürften mich nicht überraschen. Offensichtlich hat ein winziger Teil von mir doch noch gehofft, in ihm stecke ein Vater, der sich für mich verantwortlich fühlt.

Ich ziehe die Arme an den Körper, um mein Zittern zu unterdrücken, doch es gelingt mir nicht. *Was sollen wir jetzt tun?* Ich schaue zu Anders hinüber.

Er sitzt ein Stück abgerückt auf den Treppenstufen. Sein Blick bohrt sich in das schimmernde Eis, als könnte er darin die Antwort finden. Und ich studiere hilflos sein Gesicht, das genauso wenig preisgibt wie das Eis. Plötzlich beginnt sein Tatovering zu glühen.

»Wir haben keine andere Wahl«, murmelt er. »Wir hatten niemals eine. Seit wir uns auf den Weg gemacht haben, sind wir von den Göttern hierhergelenkt worden.« Seine Augen sind schwarz wie die Nacht. Und trotzdem sind sie wärmer, als Leifrs Augen es jemals waren. »Wir müssen es tun.«

Ich atme tief durch, es klingt fast wie ein Seufzen. Natürlich hat er recht. Wir sind nicht so weit gekommen, um jetzt umzukehren. Außerdem ist alles besser, als weiterhin neben Leifr zu sitzen. Ich springe auf die Beine und balle die Fäuste. »Dann los«, zische ich. »Bereiten wir Beor einen würdigen Empfang in unserer Welt.«

❄

Wir stecken uns die Amulette in den Mund und verschränken unsere Hände miteinander. Anders' Finger sind eiskalt, während meine glühen.

Dieses Mal kauern wir uns nicht auf die Galerie, sondern stehen vor der offenen Tür zum Eisspiegelsaal.

In meinem Kopf tosen die Worte, die Leifr zum Abschied sagte. Ein paar letzte Hinweise zur Blutmagie gab er uns, und ein Versprechen: Solange er kann, hält er uns den Rücken frei. *Solange er kann.* Er mag widerstandsfähiger sein als jeder Mensch, doch unsere Amulette werden auch ihn verzehren, wenn er in unserer Nähe weilt. Selbst wenn er im Treppenhaus bleibt, werden sie ihn schwächen. Und er hat nicht vor, dort zu bleiben.

Ich halte die Luft an. Die Zeit verharrt im unendlichen Augenblick zwischen Ein- und Ausatmen. Und dann betreten wir den Saal.

Frostseelen säumen den Eingang. Ihre blinden Augen starren durch uns hindurch. Obwohl wir in kaum drei Schritt Entfernung an ihnen vorbeigehen, rühren sie sich nicht. Schon fängt uns das spiegelnde Eis ein. Ich sehe uns überall; verzerrt und gebrochen, hundertfach zurückgeworfen von den Wänden und dem Boden unter unseren Füßen. Der Raum wirkt unendlich groß. Entfernungen existieren nicht mehr. *So muss es zwischen den Welten sein.*

Nur das Portal bleibt, wo es ist. Ein nebliger Fleck, ein Schleier, der nur einmal existiert, als wären die Spiegel für ihn blind. Wir gehen einen weiteren Schritt darauf zu, und plötzlich höre ich es wispern. Ein melodisches Raunen, dunkel und verfremdet wie das Echo aus einer Höhle.

Da die Temperatur von Anders' Hand noch einmal sinkt, weiß ich, dass er es ebenfalls hört.

Eine Armlänge vom Portal entfernt bleiben wir stehen. Das Amulett in meinem Mund pulsiert hungrig.

»Jetzt«, murmelt Anders, und wir heben die verschränkten Hände.

Doch noch ehe wir irgendetwas tun können, leuchtet der Schleier des Portals auf, violett und kristallin wie Sonnenstrahlen, die auf Wasser treffen. Es ist das gleiche Licht, das wir mit den Amuletten bereits zwei Mal erzeugten. Auf wortlose fremde Art *erkennt* uns das Portal als Amulettträger – und heißt uns willkommen. Und durch das Licht kann ich sehen, was sich hinter dem Schleier verbirgt. Ich atme nicht mehr.

Das Portal ist keine Tür. Es ist ebenfalls ein Spiegel. Eine Ansammlung reiner Magie, die unsere Welt reflektiert. Nur dass sie nicht unsere Welt zeigt, sondern eine verzerrte Version davon. Geir hat sich geirrt. Es gibt nicht unzählige Welten, sondern nur eine – doch diese existiert in unendlichen Varianten.

Wir blicken in einen Saal, der genauso groß und mächtig ist wie unserer. Ich weiß, dass auch er sich in der Spitze eines Turms befindet, auf einer Feste, die der unseren gleicht und doch ganz anders ist. Die Mauern des Saals sind aus schwarzem Fels, und die Spiegel, die dort hängen, sind aus Metall und blind von Alter und Staub.

Dort auf der anderen Seite kauert ein Mann. Er ist bleich, groß und schmal, mit langem, ebenholzfarbenem Haar. Er hat sechs Finger an jeder Hand. Er ist so schön, dass es schmerzt, und er blickt mir direkt in die Augen.

Ich will zurückweichen, doch Anders packt meine Hand fester. Für ihn muss es wirklich so sein, als ob er in einen Spiegel blickt, denn Beor sieht ihm ähnlich, auf eine oberflächliche Weise, die mir noch mehr wehtut als die betörende Schönheit des Alfr.

Doch das Portal ist noch geschlossen. Violettes Licht zieht schwache Schlieren über den Schleier des Portals. An manchen Stellen ist es dünn wie ein Lufthauch, an anderen wirkt sein Violett dunkel, fast rot und wispert mit jammernder Stimme, als ziehe es sich um Wunden zusammen.

Beor hat das Portal geschwächt. Doch so sehr er es auch mit Frostseelenkraft versucht hat, er kommt nicht hindurch, ebenso wenig, wie er durch einen Spiegel treten kann, der aus Stein und Metall besteht.

Es braucht nicht nur Njards Macht, sondern auch die magischen Elemente dazu. Leifr wusste es immer. Gold und Silber, das die Uralten einst aus Alfheimr verbannten. Nicht nur, um den Alfr ihr Spielzeug zu nehmen, wie Geirs Vorfahren glaubten, sondern vielleicht auch, um sie in ferner Zukunft der Macht zu berauben, mittels Blutmagie die Portale zu beherrschen. Deshalb ist Beor bisher gescheitert. Sein Gehilfe mag achtzig Magier in dieses Tal gebracht haben, doch er konnte ihre Seelen nicht an das Metall binden, selbst wenn der Weg in der TORTURA beschrieben stand. Für wahre Macht muss man sich freiwillig opfern. So wie unsere Vorfahren es taten, um ihr Land zu retten.

Meine Haut kribbelt, als wir den Schleierspiegel berühren. Weich und sanft wie Stoff ist er, warm, als wäre er lebendig.

Kuss der Götter nannten es die Rebellenmagier vor fünfhundert Jahren, von denen einer Zenons Vorfahr war. Leifr sagte uns, was das bedeutet. Und so wissen wir, was wir zu tun haben. So wie die Frostseelen ihren Opfern das Leben aussaugen, pressen wir unsere Münder mit den Amuletten gegen das Portal. Sanft streichelt etwas über meine Lippen, lebendig und doch so fremd wie eine unkörperliche, uralte Macht.

Ich erwartete etwas Gewaltvolles und Mächtiges, einen Kraftstoß mit Donnern und Blitzen. Doch das Portal gibt einfach nur nach, mit einem leisen, willigen Seufzen, wie eine Frau, die sich der Liebkosung ihres Geliebten nicht zu erwehren weiß. Anders' und meine verschränkten Hände, die sich soeben noch gegen den Spiegel drückten, versinken plötzlich darin.

Etwas blitzt auf, eine metallene Spitze. Ich reiße Anders zurück. Sirrend rast ein Speer an uns vorbei und bleibt im Eisboden stecken. Der Spiegel ist zum Tor geworden. Und Beor springt hindurch.

Er ist real, genauso wirklich und unmenschlich wie Leifr. Nur dass er diese Unmenschlichkeit nie getarnt hat. Seine Augen sind dunkel und ausdruckslos wie eine mondlose Nacht. Violett leuchtende Kraft flirrt um ihn herum. Die wispernde Lebenskraft der Verzehrten.

Flammen springen aus meinen Fingern. Anders packt meine Hand. Er reißt sie hoch – und die Flammen verwandeln sich ebenfalls in violettes Licht. Ein Strahl, der Beor direkt in die Brust trifft – und völlig wirkungslos bleibt.

»Ihr dummen Kinder.« Sein Grinsen ist prall und satt wie das eines Blutegels. »Feuermagier verbrennen nicht, Eismagier erfrieren nicht. Ihr richtet Blutmagie gegen mich, die zu meiner eigenen geworden ist.«

Tatsächlich umgibt das violette Licht nun uns alle drei, wie ein Kokon, der uns verbindet, statt uns zu trennen.

Ich wechsle einen erschrockenen Blick mit Anders. Er zieht an meiner Hand, will sich von mir lösen.

Ich schüttle panisch den Kopf. Wenn unsere Verbindung abbricht, die Magie erlischt, wird Beor uns töten.

»Ich töte euch sowieso!«, verkündet er, als hätte er meine Gedanken gelesen. Er lacht hell, das Klingeln von silbernen Glöckchen. »Ihr seid viel stärker als der Wicht, der durchs Portal nach mir rief, oder die erbärmlichen Magier, die er mir brachte. Ich werde den Kampf gegen euch genießen.«

Er macht eine kurze Handbewegung. Aus den Augenwinkeln sehe ich sie auf uns zurennen. Frostseelen. Brenner und Heiler, wohlbekannte Gesichter. Überall sind sie, real und Spiegelbilder, die ich nicht voneinander trennen kann. Ich keuche auf. Wir sind verloren.

Ein rotglühender Blitz zischt an mir vorbei, dann noch einer, hundertfach im Spiegel wiederholt. Leifr. Er bringt die Frostseelen mit Feuerkugeln zu Fall. Seine eigenen Spiegelbilder wirbeln an uns vorbei. Dann steht er plötzlich im Portal, zusammengeschrumpft zu einer einzigen, einsamen Gestalt. Seine Bewegung stockt. Mein Herz ebenfalls. Wird er hindurchgehen und uns im Stich lassen?

»Leifr!« Beor reißt die Hand hoch. Die Frostseelen und ihre Spiegelbilder verharren. Nur die brennenden Toten taumeln noch umher, taub für jeden Befehl, und hüllen die Welt außerhalb unseres Kokons in Rauch. Leifr dreht sich um.

»Lieber Freund.« Beors Lächeln wird strahlend. »Ich wusste, dass du deine Finger im Spiel hast. Du hast die Kinder zu mir gebracht und ihnen die Amulette gegeben. Wechselbälger, nicht wahr? Hattest du leichtes Spiel mit ihnen? Manchmal wünschte ich, ich wäre statt deiner hiergeblieben.«

»Warum bist du es dann nicht?«, zischt Leifr. »Du hast mich verraten.«

»Aber nein.« Beor seufzt. »Unser letzter Schachzug ist nur ein wenig schlechter ausgegangen für dich als für mich. Aber gehört das nicht zum Spiel?«

»Nicht der Mord an einem der Unseren.« Leifr ballt die Fäuste. Er sieht müde aus. Unsere Amulette schwächen ihn zunehmend. Er wirft einen Blick über die Schulter, in den Felsensaal der Feste in Álfheimr.

»Ich dachte nicht, dass ein Schwerthieb ausreicht, um den Heerführer der Lys zu töten.« Beor zuckt mit den Schultern. Es ist gespenstisch, wie sehr er in dieser leichtfertigen Geste Leifr gleicht. »Lass uns diesen Zwischenfall vergessen und dort weitermachen, wo wir damals aufhörten. Ich habe dich vermisst, Leifr.« Seine Augen funkeln wie die eines fröhlichen Kinds. »Wir wollten die stärksten Alfr aller Zeiten sein. Wir wollten zusammen fremde Welten entdecken, wollten unsterblich werden. Das können wir immer noch.«

Leifr lächelt plötzlich, ein kaltes, nachdenkliches Lächeln. Mein Herz setzt für einen Schlag aus. Dann schaut er mich an und zwinkert. Macht eine Kopfbewegung zu den Frostseelen. Ich verstehe erst nicht. Und dann doch.

Vielleicht wird mein Vertrauen mich töten. Aber dann sterbe ich wenigstens, weil ich bereit war, an etwas zu glauben. An jemanden. Ich ziehe meine Hand aus Anders' Griff. Sofort lodert Feuer in mir auf und will mich verzehren. Ich lasse es entweichen. Mein Flammenstrahl trifft die erste Frostseele.

Gleichzeitig trifft Leifrs Feuer auf Beor.

Mit einem Wutschrei reißt Beor die Hände hoch, wehrt Leifrs Angriff mit violettem Licht ab.

Die Frostseelen erwachen aus ihrer Starre und stürmen auf uns zu. Sie und ihre Spiegelbilder. Eine packt mich an der Schulter und will mich zu Boden werfen. Mein Feuer verbrennt sie. *Mehr*. Das Amulett giert nach mehr, will, dass ich selbst brenne. Doch ich darf nicht zulassen, dass ich die Kontrolle verliere.

»Anders«, schreie ich. Eisige Kälte wogt um ihn, Eissplitter zischen um ihn herum. Er kämpft genauso wie ich. »Die Spiegel!«

Er versteht sofort, was ich meine. Aus seinen Händen stiebt Schnee. Schwere weiße Flocken, die wie ein Schwarm Vögel durch die Luft rauschen. Schon bedecken sie die ersten Flächen mit einer weißen Schicht, und ich kann meinen Augen wieder trauen.

Leifr und Beor kämpfen. Feuer gegen violettes Licht, loderndes Leben gegen den Tod.

Jemand wispert, ich höre kalte, tonlose Stimmen in meinem Inneren, doch ich habe keine Zeit, mich darüber zu wundern. Ich reiße die Hände hoch, wehre eine Frostseele ab, dann blicke ich wieder zu Leifr hinüber. Er bewegt sich schnell wie der Wind, schneller als jeder Mensch. Schneller als Beor, der beinahe träge erscheint. Und doch zieht er keinen Vorteil daraus. Er greift Beor nicht an, sondern weicht nur seinen Angriffen aus, drängt ihn immer weiter Richtung Portal. *Er will ihn nicht töten.* Doch was will er dann?

Ein Flammenstoß schießt aus meiner Hand, setzt zwei weitere Tote in Brand. Kraft sprudelt durch mich hindurch. Zum ersten Mal habe ich das Gefühl, das Amulett sei zufrieden. Es greift nicht mehr nach Kontrolle, es saugt nur Magie auf und lässt sie durch mich strömen, ein williges Werkzeug. Ich sollte erleichtert sein, doch es fühlt sich falsch an. Die Stimmen in meinem Inneren klagen lauter, so laut, dass ich sie nicht mehr überhören kann. Totenklagen, die mit knochigen Fingern nach mir greifen. Ich stocke.

Beor stößt einen Wutschrei aus, dringt weiter auf Leifr ein, und erneut weicht dieser aus, schiebt sich gleichzeitig zwischen ihn und mich. Plötzlich ist Anders wieder an meiner Seite. Eiszapfen schießen aus seinen Händen, nageln eine Frostseele an die inzwischen schneebedeckte Wand. Die Farbe seines Tatoverings wirkt stumpf, wie von Nebel verschleiert.

»Unsere Kraft«, keucht er. »Spürst du es auch?«

Ich starre ihn an. Hört er die Stimmen auch, spürt dieses grässliche Gefühl? Aber meine Kraft scheint das nicht zu beeinflussen, noch immer fließt die Magie stark und gleichmäßig durch mich. Meine Feuerkugel verwandelt einen toten Soldaten, dessen vertrautes Gesicht mir einen Stich versetzt, in eine Fackel.

»Sie kommt von Beor«, keucht Anders. »Wir können ihn nicht direkt bekämpfen, aber unsere Amulette nutzen ihn als Kraftquelle. Sie entziehen ihm die Magie.«

Grauen packt mich. Die Stimmen! Die Magie, die uns durchströmt, besteht aus den verlorenen Seelenfragmenten der Toten. Seelen, die sich Beor einverleibt hat, die geraubten Leben der Frostseelen. Für die Amulette muss er ein Festmahl sein.

Das also war Leifrs Plan. Und beide Alfr wissen es. Ich habe mich geirrt. Leifr will Beor nicht zum Portal drängen, er will ihn davon abhalten, sich auf uns zu stürzen.

Ich wirbele zwischen zwei Frostseelen hindurch und zu ihm herum, doch als ich ihn sehe, keuche ich auf.

Leifr taumelt. Seine Wangen sind eingefallen, seine Augen grau. Die Amulette mögen Beors Magie verzehren, doch seine auch. Ich schreie, als Beors Lichtstrahl ihn an der Brust trifft. Er geht zu Boden, rollt gerade noch rechtzeitig herum, um dem nächsten Strahl auszuweichen. Als er wieder auf die Füße springen will, gelingt es ihm nicht. Beor hebt die Hand, ein rachsüchtiges Lächeln auf dem Gesicht.

Ich schleudere eine Flammenkugel. Mein Feuer hüllt Beor ein, doch eine Handbewegung reicht, und seine Magie erstickt es, als wäre es nur ein Funke. Mit verzerrter Miene trampelt er über Leifr hinweg, tritt ihm dabei gegen den Kopf. Er kommt auf mich zu. Anders schmettert Eiszapfen, die Beor ebenso wie mein Feuer fortwischt.

Leifr liegt bewusstlos auf dem Boden. Tote wispern in meinem Inneren, gefrieren meine Knochen zu Eis. Ich kann nicht zulassen, dass wir ihn opfern.

»Wir müssen es ohne die Amulette schaffen«, keuche ich zu Anders. Ich spucke meins aus, stecke es in meine Tasche. Augenblicklich verstummen die Stimmen, Leben kehrt in meine Glieder zurück. »Anders, bitte!«

Seine dunklen Augen suchen in meinem Gesicht, als könne er nicht glauben, was er gehört hat.

Dann erreicht mich Beor. Im letzten Augenblick ducke ich mich. Violettes Licht zischt über mich hinweg, schärfer und tödlicher als jede Klinge. Er versucht mich zu packen, doch wieder weiche ich aus. Ich bin schnell, wie mein Vater.

»Thea!« Anders wirft mir etwas zu. Ein silberner Blitz. Ich schnelle in die Luft und fange ihn auf. Es ist Beors Speer.

Eine Waffe der Alfr. Sie liegt wunderbar ausbalanciert in meiner Hand. Plötzlich spüre ich den Impuls zu lachen. Ich erinnere mich an das letzte Mal, als ich mit einer Lanze getanzt habe. Ich war damals schon bereit, alles zu geben, und dieses Mal geht es um unendlich viel mehr.

Feuerkriegerin. Mit einem Satz katapultiere ich mich durch die Luft. Die Lanze wird unter meinem Griff lebendig, brennt wie eine Fackel in meiner Hand.

Beor schleudert eine Kugel aus Totenlicht. Ich ducke mich unter ihr hinweg und setze auf ihn zu. In meinem Inneren ertönt das Lied des Kampfs. Drängend, beharrlich, lebhaft.

Doch auch er ist schnell. Ehe die Lanze ihn erreicht, ist er fort. »Ist das alles?« Er lacht verächtlich.

Anders bombardiert hinter mir die Frostseelen mit Eiszapfen. Er hält mir den Rücken frei.

Ich springe über eine vereiste Leiche hinweg und setze auf Beor zu. Feuer schießt aus meiner Lanzenspitze. Die Flamme erwischt ihn am Arm. Er schreit tatsächlich auf. Täusche ich mich, oder flackert das violette Licht um ihn herum? Haben ihn unsere Amulette bereits geschwächt?

Der Triumph macht mich unvorsichtig. Ich hebe die Hand und werfe eine Feuerkugel, stehe dabei zu lange still. Der Lichtstrahl, der auf mich zuzischt, lässt sich durch Feuer nicht bremsen. Er trifft mich an der Hüfte. Mich durchzuckt ein eisiger, stechender Schmerz.

»Runter!«, ruft Anders hinter mir. Ich ziehe den Kopf ein und lasse mich fallen. Auch er geht zu Boden, während der nächste Strahl über uns hinwegfegt, gemeinsam mit Beors Gelächter.

Anders presst seine Hände auf den Boden aus Eis. Er schließt die Augen. »Lenk ihn ab«, flüstert er.

Das werde ich. Die Melodie durchtost mich, verwandelt den Schmerz in Wut. Ich schnelle vor, ziele mit dem Speer direkt in Beors Gesicht. Feuer wirbelt aus der Spitze, erst im letzten Moment kann er es mit seinem Totenlicht stoppen. Doch es kostet ihn Kraft. Erneut flackert sein Licht. Jetzt ist sein Gesicht ebenfalls düster, seine Miene erbost.

Wir umkreisen uns in raschen Sprüngen. Ich halte ihn von Anders fern. Frostseelen sehe ich im Moment keine mehr, doch ich bin sicher, dass Beor sie ruft.

Was auch immer Anders tut, es muss rasch geschehen. Ich bin bereits außer Atem. Ich balle die freie Hand zur Faust, werfe kleine Flammenkugeln wie einen Hagelschauer, die Beor alle mit Totenlicht ausschaltet.

Er lacht wieder. »Zerbrechlich und dumm«, ruft er. »Wie willst du dich mit mir messen, du schwaches Kind? Ohne dein Amulett bist du nichts.«

Ich bin schwächer als er, doch ich habe mehr zu verlieren. *Eine ganze Welt.* Das verleiht mir eine Entschlossenheit, die ihm immer fehlen wird. Knirschend trifft mein Speer auf das Eis. Ich nutze ihn als Stab und stoße mich ab, wirbele durch die Luft. Feuer regnet über Beor nieder, das er fortwischt.

Ich lande hart, rolle über den Boden. Der Schmerz ist mir gleichgültig. Feuer. Sprung. Angriff. Zurückweichen.

Die Zeit zerbricht in lauter einzelne Teile, wie Stücke eines Spiegels, der nur noch ihn und mich zeigt. Wenn ich schon sterbe, dann mache ich es ihm wenigstens schwer.

Dann sehe ich es. Hoffnung. Hinter Beor bäumt sich der Boden auf wie eine riesige, lautlose Welle. Anders murmelt. Seine Stimme wird lauter, drängender. Er redet mit der Feste, ruft ihre uralte Eismagie als Verbündete an.

»Du wirst uns niemals wieder versklaven!«, rufe ich zu Beor, laut, theatralisch, um Anders zu übertönen. Ich hebe den Speer.

Während Beor über meine Worte lacht, werfe ich ihn. Er beschreibt einen zitternden Bogen durch die Luft. Der Alfr weicht einen Schritt zurück, noch einen. Der Speer bohrt sich vor ihm in den Boden – und Beor steht jetzt direkt unter der eisigen Welle.

»Das war es?«, ruft er höhnisch und packt ihn. »Du gibst mir meine Waffe wieder, um dich zu töten?«

Noch ehe er ihn aus dem Boden ziehen kann, geschieht es. Die Welle stürzt auf ihn herab und begräbt ihn unter Trümmern aus gefrorenem Wasser und einer Gischt aus Schnee. Er kreischt. Das Eis schließt sich um seinen Körper. Violettes Licht taucht es in ein unwirkliches Leuchten. Beor kämpft. Ich sehe seinen sich windenden Körper wie unter trübem Glas. Der Boden bebt, die ganze Festung wird erschüttert von der Magie, die ihm noch geblieben ist.

Ich knie mich neben Anders. Er hat die Augen geschlossen, murmelt Worte, die ich nicht verstehe. Er hält das Eis gegen Beors Angriffe zusammen. Doch für wie lange? Sein Tatovering glüht. Schweißperlen treten auf seine Stirn.

Wenn seine Kraft versagt, wenn mein Feuer nicht ausreicht, dann wird es schnell vorbei sein. Ich balle die Fäuste. Auf den Treppen höre ich Schritte, tief unter uns. Frostseelen. Beor ruft sie.

»Thea.« Jemand flüstert meinen Namen. Ich drehe mich um. Leifr. Er liegt zwischen toten Frostseelen. Seine Lider flattern, und seine Haut ist aus weißem Pergament, wie bei einem alten Mann. »Komm her!«, flüstert er. Seine Hand tastet zitternd übers Eis. »Meine Tasche«, flüstert er.

Ich finde sie neben seinem Körper und greife hinein. Meine Finger schließen sich um Metall. Die Chrysoskette. Mit der er einst Anders fesselte und die er dann bei uns in Stenborg zurückließ. Ich glaubte sie verloren, irgendwo zwischen dem *Einsamen Bergfall* und Kentagel.

»Dinge finden den Weg zurück zu mir.« Er zwinkert mir zu und hustet. Seine Lunge rasselt bei jedem Atemzug. »Schnell«, flüstert er. »Ziel auf sein Herz. Das ist das Einzige, was du tun kannst.«

Wie konnte ich das vergessen? *Mørk sind allergisch auf Gold.* Ich springe auf. Ich brauche eine Waffe. Die Lanze ist mit Beor unter dem Eis begraben worden, doch eine der toten Frostseelen neben Leifr, ein athosianischer Soldat, trägt ein Schwert an seinem Gürtel. Ich entreiße es ihm und renne zur Eiswelle zurück. Die Schritte auf der Treppe werden lauter.

Beor liegt vor mir wie in einem Sarg, unter einer mehr als drei Fuß dicken gläsernen Schicht begraben. Das Eis lähmt ihn. Doch seine Augen zucken hin und her. Violettes Licht frisst sich von ihm aus ins Eis, durch den Boden des Saals. Es frisst sich einen Weg zu Anders.

Ich presse die Goldkette zwischen den Fingern meiner linken Hand zusammen und lasse die Magie durch mich strömen. Meine Hand beginnt zu glühen, heißer und immer heißer, schmilzt das Gold zu gleißendem Licht. Das erste Mal seit Langem empfinde ich Hitze als peinigend. Dann packe ich mit der glühenden Goldhand die Schwertspitze. Ich beiße mir auf die Lippen, als ich die Finger endlich wieder öffne. Von meiner Hand tropft Blut, und meine Handfläche schwelt in Brandblasen. Doch die Schwertspitze glänzt gelb und satt in tödlichem Gold.

Ich lege meine Hände um den Schwertgriff, setze die Spitze

der Klinge auf das Eis über Beors Brust. Seine Augen weiten sich, seine Lippen versuchen ein Wort zu formen. *Nein.*

Doch ich darf nicht zögern, nicht jetzt. Ich lasse mein Herz zu Stein werden, gehärtet in Feuer und Eis. Glühende Hitze jagt von meinen Fingern durch das Schwert. Dann stoße ich zu, mit aller Kraft, die mir noch verblieben ist. Die glühende Schwertklinge gleitet mühelos durch das schmilzende Eis und fährt mit einem Ruck in Beors Brust. Ich will wegschauen, doch ich darf nicht. Was nun passiert, habe ich verursacht. Beor bäumt sich auf, versucht es zumindest. Das violette Licht flackert wie Flammen im Wind. Seine Augen verdrehen sich in irrsinnigem Schmerz. Seine Haut, bisher weiß und durchscheinend, erhält plötzlich einen goldenen Schimmer, als sein Blut das heiße Gift von der Schwertspitze in seinem Herzen durch seine Adern trägt.

Dann ist es vorbei. Er erstarrt, auf ewig gebannt.

Ich sacke auf die Knie. Der Stein, der mein Herz ist, presst mich zu Boden. Ich habe Beor getötet, doch ich fühle keine Freude darüber.

Anders stößt einen erstickten Schrei aus. Seine Stimme klingt merkwürdig, schwankend, als säße er auf einem Boot bei stürmischer See. Er ruft meinen Namen, wieder und wieder. Ich will den Kopf heben, doch meine Knochen sind immer noch Stein, ungelenk und zu schwer.

»Thea.« Jetzt ist er ganz nah. Ich spüre seine Hand auf meiner Schulter. Sie ist kalt, wie immer, und doch berührt sie etwas in mir. Ich spüre, wie mein Herz qualvoll auflodert. Blut flutet durch meine steinernen Adern, und der Schmerz holt mich zurück.

Ich hebe den Blick. Anders' Rabenaugen sind weit geöffnet, die Augen, die mich lehrten, dass der eisige Norden auch Wärme birgt. Jetzt lese ich vor allem Schrecken in ihnen. Zärtlichkeit durchfährt mich, zerbröckelt die letzten Reste des Steins. Ich hebe die Hand, langsam, als könne einer von uns bei der Berührung zerbrechen, und streiche ihm über die Wange. Er stöhnt erleichtert auf und reißt mich in seine Arme.

»Wir haben es geschafft«, flüstert er in mein Ohr. »Sieh, die Frostseelen.«

Ich blicke auf. Dort, vielleicht fünf Schritte von dem Fleck, auf dem er eben noch kauerte, liegt die erste. Ein zusammengesunkenes Bündel Stoff und Mensch. Dahinter noch eins und noch eins, eine Kette bis zur Treppe und die Stufen hinab.

Sie sind tot. Endgültig tot. In mir mischt sich Erleichterung mit Trauer. Es gab nie eine Rettung für sie, doch ich hätte mir nichts sehnlicher gewünscht.

»Jetzt sind sie zu Hause«, sagt Anders leise. »Bei Njard, der sie in den ewigen Kreislauf des Lebens zurückführt. Du magst nicht daran glauben, doch ich tue es.«

Ich vergrabe mein Gesicht an seinem Hals. »Das genügt mir«, flüstere ich. Und vielleicht tut es das irgendwann tatsächlich.

Ich löse mich von ihm und drehe mich um. Das Portal ist immer noch geöffnet. Es gibt einen Blick in eine fremde Welt frei, eine schönere, doch auch dunklere Variante der unseren. Davor liegt Leifr. Es sieht aus, als hätte er sich ein Stück auf das Portal zugeschleppt, doch ich glaube, das ist nur ein Trugbild. Er liegt reglos wie ein Toter. Mit schweren Gliedern gehe ich zu ihm hinüber und kauere mich vor ihn. Seine Brust hebt und senkt sich nur noch schwach.

»Ich muss hinüber«, wispert er, so leise, dass es kaum mehr als ein Hauch ist. »Bitte.«

Wir heben ihn hoch. Als wir mit ihm durch das Portal treten, spüre ich, wie etwas nach mir greift. Prüfend, liebkosend. Wir stehen in dem Felsensaal, dem dunklen Abbild der Eisfeste, und betten Leifr auf den Boden. Die Luft ist anders als bei uns. Kälter, klarer. Irgendwie gesättiger, als ströme mit jedem Zug doppelt so viel Atem in meine Lungen. Auch Anders saugt mit geweiteten Augen die Luft ein.

Magie. Sie riecht nach Rosen und brennt mir wild und süß im Hals, lockt mich, mehr von ihr zu kosten. Etwas in mir ruft danach, die Hügel zu finden, die ich einst sah, auf denen das Gras glänzt wie neugeborene Tautropfen, wo Blumen und Lieder so üppig wuchern wie bei uns zu Hause nur Unkraut.

»Ihr könntet hierbleiben, wisst ihr?«, murmelt Leifr.

Seine Augen fixieren mich. Sie sind so wie der Himmel in seiner Welt: tiefblau und leuchtend, von einer betörenden Schönheit.

»Menschen können hier nicht leben«, erwidert Anders. Ich höre Sehnsucht in seiner Stimme, die gleiche, die ich verspüre.

»Das war nur eine Legende, um euch fernzuhalten.« Leifr lächelt versonnen. »Ich muss euch allerdings warnen. Es kann sein, dass ihr nie mehr zurückwollt. Oder dass ihr glaubt, ihr wäret nur einen Tag geblieben, doch wenn ihr zurückgeht, sind hundert Jahre vergangen. Die Zeit läuft hier für Menschen anders ab als bei euch.«

»Nein.« Ich will es nicht sagen, aber ich weiß, dass es die einzige Antwort ist. Der Rosenduft streichelt immer noch meine Nase, doch Dornen stechen in meine Augen und füllen sie mit Tränen. Ich halte Leifrs bedauernden Blick fest, will ihn in meiner Erinnerung aufheben für all die Wintertage, die uns noch bevorstehen.

»Nein«, sagt auch Anders. »Wir gehören nicht hierher.«

Er packt meine Hand, und wir treten zurück ins Weiß unserer Welt.

Wir stehen am Rande der geschmolzenen Öffnung, im obersten Turm. Hinter uns riecht es nach Tod. Das Portal ist nichts mehr als eine flirrende Luftspiegelung, kaum sichtbar für jene, die nichts von ihm wissen. Wir haben es mit einem letzten Kuss an die Götter geschlossen, hoffentlich für immer. Das goldene Amulett ruht in meiner Tasche, schwer und zufrieden.

Vor uns verwandelt die Sonne die Bergspitzen in funkelnde Kristalle, doch das Tal liegt noch im Schatten.

Tief unter uns eilen Menschen von der Feste weg, eine Handvoll schwarzer Punkte auf fahlem Weiß. Als ich sie entdecke, traue ich mich endlich wieder zu atmen. Sie sind weniger geworden, doch nicht viel. Offenbar waren sie bereits außer Reichweite der Amulette, als wir das Portal schlossen.

In der Ferne regt sich ebenfalls etwas. Ein vielfarbiger, wogender Flickenteppich, der Schnee aufwirbelt und durch das Tal nach Norden strömt.

Die Nørlaender. Sie bewegen sich direkt auf den Trupp der überlebenden Brenner zu.

Ich halte Anders' Hand fest, während wir auf den unausweichlichen Zusammenprall warten. Werden sie kämpfen? Oder werden sie einander zuhören, statt sich zu töten?

Die Toten werden nicht wieder aufstehen. Wir Lebenden jedoch müssen unsere Schritte künftig klug wählen. Klüger als bisher, das sind wir ihnen schuldig.

Wir müssen einen Krieg beenden. Wir müssen das Treiben der Cathedra enttarnen. Heute, morgen oder im Frühjahr, die Zeit wird kommen.

Außerdem wartet ein Mann in den Katakomben von Kentagel auf mich. Er hat es verdient, dass er die Wahrheit erfährt. Dass es hoffentlich Frieden geben wird, aber keine Hochzeit.

Ich schaue Anders an, studiere sein Gesicht, als hätte es sich nicht schon für immer in mir eingeprägt.

»Wie wird es weitergehen?«, flüstere ich. »Liegt die Zukunft in den Händen deiner Götter?«

»Nein.« Er wendet sich mir zu. In seinen Augen lese ich ein stummes Versprechen. »Sie liegt bei uns.«